方李邦琴北京大学人文学科文库出版基金赞助

北京大学人文学科文库　北大欧美文学研究丛书

想象加拿大
——文学中的加拿大性研究

Imagining Canada:
Nation in Canadian Literature

丁林棚　著

图书在版编目 (CIP) 数据

想象加拿大: 文学中的加拿大性研究 / 丁林棚著. 北京: 北京大学出版社, 2024. 8. -- (北京大学人文学科文库)(北大欧美文学研究丛书). -- ISBN 978-7-301-35441-4

Ⅰ. I711.09

中国国家版本馆 CIP 数据核字第 2024Y2J715 号

书　　　名	想象加拿大——文学中的加拿大性研究 XIANGXIANG JIANADA——WENXUE ZHONG DE JIANADA XING YANJIU
著作责任者	丁林棚　著
责 任 编 辑	刘　爽
标 准 书 号	ISBN 978-7-301-35441-4
出 版 发 行	北京大学出版社
地　　　址	北京市海淀区成府路 205 号　100871
网　　　址	http://www.pup.cn　新浪微博：@北京大学出版社
电 子 邮 箱	编辑部 pupwaiwen@pup.cn　总编室 zpup@pup.cn
电　　　话	邮购部 010-62752015　发行部 010-62750672　编辑部 010-62759634
印 刷 者	北京中科印刷有限公司
经 销 者	新华书店
	650 毫米 ×980 毫米　16 开本　29.5 印张　440 千字 2024 年 8 月第 1 版　2024 年 8 月第 1 次印刷
定　　　价	178.00 元

未经许可，不得以任何方式复制或抄袭本书之部分或全部内容。
版权所有，侵权必究
举报电话: 010-62752024　电子邮箱: fd@pup.cn
图书如有印装质量问题，请与出版部联系，电话: 010-62756370

总 序

袁行霈

　　人文学科是北京大学的传统优势学科。早在京师大学堂建立之初，就设立了经学科、文学科，预科学生必须在五种外语中选修一种。京师大学堂于1912年改为现名，1917年，蔡元培先生出任北京大学校长，他"循思想自由原则，取兼容并包主义"，促进了思想解放和学术繁荣。1921年北大成立了四个全校性的研究所，下设自然科学、社会科学、国学和外国文学四门，人文学科仍然居于重要地位，广受社会的关注。这个传统一直沿袭下来。中华人民共和国成立后，1952年北京大学与清华大学、燕京大学三校的文、理科合并为现在的北京大学，大师云集，人文荟萃，成果斐然。改革开放后，北京大学的历史翻开了新的一页。

　　近十几年来，人文学科在学科建设、人才培养、师资队伍建设、教学科研等各方面改善了条件，取得了显著成绩。北大的人文学科门类齐全，在国内整体上居于优势地位，在世界上也占有引人瞩目的地位，相继出版了《中华文明史》《世界文明史》《世界现代化历程》《中国儒学史》《中国美学通史》《欧洲文学史》等高水平的著作，并主持了许多重大的考古项目，这些成果发挥着引领学术前进的作用。目前北大还承担着《儒藏》《中华文明探源》

《北京大学藏西汉竹书》的整理与研究工作,以及《新编新注十三经》等重要项目。

与此同时,我们也清醒地看到,北大人文学科整体的绝对优势正在减弱,有的学科只具备了相对优势;有的成果规模优势明显,高度优势还有待提升。北大出了许多成果,但还要出思想,要产生影响人类命运和前途的思想理论。我们距离理想的目标还有相当长的距离,需要人文学科的老师和同学们加倍努力。

我曾经说过,与自然科学或社会科学相比,人文学科的成果难以直接转化为生产力,给社会带来财富,人们或以为无用。其实,人文学科力求揭示人生的意义和价值,塑造理想的人格,指点人生趋向完美的境地。它能丰富人的精神,美化人的心灵,提升人的品德,协调人和自然的关系以及人和人的关系,促使人把自己掌握的知识和技术用到造福于人类的正道上来,这是人文无用之大用!试想,如果我们的心灵中没有诗意,我们的记忆中没有历史,我们的思考中没有哲理,我们的生活将成为什么样子?国家的强盛与否,将来不仅要看经济实力、国防实力,也要看国民的精神世界是否丰富,活得充实不充实,愉快不愉快,自在不自在,美不美。

一个民族,如果从根本上丧失了对人文学科的热情,丧失了对人文精神的追求和坚守,这个民族就丧失了进步的精神源泉。文化是一个民族的标志,是一个民族的根,在经济全球化的大趋势中,拥有几千年文化传统的中华民族,必须自觉维护自己的根,并以开放的态度吸取世界上其他民族的优秀文化,以跟上世界的潮流。站在这样的高度看待人文学科,我们深感责任之重大与紧迫。

北大人文学科的老师们蕴藏着巨大的潜力和创造性。我相信,只要使老师们的潜力充分发挥出来,北大人文学科便能克服种种障碍,在国内外开辟出一片新天地。

人文学科的研究主要是著书立说,以个体撰写著作为一大特点。除了需要协同研究的集体大项目外,我们还希望为教师独立探索,撰写、出版专著搭建平台,形成既具个体思想,又汇聚集体智慧的系列研究成果。

为此，北京大学人文学部决定编辑出版"北京大学人文学科文库"，旨在汇集新时代北大人文学科的优秀成果，弘扬北大人文学科的学术传统，展示北大人文学科的整体实力和研究特色，为推动北大世界一流大学建设、促进人文学术发展做出贡献。

我们需要努力营造宽松的学术环境、浓厚的研究气氛。既要提倡教师根据国家的需要选择研究课题，集中人力物力进行研究，也鼓励教师按照自己的兴趣自由地选择课题。鼓励自由选题是"北京大学人文学科文库"的一个特点。

我们不可满足于泛泛的议论，也不可追求热闹，而应沉潜下来，认真钻研，将切实的成果贡献给社会。学术质量是"北京大学人文学科文库"的一大追求。文库的撰稿者会力求通过自己潜心研究、多年积累而成的优秀成果，来展示自己的学术水平。

我们要保持优良的学风，进一步突出北大的个性与特色。北大人要有大志气、大眼光、大手笔、大格局、大气象，做一些符合北大地位的事，做一些开风气之先的事。北大不能随波逐流，不能甘于平庸，不能跟在别人后面小打小闹。北大的学者要有与北大相称的气质、气节、气派、气势、气宇、气度、气韵和气象。北大的学者要致力于弘扬民族精神和时代精神，以提升国民的人文素质为己任。而承担这样的使命，首先要有谦逊的态度，向人民群众学习，向兄弟院校学习。切不可妄自尊大，目空一切。这也是"北京大学人文学科文库"力求展现的北大的人文素质。

这个文库目前有以下17套丛书：

"北大中国文学研究丛书"

"北大中国语言学研究丛书"

"北大比较文学与世界文学研究丛书"

"北大中国史研究丛书"

"北大世界史研究丛书"

"北大考古学研究丛书"

"北大马克思主义哲学研究丛书"

"北大中国哲学研究丛书"
"北大外国哲学研究丛书"
"北大东方文学研究丛书"
"北大欧美文学研究丛书"
"北大外国语言学研究丛书"
"北大艺术学研究丛书"
"北大对外汉语研究丛书"
"北大古典学研究丛书"
"北大人文学古今融通研究丛书"
"北大人文跨学科研究丛书"

这 17 套丛书仅收入学术新作,涵盖了北大人文学科的多个领域,它们的推出有利于读者整体了解当下北大人文学者的科研动态、学术实力和研究特色。这一文库将持续编辑出版,我们相信通过老中青学者的不断努力,其影响会越来越大,并将对北大人文学科的建设和北大创建世界一流大学起到积极作用,进而引起国际学术界的瞩目。

2020 年 3 月修订

丛书序言

　　北京大学的欧美文学研究具有深厚的历史积淀,承继五四运动之使命,早在1921年便建立了独立的外国文学研究所,系北京大学首批成立的四个全校性研究机构之一,为中国人文学科拓展了重要的研究领域,注入了新的思想活力。新中国成立之后,尤其是经过1952年的全国院系调整,北京大学欧美文学的教学和研究力量不断得到充实与加强,汇集了冯至、朱光潜、曹靖华、杨业治、罗大冈、田德望、吴达元、杨周翰、李赋宁、赵萝蕤等一大批著名学者,以学养深厚、学风严谨、成果卓越而著称。改革开放以来,北大的欧美文学研究进入了新的历史发展时期,形成了一支思想活跃、视野开阔、积极进取、富有批判精神的研究队伍,高水平论著不断问世,在国内外产生了重要的学术影响。21世纪初,北京大学组建了欧美文学研究中心,研究力量得到进一步加强。北大的欧美文学研究人员确定了新时期的发展目标和探索重点,踏实求真,努力开拓学术前沿,承担多项国际合作和国内重要科研课题,注重与国内同行的交流和与国际同行的直接对话,在我国的欧美文学研究中发挥着越来越重要的作用。

　　为了弘扬北京大学欧美文学研究的学术传统、促进欧美文学研究的深入发展,北大欧美文学研究中心在成立之初就开始组织撰写"北大欧美文学研究丛书"。本套丛书涉及欧美文学研究的多个方面,包括欧美经典作家作品研究、欧美文学流派或文学体裁研究、欧美文学与宗教研究、欧美文论与文化研究等。这是一套开放性的丛书,重积累、求创新、促发展,旨在展示多元文化背景下北大欧美文学研究的成果和视角,加强与国际国内同行的交流,为拓展和深化当代欧美文学研究做出自己的贡献。通过这套丛书,我们也希望广大文学研究者和爱好者对北大欧美文学研究的方向、方法和热点问题有所了解;北大的欧美文学研究者也能借此对自己的学术探讨进行总结、回顾、审视、反思,在历史和现实的坐标中确定自身的位置。此外,我们也希望这套丛书的撰写与出版有力促进外国文学教学和人才的培养,使研究与教学互为促进、互为补充。

这套丛书的研究和出版得到了北京大学、北京大学外国语学院以及北京大学出版社的大力支持。若没有上述单位的鼎力相助,这套丛书是难以面世的。

2016年春,北京大学人文学部开始建设"北京大学人文学科文库",旨在展示北大人文学科的整体实力和研究特色。"北大欧美文学研究丛书"进入文库继续出版,希望与文库收录的相关人文学科的优秀成果一起,为展现北大学人的探索精神、推动北大世界一流大学建设、促进人文学术发展贡献力量。

申 丹

2016年4月

序　言

　　加拿大是一个魅力无穷的国度，拥有独特而丰厚的文学传统。这个国家广袤而壮丽的自然景观和奇特的人文风貌，为作家提供了丰富的创作灵感，使他们能够别具一格地书写民族，描绘国家。然而，"加拿大是什么？""加拿大文学是什么？"却是两个剪不断理还乱的问题，是萦绕在人们脑际的历史悠久的谜。之所以这样说，是因为加拿大有着扑朔迷离的过去和现实，它是一个由不同语言、文化、民族、地域、社群组成的国家，这个年轻的国度拥有错综复杂的人口构成和历史渊源。对不同的加拿大人来说，加拿大和加拿大文学自然也代表着不同的形象、面貌和特征。实际上，早在60年前，著名的文学理论家诺斯普·弗莱（Northrop Frye）就已经提出了同样的问题。不过，对他来说，不仅"加拿大文学"是个不可理解的概念，就连"加拿大"本身也是难以捉摸的。他提出的"这里是哪里？"这个问题至今仍然在众多加拿大文学家和艺术家心头萦绕，而且这个谜正在慢慢地演化成一系列扑朔迷离的问题："我是谁？""谁在这里？""这里发生了什么？""这里曾经是哪里？"

　　遗憾的是，对于这些问题，至今仍没有统一的答案。加拿大是一个由英、法两个奠基民族、印第安、因纽特原住民和来自世界各地的移民群体构成的联邦国家，这里的文化呈现出多姿多彩的多元景象。从历史上讲，加拿大联邦的成立也是一个渐进过程,国家的形成是在约一百年的时间内逐渐完善的。从 1867 年加拿大摆脱英国殖民地地位实现自治以来,到 1949 年纽芬兰的加盟,再到 1999 年那努武特地区的成立,加拿大各地域形成了自己独特的历史文化和记忆传统,因而在文学表达上也各具特色,精彩纷呈。正是因为这些原因,加拿大知识界把这里看成一个"精神分裂"的国家,在两个不同的极端之间来回游移。在文学和文化表达上,代表英、法文化的"两厢孤独"逐渐向"多种孤独"转变,加拿大文化马赛克图案呈现出越来越斑驳绚丽的色彩。因此,如果想用一句话来概括加拿大文学的全貌,似乎是不可能的,也是徒劳的。

在 2011 年 3 月的加拿大全国性杂志《麦克林》(*MacLean's*)上,著名专栏作家安德鲁·柯因(Andrew Coyne)发表了《加拿大是一个民族吗?》("Is Canada a Nation?")一文,作者不仅质疑民族(nation,或译国家)的概念①,甚至认为:"问题的关键是,加拿大是否存在?"(Coyne)在约克大学的肯尼斯·麦克罗伯茨看来,加拿大是一个充满矛盾的国家,它既表示以加拿大政体(state)为基础的民族主义(nationalism),又表示由许多"内部民族"(internal nations)构成的多重民族主义(nationalisms)(McRoberts 684)。的确,加拿大究竟是不是一个民族国家(nation-state)? 这在政治学意义上也一直是一个颇具争议的问题。传统上把民族国家看作一个政治概念,但是现代意义上的民族和国家已经不仅仅是一个政治范畴,而往往被定义为一种想象的政治共同体,是集体认同的过程,其间起到重要作用的就是文学,因为文学为"重现"民族这种想象共同体提供了认知手段。民族和国家文学将当代文学研究引入了一个新的文化、社会、历史和政治的殿堂。基于以上认识,我们认为,加拿大正是这样一个想象构建

---

① 在英语中,nation 具有民族和国家双重含义,但在某些语境中可能仅指其一。探讨西方语境中的 nation,则不可避免地要将"民族"和"国家"的二义性一起加以考虑。为忠实再现 nation 概念特殊的二义性,本书采用"民族/国家"这一译法,但在需要区分不同概念时,则分别使用"民族"和"国家"两个术语。此外,在英语中表示"国家"概念的词汇还有 state 和 country,前者偏向于政体,后者则是一般性词汇。在政治学领域中,还存在 nation-state 一词,本质上是"建立民族对国家认同基础上的主权国家"(周平),一般翻译为"民族国家"(也有译作"民族—国家"的),本书统一采用这一普遍译法。相关概念的辨析和阐释,详见本书绪论部分。

体,因而加拿大文学是进行民族性构建的核心载体。本书的焦点就是探讨加拿大民族性(或者说加拿大性)在文学上的体现。

加拿大文学的民族性构建是一个广阔的领域,既包含文学、文化的表征,也离不开历史、社会、民族、艺术、政治等因素的影响。本书所称的民族性构建包括广义和狭义两个意思。狭义的民族性指的是加拿大文学中的民族和国家身份象征的想象,其焦点在于文学对国家及其形而上相关概念的表征和反映(如民族构成、国家认同、集体意识等)。广义的民族性强调加拿大文学作为有别于英国文学、美国文学或其他国别文学的一般性特征。事实上,在加拿大知识界,对广义民族性和狭义民族性的构建自始至终就是相互结合、难以区分的一体化过程。正如"加拿大批评"这个概念常常被当作"加拿大文学批评"的代名词一样,国家身份、民族认同和文学想象的努力一直是相辅相成的。随着人们对民族和国家概念认知的进一步深化,文学的民族性构建逐渐经历了意义范围的扩大和延伸,从原初相对狭隘的民族和国家意识转向了更具普遍意义的文学性考察。在很大程度上,加拿大是一个想象的构建,它存在于人们的思想中,是一个无形的国度,并对现实产生重大的影响。

了解和研究加拿大文学的重要意义是不言而喻的,因为文学本质上就是人、社会与文化。如同我们需要关心环境、空气、股票、交通、哲学、战争一样,我们需要通过了解一个国家的文学来了解人性与社会的千姿百态。不过,遗憾的是,在国内,对于加拿大文学的系统性研究仍然处于起步阶段。到目前为止,普通读者对加拿大文学的理解依然是零星、碎片的知识,而对于加拿大历史、地理、民族、语言对文学写作的深刻影响仍需要进行深入了解。

在加拿大,文学的建构受到了政治身份同一性问题的影响,因而文学经典化和文学批评不可避免地带有政治视角,在很大程度上忽略了加拿大文学本身所具备的更广阔的方面。"加拿大批评"过于关注民族文学"同一性"表达和共同经验的描述,使得"加拿大批评"形成了一个具有主流意识形态的"宏大叙事"。这样,地域主义写作、性别、土著文学、历史书写、移民写作等问题长期受到忽视。因此,今天对加拿大文学的民族性进行研究应该更多地从多元文化视角出发,探讨加拿大文学的特征,从加拿大的地理、历史、民族,乃至政治等各因素出发,解释加拿大文学构建中民族性或"加拿大性"的特征。

本书采取以文学、文化和社会为主线的文学文本分析和批评研究,并结合对"加拿大批评"的批评,阐释加拿大文学的多元想象构建图景。本书涉及文学批评与理论、文化研究、哲学、文化地理学、后殖民主义、后现代主义、社会学、生态主义等不同视角,结合文本细读,选取典型性加拿大文学文本进行阐释和剖析,并希冀形成对"加拿大批评"现状的认识,从文学批评史的角度,结合经典化、文化政治学等视角,探讨文学与民族、国家的密切关系。当然,本书的目的并不是试图从文学上定义和限定加拿大,而是采用描述的视角呈现加拿大文学想象的图景,通过将文学创作和文学批评加以综合研究,从文学理论与文学实践两方面探讨加拿大文学中"加拿大性"的构建过程,揭示在民族和国家构建过程中作为民族想象共同体承载物的文学写作是如何塑造加拿大经验的文学性的。

魁北克文学是加拿大文学的重要组成部分,离开了魁北克文学,对加拿大文学想象构建的理解就是不完整的。但是,由于英语和法语在语言上的差异,对两种语言文学的研究往往形成学术"孤岛"现象。为避免这种缺憾,本书分别在批评理论和文本解读方面涵盖了魁北克文学部分。不过,限于篇幅,我们无法对这一部分给出同等比例,但这并不意味着在重要性方面的任何暗示。在学术和文化意义上,英语文学和法语文学具有同等重要的地位。

本书主体部分,包括绪论、上篇和下篇的英语文学部分(即上篇第一—六章和下篇第八—十三章)和结语由丁林棚撰写,魁北克文学部分(即上篇第七章和下篇第十四章)由陈燕萍撰写。书中难免舛误,恳请读者不吝赐教。

丁林棚

2023年10月于燕园

目 录

绪论　概念与理论语境 …………………………… 1

上篇　理论探微

第一章　加拿大文学民族性的动态建构………………… 23
第二章　民族性与地域主义 ……………………………… 28
第三章　国家想象与"加拿大批评" …………………… 49
第四章　民族性与多元文化主义 ………………………… 70
第五章　民族性与"他处性" …………………………… 83
第六章　跨民族主义、超文化主义与民族性 ………… 91
第七章　魁北克法语文学的民族性构建 ……………… 106

下篇　文本批评

第八章　布鲁克的《艾米莉·蒙泰古的往事》中的
　　　　文化对话 ……………………………………… 121
第九章　阿特伍德《浮现》中的民族想象 …………… 152
第十章　麦克劳德的《岛屿：故事集》中的地域
　　　　景观 …………………………………………… 197

第十一章　门罗短篇小说中的苏格兰—加拿大
　　　　　时空体 ………………………………………… 229
第十二章　翁达杰的《身着狮皮》中的跨民族游牧
　　　　　主体 ………………………………………… 264
第十三章　马特尔《少年派的奇幻漂流》中的超文化
　　　　　想象与星球性 ……………………………… 309
第十四章　魁北克法语文学中的民族想象 …………… 358

结　　语 …………………………………………………… 403
引用文献 …………………………………………………… 417

绪论　概念与理论语境

　　文学可以反映一个国家和民族的文化、价值和精神状况,并体现出国家或民族性格。文学在国家民族性构建中至关重要——它既是现实的反映,又属于想象的构建,这种双重属性使文学成为理解一个国家和民族文学性及其民族性格的重要参考。英国作家阿道司·赫胥黎说:"民族在很大程度上是由诗人和小说家创造出来的。"(Huxley 50)霍米·巴巴认为,民族与叙事息息相关,"民族就像叙事一样……在人们心中的地平线上展现出来"(Bhabha,1990:1)。他认为:"民族的'产生'实质上是一种文化表意体系,它表征的是社会生活。"(Bhabha,1990:1—2)因此,文学、叙事和民族性并非风马牛不相及,而是相互依存,互为定义的。

　　21世纪以来,随着文化研究的兴起,文学、文化和社会理论相互渗透和交融,文学作为文化产物,在塑造现实的过程中开始发挥重要作用。文学不仅参与现实,还是"民族国家(nation-state)借以创造自身并把自身和其他民族国家区别开来的媒介"(Corse 7)。文学"创造了现实中的种种思维方式和行为模式,是人类思维和行为发展历史背后的支撑"(Nunning and Nunning 16)。霍米·巴巴认为,民族的产生是文学的功能之一,因为民族的构建是一个"双重的叙事过程"(Bhabha,1990:297),既执行教育功能,又执行现实功能。他认为,文学具备教育功能是因为它能反映民族身份的历史和传统,而文学的现实执行功能则指的是在构建民族本质的过程中文学对社会价值观和思想体系的塑造作用。因此,文学是认识和理解一个民族或国家的重要媒介,也是民族或国家展现其精神、价值和性格的重要形式。吊诡的是,民族却是一个难以捉摸的复杂概念,它涉及政治、历史、种族、地理、文学、意识形态等各方面,似乎非常难以定义。

一、加拿大文学的身份彷徨

在加拿大,文学和民族、国家的关系似乎比它和其他任何事物的关系都更为重要。加拿大曾经是英国的殖民地,在政治上仍属英联邦国家,尊英国国王为国家元首。在经济和文化上,加拿大却一直受到来自美国的影响,素有"美国的第51个州"的绰号。这种经济、文化、政治和地缘政治的影响给加拿大人的身份认同造成了很大困惑。实际上,加拿大文学自发轫就一直被身份(identity)问题所困扰。围绕文学的民族性、国家性和文学审美的争论在加拿大知识界由来已久。文学如何构建、表述和诠释国家/民族的形象和身份,也即文学如何展现和突出"加拿大性"(Canadianness)? 这是加拿大理论界孜孜不倦的文化追求。早在1864年出版的《加拿大诗人作品选》的引言中,戴沃特(Edward Hartley Dewart)就写道:"民族文学是一个国家民族性构建过程中至关重要的因素,它不仅仅是对这个国家的精神文明进步的记载,而且是国家精神生活和民族统一的表达,是国家民族能量的指引。"(Dewart ix)而到了100年后的1965年,在加拿大联邦成立百年纪念前夕,文学理论家诺斯普·弗莱在克林克编纂的《加拿大文学史:加拿大英语文学》的结论部分指出,加拿大人素来被"著名的身份问题所困扰",因而需要认识自我。弗莱针对"加拿大情怀"提出了著名的一问:"这里是哪里?"(Frye,1971:220)

弗莱的历史之问体现出加拿大人由来已久的困惑。"我是谁?"与"这里是哪里?"即是对文学民族性的探求,表达了建构文学的"加拿大性"的梦想。加拿大知识界对弗莱的这个著名的身份之问做出了广泛响应，从不同的角度解释和定义加拿大，试图在文学上确立鲜明的"加拿大性"，这对加拿大文学的发展和经典构建造成了深远影响。关于身份的疑惑和想象可谓五花八门，众说纷纭。例如，阿特伍德就在《存活：加拿大文学主题指南》中提出著名的"受害者"主题。她认为，"幸存"是加拿大文学有别于英国和美国文学的典型主题。加拿大人在文化、自然和心理方面都面临着生存的危机。然而，在胡兰看来，定义加拿大性，问题的本质是要探索"谁在那里？"，其中"那里"指的是地理边界和国家认同，而"谁"则指的是"在地理疆界内发出不同声音的"主体（Hulan 61）。针对这个问题，瓦尔则认为，身份问题无法解决，要回到殖民地历史之前的原住民文化根源，探讨"这儿曾经是哪里？"（Ware 203）相反，卡维尔则表示，加拿大应当抛弃殖民历史，着眼在当下建构新的身份——"现在这儿就是那里"（Cavell，2000：195）。对劳伦斯·马修斯来说，问题的关键不是"这儿是哪里，而是这里有可能是哪里"（Mathews, Lawrence 79）。布莱顿则尖锐地提出，加拿大人应当提问的是："我们在这干什么？"（Brydon，2000：14）

　　加拿大人对身份想象的执着追求，从以上各种辩论略见一斑。对于"我是谁？"和"这里是哪里？"，人们的各种尝试性回答无疑反映出加拿大文学发展过程的不同阶段和方面，包括地理认同（国家文学和地域文学的矛盾）、历史根源（历史写作和后殖民主义文学的冲突、新世界现实和旧世界记忆之间的矛盾）、民族和族裔身份（殖民历史和移民现实的冲突）、双元国家建构基础（英、法两种奠基文化之间的矛盾）和多元文化的冲突等。由此可见，加拿大人有关自我的探寻一直没有停止，在文学上对民族性的构建对加拿大人来说似乎是一个永久的过程，无法得到统一的答案。

　　本质上，加拿大文学民族性研究是一个涉及多元学科的课题，涵盖文学、政治、哲学、地理、历史、民族、社会学等学科。正如莫伊娜所指出的，在加拿大，文学、民族和国家无一能摆脱文化政治的强烈影响，"我们必须对加拿大民族性话语进行具体的历史分析以便对它做出评估"（Moynagh

14)。多元的文化研究方法"之所以对审视和评价加拿大文学具有特别的适用性,是因为历史学家和文学批评家认识到加拿大民族主义是伴随着印刷技术和现实叙事形式的发展而兴起的"(Moynagh 14)。随着文化研究的兴起和多元学科渗透,文学和文化研究的界限已经不像以前那样鲜明,而是彼此渗透,彼此交融。正如赛义德所说,文学语料库"源于民族,属于民族属性的范畴,甚至也属于种族的范畴,它们之间是一致的"(Said, 1983:169)。因此,在深入研究加拿大文学民族性构建之前,有必要探讨一下民族身份的问题。

二、民族与国家概念及其加拿大语境

民族和国家究竟是什么?这两个概念本身是极难定义的。正如西顿·沃特森所说,我们"没办法给民族(nation)这个词下一个科学的定义,尽管民族这一现象早已存在且将一直存在"(Seton-Watson 5)。这两个概念和民族性、民族身份,乃至文学共同体有着怎样的联系或区别?我们不妨先从"民族"和"国家"的内涵谈起。

首先,需要强调的是,在英语中,民族和国家共用一个词,即 nation。也就是说,英语中的 nation 是包括民族和国家双层含义的,其对应的汉语概念应当被理解为(1)"民族或国家"(2)"民族与国家"。这个解释虽然拗口,但也实属无奈之措辞。在英语中,nation 兼有"民族"和"国家"两个概念,有时用来表示国家组织形式,有时表示民族归属,常常在两者之间摇摆或兼而有之,因而存在很大的游移性和不确定性。其实,孙中山早在 1924 年就指出,文化和语言的差异造成了理解偏差:"英文中民族的名词是'哪逊','哪逊'这一个字有两种解释:一是民族,一是国家……本来民族与国家相互的关系很多,不容易分开,但是当中实在有一定界限,我们必须分开什么是国家,什么是民族。"①(2)社会学家和民族学家吴文藻在《民族

---

① 孙中山:《民族主义》,《中国近代思想家文库·孙中山卷》,张苹、张磊编,北京:中国人民大学出版社,2015 年,258—259.

与国家》中指出:"是以对付此种外国名词,非以'民族'或'国家'二词,即可代表一切,必须斟酌特殊情形,确定译名;换言之,由译意定译名也。"(吴文藻 21)王铭铭也认为,西方语言中的 nation 体现了"民族国家一体化的概念局限"(王铭铭 75),而在汉语里却可以被表达为两个意思。吴文藻参照哥伦比亚大学史学教授海司氏的理论总结说,汉语中的民族是不同于西方观念中 nation 的一个概念,因为在汉语中,"民族者,乃一大人群也"(吴文藻 21)。一般来说,在英语中,nation 包括了民族和国家两层含义,既强调政治共同体的特点(如联合国 United Nations、东南亚国家联盟 Association of Southeast Asian Nations 等),又强调在共同体之下所有人民、民族、种族的集合——凡是属于这一共同体的都属于这个国家的"民族"。这使得汉语中翻译 nation 一词非常棘手,不可两全。nation 既可以指国家(如 national anthem 是指国歌,而不是民族颂歌),也可以指民族(如 the Chinese nation 指的是中华民族,而非中华国家)。相比之下,汉语中"民族"和"国家"分属两个概念,并没有重合的内涵。①

由此可见,汉语中无论"国家"还是"民族"都无法表达英语中 nation

---

① 在汉语中,"民族"和"国家"是两个不同的概念,国家是一个政治学概念,而民族则具有人类学和社会学属性。关于"民族"的词源,国内学界有两派意见。第一种意见认为,"民族"作为一个名词是近代以后才出现的,其来源一说为日本人用汉字联成"民族"一词后传入中国。第二种意见则坚持认为,"民族"乃中国土生土长的词汇。例如,黄兴涛指出,这个词在中文近代文献中可以推溯到 1837 年(168)。然而,郝时远却认为,这个词最早出自《南齐书》:"今诸华士女,民族弗革,而露首偏踞,滥用夷礼,云于翦落之徒,全是胡人,国有旧风,法不可变。"(萧子显 1030)在唐朝文献中则有"夫心术者,上尊三皇、成五帝……智人得之以守封疆、挫勍敌;愚人得之以倾宗社、灭民族"这样的表述(李荃 516)。笔者认为,这两种意义上的民族有着本质区别。黄兴涛所云"民族"事实上是现代意义上的民族概念,而郝时远所列举的中国典籍中频繁出现的"民族"字眼并不能支持现代意义上民族和国家的含义。在古代汉语中,"民族"一词实际上包含了两层意思,即"民"和"族",前者指的是普通民众,而后者则指的是家族和宗族,并不等同于现代更广泛意义上的和族裔、种族相关的概念。传统汉语中的"民族"实际上是指小范围的以家族为核心的人群单位,在某种程度上类似于英语中的 tribe(氏族、家族、族人),也就是以姓氏为单位的群体。例如,"吾曾氏之系甚盛,几遍南北,庐陵、临川之外,又有所谓扶风、河内、青、冀、襄阳……诸州,非如民族书所载,正谱之外别有九祖而已也"(宋濂 1315)。可见,古代之"民族"和今日政治话语中的"民族"是两个完全不同的概念,代表了思想史上的两个不同时代。现代意义上的民族概念则是在西方思想影响下形成的,并赋予了"民族"一词新的内涵。

的双重含义。汉语中对"民族"和"国家"的认知是由两个不同的词来执行的,其词义范围比 nation 要窄,故而仅仅把 nation 翻译成"民族"或"国家"都不确切;译成"民族国家"也不妥,因为"民族国家"是偏正结构,其核心强调的是国家概念,即以一个民族为主体建立的国家。① 此外还有学者译成"国族""民族—国家"的,这些概念均属政治学领域,不适用普通话语范畴。英语中 nation 蕴含了"民族和国家""民族或国家"的逻辑双重性(或说模糊性),这在汉语中无法找到一个完全对应的确切词汇。肖滨在《扩展中国政治学的现代国家概念》一文中认为,nation 的翻译实际上是西方文明与中华文明在思想知识概念对接和逻辑沟通过程中的一个"世纪难题"(肖滨 5)。就概念界定而言,中文学术界对 nation 的概念存在很大分歧:"从西方 nation 的概念史以及这个概念复杂的内涵和外延来看,汉语移译 nation(民族/国家)本身就有着一大难题……nation 概念包含的'三位一体'(国/族/民)其实很难用中文表达,原因正在于'民族'一词涵盖不了现代意义上的 nation 概念"(肖滨 7)。肖滨认为,nation 和"民族/国家"这两个术语不对应,体现了汉英概念"一对多"的矛盾,因为汉语中只有"国家"一词,而"西方往往是使用多个单词来指称国家对象、表达国家概念的不同内涵,如英语分别用 country、nation 和 state 来指称'国家'的三个不同方面,即领土—疆域、国族—国民和国家统治体系"(肖滨 5)。实际上,从语义逻辑看,汉语"国家"和"民族"概念更为清晰,界定分明,但同时也意味着汉语缺乏一个更为宽泛的、用于表示国/族/民"三位一体"的重要概念。鉴于此,针对西方学术语境中的 nation 概念,本书采用"民族/国家"这一说法来表示其国/族/人的多重内涵。本书也将根据具体语义、语境分别采用"民族"和"国家"作为相应表达。同时,需要注意到,在加拿大(及西方)文学批评语境中,nation 的首要内涵是"民族",也即社会学、人类学意义上的民族而非政治学意义上的国家。例如,First

---

① 民族国家是欧洲中世纪晚期出现并在资产阶级革命时代普遍形成的一种国家范式。民族国家强调民族与国家的互构,追求"一个民族、一个国家、一种语言"(参见张会龙、朱碧波 43)。

Nations 作为一个广泛使用的词,指的是加拿大各原住民族,而 the nations of Canada 则指的是加拿大境内的各民族。然而,这一"民族"概念却无法脱离"国家"的前提基础。例如,national identity 则指的是加拿大人对构成民族/国家的多元文化的认同,它既是指国家认同,也包括民族认同。鉴于概念的多重属性和英汉语本质差异,本书除采用"民族/国家"这一表述来传达概念意义外,也会使用"民族"和"民族性"两个词来强调文化"加拿大性"的概念,凸显文学的"国家特征"和"民族属性"双重内涵。因此,本书中"加拿大民族性"一词表示的是加拿大作为一个国家,其民族/国家文学的文化表征,它强调其人文诉求、精神面貌而非政治体制。在其余语境中,如不影响概念的理解,则采用灵活表述。

讨论加拿大文学的民族性,必须将民族放置在其文化、历史和社会背景中加以考察,方能深入理解其本质。因此,有必要首先探讨英语中 nation 的确切内涵。从词源上看,nation 来源于拉丁文 natio,意即"出生、来源",而 natio 又来源于古希腊语 nasci 的过去分词 natus。在古法语中,nacion 则表示"出生、国家、家园"。民族的最基本含义包括了前现代民族概念,指的是具有一定血缘关系并定居在一起的社会群体,并没有多少政治含义。进入现代社会以后,民族的内涵发生了重要变化,nation 一词也逐渐获得了越来越多的政治意义,并最终超越了人类学和文化心理学的范畴,其中最为广泛的理解,是指在历史上形成的具有共同地域、共同语言和共同文化基础的在心理上趋于稳定的人群共同体。① 海伍德在《政治和国际关系核心概念》中对 nation 做出了三层定义:"其一,文化上,民族就是由共同的语言、宗教、历史和风俗习惯联结在一起的一群人;其二,政治上,民族是一群把自己当成一个自然的政治共同体的人们,这种观念经典地表现为一种确立或维持国家地位的渴望,但有时也采取'公民意识'的形式;其三,心理上,民族是以共享的忠诚或情感来加以区分的

---

① 参见《中国大百科全书》(第二版)(卷16),北京:中国大百科全书出版社,2009年,第117页。

一群人"(Heywood 138)。海伍德进一步指出,历史学家有时将民族划分为文化的民族和政治的民族,前者强调共同的文化遗产,后者则凸显现代国家的公民意识(Heywood 138—139)。这种对民族概念的理解,一个基本条件就是,民族成员生活在一个相对稳定的共同地域,该地域在政治上有其归属。在地理上相互隔绝,政治上彼此无关的社群,不能称其为民族。从以上论述可以推论,nation 一词的词源学内涵首先是"民族",而后在历史演进中容纳了"国家"的概念。基于这一原因,我们采用"民族"和"民族性"的首要含义来泛指文化、政治和精神意义上的群体认同及其属性,同时默认现代民族的国家认同。

再来看看字典中的解释。《柯林斯英语大词典》中对 nation 一词给出了三条解释:

> 1. an aggregation of people or peoples of one or more cultures, races, etc., organized into a single state: *the Australian nation*. 2. a community of persons not constituting a state but bound by common descent, language, history, etc.: *the French-Canadian nation*. 3a. a federation of tribes, esp. American Indians...①

> [1. 同属于一个单一政体,具有一种或多种文化、种族等属性的人们或多个民族的集合,例如澳大利亚民族。2. 不属于一个政体,但具有共同渊源、语言、历史等属性的人们组成的群体,如加拿大法裔民族。3. 部落的联盟,如美洲印第安人。](笔者译)

这三条定义清晰地勾勒出 nation 的内涵。第一,nation 的核心概念是指人群或民族组成的集合,其前提是一个政体或国家(state)内的民族。因此,nation 是隐含了国家概念的民族的集合。然而,这个定义似乎存在缺陷,因为它把共同语言和领土疆界作为民族存在的基础,事实上,使用不同语言,共同生活在一个区域,有着共同政治或社群归属的人们也可能

---

① 参见 *Collins English Dictionary Complete and Unabridged*, Millemmium ed., Glasgow: William Collins Sons & Co., 1998, p.1035.

成为一个民族。① nation 不是单一的，它包括多元民族和种族及其文化。例如，在加拿大，各族裔使用不同的语言，拥有独特的文化传统，多元共存，形成了北美大陆独具特色的一个民族群体。第二，民族还包括由北美印第安部落形成的集合，他们分布在加拿大和美国各地，超越了国家边界，不属于同一政体，却生活在共同的地域范围之内，因此本质上也构成鲜明的民族。根据以上定义，本书所说的加拿大民族就是指在加拿大这一政体组织下的各民族、文化、族裔群体组成的集合。加拿大人口构成极其复杂，既包括英、法两大主体民族，又包括本土印第安各部族、因纽特人、来自世界各地的移民民族、混血民族（如印第安和法国后裔白人混血的梅蒂人），还包括主要聚集在东部的黑人社群等，这些不同民族和种族集体共同生活在加拿大土地上，同属加拿大国家政体之下，形成了独特而复杂的民族图景。

综上所述，关于民族，其定义有两个基本要素，一是其成员必须共同生活在同一区域；二是这个区域以现代意义上的国家为依托，形成一个社会和政治共同体。这两个前提是民族成员共享文化和精神生活的必要条件。民族是具有相对稳定和统一价值观的人群的集合。

然而，自 1970 年以来，随着加拿大多元文化主义（multiculturalism）政策实施，1980 年以来魁北克政府交互文化主义（interculturalism）政策被采纳，再加上 20 世纪 90 年代跨国民族主义（transnationalism）思潮兴起，加拿大的民族和国家理念发生了剧烈变化，传统的静态、统一的民族观遭到了质疑，已经无法描述加拿大的民族和国家图景。静态民族观认为，民族所有成员的共同属性是相对稳定的。民族是"具有本土性的地域性社群"（Grosby 7）。民族在一个人出生的时候就已经存在，一个人的民族存在包括了"出生、历史成长和文化社区的结构，因而是民族的一种人与人的亲属式的联系形式"（Grosby 7），但这种联系形式不同于家庭，因

---

① 例如，中国境内的 56 个民族被统称为中华民族，他们有的拥有自己的语言和宗教（藏族和维吾尔族等），但在心理情感上却和中华民族有着深刻的认同。

为它是以地域为核心而构建的,也不同于诸如部落、城邦或其他形式的族裔种群。民族不仅涵盖了更广的地域范围,而且"它具有统一的文化,具有稳定性,不会随着时间变化"(Grosby 7)。

这种静态的民族概念无法解释加拿大的历史和现状,因为以出生身份和固定的地理疆界来定义民族归属已经不能适应全球化带来的人口融汇和边界消融造成的新局面。实际上,现代性的到来对静态民族观提出了挑战和质疑,动态民族观应运而生。静态民族观被认为是一种本质主义的概念,动态民族观则信奉多元的民族和国家认同,将民族视为动态的过程和不断扩展和丰富的构建物。早在1882年,法国历史学家厄内斯特·勒南在法兰西学院宣读了影响巨大的《何谓民族?》一文,他指出,世界上有许多民族拥有不止一种官方语言,并且是由不同的种群混居而成的共同体。勒南反对民族的客观主义建构观,他认为构成一个民族的并不只是其外在因素,而且还是一个国家所有居民的精神情感联系。勒南的主观主义民族建构理论得到了广泛认同。在他看来,人是构成民族这个神圣事物的全部内容,而情感是组成民族主义情感的重要元素:"一个民族就是一个灵魂,是一种精神原则"(Renan 42),尤其体现在这些人的"共同意志"(volonté commune)之上。因此,共同的民族认同感可能源自各种因素,如同一种族和血统、共同语言、共同宗教等都可以成为民族感情形成的基础。民族情感的最基本要素是具有共同精神原则、文化记忆或历史。民族成员在创造民族的过程中发挥了积极作用,他们认同民族的共同属性,而语言、历史、文化等属性构成了这个民族的身份认知。文化主义的民族构建观在当前文化理论界具有深远影响。正如盖尔纳所说:"现代人效忠的不是君主、土地或信仰……而是文化。"(Gellner,2006:36)由此推论,一个人对国家的忠诚,是通过对这个国家的文化认同表现出来的,而文学作为文化的重要表达形式对于塑造民族性格和民族身份具有决定性影响。

动态民族理论凸显了文化和精神的核心建构作用,而不依赖生物学特征和地理属性进行划分,这进一步催生出想象民族的观念。本尼迪克特·安德森在《想象的共同体:民族主义的起源和散布》中对想象的民族共同体做出了定义。他认为,民族是人类步入现代性过程中创造的一种想象形式,是心理的、主观的文化构建物,民族是"一种想象的政治共同体"(Anderson,1991:6)。每一个共同体成员认为,某个特定属性是自己的,且相信其他成员都拥有相同的属性。当一个共同体的成员无法在日常生活中接触其他所有成员时,这种共同体就具有"想象的"特质。无独有偶,盖尔纳也指出:"民族主义并不是民族自我意识的觉醒,相反,它创造了先前不存在的民族。"(Gellner,1964:169)

可见,民族身份(national identity)表达了一个国家的人民所共同接受的核心特征,这些特征展现了民族的集体认同基础、精神面貌和社会价值。民族身份是一个广义的词汇,其内涵并非一成不变,而是随着时间和地点在不断地变化,是一个不断涌动的过程。文化理论学家斯图尔特·霍尔(Stuart Hall)在《文化身份问题》中指出:

> 所谓身份,它指的就是在生成(becoming)而不是存在(being)的过程中对历史、语言和文化资源的利用。身份的问题并不是"我们是谁?"或者"我们来自哪里?",而是"我们会变成什么?""我们怎样被表征?"以及我们被表征的方式如何反过来影响我们表征自己的方式。(Hall,Stuart,1996b:595)

根据霍尔的理论,身份是一个内部构建物,一个永远变化的生成过程,而不是静态的存在状况,受文化、地理、环境、历史、思想等各种因素的相互影响。

政治学意义上"民族国家"概念的论述对于理解英语中 nation 的内涵,解释加拿大民族国家的形成过程及当前的动态民族观有很大帮助。民族集体有自主"选择国家"和"建构国家"的权利,回答了"我是谁?""我从哪里来?"的身份之问。张会龙和朱碧波认为,"民族国家"分为两种国家建构方略,即分离型民族国家建构和整合型民族国家建构:

> 分离型民族国家建构即在民族主义驱动之下,通过民族自决脱

离原来的国家体系而建构民族本我的民族国家。整合型民族国家即尝试将国家内部不同的文化群体整合成一个公认并共有的"大民族"的民族国家,普遍地借助民族历史的寻根与想象,建构出一整套民族文化符号、民族精神话语和民族政治仪式,以此来唤醒民族共有的集体记忆,进而强化各民族成员对共同的历史起源、共同的疆域空间和共享的民族身份的认同。(张会龙、朱碧波 43)

加拿大的民族国家建构过程恰恰包括以上两种国家建构方略。加拿大历史上出现过三次大规模的民族主义高潮,即1867年的加拿大联邦独立、两次世界大战期间的民族意识增强和1967年联邦成立百年纪念带来的民族主义运动。加拿大联邦的成立象征着分离型国家体系的建构,这使得加拿大成为一个独立的民族国家。然而,到了20世纪70年代以后,加拿大逐渐走上了多元文化主义道路,将原住民、英法后裔、各移民族裔等不同民族整合在统一的国家建构之下,从而形成了"整合型民族国家"(张会龙、朱碧波 43)。不过,这种国家建构模式又和上述"整合型民族国家"有着本质的不同。按照张会龙和朱碧波所总结的,一般意义上,"民族国家"的建构遵循两个原则,一是"国家政治单位与民族文化单位必须统一",二是"理想的民族国家形态就是'一个民族、一个国家、一种语言'"(张会龙、朱碧波 43)。加拿大特殊的历史建构过程以及多元文化主义的民族图景和双语文化格局决定了加拿大与众不同的民族和国家特征,它建立了"一个国家,两种语言,多种文化"的民族和国家的想象与认同模式,因而与上述"民族国家"概念有很大差异。难怪乎劳顿认为,后现代主义语境下加拿大正在经历"民族国家的危机……加拿大不算是"一个民族国家(Lawton 134)。雷德也指出,加拿大特殊的后现代状况及其"神秘话语"的建构令人质疑"加拿大究竟是不是一个民族国家"(Reid 72)。从政治、社会和文化意义上理解加拿大的民族和国家属性,对于研究加拿大文学的民族性,具有至关重要的作用。综上,nation一词具有复杂的多重意义,既表示文化和精神的共同体概念,又具有政治上国家的内涵,但归根结底,探讨加拿大文学中的民族和国家,其核心是发掘人们称之为"加拿大"的这个国度的精神和文化面貌,"加拿大性"首先体现为加拿大人(即作为多民族国家的加拿大国民群体)的文化特质和民族性格。本书的研究焦点是探索加拿大文学的人文风貌和文化特质,而非聚焦文学的政治学意义。从这个意义上讲,采用"民族"和"民族性"来表示文学的"加拿大性"或加拿大特征,不失为一个恰当的表达,其内涵和 nation 一词基本重合。当然,需要指出的是,在本书中"民族"一词并非表示单一的民族构成,而表示"多民族"(multinational)的身份和文化认同(Lawton 134)。在多元文化背景下,不同民族共同构成了加拿大民族性,而"加拿大民族性"一词首先默认加拿大作为国家的政治学内涵,但更重要的是强调其民族认同和文化特质。

三、加拿大文学的民族性

在加拿大,如何通过文学建构民族,这个问题长期占据理论与文学实践的核心地位。关于民族性表述也五花八门,如加拿大性、民族性格(national character)、民族身份(national identity,或译民族认同)、民族属性(nationality)、加拿大主义(Canadianism)、加拿大特色(Canadian character)、加拿大身份(Canadian identity)、加拿大情怀(the Canadian sensibility)等,不一而足,这些词几乎可以完全互换。例如,戴沃特在1864年指出,文学在"民族性"(nationhood)的构建中发挥重要作用,是对"统一的民族性格(national character)的证明"(Dewart ix)。他认为,加拿大文学应当反映加拿大人的共同心理素质,民族群体在文化上应具有相对稳定的共同特征,因为文学是对统一民族性的追求。沃特斯在《不知名的文学》一文中写道:

> 对于每一个为世人所共知的国家而言,其文学都理想地构建和表达了民族性格/国家特色(national character),提炼、塑造并表述其民族精神(nation's spirit)。小说家、戏剧家和诗人创造出了人类和大众中的英雄角色,在他们的身上,一个民族(people)可以看到自身的镜像,从而认识自我,预见将来。(Watters 48)

综上可见,在加拿大,文学的民族性概念包含了两层内涵,一是加拿大文学作为区别于其他国别文学的鲜明特征(如主题模式、社会特征),这些特征反映出加拿大人的共同情感、态度、精神面貌和现实生活;二是加拿大文学体现出加拿大人的身份认同和民族、国家形象与意识,这种身份认同包括个体的自我认识,更包括民族的集体认知。

不过,卡特认为,"民族性格"一词由于其非学术化特性"逐渐让位于一个更具哲学和心理学意味的词汇"(Carter 5),即"民族认同"(national identity)。而民族认同往往和民族文学(national literature)乃至民族(nation)本身相互纠缠,错综复杂。民族/国家认同首先是一种情感,并属于文化范畴,包括思维方式、伦理风俗、道德判断、价值观念、人际关系、社会组织形式、行为模式等因素。由于构成民族的基本要素是种族、地域、人口等,因此支撑其结构的就是民族情感的维系和文化认同,这就是一般意义上的民族认同。

自加拿大文学发轫以来,文学界和理论界一直致力于建构文学的加拿大性,努力以文学想象为媒介定义民族性,通过加拿大意象、主题、象征等,彰显加拿大文学区别于其他国别文学的显著特征,反映加拿大人的精神境界。例如,文学理论家弗莱提出了著名的"边哨心态"(garrison mentality)(Frye, 1965: 225)。他认为,加拿大的文化精神开端可以追溯到一系列的驻军和堡垒,这些堡垒是"一系列小型而孤立的社区",代表了加拿大人对深不可测的广阔自然的防御心理,在这样的环境中,人们"对维系群体的法则和秩序敬畏有加",从而形成了对想象力冲动怀有敌意的说教倾向,这定义了加拿大文学和艺术的最初条件。弗莱用边哨这一军队隐喻来描写加拿大人的心理防御状态和对外部力量的排斥。除了弗莱的理论总结,许多学者都提出了对加拿大性的总结性主题和形象,如阿特伍德的"幸存者"、琼斯的"岩石上的蝴蝶"、莫斯的"放逐与孤独"等。这些主题被认为是文学对加拿大人性格和精神世界的真实写照,既反映出国民性格,也体现了加拿大文学的主题和社会特征。

加拿大性不仅包括对民族精神的探索,也包括对身份认同的追寻,尤其是针对弗莱的"我是谁?"和"这里是哪里?"两个问题的解答。例如,在1971年的《主流》一文中,萨瑟兰(David Sutherland)对加拿大文学和"国际"文学做出了对比。他认为,"加拿大性"对加拿大人来说"是一个再浅显不过却也概念极其含混的民族词汇了"(Sutherland, David, 1972:31)。与"加拿大性"相比,"民族性"(nationality)具有更高的概括性和抽象性。① 在《小说与民族:加拿大文学论集》(*Novels and the Nation: Essays in Canadian Literature*)中,弗兰克·比尔巴尔辛(Frank Birbalsingh)使用这个词来表示加拿大文学的民族特征。在他看来,文学的民族性是一个历史的动态构建过程,加拿大先后经历了殖民主义、民族主义、后殖民主义等重要阶段,具有自己鲜明的特征。他在导论中指出:"加拿大民族性是独一无二的。和所有通过反抗帝国统治的手段建立民族性的前殖民地国家不同,加拿大采取的是中间路线,总体上避免对抗。"(Birbalsingh vii)加拿大"民族性的种子是在不断变换的土壤环境中生根发芽的,构成这块土壤的是不确定的忠诚、迟缓的接受、犹豫不决的妥协和低调、谨慎的中和态度"(Birbalsingh viii)。比尔巴尔辛指出,在文学上,加拿大作家对民族性的构建从托马斯·钱德勒·哈利伯顿(Thomas Chandler Haliburton)的时代就已经开始了,而且人们对民族性的理解在不断发生变化,从早期单一的盎格鲁-撒克逊身份认知发展到包容了英裔和法裔文化的双元民族统一身份,经历多元文化的洗礼,最后形成了对加拿大的"国际性或跨民族(supra-national)身份认同"(Birbalsingh xiii)。他强调,这种跨越性具备"加拿大的本质特性"(quintessentially Canadian),并用

---

① 英语中 nationality(民族性)是 nation 的抽象形式,表示民族的属性、身份、特征。古奇把 nationality 解释为"共同的情感"(common sympathies)(Gooch 6),这个词有的时候是指源自种族或血缘的身份,语言和宗教社区也在很大程度上是核心成分。古奇认为,民族性是指"共同拥有一段民族历史,是共同记忆的社区,其成员拥有集体荣誉感和耻辱、欢乐和悔恨,这些情感均和过去的相同历史密切相关"(Gooch 6)。安德森在《想象的共同体:民族主义的起源和散布》中则把 nationality 解释为 nationness,认为这两个词可以互换,都表示民族属性,但 nationness(民族的属性)通常"具有多重含义"(Anderson, 1991:4)。因此,nationality 是一种情感认同,表示一个民族的属性或归属。

马歇尔·麦克卢汉的"地球村"这一形象来描述加拿大身份认同的"国际主义"(internationalism)(Birbalsingh xiii)。通过对政治和文化环境的简短分析,比尔巴尔辛指出,加拿大的民族性是独特的"没有定义的民族性",作为一个民族/国家,加拿大介于资本主义和共产主义两大阵营之间,它所发挥的作用是"中间权力",对加拿大人来说民族性就是"非鲜明的意识形态和平衡的、实用主义的中立性"(Birbalsingh xiv)。

或许最能代表文学"民族性"概念的一个名词是"加拿大想象"(the Canadian Imagination)。这个表述在加拿大文学批评史上被广泛使用。1965年,弗莱在克林克的《加拿大文学史:加拿大英语文学》的结语中频繁地使用"想象"一词,并提出"加拿大想象"应当肩负加拿大文学构建民族性的社会责任。他指出,文学、文学批评与文化历史密不可分,文学主体表达了加拿大人的"社会想象",这种社会想象有"其自身的生长节奏和表达方式",因此加拿大文学"对理解加拿大是一个不可或缺的工具,它记载了加拿大想象对社会的回应"(Frye,1971:215)。弗莱的"加拿大想象"成为文学批评史上最有生命力的一个隐喻。这个概念一经提出,就在加拿大文学和文化领域引起了持久、广泛、强烈的反响,并波及艺术、摄影、历史、媒体、教育、科技等各方面,甚至体育界也开始追求"加拿大想象",通过冰球运动积极构建加拿大的民族和国家形象。1972年,戴维·斯托克(David Stouck)在《加拿大文学》期刊上发表了《加拿大想象札记》一文,分别从加拿大地理自然景观、浪漫主义文学传统、加拿大绘画艺术等角度对弗莱的概念进行了深入阐释,并在文章一开始就强调,加拿大想象与美国想象的不同在于,"在身体和情感上的限制和约束从一开始就决定了加拿大想象的性质"(Stouck 9)。同年,阿特伍德出版了《存活:加拿大文学主题指南》,在书中总结了加拿大文学的特征主题。她认为,代表美国文学中心象征的是拓荒精神,代表英国文学的是岛屿精神,而代表加拿大的则是存活精神。斯泰因斯(David Staines)在1977年出版的《加拿大想象:文学文化的范畴》做出回应。这本书共收录了8位著名文化人物的文章,其中包括阿特伍德、麦克卢汉、伍德考科(George Woodcock),从小说、诗歌、戏剧、媒体理论等各方面对加拿大文学和文化想象做出了阐释。

由此可见，无论是"加拿大想象""加拿大性"，还是"加拿大民族性"，这些概念不仅是文学想象的追求，也和加拿大文学批评有着不可分割的关系。20世纪60年代，在文学理论领域，甚至形成了一派特色鲜明的批评模式，被称为"加拿大批评"（Canadian criticism）。在加拿大，"加拿大批评"一度成为建构民族性的代名词。1965年，弗莱提出"加拿大批评"这个表述。在他看来，"加拿大批评"就是加拿大文学批评：文学负担了社会和民族身份建构的神圣职责。作为一种建构文学民族性的手段，加拿大文学批评一直在批评方法、视角、内容、范围和风格等方面有着强烈的反思和对比倾向，这使加拿大批评也带有强烈的民族和国家倾向。弗莱的加拿大批评引起了学界的一系列巨大反响。1969年佩西出版了《加拿大批评文集：1938—1968》，书中收集了30年间具有影响的加拿大文学批评论文，是加拿大20世纪60年代最具影响的一部关于"加拿大批评"的论文集。1970年，伍德考科出版了《返程中的奥德赛：加拿大作家和作品论文集》，对1955年和1966年的加拿大批评进行回顾。1971年，曼德尔（Eli Mandel）出版了《加拿大批评的语境》，总结了加拿大文学批评的成就，并提出新时代文学批评应当摆脱主题批评的困境，开拓扩展批评视野，扩大加拿大文学批评的语境范围。1977年，卡梅伦和狄克逊二人在《加拿大文学研究》上发表文章进行批判，认为"加拿大批评没有能够完成它的首要任务，即在读者和作者之间充当媒介作用，而是因其狭隘的视野背叛了读者和作者，无法记录加拿大文学的成就"（Cameron and Dixon 137）。他们认为，加拿大批评不等于文学批评，而现行的文学批评手段和方式过于单一，集中在文化和社会批评语境中，"加拿大文学必须被当作文学的自足世界来对待，对不同的作品其分析手段和标准也应该各不相同"（Cameron and Dixon 138）。1997年，海博莱（Ajay Heble）等人编纂了《加拿大批评的新语境》，作为对曼德尔的回应。在这本集子里，编者指出，自从曼德尔的书出版以来，加拿大的文化环境已经发生了巨大变化，同样的"关键词"对于不同的人群来说具有不同的含义,而加拿大批评的新语境应当容纳更多的话题,如民族、历史、文化、身份。因此,海博莱提出"构建一个新型共同体"的可能性(Heble 79)。两年后,阿齐兹(Nurjehan Aziz)编纂了《游动的边界:加拿大批评的新语境》,从族裔文学的视角对加拿大批评做出了新的定义。在前言中,瓦桑吉(M. G. Vassanji)对阿特伍德等人的民族主义文学立场以及另一个"怪兽"即多元文化主义展开了猛烈抨击。他对"加拿大核心身份认同"表示质疑,提出加拿大批评应当努力创建一个新的"共同体",这个共同体并不是"碎片化的集合",而是能够容纳人性本身的新的文化语境(Vassanji, 1999: viii)。

在加拿大,民族性的构建是一个包括文学写作、文学批评和文化社会构建的三元过程,三者相互影响,共同塑造了文学的"加拿大性"。可以说,加拿大文学领域一度形成了意识形态——文学批评——文学创作的三角结构体系。民族性的构建就是在文学不断顺应和背叛意识形态及其民族主义文学诉求的过程中进行的。此外,加拿大文学批评内部也存在强烈的矛盾和冲突,尤其体现在外向型的文学批评和内向型的文学批评(如地域主义文学批评等)之间。外向型的民族主义文学批评认为,应当建构统一的文学形象、范式和理论,以凸显加拿大性;而内向型的文学批评则尖锐地指出国家主义的宏大叙事抹杀了国家内部的地域、民族细节,忽略了现实的复杂性,企图以大一统的表征强权压制文化的多样化表达。加拿大文学民族性的构建既是文学文本的构建,也是文学批评的构建,更是文化和社会外在因素的构建,这三者之间相互影响,形成了一个交错复杂的辩证性互构网络。

总之,民族性是一个极为复杂的概念,可以是某种社群情绪和情感、文化情结、思维方式、行为模式、社会和政治运动、意识形态等。文学的民族性是人们出于对民族和国家身份的追求而在文化上的认同,但通过政治、宗教、文艺、语言、思想等各种形式表达出来。民族性以民族和国家为依托,最终上升为一种集体信念。历史学家古奇认为,民族是"一个精神上的实体"(Gooch 6)。文学的民族性建构通过文字、语言和艺术的形式来构建想象中的共同体。克罗勒在《剑桥加拿大文学指南》中指出,加拿大文学"无论是口头文学还是书面文学形式,都无法用赫尔德的'精神'(Geistesgeschichte)一词来解释,因为加拿大文学不是用一种语言写出来的关于一个民族的故事"(Kröller 264)。民族的本质"在于其建构性,我们应当把文学评论家视为想象共同体构建过程中的参与者"(Kröller 264)。莱克认为,安德森的想象共同体这一概念对阐释加拿大文学的复杂性大有裨益:"加拿大就是一个关于群体的充满戏剧性的叙事,关于这个群体的最强有力的表达方式,就是用新的想象来重建这个国家。"(Lecker, 1995:10)文学作为一个民族的想象产出,体现出其文化、历史、社会各方面的风貌。

本书分为上、下两篇,上篇主要探讨了加拿大文学创作与文学批评中的民族想象。通过理论阐述和探索,揭示加拿大文学发展史和现状中的民族与国家主线,并总结了文学加拿大性的重要属性和特征。同时,将加拿大文学民族性构建划分为殖民写作、地域主义、民族主义、多元文化主义、跨民族主义和超文化主义等,划分了文学民族性的动态想象过程。本书下篇选取了涉及民族概念的典型阶段和主题,并通过对这些文学文本进行批评,阐述了加拿大民族性的文学表征,从不同视角对文学加拿大性进行了解读,内容包括布鲁克的对话主义、阿特伍德的民族主义思想、麦克劳德的地域主义叙事、门罗短篇小说中展示的苏格兰记忆、翁达杰(Michael Ondaatje)的后殖民主义写作和多元文化主义、马特尔的超文化主义和超个人叙事,以及魁北克的民族写作。本书旨在通过对文学与文化的共同阐释,揭示文学对民族、国家、族裔、文化、地域和身份的想象构建作用。同时,从地域主义、后殖民主义、多元文化主义、跨民族主义和超文化主义等理论视角解读"加拿大性"的多样性体现。这些作品对民族性想象这一动态历程进行了注解和说明。通过剖析加拿大文学加拿大性,我们可以看到,文学想象中的国家和民族性建构超越了地域、民族、国家和身份的限制,并具有隐喻性、符号性和教育性。这种想象构建不仅塑造了"想象共同体",而且是一种超越各种边界的文化意义上的协商过程,是基于对话主义和复调性叙事书写。然而,无论是超文化主义写作还是世界主义写作,文学想象并没有完全脱离加拿大的具体地理、历史、民族和文化等现实基础。加拿大文学在国家和新型想象性与协商性民族构建框架下进行叙事过程,并强调多元、流变和交融的集体想象。它既超越了地域、国家和民族的限制,又具有广泛的包容性,展现了独具特色的加拿大文学想象图景。

上 篇

理论探微

第一章　加拿大文学民族性的动态建构

在加拿大,文学批评与文化建制事业密不可分,而文学批评和理论在民族想象和国家身份的建构史上,对整个国家文化体系的构建起到了至关重要的作用。寻找加拿大性,建构文学的民族性,这是加拿大文学和批评由来已久的核心话题,文学创作和想象如何反映加拿大的现实生活、地理环境、历史传承、思想和精神状况、社会风俗、行为模式等,这些话题和加拿大文学的民族性构建有着千丝万缕的联系。自加拿大殖民地时期开始,人们就一直在探索文学和社会的关系。加拿大文学如何展现民族身份和形象?文学如何在民族和国家认同过程中发挥文化建构作用?换句话说,加拿大文学何以称为加拿大文学?这些问题一直是困扰加拿大文学批评界的难题。

科尔斯(Sarah Corse)在《民族主义与文学:加拿大和美国的文化政治》中指出,文学和艺术是一种形而上的高层次文化形式,一向被当作构建民族文化的工具,"通过对不同国家文学的比较,我们就会发现,民族性文学之所以存在,并不是因为他们无意识地反映了真正的民族和国家差异,而是因为他们是民族差异构建过程中不可或缺的一个组成部分"(Corse 12)。在文学创作和批评领域,民族和国家差异的构建,是一个无形的过程,并不可避免地受到政治、经济、环境等因素的影响。对加拿大人来说,寻求"加拿大性"并对其进行定义是获得国际认同和身份的重要途径。民族性的建构过程中,文学当仁不让——文学在很大程度上帮助人们认识加拿大并感受加拿大独特的民族特征。著名学者哈琴(Linda Hutcheon)在《多元文化的喧闹声——其他孤独的接受》(1996)一文中指出:"如果没有了文字,没有了我们这些作家的文字,没有了我们作为读者和公民进行沉思的文字,那么对任何人来说加拿大都没有任何意义。"(Hutcheon,1996:17)文学史编纂家罗伯特·莱克(Robert Lecker)在一篇题为《一个没有经典的国家?:加拿大文学和理想主义审美》的文章中呼吁:"我想寻找一个加拿大社区,我认为我们有很多属于加拿大的理想。"(Lecker,1993:8)乔纳森·科尔(Jonathan Kertzer)则在《为民族忧虑:想象加拿大英语民族文学》指出:"我们必须不断地深入探讨,研究如何利用想象构建民族;必须搞清楚想象是如何给一些文学作品打上民族的烙印,搞清楚想象是如何给文学批评赋予历史使命的。"(Kertzer 193)

然而,民族和国家却是两个非常难以定义的概念。随着全球化时代的到来,后现代主义思潮、后殖民主义视角、世界主义对民族、国家的本质提出了质疑。安德森则提出了著名的"民族的想象共同体"理论,把民族理解为文化构建物,消解了客观构建主义的民族构建理论,把解读民族文化的指挥棒交给了想象力,使文学和写作成为民族性构建的主要工具。伊格斯指出,以往人们认为一个社会和文化的决定性因素是其社会结构和过程,但是这些因素现在正越来越被看成是"一个沟通性共同体的文化产物"(Iggers 123),而且在政治、社会、文化和思想史上,语言逐渐开始占据核心地位。文化变成意义的网络体系,就像文学文本一样。后殖民主义理论家霍米·巴巴认为,语言是民族构建过程中的重要工具,语言学的诸多概念,如任意性、能指和所指被应用到民族性的构建过程中,这样就把国家和民族原本属于政治学领域的概念放置到了语言、文学和文化的语境中加以考察,把文学文本视作民族性的文化符号学象征。爱德华·赛义德也看到了文学作品在民族身份构建过程中的作用。他认为:"文学作品代表了一个大规模的结构,通过这些文学作品,我们可以认识并理解这个结构"(Said，1978:66)，而没有了语言和文学，现实世界就是一片混沌状态。安德森指出，语言具有一种创造"共时性共同体"(Anderson，1991:145)的力量，这种创造过程就像人们阅读报纸或者吟唱国歌一样，通过文学的力量构造民族性，传达民族价值和信仰，最终实现民族身份的塑造。

安德森的文化建构主义民族性强调了民族共同体内部成员的想象力量，把民族性的构建看成一个不断变化的动态过程，这也就意味着民族性的构建本质上是一个历史过程，在不同的历史阶段，人们对民族和国家的身份认知会有所差异，而这些差异必然会体现在这一时期的文学作品中。当代哲学家罗蒂指出："虚构(fictions)已经成为当代道德变迁和进步的最重要载体"(Rorty n. p.)，文学越来越成为文化、社会、伦理和精神的隐喻，积极参与了民族和国家身份构建。德里达指出："文本之外，别无他物"(Derrida，1976:158)，这一观点凸显了文学想象的符号学本质，为"民族的叙事"奠定了文化思想的基础。德里达的解构主义理论暗示了文本的过程性，也就是一个能指滑向另外一个能指永远不会中断的符号链条。因此，如果把文化看作文本的话，那么有关民族身份想象和民族性的文本就是符号的滑动链条，是历史的过程。莱德考普在《剑桥加拿大文学指南》中用"共同体的叙事"总结了加拿大民族文学的本质和过程。他认为："尽管民族本质被视作一个虚构过程……但它确实作为一种国际政治现实存在着。"(Redekop 263)加拿大是一个充满生命力的民族，它的民族文学"就像一场正在进行着的对话，而不是一座静止不变的纪念碑"(Redekop 263)。

把加拿大文学民族性构建视作一个动态的历史过程具有三个重要意义。第一，这种动态的文学构建观意味着在不同的历史时期和不同的地域，人们的价值理念、道德伦理、行为模式等都不是完全相同的，而有其各自的历史和地域特征。因此研究加拿大文学民族性构建必须采取动态的历史观点和视角。第二，构成一个国家文学和文化文本的价值体系不是封闭式的，而是一个开放的场域，因此不能把一些局部的、有限的文本符号学解读套用在文学文本的全局之上,反之,也不能用一种整体性的宏大叙事结构来约束文学表述的特殊性、地域性和族裔性等,而是应当确立多元化视角。第三,加拿大文学的形成和发展以及加拿大文学批评的发展有其特殊的历史性和现实性。对民族性的追求从来都没有摆脱历史、政治、文化、地域、地理、民族等问题的影响,因此,对民族性构建的探讨不能脱离加拿大社会与现实的外部语境。正如戴维在《加拿大理论和批评:英语部分》一文中所说,自 19 世纪中叶以来,加拿大文学批评"通常总是与界定民族文学的任务,也总是与提出加拿大的成长的叙事密切相关",加拿大批评"主要致力的方面包括对加拿大英语作品和普遍的文学价值观念的树立、对独具特色的民族文化的政治效用的追求、对加拿大独特景观的描绘、对殖民开拓者社会的强烈物质意识的关注,以及对加拿大内部沉思内省的魁北克法语文学以及美国新文化的外部影响的焦虑等"(Davey,1994b:131)。

当然,动态的历史构建观不同于虚无主义的民族性,因为加拿大文学文本和文学表述总是以民族国家这一政治实体为基础进行的,在解读文学的文化象征时不能彻底抛开政治、社会、历史、经济、民族等外在因素,陷入文本自足的内部循环和个体的想象。政治和权力依然在民族/国家建设中发挥着重要作用,文学作品作为历史的书写和民族的叙事也必然不能完全脱离政治和权力话语所织就的网络,因此在加拿大文学文本的构建过程中,既是文化符号的文本,也是权力的文本。加拿大文学的民族性究竟是什么样子?迄今为止,关于加拿大文学的"加拿大性""民族特征""民族身份和认同"等的论述和专著可谓汗牛充栋,却众说纷纭,莫衷一是。为了避免主观化评价的危险,本书主要采取历时的描述性手段对加拿大文学及文学批评进行论述。正如前文所述,民族性是一个动态的构建过程,如果说加拿大文学具有其民族特征和"性格",那么这些特征和"性格"必然就存在于历史之中。

总的来说,虽然学界对加拿大文学的民族性特征众说纷纭,但根据加拿大文学和文学批评发展史,我们可以看到,加拿大文学的民族性构建包括四大方面,它们大致也对应不同的历史发展阶段,即地域主义阶段、民族主义阶段、多元文化主义阶段、跨民族主义和世界主义阶段。其中地域主义阶段并不局限于前民族主义,而是贯穿了加拿大文学发展史的整个过程。

第二章　民族性与地域主义

在加拿大文学中,地方意识和国家认同一直是探索文学民族性过程中的一对矛盾。地域主义文学创作和批评在文学民族性建构中产生了不可抗拒的影响,因为从文学视角对加拿大加以审视,首当其冲的就是"地方"或"地域"概念。加拿大文学作为有别于英美文学的范畴,被纳入不同的分类——英联邦文学、北美文学、新世界文学等,这些命名实质上都涉及对空间和地方的划分,而地域性则与文学的"加拿大性"发生着千丝万缕的联系。地域经历和想象在多大程度上能够代表民族性,是理论界一直争论不休的话题。事实上,在殖民地时代,加拿大一直被视为英国的一个地域而存在,到了当代,地域主义进一步分化,形成了安大略文学、魁北克文学、纽芬兰文学、新不伦瑞克文学等各种地域文学,它们强调各自的地域生活和文化异质性,否认统一的国家文学意象,认为不存在特征鲜明的加拿大文学性。

的确,在加拿大文学民族性的建构过程中,地域主义一直被认为是妨碍表达鲜明"加拿大性"的存在,批评者认为其独特性和差异性不能凸显人类的普遍主题,因为"一个国家或文化的核心都有它自己的统一的象征"(Atwood,1972b:31)。布朗在1943年旗帜鲜明地反对地域主义文学,认为地域主义对加拿大文学造成了负面影响,不利于建构统一的加拿大文学形象,因此地域主义"必定要失败,因为它强调表面和特殊的东西……却忽

略了最基本和人类共同的东西"(Brown,1943:21)。他写道:

> 地域主义是直接妨碍国家文学发展的一股力量,我们不能指望它迅速地衰落。加拿大不是一个一体化的整体。海洋省份总是回顾作为独立殖民地的日子……法属加拿大是一个不同的文明;安大略省不自觉地认为自己是加拿大人生活的常态;草原省份沉浸在其特殊而生动的西部历史中;不列颠哥伦比亚省对邦联成立前的生活和持续独立的身份情有独钟。地理分隔则加强了历史的影响。安大略省与沿海省份被魁北克这块坚固的飞地隔开;在人口众多的安大略省南部和大草原之间,劳伦斯地盾插入了另一个巨大的屏障……大多数加拿大人不愿意去探索加拿大生活的多样性。(Brown,1943:21)

然而,吊诡的是,虽然地域主义作家对统一的国家形象不感兴趣,但他们的作品却在现实意义上定义了"加拿大性"的本质。正如弗莱所指出的,"在加拿大,最根本的文化和想象情感都是具有地域性的"(Frye,2002:267),加拿大人的身份认同植根于想象和文化作品之中:

> 在我看来,在加拿大,最根本的文化和想象情感都是具有地域性的。纽芬兰面朝大海,张开怀抱;大西洋沿岸省份风光旖旎,一派田园景象;魁北克有强烈的民族感和圣劳伦斯河畔遍地的农场;安大略城镇、农场和避暑田舍星罗棋布;大草原上每个人(尤其是在骑马的时候)都觉得自己是宇宙的最高点;还有大不列颠哥伦比亚海岸线上的重峦叠嶂和茂密的森林。这些团体内部又居住着形形色色的人群:大西洋沿岸的阿卡迪亚法国后裔、东部城镇和维斯蒙特的英裔飞地、温尼伯的乌克兰和冰岛人混合群……这一切都是我们再熟悉不过的了。(Frye,2002:267)

从文学发生学的视角来看,加拿大文学的发展正是从地域写作起源的,因而加拿大文学的体内流淌着强有力的地方想象的血液,地域主义是文学民族性建构的一个重要元素。地域和国家/民族概念一起占据了加拿大文学的核心话题。加拿大拥有广袤的土地和形态各异的地理、地质区域,居住在广阔领土范围内的各民族有着各具特色的风俗、语言、文化、传统,地域文化和地理环境对人们的精神世界和文学创作造成了深远影响。许多学者认为:"地域是加拿大文化的一个决定性特征。"(Fiamengo 241)。乔治·伍德考科在《时空的汇合:加拿大文学中的地域主义》中指出:"没有地域文学就没有加拿大文学",因为加拿大的地域形成是一个"历史文化现实……并且和加拿大国家的诞生过程合而为一",加拿大的独特性就在于它是"许多地域的共生体……而不是根据某些抽象的政治概念组建而成的中央集权国家"(Woodcock,1981:7)。地域是加拿大文学想象的重要源泉,西部大草原、大不列颠哥伦比亚的崇山峻岭和茂密的森林、纽芬兰与世隔绝的高原环境、大西洋各省开阔的海洋和冰山、寒冷的北极冻土地带,这些元素无不为加拿大作家提供了文学创作的灵感,使得文学作品彼此迥异,具有鲜明的地域特征。弗莱在《灌木丛花园:加拿大想象散论》中强调,加拿大不同的地理景观深刻影响了作家的地理和环境认知,他们在文学想象上对地域的认知和认同甚至超出他们对这个国家的认同(Frye,1971:i)。

更加吊诡的是,地域的划分和认知本身就是一个错综复杂的问题,因为在加拿大并没有一个统一的地域划分标准,地域也并非纯粹依赖行政区划区分出来的省份。正如弗兰克斯在1994年的一篇名为《数数加拿大:一、二、四、十、更多》的文章中所指出的,"怎样数清加拿大"仍是一个问题。他认为,政治上,加拿大是"一个国家、两种语言和文化、四个区域、十个省份、多种利益集团"的集合体(Franks 1)。按照地理、地质特征和行政、人口分布特征,加拿大可以划分为大不列颠哥伦比亚省、草原三省、安大略和魁北克两个中部省份、大西洋沿岸五省、育空地区、西北地区(1988年成立)、那努武特地区(1999年成立)。然而新的区域和地域仍然在不断酝酿之中,例如其中大西洋五省中的纽芬兰—拉布拉多省是2001年纽芬兰省更名而来。加拿大首先是由英语和法语文化两个文化区域构成的"两厢孤独"的国家。除了行政和地理划分,在文学想象以及日常生活中,人们对地域的认知远远不止这些。丁林棚在《加拿大文学中的地域和地域主义》中认为,地域还可以分成形式主义、文化主义、神秘主义等不同的模式(丁林棚,2008b:29)。

形式地域主义根据地域的地理环境、气候、地形等共同特征划分地域,而形式地域主义文学则包括草原文学、海洋文学、高原文学、岛屿文学、城市文学等。形式地域主义文学作品中地理面貌和自然环境常常成为其决定性特征。正如道各拉斯·R.弗朗西斯所说,文化主义地域认知并没有提出实体的地域边界,使地域相互割裂,而是把这些地域变成动态的、多元的"心理景观"(Francis,Douglas R. 572)。例如,文化主义的地域把加拿大分为英、法语言区域。休·麦克伦南(Hugh MacLennan)出版的小说《两厢孤独》(*Two Solitudes*)就描写这两个地域在历史、社会、宗教、民族和语言方面的差异。小说中的地理描写具有深刻的文化象征意义:"顺着蒙特利尔的拐角处往下,两条河流在岛屿周围汇合……两个古老的民族和宗教在这里相会,并继续着它们各自的传奇故事,肩并着肩。"(MacLennan 3)渥太华河与圣劳伦斯河在小说中分别象征加拿大的两个奠基民族,这种象征主义的描写显然和地域文化及地理想象有着不可分割的关系。在文学想象中,加拿大从来不是一个统一可见的整体,而是由无数无形的想象区域所组成,这些区域包括地理区域(太平洋、大西洋、草原各省)、民族区域(法裔和英裔地区)、语言区域(如魁北克、马尼托巴省、新斯科舍等地的法语聚居区,布列塔尼角的苏格兰盖尔语地区等)等。

文化地域主义聚焦于在文化上相近的群体所组成的地域认知,这些群体以共同的文化认同为基础,反对中心对边缘的压制,对统一性的民族文学建构话语进行抵抗。例如,少数族裔和土著作家认为,把加拿大想象总结为"两厢孤独",这是文学话语和文学批评的国家霸权,因而造成了"第三种孤独"(third solitude),忽略了文化地域的表达。蒙特利尔的犹太聚居区反响最为激烈,他们同样使用英语进行创作,有的甚至成为加拿大文学史上的经典作家或批评家,如克莱恩(A. M. Klein)、里奇勒(Mordecai Richler)。1984 年,图尔钦斯基(Gerald Tulchinsky)发表了《第三孤独:克莱恩的蒙特利尔,1910—1950》;1998 年蒙特利尔大学召开了主题为"第三种孤独:加拿大少数民族写作"的学术会议,把"第三种孤独"的范围继续扩大到了族裔的范畴之外。会议发表的论文集中包括不少加拿大经典作家如克拉克(Austin Clarke)、翁达杰、沃特森(Sheila Watson)等的作品。可见,在加拿大,地域并非地理和行政概念,而是道各拉斯·R.弗朗西斯所说的在文学和文化想象中构建出来的一种"思想的境界"(mindscape)(Francis Douglas R. 572)。每年都有大量关于地域的文学作品和文学选集出现,它们有的强调省份之间的差异,有的强调民族地域,也有的强调想象地域,这使得对"加拿大性"的探索更加复杂。

值得一提的是神秘地域主义,这种认知模式赋予地域一种文化和想象的独特属性。文学想象中的区域和行政、地理区域并不重叠。神秘地域主义认为地域不只是地理和经济现象,不只由现实决定,而是人脑建构的产物。著名理论家麦克卢汉家认为,加拿大"存在于我们大脑中看不见的边界线中"(McLuhan 241)。地域作家在想象中"吸纳一个地方的文化物质并将其转化为这一地域人们都认为属于自己的某种神话,而没有了这种神话,这个文化地域就不会存在"(Westfall 9)。例如,加拿大北部地带已经成为文学中富有神秘色彩的想象乌托邦,被构建成超越时空的文化象征和符号。北方主题甚至成为加拿大文学区别于其他国别文学,尤其是美国文学的典型特征。普莱斯顿认为:"第六个区域,大北方,也就是横跨两个地区和其他各省部分区域的区域,常常被我们所忽视,而这个区域却和加拿大其他地方迥然不同。"(Preston 5)神秘而没有边界的北方不仅是地域主义文学的灵魂,甚至成为加拿大文学的代名词。阿特伍德的《异象:加拿大文学中凶险的北方》就是对加拿大北方文化意象和传奇的归纳和总结,而其小说《浮现》则描写了魁北克北部的原始森林和湖泊,并以"北方性"作为加拿大的文化象征,使小说成为加拿大北方神秘文学的典型代表。

加拿大地域主义作家可谓数不胜数,他们以自己生活和想象的地域为创作蓝本,建构独特的文学景观,为加拿大文学的民族和国家风景画添加了绚丽的色彩。著名的地域文学作家有如温哥华作家杰克·霍金斯

(Jack Hodgins)、伊索尔·威尔逊(Ethel Wilson)、草原文学作家玛莎·奥斯坦索(Martha Ostenso)、辛克莱·罗斯(Sinclair Ross)、W. O. 米切尔(W. O. Mitchell)、罗伯特·克罗奇(Robert Kroetsch)、玛格丽特·劳伦斯(Margaret Laurence)、海洋文学作家厄内斯特·巴克勒(Ernest Buckler)、戴维·亚当斯·理查兹(David Adams Richards)、纽芬兰作家琼·克拉克(Joan Clark)、韦恩·琼斯顿(Wayne Johnston)、布列顿角作家阿里斯泰尔·麦克劳德(Alistair MacLeod)和安-玛丽·麦克唐纳(Anne-Marie MacDonald)、马尼托巴作家桑德拉·波德塞尔(Sandra Birdsell)、萨斯卡切温作家鲁迪·韦伯(Rudy Wiebe)、安大略作家史蒂芬·利科克(Stephen Leacock)、爱丽丝·门罗(Alice Munro)等。

　　地域主义文学拥有一些典型的特征。第一，作家在创作过程中往往充当"地理描绘者"的角色，作品背景都设置在作家生长和生活的地域，以一个固定的虚构地点作为故事背景，对这个地域进行现实主义的描绘。尽管有的作品具有魔幻现实主义成分，但也具有鲜明的地域主义色彩(如霍金斯的温哥华岛和波德塞尔的阿格西斯小镇)。正如麦克考特所说，地域主义作家往往是"画画的艺术家，对自然风景进行拍照式的扫描"(McCourt 49)。例如，劳伦斯的系列小说《石头天使》《占卜师》《上帝的玩笑》等都把背景设置在一个叫马纳瓦卡(Manawaka)的小镇，实际上就是马尼托巴省南部的尼帕瓦(Neepawa)的真实写照。塞西尔指出，劳伦斯虚构的马纳瓦卡世界"有高度的现实空间的基础，我们甚至可以把她创造的文学世界放置到真实的环境中"(Cecil and Cecil 102)。诺贝尔奖得主爱丽丝·门罗的小说则常常设置在朱比丽、维理和旱拉蒂三个小镇，它们都是作者的出生地安大略西部的温厄姆(Wingham)的缩影。门罗不仅真实地描写安大略小镇的现实世界，而且常常把个人生活、家庭记忆和加拿大苏格兰后裔的生活作为创作素材，因而她的作品被称为"超级现实主义"(Moss, John, 1981:215)。她作品中的典型安大略小镇景观甚至被冠以"门罗之乡"的称号。门罗自己表示，她非常乐于用文学描写自己的地域，这片乡土"对我的意义超过其他乡土，不管这片土地有多重要的历史意义,也不管它有多'美丽'、多活泼、多有趣。我已经完全陶醉在这片独特的风景中了"(Merkin)。

第二,地域地理、地貌、环境等描写在地域主义文学中拥有至关重要的地位,"无论是普通加拿大人,还是加拿大学者,常常用地理特征来定义加拿大性"(Fiamengo 242—243)。一望无垠的碧色原野、肃杀凛冽的北极冻土、与世隔绝的大西洋沿岸海边渔村,都成为地域主义文学主题,甚至成为作品主角。在早期文学中,地域书写常常反映殖民者和自然界的接触或者旅游者对自然景观的歌颂和赞美。例如苏珊娜·穆迪(Susanna Moodie)的《丛林斗争》、菲利普·格罗夫(F. P. Grove)的《沼泽地定居者》、凯瑟琳·帕尔·特雷尔(Catharine Parr Traill)的《加拿大的丛林》。伍德考科指出:"地域主义文学的产生和殖民者第一次接触新世界土地是同时发生的,因而地域主义的历史就是加拿大的历史。"(Woodcock, 1981:1)斯泰因斯也认为:"作为一个独具特色的国家文学的发展前奏,对自然景观的描写是极其关键的文化因素。加拿大渺无人烟的荒野土地在很长一段时间内成为占据加拿大文学中心的一个主题;只有经过和地理景观的直接接触,艺术家才能深入描写这片土地上的居民。"(Staines 261)

地理景观在地域文学中大量存在,是定义"加拿大性"的"决定性特征"(Fiamengo 241)。但是,人们对地理景观的情感和态度一直发生着变化。麦克唐纳指出,20世纪50年代以来,人们普遍认为,早期文学的特征是,大自然被描写为充满敌意的世界。凶险的自然对人们的生存造成威胁。这种意象实际上是国家神话构建过程中对地理景观的一种意识形态利用,其本质上"是一个属于今天的问题,也必须从今天的加拿大人身上来找到解答"(MacDonald, Mary Lu 48)。事实上,麦克唐纳指出,早在1850年,"一切证据表明,人们对加拿大景观的文学想象都是积极的"(MacDonald, Mary Lu 48)。麦克唐纳认识到自然地理景观在意识形态和民族性构建方面的双重角色。地理景观在民族神话的构建中从来都不是空洞的客观存在,而是充满了价值表征意义。不过,麦克唐纳没有认识到,随着移民家庭第二代和第三代的出现,人们对地域的心理认同进一步加深,英国作为殖民地中心的"那里"的概念逐渐成为历史,这使得殖民拓荒经历逐渐变为代表加拿大想象的开辟性叙事,进入家庭、民族和文化的历史记忆。当代加拿大作家和自然景观接触的角色和身份发生了根本变化,逐渐从风景的游览者、观赏者和见证者转变为参与者和内在者甚至想象构建者。

第三,地域主义文学常常聚焦于地域生活,尤其是地理和自然风景对精神的决定性作用,将自然和环境浓缩为人的精神体现,描写精神与外在世界的交融。例如,亨利·克莱索尔(Henry Kreisel)的短篇小说《摔碎的地球仪》(1981)描写了风景对精神的决定性影响和对身份的塑造。故事中尼克小时候和父亲舒尔克住在阿尔伯塔省埃德蒙顿的一个农场上。舒尔克性格倔强,是个没有受过教育的农场主。有一次尼克在小学地理课上学习了日心说,回家告诉父亲地球是圆的,并且不停地绕着太阳旋转。舒尔克却认为儿子宣扬异端邪说,并痛打了他一顿。一辈子在草原上生活的舒尔克从未离开过加拿大西部,他坚持认为地球是平的,把儿子关在屋子里,不让他上学。几天后,尼克把教学用的地球仪拿回家给父亲解释,父亲气愤地摔碎了它。长大后的尼克成为剑桥大学地球物理学家。一次,叙事者,也就是尼克的同事,正好去加拿大访问,尼克请他顺便探望父亲。舒尔克一见到叙事者就询问儿子"是不是还在搞地球的鬼"(36)。当叙事者告诉舒尔克他的儿子是个出色的科学家时,舒尔克认为撒旦"已经占据了整个世界,除了我,除了我!"(39)故事结尾,舒尔克指着地平线上一望无际的加拿大草原,告诉叙事者这就是证据——地球"是平的,从来是静止不动的"(40)。克莱索尔对阿尔伯塔草原景观的描写强调了地理环境对人的精神世界的影响,一望无际的大草原决定了父亲的世界观和人生观。克莱索尔笔下的大草原在此升华为文化符号学象征,成为作者构建"加拿大性"的重要媒介和文化象征。叙事者一踏上加拿大的土地,就感觉到这里和欧洲的不同。埃德蒙顿的草原既没有山丘,也没有植被或灌木丛,对叙事者来说:

加拿大西部的旅行是我人生中最难忘的一段经历。旅途中我不断地感到厌倦和无聊,但就是这种单调的感觉让人记忆犹新,印象深刻。这种单调是一种难以释怀的感觉。沿途风景给我的冲击常常让我筋疲力尽,并让我不断回想起英国和法国乡间平整的田野,让我回想起在田间劳动的男男女女,回想起连绵不断的乡村和城镇。在欧洲随处可见的是人性化的大自然。不过,我现在开始懂得为什么尼克·舒尔克总是向往更大的空间,呼吸更多的空气了。(32)

由此可见,加拿大地理环境、自然景观和气候条件对地域主义文学的影响和作用不可低估。正如肯·米切尔(Ken Mitchell)在和笔者的一次访谈中所说:"加拿大文学的主要基调是由自然景观决定的,这是地理景观的实质性影响。"①亨利·克莱索尔在其发表的著名的《草原:一种精神境界》中宣称:"所有关于加拿大西部文学的讨论必须从风景对人的精神的影响开始。"(Kreisel, 1986:6)在地域主义文学中,大自然和地理景观不仅是现实中的客观存在,而且是一种精神信仰,使地域地理景观和大自然成为决定民族性格的一个重要元素。迪克·哈里森在《未名国度:加拿大草原小说的求索》中指出,地域是"想象的作品,是人的精神的一个内在疆界,需要我们探索和理解"(Harrison 189)。

在韦恩·琼斯顿(Wayne Johnston)的小说《梦碎殖民地》中,纽芬兰险峻崎岖的高原已经深入人的灵魂,小说体现出强烈的地理决定论基调。纽芬兰高原景色成为永恒不变的文化符号,高原"拒绝人的思想对它施加任何视角和形状的解释"(Marchand K15)。作为一个地方,纽芬兰成为故事的核心,在很大程度上扮演小说的主角。作者通过讲述主人公斯莫尔伍德的个人故事展开对纽芬兰的历史和地理书写,而对斯莫尔伍德的描写却占据从属地位,仿佛他就是纽芬兰地理环境和自然景观背景下的客观物。纽芬兰的地理空间塑造并决定了斯莫尔伍德周围社群的性格与精神世界。例如,斯莫尔伍德感觉,"作为一名岛屿居民,世界必须有自然

---

① 此次访谈时间是2003年7月1日。访谈地点:加拿大萨斯喀切温省里贾纳大学。

的边界,必须有间隙和分隔,而不仅仅是一张地图上人为的界线。在我们和他们、这里和那里之间,必须有一道海湾"(Johnston 132)。斯莫尔伍德感到,海湾所代表的自然界限就是人与人之间的距离,它定义了纽芬兰的社会和身份认知。当斯莫尔伍德离开纽芬兰时,他感觉纽芬兰岛"并没有变得越来越小,而是永远矗立在那里,像往常那样广阔无边"(Johnston 143)。小说中纽芬兰的高原和岛屿特征甚至成为代表加拿大与美国社会文化差异的象征。作者把纽芬兰岛空间意象和波士顿"如迷宫似的脏乱的街道"相对比,塑造出独特的加拿大空间性。站在纽约城市中心,斯莫尔伍德看到的是一个完全"人造的"社会空间,而纽芬兰岛的辽阔却是永远真实、稳定的空间。此时的纽芬兰景观成为加拿大的国家象征,成为民族性的符号。加拿大人同地理和自然环境的斗争已经成为塑造加拿大民族性格的一个内在因素。

第四,地域主义文学常常凸显一些鲜明的主题,故事常常围绕人的精神世界、家庭与社会关系、地域性历史事件展开,描写独特的地域生活及其影响。比如,地域主义文学的一大主题是聚焦地域地理、自然环境等对家庭和社会关系的影响,凸显身体隔离和精神异化作用。在许多作品中,主人公与世隔绝,导致精神上的疏离和异化,他们往往不满于生存现状并踏上寻求自我的道路。然而,这种对精神危机的描写并不强调自我的治疗过程,而是突出表现自我的孤寂,使内心的孤独和外在的地理环境形成一种呼应。加拿大小说中所描绘的自我危机和英美现代主义文学中的自我分裂主题不同,它强调的不是自我异化和主体的碎片性存在,而是强调自我世界的独立性及其与外部世界的分离。在英美现代主义小说中,自我被分解为弗洛伊德式的构建体,如乔伊斯的《尤利西斯》、伍尔夫的《达洛维夫人》和福克纳的《喧嚣与骚动》等意识流小说描写的那样,自我不再意味着灵魂的统一,理性也不再是统一精神的力量,人的存在是分裂的、碎片化的状态。相比之下,加拿大地域主义小说往往把人描写为一个个孤立的存在,表面上覆盖了坚硬的保护外壳,难以穿透和进入。作为自我存在的主体往往是孤独的,自我往往成为外在环境的投射,如同岩石、灌木丛、山川一样难以通达。

希拉·沃特森的《双钩》是对隔离、异化主题进行描写的最佳例子。在这部"具有世界意义的后现代主义"小说中（Willmott 30），作者运用地地道道的地域元素对人的精神世界进行了深入剖析。小说到处都是身体和地理隔绝、异化、死亡等意象。小说的背景设置在不列颠哥伦比亚省北部的一个与世隔绝的乡村里，这里河水干涸、土地皲裂、寸草不生，整个世界笼罩在令人压抑和窒息的氛围中。大旱使小村的人家相互隔绝，而令人窒息的环境则成为人类精神世界的象征写照。借用萨特的存在主义哲学术语，作者用近乎怪诞的风格和写作手法展现了人们几乎"自在存在"的生存状况。在《双钩》中，环境和人的界限不再存在，人即是景，景亦是人。这里河水干涸："终有一天，这片土地会咽下最后一滴水。小溪就会变成干燥的嘴，地球……不会有一滴唾沫来啩嘴唇"(33)。阿拉(Ara)眼中的天空就像"一块粗糙的皮肤覆在麻袋上一样，悬在他们的头顶"(21)。阿拉看到了波特太太在溪边垂钓，也看到"死亡从地心中渗出"，死亡如同泛滥的河水一样"不断上涨，上涨到两腿之间"(21)。人和自然不再有任何区别，也成为客观存在。小说中寡妇的"脸庞就像在地下蠢蠢欲动的禾苗一样在蠕动"(15)，格莱塔的声音也像"干牛皮一样簌簌作响"(33)。作者还成功地把印第安传说和神话的本土元素糅合到了对人物和地理环境的描写中。土狼在村庄时隐时现，用自己的歌声给村庄的人们传达指令。树木、小溪、村民、牲畜、太阳、土地等仿佛是空间中彼此无关的存在，"门外的世界就像灰尘一样浮动在空中"(26)。土狼成为死亡和绝望的化身，他对着詹姆斯喊道："在我的口中是遗忘，在我的黑暗中是安息"(29)。整个村子充满了死寂的气氛："人们永远在关门，永远在把东西拴起来，隔离开，永远在把他们从来不知道的排斥在外"(58)。人们不仅和自然环境相互隔绝，而且在精神上也形成各自孤立的世界：

  在耐纳维
  有十二万人
  或更多

但这里只有

他自己和威廉姆

格莱塔和詹姆斯

和他弟弟小男孩棱岑

寡妇

普罗斯普,安琪儿和塞奥菲尔

老太太,她或许像约拿一样

迷失在

岩石间裂开的小腹中

河水漫过她的身子(33—34)

又如,在辛克莱·罗斯的短篇小说《一只牛犊》中,孤独的主题表现得淋漓尽致。孤独成为一种自我隔离的精神境界,孤独的人忘却了世界的存在,到了一种几近虚无的状态。少年主人公冒着狂风暴雪外出寻找丢失的小牛犊,途中来到一个荒无人烟的地方,这里居住着一个独身男人,他的面孔充满黑暗和邪恶,让小男孩感到"喉咙里塞满了恐惧"(Ross, Sinclair 17)。另一方面,小男孩的出现也让这个男人极不自在,他的"眼神躲躲闪闪,透露出一种罪恶的神情"(118)。他告诉小男孩,他常常一周接一周地长时间独处,没有一个人做伴交谈:"你已经不是你自己了——你都不知道你会说什么或者做什么。"(119)男人对其他人类的存在充满厌倦甚至恐惧。他招来女人帮助做家务,但却几次三番地把她们打发走。由于路途遥远,主人公不得不请求在男人家里借宿。夜间,小男孩和男人都保持高度的警觉,小男孩每次醒来都发现男主人公呆呆地坐在桌子前自个儿下跳棋,"嘴里嘟哝着,听不清在说什么……眼睛直勾勾地看着前方,好像对面坐着和他一起下棋的人"(123)。这种厌世症在罗斯的其他作品中也时有体现。在《漆过的门》("The Painted Door")中,草原上的人类社区在严寒的环境中显得格格不入,即便远处的农场村落"也只能增加与世隔绝的感觉"(Ross, Sinclair 94)。罗斯对人类社群的描写通常是负面的,充满了"不堪入耳的有关社区的罪恶和丑闻"(Ross, Sinclair 22)。

在《漆过的门》中，约翰觉得只有待在家里才更自在，他从不跳舞或娱乐，"只要一穿上制服和鞋子就很不舒服"(99)。他反问自己："既然只能谈论庄稼、牲畜、天气和邻居，那又何必说话？还有邻居，既然访问和不访问他们都一样，那又何必麻烦？"(99)故事结尾，约翰宁愿选择冻死在雪地中，也不愿意吵醒睡在自家床上与妻子偷情的邻居史蒂芬。草原雪景已然内化为约翰的一部分，而冰冷的雪地只是他性格的外在表现而已。

孤独和异化还可以表现为逃离社会和逃离家庭。爱丽丝·门罗的《逃离》讲述的就是女主人公的一系列逃离经历，她们逃离的是家庭、婚姻、爱情、过去、自我甚至未来。通过一系列故事，门罗呈现了加拿大小镇现实中人们的情感世界。在玛格丽特·劳伦斯的小说《石头天使》(*The Stone Angel*)中，孤独和逃离贯穿小说始终。夏甲是一位耄耋老人，心中充满怨恨，无法接受和原谅别人的脆弱，总是试图从各种关系中逃离。夏甲看不起母亲，认为雷吉娜的命运是咎由自取。夏甲的兄弟丹临死前，她拒绝扮演母亲的角色给他以安慰。夏甲是一个独立于各种关系之外的女人，她无法扮演女儿、妻子、母亲的角色，三番五次地离家出走："搬到一个新地方去，这是最激动人心的一件事。有时候你会想身无一物地走开——把眼前的一切抛到脑后，或者说用火燎去伤痕，然后又踏上新的旅程，这一次不会有任何问题。"(Laurence 155)石头天使是马纳瓦卡墓地前的一个雕塑，它既代表夏甲的家庭传统，也象征着夏甲孤傲冷漠的性格。夏甲仿佛就是一块石头天使，缺乏柔情、沉默倔强，不能宽恕别人的过错，也从不愿与人沟通。她不停地逃离却无法真正逃离，因此必须和自己内心的孤独和情感异化作斗争。

除了对地理环境、个人精神、家庭和社会的描写之外，地域主义文学的另一个特征是，地域历史事件、印第安本土传说和神话等都是塑造地域特征以及加拿大性的构建元素。地域事件往往充当历史写作素材，经过文学的想象和地域/民族神话构建最终上升为代表民族文学性的符号。地域主义作家致力于挖掘地方历史，从历史事件中寻找文学灵感。例如，加拿大小说中反复再现的题材包括加拿大太平洋铁路的建设、西部边界的开发、路易·瑞尔(Louis Riel)起义、经济大萧条、城市建设史等。鲁迪·韦伯是对地域历史事件进行改写的一个典型代表,他的小说《发现陌生人》以探险家约翰·富兰克林(1786—1847)的北极探险历史事件为蓝本,重述了探险家与土著民族之间的故事。富兰克林在加拿大家喻户晓,是位英国极地探险家。1845—1859年间,他奉英国皇家海军之命率领探险队先后三次经陆路勘探北极海岸,企图找到打通从加拿大西北到北冰洋的整条航道。在小说的写作过程中,韦伯大量查阅历史资料,搜集民间传闻,并进行了想象改写。作者甚至还在各章末尾按照探险历程的时序抄录了探险队员的日志。然而,韦伯只选择了以1819—1821年间富兰克林的第一次失败的探险为蓝本进行创作,他的意图并非重塑官方历史,而是颠覆历史与虚构的秩序,以土著居民的视角构建一种对抗性历史书写。在他的《焦木的人们》中,作者针对加拿大西部历史上的另一个著名事件路易·瑞尔起义进行了改写。路易·瑞尔是加拿大梅蒂人的领袖,为了寻求政治、经济和地域自主权力,在他的率领下,梅蒂人先后举行了1869—1870年的红河谷起义以及1885年的萨斯喀切温起义,但由于内部组织不严密而以失败告终。路易·瑞尔1885年被判卖国罪并被实施绞刑。韦伯重新深入研究历史资料,掌握了大量事实,以文学的想象重新构建了加拿大大西北的历史,对官方话语做出挑战,这也是对加拿大国家神话的一次颠覆性构建。作为一名门诺教徒,韦伯以自己的独特文化经历探索了文化表达的多元性和差异性。韦伯以西部的视角重写西部的历史,挑战了以安大略为地理中心的单一话语秩序,重构了地域视角下的历史,可谓是对帝国中心的反写。在《焦土的人们》中,韦伯扮演了地域神话创造者的角色,路易·瑞尔作为一个因卖国罪而被绞死的历史人物在小说中成为主角英雄,而加拿大首相约翰·A.麦克唐纳却被描写为一个阴谋多端的政客。路易·瑞尔不仅被塑造成一名英雄,甚至被神圣化,和基督联系起来。小说叙事者坚持认为,瑞尔"没有开端,也没有结束,是永生的"(Wiebe,1997:96)。威尔·杰克逊的洗礼和进圣餐的场面也令人自然联想到瑞尔和耶稣基督的联系。由此可见,韦伯的作品深入到了地域历史的内部,以独特的视角颠覆了"边缘"与"中央"的秩序,成为构建加拿大文学民族多样性的一个重要成分。

地域主义文学创作有着强大的生命力。文学作品中地域色彩和地域主题层出不穷,它们不仅定义了地域文学,实质上更是对民族性的定义。在今天看来,许多"地方"(provincial)主题已成为地地道道的加拿大主题和象征,进入加拿大的文化符号构建体系,形成加拿大文学经典,如辛克莱·罗斯的小说《关于我和我的房子》、鲁迪·韦伯的《大熊的诱惑》、菲利普·格罗夫的《沼泽地定居者》、玛莎·奥斯坦索的《野鹅》等。地域主义的写作层出不穷。这些作品有如奥斯丁·克拉克的《汇合点》、乔治·鲍尔温(George Bowering)的《落基山山麓》、奥尔登·纳乌兰(Alden Nowlan)的《印第安河的奇迹》、罗伯特·克罗奇的《种马人》和《荒芜之地》、大卫·亚当斯·理查兹(David Adams Richards)的《冬天来了》、杰克·霍金斯的《斯皮特·戴勒尼的岛屿》和《世界的诞生》、桑德拉·波德塞尔(Sandra Birdsell)的《夜行人》,包括诺贝尔奖得主爱丽丝·门罗的以安大略小镇生活为主题的所有短篇小说等。20世纪90年代直至21世纪,地域主义小说也源源不断地涌现,从未中断,近年来还出现了一些获得广泛好评的文学作品,例如桑德拉·波德塞尔的《丢失的孩子》,艾利斯泰尔·麦克劳德的《岛屿:故事集》(2000),林恩·科蒂(Lynn Coady)的《奇怪的天堂》(1998)、《大港的圣人》(2002)、《敌手》(2011)、《地狱行》(2013)等。

对民族性的建构不仅体现在文学创作方面,在文学批评和理论方面也形成了强大的力量。20世纪70年代出现了一大批地域主义主题的批评作品。例如,劳理·里科(Laurie Ricou)的《垂直的人/水平的世界:加拿大草原小说中的人和景观》(1973)、迪克·哈里森(Dick Harrison)的《未名国度:加拿大草原小说的求索》(1977),此外还出现了一系列以地域主义主题批评为题材的"加拿大文学中的主题"系列丛书,其中包括戴维·阿纳森(David Arnason)的《加拿大文学中的隔绝主题》(1975)、艾利斯·K.哈尔(Alice K. Hale)和西拉·A.布鲁克(Sheila A. Brook)的《加拿大文学中的经济大萧条》(1976)、麦克尔·O. 纳乌兰德(Michael O. Nowland)的《大西洋生活》(1975)、特立·安古斯(Terry Angus)的《草原生活》(1975)、约翰·斯蒂文斯(John Stevens)的《安大略生活》(1975)和《城市生活》(1975)、杰克·霍金斯的《西海岸生活》(1975)和《边疆生活》(1975)等。这些作品都是对1949年爱戴华·麦考克特(Edward McCourt)出版的《小说中的加拿大西部》的地域主义的响应。例如詹妮丝·基辅(Janice Keefer)的《东部视角：加拿大大西洋小说的批评与解读》、乔治·莫尔克(George Mylnk)编纂的《阿尔伯塔文学史》(1998)、罗伯特·沃尔德豪(Robert Wardhaugh)的《定义草原：地域、文学和历史》(2001)、德博拉·基海(Deborah Keahey)的《安家之所：加拿大草原文学中的地方》(1998)、关德琳·戴维斯(Gwendolyn Davies)的《大西洋文学史研究》(1991)、戴维·阿纳森(David Arnason)的《草原狼之乡：加拿大西部小说》等。

自20世纪90年代以来，地域主义文学批评对加拿大性的构建进入了新的阶段。随着加拿大多元文化政策的确立，中心和统一的思想受到来自后现代主义的挑战和质疑。1979年法国哲学家列奥塔受魁北克大学教育委员会委托写了《后现代状况：关于知识的报告》，对欧美大学知识教育作出了评估，提出了后现代状况"对元叙事的怀疑"。列奥塔的思想在加拿大学术界引起反响，对加拿大英语文学的文学理论发展产生了重要影响。列奥塔提出，现代性诉诸宏大叙事作为一种基础主义的合法标准，不仅在认识论领域，亦在道德领域中建立正统标准的渴望，作为对所有事物的一种无所不包的解释框架，以此来组织和解释所有其他叙事。列奥塔据此提出，宏大叙事信念的丧失标志着后现代性的到来：后现代状况是一种"对元叙事的不信任"(Lyotard 2)。在加拿大知识界，人们越来越清楚地看到民族主义宏大叙事的霸权和弊端，它企图建立统一的文学象征来主张民族身份，但却构建了一套中央——边缘、多数——少数、总体——局部的二元对立的话语结构体系，因此加拿大文学民族性就成了以安大略城市群为地理中心的、白人英裔殖民者后代作家的文学特征。

琳达·哈琴在《加拿大的后现代:当代加拿大英语小说研究》中指出,后现代文学通过颠覆现实挑战具有普遍意义的国家民族神话权威。哈琴呼应列奥塔对元叙事的怀疑,提出加拿大后现代主义作家应当站在与中央或主流文化对立的"外中心"(ex-centric)位置,以局部、边缘、地域的视角挑战文化的"世界性"。她特别强调地域主义文学在民族性构建中的积极作用,认为克罗奇的《乌鸦的话》和霍金斯笔下的温哥华岛有意被设置在交界处或大陆的边缘,但这并不仅仅是边缘的超越,加拿大是一个缺少牢固的地域中心和民族统一观念的国家,加拿大人根本"不相信任何中心化倾向,无论是在民族意识、政治或文化上都不存在中心的概念"(Hutcheon,1988b:3)。

事实上,克罗奇本人不仅是作家,也是一名具有重要影响的文学批评家,他在《不统一就是统一:加拿大的策略》中开宗明义地指出,加拿大存在着一种对立现象,即1885年加拿大太平洋铁路的竣工所代表的官方"主导叙事"(也就是加拿大的"国家梦想")和路易·瑞尔起义所代表的"次要情节"(Kroetsch,1989:21)之间的冲突。被哈琴称为"后现代主义先生"的克罗奇矛头直指"奠定民族性基础的"加拿大人的"元叙事",指出加拿大文化领域中的所有独特叙事"都是取决于这些元叙事的"(Kroetsch,1989:21)。他把加拿大的国家梦想和美国梦做了类比,宣称"加拿大人不能同意他们的元叙事",而且"正是由于我们的故事四分五裂,我们的故事才得以完整"(Kroetsch,1989:21)。克罗奇直接援引列奥塔的后现代主义的理论,主张用边缘和外围的叙事颠覆加拿大民族主义的文学元叙事。他认为加拿大文学民族性恰恰存在于局部叙事的多元性和差异性之中——"加拿大存活下来的唯一策略就是拒绝承认那一套元叙事",因此加拿大文学必须保持巴赫金的"复调性",把自己从"元叙事的种种版本的压力下"(Kroetsch,1989:21)解放出来。

地域主义文学倡导边缘和民间的"狂欢化"和文学表达的去中心化,并抛弃结构缜密的传统的历史叙事版本,转向文学考古学,用"档案管理的方法"讲述碎片故事,让它们表达自己的不完整性。克罗奇强调,这种碎片式的文学表达一定会遭到民族主义的抗拒,而弗莱就是一个典型代表,他"在骨子里是一个现代主义者,总是企图实现统一和一体,是他的所有叙事的最高目标"(Kroetsch,1989:24)。克罗奇的《不统一就是统一》第一次出现是在1985年英国加拿大研究会第十届年会上,而哈琴的《加拿大的后现代:当代加拿大英语小说研究》出版于1988年,由此可见,克罗奇对元叙事的质疑要先于哈琴,并且二人都清醒地意识到以国家为中心的主题批评等宏大叙事的存在。

哈琴强调,后现代主义时代加拿大文学的民族性来源于地域元素,来自"魁北克,大西洋省份和西部的外中心力量"(Hutcheon,1988b:4)。不过,哈琴的"外中心"具有修正主义的倾向,并不是对60年代到80年代兴盛的民族主义文学批评的彻底颠覆,她的"外中心"多多少少仍然取决于中心的性质——"中心的地位既被矛盾地接受又被挑战"(Hutcheon,1988b:4)。克罗奇的后现代主义思想则更为彻底,他呼吁作家投身于地方历史和地理表达,摧毁弗莱等人构想的"花园故事"和"伊甸园梦想"(Kroetsch,1989:32)。和韦伯的《大熊的故事》中的主人公大熊一样,加拿大人"通过拒绝做加拿大人而成为加拿大人",加拿大"既不能被统一又不能被分裂"(Kroetsch,1989:30)。正如罗森瑟尔所说:"对空间和语言的怀疑和对民族身份的怀疑是加拿大文学的特色。"(Rosenthal,2008:306)克罗奇不仅对元叙事提出了挑战,而且把现实和时间(历史)视为流动的、非连续性的、非结构性的、凌乱的组织形式,并提出对现实和现实主义的不信任,认为加拿大的身份并不存在,"只有有人讲述我们的故事的时候我们才能拥有身份。虚构让我们成为现实"(Kroetsch,1970:63)。就连地域也不是现实中所定义的那个轮廓清晰的地域,而是文学再创造的产物。地域在本质上是"一个精神构建物,是人类思想的地域"(Mandel,1977:57)。

加拿大荒野就是能够代表加拿大性的精神建构产物。虚构地理想象是对加拿大性建构的一个绝佳的例子。默顿这样论述北方荒野的地理想象对民族性格和文学民族性构建过程的影响：

> 加拿大生活的基本的节奏就是对荒野的渗透和对文明的回归，这两者是交替进行的，它们成为加拿大民族性格的基本元素。无论是英裔加拿大人还是法裔加拿大人，他们身上都留下了和荒野做斗争的暴力印迹，同时在面对来自荒野的暴力威胁时为了保存生命而做出必要妥协，这两种性格的相互结合造就了加拿大人的清教主义思想。即便在工业社会和城市中心，这个古老的节奏仍然在继续，因为对加拿大人来说，他们最具特色的节日就是在荒野上度过节日。（Murton 5）

在文学创作和批评领域，加拿大荒野和人们引以为傲的"北方性"密切相关，成为区别于南邻美国的精神象征，不断被传奇化和神圣化，这个曾经被极度边缘化的地域越来越成为彰显加拿大性的符号。格雷斯（Sherrill Grace）在《加拿大和北部想象》（2002）中指出，北方荒野在加拿大民族想象中扮演了十分重要的角色，它已然成为加拿大文学、艺术、地理、政治、摄影、绘画、音乐、媒体和流行文化中的核心象征，它就是代表加拿大文学民族性的文化符号和性格特征。在她看来，荒野代表了"一种精神状况"，它具备"非连续性和差异性"两种属性（Grace 206）。荒野性、北方性（nordicity）和民族性是一致的象征符号，"加拿大和北方是完全一样的概念"（Grace 155）。需要指出的是，虽然加拿大荒野神话被作为对抗元叙事的"反叙事"进入加拿大人的公共想象、文学创作和身份政治，但这种反叙事本身已经转化为一场规模宏大的文化和文化工程。北方被塑造为加拿大性格的本质特征，代表了自由、差异、对中心的反抗、沉默、语言和表征的困难、他者性、文化和身份的边界性与居间性、想象和审美的无限性、对话式的混杂性等，不一而足。

文学批评和理论在构建新型的加拿大民族性格过程中功勋显著，相关著作层出不穷，与文学创作一道加入了加拿大的象征构建。例如，鲁迪·韦伯的《装死：北极的沉思》（1989）、让恩·卡尔森（Jørn Carlsen）的

《对北极加拿大的文学反应》(1993)、阿特伍德的《异象:加拿大文学中凶险的北方》(1995)、约翰·莫斯的《永远的梦:探索北极景观》(1996)和《无声的回音:北极叙事论集》(1997)、洛宾·麦克格雷斯(Robin McGrath)的《加拿大因纽特文学:传统的继承》(1996)、瓦勒里·埃利亚(Valerie Alia)的《发现/掩盖北方:新闻、媒体和土著居民》(1999)、阿贝尔和考埃茨(Kerry Abel and Ken S. Coates)的《北方视野:加拿大历史新视角》(2001)、勒内·胡兰(Renée Hulan)的《北方经历和加拿大文化中的神话》(2002)、伊丽莎白·海伊(Elizabeth Hay)的《午夜电波》(2007)。

曼德尔指出,加拿大艺术和文学"总是试图刻画一种北部的特质,这种特质具有英雄气概,如史诗一般"(Mandel,1971:8),是一种沉浸了道德和生活伦理观的描写。曼德尔借用历史学家吉尔伯恩的理论提出:"加拿大历史只不过是另一种'叙事的艺术'。"(Mandel,1971:8)他取消了历史和叙事的边界,这和后现代主义文学关于事实和虚构关系的理论不谋而合。曼德尔的历史叙事是一种边缘审美的伦理体现,他注重历史叙述的个体性和独特性。但是,需要看到的是,曼德尔并非旨在构造一套关于加拿大民族总体性格特征的宏大叙事,但这种对荒野的塑造进一步把加拿大民族性格和边缘性相联系,以表达文化的多元性和"外中心性",其本身也是一种地域的微观叙事。正如曼德尔所说:"我们并不是说出生地决定了价值,但是,不可否认的是,无论是民族性格,还是荒野,二者都是一种认知框架,也就是说环境是人类的构造物而并非环境决定人类。"(Mandel,1971:9)

总之,后现代地域主义文学对加拿大文学民族话语的贡献不可低估,它是民族主义和主题批评组建的宏大叙事的寡头政治解体之后对"加拿大性"的一次全新的文学表达。地域主义弘扬边缘性,注重地方艺术表现媒介,作品中常常编织进方言、传说、传奇等地方元素。后现代地域主义文学藐视经典文化传统,强调文学表现的多元化,关注具体和个别而非所谓普遍真理。地域主义文学强调差异性,描写局部碎片性经历。正如克鲁斯所言:"地域主义文学是一种解(结)构形式的诗学,它表达不同和他者性。"(Klooss 357)它打乱了传统权力和中心的元叙事模式,转而关注边缘地带的细微经历,书写位于主流历史之外的地方历史,强调事件的偶发性,是对"正史"的消解和颠覆。詹明信的文化地理学所倡导的"后现代所隐含的崭新的空间性"和加拿大后现代民族性构建形成了某种呼应(Jameson,1991:418),体现了文化地理学家索亚等人提出的"关于差异的文化政治"(Soja and Hooper 189)。

第三章　国家想象与"加拿大批评"

1867年,加拿大联邦成立,随着民族和国家意识的增强,追求统一的"加拿大性"的呼声越来越高,加拿大文学中逐渐出现了树立代表加拿大整体国家形象的民族文学的呼声,导致了地域主义和民族主义文学的尖锐冲突,矛盾的焦点主要集中在地域主义文学的"普遍性"和国家代表性上。围绕民族性的构建,不仅在文学创作领域发生了激烈辩论,也同样出现在文学理论和批评领域,并涉及政治、社会、文化等各领域,形成了独具特色的"加拿大批评"。从1867年加拿大联邦成立到20世纪70年代末,加拿大民族性构建的核心内容转向了"国家性"文学符号学的建构。这一时期的文学"加拿大性"主要表现在文学创作和文学理论两个方面。

在文学创作方面,建构文学的"加拿大性"的声音实际上在殖民地时代就已经存在了。1848年,蒙特利尔的《文学花环》杂志发表了一篇署名为W.P.C.的文章,作者宣称:"几年前加拿大还不能宣称在文学世界中占有一席之地……但今天,我们已经开始在文学天地中拥有表达自己声音的权利。"(Daymond and Monkman 37)尽管在当时加拿大联邦仍未成立,但是人们的独立意识已经越来越强,在文学上树立加拿大形象的愿望也越来越强烈,这种表达文学独立性的声音进一步催生了加拿大人独立的民族身份,"我们已经产出了一些优秀的作品,即便那些羡慕不已的外国评论家也不得不对这些作品交口称赞"(Daymond and Monkman 37)。1857年,记者、政治家托马斯·达西·麦克吉在《一个加拿大的文学》中明确提出,要建立一个独具特色的加拿大民族文学。麦克吉认为加拿大人"朴素""刚毅""现实",而加拿大的文学应该反映加拿大人的精神状态,"在这样一群开拓文明的先驱者的精神世界中,必须有一种坚强不屈的性格、务实求真的态度和吃苦耐劳的精神"(Daymond and Monkman 42)。同时,麦克吉也是最早提出多元文化思想的先驱之一。尽管加拿大仍不能"忽略英国情感",但它体现的是"完完全全的加拿大情感",在这里"所有的社会元素,无论是外国的还是本地的,都必须得到认可;所有的民族都有着共同的思想和共同的名字"(Daymond and Monkman 42—43)。次年,他又在《保护加拿大文学》中对民族文学的特征作出了概述和展望:"每一个国家、每个民族,如果他们要实现自己的愿望,保持与其他国家截然不同的民族性的话,都必须创造出自己的民族文学。"(Daymond and Monkman 43)

建立民族文学最急迫的任务是摆脱殖民主义和确立文学的价值,平衡文学的社会功能和普遍意义。19世纪两大批评家爱德华·哈特利·戴沃特的《加拿大诗人作品选》(1864)和威廉·道·莱特霍尔(William Douw Lighthall)的《伟大的自治领之歌》(1889)都对这两个问题展开了讨论。他们强烈反对将"普遍标准"同加拿大文化相联系。戴沃特指出,加拿大人必须坚持的民族主义原则是:"一个民族的文学是构成民族性格的本质要素"(Dewart ix),因此人们不应该对"故国"这个"荣耀的名号"恋恋不舍,而应该改变这种殖民心态(Dewart xiv)。但是,戴沃特在陈述关于加拿大文学民族性本质时却表现出一种不确定性。他一方面认为加拿大文学应该具有超越性,强调诗歌应该把真理作为最高体现形式,用诗歌的普遍价值展现"人性的同情""朴素而生动的真实性"(Dewart xviii),这些都是超越国界的文学价值体现;另一方面,他却以英国的文学价值衡量加拿大诗歌,认为加拿大诗人应当具有"弥尔顿式的庄严",期待"莎士比亚出现在我们中间"(Dewart xv),并为加拿大诗歌与英国诗句的相似而赞不绝口。他对文学的普遍性价值的论述与关于加拿大文学民族性的理解存在自相矛盾之处。比如,他提出,文学应当体现对人性的关怀,但却对加拿大的历史和人文现实熟视无睹,主张"所有人民紧密团结在一起",书写"一个微妙而强大有力的爱国文学",因而文学的民族性构建就是要展现"国家的大一统"局面(Dewart ix)。显然,这种观点暴露了当时许多文学批评家和知识分子的政治出发点,忽略了人文表达的个体性,这和文学的普遍价值和人文关怀是相左的。

由于加拿大的殖民地历史,文学的民族性建构总是与殖民主义思想纠缠不休。在联邦成立之后的很长时间里,人们的文化认同依然是母国英国。例如,莱特霍尔认为,加拿大只不过是"帝国的长女",是"这个家庭最成熟的下一代,她已经长大成人,作为一个国家独立生活"(Daymond and Monkman 128-129)。对莱特霍尔来说,作为英国的"西方女儿,她的文学……应该对英国人来说具有吸引力"(Daymond and Monkman 130)。不过,莱特霍尔否认戴沃特所提倡的文学的普遍价值,认为加拿大文学就应当体现一个国家独具特色的风采,这种民族性就是加拿大的地理景观和气候条件。文学的灵感来源于浪漫化的加拿大自然景观,例如雄伟壮丽的尼亚加拉瀑布、白雪皑皑的落基山脉、古老的地质岩层。他写道:"作为客人,你必须和我们一起来观赏这里的天空,呼吸这里的空气,在波光粼粼的湖泊中划桨,顺着汹涌的河水漂流而下,和着船桨的节拍轻轻哼唱法语香颂。"(Daymond and Monkman 130)对于当时绝大多数加拿大作家来说,加拿大自然风景是他们文学创作的直接灵感来源,也是他们构建文学民族性的基石。对莱特霍尔来说,加拿大文学的性格恰恰体现在它独特的地理想象上。

不过,政治上的独立增强了国家认同,文学界对于如何展现加拿大想象,避免狭隘的地域视野,展开了深入的辩论并付诸实践。例如,最引人瞩目的是1868年的"加拿大第一"运动。这场运动由一批年轻的英裔知识分子发起,他们号召国民摒弃来自地域、种族、宗教等诸多因素的限制,以宗主国英国的传统价值观念为范本,立足加拿大的民族想象和表达,热情讴歌加拿大这个新生的民族国家。"联邦诗人"查尔斯·G. D. 罗伯茨（Charles G. D. Roberts）、布里斯·卡曼（Bliss Carmen）、邓肯·坎贝尔·司各特（D. C. Scott）和阿奇博尔德·兰普曼（Archibald Lampman）通过诗歌热情讴歌加拿大的风情风貌，成为在文学上树立国家意识的一股重要力量。罗伯茨发表了《多样的心声》，其中收纳了一些直抒胸臆的政治诗篇，如《加拿大联邦颂》《加拿大》《自治领日歌集》等，通过诗歌将民族主义精神输入人们的思想中。罗伯茨认为，培养加拿大的民族情感和国家意识，就应该建立和土地的紧密联系，并把它和国家的文化建构联系起来，"诗人的永久使命就是要选择只属于加拿大的主题"（Roberts, 1974:258）。但是，他认为，建构加拿大性的一个重要方式就是走向国际化，用普遍性视角来颂扬属于加拿大的鲜明特征，要"创建一个新的文学"，它自身并没有任何疆界，"在英语文学的领地上，并不存在加拿大自治领、美利坚联合体或者大英帝国的边界"（Roberts, 1974:258）。罗伯茨认为，加拿大文学作品的"基调当然要受到环境和地方情感的影响，但是作家必须是真正具有创造力的，而不仅仅是一个抄袭者"（Roberts, 1974:258）。

由此可见，罗伯茨推崇的加拿大想象是一种"世界性民族主义"（cosmopolitan nationalism）表达，它结合了地域元素与国际文学审美，并把古典文学主题和加拿大文化表达相互融合。例如，他的《重访堂特拉玛》是对加拿大性的一次崇高颂扬。在这首诗中，诗人用浪漫主义的情怀，回首往昔，通过细致的观察，对家乡新不伦瑞克的堂特拉玛和地区的风光进行热情讴歌，描绘了这里的山川、田野、渔村、沼泽，呈现给人们一幅秀丽的山水画。诗歌不仅具有"奥维德一般的挽歌式韵律"，而且"重返华兹华斯的浪漫主义传统"，同时又体现出"维多利亚式的海边沉思风格"（Cappon 18）。诗歌一开始就流露出一种田园式的浪漫主义沉思，令人联想到英国浪漫诗人华兹华斯的《丁登寺》："一年又一年，夏天随着燕子来了又去了，经历了阳光和雷声、经历了雪暴和冰霜"（Roberts, 1985:78）；在第二段，诗歌则从普遍性的沉思转向地方元素："在这里，大路爬过内陆河谷与森林/从山头跌下去,径直奔向山地"(Roberts,1985:78)。罗伯茨的诗歌颂扬了加拿大的田园风光,并赋予诗歌一种隽永的历史意味,把地方和国家想象融合为一体。罗伯茨的"世界性民族主义"常常把希腊、罗马神话移植到加拿大环境之中,通过把神话自然化和"加拿大化"塑造出一种超越历史和地理的精神表达,巧妙地把加拿大本土元素和古典主题与形式糅合在一起。为了响应不断高涨的民族主义热情,联邦诗人提出通过丰富的文学想象和自然的情感流露创造加拿大历史神话、歌颂加拿大的民族主义精神,但是他们的创作素材来源于与他们日常生活息息相关的环境。罗伯茨身上体现了加拿大文学的民族性和地域性的统一。

  民族性的塑造,还来源于历史的文学想象。例如,修·麦克伦南在1941年出版的《上升的气压》被誉为加拿大民族主义小说经典,在文学史上有划时代的意义。在这部小说里,作家以1917年12月6日发生在新斯科舍首府哈利法克斯的海港大爆炸为蓝本,描写了加拿大作为一个新生民族和国家的诞生。哈利法克斯当时是英国的军事海港,负责给同盟国提供后勤装备。但是一艘满载弹药的法国军火船"布朗峰克"与另一艘比利时救援船相撞起火,导致哈利法克斯几乎被夷为平地。这是人类历史上最大的一次人为灾难,对事故发生百年后的哈利法克斯和加拿大人来说仍然记忆犹新。在小说中,作家把时间和空间凝固在新斯科舍这座城市之上。哈利法克斯是一个椭圆形的半岛,主人公站在城外的山顶上环视四周,看到了城市中央的城堡、南部的公园、西部的海湾、东部的河流和北方的贝德福盆地。眼前的城市景观对他来说具有非常重要的意义,因为它们将以新的面貌拥抱加拿大的诞生。在展望未来的同时,主人公自然把眼前的景观和遥远的历史联系起来,他看到了穿过这片土地的古老冰川。冰川曾经"在这里聚集、流动并分割开这块土地",然而现在"已经在土地上挖出一片大大的海港,留下了三个冰碛丘成为我们的遗产"(MacLennan,1941:4)。小说中的角色,如杰弗里·韦恩上校和他的侄子尼尔·麦克柯里等,都来自历史现实,叙事的顺序也按照哈利法克斯大爆炸的时间倒数计日的形式安排,从大爆炸的前夕开始一直到星期一结束,每一个章节描写一天发生的事件,其精确程度甚至细化到每个小时。正如伍德考科所说,《上升的气压》"是加拿大最早用翔实的材料和可分辨的细节对一个加拿大城市进行描写的作品"(Woodcock,1989:19)。尽管麦克伦南对哈利法克斯的地理和历史细节的运用到了纪实的程度,但他的小说却被奉为加拿大民族主义经典文学作品,这是因为哈利法克斯大爆炸是一次国际性事件,在政治上代表了加拿大的形象。哈利法克斯大爆炸象征着加拿大旧的殖民地身份被摧毁,经过大火考验的哈利法克斯就像火凤凰一样从余烬中复生,代表了加拿大的新生国家身份。

民族性的建构尤其体现在对文学批评和文学理论的建构方面。20世纪中叶,加拿大文学批评开始走在了民族性构建的最前列,成为指导文学写作和文学批评的风向标。文学文本和理论文本开始共同参与文学的民族认同与建设,人们对加拿大的国家认知也逐渐从内部意识转向外部意识,对加拿大民族身份的关注不再只是集中在联邦内部的构成、差异与统一性之上,而是开始更多地关注加拿大在国际文化环境中的身份认知。但是文学批评界对加拿大文学民族性的构建并不是一蹴而就的,这个过程经历了两个发展阶段,第一阶段从1867年加拿大联邦建立到1967年,在这一百年的时间里,加拿大文学批评肩负的主要历史使命是构建这个国家的文学历史,奠定加拿大文学和文化的理论话语基础;第二阶段从1967年加拿大庆祝联邦成立一百周年到20世纪90年代初,在这一时期,加拿大文学民族性的构建上升为一项具有全国规模的文化运动和思想工程,对加拿大生活的各个方面产生了重大影响。

从1867年加拿大联邦成立到1967年的一百年时间内是加拿大文学史和经典化构建的黄金时期,人们通过各种努力对新生国家进行文化定义,这无异于对历史的缔造。这一使命面临的主要问题包括如何以国家的视角审视历史和文学写作,如何构建符合民族和国家视角的文学和理论叙事,以及如何调节民族话语与国际话语环境的平衡。在国际政治环境中,加拿大的国家形象逐渐树立起来,第一次世界大战则进一步增强了加拿大人的国家意识。A. J. M. 史密斯在1926年发表的《当代诗歌》中写道:"时代正在变化……人们的观念在变化,随之变化的是人们的风俗和道德观念。因此,凝聚了人们思想和生活的艺术也处于一种涌动的状态,这不足为奇。"(Smith, 1926:31)随着政治、经济、社会和文化事业的发展,在文学上表达民族的诉求已经成为时代的需要,因而出现了政治和文化民族主义思想的趋势。加拿大前总理劳瑞尔在政治上表达了加拿大作为一个国家的自信:"19世纪是美国的。我认为我们可以宣称:20世纪将是加拿大的天下。"(Nelles 45)

在政治上,1931年通过的《威斯敏斯特法案》确立了加拿大作为自治领的身份,享有和英国同等的地位。但是直到1946年,《加拿大公民身份法案》通过,在法律上并没有加拿大人的存在,而到1982年,英国才完全放弃了在加拿大的立法权。由此可以看到,在民族主义文学构建的第一阶段,尽管加拿大作为国家的身份已经成熟,但对加拿大文学历史的构建使命远未完成,并没有在加拿大人心中树立统一的民族意识。实际上,在第一次世界大战之后,加拿大第一批文学历史编纂家的首要任务是在文学和文化表达上完成寻根使命,建立加拿大文学和英美文学的关系或差异。这一阶段的重要著作主要有:贝克(Ray Palmer Baker)的《加拿大联邦之前的英语文学史及其与英美文学的关系》(1920)、麦克麦肯(Archibald MacMechan)的《加拿大文学的起源》(1924)、斯蒂文森(Lionel Stevenson)的《加拿大文学评估》(1926)、皮尔斯(Lorne Pierce)的《加拿大英语和法语文学概况》(1927)、罗根(J. D. Logan)和弗朗齐(Donal G. French)的《加拿大文学的道路:加拿大英语文学简述(1760—1924)》(1928)、罗德尼采(V. B. Rhodenizer)的《加拿大文学手册》(1930)等。第一批加拿大文学史编纂家成为加拿大理论话语领域有意识进行民族身份建设的先驱。这些文学史著作见证了加拿大文学和文学批评走向成熟的历史过程,文学的民族意识逐渐确立起来。对知识界来说,他们有义务在文学上"努力表达"加拿大的民族性(MacMechan 14)。例如,罗德尼采认为,加拿大文学已经具备了自己鲜明的特色,她"单纯、真诚、热切、浪漫、理想主义、乐观、勇敢、富有冒险精神,所有这些特质都可以在加拿大文学中看到。这个国家的年轻使她并不是总乐于循规蹈矩，这也是加拿大的大学精神的真实写照"(Rhodenizer 263—264)。

随着国家建设现代化进程的加速和来自美国的日趋严重的文化影响，加拿大文学开始面临新的挑战，即如何面对现代主义的到来。1921年，加拿大作家协会成立，这标志着职业化文学写作时代的正式到来。1936年，加拿大政府设立总督文学奖。1951年，皇家国家文艺和科学发展委员会设立了一年一度的梅西报告。这些事件标志着国家对文学写作体制化建设的正式开端。先锋派开始转向英美文学，并以此为参照试图确立加拿大文学的现代性特征，给加拿大文学传统注入"国际性"的血液。然而，加拿大国内强烈的地域主义和现实主义写作状况和这种现代化的努力形成了矛盾和冲突。以司各特（F. R. Scott）、史密斯（A. J. M. Smith）和肯尼迪（Leo Kennedy）三人为核心的麦吉尔小组对加拿大诗歌中的英国维多利亚时代风格的遗留表示不满，他们认为诗歌不应该一味地追求对自然的描写和对道德的说教，"抱着那一套古老的形式坚守不放是滑稽的"(Scott, 1976:13)，因此加拿大作家要寻求新的表达方式，如像美国意象派诗歌、叶芝、艾略特和 D. H. 劳伦斯那样进行现代主义的创作。司各特和史密斯二人都受到了艾略特的《荒原》的影响，主张加拿大诗人应当抛弃格律工整但已经颓废过时的英国浪漫主义诗歌形式，不要坚持维多利亚式的"那种错误的稳定安逸感"(Smith, 1926:31)，而应该转向描写现代性对人格和诗人的精神世界的冲击。在麦吉尔小组看来，加拿大大部分诗歌是平庸无奇的，因此加拿大应当追求"一种更高标准的文学批评，我们一道努力实现这个美好的目标，把加拿大文学从……平庸和无聊的状态中解救出来"(Ken)。他们对当时的加拿大诗歌现状作了总结，认为加拿大"还没有找到像他的年轻美国兄弟那样的自我表达方式……却保留了北欧祖先特有的令人窒息的思想意识，而且根据现在的症状，很有可能变成一个白痴"(Ken)。

在如何树立一个特征鲜明的民族文学的问题上，现代主义文学拥护者之间也存在激烈的争议。为了摆脱殖民主义心态，加拿大作家要不要向国际看齐,在英国文学和欧洲文学中寻找自己的文化根源?由于和美国的地缘近邻关系和文化上的影响,要不要向美国文学那样拥抱加拿大自己的现代主义?或者另辟蹊径,在文学上构建加拿大独具特色的民族特征?当然,摆在加拿大人面前的第四种选择是:要不要认可加拿大文学本身就是地域主义的、多元化的文学表现?文学写作的使命是不是应当通过"发现西部的麦田、魁北克的城堡、蒙特利尔的夜总会"来热情讴歌"一种独具特色的加拿大精神和意识"(Kennedy 99)?这些关于加拿大文学走向的争论十分热烈,为在理论话语上奠定加拿大文学基调,指导加拿大文学创作发挥了重要作用。史密斯等现代主义拥护者认为,作家应当主导社会的变革,充当现代运动的人文领袖。文学应当捍卫永恒的文化价值,而不是寻求本土的文学表达,因此加拿大文学应当是由加拿大人创作的没有语境限制的"纯粹"的文学。史密斯强调,加拿大诗歌"并不是文学的历史或社会背景,而是诗歌本身"(Smith,1943:3)。可见,他把世界性和地域性对立起来,试图超越民族和国家的范围讨论文学的永恒价值。

史密斯的观点遭到了批评家约翰·萨瑟兰(John Sutherland)的强烈反对。萨瑟兰第一次提出用社会现实主义视角来衡量文学的价值。他认为,文学必须在作家和人民之间建立联系,文学创作必须和加拿大这片土地息息相关。史密斯的价值观和文学标准是中产阶级对地方审美和劳动阶级的政治和话语压制,是对北美现实环境和历史的"殖民主义的"漠视,也是从英国视角出发的对美国文化影响的仇恨。在萨瑟兰看来,许多加拿大诗人的作品既不是狭隘的地方性作品,也没有过多的浪漫主义,诗歌的起点就是应该培养一种"人性中充满躁动的朴素"(Sutherland, John 5)。杜戴克(Louis Dudek)在一篇题为《一份加拿大年轻作家自己的杂志》的文章中指出,批评家们要么沉迷于英国文学的殖民心态,要么弘扬"和美国诗歌更亲密的"文学形式,加拿大需要弘扬自己的"本土特征",这里的文学必须是"完完全全出自加拿大"(转引自 Trehearne 324)。修·凯纳似乎找到了一个拥抱现代主义的最佳姿态。他认为加拿大文学在关注自然(尤其是北方形象)的同时"丢失了一张脸"(Kenner 74)。他认为,地理想象应当通达心灵,而文学"直抵加拿大读者内心的最佳方式就是告诉他们,他们的灵魂和岩石、飞瀑、荒野、原始森林是一体的。这种和亚人类物种进行身份认同的病态愿望在加拿大文化的每个领域都可以见到"(Kenner 76)。凯纳指出,加拿大文学应当展现关于人的面貌,描绘那"受尽磨难的面容"(Kenner 78)。为此,应该用"拟人化的手段"(prospopoeia)来给加拿大命名,包括它的政治、历史、社会、地理现实,这样就可以把国家构建为一个人类形象和主体,让它具有独特的人类的面貌。显然,这种提议在某种程度上呼应了乔伊斯的《尤利西斯》、艾略特的《荒原》等英美现代主义文学形式,深入到分裂的精神世界,但又没有背离加拿大文学的地理和自然想象,把人的精神世界和地理想象结合在一起,展现出一种民族性格中的焦虑和压抑。

尽管现代主义文学的拥护者在推进加拿大文学民族性建设的过程中发挥了积极作用,在意识形态和文学想象方面增强了人们的国家意识,但是,直到20世纪60年代之前,加拿大文学创作的局面仍然是以现实主义为主导的。现代主义在加拿大文学中的作用在很大程度上仅仅局限于关于文学创作模式和文学理论发展的范围。正如著名的后现代主义作家和批评家克罗奇所说,在加拿大并不存在现代主义,"加拿大文学从维多利亚文学直接进入了后现代主义时期"(Kroetsch,1974:1)。马丁(Ann Martin)也认为:"在这场针对现代主义的战争中,加拿大是一个中立区:这是一个犹豫和徘徊的空间,在这块土地上,一切转瞬即逝,逃离在社会和文化巨变之外。"(Martin 43)尽管如此,现代主义的论战向加拿大民族性构建的历史工程引入了新的思想,对加拿大作家的创作观产生了直接影响,促进了通过文学表达民族身份诉求的创作实践,其历史作用是不容忽视的。

加拿大理论界对民族性构建的积极参与和贡献主要发生在20世纪60年代和70年代。这一段时期被称为"加拿大文艺复兴",也是加拿大民族主义文学的鼎盛时期。在这一历史阶段,加拿大文学民族性构建主要分为两个主要战场,第一战场是针对加拿大文学地域性和国家性的论战,第二战场是文学民族主义者从树立国家和民族身份视角出发对加拿大文学史和文学创作的重新评估。

1967年,加拿大联邦成立一百周年,蒙特利尔国际博览会成功举办,这两件事极大增强了加拿大人的民族自豪感和国家身份认同。确立民族文学形象,构建加拿大自己的文学传统和特色也成为历史的号召,而承担这一历史使命的就是民族主义文学批评和理论家。领导这场民族主义文学运动的第一号人物是诺斯普·弗莱。弗莱先后发表了《教育的想象》(1963)、《当代》(1967)、《灌木丛花园:加拿大想象散论》(1971)等,对加拿大文学状况作出了评价和总结。在克林克的《加拿大文学史》结语中,他对加拿大文学中的"边哨心态"(garrison mentality)进行了批判。弗莱的"边哨心态"是对当时文学创作中心主题的一个精确的描述,但在后人的解读中常常遭到误解,并常常被用作对抗殖民主义的武器。事实上,"边哨"描述的是在凶险的加拿大自然环境中被隔绝和孤立的殖民定居者的文化状态。弗莱指出,"边哨心态"是对加拿大社会心理的一个描述,而"边哨"指的是"一个结构严密的、被围困的社会,这里的道德和社会价值不容置疑"(Frye, 1965:226)。弗莱的总结体现了加拿大社会民族图景的两个特征,即人文社区和自然环境的对立,以及受殖民主义心态影响的一成不变的道德观和价值观。弗莱暗示,加拿大想象应当把广阔无垠的土地作为灵感的源泉:"进入美国你只需要跨越大洋,而进入加拿大你会被一片陌生的大陆静悄悄地吞下。"(Frye, 1971:217)加拿大身份困境的核心不是"我是谁?"而是"这里是哪里?",这是一个深邃的哲学问题(Frye, 1971:220)。人们应当推翻隔绝世界的边哨壁垒,和加拿大的"陌生大陆"相融并认同。弗莱认为,"我是谁?"这个问题并不重要,"加拿大人的著名的身份问题或许看起来是一个被理性化的、充满了自我同情的人为问题",是个"文化和想象上的问题"(Frye, 1971:i)。相反,"这里是哪里?"提出了一个新的倡议——加拿大人应当在新的土地上构建新的文化社区和民族精神。这个哲学问题的历史意义在于,它第一次认识到在文学想象中主体性、文化身份和空间三者的相互关系。

弗莱是著名的神话原型理论家,他将文学作为整体进行研究,探寻文学作品中人类共通的经历和经验。他认为一个文化的集体无意识体现在反复出现的情节模式、文学意象和主题上，文本就是人类共同经验的写照。弗莱并不反对地域主义文学，相反，地域和地理环境是不同社会和文化的共同经验，地域"只是一个纬度的问题"(Frye，1971:iii)。他认为，加拿大文学的民族性应当和加拿大特殊的地理环境和地域特征相适应，创造加拿大的田园神话。加拿大文学通过加拿大自然风景塑造文学性格是一个未竟的事业。如果说早期"边哨心态"把自然环境视为一种威胁，那么在新时代，加拿大文学的新使命就是构建一种新型的和自然风景的关系，"寻求一个安详的王国"(Frye，1971:249)。因此，加拿大人对田园神话的书写恰恰来源于加拿大的本土地域特征。这是因为，"在我们的世界，一个特定的环境为文学想象提供了氛围，它理应和喷气式飞机、国际酒店和消失的标志性景观所构成的全球性文明同台共擂"(Frye，1971:iii)。没有地域和本土特征的文学想象是空洞的："被夷为平地的环境只能产生走遍天下都不变的想象虚无。"(Frye，1971:iii)既然加拿大的身份问题"是想象力的创造问题，那么它就不是一个'加拿大的'问题，而是一个地域问题"(Frye，1971:ii)。对于不同地域的作家来说，他们的想象力和灵感都来自出生和生长的那片土地，他们的生活环境、日常心理、行为模式、价值观体系等各不相同，因此文学感受力和审美观也必然彼此迥异。正如弗莱所说，一个作家或艺术家可以搬迁到另一个地方，"和这个地方的人们居住在一起，并被吸纳为他们的一员；但是，当他开始对这个地域进行艺术创作的时候，他往往是以一个想象中的外来人的身份进行创作的"(Frye，1971:ii)。

与此同时，弗莱也坚持认为，一个国家应该有一个统一的身份，这个国家的文学也应该有区别于其他国家文学的独特特征。为此，他提出了"统一的国家意识"(national sense of unity)这一概念，其实质就是把加拿大看成一个巨大的地域，它既是一个地理概念，也是一个历史概念。在地理上，它以圣劳伦斯河——北美五大湖为轴心延伸，包含了加拿大联邦的建国历史。弗莱认为：

政治意义上的统一和想象意义上的地方性两者之间的矛盾冲突构成了加拿大这一词语的实质。一旦我们放弃了这种冲突，统一性和身份这两个元素就相互混淆，彼此吸收，于是我们就患上了加拿大这两种可怕的病症。如果用统一性来吸纳身份，其结果就是用文化民族主义的象征来表达空洞而没有意义的内容；如果用身份来吸纳统一性，我们就会回到狭隘的地方胸怀，它们彼此孤立，形成我们现在所谓的分裂主义。(Frye, 1971:iii)。

不过，对弗莱来说，加拿大内部的地域纷争和身份认知混乱所带来的危机远远不如国家和民族整体所面临的外部危机，也就是美国文化影响和经济兼并给加拿大所造成的国家独立危机。因此，在文化上，加拿大知识界和文学界开始认识到建立一个统一社区的历史必要性，以一种集体意识对抗来自美国的文化霸权主义。弗莱这样写道：

在加拿大人的想象中，远眺国土的东部和西部，加拿大人一方面看到的是自己作为世界上最强大的一个国家的形象，而另一方面看到的则是北部广袤的内陆，那里充满了神秘和未知的恐惧……但是如果加拿大人面向南方看去，他就会被美国熏得昏昏欲睡，或者心中升起一种抗拒：他要么必须想出一些无法令人折服的理由，展现出和美国人完全不同的形象，甚至超出他们；要么就必须接受被美国"吞并"这一无可逃避的命运。在加拿大，人们最厌恶的并不是被美国吞并的这种可能性本身，而是担忧加拿大会消失在一个规模更加宏大的存在形式之中，却没有给这个存在形式做出任何独特的贡献。(Frye, 1971:iii—iv)

弗莱指出，为了避免加拿大文化消亡的命运，加拿大文学应当构建共同的文化记忆，"认同的努力是至关重要的"(Frye, 1971:vi)，加拿大文学必须培养国家和民族的整体统一意识。他指出："统一(unity)和同一(uniformity)是两个完全不同的概念。同一是所有人的归宿，人们使用同样的陈词滥调，思维和行为模式彼此相同，他们所构建的社会乍看起来舒适安逸,但却没有丝毫人的尊严。"(Frye,1971:vi)相反,真正的统一能够容纳不同,并为自己的多种面貌和传统感到自豪,它认识到"人类的命运是统一而不是分裂",因此,统一"提升了人们的归属感,是人类真正的生命意义所在"(Frye,1971:vi)。

弗莱的思想在加拿大产生了深远的影响,掀起了一场全国规模的民族主义文学运动。这场文学运动以文学批评和文学理论为中心,对加拿大文学民族性的构建展开了广泛的讨论。弗莱构建国家田园神话的愿望得到众多主题批评家的热情响应。他们广泛阅读文本,深入加拿大文学的写作历史,在对加拿大文学进行重新评估的基础上,以弗莱的"灌木丛花园"神话设想为指导,展开了对文学文本的批评和国家神话的构建。

参与这场运动的一个最具影响的人物就是玛格丽特·阿特伍德。1972年,阿特伍德出版了《存活:加拿大文学主题指南》,这本书被认为是第一部在国际上有重要影响的加拿大文学批评著作,其影响一直延续到今天。在这本书中,阿特伍德把加拿大文学中反复出现的主题和加拿大的民族性格相联系,希望通过对文学作品的解读展示加拿大的文化心理状况。她认为:"每一个国家或文化都有一套统一的、具有启发意义的核心象征"(Atwood,1972b:31),例如美国文学中不断扩张的西部边界和英国文学中的岛屿意识。阿特伍德从"这里是哪里?"这个问题出发,归纳了加拿大文学的鲜明主题,认为这些关键主题模式"构成了加拿大文学的形体",而这个形体是"加拿大民族思维习惯的一个反映"(Atwood,1972b:13)。她宣称,加拿大文学的主导主题是"存活",也就是在精神、身体和文化三重意义上的存活斗争。阿特伍德对四种受害者进行了分类:"否认自己是受害者;承认自己是受害者,但把它解释为命中注定、上帝的意愿、生理决定、历史必然、经济状况或是其他别的更有力、更普遍的原因;承认自己是受害者,但拒绝接受这种角色是不可避免的假设;做一个有创造性的非受害者"(Atwood,1972b:36)。根据阿特伍德的描述,加拿大作为一个国家也是受害者,是"被压迫的少数"(Atwood,1972b:35)。由此推论,加拿大文学作为加拿大想象的体现也扮演着受害者的角色。阿特伍德显示了强烈的爱国主义热情,加拿大对受害者命运的抗争就是要获得自身的明确身份,诉诸灵活而明确的策略,摆脱来自英国和美国的文化、政治和经济影响。

除了阿特伍德,更多学者投入到了通过主题分析构建加拿大性的行列当中。例如,约翰·莫斯在《加拿大英语小说中孤立的模式》(1974)中对加拿大文学中的种种"孤立的模式"进行了分类,认为加拿大的"地理身体想象"(geophysical imagination)、反讽和个体意识构成了加拿大文学的民族特征(Moss,John,1974:7)。放逐尤其是加拿大生活的核心模式,无论是"边哨放逐"还是边界放逐、移民放逐、殖民放逐等,这些"孤立的心态"和"分离的意识"构成了加拿大小说的"动力学"结构(Moss,John,1974:7)。

琼斯在《岩石上的蝴蝶:加拿大文学中的主题与意象研究》(1970)中承认弗莱对他的影响,宣称自己"采用的是文化和心理的视角,而不是纯粹审美或文学的视角",这些作家虽然各不相同,但是他们的作品却有类似的主题和意象,表达了作家作为个体面临的"共同的文化困惑",也反映了"加拿大的性情"(Jones 4)。琼斯对民族主义文学以及民族主义概念本身提出了新的理解。他并没有像阿特伍德那样把文学和民族性同政治相联系,也没有像弗莱那样把加拿大身份定义为"地域的问题",而是把民族性与日常生活方式及语言文学的表达形式相联系。他认为,不能简单地把加拿大的身份和民族自豪感、政治独立以及"沙文主义的"自我身份主张相等同。对加拿大人来说,他们的身份认同就是"认识和表达一种使他们感到自信的生活观"(Jones 5)。因此,所谓民族性格,"并不是一个民族主义的问题,而是人们在想象中如何看待世界,如何看待自然和文化、过去和现在、身体和精神的问题"(Jones 5)。琼斯暗示,人类对这三个问题的态度是普遍性的,但每个国家的文学对这些矛盾的再现方式各不相同,加拿大文学民族性的构建也应该从这些矛盾体中寻找答案。例如,土地既是外在条件又是内在反映,在文学上常用来象征人们的内心精神世界,是无意识的象征,代表文学作品中人物角色的非理性。文学批评不能把文学作品中的土地理解为一种没有文化的、非伦理的、与现实相隔绝的存在。因此,加拿大人围绕土地表现了不同的态度,这种戏剧化的文学再现是加拿大文化中差异性的真实反映。

无须赘言,主题分析和民族主义的结合对塑造加拿大民族身份起到了不可估量的历史作用。但是,它的出现本身就伴随着来自各方面的反对,并引发了关于文学经典的大讨论。反对者认为,在民族主义思想指导下,主题分析的文学批评过于强调国别文学之间的差异,把文学解读为民族意识的反映,这是对加拿大身份的"宿命论的评估"(Rosenthal,2008:297)。民族主义把文学批评和解读过度政治化,这显得非常牵强。例如,阿特伍德把加拿大文学中的动物阐释为民族文化的符号,将之视为受害者的象征,指代加拿大的民族心理:"英国的动物故事是关于社会关系的,美国的动物故事是关于人们屠宰动物的,加拿大的动物故事则是关于动物被屠宰的。"(Atwood,1972b:74)由此看来,民族主义者对加拿大文学主题的过度总结受到来自各方面的攻击也就不足为奇了。

民族主义主题批评广遭诟病的一个原因是,它在构建国家神话的过程中抹杀了边缘文化的存在,忽略了地域主义的文学表达,并试图以统一的国家身份来掩盖加拿大内部现实存在的地域、族裔身份差异。在政治上民族主义主题批评以国家意识为指挥棒,在文化和地理上安大略和魁北克构建了一个话语霸权体系,而在文学上则企图用统一的主题、意象和象征构建一套具备等级结构的文化符号模式,从意识形态上消除边缘和差异。W. H.纽的《表达西部:加拿大现代文学目的与形式》是地域主义和民族主义的一次正面交锋。纽认为:"加拿大人的基本身份是东部人和西部人",这两个地域身份常常被绝对对立,并和它们各自的地理文化意义密切相关。东西部不仅代表了两个不同的地域概念,也塑造了两种完全不同的现实局面。在现实文化中,东部被理解为文明中心,而西部则是荒野的代名词,这种认知和想象上的差异影响了作家的文学创作过程。事实上,对西部的文学表达并不意味着它的价值和审美是地方性的、狭隘的世界观,因此表达西部就是要表现秩序与混乱、神话与现实等加拿大文学创造的核心话题。

在《加拿大批评的语境》中,代表西部地域主义的著名评论家曼德尔指出:"加拿大文学批评得了一种叫国家精神分裂症的病,它试图在自身的外部找到边界……它试图寻求一种本真的身份。"(Mandel,1971:3)曼德尔援引1971年麦克卢汉的话,指出民族主义主题批评试图建立一种"空洞"的"反环境",并用它来"审视一个看不见的国家的环境——诗歌、艺术和文学"(Mandel,1971:3)。实际上,加拿大文学批评应该把想象认同和政治统一分离开来,通过摒弃从政治意义上的地域价值定义来描绘加拿大的本来面貌。地域之所以和浮浅画上等号,是因为民族主义者"没有认真对待地域文学的独特性"(Mandel,1982:106)。

曼德尔呼吁,加拿大文学批评不能脱离从各种具体语境来构建文学的民族性。正如他所说:"加拿大批评就是指加拿大的各种领域或语境。"(Mandel,1971:3)曼德尔尖锐批评了民族主义的主题批评及其狭隘视角,指出文学批评不能仅仅限制在对历史、地理和文化背景的研究上。人们对于加拿大批评的语境和环境的范围理解必须进一步扩大,"只要是涉及这个国家文学的讨论都可以算作我们所说的语境"(Mandel,1971:4)。曼德尔强调了三种重要的语境,首先是环境语境,它涵盖了社会批评和历史批评的范围,其次是结构和解释学批评语境,再次是文学发展模式,它能够帮助人们"定义一个国家的文学传统并认识到这个国家文学的鲜明特征"(Mandel,1971:4)。由此可见,曼德尔对环境的强调表明他的文学审美观和价值观首先基于地域主义立场。尽管他后来把地域定义为边界模糊的"一种复杂的概念结构……也就是一种精神构建物"(Mandel,1977:47),但对他来说,加拿大的特定的地理环境决定了加拿大文学的特征和性格。

20世纪80年代以来,民族主义主题批评的弊端显得越来越突出,遭到了全面的批判,包括对文学评估手段和方法论的批评。弗兰克·戴维(Frank Davey)是反对民族主义主题批评的领袖。戴维矛头直指以安大略为中心的民族主义,质疑"加拿大批评"对文学代表权的霸占,指责其在构建文学经典过程中的选择性标准。戴维对民族主义文学的宏大叙事模式和主题分析批评表示强烈不满,提出了跨学科的文学批评方法。他认为,加拿大并不存在一成不变的文学经典,文学性的展现依赖于种种社会因素,加拿大本身"就是一个对话和争论的场所"(Davey,1994a:292)。1974年,在加拿大和魁北克文学协会年会上,戴维发表了著名的论文《度过解释关:加拿大文学十一论》。文章提出,主题批评作为一种批评话语模式漏洞百出,应当对此做出重新评估。主题分析被当作道具,用来抽取和提炼加拿大的文化身份象征,这种批评方法把文化理解为一个"单极制的构建物"(Davey,1983:12),长此以往将会导致文学的变形。戴维认为,主题批评对意识形态的预设、对文学史的漠视、非学术的方法、决定论本质等,都会对加拿大文学未来的传播和接受造成负面影响。这种方法抛弃了文学形式,只是对文学文本进行文化和社会阐释,批评家的任务和角色只是对再明显不过的意义作出重申,忽略了作品内部所隐含的结构、语言或意象等其他内容。主题分析把注意力集中在作品所传达的民族、文化身份这方面,本质上充满了文化身份焦虑,无法摆脱政治的影响。

戴维对主题批评的分析是系统的,他也对阿特伍德、莫斯和琼斯三人主导的批评潮流进行了批判,谴责他们的作品充满"人文主义的偏见"(Davey,1983:7)。戴维指出,主题批评把文学文本当作民族文学构建的传声筒,除此之外,作品再也没有其他任何意义。主题分析不承认作品的差异,抹杀了文学作品的独创性和个体性,把文本聚集成一个宏大的集合,服务于民族主义寻求身份的文化和政治意图。戴维发现,风格诡异的作家罗伯逊·戴维斯(Robertson Davies)在琼斯的批评中竟然没有一席之地。主题批评的另一个重要缺陷就是忽略了加拿大文学史的多元性。阿特伍德把千姿百态的加拿大文学主题归结为受害者的存活斗争,约翰·莫斯把身体和情感的孤立与隔阂阐释为加拿大主题。实际上,这些主题不仅是加拿大文学的主题,也是世界文学的主题特征。戴维还发现,加拿大的自然风光和地理风景常常被描写为既荒蛮又神圣、迷人的地方,被奉为加拿大文学的民族特征和主题。但事实上,文学中对加拿大地理风景的描绘"直接继承了英国浪漫主义和美国超验主义传统"(Davey, 1983:7)。戴维批评了主题批评"拙劣的社会学研究方法"(Davey, 1983:8)。这种批评模式通过对加拿大文化的描述企图预测民族文化变迁的模式,无非是为了呼吁加拿大人摒弃殖民心态。民族主义的文学批评套用简单的模式来寻找加拿大文学作品中的民族主题。这样,在宏大的民族叙事神话下,千姿百态的文学作品被归纳为同一性的文学诉求,限制了文学解读和文学批评的多样性,麻痹和打击了未来的加拿大文学写作,因为只有符合民族构想要求的文学作品才能步入经典化的殿堂。显然,主题批评和民族主义文学批评助长了文学决定论的气焰。在民族主义文学批评家看来,文学作品和作家本人就是"一个民族的梦想和噩梦的集中体现"(Davey, 1983:8),因此他的作品必须通过加拿大地理、气候、环境、宗教等各个方面作出解释。主题分析对文学作品的艺术性毫不关心,把加拿大作品解读为几种简单的地理文化和心理模式。

戴维在尖锐批评加拿大主题分析批评方法的同时,也提出了一些可行的选择方法,如体裁批评。他认为,这种方法可以用来分析有争议性的文学作品,研究其语言、文学形式和叙事技巧。第二种方法是非评价性文学批评方法,即现象学的批评。现象学方法可以研究非本土文化,也就是英裔作家给加拿大带来的种种价值体系。对戴维来说,"安大略或多伦多作家常常宣称,他们代表了国家的视野,但是,加拿大文学首先就是地域文学,其次才发展为民族和国家文学"(Davey, 1983:11)。戴维尤其强调了文本分析的批评方法,认为这种批评方法可以关注现代主义和后现代主义作品的文本特征。通过分析文本作品的形式特征建立加拿大文学与英美文学、拉美文学等其他国别文学的广泛联系。这一方法克服了民族主义文学批评和主题分析的身份认同障碍和文化自卑心理,把加拿大文学放置到欧美文学和全球文学的广大背景下加以考察,这种提议代表了世界主义的立场。戴维认为,和南美现代主义文学作品不同的是,加拿大现代主义文学作品提出了"世界主义文学模式而不是地域主义文学模式。从这个角度来讲,加拿大文学仍然是殖民主义的文学运动"(Davey,

1983:10)。戴维特别赞许加拿大后现代主义文学,认为这些作品扩大了文学创作的形式和视野。在他看来,鲁迪·韦伯的小说《中国的蓝山》、列昂纳多·科恩的小说《美丽的输家》、戴维·麦克法登的《伟大的加拿大十四行诗》,b.p. 尼克尔的《牺牲学》都是这种新兴的文学写作形式的模范。

戴维对民族主义主题分析的批判具有革命性和颠覆性,从方法论上质疑了民族主义的文化政治和思想意识目的。不过另一方面,主题分析对文本主题的单一化和过渡性总结恰恰说明,对民族身份和文化认同的强烈焦虑是加拿大社会在民族主义上升阶段的历史必然。这种文学批评方法虽有其内在的历史局限性,但在今天看来,却是加拿大文学民族性构建的一个至关重要的过程和阶段,在加拿大文学史和文学经典化过程中发挥了不可替代的重要作用。

当然,在对民族主义主题批评的大总攻中,也不乏对这种批评方法的忠实守护者。在1990年出版的《加拿大艺术——北方的土地,北方的视野》一书中,帕特里莎·莫利(Patricia Morley)宣称,主题是"我们生存并和他人发生联系的主要方式"(22),主题相对于结构来说至关重要,是艺术作品的核心,是"作品的架构原则"(Morley 22)。而时间和空间,则是加拿大文学作品绘画艺术的两大中心主题。莫利特别指出,加拿大荒野特殊的地理环境"造就了一种全新的文学形式",例如,罗伯茨和西顿(Thompson Seton)的动物文学作为一种新的文学体裁形式在加拿大19世纪末和20世纪前20年占有非常特殊的地位。动物文学在很大程度上折射出了加拿大民族性格的双重性,即现实主义/理性主义和浪漫主义/理想主义的矛盾结合。加拿大动物文学是对现实世界的模仿,属于现实主义传统。另一方面,它又是浪漫主义的想象。在这些作品中,人类具有动物的特性,而动物也具有人类的特性,二者共同生活在加拿大土地之上。这种集现实主义和浪漫主义的文学创作形式于一体的文学模式从侧面体现了加拿大文学民族性的双重特征。在西顿和罗伯茨的作品中,作家表达了对生命的敬畏,"把人类和其他动物看作大自然的神圣存在"(Morley 26),他们通过特殊的文学想象展现了加拿大人和大自然和荒野的紧密联系。正如弗莱所说,加拿大人在"两种不同的心理状况间不停变换,他们既充满了浪漫主义想象、墨守传统、抱有理想主义情怀,又聪明睿智、目光敏锐、充满幽默,这在加拿大文学中有所体现"(Frye,1971:25)。莫利也赞同这样的说法,并认为加拿大人性格上的"自相矛盾是由加拿大北部极端的条件催生的"(Morley 25)。因为在这样的地理和自然条件下,为了存活,加拿大人必须具备强大的勇气和力量,因而"对英雄主义的气概无上景仰"(Morley 25)。另一方面,在与严寒和荒野展开不懈的存活斗争中,他们的胜利也往往是暂时性的局部胜利。面对加拿大的严寒、广阔的西部大草原,这里的居民显得非常渺小。

关于民族主义主题批评,还有一点需要指出的是,戴维等反主题批评者并不是要彻底否认文学"加拿大性"的存在。他本人也一直致力于寻求文学的民族性表达,但不是在作品中寻觅反复出现的文化主题。在他的其他著作中(如《我们的大自然——我们的声音:加拿大文学导引》(1973)、《解读加拿大阅读》(1981)和《后民族议题:1967年以来的加拿大英语小说中的政治》(1993)),戴维逐渐转向了加拿大文学身份构建的其他方面。例如在《后民族议题:1967年以来的加拿大英语小说中的政治》中,戴维转而指责加拿大作家对加拿大政治和社会漠不关心,谴责他们的作品没有反映加拿大的社会现实和真实面貌,而是一味地关注个人情感和家庭关系的描写。这些作品因为害怕重蹈历史覆辙,陷入主题式的民族主义写作泥沼而畏首畏尾,其结果是创造出一个"带减号的加拿大"的文学形象(Davidson 867)。加拿大写作并不是要排除对民族身份和民族性格的文学塑造。主题分析的民族主义过于霸权,"但并不排斥通过其他话语形式来构建民族性,描绘加拿大这个国家的可能面貌"(Davidson 867)。随着反民族主义运动情绪的高涨,越来越多的文学理论家和批评家加入了加拿大知识世界的这场大论战,从政治、文化、文学批评、社会理论、文学经典化、民族身份等各个角度探讨加拿大文学民族性构建的历史教训与现实困境,并寻求以新的方式和新的视角来展现加拿大的文学想象,加拿大文学和文学批评从此进入了多元文化的历史时代。

第四章　民族性与多元文化主义

在加拿大文学中,文学创作和文学批评背后隐藏着政治和意识形态影响,政治与文化表达的相互作用和相互影响是不容否认的。1971年加拿大政府确立多元文化政策,皮埃尔·特鲁多的自由党政府在下议院颁布了《双语框架内的多元文化政策实施宣言》。1988年加拿大议会正式通过《加拿大多元文化法案》。自2003年起,加拿大又设立了一年一度的加拿大多元文化节。这一系列政策使多元文化意识深入人心,塑造了加拿大社会现实、增强了民族意识,丰富了文化想象并促进了文学创作的繁荣。加拿大的文化政策经历了从盎格鲁-撒克逊化的一元构成、以英裔和法裔加拿大人为主导民族的二元文化,到多元文化主义的演变过程。多元文化主义把加拿大文化定义为"马赛克"图案,逐渐成为一种社会思维模式,它认可加拿大的主体民族和少数民族组成的文化群体。这种多元和包容的意识形态同样容纳了对文化地理学上的地域群体的认可(如魁北克、蒙特利尔、新斯科舍的不同语言区域、加拿大西北地区的因纽特文化区域等)。加拿大著名哲学家查尔斯·泰勒认为,多元文化主义是一种"承认的政治"(Taylor,1994:25)。作为一种思潮,多元文化主义的影响并不仅仅局限于政治意义,还涉及现实生活的种种方面,例如"底层群体"和女性主义的文化表征与表达(Taylor,1994:25)。因此,人们开始寻求一种在多元化基础之上的加拿大性,这种对新的文化身份的理解是在民族主义文学批评消亡后去中心化的必然历史趋势。

多元文化主义的文学创作和批评是文学经典化过程中的重要里程碑。首先,20世纪60年代和70年代,文学和民族的联姻遭到越来越多的质疑,人们亟须一种新的包容性思维范式来对民族性做出新的阐释。其次,在全球化的新潮流中,社会文化和权力的组织形式正在发生悄然变化。霍尔在《局部和全球:全球化与族裔性》一文指出:"那种认为可以通过一个统一的文化身份来展现民族形象……的概念正在遭受不小的压力。"(Hall, Stuart, 1997b:22)全球化和多元化的趋势,对统一的民族身份提出了严峻挑战,均质的、中央集中制的民族身份不再被视为文学创作的基础。从作家个人的经历和文化背景,到文学创作自身,许多因素已经超越了传统身份塑造的范围。霍尔指出,有两种形式的全球化进程,它们相互冲突,形成对立。老的全球化进程表现为集体形式,它是封闭的,越来越趋向于保守,并企图回复到民族主义和民族文化身份,因此这种老的全球化进程具备高度的预防性,旨在在其四周树立起各种障碍,以防他自身被侵袭。而另一种形式则是后现代的全球化进程,它一方面寻求和非集体形式的差异共存,另一方面又企图否定、压制并最终掌控这些非集体形式的差异(Hall, Stuart, 1997b:33)。霍尔所说的两种全球化趋势代表了人们对身份的两种相互矛盾的理解模式,也就是开放性和封闭性的身份构建之间的矛盾。最后,加拿大多元文化主义的一个重要思想源泉是后现代主义。后现代主义去中心化和边缘化的总体趋势削弱了民族作为身份构建的唯一权威来源。因此,以差异和不同为核心的审美和价值观体系和传统的统一稳定的民族身份价值观齐头并进。在后现代语境中,人们崇尚差异和不同,这样,文化身份以及民族性就通过具体而微的形式得以展现。

加拿大多元文化主义的理论建构是在对20世纪60年代和70年代盛行的民族主义主题批评进行批判的基础上逐步深入的。多元文化主义的文学批评与理论建构主要包括多元文学经典化构建、文学理论和文学批评方法论的多元化、边缘文化的多元文学表征三个方面。20世纪80年代和90年代,在后现代主义和后殖民主义理论的影响下,关于国家和空间的认知出现了新的转变,一方面全球化潮流促成了北美自由贸易区的成立;另一方面魁北克的分裂主义运动日趋明显,来自全球各地的移民人口数量增多,出现了更多的少数族裔文化社区。这些社会现象促使人们不得不对民族、国家、地域和主体性的相互关系重新审视。弗莱所提出的"这里是哪里?"这个问题开始被放置到后现代主义和后殖民主义的框架下考察。在文化上,语言和文化的表达模式和纷杂繁复的地理、历史和现实环境之间的差距使文学作品和文学批评无法描述在新的文化环境下的现实状况。加拿大文学民族性的构建问题自然转向了新的矛盾,即如何在后民族主义时代和后殖民话语体系下解决与宗主国文学和文化的张力。

随着人们对民族主义主题批评话语霸权的广泛批判,加拿大批评出现了自我修正的趋向。在文学走向国际化和世界主义的呼声下,加拿大批评开始有意避开民族、国家、社区、族裔等礁石,转向关注更多的文学理论和批评视角。在1986年出版的《未来的指示》中,莫斯似乎意识到了加拿大批评手段的单一化,他宣称,加拿大文学批评的局面已经发生了重要的变化,需要从多重视角考察。不过,莫斯认为,文学批评手段的多样化依然要服务于国家身份认知和民族主义文学经典的构建。莫斯注意到了国际学术环境和趋势对加拿大文学批评的影响,人们对加拿大文学的基本设想和认知也受到了质疑。但是,加拿大批评作为一种学术现象和学术活动已经被神圣化,加拿大文学和加拿大批评已经升华为人类想象中互为补充的典范。这本文学论文集所包括的范围很广泛,涵盖了族裔文学研究、结构主义和后结构主义、殖民主义、女性主义、巴赫金对话和狂欢理论、精神分析和互文性等理论和视角。

然而,加拿大的民族和国家意识,或者说加拿大批评所体现的独特的"加拿大性"并没有随着后现代主义和解构主义的到来而消亡。事实上,这种新的理论探索被认为是加拿大文学、文学理论和批评在新时代背景下的一种转向。正如芭芭拉·戈达德(Barbara Godard)所说,尽管故事没有结尾,但这个故事依然是"关于加拿大文学的新新批评(New New Criticism)"(Godard 25)。在后民族主义时代,文学和文学批评的使命不再是构建当前的话语秩序,而是"探求话语的源头,也就是加拿大的后结构主义话语,这种探索是一场回归并超越开端的运动,它试图探索意义的起源"(Godard 25)。在和国际理论接触并对话的运动中,加拿大理论界对加拿大批评的国际化和多元化进程的焦虑也暴露无遗。民族主义批评家改头换面,在抛弃了传统上的以主题分析为主导手段的加拿大批评之后,转而以外部视角审视加拿大文学,把加拿大文学和美国文学、英国文学、欧洲文学等主流世界文学相提并论,以国际化和多元化的标准审查加拿大文学,这事实上依然折射出理论界的身份焦虑。以民族为视角的加拿大批评逐渐放弃建构加拿大文学独特性和差异性的努力,转而向国际化秩序和话语看齐,以同一性来构建新型的加拿大性。

因此,后民族主义批评和民族主义批评的最大差别在于,民族主义批评旨在构建加拿大文学区别于其他国别文学的鲜明特征,而后民族主义批评则否认加拿大文学和文学批评的独特性,认为加拿大文学无论在主题、视角、技巧、文体还是在理论深度和广度上和英美文学没有本质区别,进而寻求一种世界主义标准。例如,戈达德指出,福格尔(Stanley Fogel)在《为什么米歇尔·福柯不喜欢加拿大文学?》一文中的主要意图,就是诘问加拿大小说家为什么不能写出像巴斯和品钦那样的后现代主义的元小说叙事。戈达德对这种指责作出了回应,她认为后者忽略了加拿大后现代主义作家的最具实验性的小说,"加拿大元小说写作的缺失实际上只是一个海市蜃楼的幻象",加拿大所缺乏的"只是相应的理论分析和批评模式"(Godard 26)。加拿大文学批评有着自己独特的发展轨迹。例如,新批评在加拿大从来没有像在美国那样产生重要影响。加拿大文学和世界其他国别文学一样,在文学的现象学和结构主义之间,针对主体的死亡展开了一场辩论,这两种文学理论几乎和符号学、结构主义和女性主义同时来到加拿大。在这一时期,加拿大文学创作开始呈现本体化特征,文学批评家也开始质疑基于日常语言表达的实证主义的主题批评。文学研究不再指向现实,而是指向本身,呈现出理论化趋势,把焦点集中在文学批评和理论模式本身的结构之上,因此加拿大文学批评具备了元批评特点。

进入 20 世纪 90 年代以来,加拿大文学批评开始更多地转向理论本身,出现了对加拿大批评的批评,民族性构建在文学实践上体现出理论探索的抽象性。戈达德结合国际理论语境对加拿大文学批评发展史进行了总结。她指出,加拿大批评一直保持着和外部世界的同步。无论是日内瓦学派的叙事学,还是巴赫金的狂欢和对话理论、伊瑟尔的读者反应批评、德里达的解构理论、克里斯托娃的互文性理论等,都可以找到其身影,有些文学理论的影响,如乔纳森·卡勒的解构理论,虽然"在文字上找不到,但其精神却无所不在"(Godard 35)。这些不同的理论华丽亮相,共同加入构建加拿大民族"差异性"的理论工程,这一切是为了构建"加号版本的加拿大"(Godard 27)。的确,多元文化主义语境的确立使加拿大社会出现了不同版本的复数形式的加拿大(Canadas)。在理论上,各流派开始对文学批评和理论的统一化表示反感,"差异""不同""异质性"等成为新时期有关加拿大性话语建构的关键词。在全球化语境中,差异性体现为每一个作家、作家社群以及作品的具体性和个别性,加拿大文学的民族性想象工程开始将注意力集中到听取主流声音之外的其他声音,文学正统开始吸纳不同的声音,一起奏响民族性的交响乐。

多元文化主义语境下的民族性考量首先关注的是加拿大的后殖民文化状况,尤其是如何构建自己的本土文化,树立民族身份。正如阿什克罗夫特等人在《帝国反写:后殖民主义文学的理论与实践》中所示,加拿大人需要"确立自己的本土性,以示他们并非欧洲传统的继续"(Ashcroft et al.,1989:134)。在白人文学占主导地位的加拿大,殖民定居者后代作家面临着三个典型的问题,即如何处理好欧洲旧世界和北美新大陆的社会和文学实践关系、如何处理好入侵定居者和土著居民之间的关系、如何处理好"进口语言"与新土地之间的关系(Ashcroft et al.,1989:133)。

作为一个白人定居者为主体的社会,加拿大所面临的首要问题是,来自宗主国的语言不能充分描述北美大陆新的现实经历。这种语言本质上并不是一个中性的媒介,而是充满了文化价值,因此不能胜任对北美现实生活的描述。例如,英语中的"新世界"(New World)和"旧世界"(Old World)这两个词就是两个以宗主国视角传达文化判断的词汇。语言中暗含的种种二元对立事实上是对新世界的贬低。在这种语言的符号体系中,加拿大作为前英国殖民地被描述为落后的、原始的、没有文化的世界,其话语逻辑是自我/他者的对立。这种旧语言面对新土地的文化和精神隔阂是加拿大作家进行突破性文化表达的一个重要方向。

鲁迪·韦伯的短篇小说《说说萨斯喀切温》就描写了这种新土地环境和旧语言之间的冲突和矛盾。六岁的男孩主人公出生在草原山林之中,沉浸在被大自然的花草和鸟兽包围的环境中,他常常一个人出没在丛林,"这里的一切都在窃窃私语,温暖的岩石、飞快跳过的小动物、振翅疾飞的鸟儿、树干、夜空中闪烁的星光、炽热的空气、大地、脚下咯吱作响的雪,所有的东西都在说话。他呼吸着,倾听着一切,这语言就像他记忆的水一样清澈"(Wiebe,2010:30)。然而,男孩却患有口吃症,只会零星的低地德语。男孩的口吃症象征着作者对旧世界语言无法言说新世界生活的现象的沉思。故事中小男孩面对的不是语言的缺乏,而是语言的训诫和霸权。在学校里,他必须听从老师的规矩:"如果你不用英语回答的话,她〔老师〕就会罚你站墙角。"(30)他的姐姐甚至开始教他用英语指认所有东西,但他"根本不听这一套"(30)。对他来说,墙角的椅子"都会移动,一边咯吱咯吱地发生声响,一边和他说话"(30)。老师手中的书给他呈现出数不清的词,描述着萨斯喀切温的一切,他必须"阅读"(read)这里的一切,而在德语中"阅读"却是"说"(raed)的意思。小男孩无法完成两种旧世界语言对他的要求,因为他既不能用英语阅读,也因为口吃不能用低地德语演说。虽然老师一定会"教会他从每个地方和每个世纪传来的人类的声音",但他发现"这一切既美好又令人害怕"(30)。在故事中,小男孩实际上就是萨斯喀切温土地和自然的化身,面对着语言的困境,他只能倾听,"只要他活着,他就要一直倾听这些声音"(30)。

然而,占加拿大人口构成主导数量的白人作家面临一个两难困境。他们必须使用宗主国语言,通过和"英国性"的联系来描述本土的"他者性",更不消说,他们还面临着被美国文化双重他者化的威胁。在文化上,英裔加拿大白人作家不得不培养一种矛盾的双重视野,为了定义他们作为殖民者和定居者的身份,必须肯定现有语言和文化的象征意义和文化主导地位,同时在面临来自加拿大内部的对话与秩序的挑战时,又不得不构建新的话语和语言模式来适应在新土地上的生活环境。例如,阿特伍德在《苏珊娜·穆迪日记》的后记中写道:

> 如果说美国的民族病症是自大狂,那么加拿大的民族病症就是妄想的精神分裂症。穆迪本人就一分为二,她一方面赞颂加拿大风景,另一方面却又诅咒和摧毁它;她一方面不喜欢加拿大人,另一方面却又发现他们是唯一能够给她提供庇护的人;一方面她热情地讴歌文明的进步步伐,另一方面却又感叹文明对荒野的摧残……一方面她宣称是一个忠诚的加拿大爱国者,另一方面却又是一个旁观者,站在一旁冷静地观察,并像陌生人一样对这个国家提出批评。这或许就是我们生活的方式。尽管我们都出生在这里,但是我们都是这个地方的外来移民。加拿大是一个巨大的国家,我们任何人都不能够完全占有它,在那些我们所不熟悉的地域空间中,我们要么是流放者,要么是入侵者,在其间恐惧前行。这个国家就是一个我们必须选择的东西——离开它是非常容易的,但一旦选择了它,我们所选择的就是一种极端的二重性。(Atwood,1970:62)

为了解决文化传统、语言表征和现实环境之间的矛盾所造成的"非本真"(inauthenticity)状态,定居者白人文学需要在文学主题、艺术形式、语言风格与结构上展现自己的不同并进行"反写"。和澳大利亚、新西兰等其他国家的后殖民主义不同的是,加拿大的文化"马赛克"并没有促成文化认同的"混杂性"的形成,加拿大文学理论"在摆脱欧洲统治的同时保持着高度的民族主义姿态"(Ashcroft et al.,2003:34),绘制出一幅和美国

"大熔炉"文化完全不同的文化风景。但是,"文化马赛克"并没有取代文学"混杂性"。从外部视角来看,多元文化主义本身已经成为加拿大文学民族性构建的一个独特特征,它颠覆了英国的文化经典观念,也抗拒了来自美国文化的新殖民主义侵略,因此,这种文化"马赛克"具有独一无二的形象。

在多元文化主义语境下,加拿大文学的民族性构建努力主要体现在对"本土性"的创造上。后殖民主义理论认为,现实隐藏在表征过程的内部,而表征则是权力结构和利益冲突的结果,因此文本在本质上是不可能表征"本真的"现实的,只能通过局部的和独特的视角来呈现现实的一隅。加拿大英语文学在这一时期开始转向对先前传统叙事的重写和改写,从后殖民主义的立场进行帝国的"反写"。例如,不少作家开始对加拿大早期文学素材、民间传说、历史故事等表现出新的兴趣,把早期移民和殖民地开发的故事重写为反讽和模仿叙事,构建新的历史和文本的互文性。这种重写挑战了历史书写的权威,颠覆了以欧洲殖民者为中心视角以及以官方叙事为主导视角的元叙事模式,给历史写作引入新的包括地域和个体视角的成分。这种后殖民主义的立场更加增强了加拿大人的历史和本土意识,使人们认识到历史和叙事总是在不断地以某些视角重新构建。因此,文学的民族性构建总是限定在某些文化语境和框架之内。历史和国家被视为脆弱的叙事,后殖民主义的民族想象对历史的每次重新构建实际上进一步重申了以英法语言文化为中心的"两厢孤独"和多民族"其他孤独"的文化状况。加拿大文学理论对民族性话语构建的重点逐渐发生了转变,不再专注于定义和限定再现国家文化身份的文学主题内容,而是转向对再现手段和再现主体的关注。这是因为,民族身份、国家认同、文学想象和叙事三者之间的关系无法摆脱复杂的现实文化语境的限制。

对文学"本土性"进行构建,从本土历史和神话重新挖掘素材,进行文学再写的例子数不胜数。加拿大有着众多被殖民者所忽略或不为人知的故事,包括本土传奇、口头故事乃至被神化的史实人物或事件(如富兰克林探险、"灰色猫头鹰"故事等)。例如,鲁迪·韦伯对加拿大萨斯喀切温北部无人探索的历史表现出很大的兴趣,先后出版了《疯子捕鱼人》(1980)、《装死:北极的沉思》(1989)、《发现陌生人》(1994)等。在《大熊的诱惑》(1973)中,他记叙了克里族在加拿大国家建设过程中的崩溃历史。这部小说按照时间顺序分六章对 1876 年 9 月 13 日到 1888 年 1 月 17 日的那段历史进行了重述。在小说的写作过程中,韦伯深入到印第安部落调查历史,研究历史材料,整理官方文件、报纸和采访记录,通过历史的记叙和文学的创造构建了一种不同于官方版本的历史叙事,表达了韦伯对后民族主义时代加拿大文化身份的新理解,是对本土文化传统的认知和接受。作为一个祖上来自俄国门诺教派家庭的作家,韦伯的后民族主义立场表现出对国家主导意识形态的不信任。但是,在表达文学想象、创作多声部民族交响乐的过程中,韦伯的"本土性"表现出一种在"进口语言"和本土文化夹层中的矛盾状态,他的解决方法就是创造"另一种单极话语视野"(Toorn 100)。在他的短篇小说《声音从哪里来》("Where Is the Voice Coming from?")中,韦伯一开始就提出问题:"问题是怎样制造故事的?"(Wiebe, 1986:270)故事主角是一个克里族印第安领袖,名叫"至高无上的声音"(Almight Voice)。故事讲述了他被捕并最终被枪杀的历史。这篇小说同样运用碎片的方式讲述,小说忽而是历史学家的名言,忽而是叙事者的评论,还不时穿插着档案记录、统计数据、诗歌等,这使小说在形式上更像一篇论文而非故事。小说中"至高无上的声音"自始至终是沉默的,他的一切声音均来自其他人的描述和记载。在他被处决后,叙事者看到"一股声音从撕开的春天的嫩杨树皮中升了起来,从埋在地下的死人中升了起来……这声音是如此高远、如此清晰"(277—278)。尤其值得注意的是,故事结尾,叙事者仿佛变成了作者本人。他承认语言的无能和故事的不可靠性:"如果我是一个能做出可靠翻译的可靠的翻译者的话,我就会更精确一点了。可是,我不能,因为,当然,我自己不懂克里语。"(278)显然,韦伯本人作为信奉门诺教派的梅蒂人(即法国后裔和印第安人的混血)为印第安人代言,这本身也体现了本土化过程中构建多元身份和语言无能之间的矛盾。克罗奇高度赞扬这种声音或语言的创造:"我们从小就知道放屁的时候不能够出声。多么遗憾啊!或许,就是在学会这个规矩的同时,我们学会了抛弃大写的声音(Voice)。"(Kroetsch,1986:143)在他看来,只有通过这种个性的语言(parole),"我们才能发明比我们伟大的说话者"(Kroetsch,1986:143)。

阿特伍德也是"本土性"构建者之一。她的《苏珊娜·穆迪日记》是对加拿大早期文学先驱穆迪(Susanna Moodie)的拓荒日记《丛林的艰苦生活》的后殖民主义重述。阿特伍德的文本和穆迪的文本形成了历史互文,通过对穆迪个人拓荒史的重述,阿特伍德构建了一个个人主观视角的国家建设神话。这首诗不仅表达了宗主国语言和新世界生活之间的矛盾,而且把穆迪本人塑造为代表加拿大本土历史和起源的神话形象。在"两场火"中,阿特伍德描写了穆迪构建家园的繁忙:"她/全神贯注地集中在/形状和几何图形上/建构房子的人类结构,方形的/紧闭的门,坚固的横梁/拥有逻辑的窗户。"(Atwood,1970:22)正如阿特伍德在《存活:加拿大文学主题指南》中所说的那样,穆迪作为一个加拿大开垦荒野的先驱和文学先行人,是"圆孔里的方形物"(Atwood,1972b:120),因为欧洲殖民者的逻辑是改变自然秩序使它适应人类文明的形状,因此"西欧男人"必须"面临的问题是努力把一条直线塞到一个弧形的空间中去"(120)。此时的穆迪就是欧洲宗主国的化身,她需要改变自身以适应新的环境,而到了诗集的结尾,穆迪已然成为加拿大本土的象征:"她最终彻底改变了自己,而且已经成为她一直憎恨的这块土地的精神。"(Atwood,1970:64)

需要注意的是,多元文化主义的民族性建构是对民族主义的直接质疑和反抗。正如哈琴所说,多元文化主义试图颠覆均质统一的国家叙事和民族神话,通过"外中心"的视角来挑战民族主义的"世界性"。哈琴提出:"既然外围或边缘也有可能共同描述加拿大的国际地位,或许后现代外中心也正是国家身份的一部分。"(Hutcheon,1988b:3)哈琴特别强调了多元文化写作(如地域文学)在民族话语构建中的积极作用,指出地理和文化边界的模糊与融合对多元写作的贡献。克罗奇就是从"外中心"视角建构"加拿大性"的作家。在他的后现代主义诗歌《石锤》中,石锤的象征意义引起评论界的不少争议。和克罗奇的其他小说一样,这首诗晦涩难懂,充满了象征和光怪陆离的意象,解读者众说纷纭。诗人在诗歌中描写了对家族根源、地方历史、民族记忆、土地所有权等问题的深层思考。诗人大量借用加拿大阿尔伯塔北部的地方元素,却跨越了时空界限,在时空、不同文明中穿梭,也是对中心/边缘等二元对立的解构。诗人的思绪从石锤飘回到远古历史,追问石头的用途和它主人的身份,并拷问这块土地的历史。石锤"和冰川期一样古老/那退去的冰川/那再创的冰川,/那些撤退的野牛/那些撤退的印第安人"(Kroetsch,2000:5)。石锤把印第安人、英国女王、诗人的父亲和祖父以及加拿大太平洋铁路等联系了起来。通过时间的回溯,石锤首先变成石头,然后成为武器、工具、文物,最后成为激发诗人灵感的吉祥物,象征着时间的永恒。石锤似乎是考古工具,又是远古自然的象征,通过这个象征物,诗人把所有时间和空间的元素集中在了这块小小的石头上,而"我的诗歌就是/这块石头"(Kroetsch,2000:5)。诗人似乎通过石头取消了时间和空间的一切界限,一切昭然若揭,又仿佛暗示:意义是无所不在的,具有即在性。这种写作显然避开了中心视角叙事模式,从一个具体地点的石块写起,并联系广泛的世界,甚至把殖民者和印第安部落历史并列,完全解构了历史元叙事的秩序。但对克罗奇来说,这种颠覆式写作也并非对传统的完全弃绝:"你无法只通过不连续性逃脱,因为不连续性包括了连续这个词。不/连续。我和传统在某种意义上是有所关系的,但我却通过不联系和它发生关系。"(Kroetsch,1982:6)

在文学实践中,加拿大作家通过后现代主义的先锋和实验写作形式描写了既现实又非现实的存在,凸显了边缘的模糊或身份的不明确性。例如,亚当姆逊认为,阿特伍德的小说《浮现》就是"通过隐喻"的神秘手段来展现加拿大的北方地域(Adamson 83)。阿尔伯塔作家阿丽莎·范·赫克(Aritha van Herk)的作品《远离埃尔斯米尔的地方:一部亲探地理小说》是一种"地理小说"(geografictione),熔地理描写、自传和文学批评为一炉,巧妙地把身体、地理和女性结合在一起。小说把加拿大北部冻土疆域和女性塑造成平行的隐喻,其边界甚至延伸到了俄罗斯的西伯利亚。借助地理空间的融合,叙事者甚至邀请托尔斯泰笔下的安娜·卡列尼娜也加入埃尔斯米尔。小说把文学空间、地理空间和女性空间相互联系在一起,创造出一种神秘的类似于乌托邦的"哪里都不是"的氛围。小说一共分四部分,每一部分的标题都是一个地名,随着主人公在空间中的转移,她的个人存在和空间融为一体:"埃尔斯米尔:女人作为岛屿"(Herk,77)。这部小说不仅挑战了地理边界和身份定义,也是对文学题材和体裁的颠覆性创造,给加拿大北方的神秘形象赋予了一种无边界的特性,把主体性和空间性相互联系起来。就连作者从小长大的家乡埃德伯格也成为一个具有主体性的角色,具有自己的梦想。这种描写把人物自传进一步变成地方自传(geobiography):

  埃德伯格梦到了其他岛屿……把埃德伯格创造成家,为它创造一个家……回来吧。这里就是到处(Everywhere is here)。你冻僵的梦想……你渴望被触摸的手掌,你的那些(没有)被阅读的故事……这就是你的自我地理(self-geography),也就是埃德伯格阅读你的虚构故事过程中发现/发掘的你。(Herk 32—37)

  范·赫克的地理自传小说实际上是女性主义、后现代主义、地理小说、自传等不同文类的混合。作者通过独特的写作模式把加拿大北部进行了女性化的神话改造,但却又经过去疆域化(deterritorialization)把地理和边界的概念加以扩大,在消解"统一性"的同时表达了多元的加拿大性。同样,在克罗奇的《种马人》中,作者以狂欢化的艺术形式和拉伯雷式的粗俗语言表现形式描绘了他虚构中的加拿大边界地带。小说采用动物的声音、民间传说和口头叙事等形式颠覆了现实主义的加拿大文学想象模式。又如,在霍金斯的小说《世界的发明》中,贝克尔从杂乱无章的剪贴簿和磁带中,借用历史资料和夸张的传奇故事拼凑温哥华岛上一个名叫多纳尔·基尼利的人的故事,此人是虚构中的温哥华岛"启示真理殖地"的开拓者。贝克尔通过剪报、录音、采访稿以及"人们的闲谈、威胁的耳语、咒骂声"等向我们展示了基尼利的故事(Hodgins 57)。哈琴指出,这部小说一部分是对爱尔兰的叙事传统的戏仿,"我们看到了它在情节和人物塑造的循环和双重结构上的影响"(Hutcheon,1988b:57)。但霍金斯却告诉我们,不要相信口头传诵的准确性。这样一来,《世界的发明》就是用后现代主义的手段对现实的解构,温哥华岛既存在又不存在。在贝克尔的拼凑式叙述中,温哥华岛的面目隐隐约约地隐藏在"借来的语句"之后,显得虚无缥缈,不可捉摸。

总之,多元文化主义的民族性构建体现为对总体的国家元叙事的怀疑和抗拒,基于差异的各种"小叙事"构成了加拿大文学民族想象的多元化文化图景。多元文化主义在后现代主义的语境下颠覆了传统的中心论,就连加拿大的地理和文化中心魁北克和安大略也被视为加拿大文学民族图景的一个局部叙事。这些千姿百态的叙事使总体的伊甸园式的国家神话丧失了威信,因此,后现代的加拿大文学状况标志着普遍的、权威的、统一的文学民族性构建转向局部的、差异性的、多元的、个体的知识叙事。

第五章 民族性与"他处性"

　　20世纪80年代以来,加拿大的多元文化政策推动了民族多样性和多元文化的成长,为加拿大民族想象和文化身份构建做出了贡献。英国作为世界"超级强国"在加拿大的影响力日益衰退,加拿大知识界对美国的文化和经济影响愈发敏感,这更加增强了加拿大人的民族意识和国家身份认同。加拿大社会被比喻为文化"马赛克"、多元社会的"大花园"和"拼缝被"。加拿大没有单一的种族和文化,族裔群体的地区分布相对集中,具有明显的地域化特征,这些因素进而强化了"马赛克"效应。多元文化允许种族或文化的异质特征,宣扬族裔或文化群体之间相互平等,因而起到了非常积极的作用,甚至成为世界不少国家文化和政策决策的楷模。

　　进入20世纪90年代以来,加拿大多元文化主义显露出了许多弊端,受到了不少诟病。多元文化主义被认为是一种对文化身份的束缚。特鲁多总理在1971年10月8日的众议员讲话中申明,多元文化政策是确保"发展加拿大身份,促进公民参与,增强加拿大统一,鼓励双语结构下的文化多元"(Trudeau 1)。根据特鲁多总理的精神,多元文化政策是建立在个人选择自由和国家统一基础之上的,个人选择的自由是多维的,但个人的族裔认同应当体现加拿大的群体归属感,这是一种"集体生存意志"的反映(高鉴国 34)。因此,多元文化本质上意味着同化,个人自由和族裔性的并存在一个多样化社会中难以自发地实现。多元文化政策更多地体现为一种文化象征意义，文学作品的积累只不过是对这种精神符号而非现实的一次次加强，因为多元文化剥夺了少数族群的语言表达权，在文学和叙事上只认可英语和法语。从这个角度看，多元文化主义仍然是以盎格鲁-撒克逊和魁北克法语民族为核心的文化本质主义，是政府在精神和文化上的一张空头支票。多元文化主义还助长了对世界观、生活态度等方面的模糊性或相互矛盾的认知。多元文化主义既肯定个体价值又宣扬群体意识和国家身份，忽视了民族性对行为模式、道德准则、文学文化想象、风俗习惯的复杂影响。正如出生于一个德裔加拿大移民家庭的罗伯特·克罗奇所说："加拿大作家的独特困境就是，他是在一个文学的内部用一种语言写作的，这个文学和语言似乎是属于他的……但是，在加拿大这个词里面隐藏着我们很生疏的经历。"（Kroetsch，1989：58）

在今天的"流动社会"（liquid society）中，界限和限制正在改变或迷失方向：不属于任何地方，不知道"家"在哪里，这凸显了人们经历的不确定性和中间感。学界开始呼吁建立一个不同的价值体系，以响应当代加拿大文学中对多元性和"文化倾听"（Heble 86）的需求，从而改变加拿大文学批评陈旧价值，实现"向加拿大文学的'他处性'（elsewhereness）转移"（Kamboureli，2007：xiv）。堪布瑞利的小说《第二人称》中考察了自我的双重性，展示了作家在具体（希腊）和抽象（语言）生活场所分裂的主体性的双重自我，描写出处于"第三空间"中的主体所面临的出身、国家和视角差异，通过"他处性"进一步消解加拿大民族认同中的"他者性"，对狭隘的民族性进行批判。

在加拿大，克罗奇和堪布瑞利是具有重要影响的作家和批评家，如果说他们的困境是语言和本土的矛盾的话，那么对约翰·麦克夫（John Metcalf）来说，加拿大文学的民族性却是一个地地道道的"民族"性问题。麦克夫首先矛头直指对民族主义和主题的批评。针对阿特伍德的排斥性解读视角，他指出，为了凸显民族主义主题，阿特伍德的《存活：加拿大文学主题指南》有意把迈克尔·翁达杰、布莱恩·摩尔（Brian Moore）、麦尔克尔姆·娄伊(Malcolm Lowry)等人的作品排除出她的民族主义经典,因为这些作家"是在他们生命发展轨迹的后半期才来到或离开这个国家的"(Atwood,1982:42),不具备"加拿大的情怀模式"(Metcalf 120)。然而,不可忽视的是,他们中许多人今天已经成为享誉加拿大乃至世界的作家。例如,出生在斯里兰卡的翁达杰不仅成为加拿大享有盛誉的作家,还是一名颇有影响的诗人和文学杂志编辑、文化公众人物,并多次获得加拿大和世界性文学大奖,包括加拿大总督奖、布克奖等。

在1994年出版的《远离文化》中,麦克夫尖锐地批评了文学经典化对移民作家的排斥。他认为多元文化主义强调的不是对加拿大移民的生活和想象的共同塑造,而是"生来的加拿大人"(brithright Canadian)所创造的文学作品(Metcalf 111)。他发现,自己作为一个持有加拿大护照的公民,三十多年来一直被视作"出生在英国"的移民作家,因此他"不属于这里,也不会被这里的人们所需要"(Metcalf 111)。尽管多元文化主义宣扬各民族的平等,但在语言和文化表征的现实中是排外的,甚至根据作家的"出生权"来构建加拿大身份,这反而走向了多元化的反面,把民族的文学想象和政治身份概念等同起来。事实上,加拿大文学经典的构建在定义身份上曾经出现过很大的争议,出身是经典构建的一个极其重要的成分。古斯塔法孙(Ralph Gustafson)曾毫不掩饰地坚持认为,对于那些加拿大文学的"迟到者","没有丝毫必要"把他们看作加拿大人,"不管人们对他们的补充作用有多大的需求,也不管他们多么热爱他生活的这个地方",正像艾略特和庞德是美国人,奥登是英国人一样,格罗夫是德国人,因为"在世界观上,他属于其他地方"(转引自 Metcalf 109)。

多元文化主义宣扬族裔群体的平等,并成为加拿大的法律和文化基础,但这并不意味着在社会现实中不存在主流思想和主导文化价值观念。萨瑟兰(Roland Sutherland)尖锐地指出:"加拿大文学主流意识的决定性特征也就是加拿大民族的决定性特征。"(Metcalf 109)所谓加拿大就是"两个主要民族或者语言社群"的国家(转引自 Metcalf 109)。麦克夫指出,就连来自美国移民的作家如卡罗尔·希尔兹(Carol Shields)、伊丽莎白·斯本塞(Elizabeth Spencer)等也同样被排斥在了经典之外,更不用说其他少数民族移民作家。麦克夫感到自己和其他非加拿大本土出生的移民作家一样,被排挤在了"加拿大边哨心态的高墙"之外,他感到自己就是一个隐形人,而这正是"最糟糕的种族主义"(Metcalf 112)。

这样一来,多元文化主义对"加拿大性"的追求漠视了更广泛的文化和文学视野,使"加拿大性"成为一个狭隘国家本质主义观念。一方面,文学批评通过对文本的解读表现出强烈的排他情绪,另一方面又在语言上限制和排斥非本土出生的移民作家。在民族主义主题批评中,"加拿大文学只不过充当了国家和身份政治的马前卒"(Metcalf 114—115)。麦克夫对加拿大文学的族裔排斥现象的批判具有深刻的社会意义,作为来自加拿大前宗主国英国的移民,麦克夫被排挤在本土文化圈之外,然而他却能够运用自己的母语英语展开还击,因此在很大程度上代表了母语非英语的其他少数族裔作家或移民作家的文化和身份困境。

针对多元文化主义的缺陷,人们开始转向其他视角构建加拿大文学的民族性。麦克夫认为,人们应当转向文学本身。他反对民族主义的国家本质主义,又贬低地域主义文学的"庸俗性"(Metcalf 25)。他认为,加拿大文学的价值并不在这里,"或许在别的地方"(Metcalf 119),无论是民族主义者还是地域主义者,他们往往只关注自身,而对他们的"邻居"不感兴趣。麦克夫宣称,狭隘的民族主义和地域主义的民族性对文学经典化毫无裨益,"历史要求一个国家的文学必须超越民族界限"(Metcalf 120)。

特里·戈尔迪(Terry Goldie)从土著文学的视角展开了批判。他认为,无论是加拿大文学,还是澳大利亚或新西兰文学,文学作品中对土著民族的描绘大体都是相同的,这使主题批评看起来很像一套正规有效的文学批评手段和方法。事实上,在加拿大文学中,印第安人和因纽特人的形象"总是被限定在一个特定的符号学领域"(Goldie,1986:85),而文学"所塑造的形象,也就是那个能指,与作品中所暗示的所指(即土著人的现实生活)并没有多大联系"(Goldie,1986:85)。在多元文化主义掩盖下,民族主义文学批评阴魂不散,加拿大文学作品中的土著民族的形象就如同爱德华·赛义德在《东方主义》中所说的"标准商品"(Said, 1978:190),成为白人审美观指导下的文化消费品。这种以白人审美价值为主导的文学批评尤其青睐的主题包括性、暴力、口头文学、神秘主义、史前故事、创世神话等。所有这些元素实际上都是"应白人文本的要求而诞生的,其目的则是为了探讨白人文化和反映在印第安人身上的自然之间的关系"(Goldie, 1986:85)。因此,为了克服异化,寻找归属感,白人文化和文学批评必须经历"本土化"过程,要么拒斥,要么包容先前的本土性。因此,在各尔蒂看来,加拿大的民族性话语本质上就是把土著民族构建成大写他者,这个大写他者只不过是为白人自我提供镜像,发挥陪衬的作用。民族性的建构事实上充满政治意味,它属于以西方白人价值为中心的符号学场域,其裁定者并非土著民族文学,而是白人文学。

各尔蒂的质疑获得多方面的声源和支持。在1988年的"小范围流通的文学"会议上,弗朗西斯克·洛瑞奇奥(Francesca Loriggio)对加拿大民族性和族裔性的关系进行了深刻阐释,呼吁文学应当关注文化多样性和差异性,并对那些试图用一种统一的价值观来展现加拿大文化的做法进行了抨击。他认为,以英语和法语文学为核心的双元主义已经不能继续坚持对加拿大统一文化身份的寻求。洛瑞奇奥指出,多元文化主义和主题批评"沆瀣一气,企图在加拿大文学作品中寻找一套统一的文学特征",这种努力"总是企图把国家和国家身份变成不辩自明的道德信条"(Loriggio, 1990:316)。为此,他提出,应该展开和族裔性的对话,把族裔性对民族性的构建作为加拿大文学想象的不可分割的部分:"对族裔性的讨论似乎意味着只有通过对文学标准展开辩论,通过接受族裔性的历史性……民族和民族身份才能够完整表现出来。"(Loriggio, 1990:316)

意大利裔学者约瑟夫·皮瓦托(Joseph Pivato)也对多元文化主义提出了批评。他认为:"多元文化文学招来了均质化的鬼魂。"(Pivato 25)人们对多元文化作品的接受往往在原始主义(或称本土主义)和欧洲中心主义间摇摆不定。不过,族裔性并不是要取代原先的民族性话语,而是把它作为"文化分析之内的一个范畴"来考察"文化差异",更不是以同质为核心的多元文化的共存。每一种语言的内部都存在多种语言的异质性,因此"非盎格鲁-凯尔特人没必要总是用第一人称说话,也没必要总谈论他们的移民经历"(Pivato 26),相反,族裔文学"可以在英语和其他语言的四周发挥作用"(Pivato 26)。皮瓦托认可民族性的存在,但同时认为族裔性也是民族性的基础,族裔性的展现应当在文化分析的范围之内进行,这样少数族裔文学作品就能"使人们能够认识加拿大文学的多样性,并对我们的文学和文化作出新的解释"(Pivato 69)。他认为族裔性写作的特点之一是其"非中心化特征"(Pivato 83),这对于理解加拿大文学和文化来说有着至关重要的作用。

阿伦·穆克何吉(Arun Mukherjee)则提出,用族裔性解构多元文化主义的思维模式。穆克何吉指出,以往人们对民族性的理解实际上是"以19世纪流行于欧洲的关于民族性的概念为庇护的,他们认为一个国家的文学必须能够反映这个国家的'灵魂'、它的历史和传统,这种理解是建立在一个统一、一致的'精神'基础之上的"(Mukherjee 87)。事实上,本土作家和少数族裔作家的写作内容和对象往往是具体的地方、地域或民族社区,"他们对加拿大白人作家的所谓的世界性价值,提出了疑义"(Mukherjee 90)。因此,本土作家和少数族裔作家,甚至包括地域主义作家,颠覆了现有的人们对民族文学的概念。根据这一立场,穆克何吉完全瓦解了文学民族性构建的权威地位,认为加拿大文学民族性的权威来源于少数族裔社群的各种身份认同所构建的具体性语境。

在迈克尔·巴茨的《文学史和民族身份》一文中,作者指出,加拿大批评"应当认识到加拿大文学的多面性本质,而且我们对这种多面性本质的描述对弘扬加拿大性的作用不可小觑"(Batts 110)。在20世纪80年代之前,文学批评界还没有真正认识到族裔性对于加拿大文学民族性构建的重要性。在这一时期,加拿大文学批评的最重要使命仍然是寻找能够代表加拿大文学特性的一些统一性、决定性特征。但是到了80年代末,不少学者对这种现状提出了质疑。洛瑞奇奥在1988年撰文指出,人们应当全面容纳和拥抱族裔性,因为这种对话能够让理论界认识族裔性对文学民族意识和身份的重要作用,"会帮助人们理解在 20 世纪末生存的意义和对文学作出思考的价值"(Loriggio,1990:316)。他写道:

> 对于族裔性这个话题的探讨似乎表明,只有通过对这些标准(也就是对民族性构建来说那些显而易见的条件)的辩论,只有通过接受族裔性的历史以及它在社会理论中所发挥的局部性和限制性作用,民族国家和民族性、国家性这样的概念才会更有意义,并承载应有的道德价值。(Loriggio,1990:316)

斯玛洛·堪布瑞利(Smaro Kamboureli)是移民写作和族裔性研究的另一个有重要影响的学者,她通过对文学文本的分析对多元文化主义展开了批判。堪布瑞利发现,荷兰裔移民作家的作品中常常凸显回归故土的主题,这种叙事模式表明,叙事者在创作过程中扮演了多元文化主义分配的"典型性角色",即"把族裔主体解读为一个'永远'不变的形象"(Kamboureli,1994:31)。族裔性就这样被"定义为'自然'状况,是背井离乡的结果",因此身份就被认为是"永远不变的和稳定的"(Kamboureli,1994:31)。堪布瑞利的分析是历史的分析,把族裔性放置在历史和文化的背景下考察,因而能够更客观地把握族裔性在加拿大文学民族性构建过程中的动态作用。堪布瑞利把民族性和族裔性总结为三个对立,即"统一与差异的对立、认可与否定的对立以及归服与抗拒的对立",而当代加拿大民族性的特色就是"族裔性的弹性"(Kamboureli,1994:25)。奈基尔·达巴西(Nigel Darbasie)的诗歌《构想陌生人》很好地阐释了这种弹性身份:"首先用肤色、语言、宗教和文化定义部落自我/然后在上面叠加/国家、城市、乡村或街道的边界/现在你就在这里了:/你哪里都不属于/你是一个外国人/陌生的他者/不断地破坏部落差异。"(58)锡瑞尔·戴碧迪恩(Cyril Dabydeen)的诗歌《我不是》则表现出文学想象和身份政治的冲突,表明多元文化主义的政治表征不能完全容纳文学想象中的自我。戴碧迪恩在诗中首先宣告:"我不是西印度人",这否认了诗人的地理、文化和政治归属,最后在结尾宣称:"我就在这里/不在别处(i am here/

nowhere else)."(Dabydeen 31)在堪布瑞利看来,这是族裔性与加拿大民族性的对抗性融合,反映了"主体状况的可变性"(Kamboureli,1994:32)。

少数族裔作家被纳入加拿大文学民族性的图景,构建了具备差异性、异质性和混杂性的加拿大想象,从而改变了传统的加拿大性概念。这种新的"他处性"不仅能凸显加拿大构成的复杂性,更使得加拿大与全球化的文化语境发生了紧密联系。文学民族性构建不再像以前那样是单一的过程,而是由多种元素和力量交织在一起所构成的复杂的关系网络,是一种多重的构建过程,符合在新时代语境中对民族形象和身份认知的要求。事实上,加拿大文学的民族性和少数族裔特征也是紧密联系在一起的,甚至被认作是世界主义的一个特征。例如,约翰·罗伯特·科隆坡(John Robert Colombo)在《我们的世界性》这篇文章中说道:

> 在当前和不久的过去,加拿大社会的世界观是相对狭隘的,或者说是地方性的,而我们所谓的少数族裔作家,一直在努力给我们提供一种更为复杂的或者说更加具备世界性的世界观,而不是把社会看作一个整体。(Colombo 90)

第六章 跨民族主义、超文化主义与民族性

进入21世纪以来,族裔身份和民族身份的认知出现了新的视角,身份不再被认为是一成不变的,而是在不断的构建过程之中,甚至是多重的。霍尔指出,在现代性的各种宏大的语篇模式下,人们期待的不是民族主义的复活,而是民族情绪的逐渐消亡,人们对各种群体,包括部落、地域、宗教以及民族的依附被认为是和资本主义现代性相左的古老而陈旧的心态。随着大启蒙时代以来宏大叙事的逐渐消亡,资本主义现代性必将逐渐消解和取代民族主义情绪。霍尔指出,文化身份"并不是一成不变的固定身份,不是一个我们必须最终返回的固定的起点"(Hall, Stuart, 1990:226)。所谓的"资本逻辑"的运作正是通过差异性本身而运作的,在其运作过程中,差异性要么被保留,要么被改变。随着全球化的加深,人口的地域流动频繁增多,民族边界不再是固定不变的,而是把民族与国家推向跨民族的一体化状况,这种超越民族界限的一体化甚至成为政治和文化上的一体化,削弱了民族国家的概念,并可能消灭民族国家。英国著名后现代主义理论家齐格蒙特·褒曼(Zygmunt Bauman)认为,全球化的新局面越来越增强了世界主义或者国际意识。国家、民族、地域等这些表达细致、具体和差异的概念正在消融并变为一体。

褒曼认为,"流动的现代性"(liquid modernity)的特点是社会形式是瞬息万变的、不确定的,总是"不断地产生新的自由形式"(Bauman,2000:12)。褒曼批判了民族主义给"我们"与"他们"之间划定的界限,"爱国主义者和民族主义者都不愿意承认,人们可以在保留差异的同时共同属于一个群体"(Bauman,2000:177)。

在加拿大,对族裔多元性和动态性的认知也一直在改变着人们对民族以及文学民族性的认知和理解。人们对于文化身份的理解不再局限于僵化而固定的范畴。哈琴指出:"20世纪90年代之后的多族裔流散世界使得后现代多重身份成为可能。"(Hutcheon,1998:32)哈琴通过自身的背景论述了她的"隐性族裔性"(crypto-ethnicity)。她认为加拿大不存在大熔炉的思想意识形态,"加拿大人——不管他们是英国裔、中国裔、意大利裔、巴基斯坦裔还是索马里裔——他们的自我理解总是被定义为多重的,而不是单一的"(Hutcheon,1998:29)。哈琴援引泰勒的《承认的政治》,把这种"隐性族裔"解释为"深度多样化",即一种多元的归属方式。哈琴反对堪布瑞利所说的那种介于新文化和旧文化之间被他者化的丧失自我的感觉。她认同费舍(Fischer)所说的在"两种或更多文化中相互指涉的过程"(Hutcheon,1998:30)。作为一名意大利裔加拿大人,她用自己的婚姻和职业发展状况现身说法,阐述了自己对加拿大族裔性的看法。哈琴赞同索罗斯(Werner Sollors)的观点,反对将作家按照族裔社群进行划分,而是呼吁采取一种"跨族裔"和"多元族裔"的动态视角。在哈琴看来,族裔性不是一个特殊的现象,而是普遍的,也就是说,所有人都具有族裔性,因此不存在主导文化和边缘价值:"在我的意大利家庭中,英国人构成了一个特殊的族裔群体,而不是总体文化。"(Hutcheon,1998:31)因此,英裔加拿大人也具备"隐性族裔性",但这种族裔性是多重互动的,具有解放性,可以使"多元文化现实中的人们具有双重身份,并实现超越族裔的理想"(Hutcheon,1998:31)。这种超族裔的思想代表了加拿大理论界新兴的跨民族主义发端。

在主体消解、宏大叙事被颠覆的后现代语境中,面临着民族消亡的可能性,如何看待文学民族性和族裔性的关系,学界展开了激烈讨论。对于族裔性在民族文学想象中的意义,已经是一个不辩自明的问题。但对于如何发挥族裔性,使之成为加拿大性的内在部分,则存在多种不同的解释,学术界分别从宏观和微观民族性及族裔性视角深入阐发加拿大文学和文化的特征。在文学理论和批评领域,最突出的问题就是,如何处理多元文化主义对族裔性的文学再现和文化表征,以及如何看待族裔文学对文学价值和经典化的贡献。其中呼声最高的就是把加拿大文学放置在世界文学的环境中考察。例如,保罗·司徒裔(Paul Stuewe)认为,对国家身份的主题列举是错误的,我们需要重新用"传统的文学方式"对加拿大文学进行评估(Stuewe 12),把加拿大文学当作文学本身来看待。鲍伊(B. W. Powe)认为,必须把加拿大文学放置在一个国际环境中考察,对民族身份的探索必须让位于对"人的身份"以及世界性价值的探索(Powe 91)。戈达德提出了"考古学"的文学批评,她援引德勒兹的理论,认为在族裔文学研究方面,加拿大文学批评也和世界保持了同步水平。加拿大文学同样是一个"去疆域化的文学,其焦点就是他者,包括女性、原住民和移民,他们一起构成了一种混杂体"(Godard 44)。加拿大文学话语中的这种"对少数族群写作的包容及其带来的混杂性和散播恰恰象征了加拿大文学在世界文学中的境况,它代表了被压迫者的崛起,撼动并摧毁了英美世界文学系统的逻辑"(Godard 44)。

　　针对族裔性和民族性的对立观点,弗兰克·戴维则肯定了民族国家存在的必要,但他否认民族的统一性,认为应当把加拿大理解为"相互竞争的经典的领域"(Davey,1994a:69),因此加拿大文学是跨民族的(transnational)。洛瑞奇奥用"充满张力的整体性"(tensional totality)强调了同样的立场(Loriggio,1987:60)。在他看来,这个词是"稳定与不稳定、向心与离心"的统一(Loriggio,1987:60),一起构建了加拿大文学"内在的碎片化和多声部特征"(Loriggio,1987:60)。塞勒(Tamara Palmer Seiler)从后殖民主义视角分析,认为加拿大文学界应当适应"多声部的后现代时代"的要求来构建文学的民族想象。迈克尔·伊格纳提夫(Michael Ignatieff)认为,应当拥抱一种新的"世界主义的身份"来适应后民族国家的心态,这种世界主义身份允许人们构建自己的生活,"从每一个民族中汲取他赞赏的风俗"(Ignatieff 7)。在他看来,世界主义并不意味着国家的消亡,而是一致的,是一种新形式的民族主义:"像我自己这样的世界主义者并没有超越过民族国家,在后民族主义意义上的一个世界主义者总是依赖民族国家的力量来给公民提供安全保障。"(Ignatieff 9)

显然,后民族主义时代的跨民族主义和世界主义焦虑无不流露出加拿大文学批评界的文化无意识。正如哈塔森(Paul Hjartarson)所说:"文学批评能够让我们认识到我们的欲望的形体。作为加拿大文学的批评者,我们再三表达的欲望,就是去欲望化和发现我们的身份。"(转引自 Godard 44)因此,在局部意义上,后民族主义时代的文学和文学批评实际上是对民族主义时代文学批评的重复式升华,其焦点从主张加拿大文学的独特性转向了加拿大文学和世界其他国别文学的差异性、一致性和连续性。后民族主义的这种深层的文化和身份焦虑恰恰解释了加拿大文学被视作"他者"的原因。正如戈达德所说:"作为一个加拿大人,就像作为一个女人一样,就是要占据一个殖民空间,从这个位置上可以看到,话语事实上是以权力和欲望的形式存在的。"(Godard 46)

从繁复纷杂的思潮和批评模式不难看出,跨民族主义和世界主义模式带来的超文化主义(transculturalism)已经渐露端倪,成为解读加拿大性的新框架。全球化的文化接触(acculturation)正在改变先前那种以文化相互吸收为基础的民族国家概念。超文化主义的特点是,它承认族裔性的存在和差异,但更强调族裔性和文化的交融与渗透,在同一个地理环境和民族国家的政体下通过文学想象构建安德森所说的"想象社区"。在加拿大,多元文化政策事实上促成了超文化主义产生,为超文化写作提供了肥沃的土壤。正如柯尔泽在《为民族忧虑:想象加拿大英语民族文学》中所说,加拿大历史,包括加拿大文学史,不是一个单一的过程,历史上曾经出现过"对民族主义意识形态的多重挑战,这种挑战首先来自地域主义",然后来自现代主义或世界主义,现在它正在接受女性主义、族裔性、后现代主义或后殖民主义的挑战"(Kertzer 22)。但是,柯尔泽同时强调:"国家是不可逃避的,不能够把国家从理论的范畴中驱逐出去。"(Kertzer 35)显然,国家为民族性和族裔性写作提供了现实基础,但是对国家的认可并不构成和超文化写作的冲突,因为超文化写作属于想象的领域,是对想象共同体的构建。正如柯尔泽所说:"尽管各民族在他们的信仰上千差万别,但是他们共同建构文学的社群。不管这个社群存在怎样的矛盾,它造就了'我们的'文学。"(Kertzer 23)例如,越南裔作家王-瑞迪克(Thuong Vuong-Riddick)在题为《寻找》的诗歌中写道:"我属于一个国家/你无法在地图上、在书本里、在电影中/找到它……我属于一个脑子中的国家/这里有我的朋友和亲戚/他们散布在/加拿大、美国、法国、澳大利亚,/越南。"(Vuong-Riddick 1)这首诗最后一句以加拿大开始,最后停在越南,体现了现实与历史记忆对诗人民族身份构建的不可磨灭的影响。同时,在越南与加拿大之间,我们看到诗人对超国家、跨民族体验的想象,然而他所属的国家却最终是在地图上无法找到的想象国家,是一个想象中的交融了民族性甚至穿越国界的想象共同体。

跨民族主义塑造了一种独特的加拿大身份,即对民族国家概念的消解及对政治归属、地理边界的跨越或超越。例如,在托马斯·金的短篇小说《边界》中,作者就描写了一种游弋式(nomadic)的文化身份和族裔性状况。小说的叙事者是一个男孩,他和母亲一起到盐湖城拜访姐姐拉蒂莎。在美国边界线上,当海关人员要求他们说出自己的公民身份(citizenship)时,母亲只说"布莱克福德"(Blackfoot)(King, Thomas 87)。[①] 海关官员一定要知道他们是"美国这边还是加拿大那边的人",甚至用哄骗的手段告诉母亲:"我理解你要告诉我们公民身份的感觉。这样吧,你告诉我,我不会填进表格,除了你我,没有谁会知道的。"(King, Thomas 88)由于母亲拒绝宣示"公民"身份,导致二人入境被拒,可是在他们返回加拿大边境

---

① Blackfoot 是北美印第安民族的一个部落,主要分布在美国和加拿大中西部。

时遇到了同样的问题。结果二人只能在两国边境的免税店中游荡,象征性地成了没有"民族国家"身份的人。小说通过这个故事似乎暗示:族裔身份是与生俱来的,但民族国家及随之而来的公民身份、地理疆界等却是人为设立的种种等级、边界、差异的标志,它们束缚了人的归属,超越这些边界就意味着可以从固定、唯一的国家身份中获得一种新型自由。这个故事对民族国家归属的矛盾进行了反思,免税店在此成为游离于民族国家之外的一个自由空间,一个没有归属的"乌托邦"中间地带。故事中母亲"似乎神采奕奕……一切仿佛就像一次冒险活动",探索自己在民族国家空间和话语之外潜在的主体状况(King, Thomas: 91)。作者借助免税店暗示新的超越式身份,并建构了一个动态的边界身份和话语体系。免税店成为金笔下的印第安叙事者母亲的临时疆界和中间地带,随时可以穿越。故事结尾,母亲和海关人员交谈一小会之后,得以顺利通关,进入美国,而她依然宣称自己是"布莱克福德人",这样就象征性地消解了国界和民族界限,并且对北美地理空间进行了想象性的去疆界(deterritorialization)和文化再划界(reterritorialization)。标题中的复数形式的"边界"(borders)一词显然暗含了对各种人为施加的界限的不信任和颠覆。另外,作者本人的成长经历也为他的超文化主义写作奠定了基础。金1943年出生在美国加利福尼亚,母亲是希腊和瑞士混血,父亲是一名切诺基部族印第安人。金从小就失去了父爱,由母亲抚养成人,在白人社区中长大。金在犹他州接受教育,此后在一艘德国轮船上工作,到澳大利亚、新西兰等地游历,做摄影记者,最后于1980年加入加拿大国籍。金的身份状况本身就是跨族裔、跨民族的,他一半是印第安人、一半是白人,一半是美国人、一半是加拿大人。他的许多作品都描写文化边界的穿越和超越,强调个人对身份的选择,书写一种新的主体状况,并把边界视为解读和阐释的场所,不断地处于变动的状态之中,暗示身份归属和认同的模糊性或多重性。《边界》体现出金一贯的跨民族性(transnationality),并用文学的想象重新审视了民族国家,消除了由边界和体制权力所维持的北美地理空间,并构建出一个"跨民族和超文化的文本政治体系"(Sarkowsky

220)。在后民族时代,民族不再是公民身份的自然参照。萨森认为,应当对公民身份进行新的构建,对民族和公民之间的重合进行质疑,在"去民族化和后民族公民的语境中"探讨如何通过"解除边界"来实现公民身份的多重性(Sassen 17)。

跨民族主义与超文化主义有其现实背景和历史必然性。斯图尔特·霍尔则从理论上做出了阐释。他指出,民族国家正逐渐走向没落和衰微,"集体社会身份也正在经历碎片化的过程"(Hall, Stuart, 1997a:44)。那种大规模无所不包的均质化、统一集体身份,甚至阶级、种族、民族、性别等,不再像以前那样稳固不变。霍尔在《文化身份问题》一文中总结了三种形式的身份,它们分别造就了不同形式的主体状况,即大启蒙主体(Enlightenment subject)、社会学主体(sociological subject)和后现代主体(postmodern subject)。大启蒙主体相信人具有理性,个性的核心是主体与生俱来的;社会学身份认识到个性的自我核心不是自足的,而是和他者相互联系,因此分为内在身份和外在身份,也就是私有身份和公共身份,属于文化身份范畴;后现代主体的形成则是由于结构和机制的变化造成了身份的不稳定,因此主体成为碎片式的、"去中心"(decentred)的状况(Hall, Stuart, 1996b:597)。现代性社会对差异的追求给身份带来了变化,与过去不断决裂。传统民族国家身份寻求身份在过去、现在和未来的统一,但社会实践的多样化、全球化背景下的移民等现象造成了和"传统社会秩序的不连续性"(Hall, Stuart, 1996b:599)。因此,现代社会中,民族身份成为人们身份认知的最重要来源。这些身份并"不是像基因那样铭刻在我们的身体之中",我们却假想它"仿佛就是我们最自然的本质"(Hall, Stuart, 1996b:610)。这样的民族认知造成了全国性统一的语言和文化。因此,民族文化实际上就是由符号和表征组成的一种话语体系,它建构了关于"民族"的意义。但是,全球化背景下的民族交融、社群重组、新时空秩序和边界的变化、"全球后现代"过程等"腐蚀"了民族身份,新的混杂身份不断涌现(Hall, Stuart, 1996b:610),出现了游离性的、"没有地方"(placeless)的、"自由漂浮"的身份(Hall, Stuart, 1996b:

622)。

无独有偶,加拿大作家曼谷尔就表达了这种不断变幻的"游弋主体"。他出生在阿根廷,在以色列长大,周游全球之后加入加拿大国籍,然后到法国定居。在《语词之邦》中,他对语言/文学和文化机制与民族身份的微妙关系做出了论述:

> 这就是自相矛盾的地方。一方面是政治语言,它旨在把现实分门别类,将身份固化为静态的定义,将群体隔离却无法辨识个体。另一方面则是诗歌和故事的语言,它承认无法给出恰当而精确无疑的命名,于是把我们划归一个共同的、流动的人性范畴,同时却给予我们一种自我启迪的身份。前者通过一本护照和一个固定的形象告诉我们是谁,告诉我们站在哪一面旗帜之下,生活在哪条疆界的范围之内,同时给予我们一双通盘审视的眼睛,让我们把同样的目光投向那些和我们一样有着共同语言、共同宗教,同住一片土地的人们。通过这种方式,政治语言给我们贴上一个标签,把我们所有人限定到一幅被想象中的经纬线穿过的彩色地图上,让我们把它当作真实世界。而后者则没有标签,没有疆界,没有终极的明确。(Manguel 25—26)

曼谷尔在此指出了语言文学的想象功能赋予人们的自我创造能力,因为文学使"人们开始讨论政府和公民的义务和指责、命运在个体生活中的作用、民族身份的概念等问题"(Manguel 64)。他写道:

> 在旧的语言中,诗人们说:"这就是我,这就是我们。"而新的语言使他们能够仔细探究一种开放、质疑的思维方式所带来的不确定性,使他们把结论推回起点:"我是谁?我们是谁?"这些是最美好时代的最令人不安的问题。(Manguel 64)

在文学实践方面,跨民族主义小说常常通过主人公的经历展现对作为加拿大人的"新身份"的认识。这种新的身份作为"流散意识"的自然构建产物,使人们再也"无法回到传统意义上的那种统一的状况"(Hall, Stuart, 1993:362)。他们对自己新身份的认识是和新的全球化市场同步成长的。全球化背景是文化的生产成为一个超越民族界限的过程,使资本和生产具有了前所未有的流动性。新层面上的全球化统一局面和地域层次上的文化产出的碎片化是同时存在的。在这种情况下,文化活动的重要场所已经不再是国家,而是各种超越民族的群体。文化和文学产出模式的变化,伴随着全球化人口和文化的交融,进一步促使人们对文化多元性做出深思。布埃尔指出:"文化的相互渗透和相互影响,已经成为一个全球化的标准。"(Buell 312)在全球化时代,社区意识的进一步变化并不是要求人们继续强化原先的民族身份,而是出现了一种新的身份认同过程,这给文化发展提出了新的使命,它要求人们能够增强同差异共存的能力。

全球化潮流的影响以及多元文化对差异的承认为跨民族、超文化的加拿大性提供了现实和文化基础。人们不再追求树立统一加拿大民族形象,而是转向弘扬和凸显民族文学内部所存在的差异性、混杂性和异质性。事实上,流散写作、混杂性和超文化主义写作在一定程度上解答了"我是谁?"和"这里是哪里?"这两个问题。许多文学作品弱化了鲜明统一的国家形象,而是把故事发生的背景设在欧洲、第三世界国家如非洲、亚洲、加勒比海地区,甚至把故事背景设置在一个既不是这里又不是那里的地方,小说主人公常常从一个地方游走到另外一个地方。例如,迈克尔·翁达杰的小说《猫桌》描写的就是少年主人公从斯里兰卡出发,前往英国的海上旅行故事。小说的主体部分发生在太平洋和印度洋上。主人公出生于斯里兰卡,而他的目的地则是英国,多年之后,主人公则又成为加拿大公民。《猫桌》可以被解读为一部成长小说和教育小说,通过凸显少年时代主人公的海上经历,翁达杰用一种特殊的文化隐喻方式暗指加拿大民族性中所存在的差异性、游移性和可塑性——这里既不是这里又不是那里。在少年主人公成长为一个加拿大公民之前,他的种种多元性经历为他的加拿大身份认同作出了必要的铺垫和准备。

杨·马特尔的小说《少年派的奇幻漂流》同样也是一个海上航行叙事。少年主人公同样处在人生成长的关键时期,他出生在印度本地治里,和父亲举家迁移,目的地是加拿大。然而,故事的全部背景却是浩瀚的太平洋,这里既不是这里,也不是那里,他们搭乘的船属于一家日本航海公司,而小说主人公在海上漂流了二百多天之后,抵达的第一个地方却是墨西哥湾。在这部小说里,作者进一步弱化了加拿大的本土意识,削弱了各种身份认同,利用浩瀚的太平洋来确立一个这里哪儿都不是的背景。杨·马特尔出生在西班牙,父母是法裔加拿大人,作者从小在多个国家游历,包括法国、印度、伊朗、墨西哥、土耳其、美国和加拿大,具有丰富的多元文化背景。作为一个用英语写作的法裔加拿大家庭的后代,杨·马特尔的小说却描写了一个印度少年的成长故事。这种独特的写作现象再一次印证了新一代加拿大作家对"这里是哪里?"这个问题的回应。那就是:这里既不是这里,也不是那里。

同样,在玛格丽特·阿特伍德的小说《肉体伤害》中,女主人公来自加拿大,却只身一人来到一个加勒比海岛国进行新闻报道,被卷入了当地的政治纷争。小说的背景设置在圣安特里纳岛,是一个远离加拿大的地方,因此小说成为一个关于"那里"的故事。又如,在加拿大华裔作家崔维新(Wayson Choy)的小说《玉牡丹》中,作者形象地描写了温哥华华裔后代的那种"既不是这里又不是那里"的微妙的身份认同状态。小说中蜥龙的家人斥责他"脑袋里没有装一点中国历史"(Choy 135)。不仅如此,小说中所描写的老一代和新一代华裔加拿大人对于身份问题有着完全不同的理解。小说写道:

> 唐人街里的所有成人都为他们新近出生在加拿大的后代感到焦虑,因为他们在出身上讲,既不是这个也不是那个,既不是中国人也不是加拿大人,他们这一代人完全不能理解边界,他们生来没有脑子。(Choy 135)

跨民族的认知不再认同均一化的民族,而是强调民族构成的消融和流变。族裔性正在悄然改变民族性的内质,不但具有模糊性和居间性,而且具有交融性和游移性。在通过文学作品再现民族构成的多样的同时,族裔性又和局部化得到了完美的结合。跨民族主义和后现代主义对族裔、地域身份和混杂身份的认知弘扬了文化的差异性,这种差异性"一方面保留了对传统本源的认同,另一方面也不再留恋于回到过去的任何幻想"(Hall, Stuart, 1993:362)。换句话说,这种"既不是这里又不是那里的"身份认同,可以被理解为"既是这里,又是那里"。这样一来,在文学上对民族性的构建把身份的认知从局部提高到了全球的语境范围,这使加拿大文学开始具备超文化主义和世界主义的性质。新型的世界主义逐渐远离对纯粹、统一和均质的加拿大性的追求,不再信任文学民族性的宏大叙事,通过文学诉求、政治和文化话语吸纳了更为广泛的文学表达形式。文学写作的内容也不再是单一的以欧洲文化为中心的对盎格鲁-撒克逊传统的浪漫主义的追忆和颂扬。以往被排斥在民族主义话语核心范围之外的各种声音开始登上历史舞台,在文学上对民族性和加拿大特征进行定义。

阿尔弗莱德·豪农(Alfred Hornung)注意到了加拿大文学中的超文化特征。他认为,自 20 世纪 80 年代以来,超文化生平写作(life-writing)作为一种集自传、回忆录、日记和传记等多种形式为一体的文学创作形式,逐渐发展成一个"鲜明而富有创造力的体裁"(Hornung 536)。这种文学的自我再现表现了主体与文化的相互联系。作为一种独特的加拿大体裁,它是对加拿大多元文化"立法精神的确认",成为一种"文化间相互协商的形式,其目的是实现超文化的生存"(Hornung 536)。杜布伊(Gilles Dupuis)从超文化主义的视角研究了魁北克英语文学。在他看来,许多作品都是超文化主义的典范,例如:莫德凯·里奇勒(Mordecai Richler)的《达迪·卡拉维兹的学徒生涯》(*The Apprenticeship of Duddy Kravitz*)、《圣·额尔班的养马人》(*St. Urbain's Horseman*)、《巴尼的版本》(*Barney's Version*),莱昂纳多·科恩(Leonard Cohen)的《美丽的输家》(*Beautiful Losers*)、《奇怪的音乐》(*Strange Music*),马维·加伦(Mavis Gallant)的《故乡的真相:加拿大故事选》(*Home Truths: Selected Canadian Stories*)等。豪农指出,在这些小说中"自我不再是欧洲启蒙思想家所定义的那种统一的自我,而是从短暂性的多元文化体验中获得的一种灵活性的自我,它影响到了民族国家的政治现状"(Hornung 537)。超文化写作的一个显著特征就是,作品对国家归属和地理边界的传统理念提出了挑战。超文化主义就是在文学想象中对多种文化的穿越,它是"与先前每个个体或文化主体内部被压抑或忽视的那种彻底的他者性的遭遇"(Hornung 537)。

超文化写作开辟了文学想象的新天地,使加拿大性的范围进一步扩大,并转向更为广泛的人性关注。在和他者遭遇的过程中,跨民族、超文化写作共同构建了想象中的加拿大,成为民族性构建的一个新时代特征。超文化写作的重要特征就是,以不同于作家自己族裔性的视角来描写其他族裔的故事,通过这种"移情式"(empathy)的写作,族裔身份不再是一个固定不变的能指,它具有流动性、多元性和混杂性特征,它所构建的超越性的文学想象一起书写了加拿大这个想象共同体的文化整体图景,使加拿大文学的民族性具有世界主义的特征。

需要指出的是,超文化主义和世界主义(cosmopolitanism)往往作为同义词相互替换。不过,超文化主义主要强调不同文化之间的交融和身份的流动性、生成性,而世界主义则更加强调视角、道德、价值的超越性。普拉姆德·K. 纳亚(Pramod K. Nayar)认为世界主义是后殖民主义时代的历史产物,分为帝国主义的世界主义和"疆域化的世界主义"(Nayar 180)。其中帝国主义的世界主义是"殖民时代思维在后现代条件下的延伸"(Nayar 179),这种世界主义的特征是把"本土身份欣然归属于第一世界的大都市文化"(Nayar 179),不再沉迷于乡愁,作品中也不再现和新土地与新文化的异化,而是颂扬多元文化,吸纳新的文化环境。纳亚借用了约翰森(Emily Johansen)的"疆域化的世界主义"概念,指出这个词是指在一个或几个特定的地方存在着的世界主义,它具有强烈的国家意识,"这里的人们认为自己对世界和这个具体的地方具有伦理和道德责任"(转引自 Nayar 181)。可以看到,加拿大文学中的超文化写作类似于纳亚所说的"疆域化的世界主义",因为加拿大超文化写作并没有完全颠覆国家的消亡,而是把国家作为一个超级的想象共同体进行文学的构建。

另一方面,加拿大的超文化写作也不同于后殖民主义的世界主义,如霍米·巴巴的"本土世界主义"(vernacular cosmopolitanism)和詹姆斯·克利福德(James Clifford)的"差异世界主义"(discrepant cosmopolitanism),因为二者均强调鲜明的反民族主义的立场,寻求以混杂文化为参照的彻底的世界主义。在加拿大,超文化的写作没有脱离国家的现实基础,而是强调对族裔和不同文化经历的交融。或许用杰拉德·德兰蒂(Gerard Delanty)的"文化世界主义"概念能够更好地解释加拿大的超文化写作的特征。德兰蒂研究了文化和社会中的世界主义类型,提出了"道德世界主义""政治世界主义"和"文化世界主义"的划分。他认为,真正的世界主义并不排斥民族和国家,"它首先是一种态度倾向,一种主动和他者交接遭遇的意愿,它意味着针对不同文化经历的思想和审美上的开放"(Delanty 60)。"文化世界主义"取代了古典的统一性世界主义范式,而是追求多种形式的世界主义,包括"多种情感依附和有距离的依附"(Delanty 60),它强调身份的游移性和对话性,其目的是对历史的多种解读和对多元性的认可,而不是建立一个世界性的道德和价值秩序。"文化世界主义"的超文化写作使作家能够随意进入和跨出自己的族裔性,在同他者的遭遇中既书写自己,又书写他者。

人们常常用一种过度理性的思维来看待绝对的世界主义,但是民族和国家并不是明日黄花,它的影响依然存在。民族主义在政治上也绝不是必然进步或反动的,"并非有其必然的政治归属"(Hall, Stuart, 1993: 353)。民族国家从来不是一个简单的政治概念,而是一个象征性的实体,是一种表征体系,这种表征体系提供了对民族国家的一种认知视角,并把它理解为想象社区,而且每一个人都可能通过想象和这个社区发生认同。哈维(Harvey)也指出,后现代主义哲学家告诉我们,不仅要接受,甚至应该沉浸在碎片化以及各种不和谐声音之中,因为"正是通过这些碎片化和不和谐的声音,我们才能理解当代世界的各种困境"(Harvey, 1989: 116)。全球化所带来的超越时间和空间的文化、经济、政治重组和压缩实际上并没有摧毁局部社区或群体所特有的组织结构和人们普遍存在的社群情结,现代性的大一统新局面似乎并没有完全取代以各种形式存在的社群形式。

无论是超文化主义写作还是世界主义写作,在当前的语境和历史条件下,加拿大文学不能完全脱离具体的历史、地理、政治、民族、文化等现实基础。世界主义写作呼吁人们做世界公民,"忘却自我认知的民族主义模式,并开始为全球文化做贡献"(Schoene 1),但这种乌托邦式的文学想象在企图打破族裔、阶级、经济、性别不平等现象的同时却创建了一个没有他者的均一的判断文学的价值标准。再者,世界主义是一个新生的看待文学的范式①,忽略了国家与地域的客观差异。加拿大的超文化写作是在国家和新型民族性框架下对安德森所说的"想象共同体"的构建,它强调多元、流变、交融的集体想象,一方面既超越了本质主义的地域、国家和民族的限制,另一方面却也和它们有着千丝万缕的联系,因此,属于德兰蒂所说的文化的世界主义写作。正如佩尼所说:"就目前而言,离开了民族/国家(national)进行书写仍然是不可能的,我们现在所作的,只不过是用不同的方式书写民族/国家。"(Pennee 83)

加拿大超文化主义的写作和地域、历史、民族有着密切的关联。米利米阿姆·沃丁顿(Miriam Waddington)在她的《外来者:生长在加拿大》中则描写了一种介于这里和那里之间的模糊、游移的双重族裔身份认同感。这种生平写作是对加拿大超文化写作的一个真实的反映,体现出超文化主体的碎片化建构特征。她写道:

> 即使在一个像我这样的人身上,住在一个像温尼伯这样的荒凉的省会城市中,你也可以发现在我身上有一种双重性和矛盾性,这是加拿大生活的典型特征。我从笼罩着悲观气氛的依地语学校转学到

---

① 波斯和德·西恩(Berthold Schoene)认为,世界主义作为一个新思潮诞生于1989年。随着柏林墙的倒塌和冷战的结束,民族主义的价值和伦理体系逐渐让位于新生的世界性视角,对人们的伦理责任和政治归属造成了新的影响。

英语夏令营,在那里接受了费边主义影响,最后我终于回到了结构完整、死板、保守的学校体系,而在我的自我完整性上却没有出现任何明显的裂纹。我能够轻松而没有意识地从我的依地语家庭的单一文化中走出来,踏入一个混杂社会群体组织的多元文化环境。这两种文化特征,也就是依地文化和加拿大英语文化,很多年很多年在我身上并没有汇聚起来,它们只是肩并肩地并存,我给我自己设计了两套行为的规范,每一套规范都适用于各自的世界。这就是为什么我同样给自己创造了一个第三世界,也就是我自己发明的世界,在这个世界里我把从其他两个世界中学到的所有元素包括了进来。(Waddington 38)

的确,身份问题是一个不断流变的问题,而在文学想象中,身份更是穿插了历史、地理、族裔、政治等各种因素的叙事形式,它既属于想象的范畴,又和现实世界有着广泛的联系。关于文学民族性构建的叙事正是由于这种介于文本和现实的居间性使身份成为一个永恒的构建/解构和再构建的过程,它容纳和吸收了不同的文化和主体状况,并通过文学想象创造出一个超越世界,这使加拿大文学呈现出一种独特的跨民族的特征。正如豪威尔斯所说,"加拿大性"从来都是涵盖了文化、族裔和地域多元特征的,它现在已经成为一个敏感的政治、社会话题,也是一个意义重大的审美话题(Howells, Coral Ann, 1996:77)。加拿大文学民族性的构建在创建"想象共同体"的过程中正在重新定义主体、民族、国家和文化,对从广泛意义上凸现人性与人文的种种方面做出了独特的贡献。

第七章　魁北克法语文学的民族性构建①

　　作为加拿大民族的重要组成部分,法裔加拿大人与英裔加拿大人有着同样的身份困惑:一方面,无论是在地理上还是历史上,故国法兰西离他们已经太遥远,隔着无法跨越的时空在圣洛朗河沿岸独自生存的法裔加拿大民族早已形成了自身的特质,与法兰西民族的差异可想而知,自然无法在法兰西民族找到真正的归属感;另一方面,他们的生存环境充满了危机,和英裔加拿大民族不同的是,这种危机更多的不是来自美国,而是来自他们身边的占人口多数的英裔加拿大人。而对作为民族身份重要特质之一的语言——法语的坚守使得法裔加拿大人在北美显得更加孤立,成为一个少数群体。他们生活在无论在人口、政治还是经济等方面都占有绝对优势的英裔民族的包围中,就像大海中的孤岛,随时都有被周围海水淹没的危险。这种民族危机由来已久,和法裔加拿大民族的历史密切相关。

　　1759 年,在魁北克的亚伯拉罕平地(plaines d'Abraham),蒙卡勒姆将军②率领的法国军队被沃尔夫③率领的英军打败。

---

　　① 本部分内容由陈燕萍撰写。
　　② Montcalme Saint-Véran, Louis-Joseph (1712—1759),法国将军,1756 年任新法兰西法军指挥官,率领法军多次打败英军,在 1759 年亚伯拉罕平地保卫魁北克的战役中重伤身亡。
　　③ Wolfe, James (1727—1759),英军指挥官,带领英军打败法军,取得亚伯拉罕平地战役的胜利,但和蒙卡勒姆一样在这次决定加拿大命运的战役中阵亡。

这场仅持续半小时的战役彻底改变了法裔加拿大人的命运：1763年，英法签署《巴黎条约》，新法兰西归英国统治，成为英国在北美的第15个省——"魁北克省"。这就是法裔加拿大历史上的"大征服"。生活在北美的法裔加拿大人的命运急转直下，作为被征服者，他们的语言和宗教——法语和天主教被禁止，原有的法律被废除，取而代之的是英国法律。他们在政治上处于被统治地位，丧失了原有的权利，经济处境困难，精英和骨干纷纷离去，留在北美大陆的法国人沦为沉默的少数弱势群体，他们在占人口绝大多数的英裔加拿大人中间艰难生存，面临民族消亡的危机。

如何在占多数的英裔加拿大人中间保持自己民族的特性，并使之在北美的土地上得以延续成了法裔加拿大人面临的首要问题。从那时起，"生存下去，不被同化"就成了法裔加拿大人的首要任务。历史、语言、宗教、传统等无疑是构成一个民族特性的重要因素。因此，牢记历史、坚持传统和宗教信仰、守护语言、守住土地成了"大征服"之后保障法裔加拿大民族生存的重要条件。真正意义上的加拿大法语文学正是在这样的背景下产生的[①]，从一开始它就被赋予了"为民族生存服务"的历史使命，与民族命运连在了一起，并在很长一段时间内一直未能摆脱这一使命。这一性质使得魁北克文学始终带有或多或少的民族色彩，民族性自然也成为魁北克文学作品竭力呈现的重点。

和法国、英国、俄罗斯等国的文学相比，魁北克文学最大的特点就是从诞生之日起就和民族的命运结合在一起，在其后来的发展过程中始终与法裔加拿大社会不同历史时期的各种主流意识形态相呼应。"文学"这一概念在魁北克文学中被大大拓宽，作品的文学意图经常被其他功能所取代，如在新法兰西时期，文学作品主要用来提供信息、汇报情况、为建立新法兰西和在北美传教服务；而大征服之后，民族问题就成了魁北克文学关注的首要问题，为民族生存服务成了它的重要使命。从19世纪魁北克

[①] 虽然加拿大法语文学的源头可以追溯到新法兰西时期，但那个时期的文学表现以来自法国的探险家的游记、日志和传教士撰写的《耶稣会纪事》为主，阅读对象主要是法国读者。真正意义上的加拿大法语文学产生于1760年的大征服之后。

文学产生的初期开始,它就被当作一个"民族"计划来实行,被赋予了保障民族生存的使命(Biron 12)。与社会意识形态相呼应、为民族生存服务也成为在大征服之后的一百多年里①加拿大法语文学创作的一个重要指导思想。这个"民族"计划到了 20 世纪依然继续,而在 20 世纪 60 年代的魁北克平静革命中,民族问题变得更为迫切,文学成了正在经历巨变的魁北克社会的表达方式,成了寻求和肯定集体身份的重要场所。可以说在魁北克文学的发展过程中,民族问题一直如影随形地伴着它。在文学中塑造自己的民族形象,构建民族身份,表达民族诉求成了贯穿加拿大法语文学的一个重要特点并伴随法裔加拿大社会的历史变迁呈现出不同的表现形式:从 19 世纪的魁北克爱国主义文学,到随后统治了魁北克文坛将近百年之久的乡土小说,到 20 世纪 70 年代兴起的充满强烈民族主义色彩和明显魁北克特性的身份文学等,这些不同时期的文学作品都非常明确地传达了法裔加拿大作家用书写塑造民族形象、为民族生存服务的创作意图,法裔加拿大民族的特性在这些作品中得以生动地展现出来。

19 世纪的魁北克爱国主义文学的萌芽产生于加拿大党于 1806 年创立的党报《加拿大人》。这份报纸的宗旨是通过新闻自由更好地为政治和民族自由服务。魁北克文学的民族主义特点也由此而来并在很长的一段时期一直伴随着它。发表于这份报纸上的带有很强政治和民族色彩的诗歌和文章就是最早的魁北克爱国主义文学作品。19 世纪中期,面对日益紧迫的民族生存危机,魁北克兴起了爱国主义文学。1839 年,负责对 1837 年暴动②后的法裔加拿大社会进行调查的加拿大总督达勒姆勋爵在向英国政府递交的报告中对法裔加拿大人进行了羞辱:他声称同化法裔加拿大人是为他们做好事,讽刺法裔加拿大人是一个"没有历史,没有文学的民族"。这份带有明显歧视色彩的报告使法裔加拿大人受到了深深

---

① 直到 20 世纪 70 年代这种民族书写的现象才逐渐淡化。
② 大征服之后,法裔加拿大人虽然为争取更多的民主权利和经济权益与英裔统治者展开了不屈不挠的斗争,但却屡屡受挫。1837 年,由于法裔加拿大代表提交给伦敦的 92 项争取权益的决议全部被否决,法裔加拿大人举行了武装暴动,然而终因寡不敌众再次惨败。

的羞辱,同时令他们感到自己民族正面临消亡的危机。为反击达勒姆勋爵对法裔加拿大人的攻击和羞辱,一位名叫弗朗索瓦-格查维耶·加尔诺(François-Xavier Garneau, 1809—1866)的法裔加拿大历史学家决心撰写《加拿大史》,以此来向世人证明法裔加拿大人是有着辉煌历史的民族,也想借此让法裔加拿大人记住自己的民族:

> 我着手这项工作的目的是要澄清常常被扭曲的真相,对我的同胞们曾经遭受并且一直在遭受的来自他们的压迫者和剥削者的攻击和辱骂进行反击。我觉得能达到这个目的最好的方式就是将他们的历史展现出来。(Garneau 408)

加尔诺的《加拿大史》记录了从新法兰西开始一直到加拿大联邦时期的法裔加拿大民族的历史,他在书中歌颂新法兰西的开拓者们的伟大功绩,赞美勇敢、坚忍而智慧的法裔加拿大人民,表达出对自己民族的深深热爱。这部承载了法裔加拿大民族集体记忆的《加拿大史》让绝望中的法裔加拿大人在民族辉煌的历史中找到为生存下去而抗争的理由,为他们点燃民族复兴的希望,唤起他们建设家园的勇气。

在加尔诺的影响下,法裔加拿大文坛掀起一股爱国主义文学潮流,到 19 世纪 60 年代达到顶峰。加尔诺的《加拿大史》虽然是一部历史著作,但在魁北克文学史上的地位并不亚于文学杰作,许多诗人和作家把加尔诺撰写的《加拿大史》奉为经典,纷纷从中汲取素材来创作爱国主义文学作品。一些作家和诗人成立了"魁北克爱国主义学派"(1860—1866),致力于传播和宣扬法裔加拿大民族的历史传统和文化,用文字来构建法裔加拿大民族形象,以便在年轻的美洲大陆上保存古老的法兰西民族。这个学派的中心人物亨利-雷蒙·加斯格兰(Henri-Raymond Casgrain, 1831—1904)神父赋予了当时的作家这样的使命:

> 我们的文学应该是庄严的、宗教的、沉思的、灵魂的、传道的,像殉道者一样慷慨,和我们的先驱一样坚毅和坚持不懈……它的特点首先是虔诚的、宗教的……是反映我们民族不同生存阶段的忠实的镜

子,致力于歌颂祖国和宗教,反映它热忱的信仰、高尚的渴望、火热的激情,展现它的英雄主义特点、对忠诚的热爱。(Casgrain 600)

在这样的指导思想下,爱国主义作家和诗人致力于书写法裔加拿大民族光荣的过去,以此唤起民族的集体记忆,唤醒民族意识,并从自己的祖先和民族的光荣历史中获得生存下去和抵抗同化的勇气和力量。集体记忆无疑是构建一个民族最重要的因素之一。在法语加拿大文学中,这种集体记忆被不断唤起,并且被美化,这一点在魁北克爱国主义文学中表现得尤为突出。作家们致力于通过再现民族辉煌历史塑造民族形象。从新法兰西建立一直到1837年暴动期间,所有在历史上留下过印记的人们的事迹都被不无夸张地写成了史诗;探险家、传教士、普通士兵、有影响和值得纪念的公众人物等都成了主角和英雄,成了歌颂的对象。重大的历史事件——密西西比河的发现、阿卡迪亚人的大遣散、卡里荣战役的胜利、1760年的大溃败、1837年的武装暴动等成为诗人和小说家偏爱的素材。爱国主义在诗歌中的表现尤为突出。这些诗歌中饱含着爱国主义情感,充满了对故国法兰西的回忆、对新法兰西时期的怀念和对祖先的赞美。无论是主题、用词还是韵脚,都离不开怀念光荣的过去、赞美英勇的先辈、怀揣复兴的希望等。诗歌中,"光荣""胜利""祖先""法国""希望""宗教""祖国""父辈的血""我们的语言"等字眼反复出现,民族记忆不断被唤起。当时最著名的爱国主义诗人奥克塔夫·克雷马齐(Octave Crémazie)在给加斯格兰神父的信中这样调侃道:

> 应该说在我们这儿,在诗歌方面确实没有精致的品位。用光荣和胜利,祖先和荣耀,法国和希望来押几次韵,在这几个韵中插入一些响亮的词,如我们的宗教,我们的祖国,我们的语言,我们的法律,我们父辈的血等;用爱国主义的火焰加热一切,并乘热享用。大家就都会说妙极了。(Crémazie, 1994b:558)

爱国主义诗歌对民族的"礼仪式的颂扬"由此可见一斑。爱国主义主题同样主导了同一时期的小说创作。许多小说或以历史事件为背景,或从中汲取大量素材,歌颂法裔加拿大人的英勇顽强,生动而详细地描绘法裔加拿大民族的传统和风俗,感叹旧日好时光的一去不返。《老一辈加拿大人》就是其中最重要的作品。

与通过书写集体记忆来构建民族身份的魁北克爱国主义文学相比,随后出现的乡土小说则侧重于通过对土地的神化、对乡村生活的赞美和对宗教和语言的坚守来塑造法裔加拿大民族的形象。和魁北克爱国主义文学一样,乡土文学的产生与法裔加拿大社会当时的历史背景密不可分。如果说大征服是法裔加拿大人在军事上的溃败,那么1837年暴动的失败则更多的是心理上和精神上的挫败。暴动失败后,魁北克社会被深深的悲观情绪所笼罩,人们感到一切都结束了,个个心灰意冷,意志消沉。获得魁北克社会控制权的教会乘势宣扬一种保守的思想意识,即倡导一种依附宗教、土地和赞美过去的生活模式。

在这种保守主义意识形态中,宗教被看作法裔加拿大民族的第一大重要特征。从19世纪中期到1960年,教会在人们的日常生活中无孔不入,成了一种生活方式。它负责学校、医院、娱乐等各种机构,出现在各种重大节庆的场合。神父成为村子里的头号人物,负责人们的日常生活和精神生活。教会经常宣扬忍耐和顺从:声称生活的真正财富是精神上和宗教上的,回报不在今生而在死后。在教会看来,魁北克人民担负着上天赋予的使命:在美洲传播基督教,某种程度上他们是上帝的选民。宗教被当作法裔加拿大民族生存下去的一种重要精神寄托和希望。

其次,农耕生活同样被看作法裔加拿大民族的重要特征之一。大征服后,英国人垄断了毛皮贸易,土地成了法裔加拿大人的庇护所。尤其是1837年暴动失败后,扎根土地成为法裔加拿大人的生活模式。为了让法裔加拿大人远离征服者,不被同化,教会竭力提倡人们到乡村生活,希望通过扎根土地、闭关自守的方式来完好地保持民族的传统、宗教信仰和语言,坚守自己的法裔民族身份,从而保障民族的生存。他们认为:宗教、农耕生活和语言是法裔加拿大民族最重要的特征,而这三者是密不可分的:语言是信仰的守护者,土地则可以拯救民族。因为"扎根土地"不仅仅是依赖抚养人类的大地,同时也是对自己的语言、宗教和传统的忠诚。坚守在乡村,就是坚守法裔身份,也是坚守天主教身份。教会竭力使法裔加拿大人保持扎根土地、忠于家庭、坚守宗教信仰和民族语言的人民形象。这一被动的民族主义一直激励着魁北克人直至20世纪60年代的平静革命。

  为了使农耕生活变得更加有吸引力,人们围绕着土地创造了一个个神话。乡土文学就是在这样的背景下产生和发展起来的。"乡土"就是"土地",对法裔加拿大人来说它代表了"遗产""传统"、风俗和语言,包含了整个民族的过去。乡土文学的概念最初是由当时在魁北克文坛颇有影响的神父加米尔·鲁瓦(Camille Roy)提出来的,即一种反映家乡的人和事的文学,也被称为地域主义文学。"地域主义"一词在20世纪初的法语加拿大社会是"分权"和"民族主义"的同义词(Biron 194)。从这个意义上来说,地域主义小说是拯救民族的小说,它属于加米尔·鲁瓦主张的"加拿大文学民族化"计划的一部分(Biron 194)。它的主旨和当时在魁北克社会占主导地位的保守主义意识形态相呼应:倡导人们留在乡村,通过守护土地来抵御同化,保存自己的宗教、语言和文化,从而保障民族的生存。这类小说很少具体表现土地生活,而是描写农民在城市中遭遇的种种不幸和悲惨处境,从而让人警惕城市虚假的魅力,倡导人们回到土地。乡土作家推崇耕种者、垦荒者、殖民者等以往的英雄人物,倡导人们回到以法语语言和天主教信仰来定义的种族的"我们"的传统生活。为了配合教会的保守主义主张,乡土小说作家一方面继续将过去理想化,爱国主义流派对过去的颂扬在乡土文学中得到延续。乡土小说中呈现的过去不仅仅包括光荣的历史,还包括一些古语、民间传说、歌谣、习俗等所有铸造了法裔加拿大人灵魂的传统,尤其是祖先传承给他们的勇气和英雄主义。另一方面,在书写民族记忆,表现法裔加拿大民族对祖先、宗教和传统的忠诚的同时,乡土文学还着重体现法裔加拿大人和土地之间的特殊关系:他们对土地有着深深的依赖,充满期待,渴望拥有它并不断扩张。拥有土地、守护土地成了法裔加拿大社会的梦想,而守住祖先留下来的边界,赶走外来者成了他们的天职。

第七章　魁北克法语文学的民族性构建　113

从 1846 年帕特里斯·拉孔博的《父辈的土地》到 1945 年热尔曼·盖佛尔蒙的《不速之客》，魁北克文学在将近一百年的时间里都处于乡土文学潮流或地域主义潮流的统领之下，即使魁北克社会开始大规模地城市化的时候，土地依然是魁北克作家的主要创作源泉。对宗教的无限忠诚、对土地深入骨髓的热爱和渴望、对祖先的赞美和对传统的坚守成为乡土作家竭力呈现的法裔加拿大民族的重要特征。其中路易·埃蒙（Louis Hémon）的小说《玛丽亚-夏普德莱娜》（Maria Chapdelaine，1916）和深受这部小说影响的菲利克斯·安托万·萨瓦尔（Félix-Antoine Savard）的小说《放排师么诺》（Menaud, Maître Draveur，1937）突出表现了法裔加拿大民族的这些特点。

如果说在保守的民族主义意识形态下，肩负保障民族生存使命的魁北克爱国主义文学和乡土小说致力于通过书写集体记忆、歌颂民族历史、赞美祖先和传统、坚守宗教信仰和语言、美化农耕生活来刻画法裔加拿大民族的特点，塑造民族形象，那么 20 世纪 70 年代在新的积极主动的民族主义主导下出现的"家乡诗"则以截然不同的方式书写一个全新的、正在觉醒的民族形象。这一变化同样与魁北克社会的政治经济处境密切相关。20 世纪 60 年代，魁北克进入了现代社会，经济的发展和社会的开放给魁北克带来了翻天覆地的变化。无论是社会还是个人都试图摆脱保守主义和过于沉重的过去，寻求自我肯定而不再是被动地保存自我，法裔加拿大人的生存模式从被动地闭关自守变为积极进取、开拓和追求，整个社会酝酿了一场平静革命。

平静革命在魁北克社会的方方面面都产生了巨大的影响。最重要的变化之一是魁北克的民族主义从被动保守变为积极主动，法裔加拿大民族的身份从"法裔加拿大人"变成了"魁北克人"。这个称谓上的变化的意义远非只是用词上的区别，这是法裔加拿大民族对自我身份的肯定：因为，"法裔加拿大人"只是整体中的一部分，需要参照其他人来定义自己，带有明显附属色彩；而"魁北克人"这一称呼却可以独立存在，不需要任何外界参照。变身为魁北克人的法裔加拿大民族更加重视自己的语言和文化,他们摆脱了长久以来困扰他们的殖民情结和卑微、自我蔑视的状态,取而代之的是对自我的肯定和对自身身份认同的追求,并积极表达对独立、自由和集体尊严的诉求。

这一变化自然而然地反映到文学中。首先,加拿大法语文学有意识地摆脱对法国文学的依附,成为独立的魁北克文学。魁北克、魁北克人、民族问题成为这个时期的魁北克文学集中表现的主题,作家和诗人们在作品中毫不掩饰地展示自己的魁北克文化归属,无论是背景、语言,还是各种文化暗示、对历史的回顾等都带着明显的魁北克属性。文学成了一个肯定集体身份的场所,在文学作品中构建民族身份的意识更加明显。

"六边形"诗社是平静革命时期魁北克文学的重要代表。它是一群文学青年组成的一个社团,是一个有组织的、开放的发展中心。"六边形"的成员经常组织聚会、辩论、研讨会等,积极再版前辈们的诗作,同时为了推动魁北克年轻一代诗歌的发展,它还致力于创作和出版年轻人经过公平筛选的新作。"六边形"诗社的诗人把"家乡"作为他们创作的第一主题,他们致力于建立一种身份文学:"对一个被征服民族的文学来说,一切都为了建立自己的身份,认同成为文学活动的基础"(转引自 Hamel 548)。家乡诗的诗人们甚至提出了一个身份构建计划,首先他们提倡通过书写创造国家。"这里的作家应该塑造国家而不是发现国家"(转引自 Hamel 547)。诗人们不再像以前一样沉湎于过去的荣耀中,而是回到现实。他们清醒地意识到魁北克人所处的贫乏、毫无意义甚至是异化的现状束缚着他们,阻碍他们获得自由。因此,他们提出摆脱压在他们身上的过去,回到源头,一切重新开始,首先在书写中建立自己的家乡。"家乡"在这里已不是一种实际的存在而是一个既古老又乌托邦式的想象空间,诗人在那里建立自己的记忆,投射他的渴望,构建自己的身份,从而先行于现实国度建立一个书写的国度,为建立生存的国度创造条件。其次,家乡诗的诗人们有意与占垄断地位的法国文学拉开越来越大的距离,创造一种建立在魁北克典型的历史、精神状态和魁北克事件基础上的魁北克文学。此外,就是用身份认同的标准来代替美学标准来衡量作品的质量:"我们看到一种缓慢的但是稳定的内在国家建立的信号,它先行于现实中的国家的诞生并为之创造条件。在激烈的话语征服中,即使是结结巴巴也有它的价值。在它最初结结巴巴的话语中,努力形成它的集体使命。"(Hamel 547)

这个身份构建计划表达了家乡诗的诗人们想要夺回话语权,发出自己的声音,建立反映自己民族特性和传统的身份文学的愿望。致力于建立一种身份文学的家乡诗诗人们以争取民族权利和歌颂魁北克大地为己任,用诗歌表达对自由、独立和平等的渴望、对魁北克的热爱以及对自我身份认同的追求。许多家乡诗通过对集体尊严的诉求,表达了想要彻底摆脱殖民统治影响的愿望和决心,充满了战斗精神,带有强烈的政治倾向和浓厚的民族主义色彩。其中最重要的代表作是魁北克诗人加斯东·米隆(Gaston Miron)的《拼凑人》(*L'Homme rapaillé*, 1970)、雅克·布罗(Jacques Brault)的《兄弟续曲》(«Suite fraternelle», 1969)、米西尔·拉龙德(Michèle Lalonde)的《说白人话》(«Speak White», 1970)以及吉尔·维纽(Gilles Vigneault)的《我的家乡》(«Mon pays», 1964)等。这些诗所呈现的法裔加拿大民族不再是一味怀旧、沉湎于祖先昔日的荣耀不能自拔、闭关自守、隐忍保守的民众,而是一群觉醒了的人民,他们纷纷表达对平等、自由、尊严的渴望,努力从沉重的过去挣脱出来,走出封闭的圈子,开始面向未来,走向世界。

可以说,无论是早期的魁北克爱国主义文学、乡土小说还是平静革命后的家乡诗,虽然表现方式各不相同,但都与当时的法裔加拿大社会的意识形态相呼应,都带有明显的民族主义色彩,都有着通过书写塑造民族、为民族生存服务的共同点,或多或少带有对民族性和身份的"礼仪式的颂扬"。这些文学作品中的法裔加拿大民族性大多是通过集体形象或极具代表性的个人来表现的,以天主教和法语语言定义的民族的"我们"代替了作为个人的你、我、他。在许多作品中,无论是早期的爱国主义文学、乡土小说还是平静革命后的"家乡诗",叙事者经常是"我们",讲述的故事和抒发的愿望也常常是"我们"。这一点不难理解:因为要在充满威胁的环境中生存下去集体的力量显然要远远大于孤立的个体。平静革命后这种"高大上"的民族性书写在魁北克文学作品中逐渐淡化,取而代之的是通过描写普通人的日常生活来揭示魁北克民族的特点。这些特点既继承了法裔加拿大民族的传统价值观:宗教、家庭、语言、怀旧意识、法兰西情结等,同时又在一定程度上有所改变,或淡化,或以异化的形式出现,常伴着自嘲、讽刺和批评,可以说这些作品中反映出来的是一种日常生活化和平民化的民族性。同时,魁北克的地域性和文化标志的不断出现也加强了作品的魁北克属性。米歇尔·特朗布莱(Michel Tremblay)就是这类文学创作最具代表性的作家。无论他的创作语言还是创作主题都具有典型的魁北克特征。

20世纪80年代以后,魁北克迈入后现代时代。无论是个人还是集体,都开始重新审视以往的价值观。在平静革命以前,在魁北克社会占主导地位的价值观是节俭、贞洁、职业良心、牺牲精神、权威、民族主义、社会公正等,到了后现代时期变为:自发、自我实现、享乐、宽容开放等,魁北克社会试着摆脱沉重的过去,传统的标志渐渐淡出。进入后现代社会的魁北克追求一种个性解放的文化,轻松、自在、可变通、宽容和开放。魁北克人不再以集体身份"我们"代替个体的"我"生活,而是追求个性化,选择根据自己的利益来表达自我,作出决定,用自己的方式来安排自己的生活。媒体和电视以及网络的不断发展也为表达差异和个性的不同的观点提供了广阔、自由的平台,有利于个人主义的发展。另一方面,大量移民的到来为魁北克带来新的文化因素,使得魁北克成为一个多元化的社会,这也促使它变得更加开放和宽容:接纳不同的人种,接受任何性取向,容忍任何修行形式,家庭模式呈现多样化趋势,接受各种形式的文化,给处于社会边缘的人和事公开表达的机会等。

魁北克社会意识形态的转变自然而然反映到魁北克文学中。如果说20世纪60年代的魁北克作家将建立民族文学为己任,那么20世纪80年代的魁北克文学则努力摆脱一切政治社会因素,拒绝为民族事业服务。1980年,魁北克就独立问题进行了全民公决,结果以60%的反对票宣告失败,对大多数加拿大法裔作家来说这无疑就是一次幻灭,他们或多或少因此丧失了争取民族独立的斗志。作家们认为魁北克文学为生存服务,故步自封的时代已经结束,应该加入世界文学行列。从此法裔加拿大人的身份问题不再只集中于民族归属,取而代之的是社会阶层、家庭、性别、宗教、来源国等因素。作家们关注的是所有现代社会的普遍主题:都市的孤独、文化冲击、新家庭、精神世界、夫妻关系、同性恋、毒品、艾滋等。现代社会的"所谓的'世界性价值'"逐渐代替了魁北克民族的传统价值。作家们的视野也更加开阔,不再局限于魁北克题材而把目光转向整个美洲乃至全世界,许多小说中故事发生的地点不是设在魁北克,而是美国、爱尔兰或英国等地。可以说,在魁北克文学中汇入了美洲性和其他国际元素,摆脱了浓厚的民族主义色彩,民族性在文学中被淡化,不再像以前一样占据中心位置并具有很强的辨识度,取而代之的是个性化和世界化。

另一方面,众多移民作家的到来也改变了魁北克文学的风景,甚至在某种程度上成为新的历史背景下魁北克文学的一种标志性特征。用法语写作的移民作家和从 20 世纪 70 年代开始引人注目的原住民文学都给魁北克的法语文化增添了新的因素,即使是传统的魁北克文学主题也和来自其他民族的多元文化结合在一起,使得魁北克文学中呈现出来的民族性变得多元化。

所有这些因素使得进入后现代时期的魁北克文学和许多其他被称作民族文学的文学一样,呈现出去中心化的特点。首先,最明显的去中心化是文学摆脱了与民族之间的沉重的关系。从 19 世纪中期加斯格兰神父倡导魁北克爱国主义文学开始到 20 世纪 70 年代,魁北克文学一直在讲述民族的故事。进入后现代社会后,魁北克平静革命时期提出的旨在建立一种民族文学的计划"既得到自我实现又自行消失"(转引自 Biron 531 —532),它不再刻意地展示自己的民族性。另一方面,它开始以一种新的眼光回过头去审视以往的魁北克文学作品,不再只局限于一种为民族解放服务的解读。

其次,这个时期的魁北克文学拉开了与过去的距离,即去历史化。它卸下了沉重的历史包袱，不再沉湎于过去，为过去拒绝当下和未来，也不再背负对未来的责任。不过，这种去历史化并非要抛弃历史，而是为它增添来自其他民族的传统，对所有的民族遗产持一视同仁和开放的态度。

另一个重要的变化是去宗教化。宗教曾经在很长一段时间里是法裔加拿大民族身份的最重要因素。在之前的魁北克文学作品中几乎无处不在。去宗教化虽然并非这个时期的新现象，在平静革命时期表现得更为突出，但是那个时期的大部分作家都拥有一种共同的天主教文化。而法裔加拿大人的这一重要文化特征到了20世纪80年代的一代人那里已经消失。他们不再去教堂，宗教问题摆脱了社会的束缚成为一件个人的事。即使出现在一些作家笔下，也是以精神追求或神秘主义的形式出现，并且更多的是借助于东方的宗教或哲学而不是天主教传统。作为法裔加拿大民族性重要因素之一的宗教在后现代时期的魁北克文学中不再是主角。

保存民族的语言曾经是魁北克作家的历史使命之一。在平静革命时期，为彰显魁北克特性，一些作家在作品中使用极具魁北克地方特色的儒阿尔语写作，使它得以广泛传播，成为一种对身份认同的追求。而到了1980年后，随着民族问题的淡化，这一现象也逐渐淡出，作家们重新使用国际通用的法语写作，不再试图通过语言来凸显民族性。同时，魁北克文学也进一步拉开和法国的距离：它不再只根据法国来定位，而是以国际化为标准，参照国外文学，特别是离它最近的美洲文学，法国成了其他众多参照物之一。

所有这些去中心化都显示这个时期的魁北克文学正在回归文学本身，已渐渐摆脱之前一直无法摆脱的民族、历史、宗教等的重负，天主教文化、法语语言、为生存而斗争这些曾经是魁北克文学重点呈现的民族性在文学作品中渐渐淡化，取而代之的是个性化、多元化、国际化和普遍性。总之，从20世纪80年代开始，魁北克文学步入了多元化时代(Biron 531)。虽然失去了作为民族文学的意义，当代的魁北克文学兼收并蓄，融合了多种文化，成为多元化的、开放的、更具普遍意义的文学。而这，也许就是新时期的魁北克文学正在构建的另一种民族性。

下 篇

文本批评

第八章　布鲁克的《艾米莉·蒙泰古的往事》中的文化对话

一、英法文化的矛盾与对话

加拿大是一个双语国家,英法二元文化的对立和统一是加拿大国家和民族想象中的一幅独特图景,然而这种双元结构也给加拿大人的集体认同带来了矛盾。在历史上,魁北克法语区和加拿大英语地区的关系一向建立在"矛盾与冲突基础之上"(Létourneau 134)。英法文化常常被描绘为加拿大文化基因中一对纠缠在一起的双螺旋线,二者共为一体却相互分离。这种孤立而又共存的局面已经成为"表示敌意和隔阂的代名词,象征两个民族间不可逾越的鸿沟"(Bessner 12)。作家莫德凯·里奇勒在1992年发表的《啊,加拿大!啊,魁北克!一个分裂国家的安魂曲》中把这种文化隔离状况称为加拿大的"安魂曲",两个文化间的"争吵使……国家分崩离析"(Richler,1992:236)。有学者认为,进入21世纪以来,魁北克和英语地区的对话"几乎是不存在的"(Malla)。这一现象源于两个原因,一是加拿大英语地区对法语文化的生疏,二是魁北克力图保护自己语言和文化免受外来影响的文化隔绝政策。这样一来,魁北克的法语文化就被人们视为"内向型的、具有地方狭隘视野"(Malla)。

斯马特指出,加拿大人凸显英法文化的差异性而遗忘了共同性,忽略了"把我们编织在一起的历史使命,忘却了我们共同的文化和关系"(Smart 26)。英裔和法裔文化就如同两个"背靠背独立的舞伴"(Smart 29)。魁北克诗人尼克拉·布劳萨尔在一首诗中描绘道:"惊慌,身体纠缠在一起/却无法实现面对面的浪漫",构成加拿大的两种文化被"体内最深处的柏林墙"分隔开来(Brossard 154)。阿特伍德在《双头诗》中用怪诞的意象把加拿大比喻成一个双头连体婴。这个丑陋畸形的怪胎有两个意识中心,互为他者,相互处于对方的外部:"两个脑袋有时自言自语,有时相互对话,也有时交替说话。每个脑袋都操着不同的语言。就像所有的连体婴儿一样,他们梦想着彼此分离。"(Atwood, 1987a:24)连体婴内部的意识对抗仿佛"两个聋歌手之间的/一场决斗"(Atwood, 1987a:35)。诗人甚至用第一人称复数"我们"代表加拿大的多重自我,形象地凸显了民族自我的困境。这个"我们"既包括"你",又包括"我",共享一个躯体,彼此相连却无法认识对方,更无法定义自我。诗中"你"表示:"假如我是一个外国人,就像你说的那样/而不是你的第二个头,/你就会更客气一些"(Atwood, 1987a:31),而"我"则告诉"你":"我们只是脑颅内部的/压力,是岩石内部/争取更多空间的力量/是推搡,是唠叨的爱和陈年旧怨",而且,"离开了彼此的空气,我们就无法生存"(Atwood, 1987a:31)。阿特伍德用巧妙的问句概括出英法文化的矛盾性:"我们制造了太多的噪声","你怎么能够用两种语言/来表示两种语言传达的本意?"(Atwood, 1987a:26)

英法文化的隔阂在 21 世纪逐渐引起新的关注。孤立文化主义的民族/国家想象受到质疑,人们开始展望两种文化的联系和对话。萨瑟兰强调,加拿大英语和法语文化"不仅沿着一个中央轴显示出二者之间的联系和差异,而且表示它们之间存在着多重关系"(Sutherland, John, 1947:9)。学界开始认识到加拿大英语文化和法语文化之间的互动、对话、互补关系。斯马特在一篇法语论文中承认,尽管理论和实际相差较大,但是

"很长时间以来,对英裔加拿大人来说,两个文化之间的边界实际上是不存在的"(Smart 25)。加拿大英语和法语民族都以对方为镜像参照定义自我,共同缔造民族/国家身份。吉尔伯特进一步指出:"魁北克和加拿大作家越来越多地展示出两个文化之间更多的特点,这尤其是全球文学环境影响的结果,无论是女性主义、后殖民主义或者后现代主义。"(Gilbert 137)

毋庸赘言,在相同的地理环境和国家政体框架下,加拿大英语和法语文化有着共同的现实基础和历史记忆,例如,两者都拥有共同的欧洲渊源,共同面对来自美国的文化影响,都曾经历民族主义文学时期,共同经历了"去殖民化"历史,还具有共同的地理、天气、自然环境,拥有共同的政治与社会生活。而在玛丽·沃尔提耶看来,加拿大英语、法语文学的最大共性就是对来自欧洲的神话的后现代主义和后殖民主义的再创造(reworking)(Vautier ix)。以欧洲为中心的世界观不再适用于新世界环境,因此产生了"文学中的新世界神话"(Vautier x)。两者都继承了欧洲观点,又"根据新世界环境进行了非本土化的历史和政治叙述"(Vautier x),在共同改造"渊源"叙事和历史的过程中形成了文学表达的一致性。她认为,加拿大英、法文化都表现出一种强烈的自我意识,对"消解有关欧洲或白人殖民者主导地位的神话,探索在家园土地(home ground)上的自我/他者之间的矛盾"有着强烈的兴趣(Vautier xv)。

实际上,关于国家想象中的英法双元文化,对立也好,矛盾也好,其本质就是民族国家框架下的一种文化对话,属于文化话语(discourse)的范畴。在加拿大,无论是双元文化,还是多元文化主义,或是跨民族主义的民族身份认同,都是话语和意识形态建构的结果。正如赫尔姆斯所指出的,加拿大作为一个国家是"话语的建构",是各种意识形态之间的对话结果(Helms 4),文学中的加拿大以不同的方式再现出来,而所有的再现都属于构建过程。历史文本则成为解读意识形态对话性和冲突的基础。文学作为有关民族/国家的意识形态,其本身就是再现与对话的动态过程。民族/国家想象在殖民地时期就已经开始,并一直贯穿着矛盾性对话,体现在政治、社会、宗教、道德、民族等各方面。

总之,尽管加拿大英、法文化被认为"在文学、电影、戏剧上极少发生汇合或交叉"(Holman and Thacker 154),但这种观点忽略了文学想象与文化领域中的冲突所蕴含的对话性。事实上,关于民族/国家想象的对话在早期文学中就有所体现。加拿大殖民历史上的英、法文化对抗虽然传统上被解读为权力的交接和冲突,但力量的交锋本身就是文化的碰撞与融合,是文化和民族"协商"的开端。这种文化的交接与对话错综复杂,不仅意味着魁北克与英裔加拿大文化之间的交互,更显示出欧洲大陆与北美大陆、加拿大殖民地与美国、英国与法国、原住民和外来民族之间的种种联系与对话。本章以弗朗西斯·布鲁克的小说《艾米莉·蒙泰古的往事》为基础,以文本作为社会和文化意识形态的承载体,释读小说中所隐藏的早期加拿大国家想象和建构过程中的冲突与对话,阐释加拿大对话式国家想象的文学根基和来源。

二、《艾米莉·蒙泰古的往事》中的文化对话性

弗朗西斯·布鲁克(1724—1789)是18世纪英国女作家,她创作过小说、诗歌、剧本,还翻译过法语文学作品。① 1763年,她出版了第一部书信体小说《朱莉娅·曼德维尔女士的往事》(*The History of Lady Julia Mandeville*)。1763—1768年间,布鲁克跟随丈夫前往加拿大,其间完成了第二部小说《艾米莉·蒙泰古的往事》,并于1769年在伦敦出版,其目标读者主要是英国读者。布鲁克生前曾活跃在由查尔斯·伯尼、范妮·伯尼、塞缪尔·约翰逊等人组成的伦敦文学社团,由于她的作品聚焦女性道德、情感和爱情,人们常常将其与塞缪尔·理查逊的小说相提并论。《艾米莉·蒙泰古的往事》背景设置在英法七年战争之后的加拿大魁北克,这也使布鲁克获得了加拿大历史上首位小说家的称号。然而,正如

---

① 作品名为《米乐迪·朱丽特·凯茨比和好友米乐迪·亨利艾特·坎普雷通信录》(*Letters from Juliet Lady Catesby to Her Friend*, *Lady Henrietta Campley*, 1760),原著为 Marie-Jeanne Riccoboni 于1759年出版的 *Lettres De Milady Juliette Catesby*, *A Milady Henriette Campley*, *Son Amie*。

罗宾·豪威尔斯(Robin Howells)所说,这部小说却"在它的出生地英国被完全忽略了"(438)。英、美、加学者对布鲁克小说的研究一般聚焦于其英国文学传统,却忽略了欧洲和北美文化的碰撞和交汇,尤其忘却了小说中所隐含的法国和魁北克语境,因而对文化对话性研究不足。例如,麦克马斯特指出,《艾米莉·蒙泰古的往事》曾经被简·奥斯丁所"敬仰和学习",对后者的《爱情和友谊》(Love and Friendship)产生过直接影响(McMaster 346),完全属于英国文学传统。美国学者阿尔奇则认为,这部小说号称"加拿大文学的开山之作",却和加拿大毫无关系,布鲁克只是"代表全体英国人……力图在英国文明的土地上恢复英国原来的身份"(Arch 481)。加拿大学者赛尔伍德也拒绝承认小说的加拿大性,认为小说所体现的关于"风骚"的思想是一种怀旧表达,布鲁克"避免在新世界伊甸园建立任何道德规范",只是通过"挑战男权社会的文学和社会结构表达这样的思想——'我们应该'在旧世界的符号体系中'建设美好家园'"(Sellwood 78)。佩西则认为,虽然小说背景设置在加拿大并且描写的是加拿大生活,但它"对后来的文学创作影响甚微",因此不能算作真正意义上的第一部加拿大小说(Pacey 150)。

然而,正如莫瑞特所说,小说所蕴含的"广泛的意识形态冲突没有被人们所认识……这些意识形态冲突以隐晦的方式证明,小说允许各种政治、社会和文化冲突同时并存"(Morrett 96)。事实上,在加拿大语境中,《艾米莉·蒙泰古的往事》是一部特殊的对话小说,它以书信体的形式展现出不同人物间的对话。他们就性别、婚姻、道德、爱情等话题展开了广泛辩论。艾米莉、爱德华、阿拉贝拉和坦穆普的通信共同编织出有关社会、政治、法律和情感生活的多重话语体系,表达出一种独特的婚姻观、爱情观。从这个视角看,《艾米莉·蒙泰古的往事》是一部集多层话语和多重声音为一体的小说,它以不同的视角对加拿大英、法、印第安文化进行观察和评论,让个人和文化展开彼此对话。小说跨越欧美两个大陆,把英国、加拿大、法国、魁北克、印第安原住民文化联系起来,记载了18世纪中后期欧洲殖民主义扩张过程中英法两国的政治、军事和文化冲突,也描写了殖民文化和原住民文化间的碰撞和交融,展现出不同国家、地域的民族文化和道德风貌。因此,近年来,开始有学者重新发掘这部小说的价值,注意到其加拿大民族性和民族身份的主题。例如,阿尔奇注意到,布鲁克的小说探讨了18世纪60年代情感小说的核心问题,而且也"以重要的方式参与了18世纪70年代关于民族性和民族认同的新兴话语……在更广泛的跨大西洋小说背景下,这部小说可以被视为一股新兴的力量,代表了西方关于民族主义的论述,而不只是作为某种基本观点表达精神上的'美洲性'"(Arch 466)。

的确,《艾米莉·蒙泰古的往事》中的加拿大性不可忽视,小说的背景设置在魁北克,而故事的主体部分也发生在加拿大。布鲁克利用这一特殊安排对新世界进行观察,通过对话和辩论展现出殖民地时期加拿大文化的独特对话性和杂声特点。罗宾·豪威尔斯认为,《艾米莉·蒙泰古的往事》作为加拿大的第一部小说,是一部典型的巴赫金式的"对话小说",小说"组织并构造出语言的多元声音"(Howells, Robin 437),把对话式自我和文化对话结合了起来,放置在特殊的历史和地理环境中,体现出加拿大文化基因中的对话特性。小说人物间关于婚姻、法律、政治、文明等议题的讨论反映出北美大陆的新意识形态体制与欧洲传统价值观的冲突,这使得《艾米莉·蒙泰古的往事》成为一部巴赫金式的杂语(heteroglossia)小说。① 这部

---

① "杂语"的概念是米哈伊尔·巴赫金在1934年发表的《小说中的话语》一文中提出的。杂语包括了社会杂语和艺术杂语;社会杂语是社会的天然状态,包含各种被分化了的语言,"一个民族语言的内部分层,分化为各种社会方言、群体表达模式、职业行话、各代人和年龄组的语言、不同流派的语言等"(Bakhtin, 1981:272)。即便是日常交际用语和政治演讲等都属于社会杂语性质,彰显出语言的多样性和层级性。而艺术杂语则是社会杂语通过修辞方式进入文学作品而成的,是对日常生活语言的模拟,也包括对书信、日记等半规范叙述体裁的模拟等。此外,作者叙述语言和主人公的修辞性的言语亦属艺术杂语范围之内。在巴赫金的理论中,杂语并非简单的社会语言学术语,杂语中语言形式的不同与社会意义和意识形态的差异保持一致,杂语代表了"社会意识形态语言"的不同分层,表达出"对世界的特定观点,都是对世界语言解释的表达形式"(Bakhtin,1981:272)。小说的力量源于不同类型言语的共存和冲突;角色的言语、叙述者的言语,甚至作者的言语。因此,巴赫金将杂语定义为"他人语言中的他人言语,用于表达作者的意图,但以折射的方式"。杂语"不仅仅分化为不同的方言,而且——在本质上——分化为具有社会意识形态意义的语言,也就是社会群组的不同语言"(Bakhtin, 1981:272)。

小说被视为对话小说,主要有三个原因:

　　首先,作为加拿大第一部小说,《艾米莉·蒙泰古的往事》是布鲁克来到魁北克之后创作的,小说的具体创作背景、环境和时间属性为作品的对话性奠定了现实基础。作为一名法语文学翻译者,布鲁克谙熟法国社会文化,其作品中关于婚姻、法律和文明的对话超越了18世纪英国的范围,具备英、法和北美文化的混合性,是跨越时空的两种体系和意识形态的对话。罗宾·豪威尔斯指出,该小说"兼具英国大众文学传统的自由特性和法国文学的风格性"(Howells, Robin 437),因为布鲁克作为法语文学翻译者,"一直在发挥文化间协商的作用"(Howells, Robin 437),在作品中讨论了众多的公众问题,包括性问题和婚姻。而从个人生活角度来看,布鲁克在1763年随丈夫来到魁北克,作为驻军家属接触魁北克文化,而彼时的魁北克正处于政治、军事动荡的风口浪尖。1756—1763年在北美殖民地发生的英法战争最终以法国失败告终。《巴黎条约》签订,法国把新法兰西殖民地(即魁北克)割让给了英国。布鲁克来到魁北克,无异于踏上了一片从未见过的异域领土,在这里经历了第一次与文化他者的遭遇,她以一个观察者兼参与者的身份利用半游记的虚构日记形式"忠实"记载了18世纪中后期加拿大混杂社会的图景,描写了法裔加拿大人和休伦族印第安人的文化面貌,探讨和比较英国文化与前两者的差异。小说中只有露西和约翰身处英国,而阿拉贝拉、爱德华和艾米莉三人所处的交往环境则与母国——英国的资产阶级社会环境有着很大不同。他们作为魁北克社会上层,却属于少数派,形成了一个小小的文化"飞地",与魁北克法裔大众以及印第安原住民保持着一种若即若离的特殊关系,这使得小说能够从不同的视角展现出不同文化间的碰撞与交流场景。因此,《艾米莉·蒙泰古的往事》的背景具有特殊意义,魁北克是一个"崭新而又不断得到更新的世界"(Sellwood 61),小说描写的就是在这一背景下发生的个人、社会和意识形态的互动和交融。如果说这种意识形态还不足以称为独立的话,至少在魁北克,英法双元文化的大语境使其成为对英国本土道德和意识形态体系的一种质疑,成为超越欧洲旧世界道德的一曲前奏。

小说既继承了英国 18 世纪情感小说的传统,又超越了其视野,扩展了多声部对话的范围。布鲁克的这部小说将旧世界的情感(Old World cult of sensibility)与新世界环境相对照,"给予女性发声的力量",向 18 世纪英国的理智行为准则和婚恋规范发出"抗议"的声音(Sellwood 61)。显然,这种对抗性话语并不限于两性之间,也同样代表了三种文化之间的对抗和交融。阿拉贝拉既代表女性的声音,也是加拿大声音的传达者,因为她意识到:"他们在魁北克争吵不休……无非是一些关于由来已久的纠纷。"(Brooke 98)

其次,小说采用了英国 18 世纪常用的书信体形式,这种体裁"具有先天的对话性"(Howells,Robin,437),借用非正式的文学形式凸显日常生活的互动和多元。豪威尔斯认为,小说的叙事主体完全由信件构成,"没有全局叙事者,也没有单一的权威视角",所有角色都参与了关于婚姻、法律、文明的对话,而作者的角色仅限于标题,也就是对信件的排序编号上。小说总共 228 封信,长短不一,包含了 11 个角色的相互通信,形成了一个多重声音的宏大对话局面。小说中每个角色都是写信人,又同时是寄信人。他们不仅两两"对话",也会多人同时和先后"对话",因此每个人都有机会陈述自己的观点和视角。作者将不同信件并列,使不同的意见能够完整地呈现给读者,小说由此变成了多意识中心的对话场所。小说中多方对话的叙事局面形成了巴赫金式的杂声交织,而最突出的形式就是信件的相互传阅和讨论。例如,艾米莉、阿拉贝拉和露西常常互阅彼此的信件(如 105 号、141 号、144 号、155 号等),爱德华也常常把她们三位的信件复述或拿给彼此阅读(如 102 号、109 号),而且每个人都知道第三方看到了自己和他人的通信。在露西写给阿拉贝拉的 141 号信中,她多次鼓励阿拉贝拉把自己的信读给艾米莉听(Brooke 255)。

布鲁克呈现杂声交织的一个巧妙方式就是利用信中信的方式展示多人多视角的对话特征,从而避免孤立视角。例如,在 111 号信件中,阿拉贝拉附上爱德华的信件,并告诉艾米莉"这封信是写给我的,但也完全可以看作是给你的,或许更应该让你来看"(Brooke 195)。在 65 号信中,作者甚至安排阿拉贝拉把艾米莉的信原封不动地重新誊写了一遍。布鲁克运用"信中信"的手法是对巴赫金的"转述语"(reported speech)的一种创造性运用。维罗什罗夫认为,转述语就是"语中语、言中言,同时也是语上语、言上言"(Voloshinov 115)。转述语表达了信息传递的动态关系,是复调小说中多种意识和视角的最直接表现。"信中信"不仅把过去和现在的言说行为放置到了同一个文本空间内,保留了原话语的原貌,甚至累加了他人的评论、转述、争辩,这充分显示了巴赫金所谓的杂语特性。巴赫金也指出:"杂声一旦被融入小说之中……就表现为用另一个人的语言说另一个人的话。"(Bakhtin,1981:324)两个人同时表达两个不同的目的。同一信件用不同的视角和意识中心交替陈述,这样就避免了作者树立的单一话语权威,"杂声表达了作者的意图,但却将它扭曲"(Bakhtin,1981:301)。

最后,小说的对话性不仅体现在文学形式之上,更体现在文化对话方面。正如罗宾·豪威尔斯所说,这部小说完全"反映出英国和法国高度社会化的文化"(Howells,Robin 437)。小说中关于婚姻、法律、文明、自由的杂声对话发生在多个层面,不仅仅在男女之间展开,甚至是跨越地域、文化和民族的对话,这使得文本成为不同民族、国家、地域、性别力量交锋的场所。更重要的是,借用虚构人物,布鲁克可以超然地对欧洲政治现状和道德景观做出评论,发出有别于母国的声音,从而构造出早期加拿大文化的对话基因。例如,小说中,初来乍到的爱德华见证了英、法、印第安三种文化在魁北克的交锋,在"惊讶和赞赏"之间徘徊,这里的一切"让你12个月都无法满足自己的好奇心"(Brooke 5)。作为一名军官,爱德华在英法政府交接时期来到魁北克战场凭吊"在胜利的怀抱中长眠的"英国英雄詹姆斯·伍尔夫,而在他的眼中,魁北克人既散发出一种陌生的新鲜感,又让他无法立刻摆脱战争的敌意:"这里的人们简直就是另一个物种,如果把他们和法国祖先相比的话。"(Brooke 6)然而,爱德华的敌意中却又隐藏着"一种宗教般的敬仰",促使他反思战争,隐晦地对战争双方表示讽刺——"人类的残酷……比原始荒野中的凶猛居民残酷百倍"(Brooke

6)。在魁北克,英、法和印第安休伦族的混杂文化使得爱德华的态度呈现出一种模糊性:"目前正值过渡政府时期。如果要我向你描述这个国家的政治状况,我会给你列出一卷卷的描述,告诉你我反对什么,赞成什么。但是,我不是那种具有敏锐观察力的人,仅仅在一个地方待一周时间就自认为有能力向你描述这个地方的自然风光和道德、政治历史"(Brooke 7)。在这个杂声系统中,不同话语意识形态共同存在,不是为了建立一个统一的中心意识,而是让话语相互交叠。借助巴赫金的对话理论,可以揭示小说中潜藏的各种杂语交接、文化冲突与对话,可以管窥欧美大陆和英法民族文化差异,从历史与当下、情感与理智的对立矛盾体中理解小说的文化对话性。

三、加拿大的文化间性与对话式主体

在《艾米莉·蒙泰古的往事》中,小说角色参与了广泛的文化、政治和社会辩论,其中最激烈的莫属女性的"风骚"①问题了。所谓"风骚"(coquetry),是英国18世纪文学的一个常见主题。斯宾塞指出,在18世纪的小说中,中产阶级的兴起和读者群的普及使得女性形象进入文学作品并成为主角。女性的角色主要分为三种类型:受诱骗者、浪漫女和被改造的女主角,而风骚女成为"需要改造的典型女主角形象,许多小说的主流情节线条描写的都是风骚女得到改造并最终步入婚姻的过程"(Spencer 142)。关于女性道德的话语在18世纪的英国产生了巨大影响,女德书和劝诫小说层出不穷。女性身体成为各种话语体系劝诫的对象,身体和行为表现、道德品质紧密联系了起来。在这些小说中,浪荡女、风骚女遭到强烈谴责,女主人公总是经历了洗心革面的改造,最终回归道德。例如,笛福的小说《摩尔·弗兰德斯》(*Moll Flanders*,1722)和理查逊的《帕梅拉》(*Pamela*,1740)就分别从正反两个角度描写了女性的品德

---

① "风骚"原文为 coquetry,也可译为"风情",在英语中一般有贬义。为方便起见,本书一律译为风骚。具体阐述及该词的意义范围参见下文。

问题,前者讲述了弗兰德斯的堕落和忏悔,后者则刻画出忠贞不渝的帕梅拉对爱情的纯真信念,两部小说都反映出18世纪的两性道德图景以及清教等级社会对风骚女的严格审视。在1765年出版的《一个风骚女的回忆录:哈里特·艾瑞小姐的故事》(*Memoirs of a Coquet; or the History of Miss Harriot Airy*)中,艾瑞小姐在小说结尾孑然一身,踌躇终日。这些小说的共同特点就是描写女性被社会道德规范驯服,塑造贞洁、清纯的女主人公形象。斯宾塞指出,就连18世纪的女性作家也乐于遵循这一"说教传统"(Spencer 142)。小说女主人公不仅具备了女性的品德,机智而充满魅力,而且这种形象使得作家能够"集中精力关注女性的道德成长过程"(Spencer 143)。谢莉·金(Shelley King)则认为,18世纪英国小说中,有关风骚女道德改造的模式主要分为两种,一是讽刺,风骚女要么被贬得一文不值,要么得到改造;二是劝诫,风骚女在行为劝诫书(conduct book)或警示故事中成为道德教育的对象,把风骚女视为"负面道德反例"(King, Shelley and Schlick 21)。

然而,与其他18世纪英国女德小说不同的是,布鲁克的《艾米莉·蒙泰古的往事》却"是用双重话语写就的",小说"批判并颠覆了旧世界的优越性"(Lane 42),字里行间透露出一种道德、政治、文化的模糊性。作者借用魁北克这一独特的背景,通过男主人公爱德华的新鲜遭遇和异域观察,一边描写新世界的风俗和理念,一边对欧洲和英国传统进行反思,呈现出加拿大所具有的一种独特的文化间性。特别需要注意的是,在小说中,阿拉贝拉作为"风骚女",却没有像同时代的英国同类小说中的人物那样遭到彻底贬斥和惩罚。她虽然是男主角爱德华道德批判的对象,但其形象和意义却远远超出前者,更像小说的主角。正如批评家纽在其论文《弗朗西斯·布鲁克的斑驳花园》("Frances Brooke's Chequered Gardens")中所说:"阿拉贝拉毫无疑问是书中最生动的角色,这种创作风格不可避免地将读者的注意力集中在她身上,而不是爱德华和艾米莉身上。"(New, 1972b:27)阿拉贝拉自由、热情、浪漫,敢于追求自己的理想,不受社会陈规滥俗的羁绊,表达出鲜明的女性主义自由理想,显然是布鲁克批判父权社会和英国政治的传声筒。阿拉贝拉充分主张女性自由，用含蓄的话语矛头直指父系男权社会和政治体系，把"父亲所说的"那种"复杂的加拿大政治"和"日耳曼体系"对立，指出："没有任何政治能够比女性的小小共同体（commonwealth）更值得关注，只要我能够创建起这内心的帝国（empire of the heart），我会任由男人们就其他杂事喋喋不休地争吵。"（Brooke 98）借助阿拉贝拉的女性主义共同体，布鲁克把关于女性自由的争论描写成了一场关于民主、社会的政治大辩论："我打算写一部关于管理丈夫的法典，然后翻译成所有现代语言，这一定会对这个世界大有裨益。"（Brooke 231）女性主义诉求使得布鲁克创造出一个充满矛盾的新世界——加拿大。再者，阿拉贝拉·费摩尔（Arabella Fermor）的名字显然是布鲁克对亚历山大·蒲伯的讽刺诗《夺发记》（*The Rape of the Lock*）的用典和暗指。这种互文、影射不仅是一种文学和社会的对话，而且更多地反映出布鲁克小说与英国18世纪训诫传统的巨大差异，从而凸显出以加拿大为代表的新世界意识形态和价值体系的文化间性。

在《艾米莉·蒙泰古的往事》中，男主角爱德华既代表英国中产阶级价值理念，对风骚进行评价和训诫，也体现出深刻的文化对话性，这使得布鲁克塑造出一种对话的主体性。在小说中，爱德华的世界观和道德观呈现出鲜明的矛盾性和中间性。他对女性自由、道德、法律等理念的理解不断地在与殖民地居民接触和交往的过程中发生变化。在女性婚姻自由问题上，爱德华无疑是英国旧世界道德体系的代言人，他认为女性应当克制欲望，矜持谦逊，时刻注意对身体和行为进行训诫，魅力女性就应当对"魅力实施暴政"（Brooke 125），不仅要改善思想，让个人达到完美，还要学会"控制脾性中的那种天然活力"，因为"对英国女人来说，卖弄风骚是危险的，因为她们很有理智；风骚更适合法国人，他们天生就是蝶螈"（Brooke 125）。然而，在魁北克法语文化环境中，爱德华所奉行的道德信条却与他在当地的见闻格格不入。英国人对风骚的排斥与法国、印第安女人的行为浪荡形成鲜明反差，以至于在爱德华身上表现出一种似是而非的模糊价值。例如，好友约翰在第3封信中一针见血地批判道："你身

第八章　布鲁克的《艾米莉·蒙泰古的往事》中的文化对话

上除了拘谨之外没有别的妨碍了,拘谨在法国人的领土上就是一个毫无用处的美德。"(Brooke 7—8)他提醒爱德华,应该"对自己的优点多点自我意识",因为"认识自我"是"人类智慧的完美体现"(Brooke 8)。对约翰来说,爱德华的谨慎是死气沉沉的朽物,"不会给道德世界带来生命"(Brooke 9)。

　　仔细阅读爱德华的信件,我们发现,爱德华对休伦族和魁北克人的描写暗藏了宗教、政治、道德、意识形态等不同体系的影响,形成了巴赫金式的话语的混杂构建。爱德华对休伦族和魁北克女人的评论中总是隐藏着一种自相矛盾的他者性。这种混杂性使不同话语并置,并在同一个人的不同时间的话语中体现出来。爱德华的魁北克观察日记充满了冲突,呈现出一个杂语世界,而没有一个单一稳定的意义系统。在杂语世界,日常生活中的每一个主体都是情感、意志、道德、话语的存在事件。每一次话语都必然面对既存的先前表述(Bakhtin,1993:41)。爱德华的每一次交往、每一封信件都反映了多重话语体系对个体表述的交叠影响,表达出不同的价值形态。比如,他在第6封信中告诉露西,尽管他在梅尔莫斯少校家受到不少女性的青睐,但感觉还有"重要的一点没有解决,这里的礼仪(etiquette)实在是太难适应了"(Brooke 22)。然而,很快,多元文化话语的众声喧哗使他开始反思传统英国的道德和礼仪。来到魁北克几周之后,无论对印第安女人,还是对魁北克法国女人,爱德华的态度表现得都模棱两可。他发现,魁北克女人拥有一种矛盾的特质,她们"充满无限魅力,只是没有了这种魅力,其他一切魅力就显得枯燥乏味"(Brooke 13)。这些女人"快乐、风骚、活力四射,她们浪荡而缺乏理性,常常因激情带来的虚荣而神魂颠倒,就像他们在欧洲的乡村女郎一样,总喜欢外表上无意义的谑浪嬉笑而不是内心的真情实意"(Brooke 13)。爱德华最终把这种道德风貌的差异归结为英法民族之间的意识形态对立和道德观冲突,"她们就像法国人一样嘴上夸夸其谈,内心空空如也,或许地球上再也找不到其他这样的一族女人了。而英国人恰恰相反,她们会……为此感到羞耻"(Brooke 13)。然而,仅仅过了八天,爱德华在访问蒙特利尔之后写给露西的信中却一反常态,站在了魁北克女人一边:"我的每一段行程都受到了礼遇,有一群如花似玉的乡村女郎作伴,她们富有活力,懂得和人戏谑,完全没有英格兰乡村人的那种忸怩作态"(Brooke 18)。魁北克乡村女孩"打扮得像浪漫传说中的牧羊女",让爱德华充分享受蒙特利尔之旅的"愉悦"(Brooke 18)。

同样的矛盾态度也体现在爱德华对印第安女人的评价上。他一方面认为印第安人愚昧落后,是"这片荒蛮之地的凶悍居民"(Brooke 5);另一方面却发现,这些女人具有无与伦比的"独立精神",她们的"品位和礼仪会让你刮目相看,她们的精神投入值得其他文明礼邦虚心学习"(Brooke 12)。印第安女人身材高大、体形优美、赏心悦目。在魁北克三个月之后,随着爱德华对印第安文化了解的深入,他发现休伦族的道德观"比文明民族更加纯洁,礼仪更加简朴"(Brooke 34),休伦族女人"外表极其保守温雅"(Brooke 34)。矛盾的是,爱德华一边为维护英国的旧世界价值观而谴责她们婚前行为的"放纵";又一边高度赞誉她们婚后的"极端贞洁"(Brooke 34),并把这种状况与英国政治和道德观相比较,认为英国政治剥夺了女性的公民权,"只允许女人保留她们本应有的不可抗拒的魅惑权"(Brooke 35)。因此,和印第安人比,"我们才是野蛮人"(Brooke 34)。

事实上,爱德华对印第安女人的模糊性态度折射出欧洲旧世界殖民者对北美原住民的两种截然相反的刻板印象,即"高贵的野蛮人"(noble savage)和"邪恶的野蛮人",这两种刻板形象反映出白人的价值观念和道德评价。英国18世纪哲学家霍布斯从理性主义的性恶论出发,把印第安人视为人类本性中野蛮、暴力的邪恶力量;而法国哲学家卢梭则从浪漫主义的性善论出发,认为印第安人没有受到现代社会污染而保留了人类原始的纯真、善良本性。爱德华的态度暗含了两种观念的冲突,呈现出一种模棱两可的文化间性,并使得爱德华能够借由"高贵的野蛮人"形象来批判欧洲腐朽的政治和社会的堕落。

由上可见,布鲁克描写的道德景观是一种混合景观,吸纳了"异域"法语文化和印第安土著文化,具有多声部特点,因而构成一种特殊的意识形态。爱德华就是这种文化间性的象征,他身上体现了新旧世界多种文化和道德体系的遭遇和冲突,这种模糊的文化间性使他变成了一个意识形态对抗与对话的载体,不同道德风貌在他身上交叠、重合。

在《艾米莉·蒙泰古的往事》中,布鲁克不仅通过爱德华描绘了加拿大的文化间性,而且将爱德华塑造成一个对话式的主体,使他成为三种文化共同作用的载体,体现出自我和他者的交织作用。爱德华忽而站在英国中产阶级立场上对婚姻、爱情、政治进行评价,忽而站在对立面,从魁北克法国人和印第安人的视角批判英国政治的虚伪和传统道德的保守。爱德华实际上成为作者塑造的一个矛盾性主角,扮演了双重性角色,是一个集多种对立面为一体的角色。比如,布鲁克一面把爱德华塑造成一个潇洒英俊、富有责任心的男子,另一方面又赋予他温柔体贴的女性般特质。他自我标榜,吹嘘他是英国的道德楷模,宣称他对风骚女"有一种反感",因为她们"总是臆想,但凡和她们聊天的男子必定别有用心,一个风骚女和懵懂初开的矜持女同样惹人嫌,前者总希望满世界惹人爱,后者则在遇到对她们这个性别来说再自然不过的礼遇时惊惶不定"(Brooke 10)。另一方面,他却渲染自己丰富的情感世界,向约翰吹嘘"我的缺点就是多愁善感",宣称"我的情意绸缪是众人钦羡的",能够"像天使一样去爱"(Brooke 27)。他宣称自己对女性有天生的好感,"总是喜欢向女性倾诉自己的情感,讨厌和我的同性谈及爱情"(Brooke 118)。

赛尔伍德指出,爱德华具有明显的"女性化情感"(feminised sensiblity)(Sellwood 65)。爱德华的性别模糊性体现了他在两个文化和道德风景夹层之间的游移、分裂。这种模糊主体实际上是作者布鲁克的巧妙构思,她通过爱德华身上的他者性凸显出自我/他者的文化对话,并借助爱德华的视角含蓄地表达出女性主义诉求。换句话说,爱德华集理智、情感于一身,理智的一面代表男性立场,情感的一面却代表了女性视角,从而形成一个二元对立的统一体。小说文本"在广阔的地理范围内跨越了地域、性别边界,小心翼翼地……在英国的陈规滥俗空间中提出具有颠覆性的建构女性乌托邦的可能性"(Wyett 33)。读者在爱德华的独白中常常能够听到代表两个文化、两个性别和两个意识中心的矛盾表述和态度,它们代表不同的立场和性格,这就是巴赫金所说的双声语现象。巴赫金指出,双声语"具有双向的指向——既针对言语的内容而发(这一点同一般的语言是一致的),又针对另一种语言(即他人的话语)而发"(巴赫金 255)。小说中爱德华一会儿站在男性的立场对周围的风骚女进行道德观察、评价和劝诫,一会儿却又以女性的视角评判男性的"风流"和不负责任。在他看来,各个年龄段的男性都是"不可靠"的,"小男孩充满虚荣、虚情假意,老男人则毫无激情"(Brooke 44)。相反,"女人生来就具备忠贞不渝的特点"(Brooke 314)。这种分裂性具有一种潜在的颠覆性。根据巴赫金的理论,小说家充分意识到自己身处众声喧哗的社会环境之中,但作者会在自己和其作品之间"隔开一段距离",使文本语言"成为一个半陌生或完全陌生的事物"(Bakhtin,1981:299),以此来显示他作为小说第二主人公的地位。爱德华对英国传统道德、魁北克风俗和法国女性的矛盾态度在不同的信件中被原原本本地呈现出来,这使整个小说形成了一种多种声音的宏大对话结构。

巴赫金在《陀思妥耶夫斯基诗学问题》中指出,小说中的人物形象往往渗透着深刻的双重性。双声语是语言的一种内在对话形式,其内部包含两个潜在的声音、两种不同的世界观、两种不同的语言。双声语意味着一个话语有两种声音,"这个话语是说话人说出来的,同时还包含着别人的话语、别人的声音,所以双声语指明了言语主体的重要性,强调了互主体性"(凌建侯 10)。在《艾米莉·蒙泰古的往事》中,爱德华就是一个典型的双声角色,他的话语之中总是流露出两种不同的人格,成为集自我—他者于一体的角色。比如,爱德华"总是喜欢向女性倾诉自己的情感,讨厌和我的同性谈及爱情"(Brooke 118)。此时的爱德华实际上成为一个无性的模糊角色,他的话语成为社会不同话语的传声筒,体现了话语主体自我和他者的交错影响。根据巴赫金的对话理论,双声语常常凝聚在一个话语形态之中,但包含了两种意识、视角的内在对话,其中一个表现为意识成分,另一个则是隐含的。双声语常常在有剧烈冲突的地方显露出来。例如,爱德华作为一个男性,常常把男人称为"他们",体现出两种不同的立场态度。他在第 116 号信件中写道:"男人生来就是暴君……不要问他们的权利是否正当,你只需要知道,这是规矩:他们是主人,我们只需要容忍这一切,大度地服从即可。"(Brooke 204)注意此处的第一人称和第三人称紧密相邻,显示出爱德华的自我/他者对立性。在他的分裂自白中,作者天衣无缝地介入进来,昭显文本外层的意图。实际上,作者常常在爱德华独白中运用斜体,这是布鲁克参与文本对话的一种微妙方式,是双声词(double-voiced word)的衍变形式。这种形式分别被男主角和作者双重利用——爱德华以此来突出自己的优点,而作者却传达出一种讽刺,让读者探测到其背后的意图。在很大程度上,爱德华不是"作者意识的单纯客体"(Bakhtin,1981:214),也不是布鲁克的被讲述者,而是与她进行平等对话的主体。

由此可见,爱德华在很大程度上是一个集自我/他者于一体的对话性符号。爱德华是男性与女性、个体和社会、过去和现在、欧洲与北美殖民地多重对话共同书写和塑造出的角色,反映出魁北克社会无意识的影响。

四、加拿大文化间性与法式"风骚"

解读《艾米莉·蒙泰古的往事》中的文化对话,只考察男主角爱德华的道德价值观实际上是不够全面的。小说关于美德和"风骚"的辩论构成了小说的主线,对这两个主题的考察必须放置在英法两种文化和意识形态的混杂背景下,因此,和爱德华构成对立面的阿拉贝拉的角色和地位同样不可忽视。《艾米莉·蒙泰古的往事》实际上通过巴赫金式的对话和杂声形式构造出一部复调小说,就女性自由、婚姻、政治等重大命题展开辩论。换个视角来看,这部小说实际上呈现的是主流与边缘的对立,爱德华象征对魁北克实施统治的官方话语价值体系,而印第安人与阿拉贝拉所代表的价值观则处于边缘地位。因此,小说中爱德华和阿拉贝拉关于"风骚"的不同立场恰恰体现了巴赫金所强调的主流与边缘、官方与民间的对立。小说反映了多个人的声音与意志,"将众多独立而互不融合的声音和意识纷呈,由许多各有充分价值的声音(声部)组成真正的复调"(Bakhtin, 1981:212)。在爱德华表层的官方叙事下面,潜藏着代表法国和印第安价值观和意识形态的话语系统,使得小说随时具有颠覆性。

在小说中,阿拉贝拉几乎和爱德华站在完全的对立面,两人对于女性自由、婚姻和"风骚"问题有着截然不同的立场。两人的道德观差异实际上是英国道德意识和法国人追求个体自由的价值观念之间的正面交锋与对话。小说中的多声部对话展示了英法两种文化和两种意识形态在魁北克的冲突,而它们与休伦族文化的混杂则变得更加错综复杂。例如,爱德华以官方姿态自居,以一个英国男人的视角告诫阿拉贝拉要检点一些,"遏制一下你脾性中的那种天然活力",像英国女人那样拥有理性(Brooke 125)。阿拉贝拉则兴奋地告诉露西,她"越来越爱上了法国礼仪,一个人一辈子保持年轻、活泼,这极具趣味,但是,这想法在英格兰听上去却很荒唐"(Brooke 119)。在爱德华看来,法国式的风骚等同于肉欲、放纵、浪荡,这与英国道德体系所崇尚的精神追求和品德修养相背而驰。阿拉贝拉已经岌岌可危,到了丧失民族美德的边缘,随时可能堕落为法国"风骚女"。他认为英国女人就应该稳重、收敛,而张狂"更适合法国人,他们天生就是那种变色龙物种"(Brooke 125)。

的确,阿拉贝拉奔放热情,豁达开朗,言语中充满活力,性格活泼,完全不是18世纪许多同类小说中描写的放荡女子的形象。阿拉贝拉不是主角,却具有十分鲜明的形象,在很大程度上充当了小说的主角,是作者利用复调小说形式批判父权社会和英国政治的传声筒。在"风骚"的价值观方面,阿拉贝拉代表了与英国妇女美德和贞洁观截然不同的女性道德价值体系,是法国"风骚"理念的体现。因此,研究这部小说,很有必要探讨英法道德体系在加拿大的交汇和冲突。批评界对《艾米莉·蒙泰古的往事》的研究也正是在这方面忽略了小说的一个极为重要的方面——加拿大性中拥有文化混杂性和对话性。正如托莫林所说,这部小说是比较文化的典型文本。她指出,风骚在"法国和英国分别以单个文化框架被考察,从而给人一种孤立主义的假象",英国学术界"从未深入研究它和法国对应词汇的具体差异",因此有必要通过社会和文化考量来"认真发掘民族风俗之间的差异"(Tomalin 109)。因此,为了充分认识魁北克"风骚"图景的复调构造,理解其内在的对话性,有必要对这一概念进行简要梳理,从词源和英国文学传统两个不同视角来管窥其具体含义。

从词源上看,"风骚"来源于法语 coquette。维奇伍德在1859年出版的《英语词源词典》中指出,这个词的意思是"母鸡群中的一只公鸡",其动词 coqueter 指"像公鸡一样在母鸡群中大摇大摆地走"(Wedgwood et al. 171)。coquette 词条的最后一项同时给出了引申义:"如同公鸡吸引母鸡一样,为了赢得男性注意而故意显摆的女人"(Wedgwood et al. 171)。值得注意的是,根据《牛津英语词典》(Oxford English Dictionary)记载,英语中的最早拼写只有阳性 coquet,始于1611年,意思是"无聊的闲谈",其阴性 coquette 是后来的仿造词。菲利普斯(Edward Phillips)的《词的世界,全球英语词典》(The New World of Words, or, A Universal English Dictionary,1702)中也没有收录 coquette,但列出了 coquet,其含义为"含情脉脉的追求者,为获得女人的爱恋而展示自己的人;努力获取男性的爱的女人"。18世纪最著名的词典编纂家、布鲁克的朋友塞缪尔·约翰逊在1755年出版的《英语词典》(A Dictionary of the English Language)中首次把名词 coquetry 列出,并列出法语词源 coqueterie,其定义是没有性别特征的"示爱行为,吸引异性注意的欲望"。例如,在盖伊(John Gay)的《乞丐的歌剧》(The Beggar's Opera,1728)中,麦克西斯就是一个典型的"风骚男",他四处寻花问柳,同时和几个女人保持关系。保利告诉露西:"风骚男四处可见,他们轮流向女人献殷勤"(Among the Men, Coquets we find, Who Court by turns all Woman-kind)。紧接着,盖伊又指出:"风骚男女们(Coquets of both Sexes)只不过是自恋者而已。"(Gay 73)

由此可见,coquetry 一词最早和女性的风骚毫无瓜葛,而是一个用于描绘男性吸引异性行为的词。然而,到了18世纪,关于"风骚女"的各种道德检视远远超过了对"纨绔子弟"和"浪荡子"的评论。拉克尔对这一现象进行了解释,认为这一突变源自科学、经济和社会三层原因。随着科学进步,英国社会观念发生了重要变化,解剖学使人们重新认识了性别,身体成为文化和社会意义的符号,并影响到人们对身体的生物、自然、生理属性及道德的解释,女性身体逐渐成为人们"重新阐释……社会关系的战场"(Laqueur 150),"我们今天所熟知的性别差异被发明了出来",性别成为"展现社会等级的场所"(Laqueur 149)。激情、肉体的放任等被认为是和女性美德相排斥的邪恶的品质。被动、矜持、沉静则和家庭空间联系起来,公共空间对女性行为形成一系列约束性规范。例如,18世纪医生皮埃尔·罗素尔(Pierre Roussel)认为,女性主内(interiority)是和女性的身体特质具有内在关系的,她"完全由一个内在原则所统治,身体与社会环境没有任何联系"(Doeuff, 157)。

而在文学方面,英、法两国对女性道德的审视做出了不同的反映。18世纪,英国大量出现关于"风骚女"的小说。与此相反的是,多比指出:"风骚女在法国文学中是一个极其罕见的形象",并且"18世纪法国文学根本没有像英国同时期文学那样的风骚女话语"(Braunschneider 161)。由此可以推论,在《艾米莉·蒙泰古的往事》中,爱德华印象中的"风骚女"是一个纯粹的英国父权文化产物。还需注意的是,在法语中,coquette是后来的衍生词,而且不具备英语中的贬义。因此,coquette极有可能源自法语,但在英国生根发芽,是顺应英国资产阶级社会和父权体制要求而衍生出的一个文化产物。正如布朗施耐德所说,风骚被当作女性的一个典型特征实际上是"现代英国社会"的产物(Braunschneider 8)。18世纪英国风骚女文学与"新财富的产生、资产阶级消费主义和日益扩张的全球商业不无联系,这种相互联系也解释了为什么风骚女在法国文化语境中没有成为现代性标志的原因"(Braunschneider 19)。凯伊认为,女性的风骚有可能"曾经和早期贵族所崇尚的伦理有密切关系",只是在18世纪英国文学中遭到强烈批判,被视为一种"邪恶的性爱游戏方式"(Kaye 52)。以上学者对风骚的考究为我们重新审视英国道德变迁开辟了新的道路。在殖民地扩张、文化迁移和碰撞的过程中,道德和意识形态、民族风俗等随着

第八章 布鲁克的《艾米莉·蒙泰古的往事》中的文化对话

全球文化交汇、地缘政治运作和民族交融也在不断发生变迁。在这个意义上，布鲁克的《艾米莉·蒙泰古的往事》的文学和文化价值实际上超越了同时期其他作家的作品，因此对这部小说的关注不但应当突破18世纪英国文学批评的视野，也不应被束缚在加拿大文学领域，而应在更广阔的文化背景中考察其重要价值。

在《艾米莉·蒙泰古的往事》中，从阿拉贝拉的视角来看，魁北克道德图景中的"风骚女"形象和法国社会文化一脉相承，这对初来此地的爱德华造成了强烈的冲击，对道德做出了不合时宜的误判。法国人浪漫式的爱恋风格在他看来是不能容忍的轻浮。魁北克男人在爱德华看来"愚蠢得让人不敢相信"，因为他们竟然"让老婆和女儿来屋里屋外招待客人"（Brooke 18）。实际上，在社会学领域，18世纪和19世纪北美大陆的殖民和文化交锋与交融过程中，英法两种文化关于女德理念的冲突是最为普遍的现象之一。① 1872年出版的《周六报》中发表的一篇文章详细地分析了法国人对风骚的看法：

> "风骚"一词不能准确表达人们对法国女人家庭生活的态度。这个词实际上蕴含了纯洁的本性和女性的做人艺术。再者，"风骚"一词必须加以重新解释。对我们大部分人来说，这个概念意味着对爱和异性直截了当的追求，也表示为了达到这一目的而采取的各种手段。那是字典里的定义，对大众来说就是这个意思。然而，如果我们有机会领略法国女人的风骚，并仔细研究它的地域特殊性，我们会发现，这个词实际上包含非常高尚的意义。在许多情况下，它表示对普遍权利的捍卫。正是在这个意义上，许多法国女人才特意对异性保

---

① 例如，1896年美国纽约附近的查陶郡学院主办的周刊《查陶郡校刊》（The Chautauquan）第24卷中刊出了查陶郡文学和科学课程教材的问答部分，课程内容包括法国历史、法国文学、法国戏剧、莫里哀小说等课程的问题，在题为"法国人的特点"栏目下，有两项是这样的："问：什么样的品质法国女人拥有，美国人却认为是错误的？答：风骚。问：什么是法国风骚？答：风骚就是女人如何展现魅力的科学。"（"French Traits"241 笔者斜体）这样的问答今天看来无异于笑话，但其作为学校课程的严肃性却让我们对这种文化观念的负迁移和误解可见一斑。

持吸引力,并不断地追求表现自己的魅力。对她们来说,胜利来自把男人们从其他诱惑中争夺过来,并重建社会,让女性重返真正令人产生愉悦的宝座。当这种目标成为她们奋斗的理想时,法国女人的风骚实际上就成为非个人化的追求,她们对风骚的展示并不是为了满足她们的私欲而战胜你,而是试图把你重新拉回到她们所代表的体系内部……这样一来,风骚就是一种美德,吸引异性的手段也表现出具有诚信的战斗精神。("French Manners"463)

以上文字公允地矫正了盎格鲁-撒克逊人对法国女人风骚行为的偏见。法国学者阿维格德(Eva Avigdor)也指出,风骚女现象最早出现在17世纪,当时"中产阶级逐渐形成,财富积累增加,这使得女性也拥有了一种新的选择权,能够对自己的未来伴侣进行选择"(Avigdor 12)。谢莉·金指出,风骚在当时是"广为社会接受的礼仪行为"(King, Shelley and Schlick 128)。风骚对于法国女性来说不仅是展示自我的正常行为,而且"是一种美德,是洁净、优雅、装饰和愉悦之母"(Rhodes 453),这种品德在法国思想家孟德斯鸠、卢梭、狄德罗以及文学家巴尔扎克的眼中也都被视为女性的自然权利,全然不像英国社会上下对风骚避之不及。

卢梭在《爱弥儿》中肯定女性的个性自由,他认为女性的热情与奔放是"与生俱来的"(Rousseau 385),并称之为女人特有的"艺术"(Rousseau 385),能够充分展现出女性的"冷静、锐利、敏感和聪慧"(Rousseau 385)。但是,卢梭也坚持认为,这种品质必须由社会加以限制,受到道德检视的约束和规范。一旦女性成功地解决婚姻大事,这种自由就必须即刻终止,而教育则是执行这种道德审查的工具。狄德罗在法理上进行论证,认为女性应当展示她们与生俱来的微妙的情感感知能力和精神上的优势。巴尔扎克也认为,风骚不但是女性的天赋能力,还是一门"科学",剥夺了她们的这种权利就意味着社会公正的缺失,因为爱情"也有自己的一门科学,这门科学就是风骚。这个词是我们法国人独有的令人愉悦的词汇,因为这门科学就起源于我们这个国家"(Balzac 43)。在他看来,"大自然赋予女人无限的展示风骚的天赋",而"社会则通过时装、套裙、刺绣和披肩让这种魅力增长了十倍"(Balzac 43)。确实,细读《艾米莉·蒙泰古的往事》,我们发现,阿拉贝拉对"风骚"一词的使用与爱德华截然不同,而是把它作为一个褒义词,并为此感到自豪。例如,在第49封信末尾,阿拉贝拉告诉露西,魁北克女人都喝一点烈酒,"这简直太风骚、太有情趣了,白兰地能够让一个女人像天使一样说话"(Brooke 105)。显然,阿拉贝拉在小说中充当了法国文化的代表,体现出一种对话式的矛盾民族主体性。

从历史和社会视角来看,法国社会对"风骚女"的宽容和接纳与法国大革命前后社会自由思想的普及不无关系。当时"自由、平等、博爱"思想已经具有普遍影响,而女性的个人自由也在法国人追求政治权利的运动中逐渐受到认可。相比之下,英国政治制度上的保守造成了新生的资产阶级意识形态和封建贵族之间的政治妥协,等级制度的概念因而得以延续,造成了对于"风骚女"的排斥和压制。1818年出版的《伦敦书评和伦敦批评学刊》刊出了一篇评论法国女学者德·让丽女士(Madame de Genlis)的专著《论女性对法国文学的影响》的英文文章。这位评论者对法国女性的风骚表现出一种矛盾的困惑:"法国人的礼仪把忠诚和躁动、哲学和风骚、形而上学和求爱如此不留痕迹地结合在一起,这不能不让我们叹为观止。简单说,他们把一切本来大相径庭、格格不入的东西全都放在了一起。"(Genlis 66)他继而作出结论:"这样的行为原则只会南辕北辙。"(Genlis 66)

布鲁克作为法国文化爱好者和法语文学译者,不可能对法国"风骚"观念不了解。实际上,在她翻译的法国作家里克伯尼的小说《米乐迪·朱丽特·凯茨比和好友米乐迪·亨利艾特·坎普雷通信录》中,我们也能够看到主人公对法国式"风骚"的热情。主人公在给威廉姆爵士的信中表示,她对"自己所属性别的优缺点已经进行过认真的研究"(Riccoboni 35),并指出:"风骚、软弱和高傲是男女两性都具有的……而适宜的风骚会让女性更加妩媚动人;软弱让她们要么可鄙,要么可怜。"(Riccoboni 35)女主人公感叹:"要是一个风骚女不再拥有她的那些魅力的话……那她扮演的角色会是多么荒诞!"(Riccoboni 36)对她来说,没有"风骚"的女人,就像

"岩石上的沉船"一样,毫无希望(Riccoboni 36)。布鲁克笔下的阿拉贝拉不仅独立自主、自由热情,具有女性主义意识,而且敢于挑战英国社会传统道德观,这种行为显然体现出早期加拿大的文化对话性。

在《艾米莉·蒙泰古的往事》中,爱德华进一步混淆了法国式风骚和英国式调情的差异,把两者视为互为因果的行为。小说中,爱德华审视、挑剔的目光一直跟随着阿拉贝拉,对她随时进行道德的判断。在第104封信中,他告诉露西:"你的朋友又随心所欲了,她的这种风骚劲道让她一错再错。"(Brooke 186)布鲁克把他的男性/英国式道德观和阿拉贝拉的女性/法国式风骚进行了鲜明的对比。金士蓝(Kingsland)在《礼貌书:社交场合礼仪》中详细阐述了法国式风骚的概念。她指出:"每个法国女人的内心中都有一个'风骚女'……对于调情和风骚,我们似乎从来不加以区分。但她们认为前者是挑逗性的,而后者则是自卫地展示魅力。"(Kingsland 520)从爱德华的视角看,阿拉贝拉的风骚就是与诸多男子的调情和挑逗行为,从而把文化层次的品位和生活情趣贬低为身体的挑逗性动作,并把风骚的精神性降解为肉体欲望。爱德华认为风骚意味着对爱情的不专和虚情假意,更是道德的败坏。阿拉贝拉却坚信自己的信念,表现出年轻女性绝无仅有的独立精神:"艾米莉问我为什么从来没有爱过谁,原因很简单:我一直在避免对某一个男人产生依恋。"(Brooke 87)面对男性无所不在的审视目光,阿拉贝拉毫不掩饰自己的风骚:"我一直在和二十个男人同时调情,这可是世界上顶级的礼遇了。"(Brooke 87)阿拉贝拉的独立精神意味着她对传统上所颂扬的"忠贞不渝"的女德观念的颠覆,这是对男性欲望固化女性主体的抗拒。她坚持风骚能够"给生命增添一点变化",这种解释是对女性身份的流变性的主张(Brooke 405)。

阿拉贝拉认为风骚是展示自我、获取自由最自然不过的方式。她频繁使用"调情"来描述自己的行为,并建议艾米莉、露西也不妨"找个人调调情,测试一下自己激情的持久力"(Brooke 75)。她甚至直言不讳地告诉露西,她曾经当着艾米莉的面和爱德华调情(Brooke 287)。阿拉贝拉的机智使她超越了其他角色的位置,对英国社会进行远距离的讽刺和评价。在小说结尾,阿拉贝拉不无讽刺地说:"我们的浪漫情史接近尾声了……我们一个个都正在堕落成头脑清醒的人儿。"(Brooke 406)这种自相矛盾的反讽表述流露出个体自我与他者的对话痕迹,而且在写作技巧层面显示出小说与18世纪同时代有关"风骚"的前文本的相互对话以及对它们的颠覆。阿拉贝拉不无讽刺地说:"没有什么比一个英国女人的觉醒更令人高兴的事了。"(Brooke 268)

布鲁克不仅通过阿拉贝拉创造出一种关于道德的文化间性,而且把法国式的"风骚"观和魁北克印第安族的放浪不羁结合起来,塑造出一幅新的"风骚"图景,使之与加拿大这片土地相适应。例如,阿拉贝拉对风骚的追求与她的爱情观建立起密切联系。她认为,友谊的目标是为了"寻求更真切、实在的美德",如诚恳、忠诚、情意相投。然而爱情"却不知道它欣赏的是什么,只是给它自己树立了一个偶像,把缺陷当作魅力,对各种愚蠢、背叛、矛盾心满意足"(Brooke 281)。她引用一位18世纪早期女作家蒙太古(Lady Mary Wortley Montagu)的诗句,把爱情比作变化不定的儿戏:"爱情是孩童,就像孩童那样嬉戏(play)。"(Brooke 281)风骚作为女人特有的本领,无异于孩童间的游戏——女性通过自己身体的诱惑力邀请男性参与同一个游戏。这种游戏对阿拉贝拉来说是再自然不过的,就像孩童间寻找玩伴一样天真。她引用1714年约翰·拜罗姆(John Byrom)的诗句,并加以修改,把这种嬉戏比作牧童玩伴的田园嬉戏:"长日无聊,且与好友做伴!"(Brooke 114)然而,田园诗的嬉闹很快变成了由女性主导的嬉戏。在这个两人游戏中,风骚使女人能够像孩童那样天真无邪,同时把握主导地位,在和男性对象戏谑调笑的过程中获取主动,以确保这场"儿戏"的非真实性和嬉戏性。根据德国思想家齐美尔的理论,风骚如同谈话一样是构建社会关系的一种特殊游戏形式,男女双方的调笑并不期待必然的结果和明确的目的。"在两性的社会学中,色情形成了一个完美的游戏形式,即风骚",这种游戏的"社会性就在于它是最不严肃的、最具嬉戏性的,但却广泛存在"(Simmel,1971:125)。调笑作为一种非正式游戏甚至还转向第三方继续进行,但"游戏形式充其量只是游戏而已,一切都是自发的、暂时的"(Combs 15)。

在这里,阿拉贝拉心中的"游戏"(Play)具有多重意义,既表示嬉戏性(playfulness),还可以通过卖弄风骚来扮演(play)或表演女性的所谓"女性气质"。在阿拉贝拉看来,风骚使女性具有无与伦比的能力,在真实与非真实之间创造一种性别和爱欲的审美,使日常生活富有戏剧性和游戏性。这样,戏剧的主动权牢牢地把握在表演者的手中。例如,阿拉贝拉引用莎士比亚《麦克白》中的台词,把风骚的表演性和人生舞台相联系,暗示在这场游戏中,自命不凡的男人就是"匆匆而过的影子、拙劣的表演者(poor player)",他们"只能匆匆闪过舞台就早早收场,退下舞台"(Brooke 153)。相反,卖弄风情的女人则是高明的演员,她们能出色地扮演"在自然分配给她们的理智和性感人生大戏中的角色,也能够顺应他人的意愿逢场作戏"(Brooke 153)。这种反讽地引用经典的做法表现了阿拉贝拉的机智和聪慧,让她和前人的话语展开了直接的对抗性交锋,这无疑是布鲁克精心设计的过去与现在的双声部对话的绝佳例子。

阿拉贝拉的"逢场作戏"还暗示,女性可以使用"玩弄"(play)的手段,利用自己的魅力和心机变被动为主动,从一个被呼来喝去的伶人的地位转变为舞台的操控者和指挥者。风骚使阿拉贝拉摆脱了男性潜在财产的地位。她们随意拉长和缩短她和对象的距离,使对方在即将获得目标却又无法到手的矛盾胶着状态中交替变化。例如,艾米莉无法容忍阿拉贝拉的风骚,指责她"玩弄他[菲茨杰拉德]的柔情太过残酷。看到你如此折磨一个真心实意爱慕你的人,我非常吃惊"(Brooke 296)。

"风骚"对阿拉贝拉还有另外两层意思,即炫耀性地显示女性的风姿和装疯卖傻式的假扮。① 正如卢梭所说:"做女人就意味着要会卖弄风骚"(Rousseau 365),自然法则决定了"女人天生就会取悦男人"(Rousseau 358)。卢梭的观点似乎带有生物决定论色彩,把两性角色按生物生理特性区分,从而固化了两性的社会功能。他认为:"女人应该设法让男人发

---

① 在英语中,play 的另一层意思是"装扮""假扮"等,如 play the woman, play the fool。

第八章 布鲁克的《艾米莉·蒙泰古的往事》中的文化对话

现自己的力量并利用它",而最有效的方法就是半挑逗半拒绝地"用自然给她的恭谦和羞耻来俘获强壮的男性奴隶"(Rousseau 358)。同时,这种谦逊和羞耻也同样能够"抑制"女性生来就有的"无边的欲望"(Rousseau 359)。但是,阿拉贝拉在男性面前并没有采用像卢梭所说的那种战略性抗拒手段来显露风姿,而是不失时机地充分展露自己作为女性的魅力。她认为:"女人还不至于这么愚蠢"(Brooke 296),她们总会根据自己的情感所在选择恋人,而不是绞尽脑汁设计各种诱惑。她认为:"我自己拥有绝对自由,可以随时向世人炫耀我的风情(play off my airs)"(Brooke 173),并直言不讳地告诉露西,她曾和"一个非常英俊的小伙子一整天不停地调笑戏谑"(Brooke 173)。尽管父亲训诫她不要装疯卖傻(playing the fool),但她毫不犹疑地"提醒"父亲,她已经到了"冒失冲动的年龄,每一个人都拥有她最美好的时光。那些不知道趁着年轻装疯卖傻的人,等她们到了徐娘半老的年龄,就只能在悔恨交加中继续装扮"(Brooke 252)。

从英国文学传统看,布鲁克的《艾米莉·蒙泰古的往事》与笛福的《摩尔·弗兰德斯》、理查逊的《帕梅拉》等 18 世纪小说都在不同程度上反映了资本主义社会和工业发展阶段父权社会观念的变革,揭示了父权体制对女性社会的"包容"以及男女平等思想的萌芽。然而,布鲁克的小说却在互文对话基础上超越了同时期其他书信体小说和劝诫书的局限,在体现包容思想的同时做出了颠覆的暗示。作者通过小说中阿拉贝拉、艾米莉、埃德蒙三个主要原型式人物相互通信展现了当时社会中已经日渐矛盾的两性意识形态和价值观念的冲突,并把这种冲突安排到了北美新世界的魁北克环境中,这不能不说具有某种重要的文化暗示。诚然,在理查逊、笛福等人的小说中,也能够看到女性力量的颠覆性(如弗兰德斯对既定社会秩序的反抗和自我定义的种种努力),然而这些小说似乎都没有脱离美德劝诫的企图。帕梅拉是一个男人眼中理想化的女性角色,而弗兰德斯则是个魔鬼般的男性化女人。一个处处以谦卑和守节为准则,另一个则离经叛道、无所不为。二人虽判若云泥,然而两部小说的说教式意图昭然若揭:恶有恶报,善有善报,二人因为自己的品行各得其所。布鲁克的小说大胆地挣脱了这种道德藩篱，用一种超然的方式将小说中几个人物的故事客观地呈现在读者面前，展示了他们关于美德和价值的不同态度，让男女双方拥有共同的发声机会，从而凸显出小说的对话性和文化间性。爱德华认为阿拉贝拉"放荡不羁的性格最终会毁了她"(Brooke 186)。而阿拉贝拉却以自己风骚为荣，世俗的道德标准并不能让她放弃自己的选择。她告诉露西："我一定要教他[菲茨杰拉德，即阿拉贝拉的未来丈夫]学会风骚。"(Brooke 174)针对阿拉贝拉的风骚行为，作者没有给她安排像弗兰德斯那样的惩罚性命运，而都得以终成眷属。因此《艾米莉·蒙泰古的往事》形成了一个跨越文化、地理和社会层面的对话，在道德说教上有意创造出一种文化模糊性。笛福的小说通过摩尔的反面教材敦促女性忏悔行善，理查逊则以帕梅拉为楷模，不遗余力地宣扬虔诚、谦卑等女德价值观。这些小说殊途同归，都强调施加在女性身上的伦理教化，女主角并没有脱离男性教化者所建立的霸权话语。相反，《艾米莉·蒙泰古的往事》显示出文本内部的对话性和社会层面的对话性，这种双重对话性以一种更客观、自然的方式呈现了不同声部，体现出巴赫金所说的众声喧哗特征。

布鲁克小说的对话性和众声喧哗不仅弱化了18世纪男性作家塑造的女德小说的说教性，甚至跳出了当时女性作家的思维范式，例如戴维斯(Mary Davys)的书信体小说《浪荡女改造记》(*The Reform'd Coquet*，1724)、海伍德(Eliza Haywood)的《没脑子贝斯小姐的故事》(*The History of Miss Betsy Thoughtless*，1751)和莱诺克斯(Charlotte Lennox)的《女堂吉诃德》(*The Female Quixote*，1752)等。这些小说共同塑造了浪荡女的改造过程。浪荡女不再是一个角色类型，而开始呈现一种崭新的主体状况，具有女性的独立意识，她们构建了女性性别意识的多元选择。然而，正如斯宾色(Jane Spencer)在《女小说家的诞生》(*The Rise of the Woman Novelist*)中指出的，在这些小说结尾，女主角无一例外都最终回归到一个美德男子的怀抱，实现完美婚姻，并回归到男性意志的控制之下。女主角经过自我或外在"改造"，最终都得以认识到自己的品行、道德

第八章 布鲁克的《艾米莉·蒙泰古的往事》中的文化对话 149

和思想上的缺陷,并重归男权价值体系。这种情节模式不仅能够因其"循规蹈矩"(conformist)式的说教论调吸引更多的女性读者,使小说更加畅销,而且让作者找到一种更为生动的女性角色模式,以充分展现出女性的"道德成长"过程(Spencer 143)。然而,布鲁克的小说无论在情节模式还是角色塑造上却有着很大的不同。例如,故事结尾阿拉贝拉并没有显示出被"改造"后的回归迹象。她坚称:"对我来说,一个谨小慎微从不犯错的人基本上就是没有任何德行的人。"(Brooke 391)她旗帜鲜明地表示:"单身女人的风骚和她的荣誉一样都是一种视角,而已婚女人则没有任何视角可言。"(Brooke 381)她蔑视爱德华对她的风骚行为的指责,甚至特立独行地表示这就是她自己"首创的伦理体系"(first system of ethics I write)(Brooke 378)。布鲁克运用阿拉贝拉和艾米莉、爱德华等人的杂语交织描写了18世纪末男性主导的社会话语体系中崭露头角的社会语言的多样化和多元化,显示出杂语的社会历史性和不同的价值体系。更重要的是,作者通过信件的彼此独立又相互回应的方式巧妙避免了话语间的直接碰撞和冲突,以一种较为内敛的方式不但给予各个不同声部自己的立场和宣示机会,而且避免以作者的权威施加主导价值,让各个声部都能真实地加入按照特定秩序和结构组织起来的杂声话语之中。

爱德华和阿拉贝拉关于风骚的矛盾态度显示出两种文化的意识形态对话的交锋和冲突,也预示着相互的吸收和包容。这种包容的可能性尤其体现在小说对加拿大当前时刻的关注之上。布鲁克多处把阿拉贝拉意欲建立的"女性情感帝国"(Brooke 98)和魁北克新世界平行。爱德华和艾米莉不断推迟的婚期标志着布鲁克拒绝"以一种常规的结尾"来结束小说,也标志着"小说和当前时刻的不间断联系"(Sellwood 65)。这种对现在的强调把小说中的意识形态对话聚焦到了魁北克。魁北克崭新的文化空间似乎为英法意识形态冲突提供了相互融合的可能性空间,并和阿拉贝拉所想象的女性空间相重合。正如赛尔伍德所说,魁北克在小说中成为一个"伊甸园空间"(Sellwood 65)。阿拉贝拉的父亲认为:"文明程度最高的印第安民族是最具有美德的民族,这个事实让卢梭的理性体系土崩瓦解。"(Brooke 272)作者借用阿拉贝拉父亲对卢梭的批评暗示,魁北克的新世界体系或许可以成为取代英法文化冲突的第三种体系。

小说结尾爱德华最终返回了英格兰,阿拉贝拉则展望未来,把三种文化和地理空间紧密地联系了起来。她虽然"无意在这里建立一块定居点,但却想成立一个小小的亲友社会……一个富足的人间仙境(fairy land)"(Brooke 269)。加拿大著名学者纽指出,小说所提出的"人性和社会的冲突一直没有得到完全解决"(New,1972a:25)。布鲁克笔下的角色没能在魁北克居留,而是返回了英格兰故土,这是因为,这里寒冷的"自然环境与新古典主义所描绘的壮丽、纯洁的大自然所代表的伊甸园理想相冲突"(Sellwood 67)。爱德华、艾米莉等人对印第安人的时褒时贬的态度表明,他们无法解决欧洲旧世界对新世界的浪漫化想象和魁北克现实之间的冲突,小说的对话性和多声杂语将继续下去。在小说结尾,阿拉贝拉收到了来自魁北克的一个爱慕者的信,得知戴·罗什夫人"拒绝和这里最理想的门当户对的男人结婚,并发誓永远独身,直至生命尽头"(Brooke 405)。阿拉贝拉觉得"这是一个极其愚蠢的决定",但却"非常赞赏"罗什夫人能够做到这一点(Brooke 405)。在此,旧世界传统的女性自由和道德之间的直接冲突似乎得到了第三种解决方式,然而这种解决也必然具有争议性和对话性。这似乎是布鲁克维持小说对话性和杂声性,保持叙事开放性的一种手段。

总之,《艾米莉·蒙泰古的往事》是一个多重对话的小说。故事中回荡着女性/男性、英国/法国、欧洲大陆/加拿大新世界、殖民民族/被殖民民族、过去/现在等各种元素和力量的交接和汇聚,是一个典型的多声部、多视角叙事。爱德华对"风骚女"的反感代表了英国社会主流价值观。但是,布鲁克并没有直接对爱德华的刻板偏见进行评论,反而花了大量篇幅安排不同的角色赞美他的"美德",也包括爱德华的孤芳自赏,其篇幅甚至达到冗余的程度。这实际上是作者意图在文本结构上的一种精心安排。读者在阅读爱德华信件的过程中不得不反复接受不同角色对爱德华的千篇一律的溢美之词,这样就造成了一种心理对抗和逆反,达到了反讽效果,以一种间接隐晦的方式凸显出爱德华对法国/魁北克道德风貌的偏见和曲解,从而领略不同文化对"风骚"的冲突与杂声对话。

第九章 阿特伍德《浮现》中的民族想象

  玛格丽特·阿特伍德被誉为加拿大的"文学女王",她是当今加拿大最负盛名的作家之一。阿特伍德始终密切关注加拿大文学事业,长期致力于弘扬加拿大文学。她在20世纪70年代积极参与阿南溪出版社的编辑工作,广泛发掘并编纂加拿大文学作品集,主张通过文学努力塑造和英美不同的民族文学形象。作为一名女性作家,阿特伍德常常将女性叙事和加拿大身份结合起来,形成了阿特伍德独特的叙事特色。此外,阿特伍德积极投身社会与政治生活,是加拿大最具影响的文化标志人物和公众知识分子之一。作为加拿大最富盛誉的文学家之一,玛格丽特·阿特伍德的地位不可撼动。

  阿特伍德的作品表现出强烈的加拿大文化情结,并以文学的形式对加拿大文化和民族身份作出了深入的探讨。正如布利吉所说,阿特伍德"为自己的身份意识和普通加拿大人的身份意识绘制了一幅加拿大想象的地形图"(Broege 117)。她的读者常常被她直言不讳的风格与字里行间流露的强烈的民族主义情绪所打动。乔治·伍德考科早在1975年就对阿特伍德作出了很高的评价,盛赞她"对加拿大的土地和过去有着强烈的意识,而这在50年代的加拿大……是几乎看不到的"(Woodcock, 1975:314)。正如科尔茨所说:"在她出生的加拿大这片土地上,玛格丽特·阿特伍德是一名文学英雄;用这样的词描述她毫不过分:她是一名优秀的小说家,更是一名出色的诗人,和其他加拿大人相比她更懂得加拿大的民族性格。"(Koltz 506)

阿特伍德对加拿大现实的关注和她的国家情结不无联系。20 世纪 60 年代,加拿大民族主义浪潮风起云涌,阿特伍德成为这次运动的主力军。她认为文学不能脱离生活,而是要反映民族和国家的现实,因此作家首先应当关注自己生活生长的地方。她在《第二言:批评文选》中这样阐述自己的立场:"我生活在这个国家,阅读这个国家的文学只为一个简单的理由:它属于我,包括它所涵盖的全部地域意识。拒绝承认你的归属在那里……就无异于切掉你肢体的一部分。或许你可以成为一个四处飘荡的世界公民,可是代价是你必须砍掉你的臂膀、你的双腿或摘掉你的心脏。只有发现你生活的地方,你才能发现你自己。"(Atwood,1982:113)阿特伍德认为,加拿大作家有责任在文学上塑造国家和民族形象,肩负起神圣的使命。加拿大文化,需要人们去探索和发掘,以抵制来自英美的文化和经济影响,树立属于加拿大人的精神空间。阿特伍德回顾了 20 世纪 80 年代的美加关系,并提醒人们,"加拿大只是从英国的文化殖民地转变为美国的文化殖民地"(Atwood,1982:377),加拿大人的日常生活充斥着美国连环画、好莱坞电影、米老鼠和唐老鸭等形象,侵蚀了加拿大人的精神空间。阿特伍德认为,文学是一个民族凝聚力的象征,是国家文化和思想独立的符号:"加拿大人和美国人或许看起来彼此相似,但他们脑子里装着的东西却是截然不同的"(Atwood,1982:380)。在阿特伍德看来,加拿大文学具有独特的魅力,拥有自己的传统、历史和未来,加拿大作家应当充分发挥民族和国家想象,建构加拿大的文学形象。20 世纪 60 年代,阿特伍德在哈佛读书期间,与来自加拿大的留学生组成了"一个小小的流亡团体,努力寻求自己那令人不悦的身份"(Atwood,1982:86)。彼时,正在攻读博士学位的阿特伍德对整日阅读"美国那些陈旧不堪的书目清单"感到厌倦,选择从哈佛退学(Atwood,1982:384),决心回国致力于弘扬加拿大文学的事业。阿特伍德对加拿大文学的民族性做出了深刻的思索,她认为文学与政治、历史、民族意识紧密相关,文学不应当排斥政治愿景、社会现实和民族理想,而应当充分表达民族身份,通过写作定义加拿大性。

阿特伍德认为,自我和国家有着密不可分的关系,在她的作品中常常用自我隐喻国家身份。而在写作实践中,作家必须"扮演社会赋予的角色",就好像"给自己的身体披上一件特殊的衣服,因为身体作为社会存在的一部分,与其他身体有着广泛的联系"(Atwood,1982:343)。作家的使命和职责并非表达自我,而是开放自我,"抛弃掉你的自我,通过你的身体来召唤语言和世界"(Atwood,1982:348),最终"揭示真相,命名世界"(Atwood,1982:348)。不过,阿特伍德坚信,所谓的加拿大民族身份的缺失是个伪命题,加拿大的民族身份不证自明,就像"每一块石头都有自己的身份一样,只不过它没有自己的声音而已"(Atwood,1982:385)。阿特伍德作了一个形象的比喻:"一个忘记自己是谁的人只不过是得了失忆症,这就是加拿大人的情况"(Atwood,1982:385),作家的任务就是要让人们记起自己的身份,展开充分的民族和国家想象。

阿特伍德不仅提出了鲜明的加拿大立场,而且在自己的文学创作中坚持这样的原则。在她看来,小说是介于语言和现实之间的一种交界物,小说并不表达自我,而是对社会现实的见证。例如,在她的小说《浮现》中,阿特伍德就"对美国精神作出了深入剖析"并展示出"强烈的加拿大自我意识"(Broege 127),借助女主人公深入加拿大北部荒野寻找父亲踪迹的寓言故事,描绘出加拿大民族想象和精神状况,展现出加拿大人和美国人在民族性格上的差异,这本小说因而也被评论界视作展现加拿大民族身份的标志性作品。本章通过解读《浮现》中的加拿大文化符号和主题,阐释阿特伍德的国家情怀。阿特伍德借助女性叙事,利用自我/他者的二元对立展开国家想象,将个人、民族和地方紧密地联系起来,建构出一套独特的加拿大精神和文化符号体系。通过文本细读,本章还将揭示阿特伍德的民族主义思想和意识形态批判。

一、荒野、国家与女性叙事

《浮现》是出版于1972年的一部小说,在这本书中,阿特伍德不遗余力地探索加拿大精神空间,以文学想象的形式凸现了加拿大的民族性格和精神状况,反映出她对加拿大文化和社会现实的强烈关注。小说映射出加拿大人和美国人的民族性格差异,因而被视为加拿大民族身份的文学典范。例如,科尔茨称赞阿特伍德是"一名文学英雄"(Koltz 506),布洛格则认为,阿特伍德在小说中"对美国精神作出了深入剖析",并展示出"强烈的加拿大自我意识"(Broege 127)。

值得注意的是,20世纪70年代正值加拿大民族主义高潮。1967年加拿大举行建国百周年纪念活动,世界博览会成功举办,这大大振奋了加拿大人的民族自豪感。然而,阿特伍德看到,加拿大依然没有摆脱其作为英国前殖民地的"边哨心态";同时,美国强势文化和经济对加拿大有着不可忽视的影响。美国借助毗邻加拿大的地理优势,与加拿大签订了所谓的"自由贸易协议"和"北美防空协定",借谋求经济合作之机,试图进一步影响加拿大政治、军事、外交、经济事务。在阿特伍德看来,加拿大已经成为美国文化和经济殖民主义的受害者,进一步沦为英美新殖民主义双重压迫下的傀儡,不仅在经济、自然资源上遭受掠夺,而且在文化上被边缘化,丧失了加拿大的国家身份。阿特伍德在同年发表的《存活:加拿大文学主题指南》中表达出深切的民族关怀。这部作品和《浮现》可谓是一对姊妹篇,分别从文学批评和创作两方面展开了加拿大的国家想象,呼吁人们在文化上建构加拿大。在《存活:加拿大文学主题指南》中,阿特伍德系统阐述了文化民族主义思想,认为"每个国家或文化都有自己独特的一套统一而有意义的核心符号……这套符号就是一种信仰体系,它使这个国家具有高度凝聚力"(Atwood, 1972b:31)。这番话吹响了加拿大文学界的民族主义号角,成为加拿大文化民族主义思想的宣言。作者呼吁加拿大作家借助文化象征符号书写加拿大,这些符号既可以是"一个词、一个短语,也可以是一个想法或者它们的集合"(Atwood, 1972b:31)。实现文化民族主义的表达,就要发掘加拿大本土的符号学意义,"作家必须下定决心留守在自己国家而不是到纽约或伦敦去……他们应当书写他们所熟知的身周的事物"(Robbins 1238)。

《浮现》将民族身份和自我、地理想象紧密地结合了起来。在《存活:加拿大文学主题指南》中,阿特伍德开宗明义,对弗莱的"这里是哪里?"做出呼应。她认为,对加拿大人来说,必须挣脱将自己与世隔绝的"边哨心态",通过脚下的陌生大地认识自我:

> 正如弗莱所说,在加拿大,"我是谁?"这个问题的答案至少在一定程度上与另一个问题的答案等同——"这里是哪里?"在有些国家,当环境,也就是"这里",一切界限分明,以至于能够把每个人都吞没时,"我是谁?"就显得再合适不过了。在一切人、一切事物都拥有自身位置的社会中,个人可能不得不努力将自己与其社会背景分开,以避免他仅仅发挥结构的一个功能。
>
> "这里是哪里?"却是一个不同性质的问题。当一个人发现自己身处陌生地时才会如此发问。这个问题还意味着其他几个问题——相对于别处,这里究竟是哪里?如何在这里找到道路?一个人如果真的迷了路,他也许首先想弄清自己是怎样来到"这里"的,只有这样才有希望顺着原道返回或者找到出路。如果他无法做到这一点,就将不得不认真审查"这里"……他能否存活将取决于"这里"真正包含的东西。(33)

在阿特伍德看来,用文学表达加拿大性的一个重要途径就是展现加拿大独特的地理想象和文化风貌,使之成为加拿大文学民族性的一个重要组成部分。实际上,在她的国家想象中,个人认知与地理空间认同密不可分。在《存活:加拿大文学主题指南》中,阿特伍德分析了英美文学中的国家文化象征,并用地理隐喻总结出其本质特征,认为美国文学的象征是边疆,而英国的象征则是岛屿,二者分别代表了美国和英国文化的核心价值理念。相比英美文学,加拿大也具有独特的文化象征,那就是加拿大广阔的地理空间,尤其是人迹罕至的北方荒野。加拿大北方"是人们的一片位置地域……它属于这样一种精神境界,不仅是你身体占据的空间,也是你的头脑占据的空间。它是我们寄身其间的空间"(Atwood,1972b:18)。

对阿特伍德来说,荒野正是加拿大精神的象征,因为它的荒芜和原始首先象征加拿大人的生存和生活环境,代表加拿大人与大自然的特殊关系,加拿大早期殖民者在与大自然斗争的生存抗争中形成了与荒野的特殊联系,因此荒野也成为加拿大人坚韧不拔精神的写照,进而演化为加拿大的文化象征。从这个角度来说,《浮现》可以说是对阿特伍德文化民族主义思想的具体践行。小说借用北方地理空间的想象对加拿大的文化符号学表征做出了深层探索,通过加拿大的地理元素建构出文学想象的符号体系。在《浮现》中,阿特伍德的加拿大地理想象主要体现为"北方性"和荒野性这两个概念。众所周知,加拿大地处北美大陆北部,国土大部分面积在北极圈内,终年冰雪覆盖,气候寒冷,广袤的国土覆盖着大片冻土、冰原、荒野,少有人居。荒野所特有的"北方性"在阿特伍德的小说中成为国家想象和加拿大精神空间的独特地理符号。《浮现》中对加拿大地理环境的描述俯拾皆是,主人公一行穿行在魁北克北部荒野的道路上,路边"挂着'通往北方'的木牌"(3),沿途随处可见丛林、荒野、岩石、湖泊,还有北部特有的杉木、白桦木等高大的北方树木,以及潜水鸟、苍鹰等荒野物种。极地的严寒与风雪给加拿大人带来了生存威胁,同时也带来了无限的遐想。纯洁无瑕的北部荒野远离文明,令人自然联想到加拿大早期移民拓荒者栖居荒野丛林的生活方式。魁北克加拿大北部独特的自然风光和地理位置也从侧面反映了加拿大这片土地不同于其南邻——美国的特点。

北方荒野不仅代表加拿大的地理和气候特征,更是文学想象的源泉和民族精神的象征。伯格认为,一望无垠的雪地和荒野"给予我们比黄金和白银还珍贵的财富,造就了一个蓬勃健康而又坚韧不拔……的民族"(Berger 86)。里科克在《我要留在加拿大》("I Will Stay in Canada")中写道:"对我们所有居住在这里的人来说,一直延伸到北冰洋的辽阔大北方给我们提供了一个独一无二的精神背景。"(Leacock 179)严寒、雪暴和冰川等自然元素常常成为文学想象的载体与国家神话的构成元素。作为一个"北方的国度"(Canada-as-North),加拿大的北方性早已成为加拿大国家和民族想象的核心词汇。北方的严寒映衬出加拿大人在存活斗争中磨炼出来的"坚强的个人信念"(Berger 90)。这种民族精神在文学作品中被崇高化,"在心理、身体和道德文化上,具有至高无上的地位"(Berger 90)。北方性概念超越了地理学范畴,成为一种"意识形态,它是一张空白的纸,上面投射了代表'加拿大性'实质的图像"(Shields 165)。作家韦伯在小说《装死:北极的沉思》中说道,北方"既是我们这个世界的本质,又代表我们自己能够把握的命运"(Wiebe,1989:111),代表了加拿大人的身份。

在《浮现》中,阿特伍德巧妙地将民族/国家与地理想象、身体叙事的三重隐喻结合了起来。小说一面讲述女主人公的寻父过程,一面揭露加拿大荒野被美国商业化进程侵蚀和破坏的过程,并使不同的叙事线索合而为一,将加拿大荒野隐喻为女主人公的身体,用女性主义的叙事凸显加拿大的受害者形象。这样一来,《浮现》就成为集国家/身体/地理为一体的三重平行叙事。在《异象:加拿大文学中凶险的北方》中,阿特伍德这样阐述地理与身体的隐喻联姻:北方"不仅是一个地理空间,而且是和身体意象相关的空间"(Atwood,1995:143)。

在《浮现》中,美国的文化和商业如瘟疫一般侵蚀着加拿大,肆意破坏加拿大的自然环境。女主人公看到森林中埋着又粗又重的电线,到处是挖开的矿石坑和修建中的道路。荒野轻而易举地被美国商业和"现代化"所征服。美国人"捕到的鱼吃都吃不完,如果抓不到,他们就把这里炸个底朝天"(66)。作者将美国商人和游客暗示为帝国主义侵略者,他们对自然没有敬畏,肆意扩张和开发,以显示英雄主义的成就感和征服欲。路边被杀死的苍鹭"双脚被尼龙绳缚住,头朝下倒吊在一根树枝上,张开的翅膀耷拉着"(115)。这残忍的场面极具讽刺,因为他们杀害野生动物"只是为了证明他们能够做到,证明他们有杀戮的本事"(116)。美国人在工具理性的驱使下,把一切视作可用或不可用的资源,并为自己的残忍行为开脱:"否则的话,它就没有一点价值了:远看起来漂亮,但却不能驯服,也不能烹煮、训练说话,所以只有一种模式可以体现他们和它的关系,那就是——毁掉它。"(117)在魁北克湖区,一群大肆捕猎的美国人手拿导游图,驾驶电动船朝女主人公冲过来,询问女主人公有什么收获(121)。他们的电动筏船头上插着一面星条旗,仿佛"在向我们宣告,我们现在正身处被占领土之上"(121)。这些美国人喝得酩酊大醉,驾驶着电动船在湖面上疯狂驱赶俯冲觅食的潜水鸟,不给它任何起飞机会,直到潜水鸟淹死在水中或者被螺旋桨叶片绞死,直至"他们感到厌倦才停止这个游戏"(122)。实际上,《浮现》中的动物意象具有深刻的民族和国家象征意义。潜水鸟是既象征纯洁的大自然,又代表加拿大人的精神和性格。阿特伍德借用被戕害的潜水鸟讽刺性地揭露了美国商业化的侵蚀、掠夺和破坏。面对美国游客的戕害,加拿大北部荒野成为阿特伍德在《存活:加拿大文学主题指南》中所说的典型的身体、精神和文化上的三重受害者。

在《浮现》中工业化和旅游业对加拿大荒野的破坏很快转变为对身体进行残害的意象,小说女主人公因而成为国家隐喻形象。作者借助两性对立的二元视角讽刺美国的暴力施害行为及其工业和商业化侵蚀。例如,在加拿大北部恣意肆虐的美国游客让女主人公感到威胁,此刻,她象征性地变成一只没有反抗能力的荒野动物,遭到狩猎者的捕杀——"他们或许是被派来猎杀我的"(183)。这种猎杀隐喻和身体/国家的隐喻呼应了阿特伍德在《存活:加拿大文学主题指南》中所总结的受害者意象。阿特伍德巧妙地将身体/性的语言与地理隐喻结合起来,把加拿大描写为一片"处女地"(Atwood,1972b:17),等待外来者的"探索"和"开发"。阿特伍德曾经这样评论《浮现》中的身体/地理平行隐喻:"人与土地的平行……男人与女人的对立、加拿大和美国的对立,这些都体现出统治/被统治的模式。"(Castro 223)

《浮现》的一大特征在于,阿特伍德独具匠心地把国家想象和女性叙事巧妙地合而为一,将个人与国家紧紧地绑定在了一起。在谈到《浮现》的创作初衷时,阿特伍德指出,这本书"所要深入探讨的话题就是加拿大受害者的心理",这样的心理"不仅仅反映了加拿大人对世界的姿态,它常常也是一种女性的姿态——看看我这里有多乱,这都是他们的过错"(Howells, Coral Ann, 1998:18)。阿特伍德认为,加拿大的身份就如同《浮现》的女主人公一样,需要通过不懈的努力构建并定义,摆脱《存活:加拿大文学主题指南》中所谓的那种"幸存者"境地。阿特伍德借用文学写作的召唤功能,提醒人们关注加拿大的现实状况和民族身份构建。高尔特对20世纪60年代到70年代的历史特点和加拿大文学状况进行了精辟总结,他指出,这一时期标志着加拿大人"身份认同的形成阶段,尤其和女性身份认同形成一致,这两种趋势一起推动政治上的决策,促使人们重新审视作为女性和/或者作为加拿大人的现实意义"(Gault 24)。《浮现》把女性身份探索和民族身份构建两个叙事巧妙地结合在一起,从而使宏观和微观、个体和集体的意识形态问题相互融为一体。

在《浮现》中,作者反复暗示,美国的文化和商业帝国主义扩张不仅是对自然资源和地理空间的侵占,更是对精神和文化的腐蚀。作者告诫人们,加拿大的言谈举止、生活习惯乃至思想观念都被美国价值观所渗透,精神的"病毒"侵蚀了加拿大人的头脑,从而使他们丧失民族自我。大卫就是一个被美国价值同化的加拿大人。尽管他宣称自己是忠诚的民族主义者,对来自美国的"法西斯主义者"愤愤不平(132),但他的行为却是活脱脱的男性/美国文化霸权代表。他把苍鹭尸体用照相机拍摄下来,只是为了满足征服欲,并要求安娜脱光衣服站在苍鹭尸体旁拍照,告诉她这是"成名的好机会"(134),这样她的视频就可以在教育电视台播出而广为人知。在大卫看来,女人的身体也如同自然一样是消费品,满足了他的征服欲。大卫的男性霸权逻辑和功利主义思维显然把自然降黜为女性的身体。

小说中最具说服力的情节是大卫对加拿大国歌的改编。① 在湖边,他兴致勃勃地唱起了临时改编的《永远的枫叶河狸》:"在昔日不列颠的海岸上/走来英勇的英雄沃尔夫;/在加拿大美好的土地上/每家地板上都沾

---

① 1867年至20世纪60年代前,《永远的枫叶旗》是加拿大实际上的国歌,但现在的国歌是在1980年正式确定的。这首歌被当时加拿大人视为非正式意义上的国歌。

满了它。"(119)①这首歌再一次将国家地理空间和女性身体结合在一起。通过阿特伍德的后殖民戏仿,歌词中的英国民族英雄沃尔夫变成了一名嫖客,加拿大则在他眼中成为"美好的"妓院,这种暗含双关的色情描写反映出大卫将自然女性化的价值观念。尽管歌词表面上传达了后殖民反抗的意味,但在实质上,大卫的男性/美国/沙文主义思维已经将他变成了精神奴隶。例如,大卫认为,应当把"劈成两半的河狸"而非枫叶作为国旗图案(119)。而阿特伍德借用这个动物意象,巧妙地暗示出其中的文化讽刺,因为河狸(beaver)既是加拿大的"国家象征"(118),在美国俚语中又是女性生殖器的代名词。此处的性隐喻有力地传达出作者对意识形态的深层文化忧虑。正如叙事者在后文中所说:"如果你长得像他们,想的也像他们,那么,你就是他们。我的意思是,你说的是他们的语言,语言就是一切。"(123)在北上途中,当女主人公看到野鸟被大肆捕杀时,她感到无能为力,甚至有一种"令人恶心的同谋犯的感觉,双手沾满鲜血,如胶水一样黏糊糊的"(130)。可见,阿特伍德对加拿大人面临的精神同化忧虑,因为思想上丧失自我意味着彻底堕落。

二、加拿大"冷田园"理想和对美国边疆意识的批判

阿特伍德的国家叙事除了借助女性的身体和加拿大荒野的双重隐喻,还在更深层次上抨击了美国消费主义对加拿大人的精神侵蚀,进行意识形态的批判。的确,加拿大荒野不仅是国家地理想象的基础,更是民族精神的文化符号。伯格认为,加拿大人的道德和美国道德是不同的,"加拿大人的国民性格来自这个国家的北方地理位置……表现为艰苦奋斗的个人主义,是一种极具道德正义感的清教思想"(Berger 90)。在《浮现》

---

① 英语原文是:In days of yore, from Britains shore / Wolfe, the gallant hero, came: It spread all o'er the hooer house floor / On Canada's fair domain…阿特伍德利用双关巧妙地对英国殖民史进行了戏仿和暗示。came 除了"走来"之意,还有"达到性高潮"的意思。It 在此暗指精液。加拿大国歌《永远的枫叶旗》原文前五句是:In days of yore, /From Britain's shore /Wolfe the dauntless hero came /And planted firm Britannia's flag /On Canada's fair domain.

中，阿特伍德把美国的思想侵蚀比喻成一场思想病毒的传播："它们钻入脑子，侵蚀了细胞，然后这些细胞就从内部发生变化，病变的那些细胞就无法作出分别。"(129)这种思想的腐蚀和小说一开始加拿大荒野被破坏与森林的坏死形成呼应。主人公发现，在道路的两旁，大片的白桦树正在枯死，因为"病毒正在从南方向这里扩散"(7)。显然，"南方"影射了代表工业和物质消费欲的美国精神文化"病毒"(7)。小说中南北对立影射了自然与工业、城市与乡村、加拿大与美国的二元对立。南方代表了美国城市化和工业化的消费社会，而北方则象征加拿大濒临危险的自然世界，这里到处是湖泊、树木、动物和受到威胁的本土文化。对阿特伍德来说，一个民族的精神是定义自身与其他民族差异的灵魂，如果民族灵魂被侵蚀，那么这个民族就会消亡。

实际上，《浮现》中所描写的生态破坏反映出美国和加拿大两种不同的田园传统。加拿大文学传统中的田园美不同于西方文学想象中的静谧、安详的花园式乡村意象。这种田园想象是弗莱所说的那种"冷田园"(cold pastoral)，因为加拿大荒野荒凉而令人恐惧、广阔而虚无。弗莱认为，"冷田园"集中体现了加拿大人的"社会神话"和"对理想社会的憧憬"，也就是"希望在一片宁静的世界中受到保护的愿望"(Frye, 1971:238)。用弗莱的话来说，《浮现》的生态主义思想表达的是"人类生命和自然生命的融合"，同时，自然的凶险及人类对自然的恐惧与人类自身的死亡愿望合而为一(Frye, 1971:246)。阿特伍德把加拿大北方描写为欲望、霸权、工业化和文化殖民主义的客体，凸显了加拿大的"冷田园"愿景与美国人类中心主义荒野思想的差异。尼娜·贝母认为，在美国工业和文明发展逻辑支撑下，美国文化和文化中的荒野"具有非凡的召唤力，人们给迷人的景观赋予女性的特质"(Baym 14)，这显示了"自然母亲/文化父亲"的主导文化价值。在工业技术革命、工具理性和资本主义消费欲的驱动下，自然被降级为具有生产能力的资源集合。《浮现》中的大卫名为民族主义者，实则是人类中心主义的自然价值观的俘虏，他们"从语言上把自然定义为女性客体，等待男性的动力操控并使之发生改变"(Merchant 4)。

值得注意的是,在《浮现》中,阿特伍德并没有停留在对"冷田园"理想的重申上,而是把加拿大北部荒野象征性地作为美国和加拿大价值观冲突的战场,揭示出美加历史观和边疆意识的差异。阿特伍德的"冷田园"能指在北方性、价值观和民族性格之间建立了一种密切的文化符号联系,通过文学想象对美国的西部边疆意识进行反讽,凸显加拿大民族精神与美国民族精神的内在差异。小说对美国荒野意识和边疆理念做出了反讽,并进一步在政治、自由、道德、理想等方面书写美加价值观的巨大差异。正如伯格所说,加拿大作为一个北方国家,其民族性格的形成"就如同美国西部运动造就了美国人独一无二的国民性格一样",加拿大北方"代表了一系列关于过去的辉煌、国民性格和未来前程的信念"(Berger 99)。但是,"和美国的自由边疆土地不一样的是,北方是永不枯竭的"(Berger 99)。

首先,在《浮现》中,和北方荒野形成鲜明对照的是美国边疆意识。作者用含蓄的笔调将加拿大北方精神和美国的西方边疆意识相对照,通过地理想象暗示美国的文化殖民主义。故事一开始,女主人公离开了城市文明中心,踏上遥远的北方之旅,这也是她深度认识加拿大和认识自我的旅程。沿途广袤的土地上到处可见商店、麦当劳和停车场。但在这些商业繁荣的表面之下,则是加拿大被侵蚀的思想和文化空间:"我从来不把这里看成是一个城市,而是第一个或者最后一个边哨地带。"(7)小说在此暗暗回应了弗莱对"边哨心态"的批判,并用"第一个"和"最后一个"这种矛盾表达再现加拿大人面临的抉择——如何面对加拿大的未来至关重要,这既能让加拿大人摆脱"边哨心态",也可能让加拿大人深陷于殖民心态不能自拔。在路旁,主人公看到许多小镇里都竖起"通往北方之路"的标牌,宣示这里是通往加拿大精神的神圣通道,然而这些标牌却讽刺性地成为美国冒险家的指路牌,引导他们深入加拿大的精神象征空间。主人公想到了"未来就在北方"这句颇具煽动性的标语。这句话形象地再现了加拿大人的彷徨:未来的北方是否也会沦为美国商业化领地和文化殖民地?可见,北方既意味着未来,也意味着过去。随着女主人公深入北部荒野,她距离发现自己和父亲的过去就更进一步。她的发现并不只是对个人和家庭过去的回归,更是对民族和国家过去的探索:"北方什么都没有,只有过去。"(9)但是对于不断推进边界的美国游客和商人来说,北方却意味着一切——这里有丰富的资源和商机。公路两旁到处都是美国人开发出的一个个巨大的地坑(9),代表了美国工业与城市进程的步伐。这种商业开发在女主人公看来无异于出卖自己,她"不能确信我还是这里的主人。这一切背后肯定有隐藏的房契、土地证明和法律证件"(95)。

与加拿大的"冷田园"荒野意象不同,美国的边疆意象是美国民族神话的重要部分,总是意味着开拓、进步、成功与未来。自然是未来繁荣的场所,反映出人类的力量、意志、秩序、财富。荒野在历史上体现出美国民族的开拓精神,是美国梦的一个间接折射。例如,在福克纳的短篇小说《熊》中,依克和外号为老笨的熊之间的故事是美国人征服自然和改造自然的典型隐喻。在美国的民族神话中,西部边疆代表冒险精神,象征自由和无限的可能性。美国西部大开发和淘金热给人们提供了希望和发展的自由空间,因而西进运动意味着勇敢、意志和毅力。同时,美国西部边疆长时间没有法律和秩序的无政府主义状态也成为美国鲜明个人主义(rugged individualism)的起源,是不受拘束的自由空间。在美国,西部不仅孕育了"边界精神",更是工业发展、文明进步、城市开发等美国当代文明的核心象征。早在1893年,美国著名的历史学家特纳(Frederick Jackson Turner)就精辟地总结了美国民族性格中的边界精神,他认为美国文明的边界不断地随着文明的进步而向前推进,这象征着"永久的新生",也代表了"美国生活的流动性,是不断向西扩张寻找更多新机会的发展过程,它不断地和简朴的原始社会产生交接,而正是这种特点才成为美国民族性格的主导因素"(Turner, Frederick Jackson 68)。

但是,这种美国式的进步主义(progressivism)在《浮现》中被描绘为文化帝国主义。事实上,阿特伍德在许多作品中都对美国的边疆意识进行了深刻讽刺。在一首题为《背景对牛仔的讲话》的诗中,阿特伍德含蓄地把加拿大比喻为沉默无言的"背景",在它的陪衬下,"身穿星条旗的牛仔"横冲直撞,他们"如洗澡盆一样单纯/身上挂满子弹夹"(Atwood,1979b:70)。诗歌中,加拿大变成了牛仔口口相传的"其他地方"(Atwood,1979b:71),是"你穿过的途中随意猥亵的空间"(Atwood,1979b:71)。在阿特伍德的笔下,美国牛仔精神讽刺性地成为破坏和混乱的代名词。和《浮现》中所描写的破坏景象一样,他们所到之处"身后留下/一串串废墟的痕迹:/啤酒瓶/路旁被屠宰的动物/鸟类的脑壳/在阳光下发白"(Atwood,1979b:71)。这首诗无疑是对《浮现》的一种互文性注解,小说中的美国游客无处不在,湖边到处可见美国人宿营的营帐和冒烟的炉灶,他们俨然是美国西部牛仔的当代化身,加拿大只是给他们提供了一个施展身手的背景天地。

阿特伍德还在《浮现》中对美国式的自由理念表达了含蓄的反讽,提醒人们警惕美国文化殖民主义的腐蚀。小说中最具反讽意味的就是对大卫的描写。大卫以民族主义者自我标榜,实际上却是美国自由思想的无辜受害者。在他看来,加拿大北方充满商机,是投机和商业的绝佳空间。和《背景对牛仔的讲话》中描写的一样,大卫在湖边看到了遍地的"橘子皮、罐头瓶子和已经发臭的油乎乎的纸"(110),他表示不以为然。因为在他看来,自由意味着民主,湖边的垃圾恰恰是个人主义和自由的体现:"这是自由国度的标志。"(110)在大卫看来,人类对于自然荒野的关系就是征服与征服的关系,空阔无人的大自然代表了人类活动的无限可能和自由。大卫的这番评论令女主人公想起一句流行的美国俗语:"这是个自由的国度。"(It's a free country.)然而,讽刺的是,在"自由而强大的北方",美国游客"就像狗一样在篱笆上撒尿……仿佛这片无名的水域和无主的土地吸引着他们留下记号,标出地盘"(110)。女主人公和大卫对"自由国度"的不同理解含蓄地讽刺了像大卫这样的加拿大人,暗示他们已经丧失了民族精神,彻底美国化,成为反射美国式的道德和价值观的镜子。的确,在美国文化中,荒野与鲜明的个人主义有着密切关系,同时也是进步主义的动力。特纳指出:"边疆是最能立竿见影地体现美国化的边界地带。荒野完全俘虏了殖民者。他一点点地让荒野发生转变……而最新的成果就是属于美国的成果。"(Turner, Frederick Jackson 69)特纳认为,美国边疆开发"最重要的效果就是民主的推进"(Turner, Frederick Jackson 84),鲜明个人主义"在一开始就促进了民主的形成"(Turner, Frederick Jackson 85)。在《浮现》中,阿特伍德通过对大卫的反讽批判了这样的边疆思想。大卫认为,凌乱意味着自由与民主,因为"在希特勒的统治下,整个德国非常整洁"(110)。阿特伍德在此把大卫的自由价值观与暴政和纳粹主义联系起来,可谓意味深长。在魁北克北部边界,大卫再一次唱起:"强大和自由的北方"(13)。但作者紧接着将叙事者目光聚集到路旁,在油泵旁边的台子上放着三只剥制的驼鹿,旁边的一只小公驼鹿头顶着棒球帽,手举一面美国国旗(13)。大卫所歌颂的"自由"再一次成为阿特伍德的反讽对象。以大卫为代表的加拿大人实际上已经沦为美国文化价值的俘虏,是他自己所说的"一帮傀儡"(96)。在小说第九章,作者进一步通过笛卡尔式的哲思反观了身体和头脑的关系,暗示思想的决定作用:"问题在于我们身体顶端的头颅。我不反对身体,也不反对头脑,我只是反对脖子,因为它造成了两者分离的错觉……人们必须意识到,如果头和身子分离的话,那么两者都会死去。"(76)阿特伍德用身体/头脑的对立阐释了加拿大土地/加拿大精神之间的平行关系,指出加拿大文化精神构建的重要意义,因为精神的存在是加拿大作为一个民族和国家继续存在的前提,否则用美国价值观这个脖子连接起来的身体就只是"机器或木偶人"(76),丝毫没有自己的生命。

综上所述,在《浮现》中,美国式的意识形态和价值体系受到了强烈的文化抵抗。阿特伍德把文学叙事变成了文化人类学的民族性构建仪式,通过对照描写,提醒人们意识到两个民族的不同的历史、传统、地理和民族理念。在小说中,美国式的自由理念和英雄主义被含蓄地反讽为精神的霸权主义。阿特伍德认为,加拿大作家应当利用文学写作书写加拿大差异,拒绝成为二号美国人,拒绝做"文化上的隐形人"。加拿大人必须"寻找差异,就像知更鸟在一块没有虫子的草地上那样仔细地"构建加拿大的文化差异(Classen and Howes)。

三、大众文化批判与加拿大本土性的精神建构

在《浮现》中,阿特伍德不仅借用北方荒野表达出加拿大人的地理想象和文化乌托邦思想,还在文化方面对"加拿大性"的建构做出了探索和尝试。阿特伍德不但关注加拿大的自然和地理空间对加拿大人精神的影响,而且呼吁建构一套加拿大的文化体系,以适应加拿大人的文化表达,从而形成能容纳"加拿大性"的意识形态体系。的确,在《浮现》中,阿特伍德通过反讽美国消费主义文化,更对日常生活方式和大众文化进行了细致入微的观察和批判,提醒人们拒绝成为文化受害者。在《存活:加拿大文学主题指南》中,阿特伍德指出,加拿大人的生存障碍不仅仅来自外部世界,更是"精神存活的障碍,也就是人类更崇高的生命和生存形式的障碍"(Atwood,1972b:31)。在她看来,加拿大人应该拒绝"推土机摧毁她的过去,拒绝被犁铧翻出的泥土完全掩埋"(Atwood,1970:12),而要积极创造加拿大文化,定义全新的自我。她认为,对加拿大精神的塑造应当从反对"可口可乐殖民化"[①]开始(Langer 126),这表达了她对美国文化殖民主义侵略的担忧。因此,对阿特伍德来说,加拿大性的建构并非停留在对土地和身份的认知上,还要实现文化的身份建构。

首先,阿特伍德对加拿大文化身份的建构起始于对美国消费文化和大众文化的批判。事实上,大众文化不仅是消费主义和商品的载体和传播媒介,更是支配日常生活生产和再生产的一种模式,它属于文化和意识形态领域,是意识形态的一副虚假面,是和"资本主义意识形态相适应的一种操控手段"(Eriksen)。阿多诺在对文化工业的批判中指出,大众文化和消费文化狼狈为奸,即通过娱乐来欺骗大众,成为控制大众意识、维持现有秩序的有力工具。阿特伍德对美国大众文化的态度和阿多诺等人的立场高度一致。在《浮现》中,阿特伍德用大量篇幅描写了美国通俗文

---

① 原文是 Coca-Cola-nization,这个词有双关含义,既表示"可口可乐化",也是 colonization 一词的谐音,即殖民化。

化对加拿大的侵蚀,警告人们不要丧失"头脑"。在通往魁北克也就是加拿大精神空间的道路上,随处可见美国通俗文化的痕迹,它渗透到了加拿大人的日常生活和精神世界。女主人公来到魁北克边境的一个汽车旅馆投宿,看到这里的人们仍然保持着非常保守的生活方式,"许多人一辈子生活在湖边却没有学会游泳,因为他们对穿游泳裤感到害羞"(25)。但是,就在这样一个相对封闭的边远地区,她看到两个男人留着美国歌手"猫王"埃尔维斯·普雷斯利式的发型。这让她感到很困惑:"或许这里的传统已经发生了变化,或许他们再也不说英语了。"(26)这种大众品位象征着深层的文化危机——这些发型"很危险,它们意味着暴乱"(29)。随着她不断深入加拿大北部,她见证了更多的美国流行文化现象,其中包括美国卡通形象大力水手、达菲鸭和假冒的迪士尼等。就连大卫的言行和举动也和美国卡通画中的滑稽形象无异。他就像啄木鸟伍迪和高飞狗那样说话和微笑,显得光怪离奇、荒诞不经。阿特伍德对这种近似疯癫的夸张描写无疑呼应了她的身体/头脑二元对立思想。一个人精神的缺失会导致民族身份的消亡,这是比商业侵蚀更可怕的后果。女主人公在路旁一堵墙上看到用英、法两种语言写成的政治标语、路牌和广告,它们形象地描绘了美国审美和消费文化对加拿大法语文化的侵蚀:"萨拉达茶,距蓝月亮农庄 1/2 英里,魁北克自由,去你妈,冰镇可口可乐,耶稣拯救我们"①(15),这些日常生活片段无疑是美国文化入侵的真实写照,对女主人公来说,这些广告是"不同语言和命令的混杂,是整个地区历史的 X 线透视图"(15)。

美国通俗文化和大众文化通过日常生活渗透了加拿大人的精神世界,剥夺了加拿大人的文化表达方式,使得文学和艺术的表征也出现了"美国化"趋势,这种大规模的文化控制进一步剥夺了加拿大人的文化表征权力,并使文学与艺术表现得异常轻浮和琐碎,破坏了艺术审美。女主

---

① 原文是:THÉ SALADA, BLUE MOON COTTAGES 1/2 MILE, QUÉBEC LIBRE, FUCK YOU, BUVEZ COCA COLA GLACÉ, JESUS SAVES.

第九章　阿特伍德《浮现》中的民族想象　169

人公的职业是一名"商业艺术家"(52),负责给海报、广告、杂志封面设计图案。她曾经给一本题为《魁北克民间神话》的儿童故事书进行插画创作。然而,她感觉自己的工作庸俗乏味,充斥着商业气息:"这不是我的领域,但是我需要钱。"(52)一切艺术创作任务的目的都是为了满足文化消费市场的需求。金钱价值观蒙蔽了人们对本质的认知,满足于表面的统一审美。她发现自己的职业"是仓皇突兀的决定",她根本"没有这个本意……也总觉得非常不自在"(52)。她的"艺术家"的头衔也像"水肺"或"假肢"一样只是强行绑定在她身上,童话书中的那些故事根本"不是我所期待的"(53)。主人公觉得自己绘制的插画死气沉沉,充斥着铜臭味。画中小鸟双翅展开,就像一个火灾保险公司的商标;童话里的公主像是一个消瘦的时装模特;国王看起来则像一个滑稽的足球运动员。女主人公临时居住的房间变成了彻头彻尾的美国消费文化空间,墙上挂着各色美国电影明星的照片,包括穿超短裙和漏背装的丽塔·海华丝、身着泳装的简·鲍威尔、埃丝特·威廉斯的影星纸版照,还有穿着印有粉嫩猪(Petunia Pig)脚指头和垂直高跟鞋的各色女性照片。这些在女主人公眼中曾经是"偶像标志,是一种宗教信仰"(42)。美国文化的无处不在令女主人公担心她会丧失自我。在魁北克的一个湖区,她碰见了迎面而来的一群游客,错以为他们是美国人,却没曾想对方也错以为自己是美国人。她由此心中不快,但对方却不以为然,反问女主人公:"你没有开玩笑吧?"(128)加拿大人之间的这种内部身份认同混乱加剧了女主人公的文化身份危机,就连她自己也无法逃脱被错认为美国人的尴尬。由此可见,阿特伍德在《浮现》中通过对日常生活细节的关注传达了深层的文化焦虑,以非常细腻的笔触呈现出加拿大人的生存危机。

大众消费艺术还制造出一套虚假的国家神话传统,将想象与现实完全隔绝开来。《浮现》中对这种虚假的国家神话进行了批判,来自欧洲并经过改装的神话、童话与传统大行其道,凌驾在本土现实之上,剥夺了加拿大文化的本真性。女主人公发现,即将出版的《魁北克民间神话》不伦不类,被篡改得面目全非,"和德国神话十分相似"(53),一切都是为了迎合人们所熟悉的欧洲传统神话主题。魁北克神话在出版商那里经过了数不清的加工程序,删掉了"令人不快"的情节。更具讽刺意味的是,女主人公被要求必须学会"模仿",故事必须是"仿迪士尼的",或者是用"乌贼墨画的维多利亚风格的蚀刻""巴伐利亚小甜饼""国内市场需求的临摹爱斯基摩[①]人物画"(53)。他们最关心的就是希望能够引起英国和美国出版商的兴趣。文学艺术反映了一个民族的审美、情趣、道德和理想。阿特伍德借用《浮现》传达了书写民族神话的强烈呼声,她呼吁文学家通过作品深入加拿大的地理和文化精髓,从中发掘加拿大的民族文化想象本质。正如《浮现》中的女主人公一样,传统欧洲童话中的塔楼、地牢、恶龙、小飞侠彼得·潘等并非加拿大神话的反映,"这些故事根本不能揭示任何本质的东西"(53),"青春的泉水"和"金凤凰的传说"这样的故事"根本不属于这里"(54)。因此,她认为必须寻找不同的故事,关于"着魔的狗和恶毒的树木的故事"(54),因为这些故事是浸润在加拿大荒野中的故事。民族性的构建不仅仅是政治的需求,也是文化的需求,文学必须回到加拿大这片土地的过去,建构本土想象世界。实际上,小说中的女主人公成为阿特伍德的化身,体现了她对本土性文化构建的强烈意识。比如,女主人公承认自己就是一个文化的外来者,"事实上,我不太清楚这些村民是怎样想的,他们谈论的又是什么,我和他们之间的疏离还不小"(54)。主人公觉得应该回归印第安神话,"或许《魁北克民间神话》中应该有一个狼人(loup-garou)的故事"(56)。当然,她也意识到,英美文化消费市场对这些本土神话的改造总是影响着加拿大本土想象的原本呈现,这些狼人故事要么是因为"太粗俗"被编辑砍掉,要么就是用另一种方法加以处理,"故事中的动物内里实际上都是人类,他们脱掉皮毛如同脱掉衣服一样容易"(56)。

在阿特伍德看来,用文学表达加拿大性就要展现加拿大独特的想象,摆脱"文化殖民主义"的影响,弘扬关于加拿大本土的文化精神。阿特伍德另辟蹊径,提出通过回归本土性(indegeneity),寻求从印第安文化中汲

---

① 此处爱斯基摩人指的是因纽特人。

取精神成分，构建文化的加拿大性。事实上，阿特伍德长期致力于从本土印第安传说和神话中寻找加拿大身份的历史。她的作品受到了印第安神话的深刻影响，她的许多诗歌都"和印第安关于人类起源神话的故事非常相似"(Foster，1977：16)。阿特伍德也强调加拿大文学中本土文化的重要性："许多加拿大白人宣称他们拥有'印第安血液'，并引以为豪。"(Hopkirk 187)在《异象：加拿大文学中凶险的北方》中，她探讨了如"大灰鸮"(Grey Owl)、"温迪各"(Wendigo)等故事，指出加拿大文学想象中"白人对印第安性的欲求"(7)。白人对印第安性的吸纳不仅能够完成加拿大民族神话和文学想象的本土化使命，还可以使"加拿大白人对自然世界采取一种更具本土传统的态度，对土地充满敬畏而不是随意掠夺"(Atwood，1995：72)正如丹尼尔·弗朗西斯(Daniel Francis)所说，这样可以通过塑造"加拿大人的原型，摆脱欧洲的过去，并通过把自己转变成一个印第安人来建立和新世界荒野的联系"(Francis, Daniel 223)。作家克罗奇也认为："对我们的想象来说，我们还有另一系列可以继承的来自祖先的文化。"(Kroetsch，1970：7)在阿特伍德看来，弘扬"白色印第安性"对于加拿大民族身份的构建具有本质的意义："如果说存在加拿大文化传统这样的东西的话，那么具有悠久历史的白人转变为印第安人的主题就属于这个传统的一部分。"(Atwood，1995：7)实际上，戈尔迪指出，加拿大文学有一种本土化的文学创作趋势，也就是通过文学建构本土化传统，以这种方式来表达一种"变成'本土人'的需求"，寻求"一种属于这里的归属感"(Goldie，1989：234)。不过，这种在文学和艺术上的本土化民族身份的构建是一种奇异的文化遭遇。对加拿大白人作家来说，构建文化本土性的方式就是"移除对归属感的隔离障碍"(Goldie，1989：234)。

在《浮现》中，阿特伍德也对回归本土性做出了探索，呼吁加拿大作家和"这里"的环境、历史、动物进行文化认同。作者把女主人公的自我之旅和她的文化之旅并置，使荒野之旅变成了一个跨越历史的精神和文化旅程。摆脱美国文化影响的途径之一就是认识北方性，与本土民族建立内在联系，定义加拿大精神。正如女主人公在故事一开头就描写的那样，她的此次旅程就是加拿大民族身份的寻根之旅,"我们踩在脚下的是家园的土地,异乡的疆界(home ground, foreign territory)"(9)。芬得利在一篇题为《永远本土化:后殖民加拿大文学中的激进人文》的著名文章中宣称,后殖民主义时代对加拿大民族身份的构建不仅应当像弗里德里克·詹明信(Fredric Jameson)所说的那样"永远历史化"(Always historicize),还应当"永远本土化"(Always indigenize)(Findlay 308)。本土化使得加拿大在"弱化欧洲中心主义的道路上取得了不小成果"(Findlay 308)。阿特伍德和芬得利的观念不谋而合。她在《异象:加拿大文学中凶险的北方》中对本土印第安民族神话和口头传说表示出极大兴趣。她认为,这些神话传说是呈现加拿大的自然方式,蕴含了加拿大连绵不绝的森林、河流和湖泊,也蕴含了本土精神。例如,大灰枭(the Grey Owl)主题已经成为加拿大文学创作中普遍的象征与标志,这体现了"非本土人转变成本土人的愿望,这个愿望和荒野的认知相互交织在一起……成为救赎的根源和新生活的未来"(Atwood,1995:91)。

在《浮现》中,深入荒野就是与印第安神话发生联系,进入本土动物的神话想象,是对深层本土价值观的继承,也是对欧美中心主义的价值观的对抗。在女主人公看来,脚下的土地充满灵性,一切都是生命的交融迹象。对那些肆意破坏荒野的人而言,他们所看到的"唯一称得上有生命的就是人类,也就是和他们一样的那种人类,他们穿着得体的衣服,是那些浑身上下挂满了各种饰物的人类"(128)。他们对待脚下的土地没有丝毫敬畏,根本不知道"在一些国家,动物可以是祖先的灵魂,也可以是一个神灵的孩子"(128)。主人公通过亲身接触荒野颠覆了欧洲中心主义的土地观和人类观。随着深入北方腹地,她逐渐进入印第安和史前神话的想象空间。这里是加拿大精神的核心地带。在小说结尾几章,故事情节突然变得十分怪诞,具有神秘的魔幻现实主义色彩。女主人公的身体不再属于个体,而和脚下的土地合而为一。她最后离开了几个同伴,独自来到湖边,化为众多动物中的一员。她紧贴水面,"就像浮游生物一样自由"(177),身旁的潜水鸟"对我视而不见,把我接受为这片土地的一部分"(178)。她甚至开始像动物一样咀嚼草根,并在"土地上排便,然后用土掩埋起来"(178)。她"呼唤"自己体内那个"浑身长满皮毛、长着尾巴和角的神灵"(181)。此时的她最终进入了"人类—动物"(man-animal)这种不可分割的存在形式(149)。她不仅无法分清自己的身体和动物的灵魂,甚至也化作了土地本身。她感到自己就是环境和事物本身:"我斜靠着一棵树,我就是一棵斜靠着的树。"(181)当人类语言褪去之后,女主人公和自然割裂开来的身体也随之褪去,达到了完整统一的本真存在:"我不是一个动物或者一棵树,我是这些树和动物生长和移动于其间的事物,我是一个地方"(181)。主体和客体的模糊取消了人与地理的边界。人—动物—地方—环境的一体体现了印第安神话中生命融合的思想。同时,人与土地的融合使女主人公完成了自我的探寻和文化精神之旅,宣示了崭新的身份面貌。阿特伍德继承了印第安神话传说的独特动物想象,尝试本土神话的建构。这种动物想象颠覆了对旧世界的自然观。正如主人公所说,欧美神话传统中动物是"人形的狗熊和会说话的猪"(57),它们只不过是人的变形而已。然而,在印第安神话中,人类、动物和植物的边界却是连续的,彼此合为一体,女人可以变成狼(Nungak and Arima 60-63)或者生下熊宝宝(Victor and Lamblin 157-160)。女主人公进入一种本土神话构建的生命世界观,人类和其他动物共存于一个循环的生命圈,生命相互轮回转化,它们和土地一样都是没有区别的存在。这种无等级、无差别的生物观和基督教把人置于一切生命中心的思想形成了鲜明的对照。因此,女主人公在看到路旁死去的动物尸体时感到,"这些动物死去是为了让我们活着,它们是替代的人类"(140)。

的确,《浮现》中的动物是加拿大身份的隐喻。动物反映了人的态度、情感、道德,也是一个民族和国家的性格象征。在题为《那个国家的动物》的诗中,阿特伍德借用动物意象影射加拿大和美国的身份差异:"在那个国家/动物具有人的脸庞……在这个国家/动物具有动物的脸庞。"(Atwood,1968:48)正如玛丽亚·莫斯所说,阿特伍德的作品中充满了各种荒野动物、家庭宠物和实验室动物,但这些动物"常常是加拿大身份(或者身份缺失)的象征"(Moss, Maria 121)。而在《存活:加拿大文学主题指南》中,阿特伍德提出著名的"动物受害者"理论,把动物和民族身份相互联系起来。她认为:"英国的动物故事是关于'社会关系'的故事,美国的动物故事是关于人类屠杀动物的故事,而加拿大的动物故事则是关于动物被屠杀的故事。"(Atwood,1972b:74)在她看来,加拿大的动物故事"总是失败的故事"(Atwood,1972b:74),动物总是被屠杀,这象征着加拿大民族身份的缺失。加拿大人"在内心的动物认同表达了深刻的文化恐惧",即加拿大人"作为一个民族所感受到的几乎要灭亡的威胁"(Atwood,1972b:79)。《浮现》中女主人公和加拿大动物的认同不仅是回归本土性的努力,更是对加拿大民族身份的一次深度挖掘,鲜明地主张了加拿大的独特民族性格和文学想象。

通过动物想象,阿特伍德还构建出一种独特的文化逻辑和意识形态,以彰显其加拿大性。《浮现》对西方人类中心主义思想进行了批判和反讽。父亲选择远离社会的荒野中心独居,认为人类"是无理性的"(59)。人类的行为"总是不可预测",是受权力与欲望支配的无理性结果。正如希特勒发动的无理性战争一样,这"并非邪恶的胜利,而是理性的匮乏和失败"(59)。相反,他认为,动物才是理性的化身。这种思想无疑映衬出人性/动物性统一的本土自然观,颠覆了以工业和商业发展逻辑为核心的"工具理性主义"的统治,暗示加拿大民族精神中一种不同的文化逻辑和意识形态。小说中美国游客对动物的大肆屠杀就是人类无理性行为的结果。女主人公认为,加拿大人不仅要"拒绝成为受害者"(191),而且拥有属于自己的理性形式,这种理性形式拒绝把大自然视为人类的他者,并从荒野的地理想象中构建自我。正如女主人公父亲那样,加拿大"那里除了森林之外什么也没有,除了伴随他们自己的意识形态之外,没有别的思想存在。当他们说自由这个词的时候,他们并非完全指它的字面意义,而是说不受干扰的自由"(59)。父亲的存在方式就是阿特伍德所赞颂的加拿大的生活方式,这种"不受干扰的自由"和大卫所说的美国式的"自由国度"形成强烈反差。加拿大人的"理性"以土地、自然为出发点,追求与自然的和谐和统一,和西方现代性追求的进步主义和物质主义形成鲜明对照。女主人公讽刺地说,美国人"都是快乐的猎杀者,没有节制,没有良心或敬畏感"(127)。在这种现代性的价值观中,文明的动力总是意味着"电流的冲击波"和"直接的权力"(127),并且"只有人类才具有生命价值,也就是和他们一样的人类"(128)。

在《浮现》的动物想象中,身体与国家融合在一起,反映出加拿大人的早期拓荒精神。适应荒野就是让身体成为荒野,成为生命的领地。在《苏珊娜·穆迪日记》中,女拓荒者穆迪在荒野中寻求谋生之地,同时使自己的身体成为土地的一部分:"最终动物们/开始抵达,并在我身上栖息。"(Atwood,1970:92)诗意的想象把身体与空间的边界消解,这是一种颠覆性的自由,是人与土地的深度重合。《浮现》中女主人公既是土地的化身,又是自然和动物的化身。她宣布:"我是一个地方。"(181)地方、自然、动物和人的边界在女主人公拒绝成为受害者的过程中再一次变得模糊,她把自己想象为那只被残害的苍鹭,化作加拿大空间,遭受着美国入侵者的残害:

> 不能信任他们。他们会把我当成一个人类,一个裹着毯子的裸体女人。或许他们来这里的目的就是为了我:如果它逃脱了,没有主人的管束,那为什么不占有它。他们不会知道我究竟是谁。但是如果他们猜出我的原形,我的身份,他们一定会射杀我或者用棍棒打碎我的脑颅,然后把我双脚悬空倒挂在树上。(183)

以占有、征服和开发自然为核心逻辑的工业与消费价值观充斥着暴力和贪婪。阿特伍德呼吁人们"通过与广阔的自然景观的相互联系定义自我",或者说"景观就是自我的内在化地理呈现形式"(Schaub 85)。这也是她对弗莱所说的"这里是哪里?"的最佳回答。通过将民族性与地方相互联系,阿特伍德创造了一种不同的文化和政治价值体系。用阿特伍德自己的话来说,女主人公的状态可以用加拿大人"内心的'动物'"一词来描述,体现出他们"作为一个民族所感受到的几近灭亡的威胁"(Atwood,

1972b:79)。

宗教是意识形态核心内容之一。阿特伍德甚至对西方传统基督教做出了含蓄的批判,提出了本土信仰对于建构加拿大性的关键作用。在一次采访中,她把基督教称为"进口的宗教",而"真正的宗教已经被摧毁,因此必须用别的什么方法重新发现它"(Ingersoll 19)。对她来说,本土宗教代表了加拿大人和土地及神灵进行精神交往的内在方式,而白人需要回到这个传统上来,发现自己和北方土地的联系。弗莱在 1977 年也谈到了这种联系。他指出:"印第安人有一种原初的神话想象,这种想象正在我们身上复苏。也就是说,加拿大白人在想象上不再是移民,而正在成为本土民族,他们正在重新创造针对这些真正属于这里的人们的态度。"(Frye,1977:40)阿特伍德和弗莱一样指出了基督教对本土信仰自然神性的否定,提出了"想象和精神的重生……即放弃或者否认他们的欧洲宗教传统的所有,以达到对自然世界的一种更为本土化的理解"(James 76)。

在《浮现》中,阿特伍德认为,加拿大地理空间是并非没有历史的真空,她呼吁人们回到史前时代,回到印第安神话的过去,通过文化本土化建构确立加拿大性。的确,《浮现》中对基督教的反思比比皆是。阿特伍德甚至将基督教和商业文化侵蚀相提并论,描写其对加拿大人的负面影响。小说中的描写充满了讽刺意味:"这里已经开始出现地标建筑了,路边竖立着几个广告牌,还有一座十字架,上面有个木头耶稣像,他的肋骨向外突出,俨然是个外来的神。在我的眼里,他和往常一样显得十分神秘。耶稣像的下面是一个果酱坛子,里面插着鲜花……这里一定发生过交通事故。"(14)和女主人公不同的是,大卫则直接称《圣经》为"一本小小的肮脏的书"(28)。女主人公回忆,小时候她请求父亲送她到主日学校,但父亲却没有批准,"他的反映就好像我要去台球室打台球:基督教是他一直要躲避的,他要保护我们不受它的扭曲"(55)。当她告诉父亲可能成为一个天主教徒的时候,他告诫她"天主教徒都是疯子"(56)。借助对基督教的反讽,阿特伍德表达了对印第安精神信仰的一种"移情"式感受,这无疑是进行本土化身份构建的一种重要尝试。无论是基督教还是天主教,在女主人公的父亲看来,都是无法代表加拿大的本土性。他从来不去做弥撒,而是对西方宗教表示抗拒,因为天主教徒认为:"如果你不做弥撒,你就会变成一只狼。"(56)狼在这里是加拿大精神的象征,但在西方文明中被视为野蛮的动物符号。女主人公在自己的画作中添加了大量的印第安传说的元素,还在公主的身旁画上一只"毛发直立咆哮着的狼"(57)。她甚至喜欢上了男友乔后背上浓密的体毛,认为这是人类从野兽尚未完全进化的状态。对她来说,耶稣的画像虽然出现在不同的书本插画中,但无论是怎样的姿态,"他都没有丝毫创造奇迹的能力"(55)。相反,魁北克荒野和这里的印第安动物神话却充满了神秘和不可言说的奇迹,直至女主人公奇幻般地远离人类文明,变成一只青蛙、一棵树、一个地方。

当然,如果把小说中对印第安神话、宗教和对本土文化的吸纳解读为阿特伍德对基督教和欧美白人文化的完全排斥,这似乎站不住脚。但是,在很大程度上,阿特伍德通过这种文化和意识形态的批判,提出了建构加拿大性的一种文化协商可能性,即把土著文明吸纳为白人文化的一部分,使之和原来的传统文化和神话并存。克罗奇这样提醒人们,"对我们的想象来说,还有另一系列可以继承的来自祖先的文化"(Kroetsch, 1989:7)。在加拿大,地方感和身份问题有着密不可分的关系,而白人和土著居民的关系则尤为关键。哈琴指出:

> 美国小说常常将与印第安人的相遇看作与真我的相遇,而加拿大小说则把印第安人及因纽特人与他们所生活的荒野联系起来:土著与自然都蕴含着某种永恒的精神本质。土著人的形象是和自然相互融合的形象,他们与自然界和谐相处,而这种生活方式也是白人所钦羡和追求的目标。(Hutcheon, 1988b:194—195)

通过对印第安性的容纳和吸收,阿特伍德继承了早期加拿大文学中的本土化文学想象。例如,约翰·理查生(John Richardson)、厄内斯特·汤姆森·西顿等都在作品中运用印第安神话、动物故事和文化形象表达了印第安性。此外,阿特伍德的文化本土性构建呼应了阿什克罗夫特

(Ashcroft)所提出的后殖民主义"帝国反写"理念。阿什克罗夫特指出，在加拿大，欧洲的移民定居者在文学与文化表达方面"面临着构建自己的'本土性'的使命，这样才能凸显与欧洲传统的差异"(Ashcroft et al.，2003:134)。当然，白人文学的本土性构建不同于印第安人的文化重构，因为后者的文化重构是在结束外国统治之后对文化霸权的一种反抗，而"移民定居者则必须通过构建本土性发现他们……和宇宙的本初联系"(Ashcroft, et al.，2003:134)。再者，加拿大白人的本土性认同并不是"对(欧洲)起源的天真的'回归'"，也不是在新土地上"建立一个和世界的亚当式伊甸园联系"(Ashcroft, et al.，2003:134)，因为这种联系仅仅让新土地成为对欧洲伊甸园历史和传统的模仿。在《浮现》中，文学的本土性认同显露出文化反抗的意味，它寻求民族身份的本土起源和国家神话的构建，这是文化和文学上的一种独特的考古发现和现实构建，是"女性主义后殖民叙事意欲表达的反殖民主义"尝试(Classen and Howes)。丹尼尔·弗朗西斯也认为，阿特伍德强调了文学与本土性对树立"加拿大性"的重要作用，表达了"同他者的深度认同"，并实现了从"内化的殖民心态向反殖民主义世界观的转变"(Francis, Daniel 110)。

四、对帝国时间的批判

《浮现》常常被解读为典型的后殖民主义文本。小说中的美国人代表了"殖民主义者、帝国主义者和男性"沙文主义者形象(Cooke 74)。莱特指出，小说描写了"各种交错纵横的殖民主义力量统治下的加拿大身份"，并着重突出了美国的"文化霸权企图以均质性意识形态把小说女主人公建构为'美国人'的企图"(Wright 212)。阿特伍德的民族主义诉求和后殖民反抗显然有着密切的关系，只是她对殖民主义霸权并不仅限于显性的颠覆，而更是强调对劳拉·莫斯所说的"文化帝国主义"(Moss, Laura 1)的反抗。阿特伍德的"去殖民化"努力不仅表现在对"权力、暴力和压迫交织的等级结构"之上(Moss, Laura 4)，而且撼动了支撑文化帝国主义大厦的理性根基。

第九章 阿特伍德《浮现》中的民族想象

在《浮现》中,阿特伍德进一步在形而上学层面对本土性尤其是加拿大的时空性进行了深入思考。加拿大身份的确立离不了对土地、历史、自然的认同,离不了文化本真性的建构,更离不开形而上学尤其是时空性的建构。阿特伍德认为时间性是民族性的根基,文学具有民族性,"并不存在一种国际的艺术",所有文学作品都具有一定的空间和时间,"艺术从一块地方生长起来,而不是从上往下生长"(Langer 125),时间和空间因而和民族性息息相关。文学写作是民族性构建的一个重要方面,是"文化民族主义"的表现形式(Stone 208),和加拿大的具体历史和地理观念有着密切关联,作家的创作也常常"随着故事的进展不断地发明时间"(Heilmann and Taylor 251),以一种不同的时空观解读和建构加拿大现实。对阿特伍德来说,"去殖民化"既包括政治、文化的努力,又包括对文化帝国主义理性根基的颠覆。修伯纳在《加拿大时间:加拿大文学文化中政治时间的风云变幻》一书中指出,以美国为代表的晚期资本主义的速度和加速度文化(culture of acceleration)在加拿大占据了统治地位,剥夺了"加拿大时间",因此,民族性的确立必须对规范性时间和"帝国时间"进行后殖民主义的抗拒(Huebener 179)。他认为,反抗文化帝国主义的理性,就需要从时间上"打破帝国秩序的观念"(Huebener 179),拒绝充当西方规范的"他者"。《浮现》可谓异曲同工,阿特伍德也在小说中关注了时间性的冲突。小说实际上描写的就是女主人公寻找过去、探索未来,深入加拿大本土时空的旅途。阿特伍德在展开民族想象的同时,从形而上的视角对"帝国时间"展开了深刻的批判,从深层的思想颠覆了文化帝国主义的理性。

首先需要说明的是,时间并非脱离于政治的、没有价值的中性概念,而是和一个社会的现实及其价值观、生活习惯、意识形态息息相关。在《浮现》中,工业化与消费主义对加拿大时空的侵略实质上就是资本主义时空观的作用结果,因为这种时空观的内在逻辑是发展、进步、速度,这是与文明的对撞与冲突。当一个社会受到外来文化侵蚀的时候,其时空逻辑也随着发生重大的变化,而其过程却往往难以被察觉。细读小说,会注意到许多关于时空观的差异性描写。美国工业化的推进和消费主义劫持了加拿大的时空,将自然资源作为加速发展的动力,最终使得物质状况和意识形态都实现均质化。《浮现》中随处可见对时间的指涉。公路上车辆急驰,到处都是开挖的矿洞、新建的公路、伐倒的树林、发动的马达声,反映了美国经济兼并和文化帝国主义在加拿大的推进,这是暴力推进的结果。正如德洛里亚所说,工业化进程的时间逻辑"充满了暴力"(Deloria 71),这种暴力的强权理念在《浮现》中尤为明显。阿特伍德把美国与加拿大的冲突描写为不同时空性的直接对峙,是民族性构建所必须面对的矛盾所在。例如,小说中存在两种不同的时间景观,一种是以美国工业化为代表的现代性时间景观,另一种则是以加拿大本土文化为代表的时间景观。魁北克被美国工业化代表的现代化进程所劫持,大片的荒野遭到破坏,文明和城市"不断扩张"(1)。三年前被拆掉的老桥现在变成了一座水泥桥,像一座"巨大无比的纪念碑",让旁边的村庄"相形见绌"(17)。村子里除了几个男人做养路工和一两家开商店的人家之外,剩下的全部在招待外来游客和穿着花格衬衣的商人(17)。小说挽歌式的笔调体现出对现代性时间的对抗。以消费主义和工业发展为核心逻辑的现代化时间劫持了加拿大的本土节奏。这种帝国时间的霸权,其核心是以美国为代表的基于"进步"的宏大叙事,它无情地胁迫着文化他者,使之不断地屈从于进步主义逻辑的要求。小说中,水泥桥被比作纪念碑,成为一个重要的文化历史象征,既代表帝国时间对本土历史的斩断,又预示着新的均质时间的开端。实质上,纪念碑是跨越过去与未来两个时间性之间的标志,代表着新旧两种不同价值理念。水泥桥以自身的"进步"取代了老桥的"落后",抹杀了帝国占领前的历史,并将现代的概念加以神化,使之成为一种拜物教的崇高目标。帝国时间企图以单一线性发展模式建立一种以自身为样板的均质文化,从而消除区域和民族差异,达到同化的文化和政治企图。因此,帝国时间的统治最明显的领域显然主要体现在经济和商业方面,因为经济的落后往往被斥为时间上的空白。

以工业化为动力的现代性时间的核心理念的追求目标促成速度,在消费主义的驱动下将时间与金钱画上等号。在《浮现》中,大卫眼中的湖泊最终都变成了可以利用的水资源,滔滔不绝地谈论加拿大土地资源的投机价值,对未来几十年的加拿大进行展望。女主人公指出,他对这一切"预测似乎把握十足,好像已经发生过了"(97)。这展现了帝国时间性以未来和发展为唯一方向的线性思维。这种发展的速度本质上是机械和工业理性的速度,是对加拿大的基于生活、记忆、直觉、感知等文化时间性的一种劫持。因此,女主人公想到了"生存手册",认为美国人根本不可能活过冬天(97)。工业化和现代性的发展逻辑严重忽视了加拿大人和荒野的切身性联系,企图以帝国时间取代体验时间(lived time)和切身性空间(hodological space)。在女主人公看来,加拿大人和北方的联系是基于身体和精神的联系,而不是以开发与转换为核心的征服与被征服的关系。帝国时间的理念使得自然征服者脱离了和土地的联系,是文化帝国主义的典型表现。正如麦穆贝在《论后殖民》中所提出的,后殖民的新兴时间(emergent time)是一种不同理念的"存在时间和存在体验,或者说缠结性时间(time of entanglement)"(Mbembe 16)。

在《浮现》中,现代性的霸权时间尤其体现在技术的统治之上。技术进一步把时间景观构造成一个等级体制,把魁北克本土时间压制在时间梯度的底层,形成了哈桑在《速度的帝国:社会与政治的加速度与时间》中所说的"统治性的时间景观和附属型时间"之间的对立(Hassan 49)。《浮现》中的加拿大时间无疑是一种文化时间,它植根于加拿大自然和动物,与历史和现实紧密联系,拥有自身的节奏与速度,但是在消费文化和工业进程主导的帝国速度的劫持下,加拿大的文化时间逐渐沦为附属型时间,成为时间性上的他者,服务于均质、单一的帝国速度对帝国自我的肯定。在小说中,阿特伍德描写了独木舟与电动船及水上飞机的对立,形象地描写出加拿大和美国的时间性差异。美国游客驾驶巨大无比的电动艇横冲直撞,其强大的冲击波几乎掀翻了女主人公乘坐的独木舟。她强烈地感觉到帝国速度的暴力,而独木舟作为印第安人的生存工具和生存方式的体现,则是加拿大时间性的符号代表。独木舟不仅是"生命的隐喻",象征加拿大人和荒野的融合,更是一种"精神符号",是加拿大"神话和自然形象的载体"(Jennings 2)。《浮现》中女主人公一路寻找过去的精神之旅全都是靠这种"生命之舟"进行的(62)。这种冷田园、浪漫式的、反思性的独木舟象征着与历史的精神和情感纽带,和代表美国机械和工业的电动船形成强烈反差。小说以两者的对峙反讽了以速度和均一化为核心的资本主义现代性时间霸权,体现了霍米·巴巴所谓的"民族文化的抗拒性时间"(unruly time of national culture)(Bhabha, 1990:298)。

更具讽刺意味的是,《浮现》中除了女主人公以外,其他加拿大同行者都不会使用船桨。主人公看到乔"就像用勺子在搅动湖水一样,其他人浑然不觉有什么不同"(62)。这无疑讽刺了加拿大人深层的殖民思维——帝国时间性的扩张往往不易被人察觉,速度也被认为是唯一正确的时间意识形态。可以说,小说把节奏与速度的对抗发挥到了极致。女主人公发现,要想找到自己父亲的住所,就不得不租用埃文斯的电动船。埃文斯是一个"说话简洁了当的美国人,头戴一顶尖帽,身穿毛线编织的夹克服,背上还有一幅鹰的图案"(30)。他俨然是加拿大的主人,反讽地成为女主人公的向导,对这里的一切了如指掌。他对时间、空间和速度的算计自然全部遵循以速度与金钱为核心的时间观念。他精心规划、计算、评估一切,对未来的成效作出预算。他提议把女主人公送到父亲遗址:"10英里水路,5美元;如果再加上 5 美元,他会送我们两天时间,从现在,也就是今天早上算起。"(30)这种"时间就是金钱"的价值观把加拿大人的切身性时空体验移植到了消费主义的框架之中,用一种外在的线性逻辑取代了本土时间性。帝国速度强调时间的现在性和对未来的即速通达,因而割裂了加拿大的过去,把魁北克旷野空间降级为没有时间的空白。女主人公在湖中央感到"围绕我们的是无限空间的幻觉,或者说是没有空间的幻觉",在女主人公和湖岸之间,湖水"成为一片虚无"(67)。电动马达的现在性(nowness)和即时性(instantaneity)完全占据了独木舟船桨所蕴含的过去、历史和民族记忆,女主人公感到被投入一个没有文化的真空中:"船好像在空中移动,下面没有任何支撑我们的东西,我们就这样悬在空

中向家移动。"(67)

在《记忆、政治和身份：挥之不去的历史》中，贝弗纳戈对时间与身份的关系进行了深入探讨。他着重分析了四种不同的时间观，即绝对时间（或均质时间）、历史性时间、现代性时间和世俗性时间，并特别强调现代性时间和历史性时间的对立。现代性时间假想在过去和现在之间存在裂缝和断层，因此表现为一种对"白板（tabula rasa）的痴迷，也就是对新的开端的痴迷"（Bevernage 99）。《浮现》中的独木舟意象令人自然联想到"白板"概念。阿特伍德在一次采访中说："加拿大对许多人来说仍然是一块未知的土地（terra incognita）。"(Stone 208) 这样的白板概念将加拿大的时间架空，现代性时间不断地把现在和未来崇高化，将之视为崭新的开始。现代性是和历史性对立的概念，其逻辑基础就是简单地把现在性和崭新性等同起来，其方向永远是指向前方的。在《浮现》中，阿特伍德对这种单向性时间进行了批判。埃文斯这个"表情冷淡的"(169)美国人形象代表了以未来为导向的价值和道德观。作者批判了注重当下而忽略过去的单向时间伦理，指出单向性时间不能完成历史交给我们的使命，只能使加拿大与历史和社会传统割裂。

《浮现》通过时间性的冲突描写了民族时间和民族空间的重要意义，是对加拿大"白板"论的有力拒斥。阿特伍德反讽了文化帝国主义对民族历史和文化记忆的霸权。大卫就是这种"白板"论的传声筒，他把加拿大北方视为文化空白，历史进程是随着对自然的开发开始的。他认为加拿大"是建立在动物死尸上的一个国家"（39—40），因而割裂了现代性和历史性的联系。文明从现代性开始，在此之前，加拿大只是一堆"死鱼、死海豹和历史上死去的河狸"（40）。帝国时间不仅对加拿大北方历史进行了裁剪、挪移、拼接、重构，甚至把它纳入一个充满霸权的话语体系之中，以帝国的视角重新赋予它一个新的开端。阿特伍德把女主人公和大卫描写为敌对关系，这代表了美国文化帝国霸权和加拿大的受害者身份。大卫的言行就是一种"阴险的单纯"，是以帝国文化逻辑的现代性概念为中心的世界观体现，"把他们封闭在玻璃房、人造花园和温室之中",使之与加拿大自然完全隔离。这种空间的错置本质上就是对本土时间的漠视,因此女主人公认为:"他们是来自另一个时代的人。"(144)用伍德考科的话来说,大卫所宣扬的对美国的抗拒只是一个"弱者对昭昭天命①的颂歌,它在加拿大的抗拒中没有位置"(Woodcock,1973:18)。

在《浮现》中,本土时间是民族性的一个重要元素,是加拿大精神的根基。正如费边指出,时间"就像语言或金钱一样,是意义的载体,是我们借以定义自我和他者关系的一种形式"(Fabian ix)。勒文也指出,时间"就是权力。没有比它合适的作为统治的象征了,因为时间是唯一失去之后不能替代的财产"(Levine 118)。在不同的文化社会中,人们对于时间的认知并不是完全相同的,甚至存在很大差异,深刻影响到身份认知和国家认同。在阿特伍德所构建的加拿大时空中,时间既是权力的象征,也是身份政治借以施展的媒介,具有鲜明的后殖民主义特征,表达了对欧美中心主义的现代性、时空性和"自我/他者"逻辑的反抗。

需要指出的是,《浮现》中的加拿大时间性充满了内在的冲突和矛盾,因为加拿大在身份认同上具有一种矛盾的居间性,它既继承了欧洲记忆及历史的连续性,又谋求自己的差异性,希望通过重新审视与殖民历史的联系,重构民族时间。其次,加拿大必须面对自身内部的"他者",也就是多元文化结构下的不同群体,尤其是印第安文化的差异性及其历史记忆,并把它们纳入民族时间的范畴之内。文学对于民族时间的构建是和加拿大的时空现实密切相关的,因此,需要关注"本质上具备异质时间属性的当前性"(Wiemann 111),突出"不同时间性的永久共存"(Wiemann 112)。

事实上,本尼迪克特·安德森在《想象的共同体:民族主义的起源与散布》中也指出了民族和时间的内在关系,并强调了小说对民族时间的构建作用。他认为,民族和国家作为一个想象共同体,"是一个在均

---

① "昭昭天命"即指美国历史上的 Manifest Destiny,是 19 世纪美国民主党所持的一种信念,他们认为美国在领土和影响力上的扩张不仅明显(Manifest),且本着不可违逆之天数。昭昭天命最初为 19 世纪的政治标语,后来成为标准的历史名词,体现了美国关于领土扩张的思想和政治意识形态。

质、空白时间里穿越日历时间的社会学的组织形式"(Anderson，1991：26)，并通过小说这一叙事艺术形式构建这样的时间并抵消先前宗教的、弥赛亚的时间观念。安德森借用本雅明最先提出的均质时间的概念强调了民族时间的统一性和共时性(synchronicity)，并着重论述了小说对这种共时性的强调。但是,《浮现》中的民族时间却和安德森的均质、空白时间有着根本不同。对阿特伍德来说，文学作品是基于现实时空的叙事，作家必须面对加拿大特有的内在矛盾性，也就是差异、复杂的时间性。加拿大的"自我认知是建立在对差异的认知基础之上的"(Kapuscinski 98)，即对"加拿大作为一个民族他者"的身份的认知(Kapuscinski 99)。《浮现》中的民族时间观有强烈的政治和后殖民主义的暗示："之所以要有一个加拿大，原因就是，你不同意美国给你的政治选择，而且你想用一种不同的方式来拥有加拿大"(Atwood，1972a：90)。正如莱特所说,《浮现》提出了"加拿大的后殖民身份问题"，加拿大在历史上属于英法殖民地，在现实中又受到美国的文化统治，呈现出"错综复杂的社会结构"(Wright 212)。后殖民主义时间性的关键，就是对"想象共同体"的叙事，通过叙事的共同体来抗拒"无所不在的均质意识形态结构"(Wright 212)，尤其是对新的差异性历史和时间性的构建。《浮现》展现的就是一种不同的时间性，是基于加拿大现实，吸纳了印第安本土性的一种综合时间性，是对加拿大现实的重新构建、改写和反抗。阿特伍德尤其关注加拿大作为英美双重殖民受害者的"他者"身份，在小说中着重再现了加拿大作为前殖民地和后殖民时代国家的差异性时间。

在《浮现》结尾，小说以魔幻现实主义和怪诞的笔调描写了加拿大的差异性时间。女主人公象征性地进入了一个崭新的时空体。大卫、安娜和乔代表的是加拿大的当前性时间，他们只对当下感兴趣，而女主人公则对过去充满了好奇。在面对加拿大荒野之时，他们根本无法领略荒野的神圣和特殊精神内涵："他们早就无所事事了，生火和做饭，这是他们必须做的两件事，一旦这些处理好了，就没有其他事情可做了。"(83)。女主人公却在荒野中实现了和死去的父母交融，进入了过去。这是一场神秘的文化仪式,是对北美印第安价值信仰及其时间观的继承,属于一种生命循环的时间体验。女主人公把荒野作为进入本土时间的一个空间通道,在尝试进入本土性神话的信仰体系之后,她对生命形式和时间的理解发生了全新的变化。当她听到小木屋外松鸦的叫声时,她觉得自己看到了死去的母亲,"她以前就一直站在那里,而且她就是一直站在那里的"(182)。她站在树下抬头望着松鸦,"努力试图找到她[母亲],看看哪一只是她"(182)。此时,生死的时间次序被打乱,动物的生死是循环的,松鸦成为母亲的化身,而这种生命的转化意味着记忆和时间是循环的,过去、现在、未来相互渗透和交融,可以从任何一点进入其他时间维度。因此,她既处于过去,又处于未来的空间。正如戴维森所指出的:"土著时间是连续性的,或者说是循环性的,而不是线性时间。事情可以反复发生,死去的人可以重生,当下的地方可以让人们接触过去的事情。"(Davison 9)印第安学者德洛里亚也指出,时间有着不同寻常的限制性,不同文化对它的理解也有着很大差异,"时间要么必须有一个实在的起点和终点,要么就被理解为具有循环的本质,这样就允许无限循环的可能性的存在"(Deloria 71)。在《浮现》中,女主人公在看到父亲/狼进行身体、灵魂与土地交融的那一刹那,不无讽刺地揭露了充满了暴力的工业进程对加拿大荒野的破坏:"那是一双狼的眼睛,空洞地闪烁着,就像在深夜汽车灯光照射下所看到的动物的眼睛一样。那是一面反射镜。"(187)通过这种目光/灯光的对峙,阿特伍德凸显了自然/文明的对峙,也就是两种不同的时间性的对峙,一种是无历史的时间(timelessness),另一种则是由进步驱动的时间(progressive time),这深刻地再现了工业化和消费文化对加拿大自然的侵袭和破坏,让人们通过这种被迫害的动物形象意识到加拿大民族身份的困境。

《浮现》所探索的本土性的时空观呼应了芬得利在《永远本土化:后殖民加拿大大学中的激进人文》中所提出的"激进人文"概念。时间观属于深层价值体系,是主张文化差异的一个重要的可能性空间。约瑟夫·鲍凯姆克在《叙述民族:印第安时间和关于进展的意识形态》中指出,时间观的差异是民族身份差异的一个重要体现,"欧洲人的时间意识属于西方世界观的一个组成部分,它具有排斥性和非融合性,强调的是进程"(Bauerkemper 36)。也就是说,欧洲人的时间观是"线性历史",它只能"产生一种孤立的单纬度叙事"(Bauerkemper 36)。这尤其体现在以"进展""进程""发展""进步"等为核心的欧洲中心主义的工业化意识形态之上。和欧洲以进程为中心的线性时间观相反的是,印第安人的时间"没有顺序,没有时间的特殊性"(Bauerkemper 36)。由此可见,时间观的冲突是文化的冲突,线性时间是殖民主义的象征,代表了殖民帝国的侵略。相反,印第安人本土时间性代表了与自然节奏同步的生命观,和欧洲以进程为核心的工业化价值观有着本质区别。

不过,需要指出的是,阿特伍德对本土时间的建构并非旨在完全推翻和颠覆西方的线性历史,而是突出强调加拿大民族性中的另外一种时间性,这种时间性代表了"另外一些不同形式的共同体"的存在(Wiemann 111)。加拿大作为一个后殖民国家,既面临摆脱英帝国殖民影响和美国文化、商业影响的使命,同时作为移民—殖民社会,以白人为主体的文化也和欧美保持着多多少少的联系。加拿大多元社会不能忽视其他族裔移民以及印第安原住民的文化表达。因此,加拿大的后殖民时间是与现代性时间的抗争与并存的矛盾关系。正如查克拉巴缔所说,后殖民时间性应当是"多种时间并存的状态"(Charkrabarty 109),是一种异质性时间构建的文化。在《浮现》中,阿特伍德尤其强调本土时间认同的重要性,这使她能够通过文学这种特殊的文化民族主义形式树立一种基于差异的民族性认知模式,并呼吁人们警惕加拿大的殖民和后殖民身份现象。

五、加拿大时空性的构建

如前所述,时空性是建构民族性的一个重要步骤,它关乎一个国家和民族的文化意识、精神象征和形而上学的表征体系。因此,加拿大性建构的一个重要方面就是对加拿大时空性的建构。在《浮现》中,女主人公进入本土时空的一个方式就是摧毁当前的时空观念,并建立新的时空性。

她毁掉了照片、剪贴簿等象征家庭记忆的纪念物,并开始"把每一本书一页页地撕掉"(177),其中包括鲍斯威尔(Boswell)的历史和传记、《斯德布利奇的谜案》《圣经》和《木屋建筑方法》。值得注意的是,这些书都是文化和工业进程的象征和产物。女主人公距离自我越来越近,她脱掉了象征殖民身份的外衣,"把它们像撕掉墙纸一样从我的肉体上一层层剥去"(177)。等一切完成之后,她发现一只潜水鸟正在看着她,却视而不见,自然地把"我接纳为土地的一部分"(178)。当时间的碎片被移除之后,她终于能够随意"进入我自己的时间"(191)。而此刻的她终于和"遥远的五个夜晚之前的那个时间旅行者"融合在一起了,并指导"那个原始的自我开始学习"(191)。过去、现在和未来就像她"手上的掌纹一样,只要我攥紧手指,它们就会聚合在一起"(159)。在此,小说悄然进入了另一种循环时间,这是一种没有起点和终点的时间,它不同于安德森所说的"由时钟和日历测量的……均质、空白时间"或民族的共时性(Anderson,1991:26),而是从文明边缘发源的民族时间,是对标准化线性时间以及次序性事件结构的挑战。正如普拉特所说,后殖民时间打乱了"现实主义小说对时间性的惯常叙述,也打乱了人们对于民族的一般性理解"(Pratt 9)。阿特伍德通过这种特殊的时间性追求再现了一种特殊的民族居间性,它不同于均质、单一的民族构成,是对加拿大多元文化主义背景下的民族性的诠释,因而"改写了我们对所谓民族的这一社会政治体裁的理解方式"(Pratt 9)。

通过创造一种独特的混合空间,阿特伍德强调民族性构建对本土性的容纳和吸收。这种对差异性的容纳和加拿大的多元文化主义思想是一致的。作者对印第安时空观的采用令人联想到霍米·巴巴所说的"第三空间"。霍米·巴巴指出,后殖民国家文化身份的定位应当转向强调差异与不同的场所,也就是他所说的"超越的空间"(the beyond)和"边界空间"(border)(Bhabha,1994:2)。他认为后殖民身份应当在"时间与空间的运动和交叠中定位,这样可以产生基于复杂的差异性的形象和身份,使过去和现在、内部和外部、排斥和容纳等更加繁复"(Bhabha,1994:2)。

巴巴提出了一种新的文化身份塑造的可能性,即"超越那种基于起点和源头的主体性的叙事,关注表达文化差异的那些时刻和过程"(Bhabha,1994:2)。在《浮现》中,女主人公对父亲遗迹的探寻事实上转化为对印第安神话、传说和本土传统的探寻,这无疑是超越了家族起源,是对差异性身份的探寻,将个人、家族的身份与民族历史相融合。小说构建了一种崭新的时空性,一种具有加拿大特色的差异性、超越性时空。在"超越性空间"中,"有一种迷失方向的感觉,一种方位的错乱",在这里"可以进行不懈地探索,而时空全部集中在了 au-delà(意即这里和那里、全方位、来/去、到这里来和到那里去、来回往复)这个法语词所表达的可能性之中"(Bhabha,1994:2)。的确,小说女主人公几次潜入魁北克湖底寻找父亲的遗迹,但每次都有不同的发现,把她的目标从父亲本人引向更为遥远的过去,也就是印第安和加拿大的史前历史。魁北克荒野既代表了当下时空,又是一个介于此处和彼处的矛盾空间,这里既属于她,又不属于她,而她却坚信父亲的真实过去就在那里(au-delà)等着她去发掘。

霍米·巴巴对新时空秩序产生的后殖民身份的可能性进行了论述,并强调"居间性(interstices),也就是差异领域所构成的重合和位移空间,在这里主体间性、集体民族性(nationness)经历、民族共同体利益或文化价值得以协商确立"(Bhabha,1994:2)。在《浮现》中,阿特伍德则借用无名女主人公的精神和躯体之旅探讨了建立另一种形式的主体间性的可能性,即尝试进入与欧美文化中心主义价值观不同的"超越空间",在这里,时间和空间的概念本质差异代表了加拿大本土价值的本质特征。当然,进入这种超越空间就意味着迈进了交叠空间,并从此把握新的时空观。正如麦穆贝所说,后殖民纠缠性时间不是系列时间,而是"现在、过去和未来相互交织的,它们各自保留了其他的现在、过去、未来的深度"(Mbembe 16)。

的确,《浮现》中女主人公的精神/身体之旅是超越白人文化空间,进入加拿大土著文化空间的一次尝试,在某种程度上响应了霍米·巴巴所说的"间隙性空间"(interstitial space)(Bhabha,1994:2),也就是第三空间。在这里,传统上同质、统一性的文化历史认同被颠覆,允许一种"分裂的主体"出现并占据"矛盾的、模糊的空间"(37)。巴巴的理论关注的是被殖民者的视角,但《浮现》中的第三空间则是一种颠倒的第三空间,即定居—移民者对土著空间的吸纳和继承。《浮现》中女主人公对自己的身份认知发生重要的变化,她幻想进入一个与荒野相融合的土著性空间:"我走到山头,扫视了一下湖岸,我发现了那个地方,它正在打开,他们消失在身后。我仔细检查了一遍,现在我可以确信了。的确如此:我现在一个人了,这正是我想要的:我要独自待在这里"(169)。湖边象征着充满神奇力量的第三空间,这一独特空间的开启代表了两种文化交融和重合的场所,它使女主人公象征性地远离了"他们",即代表殖民身份的主体,进入另一个开放的加拿大身份空间。

　　《浮现》中描写的本土化空间形象地转化为时间的旅途,因而使时间具有空间的属性,成为一个新的时空结合体。对女主人公来说,进入本土时间就意味着消除或抵制殖民主义的暴力线性时间观的影响。过去和记忆并不是遥远而不可通达的,而是随时出现在现在的空间中。她意识到"所有历史的遗留必须被消除"才能进入新的时间(176)。她翻阅着象征自己家庭历史的剪贴簿,看到的只是片段、不连贯的记忆,包括哥哥的参战照片、飞机、坦克、戴头盔的探险者以及装饰着太阳、月亮和瓷器的衣服。原先的时间把他们固化在当下,使她无法通达自己和家族、民族、地域的种种联系。为了回归真我,还需要毁掉母亲的相册和父亲的地图、岩画(177)。这显然是对线性时间所代表的过去的反抗,因为一旦毁掉了所谓的遥远而不可记忆的历史(或者说只能通过摄影等技术手段才能存留的历史),女主人公才感觉"或许在世界的另一端,我哥哥的重负被卸了下来,自由又进入他的臂膀"(177)。女主人公承认,把她和父母(即过去)"分隔开来的就是时间,我曾经是个胆小鬼,我不愿意让他们进入我的岁月,我的地方。现在我必须进入他们的时空"(177)。新的时间和空间是即时的、随时可以通达的,因此个人的身份和家庭的过去、民族的历史乃至加拿大的史前时代相互交叉,共同定义了他们的此刻。存在于线性时间中的遥远过去必须"废除,我必须清除出一片空间"(177)。当自我和他者的时间相互交融之后,她发现"我的父亲并没有死去"(187)。对于这种不可理解的描述,许多学者认为,女主人公进入了一种类似疯癫的状况因而她的叙述也不可靠。例如,库克认为,小说结尾女主人公的状态"几近癫狂"(Cooke 71)。事实上,这种时空的幻想象征她进入了本土时间性。在西方时间观中,一个人有生有死,所有人都介于生死两个端点之间,不停地朝着终点移动,但在《浮现》中,生死的时间观被颠覆,生命以多种形式循环,就连湖中的鱼"可以变化出许多生命形式"(187),一种生命形式以另一种生命形式延续。阿特伍德在第 17 章中用基督教的解读方式不无讽刺地解释了这种生死观:"我们吃的是死亡,也就是我们身体内部正在复活的耶稣的肉,他给予我们生命。罐头垃圾、罐头耶稣,植物也一定都是耶稣。"(140)

在随后的与荒野和湖泊交互接触的过程中,女主人公甚至变成了父亲:"他转向我,可他不是我父亲。它是我父亲眼睛所看到的,你在这里停留足够长的时间就会看到的那种景象。"(186—187)这段近乎神秘主义的描写令人费解。实际上,父亲眼睛所看到的既是女主人公自己,又是父亲本人,他们的生命形式完全融合在北部荒野之中,化为狼的身体:"它用黄色的眼睛盯着我看了一会儿,那是一双狼的眼睛,没有深度却熠熠生辉。"(187)父亲(过去)和女主人公自身(现在)融合为一体,这意味着时间和空间的一体化:"我变成了景观的一部分,我可以是任何东西:一株树、一副鹿的骨架、一块岩石。"(187)女主人公进入了一个崭新的、时空不分的混沌空间,它是一种超越了欧美传统时空观的独特的空间,这是一个人、我、物不分的世界,是加拿大独有的想象空间。用阿特伍德评论《瓦库斯塔》的话来说,《浮现》的主旨在于,小说"邀请读者也变成印第安人……和她一起站在印第安人一侧"(转引自 Hall, Anthony J., 2003:170)。

如前所述,阿特伍德并非完全拒绝技术和经济的现代化及其时间性,而是认为通过回归本土性,经过文化协商提出"另一种时间性"(alternative temporality)和"另一种现代性"(alternative modernity)的可能。阿特伍德认为,加拿大处于一种尴尬的境况,要解决"家园的土地、异乡的领土"之间的冲突,则需要摆脱英、美文化殖民主义和帝国主义的影响,塑造自己不同的民族身份。加拿大的身份问题是一个时间和空间的双重认同问题,还需要解决与原住民民族和文化的关系。这种特殊的居间状况和霍米·巴巴所说的文化协商过程构建的时空观有异曲同工之妙。正如巴巴所说:"对差异的再现决不能被理解为对特定传统中预设的民族和文化特点的体现"(Bhabha,1994:2),相反,差异本质上是一种社会表达,因此是一个"复杂的、不断进行的协商过程,它旨在通过历史的转变确立文化的混杂性"(Bhabha,1994:2)。确立这种文化混杂性的主要途径首先要认可"传统只是身份认知的一部分形式,通过不断重演过去,其他不同的文化时间性就被引入对传统的构建过程中来"(Bhabha,1994:2)。

《浮现》中对本土时空的回归就是这样一种构建文化混杂性的尝试。它建构一种不同的时间性,以此来对抗殖民主义的记忆。这种"不同的可能性"在另一位加拿大作家和思想家乔治·格兰特(George Grant)那里也有详细论述。格兰特指出,加拿大民族身份的确立主要建立在追求一种不同于共和国(美国)的身份的"反面创造"过程之上(Grant,1970:68)。美国"代表了现代性的腐蚀性、均质化的力量——那种反对和摧毁一些特殊性的意欲天下一致的面貌"(Szeman 168)。这和美国不断扩张的资本主义现代性紧密相关,是"建立在制造利润这个最重要活动的原则基础之上的生活方式"(Grant,1970:47),因而美国人的生活态度是充满现实考量的务实主义。格兰特认为,加拿大和美国的最大不同在于,加拿大是一个集体主义的国家,而美国则崇尚个人主义。但是,美国式的现代性进一步和大众消费相结合,"把个人定义和他们的消费能力相结合,这样所有人之间的其他差异,例如政治传统,就显得不切实际,不具有进步性"(Grant,1970:90)。由此,格兰特提出建构加拿大另一种现代性的可能:"只有当我们抱有与那个庞大的共和国不同的社会信念和视野,加拿大才有可能继续存在。"(Grant,1969:74)格兰特继而指出,加拿大占据了一个中间性的空间,介于"美国式的无法阻挡的现代性"和"欧洲的传统和有机民族性"之间的空间(Szeman 169)。而对于阿特伍德来说,那种另一种可能性就在于,要构建一种不同于务实主义的文化、文学想象及民族神话。《浮现》中努力构建的就是这种基于想象的民族身份,作者用文学描写了"神话背后恢宏的现实"(Mowat 6)。《浮现》是一部典型的加拿大北部文学作品,它凸现了加拿大民族身份的北方性,显示出与现代性不同的"另一种可能性"。正如柯茨和莫里森所指出的:"对于许多人来说,无论在加拿大国内还是国外,北方文学就是加拿大的文学;也就是说,北方文学体现了加拿大精神和性格,是加拿大人的现实和存在状况的写照。"(Coates and Morrison 5)当然,阿特伍德绝非将现代性时间和本土性时间绝对对立,而是暗示"现代时间和前现代时间的多种时间的共在性(copresence)"(Chatterjee 166),但她更强调的是加拿大民族性构建中对于文化时间的差异性认知。用查特杰的话来说,作者描写的是多元文化空间下的"现代性的异质时间"(Chatterjee 166)。

实际上,阿特伍德利用特殊的写作技巧和方式突出了过去和现在的共时性,应该说是一种有意识的尝试。在《浮现》的第三部分即第20章一开始,作者就把叙事时间从过去时改为现在时,这和女主人公最终实现自我定义和发现的过程重合。与其说这是一种后现代主义的写作手法,不如说这种现在时的运用强调了共在的时间性,传达出一种深刻的哲学思想。阿特伍德在多部小说中都运用了这种现代时与过去时的混合手法,形成了自己独特的风格。基姆则认为,一个民族和国家在语言和文学上有自己的"文化语法"(Kim and McCall 9),语言的文化使命能够反映出人们对差异性身份、自我和他者的认识,而"时间和时序的语法则规定了我们思想的一系列原则,这些原则能够指导我们正确理解因果关系、我们作为作者和思想者相互之间的句法联系、我们通过'句子'这种手段所激活的道德判断"(Kim and McCall 9)。按照基姆的说法,阿特伍德对现在与过去的并用就是对"时间模式的召唤",也是对"现在紧迫性"的提示。比如,在《使女的故事》中,作者用过去时讲述叙事者的过去,但在小说最后一章却把时间跳到百年之后,由历史学家重新组合叙事者的故事。《可以吃的女人》在第一和第三人称之间来回往复,暗示时间的交融。在《强调新娘》中,西尼亚是一个神秘的角色,行踪不定,甚至死而复生。她不是女主角,却占据了另外三位女主角的意识中心,成为小说的幽灵般的主角,使小说具有魔幻主义的色彩。通过时间的穿梭,作者暗示,加拿大人在构建民族神话的过程中需要穿越过去,和历史遗产、身份与记忆相交融,并最终"回到过去的'现在性'之上"(Kim and McCall 10)。的确,身份与时间的共时存在同加拿大的现实空间是相互交融的。在《猫眼》(*Cat's Eye*)中,女主人公伊莱恩是一名画家和雕刻师,她认为空间是一个历史的概念,它拥有时间的一切属性:"空间会变成时间,时间也会变成空间,这样我们就可以在时间中旅行,回到过去。"(Atwood,1979a:233)在《浮现》中,女主人公一次次潜入的湖底就是时间与空间的结合,是本土文化的空间。因此,时间和神圣的空间息息相关,二者通过自然的循环和人类生存的循环,使世界和其间的万物共同围绕着一个精神中心生长。

阿特伍德小说中对循环时间的描写有四个重要意义。首先,是作者借用女主人公的时间之旅采用了费克希克所说的"印第安人的思维视角",即"强调循环和反复是世界运作的核心模式,宇宙中的万物都是相互联系的"(Fixico 1),这种本土化的视角是定义加拿大民族身份的一个组成部分。正如《浮现》中女主人公所说:"把所有的那些文字烧掉需要太长太长时间"(177),加拿大作为一个民族和国家要摆脱掉殖民主义思想的长期影响。《浮现》中这种反殖民主义思想忠实再现了 20 世纪 70 年代初加拿大学者广泛批评的"边哨心态"以及加拿大民族身份的困境。第二,现在和过去的共存和及时通达性反击了殖民主义对加拿大的"空白地域"(terra nullius)的解读,加拿大民族身份的建立并不是在碎片时间上的非连续构建,而是和本土时间一致的身份构建。加拿大民族和国家的身份并不是静态不变的、非时间性的。正如《浮现》女主人公所说,这种时间的旅行"最重要的就是要拒绝成为受害者",加拿大必须"放弃以往那种我是弱者的信仰",甚至"在没有他者的此时此刻,有必要创造出这些他者;撤退不是出路,否则只有死路一条"(191)。第三,通过对历史和现在的共时描写,阿特伍德从文学和艺术思想上进一步实现本土化的加拿大神话构建,使本土性及其所代表的地理、自然、社会、历史等现实性成为定义加拿大民族身份的一个重要标志,并摆脱欧美传统文化身份的种种影响。法国人类学家列维-施特劳斯认为,西方"热"社会往往"把历史内化为自己的一部分,使之成为道德伦理的一部分",而"冷"社会的理想则是"能够永远保持神灵和祖先创造自己那一刻的状态"(Lévi-Strauss and Eribon 125)。进入本土的时空就是对"冷"社会的把握,这意味着对殖民主义"边哨心态"及其道德伦理的抗拒,使加拿大人认识到本土历史的现时性。第四,阿特伍德的"另一种现代性"完成了建构加拿大想象的使命。她通过这种文化和哲学沉思对以现代性为中心逻辑的文化思维进行了深层批判。的确,工业化和消费主义对加拿大来说是另一种帝国扩张主义。福柯在《什么是大启蒙?》这篇文章中指出,现代性不应该被视作一个历史时代,而是应该像康德所说的那样,把它视为"一种态度,也就是一种鲜明的行为和举止方式"(Featherstone 148),或者说视之为"一种道德意识(ethos)"(Foucault,1984:39)。在《浮现》中,这种现代性的道德意识的核心事实上激化了"人对于现在、人的历史存在模式以及自我作为自主主体构成这三者之间的矛盾"(Foucault,1984:42)。因此,按照福柯的思想,现代性观念实际上隐藏着一种政治意图,它通过消除时间的差异以建立一套"世界主义的新型国际政治",并以此为伪装而消除差异(Featherstone 148)。在这个意义上,《浮现》中对不同时间观的探索体现了阿特伍德的民族主义美学伦理。

总之,在《浮现》中,阿特伍德表达了深刻的民族主义思想,作者呼吁加拿大人同本土历史与传统进行深层联系,在文化上通过居间性的创造树立一种不同和差异性的身份。《浮现》在深层文化人类学和政治学意义上对加拿大的民族精神、思想意识形态进行了深刻的揭露和对照,并寓意深刻地警示加拿大人警惕思想的美国化,提防丧失民族性格和身份的危险。文学是一场构建民族想象的"叙事运动",它是"话语斗争和竞争的场所,充满了对民族群体身份的监察、生产、竞争等过程的批判"(Didur

40)。《浮现》的民族和国家叙事反映了后殖民主义和后现代主义的民族主义立场。民族身份的"形成、功能和想象必须是通过权力关系进行分析",并且"民族想象的形成需容纳'其他'空间、时间和人物角色……这种'我们'和'他们'的二分法及其隐含的等级结构是权力话语的一个功能"(Igwara 248)。

第十章 麦克劳德的《岛屿:故事集》中的地域景观

一、地域主义文学与民族和国家元叙事

地域文学在加拿大是一个微妙的话题。地域文学的民族性、国家性乃至世界性,一直以来都是理论争论的焦点。加拿大文学发展史在很大程度上就是地域文学的发展史。各地域独特的地理、历史、人文特征使加拿大文学呈现出鲜明的特征。可以说,没有地域文学,就没有加拿大文学。在加拿大文学的构建过程中,地域和国家之争成为加拿大文学的核心话题。加拿大广袤的土地和形态各异的地质区域和各民族独特的风俗、语言对文学创作造成深远影响。伍德考科在《时空的汇合:加拿大文学中的地域主义》中指出,加拿大的地域形成是一个"历史文化现实……并且和加拿大国家的诞生过程合而为一",加拿大的独特性就在于它是"许多地域的共生体……而不是根据某些抽象的政治概念组建而成的中央集权国家"(Woodcock,1981:7)。地域是加拿大文学中一个非常重要的组织部分,加拿大西部大草原、大不列颠哥伦比亚的崇山峻岭和茂密的森林、纽芬兰与世隔绝的高原环境和汹涌的海洋对加拿

大作家的国家和民族想象造成了深刻影响。弗莱在《灌木丛花园:加拿大想象散论》中指出,加拿大文学的核心问题是统一和身份,也就是"植根于想象的文学作品中有关地方和地域的东西"(Frye,1971:ii)。他指出,在加拿大,对地域的认同甚至超出对国家的认同(Frye,1971:i)。正如菲尔蒙克所说:"地域主义是加拿大文化的一个决定性特征。"(Fiamengo 241)

地域主义和民族主义的争论主要集中在文学表征的普遍性和中心/边缘的二元对立方面。地域文学曾经被认为视野狭隘、话题缺乏普遍性。在20世纪60年代开始的加拿大民族主义文学运动期间,地域文学更被视为一种国家想象和文化统一的障碍。弗莱在强调地域的突出贡献时,同时也指责其离心倾向。他认为:"一切文化表达都是由统一的国家性格所决定的。"(Frye,1971:21)然而,20世纪70年代以来,弗莱的民族主义观点遭到了广泛批评。卡维尔认为弗莱"采取了(新)殖民主义的立场进行写作"(Cavell,1995:111),曼德尔则对弗莱的文化理论表示强烈质疑,认为它设定了一系列的主题、意象、形式,用一套不同的结构实施"文化封建主义"暴政(Mandel,1981:33)。卡特则立场鲜明地指出:"20世纪70年代和80年代以来,历史学家基本上放弃了'整体'社会的固定概念;整体是不可理解的,是变化不定的。批评界也不再将文学视为单一民族特征的主要表现形式。"(Carter 5)所谓的加拿大身份实际上是"无名的、缺失的,最多不过是一种反讽的身份"(Carter 5)。加拿大作为一个国家也是一个渐进的历史过程,直到1949年,纽芬兰的加盟才形成最终的完整版图。对"中心"与"边缘"的理解也不断发生转变,身份也是不断演变的历史过程。文学史编纂家纽做出了客观评价:"加拿大的历史主要表现在以安大略和魁北克为中心视角对加拿大国家的定义",然而地域"不仅在现实中决定了加拿大的疆界,也决定了加拿大的许多地域和种族冲突,它们至今对加拿大中央权力都构成语言和权力结构的挑战"(New,2003:79)。

地域主义文学拥有强大的生命力。实际上,许多"地方"(provincial)主题被民族和国家话语的文化符号体系所征用。所谓国家意象,是对地域的边缘化和文学想象元叙事的均质化。哈里森在《未名国度:加拿大草原小说的求索》中指出,地域是"想象的作品,是人的精神内在疆界,需要我们探索和理解"(Harrison 189)。地域主义对标签式的总结提出疑问。例如,阿特伍德在《存活:加拿大文学主题指南》中提炼出的关于大自然的意象被认为是民族和国家话语的强权。大自然被视作充满敌意的世界,并被作为加拿大文学的总体象征,这实际上是国家神话对加拿大地理景观的意识形态利用,正如玛丽·卢·麦克唐纳所说,它"是一个今天的问题,也必须从今天的加拿大人身上找到解答"(MacDonald, Mary Lu 48)。玛丽·卢·麦克唐纳进一步指出,在1850年之前,"一切证据表明,人们对加拿大景观的文学想象是积极的"(MacDonald, Mary Lu 48)。显然,地域文化和景观在意识形态领域和民族性构建方面发挥了矛盾的双重性作用,地域并非空洞的存在,而是充满了价值取向。

自20世纪90年代以来,加拿大地域主义文学进入了新的阶段。随着加拿大多元文化政策的确立,关于中心和统一的思想也受到来自后现代主义的挑战和质疑。1979年法国哲学家列奥塔受魁北克大学教育委员会委托写了《后现代状况:关于知识的报告》,对欧美大学知识教育作出了评估,提出了"对元叙事的怀疑"(Lyotard xxiv)。列奥塔提出,"现代性诉诸宏大叙事"作为一种基础主义的合法标准(Lyotard xxiii),不仅在认识论领域,亦在道德领域中建立正统标准,作为对所有事物的一种无所不包的解释框架,以此来组织和解释所有其他叙事。后现代状况是一种"对元叙事的不信任"(Lyotard xxiv)。人们越来越清楚地看到民族主义宏大叙事的霸权和弊端,它企图建立统一的国家文学象征来主张民族身份,但却构建了一套中央—边缘、多数—少数、总体—局部的二元对立的话语结构体系。

实际上,国家元叙事及其审美早就受到强烈质疑。莱克把这种审美价值标准称为"国家参考审美"(national-referential aesthetic),这种审美标准驱动了整个80年代的文学批评,"文学经典化均是对国家参考理想的实际应用,其基本理念就是,一个没有国家文学的国家,就不能称其为国家"(Lecker,1995:4)。例如,F. R.司各特的诗歌《麦肯锡河》就是对地域内容的意识形态抽象化。这首诗一开始首先看到麦肯锡河的独特性:"这条河/完全属于它自己/遵循它自己的规则……河面上安静的水流/坚定地/注入冰冷的海洋。"(Scott,1966:32)然而,地域的特征很快被抽象提取,用以强调它的国家形象,诗的结尾写道:"这是一条非常加拿大的河流/它转过身子/背对美国……在这样荒凉和裸露的土地上/升起一柱轻烟/它就是历史的书卷。"(Scott,1966:33)诗歌中所透露出来的空间和地理政治学意图是显而易见的。司各特利用地域的景观表达出反对美国新殖民主义的国家立场,因而把国家的性格投射到了地域景观之上,建构出一套基于国家集体意识的文学价值体系。

问题在于,关于地域的概念并不存在一个统一的定义,而是在不断变化和发展。地域身份是一种文化地理学的构建,其背后隐藏着各种相互竞争的话语体系。各种对地域的不同建构模式首先利用地理地域和文化、经济的不同反映国家内部的差异,再现地域之间的符号学差距,并树立起可供消费的文化商业形象。这种消费文化的地域建构实质上"把地域主义文学进行疆界的重组并呈现在市场之上"(Davey,1997:14),因而地域的概念在本质上是意识形态和话语体系的产物。民族和国家话语的元叙事漠视地域内部的构成,忽略其社会、性别、族裔、文化、历史和语言的差异性,企图固化地域形象,建立统一的国家话语体系。

布恩鲜明地提出和国家主义文学批评分庭抗礼的立场。在他看来,从第二次世界大战到20世纪70年代,寻求"加拿大身份"的政治诉求在文学上演化为树立"加拿大性"的一场运动,这场民族主义运动"把凡是不符合统一阐释理论的文学统统排除到了'真正的'加拿大文学经典范围之外"(Boone 213),并企图树立一系列的文学模式,例如对自然的"浪漫主义模式"、在精神上"前哨心态"等。国家主义文学批评在本质上对文学想象进行"加拿大化",这种宏大的"意识形态工程"是"令人生疑的"(Keefer,1987:97)。民族和国家的话语在大一统的视角下如愿以偿地消灭了地域,建立起一个"基于缺失的国家能指"(Creelman,2008:68)。

劳顿认为，人们的视线正在从民族和国家"转为对其具体组成部分的关注"（Lawton 142）。后现代语境下，加拿大地域主义文学弘扬在文学形式和内容方面的独特性和具体性而非民族和国家的总体性叙事。哈琴把地域主义定义为后现代的"外中心"（ex-centric）的审美，它取代了宏大的元叙事及其审美话语，"既然边缘和外围能够描述人们对加拿大身份的认识，那么后现代外中心正是加拿大的特征"（Hutcheon，1988b：3）。地域主义文学关注边缘与地方，注重地方内容的表达，弘扬文学想象的多元。例如，阿里斯泰尔·麦克劳德的地域主义写作表现出鲜明的对国家元叙事的立场，他用地域主义的视角解构了民族和国家对大西洋海洋风景的霸权征用，强调对地方内容的具体关注和表达。本章就以阿里斯泰尔·麦克劳德的《岛屿：故事集》中的地域主义叙事为例，阐释地域主义文学对中心/边缘对立思想的解构，分析地域内容的多元性与丰富性，分析他的小说展现出的地域主义与民族和国家的张力与冲突及其所凸显的地域主义文学和文学民族性构建之间的辩证关系。

二、麦克劳德的地域主义思想

阿里斯泰尔·麦克劳德（Alistair MacLeod，1936—2014）是加拿大新斯科舍省布雷顿角岛作家，出生在萨斯喀切温北部的小镇诺斯巴特尔福德（North Battlefield）并在那里度过童年。他的父母以苏格兰方言盖尔语为第一语言。麦克劳德10岁时跟随父母回到家乡布雷顿角岛，居住在祖父修建的农场上。麦克劳德的文学兴趣在高中时期就初露端倪，在圣母大学学习原创写作期间，他开始对短篇小说产生强烈兴趣。1968年，他的处女作《船》发表在《马萨诸塞文学评论》上，并和伯纳德·马拉默德、乔伊斯·卡罗尔·奥茨等美国作家的作品同获当年"最佳美国小说奖"。1975年，他的短篇小说《失却血中盐》再次被当年《美国最佳短篇小说》收录。之后，麦克劳德又出版了两部短篇小说集《失却血中盐》(*The Lost Salt Gift of Blood*，1976）和《太阳随鸟儿升起》(*As Birds Bring forth the Sun*，1986）。2000年，麦克劳德出版了新的合集《岛屿：故事集》

(*Island: The Collected Stories*),将先前发表的14篇故事和2篇新作全部收录在内。除了短篇小说之外,麦克劳德于1999年发表了他唯一的长篇小说《没什么大不了》(*No Great Mischief*),并获得2001年度"英帕克一都柏林文学奖"。

麦克劳德是著名的地域主义作家,他的作品关注布雷顿角岛,充满苏格兰流散想象,作者用诗性的语言描写加拿大东部布雷顿角岛的自然风光、地理环境和盖尔族的文化传统,这里的农场、矿井、丛林、海边的劳作生活成为麦克劳德笔下永恒的景观。麦克劳德的短篇故事大多描写布雷顿角岛的工业衰败和经济没落景象,这里的年轻人常常逃离盖尔族居住的家乡,远走他乡,移居温哥华、多伦多、蒙特利尔等大城市,逃离采矿、农耕、捕鱼等传统生活方式。麦克劳德对逃离的描写充满了对布雷顿角岛的眷恋,因而使作者被视作加拿大地域主义作家的代表。麦克劳德作为一个"享誉世界的作家,帮助加拿大大西洋省份确立了在地图上的文学地位,并让人们认识到'地域'文学同样具有普遍的文化价值和贡献"(转引自 Webb-Campbell)。布雷顿角岛是加拿大新斯科舍省北部的一个区域,对绝大多数加拿大人来说,这里是一个与世隔绝的遥远地区,但对麦克劳德的文学世界来说,这里却是他想象的中心地带,也成为他挥之不去的永恒记忆。麦克劳德坚持地域主义的写作,认为作家的职责就是书写个体,书写地域:"所有的文学都是地域的,它们都有自己的地域和素材,就好像恋爱一样,这就是我的素材,我会用一生的时间好好利用它。"(DeMont 40)在一次采访中,麦克劳德重申自己的地域主义立场:

> 我视自己为来自一个特定地方和特定时间的人。在加拿大,人们并不认可美国流行的大熔炉思想;你知道,来自苏格兰、挪威或者其他地方的人,一旦他们双脚沾上北美的海水,就忘记了他们所有的历史,立刻成为一个美洲人。人们都知道的一个陈词滥调就是:你应该把美国看成一个大熔炉,把加拿大看成一个由许多独立地域组成的马赛克——这里是苏格兰人的区域,那里的人都有爱尔兰人的名字。这里是法裔加拿大人,那里是乌克兰人、冰岛人。这些人广泛分

布在加拿大境内。而我认为的是,我们是一个大房子里的小屋子内的房客:我们既住在大房子里,又住在小房子里。(Nicolson 97)

对麦克劳德来说,文学的价值体现在具体性上,文学想象中的社会价值、意识形态、身份认同植根于地方的特殊性:"世界上绝大多数伟大的文学都是从地域开始的。如果你看看艾米莉·勃朗特、托马斯·哈代、查尔斯·狄更斯——尽管他们来自大城市,却都描写了一个属于地域的世界"(Nicolson 97)。艺术家和地域身份的构建是互动过程,地域给予作家具体的地理和文化归属,作家也通过文学想象创造地域文化。麦克劳德引用克罗奇的名言"虚构让我们真实"指出,地域主义文学是身份构建的媒介,它"赋予人们自信,并让人们通过文学看到自己的外部形象"(Nicolson 97)。

麦克劳德的作品逆转了地缘政治在中心/边缘和自我/他者的二元对立基础上建立的等级关系,把地域当作中心与出发点,把外部的世界当作他者的镜像反射。在地域文学的审美中,国家、中心和统一性被地域的具体性所解构。在一次访谈中,当被问及加拿大文学中是否存在"统一的国家性"标志时,麦克劳德认为,民族和国家的元叙事"当然是某些人寻求'伟大的加拿大小说'的梦想",然而"这种把从圣约翰到维多利亚的广阔区域中的每一个人都囊括进来的梦想和企图太理想化了。这个国家太大了,这样的想法行不通"(Nicolson 97)。麦克劳德认为,加拿大"更多的只是形体上的"存在(Nicolson 97),作家的职责就是促成文化地域身份,通过写作将地域和读者放置到一个特定的地域归属之中:"作家不再仅仅是反映地域,而是创造地域。艺术和身份是相互交织的。地域作家采用地方的文化素材,并把它转化为这一地域所认同的有关自己的神话。"(Westfall 11)

在麦克劳德的作品中,布雷顿角的自然景观和历史现实拥有重要的精神和文化意义。他的小说与其说是人的叙事,不如说是关于地理的叙事。个人、空间和地域构成了文本世界的灵魂。正如艾格夫所指出的,其"作品的关键意义来自景观"(Egoff 154)。和其他地域主义小说一样,麦克劳德的作品"深深地扎根在地理和情感的地形书写之中"(Saltman 66)。景观不仅仅是故事的背景,而且是推进情节发展的一个重要元素,是人和地方进行精神和情感互动的媒介。他的作品弥漫着浓浓的乡愁、归属感、历史记忆和地方认同。海洋景观占据了其作品的核心位置。他的地域主义写作表达了丰富的加拿大现实,是对地方的更真切和具体的再现,能够避免对地域的均质化和宏观抽象化,要求读者深入微妙的地域内部文化,了解地域时空特征及其人文和社会内涵。戴维还指出:"地域和地域主义两个概念不再仅仅是地方的概念,而是意识形态的范畴。"(Davey,1997:1)在多元文化和后现代主义语境下,中心的消解使得边缘成为本真的源泉,而地域的文学想象可以使边缘地域表达更为鲜明的文化面貌。正如科恩所说:"所有的地方,无论是城市、乡村还是荒野,都具有各自的本质,它们赋予居住在那里的人们自己的身份和连续性。"(Kern 277)

　　麦克劳德小说的突出特点就是用现实主义的笔触忠实地再现了布雷顿角岛的自然景观和人文风光。小说中运用大量的真实地名进行创作,把地方和其他城市中心如波士顿、纽约、多伦多、都柏林等并列,营造出强烈的地方差异。麦克劳德抒发了悲剧般的情怀,书写了一部关于地域的空间叙事。麦克劳德以地域为中心,把焦点集中到布雷顿角岛,凸显加拿大的"外中心"性(Hutcheon,1988a:130)。例如,在《失却血中盐》中,布雷顿角岛和北美大陆相互隔绝,整个北美大陆也被视为"一个岛屿"(MacLeod,Alistair,2000:118)。这种空间想象削弱了地域与国家的差异,强调了地域和外部世界的广泛联系。麦克劳德通过把时空性和地域现实相结合消解了以民族和国家的统一性为核心的宏大叙事,使得在后现代主义文化语境中的"边缘和局部具备了新的价值",这种价值具有审美、历史、哲学、精神分析学、社会学等多维度意义,"外中心既是偏离中心的,又是去中心的,它通过颂扬'差异性'来对抗精英式的被异化的'他者性'以及大众文化的均一化力量"(Hutcheon,1988a:130)。用贝尔·胡克斯(bell hooks)的话说,麦克劳德的主体空间是"创造性和力量的驻所",它创造了对宏大叙事和统一性的"抵抗空间"(hooks 152)。在他的《岛屿:故事集》中,麦克劳德一反民族和国家的宏大叙事,对抗地描绘出一幅现实主义的景观,颠覆了国家话语对地理景观的浪漫化建构,回归地域的具体性内容,向人们展示出真实的地域景观。

三、麦克劳德的对抗性地域景观

如前所述,地域主义文学和民族、国家叙事的冲突本质上是意识形态的冲突,在对地域的文学和艺术表征方面,地域被赋予浪漫的文化象征意义。麦凯指出,大西洋地域的经济衰退造就了一种文化保守现象和趋势,把布雷顿角、新斯科舍省打造成一个众所周知的、具有田园风光和心理治疗作用的"常识性的"地域文化形象(McKay,2000:91)。地域被商业利益和大众娱乐业加以重构,文学浪漫化表面背后的国家/地域的审美霸权逻辑企图用"娱乐的民主"(recreational democracy)对地域进行文学和文化改造(Muise 125)。例如,新斯科舍被看作"伊凡吉林(Evangeline)的土地",这里有"健康的海洋空气、阿卡迪亚人(Arcadian)的神话和历史环境"(Muise 125),还有"单纯、质朴、享受田园生活的人民"(Muise 128)。所有这些文化重构表现出以"国家全局利益"为出发点对布雷顿角岛的"统治"(Muise 134)。然而,在麦克劳德的作品中,作者对这种文化审美霸权进行了抵抗,他的小说描写了一幅不同的大西洋景观,"与许多本地域早期文学作品中描写的恋乡和田园式空间分道扬镳"(Thompson,2012b:125)。麦克劳德的作品没有遵循国家神话的地域表征,用纯洁、健康、宜人、美丽的景观建构浪漫主义自然风景,而是着眼于当地的工业衰败和环境污染,呈现出一幅肮脏的生存风景,从而解构了曼德尔所控诉的"文化封建主义"(Mandel,1981:33)。

在《岛屿:故事集》中,麦克劳德对国家神话的地域"本真性"进行了反讽,使得国家神话的文学符号体系所塑造的"灌木丛花园"形象变成幻灭的泡影。他的短篇小说反复描写布雷顿角岛人的漂泊与回归,用时间和空间的强烈反差凸显新斯科舍的破败景观,呈现了真实的地域文化和心理空间。在《回归》(《岛屿:故事集》)中,从小在蒙特利尔长大的阿莱克斯随同父母第一次回到布雷顿角岛,用一个"外来人"的视角见证了地域的内在景观。阿莱克斯的回归变成了一个游荡者回归和成长的故事。阿莱克斯像一个陌生人一样进入布雷顿角岛的地域空间。在火车上,他看到一个金发小伙子大口喝着烈酒,唱着不堪入耳的"肮脏"歌曲(82)。面红耳赤的母亲觉得,儿子首次进入故乡,这种特殊的"洗礼"破坏了他在蒙特利尔接受的良好教育。大都市对布雷顿角岛的田园印象在现实的冲击下土崩瓦解,地域的现实赫然呈现在三个"外来者"的眼前。母亲认为:"一切乱了套,这地方肮脏不堪,当初我同意到这里来一定是头脑发疯了。我只想明天就回去。"(82)阿莱克斯和父母虽然出生在布雷顿角岛,此刻却和本地文化格格不入。年少的主人公发现,"周围一些人开始说一种我知道叫盖尔语却听不懂的语言"(82),一切和他从书本上获取的有关新斯科舍的文化知识大相径庭。这里的人"衣衫褴褛",到处是"破旧的自行车"和"穿着破烂衣服的孩子们"(83)。田园印象的幻灭显然颠覆了国家元叙事的地域神话,麦克劳德"突破了现实性常规所限定的范围,文本给那些对这里憧憬已久的评论者造成不小的迷惑,更打击了普通大众的热情"(Creelman,2008:62)。

  国家神话对大西洋景观的符号征用过度依赖颂歌式的田园美景和诗意般的品质,但麦克劳德笔下的"肮脏"现实和地域的现实不啻天渊。《岛屿:故事集》中这种反"常规"的描写使读者产生巨大的心理落差。阿莱克斯的母亲多年在外,回到家乡,以预设的外来视角审视地域,发现这里"不对头"(82)。新斯科舍破烂不堪,面临着二战后去工业化带来的商业没落和文化衰退的双重危机。主人公一行眼中到处都是废墟,"黑乎乎的煤矿地脉看起来像一道伤疤横在绿色山丘和蓝色海洋之间"(82)。天空中海鸥羽毛煞白,尖叫着横冲直撞,其美丽是阿莱克斯所不能接受的:"既然它们是如此美丽,我想它们就应该更懂得礼貌,或者稍稍优雅一些才对。"(81)对于来自"文明中心"的小男孩来说,地域现实对他的审美造成了强大的冲击,丑陋的海洋景观让有关地域的美好国家神话消失殆尽。

第十章 麦克劳德的《岛屿：故事集》中的地域景观

在短篇小说《岛屿》中，主人公父母险恶的生存环境颠覆了浪漫主义想象的田园景观。作者深入日常生活，解构了国家元叙事对地域景观的宏观表征，对所谓地域的"本真性"做出反讽。杰克逊在《发现庸常景观》中指出，外来者对地域景观往往是从一个超然的视角进行观察，和地域生活保持着一种实在体验上的距离。然而，构成地域景观的实际上是外来者所忽视的"庸常景观"（vernacular landscape）。"庸常景观"本质上是"居住景观"（inhabited landscape），它是"不断适应和冲突的结果，也就是对令人迷惑的新自然环境的不断适应，以及不同群体在适应环境的态度上的矛盾"（Jackson 43）。麦克劳德的地域景观呼应了杰克逊的"庸常景观"，在这本故事集中的布雷顿角岛居民而言，海洋和高山仅仅是"生存的景观"，"只有在生存的过程中才能获得它的身份"（Jackson 43），而外来者对大西洋美景的迷恋则是浪漫的"政治景观"，因为它是"对某种原型的人工实现，是受到某种哲学或宗教启发而设计出来的具有一致性的景观，它有着明确的意图和目的"（Jackson 43）。在《船》（《岛屿：故事集》）中，母亲的活动范围划定在厨房里，而父亲则整日蜷缩在卧室里，以全世界各地的小说为伴，沉浸在想象世界中。打鱼成为父亲的一种生活负担，不到万不得已，他绝不会离开自己的方寸之地。相反，母亲的领地则是一尘不染的厨房，负责全家人的吃喝，因此这里象征着生存现实，也是全家七个孩子的卧室，他们不分男女都"现实地生活在这里"（8）。渔船在小说里成为布雷顿角岛再普通不过的"居住景观"和"庸常景观"。叙事者一家和小渔船保持着生存和精神的双重联系。新斯科舍人所称的这种"岬角岛船"是布雷顿角岛的象征，而且以母亲婚前的名字命名，叫作"珍妮·林恩号"，象征"和传统的联系"（4）。叙事者用"她"来表示渔船，将渔船描写为母体的象征。每日父亲出海回来，母亲第一个询问的并不是父亲的安危，而是渔船的安全。她与厨房、渔船、海洋的关系是一种生存的联系，代表了对地域的内在关系。母亲本身显然成为"庸常景观"和"居住景观"的化身。在她眼中，破旧的渔帐，"堆积如山的捕鱼器和一桶桶的拖网""海藻覆盖的木头"构成了布雷顿角岛的全部（9）。母亲每日的生活几乎全部围绕渔船

展开:

> 我对母亲最早的记忆就是清晨她独自在家,而父亲则驾船出海。她似乎总在缝补"在船上穿破的"衣服,准备"在船上吃的饭菜"或者透过我们厨房的那扇面对大海的窗户寻找"那只船"。当父亲午间归来,她总会问:"我说,今天船上怎样?"这是我记得的第一个问题:"我说,今天船上怎样?""我说,今天船上怎样?"(3)

当她得知女儿们开始在海鲜饭店打工时,母亲难平愤慨,因为这家由波士顿人经营的饭店威胁到了本地人的生存和经济:"'我们的人'不会在那里吃饭,那只是一个由外来人经营的面向外来人的饭店。"(10)布雷顿角的庸常景观到处可以看到地域/外来文化之间的冲突,大西洋景观仅仅是杰克逊所说的"工作日"景观(Jackson 43),而审美景观则成为一种"都市中心所确立的稀有特色空间",是一种"徒劳无益的头脑实践"而已(Wylie 9)。

麦克劳德笔下"肮脏"的自然景观的颠覆性不言而喻,它反讽了国家田园神话体系中对地域人文现实的"本真性"的强权表征。这种对抗式的意识形态迫使读者放弃罗兰·巴特(Roland Barthes)所说的对"读者性文本"(readerly text)的期待,而是通过作为地域内在者的作家的视角和身份重读对抗性的"作者性文本"(writerly text)。例如,在《回归》中,与阿莱克斯第一次见面的奶奶仿佛是那些野蛮海鸥的化身,她"身材很高,头发就像下午看到的海鸥一样白花花的,眼睛如同那些海鸥飞掠而过的海面",她用"强壮的双手一把把我抱离地面以便我能够吻到她"(84)。麦克劳德将海洋内化到人物的性格之中,使景观与人物融合在一起,塑造出一种独特的地域性视角。基辅批判了民族和国家话语中对海洋的误解,即把"人和自然的关系极端化",然而"海洋并不是那种形而上的具有威胁性的'他者',而是人们生命中不可分离、无法避免的一部分"(Keefer,1996:228)。在《回归》中,在爷爷眼中,"来自蒙特利尔的阿莱克斯"和父亲安古斯俨然是外来者,"中心"和"边缘"的意识在小说中形成对峙。母亲生怕儿子的衣服"像野人一样"(88),而阿莱克斯的堂兄妹却嘲笑他的打扮,认为这是"男不男女不女"的行头(89)。对爷爷来说,长期在蒙特利尔当律师的儿子安古斯和他自杀的弟弟一样,都成为布雷顿角岛的游离者:"我们永远失去了你们两个。"(87)

麦克劳德笔下的庸常景观还对均质化的国家神话体系进行了消解,否认新斯科舍人"和大海有着某种神秘而不可分割的精神纽带连结"(Creelman,2008:62),从而将地域描写为"肮脏现实主义"的景观。麦克劳德的海洋景观更多地反映基于劳动关系的文化景观,而不是伊甸园式的神话原型象征。这种生产型文化景观揭示反映出工业区工人不尽的失望和挫折。在《秋天》(《岛屿:故事集》)中,叙事者父亲是一名矿工和伐木工,为了生计,他在各大煤矿和林场间奔波干活,儿子直到14岁从未和他一起度过过一个完整的冬天。读者脑海中的海洋美景荡然无存,海面上"到处飘荡着渔船渗漏的油迹……汹涌的波涛掀起的泡沫在空中形成一个个脏兮兮的棕黄色水团,还有从某个孤独的货船上散落水中的纸浆木材棒、男人的帽子、破损的渔网上散落的浮标,也有所有海面上都必然能够看到的空空的瓶子"(99)。令读者意想不到的是,布雷顿角人竟然维持着和陆地更多的联系,海洋只是他们生活中几乎察觉不到的背景。在《回归》中,阿莱克斯满眼是一排排遍布油渍的黑乎乎的房子和装满煤炭的大卡车,而没有扬着风帆的小船和飞驰的舰艇。人们不停地嚼着烟草却从不抽烟,这个"肮脏的习惯"是他们"生命中无法轻易改变的一部分",因为在地下采矿的工人为避免瓦斯爆炸而不得不保持这个习惯,这种"肮脏的习惯"却是阿莱克斯一家所不能理解的(92)。故事中的海鸥颇有象征意味,它们是布雷顿角岛人的化身,如同这里的矿工一样,每到傍晚就"缓慢地、坚定地朝着*内陆*飞去"[笔者斜体],自从祖父母"记事以来就是如此"(96)。这是因为,布雷顿角的煤矿已经采空,工人们不得不背井离乡,到内陆去工作。事实上,麦克劳德常常运用陆地动物的形象,海鸟只是背景的陪衬。在《秋天》中,司各特是一匹在地下煤矿中积劳成疾的马,因为得了肺病,父亲不得不把它卖给麦克雷。司各特也成为父亲的象征,身上伤痕累累,身体扭曲而不再适合劳作。迈凯指出,在20世纪文学批评话语中,大西洋意象被美化成纯洁自然的神话意象,这掩盖了新斯科舍省不均衡的工业发展、经济落后和环境污染的现实局面(McKay,1994:295)。国家元叙事神话把海洋"推向市场化,并把它包装成一个具有精神治疗意义的空间,这个'海洋游乐园'的意象无非是为了推销商业和反现代主义",从而令人们完全忽略被边缘化地域的人口流失、文化衰败和商业化等现象(Campbell 153)。

麦克劳德的小说颠覆了纯洁美好的原始景观,着眼地域的经济现实展开对抗性书写。他以内部视角摧毁了元叙事对新斯科舍的地域原型构建,把焦点转向地域生活的深度和复杂性,而非简单的文化符号学象征意义,让形而上的"深层"回归现象表面。正如科恩所说,地域的内部视角唤醒了我们对"他们的地方"的认识[原文斜体],也树立了"人和任何地方之间的本真关系模式……我们需要的并不是从文化中逃离到自然……而是要认识到文化与自然之间的错综复杂的关系"(Kern 278)。比如,在《船》中,麦克劳德颠覆了英雄主义的国家神话,而是塑造出一个反英雄的形象。在布雷顿角岛,劳动阶层日复一日、平淡无奇的生活磨平了英雄的外表,浪漫主义的想象瓦解冰消。叙事者父亲不再是传统上那种乘风破浪、英勇无比、"体格健壮、男子气概十足"的高大形象(McKay,1994:32),他的日常生活与海洋近在咫尺却远隔千里。《船》中的父亲不但极力逃避海上生活,还命令儿子不要到船坞玩耍,禁止15岁的儿子在捕虾季节到渔船上做帮手。他的几个女儿也都相继远嫁外地,去了波士顿、蒙特利尔、纽约等大都市。父亲只不过是一个被生存需要而意志消沉、一蹶不振的渔民,他绝大多数时间穿着袜子躺在床上阅读。他的书来自世界各地,包括陀思妥耶夫斯基、海明威、司各特。父亲似乎从不睡觉,不是看书就是开着收音机听世界各地的广播。这种地理限制和想象空间的反差,粉碎了浪漫主义的英雄形象。父亲不仅在身体上,而且在精神上和海洋保持着距离,这种颠覆性描写让人联想到阿特伍德的"幸存者"意象。她在《存活:加拿大文学主题指南》中把加拿大人与自然的关系抽象化为受害者形象。寒冷的天气、汹涌的波涛是凶险自然(Nature-as-Monster)的化身,而加拿大人需要"战胜自然",拒绝"成为受害者",在"英勇的人类"(Man-the-agressor)和"凶险的自然"之间寻找平衡(Atwood,1972b:63)。然而,《船》中的父亲却和这种"光辉的英雄"形象相去甚远(Atwood,1972b:61)。《船》的细节处处违反读者的逾期,匪夷所思。父亲"从来就没有被晒黑过"(2)。他的"脸颊和胡茬……从雨鞋的红跟到蓬乱的白发闻上去全是咸的"(2),但"自打我小时起就见他用各种没有什么效用的药水浸洗手臂,别人只在早春带着那条防擦伤的铜手链,他整个季节都戴在手腕上"(20)。叙事者认为:"无论是体质还是心性,父亲大概从来就不应该做渔民。"(20)在故事结尾,父亲在寒冬中不得不出海捕鱼,在和恶劣的天气进行殊死搏斗之后,最终被巨浪吞没。麦克劳德用极其平淡的语气交代出人意料的细节:

> 你心里清楚,一切都是徒劳的,你的喊声甚至到不了船艄。而且,即便你记得出事地点,等你赶到的时候,那么一丁点遗留物也早已被海浪冲刷到一英里开外了。你也知道——这是何等讽刺——就跟那些构成你的过去的叔叔、舅舅和其他人一样,你的父亲是个地地道道的旱鸭子。(23)

小说对父亲尸体的描写则流露出一种悲剧性的气氛,全无那种英雄主义的男子气概,而变成一个为生存而奔波却最终沦为大自然牺牲品的失败者:

> 但无法面对的,还有11月28日,往北十英里,父亲被找到了。他曾多少次被海浪抛起,砸向布满乱石的悬崖,最终夹在两块巨石之间。他的双手双脚都已经被撕碎,他的鞋早被海水吸走。当我们想把他从石头间拖出来时,他的肩膀也在我们手中变得不成形状。海鱼咬掉了他的睾丸,海鸥啄走了他的眼珠,他曾经的面孔如今只见一团肿起的紫色皮肉,只有他白绿相间的胡须不问生死,继续生长,如同坟上的野草。父亲就躺在那里,腕上还系着那条铜链,头发里长起

海藻,他的身体其实没有剩下多少。(23)

麦克劳德选择在故事的结尾再次凸显父亲腕上的那条铜链,这象征着新斯科舍人对陆地的眷恋。在海难发生时,父亲用链条把身体绑到栏杆上以防落入海中,因此铜链代表了父亲想象中与陆地以及世界的精神联系。在风雨飘摇的大海上,渔船是新斯科舍人唯一能够抓住的平坦的地面。铜链与渔船成为大西洋文学的陆地象征,它们是新斯科舍人和陆地联系的精神纽带和生命锁链。可以说,在《船》中,麦克劳德书写了与众不同的地域文化诗学,借助"作者性文本"的独特表达,以外中心的视角对民族和国家的元叙事进行反写。借用皮特对纽芬兰诗人普拉特(Pratt)的诗歌的评价来说,麦克劳德"并没有歌颂海洋,他不是海洋的代言人或支持者,也没有向大海献唱;他并不热爱大海"(Pitt 162)。正如麦克劳德的《失却血中盐》标题所暗示的那样,居住在布雷顿角岛的苏格兰高地氏族后裔保留了对大陆的无法割舍的眷恋。

四、旅游景观和视觉主义批判

麦克劳德的地域主义小说不但逆转了人们对海洋景观的浪漫印象,而且对文化工业尤其是旅游业对地域形象的包装做出了反抗。地域文学在大众心目中被典型化、浪漫化和理想化,体现了国家意识的文化权力,而这种文化霸权的重要表现就是旅游文化的推进。契夫指出,人们对地域的典型刻板印象是,"这里的文学描写的一定是不畏磨难而迸发出的幽默感……是浸泡着海盐味却具有乐感的语言,是沉浸在独一无二的世外桃源中的大西洋人"(Chafe 171)。契夫指出,地域身份总是成为"无所不在的顽固的文化工业包装品"(Chafe 171)。国家神话的表征是对地域的本质主义文化符号学解读,它利用地域的"本真性",通过旅游工业"保存"了地域,使得游客得以体验这里'伟大的历史、独特的文化和纯真的人民'"(Chafe 171)。卡勒也指出,旅游者的原始目的就是寻求"本真",这种企图意味着必须"生产或者参与树立起一个介于标志物和景象之间的符号"(Culler 160)。讽刺的是,"要想体验本真,景观就必须被标志为本真,但是这样一来,景观就遭到外来干预,成为独立的符号,因而失去了本真"(Culler 164)。麦克劳德在《岛屿:故事集》中通过对旅游文化和消费文化的对抗描写也表达了他对这种"本真性"建构话语的反抗。

在《夏日的结束》(《岛屿:故事集》)中,布雷顿角岛成为游客的天堂,并非因为这里的季节和天气适宜旅游,而是因为这里特意为外来者打造的理想景观。故事一开始,叙事者就描写了当下恶劣的天气:

> 现在已经快八月底了,天气依然是那么的不可靠。整个夏季,天一直是那么热。热得花园枯萎,草料不再生长,地表水干枯,只剩下潮湿的泥巴。流入海洋的河水也变成了涓涓细流。河里的鳟鱼和内陆湖里的鳟鱼身子变得柔软无力,大口大口地吸气。有时会看到漂浮在温度过热的水面上的鳟鱼,它们的尸体上覆盖着一层厚厚的灰色寄生虫。这些鳟鱼和春天里活蹦乱跳的鱼类大不相同。春天的鳟鱼会在冰冷而又清澈见底的急流中欢快地跳动,它们的身体像触电一样快速移动,没有寄生虫能够依附在它们的体内。(180)

叙事者一方面描写了丑陋的自然景观,使常规想象中的"本真的"田园风光荡然无存;另一方面却用对照的手法描写了旅游业的无孔不入:"酷热对鱼类、地下水和绿色植物的生长来说是致命的,但是对那些希望躺在夏日海滩上的人来说却是理想的天气。"(180)在阿姆赫斯特,穿越边界的美国摩托车越来越多,"更多的小汽车在雅茅斯渡口登陆,汽车旅馆和夏令营营地人满为患",高速公路上"黑压压的全是旅游大巴以及大大小小的房车和小汽车,车顶上无一例外地安装着捕虾器"(181)。

外来游客的泛滥映射出国家神话元叙事对地域内容的表层利用,对外来者而言,地域风景的深度和不可见性蒙蔽了对生存和日常景观的认识,他们的审美只能停留在表层上。赫伯·威利把这种旅游业包装称为"加拿大制造的国产小写东方主义"(Wyile 100),暗示中心霸权对地域的殖民化和文化帝国主义行为。在《通往拉金角的道路》中,麦克劳德以细致入微的内在者视角讽刺了"国产东方主义"的表层视觉复制。小岛的自然景观在视觉的接触下只带来了虚假的幻象,遮蔽了布雷顿角岛人和自然的深层联系。故事中充满了地域的象征和意象。例如叙事者的奶奶胸前别着一个交叉的蓟草胸针,这个胸针是他在圣诞节前夕从多伦多商场买来送给她的礼物。叙事者他注意到,奶奶箱子里有"一堆堆"看起来都一样的胸针,但她"戴上这个胸针显然是有意而为的"(162)。很快,叙事者为这个虚假的胸针感到吃惊,因为苏格兰蓟草"从来不交叉在一起"(162)。奶奶的这一举动无疑是对抗国家文化帝国主义的象征性反讽。

麦克劳德描绘了新斯科舍的两种不同景观,即地域内部的生态景观和象征外部的旅游者凝视景观,而旅游景观常常霸占地域文化的符号表征。旅游业的国际化要求旅游景观和全球化消费文化对地域自然景观加以均质化构建,以田园理想为模板僵化地域的动态世界,把它转变为视觉现象,用陈旧和偏见的形式加以固化。麦克劳德笔下的布雷顿角岛在"创纪录"的"生意兴隆"的季节里自然而然成为视觉中心主义的消费品(180)。比如,在《夏日的结束》中,"两侧耸立的悬崖替海滩挡住了来自南方和北方的风,保留了这里的平静",海滩被再现为理想世界(182),"却把其中的历史性内容剔空,包装成神话般的风景"(Osborne 115)。在麦克劳德的内部景观中,游人违反季节规律,随意破坏地域生态,变成入侵者,这暗示了旅游景观和"新殖民主义"之间的勾结。列维-施特劳斯曾经把旅游比喻成"帝国主义的儿子"(转引自 Osborne 112)。新殖民主义的脚印不仅在地域景观上留下了痕迹,而且借助摄影和游客的凝视(tourist gaze)把地域他者化。游客通过"见证"大西洋的"独特文化和自然魅力",把人文景观和历史景观排除在视野之外,将自然景观简化为象征神话的能指。在《岛屿:故事集》中,麦克劳德反讽了消费旅游对地域人文的虚无化和他者化,对新殖民主义企图构建的"异域性"表示反抗。

国家宏大叙事的地域表征特点之一,是将地域景观内在化,把地理"性格"强加在地域居民的身上,建立二者之间的精神联系,从而把地域居民视作地域景观的外在体现和延伸,最终树立起本质主义的地域身份。在《岛屿:故事集》中,游客凝视下的女主人公就成为小岛的化身。她长年累月在岛上孤独地生活,看守灯塔,长期与大陆的隔绝使她成为游客望远镜和照相机镜头中的标本。大陆旅游团一批批地组织起"环岛游",游客们携带着各式各样的望远镜和照相机,从远处"观赏"女主人公。在游客的凝视下,她蓬乱的头发、松散的男装和身周狂吠的猎犬成为野人的象征,就像小岛一样充满荒野的气息。女主人公"根本没有意识到,她已经成为'岛屿的疯女人'"(406),她就像展览馆里的动物标本一样,成为他者的化身。游客的猎奇主义(exoticism)和窥视癖(voyeurism)不但把"别处"(elsewhere)当成一个原始的他者空间,而且通过强化地域的"怪诞性"(grotesque)彻底把中心和地域放在了差异的两个极端。在《夏日的结束》中,游客将大西洋景观和人文景观完全剥离,布雷顿角岛成为沉默、无人的原始风景,一派世外桃源的景象。叙事者不断地以第二人称复数代词"我们"强调外来者和地域内部的对立,凸显布雷顿角岛的矿工的存在。故事中的"我们"是被游客完全忽略的流动矿工,他们的职业、身体和社群似乎和这里的"自然"风光相比非常突兀,成为流动的无意义符号。布雷顿角岛矿工以沉默的方式对这种旅游帝国主义做出了反抗:

> 我们是一群身材高大、体格魁梧的男人,我们相互支持,相互依赖,用我们光亮而又会说话的身体共同朝着我们的目标努力;但是,面对坐在椅子上的采访者手中的麦克风,我们却常常是一群麻木而沉默的男人。我们中没有谁会在全国电视节目中向我们的儿子展示我们日常所做;我们所展示的只有麻木和沉默本身。我们既不会表演,也不会讲述。(200)

麦克劳德的地域主义核心是人文景观,他用身体的表征对抗外来者的视觉表征,以身体的景观颠覆被意识形态理想化的自然风景。在《船》中,游客从世界各地给父亲寄回他的照片,"他蓝色的眼睛径直对着镜头,头发比掠过左肩的两朵云彩更显煞白。海就在他的身后,那平旷的蓝色海面一直延伸到蓝天之中。这些似乎都离他非常遥远,或者是父亲在前景中比例太大,和海的大小完全不相称"(15),这是作者对游客凝视建构的新殖民主义景观的反讽。父亲的照片成为肤浅的文化象征,反讽了外来者的视觉中心主义对地域"本真身份"的过度诠释。在《夏日的结束》中,麦克劳德还建构了一种看似很不相称的主观景观与游客的外在景观相抗衡,这是游客的凝视所看不到的文化内涵。在小说中,流动矿工和小岛没有任何不可分割的内在联系。新斯科舍的海洋景观非但没有体现矿工们的任何精神品质,而且他们和地域保持着一种若即若离的关系,出入于新斯科舍、纽芬兰、新不伦瑞克,甚至南非等地的煤矿和金矿,保持着和地下的联系。他们的身体对空间有极度精确的敏感。布雷顿角岛矿工的景观和游客的景观属于完全不同的两个景观:

  在这片海滩上,在布雷顿角岛的西海岸上,并没有任何游客,只有我们自己。整个夏季,我们几乎一直待在这里。我们对这酷热的持久不散感到惊讶。我们等待着这酷热散去,或许,我们就可以解除这魔咒般的天气。七月底的时候,我们相互告诉对方:"八月的大风马上就会到来,粉碎这里的一切。"八月的风是每个八月不期而来的传统的风,它是席卷加勒比海而北上的飓风先遣军。它将会彻底击垮八月里的这片海滩。(181)

这种对抗性景观显示,海洋的生存景观和自然的生态循环属于布雷顿角的内在景观,它是表达地域精神的文化地理景观。的确,景观中甚至暗含了政治的冲突,八月的风预示着"夏季的非官方的结束"(181),矿工们心中清楚,这样的天气不会持续多久,"只要一周时间,所有的游客就会销声匿迹。我们也会打点好自己,做出我们心中已经延迟好久的决定"(181)。在游客的凝视下,布雷顿角矿工被限定到一个固定的时间和空间之内,成为静止景观的一部分。矿工们"躺在炎炎夏日的灰烬里,躺在静止的时间里"(185),等待着复活的机会。旅游景观常常模拟游客与景观的殖民式接触,"帝国主义的运作模式转化成旅游业的梦幻工程",在经济落后的区域形成不平等的交换。这种交换是一种占有的形式,也就是"占有他人的资源和他们的面貌,此即可观赏性",因此以快感为目标的凝视使"旅游者把时间和空间掌握到自己手中"(Osborne 113)。在《夏日的结束》中,作者用对天气和风景的象征反抗了旅游的帝国主义权力。"夏季的非官方的结束"借代八月的风,暗示布雷顿角岛人对官方审美的挑战("炎炎夏日的灰烬"对"静止的时间")。在这里"没有人能够找到我们的踪影",那些"管辖此地的皇家骑警根本不属于本地,他们也不可能知道这片海滩的存在,而且在法律意义上,也没有任何公共道路能够通向我们此刻所在的悬崖"(185)。作者用特殊的细节暗示了矿工的反讽行为,颠覆了旅游帝国主义对地域的固化。例如,他们四处游动,通过游弋性拒斥旅游文化对地域身份的僵化解读:他们走遍世界各地,他们从那片无人知晓的海滩悬崖上摘下并随身携带一根云杉小枝条,这枝条"柔韧且富有弹性"(185),象征布雷顿角岛人的身份,它会随着他们远走魁北克和安大略等地,矿工们"就像携带纪念品、护身符或者身份象征一样,带着它们踏上前往非洲的路途"(185)。这些枝条就像他们的苏格兰祖先在走向世界各地的战场时佩戴的石楠枝或越橘枝一样,成为身份标志。事实上,麦克劳德的许多故事都描写了布雷顿角岛人的迁徙和游移,这种移动性强调与其他文化的遭遇,体现了对本质主义的反抗,拒绝将地域身份和地理想象绑定,解构了国家神话对稳定的地域身份的依赖。布雷顿角岛不是一个自我封闭的、与世隔绝的孤立港湾,"它是开放的,是一个交换的场所"(Omhovère 59)。麦克劳德通过描写矿工的"流离失所,将这种状态转换成具有重要意义的边界跨越"(Omhovère 59),因此,《夏日的结束》中的矿工们总是时刻"游走在理解的路途之上"(197)。游走性使得人们在文化的交往中寻求身份,用联系性的身份消解了本质主义的身份构建。通过凸显出发和回归的主题,麦克劳德强调了"这里"和"那里"的差异性,反衬出本真/非本真、外部/内部、此处/他乡、传统/现代之间的对立和冲突。

五、人文生态主义景观和环境伦理

地域主义文学面临的一个困境是,国家话语的田园神话常常将地域建构成纯粹生态主义的思想之镜,将自然和荒野放大为前景,从而掏空地域的社会人文内容。例如,20世纪80年代以来,加拿大荒野神话的兴起给自然赋予崇高的符号象征意义,使自然成为国家话语的标志。自然被"加拿大化",而这种宏大的"意识形态工程"却是"令人生疑的"(Keefer,1987:97)。基辅尖锐地批评了文学诠释的霸权主义,她认为,传统上地域文学,

> 把自然世界解读为一种挑战而非威胁,也就是把大自然看作一本书,而不是一面形而上学的镜子。自然界的风和水尽管有时具有强大的破坏力,但它们也是交流的工具,是商业繁荣的媒介,给大西洋地域带来了勃勃生机。相比那些神话制造者所炮制的"母亲加拿大"呈现出寒冷的天气和无垠的荒野景象,我们这个地域温和的气候和景观与之截然不同。因此,巴克勒、罗伯茨和拉多尔笔下的自然世界是具体而微的世界,他们给我们描绘了一个真实的、与众人所知的那个加拿大隐喻完全不同的世界。(Keefer,1987:62—63)

国家宏大叙事的地理想象对地域空间进行意识形态改造和文化符号学建构,把地域景观和人文内容相剥离,凸显出"在这片一望无垠的、不为人所知的加拿大景观中开辟出一条道路的需要"(Atwood,1972b:33),将原始的自然作为伊甸园式的空白,使得地域成为生态主义的加拿大隐喻。

麦克劳德的小说也面临着"加拿大隐喻"的威胁,其地域景观常常作为生态主义的文本被过分解读,而其社会内容遭到忽略。实际上,麦克劳德的地域景观不但瓦解了国家宏大叙事建构的田园神话,还流露出一种以人文、社会为内容的生态思想和环境伦理。麦克劳德笔下的新斯科舍人和布雷顿角岛人每日风吹雨打,饱经风霜,恶劣的自然环境每天威胁着布雷顿角的渔民、矿工和农民。正如克里尔曼所说:"在麦克劳德的世界里,没有任何东西能与欧内斯特·巴克勒(Ernest Buckler)笔下对理想化的自然景观的怀旧赞歌相呼应,也没有任何东西能与查尔斯·布鲁斯(Charles Bruce)所描绘的海岸……农田的浪漫颂词相媲美。大自然征服人类的脆弱意志的能力……显而易见。"(Creelman,1999:82)麦克劳德的

地域景观并非纯粹的生态主义景观,而是一种符合环境伦理的人文生态主义。布雷顿角的地域景观既是生存、生产的景观,又是生活、生态的景观。换句话说,麦克劳德的地域景观虽然并不排斥生态主义的解读,但也决然不是纯粹的、空洞的国家宏大叙事的自然表征符号。

"人文生态主义"是帕尔汉姆在2010年提出的概念,他主张从"现实主义"的视角来看待自然,自然"是指世界结构和人类生物学对人类的存在和行为所施加的限制,至少在人类要生存和发展的情况下是如此"(Parham 43)。这种生态思想强调自然和人的互动关系,和麦克劳德的人文景观有异曲同工之妙。人文生态主义主张用复杂的关系来表现自然,避免"天真理想主义"的理解(Parham 43),这加强了社会生态批评的基础。亚历山大·麦克劳认为,麦克劳德的小说既"描写了地理景观,又深入了情感景观"(MacLeod,Alexander 73),因此是和地域景观息息相关的生存小说,而地域的社会生活则是其核心内容。在小说中,布雷顿角居民在生态自然与环境伦理之间保持着微妙的平衡,这样的人文主义生态景观构成了新斯科舍人的生存和生产伦理。麦克劳德通过多方位的景观描写瓦解了对地域景观的单一化生态主义解读,揭示了地域的平衡环境伦理。生产劳作和生存构成自然景观的必要元素,但外来经济和工业对自然资源、生态景观也造成了破坏,使得布雷顿角日渐边缘化并走向衰落。例如,在《夏日的结束》中,海面上遍布着来自俄罗斯、西班牙和葡萄牙的大型捕鱼船,过度渔猎严重影响了本地人的生计。这些"漂流的工厂"就是"奇怪的、移动中的城市,它们灯火通明,刺眼的灯光和星光混杂在一起分不清楚"(186)。而和这些大型渔船相对的,则是由老人或孩子划动的小船。他们在午间一两点出海,"在海上完成他们古老的仪式"(186)。海洋资源的枯竭和"贫瘠的土地"(187)与叙事者反复突出的死亡意象平行,暗示外来工业对自然生态景观的破坏及对当地人生存状况的影响:"矿井和洋流里的死亡事件是常常发生的,身体要么被压碎,要么被劈成两半,在棺材里无论如何不可能把它们重新组合到一起。"(187)残酷的死亡意象又一次令人联想到在酷热的天气中漂浮在海面上的死鱼。

人文主义的生态景观是对深层生态主义的补充,完善了超然于人类话语之外的对自然的乌托邦阐释,而不是加拿大宏大叙事的荒野神话的纯粹虚构。在《林间空地》(《岛屿:故事集》)中,麦克劳德描写了视觉帝国主义统治下的旅游凝视对新斯科舍、爱德华王子岛等地域生态和生产景观的强权审美表征。借助这种描写,作者强调布雷顿角岛海洋风光、地域身份和生存条件的内在联系——布雷顿角岛的地域风景首先是一种农业生存和生态的平衡景观,而不是旅游文化宣传中的视觉和审美景观。小说中,各种新殖民主义和帝国主义集团争相抢夺布雷顿角的土地,把这里变成经济、文化、工业等各方面的受害者,沦为国家和国际双重意义上的殖民地。在麦克劳德的挽歌式的叙事描写中,布雷顿角岛的农业生存景观不得不向外来的旅游欲望屈服。故事中无名主人公独自居住在岛上一片绿树成荫的林间空地上,由于生存需要,他必须砍伐掉一部分树木用以种植农作物。岛上的主要生产形式是手工耕作和畜牧,他们把剪下的羊毛寄到爱德华王子岛上的康顿羊毛纺织厂,并换回新的羊毛毯。在叙事者的回忆中,《绿山墙的安妮》的问世带来了"狂潮般的"旅游热(414),为此,他的儿子约翰也追随纷至沓来的游客专程到爱德华王子岛参观,但结果却令他们大失所望,他们"真的不知道人们来到爱德华王子岛到底应该看些什么东西"(414)。布雷顿角岛的平庸景观和劳动景观被曲解、美化为大西洋地域的标志。旅游大军开始涌入叙事者居住的名叫"林间空地"的地方。这块巴掌大的地盘成为游客和本地人争夺的领地。潮水般的游客看到的"是娱乐的黄金场所",并对这里"纯洁原始的水和一尘不染的空气赞不绝口"(425)。在猎奇心理和见证"异域"文化的欲望驱动下,游客的凝视把地域浪漫化,镂空地域人文内容和历史,使之成为工业化和现代城市生活的对立面,把人文的复杂性降级为原始文化。然而,对于当地人来说,他们必须和这片"田园般"的土地作斗争以维持生计。叙事者在苏格兰代表加拿大服兵役时,不得不向围坐在身旁的天真而迷惑不解的苏格兰东道主们"解释布雷顿角岛的风景",解释布雷顿角岛人与自然环境矛盾的复杂联系。的确,恶劣的自然环境每天都威胁着布雷顿角的渔民、矿工和农民,使他们的生存难以为继。布雷顿角的自然世界就是生存的敌人,他们必须在森林中伐树,清理出空地,清理多石的地带来种植庄稼,这样的活动从叙事者"爷爷的爷爷的爷爷开始就已经这样了"(420)。对布雷顿角岛人来说,这里的自然世界更重要的是其经济资源和经济景观。叙事者在这里"投资优良品种的牛羊",并从苏格兰引进边境犬,"规划好了详尽的边境犬繁殖进程图",并"购置更大的渔船以提高竞争力"(421)。然而,对于潮水般涌入布雷顿角岛,到这里来休假和钓鱼的游客来说,大自然的一切魅力都来自它的视觉审美和对"精神的陶冶"。麦克劳德用波澜不惊的语调描写了游客与本地人的矛盾,反讽了视觉消费和旅游业带来的全球化趋势对地域文化和历史的压制。

在外来者的纯粹生态主义审美中,自然风景被剥离了其地域历史和人文内容,成为表层的、肤浅的符号象征。麦克劳德进一步讽刺了外来旅游者虚伪的生态关怀。在《林间空地》中,一对德国夫妇来到此地,希望能买下一块地皮用作休闲度假地点,并提出要砍掉一些树木,这一要求看似合理,可以维持荒野与生态农业的平衡,因而符合当地人的农业需求。然而,他们并不在意如何处理树林,因为这片树林挡住了他们欣赏海景的视野,因此这些树木"可以随意处理"(429)。在他们眼中,这块一直通到海边的"美丽无比的土地"就是新斯科舍景观的全部,布雷顿角岛在纯粹视觉审美霸权的统治下,沦为扁平的二维图像从而失去了生存的深度。森林却被视作无秩序的荒野,和他们眼中的"自然""纯洁""原始"的浅层审美形成冲突。与此相反,为了维持布雷顿角人与自然的平衡,岛上居民每年也需要砍伐林木以清出空地,给更多的树木腾出生长空间。这是生存和生态景观之间的微妙联系,与游客的随意砍伐截然不同。当叙事者看到他砍伐的云杉树"慢慢地重新占领了年轻的他腾出的空地"(425),他感到欣慰,"云杉树曾经耸立在那里,曾经被清理,现在它们又长了回来,它们去了又来了,就像潮水一样"(430)。生存和生态的平衡源于对自然的尊敬,因而符合以人文为核心的环境伦理和生态平衡。在《第二春》(《岛屿:故事集》)中,人和动物也遵循着共同的自然节奏,随着春天里动物"子宫深处的潮涌"的开始,人们的季节性劳作也开始了,他们给家畜"分群、断奶、打烙印、拔牙,用亮闪闪的刀子割下睾丸,剪断尾巴,给耳朵打标记"(220),夏日里则"干预它们的各种需求和欲望"(221),屠宰多余的家畜以降低数目,并一直反复,"直到牲畜和干草达到大致的平衡"(226)。对布雷顿角岛人来说,"我们人类依赖它们,就像它们依赖我们一样"(221)。叙事者向隐含读者解释道:"我之所以说这些,是为了让你们能够懂得……这个环境",这个维持着生态和生存平衡的环境伦理"扎根在现实主义之中,就像构成这个现实资源的人和动物一样"(227)。

在《林间空地》中,麦克劳德还反讽了游客的视觉生态主义。年轻"堂兄"的电锯声让来自新英格兰和欧洲的游客忍无可忍,他们无法安心入眠,饱受噪声的骚扰,于是不少人拿起相机"把电锯留下的被破坏的现场拍下来并在环境杂志上公布发表"(425),指责对"原生态"环境的破坏行为。然而实质上,他们只是希望保存理想中的宁静、优美、如画的风景,那只是一种形而上的虚拟风景,和地域的人文环境伦理毫不相干。游客凝视下的帝国主义审美把地域虚无化,以自我审美理想为中心建构视觉风景,实现对地域的去物质化神话虚构,以符号取代物质现实,这无疑是民族和国家元叙事和全球主义的文化和审美同一性的结果,是对地域人文施加的均质化霸权主义。麦克劳德讽刺了帝国中心主义的生态审美和旅游工业霸权的伦理虚无。在叙事者看来,大规模外来工业化和机械化才是破坏地域生态平衡的罪魁祸首:"这些游客和政府很快就会拥有一切的。看看渔业、看看你的三文鱼渔网、看看北边的公园。我们很快就会在一片荒野中生存的。"(426)更讽刺的是,当地政府禁止叙事者从事渔业,"因为他们仅有的三文鱼进入大陆河段会对夏季钓鱼的游客有好处"(426)。用 W. J. T. 米切尔的话来说,游客对小岛生态破坏的关注只是把景观等同于"没有人类的自然",而不是"充满道德、意识形态和政治黑暗的"土地的表征(Mitchell W. J. T. 6)。然而麦克劳德的新斯科舍是人与自然之间进行交换的媒介,它拥有自己的生态平衡,也是反映人文、社会、经济、意识形态和精神的物质景观。通过这种多层次景观的文本构建,麦克劳德挑战了来自国家宏大叙事对大西洋的"荒野化"神话塑造,因此是地域主义对国家神话的解构。的确,在《林间空地》中一想到"公园"这个词,叙事者就感到一阵"紧张"(426),他仿佛看到这个带着旅游文化的帝国主义怪兽"像缓慢滑动的冰川一样吞噬越来越多的土地,把它转化为野游小路和荒野区域"(426)。此处"冰川"和"荒野"暗讽了国家神话所颂扬的北方性及其原始伊甸园意象。在加拿大,冰川和荒野是国家神话的重要元素。"北方性"文化构建进入了加拿大想象,成为一个特殊理念。海姆林在《加拿大的北方性:这也是你的北方》中称:"北方不只是一个地区,更是一种激情。"(Hamelin 9)莫里森则在《真正的北方:育空和西北地区》中指出:"加拿大北方不是一个实际地域,而是一个梦想的场所,是想象和幻想之地。"(Morrison 1)北方作为一个虚构的象征空间不断地被地理、历史、文学和艺术再现和加工,进入民族和国家叙事,成为"加拿大作为一个国家的自我认知的空间元叙事"(Rosenthal,2009:26)。"北方性"实际上是海姆林用来表达国家神话的新创词汇,他还创造了"冬天性"(winterity)、"滑动性"(glissicity,源自 glaciel,意为冰川)来总结加拿大的文化精神。由此可见,《林间空地》中"缓慢滑动"的冰川和模仿荒野建立起来的公园是对国家神话的元叙事符号学的反讽。麦克劳德用生存—生态的现实主义地域伦理对浪漫主义的国家地域伦理发出挑战。国家神话的叙事"用想象取代了现实,并配之以各种抽象化形式"(转引自 Merleau-Ponty,1964:12)。麦克劳德的地域景观是现实意义上的景观,是人文的景观,而不是被艺术化和抽象化的国家主义文化景观。正如唐·米切尔指出,风景首先应当被理解为"土地的面貌和风格",而不仅仅是视觉审美(Mitchell, Don 49)。这种视角关怀的是人文价值,把景观视为"看待世界的一种方式"(Rose 167)。麦克劳德的大西洋景观是社会关系的产物和介质,是生产和再生产特定关系的输入和结果。通过现实主义的视角,麦克劳德消解了国家乌托邦对田园的浪漫主义表征,凸显出地域景观和工业、现实生活、经济的内在联系。麦克劳德的自然风景反映了多重内涵,既包含生态的循环伦理,又强调了自然和人类社区的生产劳动关系,塑造出地域的人文主义生态景观。麦克劳德借助风景的话语构建和文化构建,强调生存与生态的平衡。

六、文化景观与本真性

地域景观除了其物质性之外,还体现为与地方密切相关的文化景观:"景观是具有文化实践意义和价值的氛围,而不只是一组可观察到的物质文化现象。"(Wylie 5)麦克劳德的小说除了用内在视角描绘布雷顿角岛的"居住景观"和生产关系,还揭示出地域文化景观的重要内涵。作者描写了围绕景观发生的文化/自然冲突,拒绝服从国家神话构建单向表征,强调地域的"文化实践,即农业活动、宗教或精神信仰、共同的价值体系和行为规范"的表达(Wylie 9)。实际上,任何对国家/地域的表述都属于文化景观的建构,都经由了文字和文学的升华,进入精神领域和文化符号学层面,文学也不例外。文化景观探讨国家/地方对人文的塑造作用及文化意义,因此是人类学、社会学、文学、艺术、哲学等不同领域的构建结果。各种对地域的建构模式利用地域地理和文化、经济的差异反映国家内部的差异,制造地域之间的符号学差距,并树立起消费主义的文化形象。这种消费文化的地域实质上"把地域主义文学进行疆界重组并呈现在市场之上"(Davey,1997:14),因而地域的概念在本质上是意识形态和话语体系的产物。

麦克劳德的地域主义写作不仅对地域物质景观的衰败表示惋叹,而且通过抵制无所不在的国家文化工业描写了布雷顿角衰颓的文化景观,用现实主义的笔触呈现出一幅与官方"本真性"文化表征和伊甸园想象相对的真实画面。国家神话的宏大叙事往往把地域文化的"本真性"和现代性、工业化相对立,用消费文化的包装给地域现实打上"原生态"的印记,实现对地域文化景观进行大规模改造。奥夫顿对工业化和消费社会景观的文化包装进行了严厉的批判,指出宏大叙事的过度总结。他认为,在国家的宏大视野中,地域往往"没有工业时间,只有自然的节奏。这里的生活节奏缓慢,人们想上班才去上班,还时不时地抒发一下诗情画意"

(Overton 9—10)。比如,在小说《绿山墙的安妮》中,诗情画意般的爱德华王子岛被旅游工业和消费文化精心包装,变成了大西洋"独特"文化的典型,使爱德华王子岛的形象永久停留在19世纪浪漫主义文学早期。这种将地域类型化和原始化的国家意识形态和文化市场主义"没能认识到,更不能积极探索各地域人们的现实行为,而只能导致一种简单的理想化性格造型"(Overton 11—12)。

在麦克劳德的《岛屿:故事集》中,作者也对类型化和理想化的大西洋刻板印象进行了反讽,猛烈抨击了旅游业和文化工业对地域文化景观进行的"本真化"文化包装。例如,在《船》中,游客们脖子上挂着名贵相机,他们无孔不入,一心想从布雷顿角的角落寻找到一丝"本真"的影像,并将之作为文化消费品向外界贩卖。故事叙事者的父亲是一个民歌手,在游客的想象中,他俨然是地域文化的活化石,被视为原始而浪漫的大西洋人的模范样本。游客们四处游荡,"不时地拍下那些自然不能少的景观,或伸出手去,在那梦幻般的水面上划出一道波纹"(12)。这些外来者"非常喜欢父亲",邀请他到他们租住的木屋里唱歌,那木屋"坐落在高高的山巅,俯瞰着对他们来说简直就是世外桃源的地方"(12—13)。酒过三巡,父亲面对到此采风、装备一应俱全的游客,唱起各种各样的民歌和劳动号子。这些民歌包括"东海岸的船歌,歌颂在诺森博兰海峡捕猎海豹的渔夫的曲子,还有歌颂大浅滩、安迪克斯迪岛、塞布尔岛、达曼南岛、波士顿海湾、南塔基特岛、布洛克岛的纤夫调子"(13)。父亲一唱就是三四个小时,逐渐转成盖尔语,唱起饮酒歌、战曲、挽歌等。但讽刺的是,听众除了在听到一些粗鄙的纤夫调歌词时忍俊不禁之外,"根本不知道他们为什么鼓掌,也不知道那些悠扬的波士顿的民歌里表达的是什么"(14)。在游客冬天寄回的照片中,父亲的头像下面写上了"赠给我们的欧内斯特·海明威这样的字样"(14)。大众文化和商业化对地域文化"本真性"的再现无疑是按照文化中心主义模式而包装的类型化形象,对地域的本真性是一种贬值和扭曲。对父亲来说,他的民歌表演仅仅是一项配合旅游文化而进行的商业卖唱行为,当他回到家后,总是像往常一样,把钱扔到厨房桌子上交给母亲,径直钻进自己的卧室,而母亲却从不伸手去碰这些钱。叙事者则"既感到骄傲,又觉得羞耻;既感到年轻,又感到迟暮;既感到自己获得了拯救,又感到无止境的迷惘"(13)。

在《完美的调音》(1987)中,麦克劳德进一步描写了商业化及大众媒体对地域文化艺术的曲解,并反讽了文化中心主义的"本真性"表征。在《无边的黑暗》中,新格拉斯哥的公路被商业化和大众文化所渗透,扑鼻而来的是油腻的汉堡的陈腐的脂肪味、闹哄哄的自动点唱机、艾尔维斯·普雷利斯的照片等。在商业文化的侵蚀下,布雷顿角岛的苏格兰文化传统渐渐丧失,地域文化景观被消费文化和工业化带来的一致性大众化审美品位趋势所淹没,传统文化生存空间遭到压缩。在《完美的调音》(1987)中,78岁的阿奇博尔德独自生活在山顶,他就是消逝中的地域文化的象征。作为布雷顿角岛的尚健在的几位老人之一,阿奇博尔德对消费文化大众具有重要的价值,他是"本真"地域文化景观的活标本,因为他是少数能够用盖尔语唱歌并讲述古老苏格兰传奇的老人之一。然而,讽刺的是,阿奇博尔德仅仅是全球化和消费市场上的"文化多样性"样本。阿奇博尔德如同濒危动物一样被反复包装,成为文化消费品展现浪漫主义的加拿大文化。阿奇博尔德以"吉利斯博易格"这个名字出现在各大媒体和报纸上,因为这个盖尔语名字"很正式"(108);诸如"阿奇""阿池"等各种昵称听上去似乎对原生态文化大不敬(108)而被众人所抛弃。全国各地研究民间传说的学者纷至沓来,把阿奇博尔德当作稀有文化现象进行考察。小说的叙述滑稽而充满讽刺,阿奇博尔德"是在20世纪60年代被'发现'的,现在已经对他进行了大量的录音和录像记载"(108)。他不仅被誉为"最后一个古老盖尔语民歌手",而且他的声音已经被"原汁原味地"保存在悉德尼、哈利法克斯和渥太华的档案馆里,他的头像也出现在各种各样的学术和非学术期刊上,并被贴上大同小异的标签或标题:"最后的布雷顿角岛歌手""永不放弃山巅的人""盖尔语歌词中的助记手段"(108)。由于他没有留胡茬的习惯,衣服又整洁干净,常穿着背带裤,脚穿大靴子,因而在电视屏幕上有天然的视觉吸引力,"拥有可信度"(127)。制片人夸奖他"风度翩翩","看起来就正合心中期待"(126)。而对于歌曲的内容,制片人则漠不关心,甚至抱怨歌曲太长,需要剪截,而还有一些民歌"太沉闷,太伤感",必须"调整一下"(127)。麦克劳德的反讽可谓入木三分。的确,《完美的调音》的标题就暗示出强烈的反讽用意。制片人对阿奇博尔德的解释体现出消费主义的文化霸权:"这是一个规模宏大的表演。这可不是地域表演,而是一个面向全国和国际的表演。很有可能这次表演会向苏格兰、澳大利亚或者其他任何地方现场直播。我们需要的是看起来状态最佳的人、能够给人们留下关于这个地区和省份的独特印象的人"(126)。正如麦克刊奈尔所说,"舞台真实性"完全忽略了地域和社区的真实环境,把理想化的原始形象固定在丧失时间和空间具体性的舞台或者屏幕上。借助屏幕和舞台,观众完成了对"其他"地方的精神朝圣,领略了与他们的文化不同的风味,因此,这种高度戏剧化的表演是肤浅的文化消费(MacCannell 96),更是对地域人文的漠视和他者化。

奥夫顿认为,麦克劳德的反讽是对"文化主义(culturalist)的批判",因为文化主义往往把现代化和文化传统相对立,惋叹传统生活方式的消逝,实质上却是对地域文化和经济的"悲观主义和失落的表达"(Overton 9)。阿奇博尔德被文化主义所利用,就像展品一样被原样保存,成为文化消费品。这种文化主义的企图体现了鲍德里亚所说的"惶恐的怀旧"(panicked nostalgia)(Baudrillard 23),是国家文化机构对"本真文化"和代表"田园生活方式"的地域文化的压制,其目则是为了维持刻板地域形象,维持国家神话。制片人坦诚相告他不懂盖尔语,只不过是"在统计观众影响力"(MacLeod,Alistair 1987:125)。制片人文化衫上"既然有,就要炫耀"的标语则表现出莫大的反讽。在故事中,麦克劳德甚至用盖尔语把苏格兰纺纱小调原本地再现给读者("*Fear A' Bhata*、*Oran Gillean Alasdair Mhoir*、*Mo Chridhee Trom*"),没有提供翻译和解释。通过陌生化的手段,作者营造出一种"原汁原味"的气氛和"真实感"。同样,在《夏日的结束》中,矿工通过歌唱的文化仪式宣告他们和南非祖鲁人的文化差异。作为布雷顿角岛文化景观的一部分,民歌"在绝大多数情况下总是本地的,是私有的,它们在翻译中会失去所有的本质"(196)。像所有布雷顿角岛人一样,矿工们意识到,民歌就是他们的边界:"这歌声最终似乎只是为我们自己而唱。"(196)在麦克劳德的地域诗学中,民歌也是地域对抗国家元叙事的文化对抗表达。叙事者从女儿的大学文学教材中读到,"民歌的魅力是超越时间和景观限制的艺术,具有世界性",然而他却"在心中反复默念这段话,思考着民歌和我自己的联系"(196),这无疑是对所谓"世界性"的强烈反讽,表达出麦克劳德对地域文化景观的深刻关切。

综上所述,麦克劳德在他的小说中构建出的布雷顿角不是一个纯粹的地理景观,而是包含地域审美、伦理、地方感等多方面因素的人文景观,是对地域的人文地理学的书写和叙事。他的作品通过地域主义的对抗性叙事描写了工业化、国家文化资本、全球化、旅游消费文化给地域带来的人文和社会影响。麦克劳德利用现实主义的地域景观对加拿大国家神话进行了去神圣化、去疆界化、去固定化的颠覆,把地域景观还原成以现实为基础的人文的文化地理景观。麦克劳德通过《岛屿:故事集》书写了距离/接近、观察/居寓、视觉/土地、文化/自然、空间/地方等多种冲突下的地域景观。作者进一步提出这样的问题:景观是我们居寓其间的世界,还是我们远观的世界? 景观是表达自我、知识和土地之间的联系的景观,还是审美、艺术对地理空间的表征,抑或是对视觉的满足和对心理的调节和精神的涤荡? 无须赘言,麦克劳德的地域景观充满了矛盾和斗争,是抗争和表达的空间。他描写的布雷顿角具有深刻的人文价值、文化表达,也拥有自己的生态和伦理价值。

第十一章　门罗短篇小说中的苏格兰—加拿大时空体

一、加拿大文学中的苏格兰时空体

时空体是文学创作中的一个重要现象。巴赫金在《小说的时间形式和时空体形式——历史诗学概述》中首次提出"时空体"(chronotope)概念,用它表示文学中的时空联合。他认为文学艺术性地把握了时间和空间的重要联系。在文学时空体里,时间和空间是不可分割的,文学中的时空具有"内在联系":时空体"作为一种理解经验、模拟世界的方式,为叙事事件的产生提供了表征的'基础',一系列时间标记与空间特征结合在一起,共同界定了特定的历史、传记和社会关系"(Pier 64)。巴赫金认为:"一部文学作品与现实的艺术统一性是由它的时空体界定的"(Bakhtin, 1981:243),作品所表现的世界与其外部世界相互影响,时空体"是小说基本叙事事件的组织中心"(Bakhtin, 1981:250)。这些时空体"有助于吸纳现实中的时间现实(包括历史),并将现实的本质反映并纳入艺术空间"(Bakhtin, 1981:250)。时空体和外部世界与历史发生着广泛联系。时空体具备两个属性,即经验形式和表征形式,且二者相互关联。正如比顿所说:"时空体应被理解为时间和空间的独特配置,它定义了文本世界中的'现实',正如世界本身的概念一样"(Bakhtin,1981:62)。

巴赫金的时空体作为一种隐喻应用在文学批评中,并扩展了时空体的含义,将其应用于诸如"现实的时空体""时间的时空体""道路的时空体""爱情的时空体"。巴赫金强调,经验的时空体并非只有一种,而是多种多样的,不同的世界观和不同的社会情境有不同的时空体。一部小说可以包含多个时空体,因此具有异时性。不同的时空体在同一文本中构成了小说的复调性和对话性,反映出与不同时空体相匹配的某种复杂的价值或观念系统。佩奇(Graham Pechey)指出,时空体的多元性使得"现实在它们之间进行选择"成为小说的一般性特征(Pechey 174)。在宏观社会历史层面,巴赫金通过对文学作品中人的形象来研究作品与其所处历史时空的关系。从这个角度看,时空体有助于探索文学文本与作家所处时代之间复杂而间接的勾连。通过文学的"时间—空间",借助"时空体的透光镜,可以透视文本中存在的文化系统的各种力量"(Holquist 125)。

从巴赫金的这种时空体视角来看,以多元文化为特征的当代加拿大文学构建了典型的文学时空体。加拿大文学将不同的族裔、地方、历史现实汇聚在共同的文本中,把文学与社会勾连在一起,为进入想象的加拿大时空体提供了通道。而在不同的现实和历史时空体中,苏格兰性是加拿大文学最为显著的一个特征。作为加拿大主体民族之一,苏格兰的文化和传统影响深远。早期到北美开拓和建设殖民地的人中,苏格兰人占主要部分。无论在加拿大拓荒、国家建设,还是在经济和政治制度的确立过程中,苏格兰移民和后裔发挥了不可替代的作用,而在与社会相映照的文学时空体中,苏格兰传统也留下了不可磨灭的印迹。苏格兰的文学、记忆、神话、传奇和流散叙事,成为加拿大文学时空体的重要内在元素,建立起加拿大"新世界"和欧洲"旧世界"的联系,构成了加拿大文学民族性的一大景观。

的确,苏格兰文化从一开始就在加拿大人的生活中保持着强大、多彩和顽强的生命力,在多元文化和后殖民时代,苏格兰传统更为加拿大的现实世界增添了光彩。加拿大文学有一条鲜明的苏格兰传统脉络,拥有众多苏格兰后裔作家。正如特朗坡纳所指出的:"从19世纪起,加拿大的英语作家就紧紧追随苏格兰的文学原型。加拿大文学中充满苏格兰的人物类型(从牧师到小农场主),并模仿苏格兰的文学体裁(从历史小说到方言诗歌)。"(Trumpener 43)拥有苏格兰血统的作家在加拿大文学世界扮演着重要角色,许多作家,如玛格丽特·劳伦斯、爱丽丝·门罗、玛格丽特·阿特伍德、卡罗尔·希尔兹等,都被誉为加拿大民族文学先驱或主力军。在继承苏格兰文化和文学叙事传统的同时,门罗和劳伦斯这样的作家还进一步"矫正了苏格兰人对加拿大本身的长期看法"(Trumpener 43),以各自的文学时空体定义了加拿大的民族性格。

然而,加拿大文学时空体中的"苏格兰性"并不是向北美大陆的简单移植,而是经过了新世界文化与环境的熔炼和锻造,在现实社会基础上融合交互形成的具有"杂糅性"的民族图景。例如,门罗认为,加拿大"从不像美国人那样否认我们所谓的'旧世界',也不像澳大利亚人那样总体上否认'旧世界'的传统。这或许对于国家的形成,对于我们的民族性的形成,是一个艰难的挑战"(Gittings 96)。洛宾·马修斯认为,在文化上寻找"对立特性常常导致一种僵局,不得不达到某种妥协,而这种妥协在我们的历史上还远远没有最终落实"(Matthews, Robin, 1988:1)。加拿大文学与苏格兰性的关系不是简单的包容和融合。在和新世界的接触中,苏格兰性发生了潜移默化的变化,形成了一个新的文化能指体系和一幅不同的文化景观,在继承苏格兰文化遗产的同时,又容纳了新世界现实的差异性和独特性。这种跨越时空的文化移植,使得加拿大人"在一个陌生空间中寻找到了熟悉的事物"(Gittings 87)。在新的时空体中,文化移植超越了语言和文化的限制,构造出新的民族和国家想象。正如哈琴所指出的,多元文化语境下,加拿大的民族性发生了新的认知,"主流"民族和少数族裔被同时放置在文化马赛克的背景之下,不同族裔凭借彼此的差异性和联系性相互定义,形成了无中心的加拿大文化结构和对加拿大性的理解。她认为,苏格兰民族在多元文化背景下也被族裔化,苏格兰和英格兰人"同样也是'族裔的',是奇怪的他者",因此"族裔性的实质,在定义上成为'位置的相对性'"(Hutcheon,1998:29)。对哈琴来说,认识像罗伯逊·戴维斯、玛格丽特·劳伦斯和门罗这样的加拿大"主流"作家的族裔性非常必要。因此,研究加拿大文学中的苏格兰历史和文化影响是理解加拿大多元文化的重要成分。

二、门罗的苏格兰—加拿大时空体想象和日常生活

在诸多苏格兰后裔作家中,2013年诺贝尔文学奖得主爱丽丝·门罗可谓当今世界文坛的重量级作家。她的作品充满了时空的矛盾和张力,将现实和想象、历史和记忆、个人和家族糅杂在一起,形成了门罗独特的时空交错体。门罗的叙事常常把苏格兰的历史空间与加拿大的现实世界叠合在一起,造就一个奇异的文学时空体。门罗的时空交织体强调加拿大的主导现实,作品充满对安大略小镇日常生活的细致描写,而她生活的几乎各个阶段都成为笔下的素材;同时,来自苏格兰祖先的家族记忆和民族传奇也纷至沓来,涌入门罗的加拿大—苏格兰时空体。门罗的作品背景大多设置在安大略省南部的偏僻小镇,这里既非中心城镇,又非乡村地界,总是地处二者的交界或中间地带。如福克纳虚构的"约克纳帕塔法县"一样,门罗在作品中虚构出一个独特的想象地域,它西南紧邻休伦湖和伊利湖,北接哥德里希镇,东临安大略伦敦市。与此同时,门罗在加拿大的地理现实空间上叠加了浓烈的苏格兰历史性,这使得她的作品时空产生繁复的交错,造成朦胧恍惚的时空错位感,却又时不时地回到加拿大的现实,在保持与欧洲文化记忆和旧世界历史藕断丝连的关系中塑造出鲜明的加拿大性。

苏格兰—加拿大性是门罗作品中常见的叙事框架,两者紧密结合,在小说内部世界与加拿大外部现实之间建起一座桥梁。门罗的文学时空体最显著的特征就是地理与历史的交叉,在安大略的地理空间之上常常嫁接和移植了苏格兰的历史记忆,造成独特的错位感。门罗写作生涯大部分时间居住在安大略南部的温厄姆和克林顿两个小镇,在这里,门罗个人的家庭和民族身份背景得以管窥一斑。这两个小镇被一群大大小小的镇子所包围,它们都有一个响亮的苏格兰名字,维系着苏格兰文化的历史纽带:科尔克顿(Kirkton)、卡罗登(Culloden)、芬格尔(Fingal)、金卡第(Kincardine)、梅尔罗斯(Melrose)、爱奥那(Iona)、登各嫩(Dungannon)、艾尔撒克莱格(Ailsa Cragg)、纽登第(New Dundee)。罗斯(Catherine Sheldrick Ross)指出,在加拿大安大略南部,"处处回响着空间错位的苏格兰历史"(Ross, Catherine Sheldrick, 26)。例如,她把安大略省的休伦县描写为"一个具有浓厚苏格兰—爱尔兰背景的乡村文化地区,这里的人们充满正直感,但同时也处处可见耸人听闻的丑恶行为,比如彻头彻尾的离奇犯罪,也有令人难堪的性幽默,很多人有酗酒习惯,还有在大庭广众之下杀人放血"(转引自 Howells, Coral Ann, 1998:58)。这种"位移的身份"想象使门罗的作品独具特色,使乡愁般的历史叙事、口头传说和本土空间描述紧密结合,造成时空的交错。在门罗的作品中,作者对加拿大现实的关注和苏格兰的传统记忆往往相互交织,伴随着日常生活的叙事展现现实与记忆间的张力。门罗强烈的地方感和历史感矛盾性地在文本中产生跨越时空的交错,她的许多作品既是对加拿大空间的描绘,又超越了地理疆界,融合历史视角把加拿大现实与苏格兰记忆(如作者的家族背景和苏格兰传奇故事)相互交接,在时空上形成了一种独特的交织体和"错位身份",呈示出一种"既是这里又是那里"和"既是现在又是过去"的朦胧效果。这种时空的交叠常常体现在门罗独特的叙事手法上,叙事者通常是一个年迈的女人以追忆的形式讲述故事,不断在现在和过去之间穿梭,这使得门罗把"苏格兰性"和"加拿大性"巧妙地融合在一起,展示出一幅立体的加拿大民族性时空体图景。

值得一提的是,门罗的苏格兰—加拿大时空体同时融合了强烈的个性。门罗是一个依靠记忆写作的作家,个人、地域、国家、民族的记忆在她的作品中纵横交错,构建成一个奇特的杂糅想象世界,在忠实再现和反映加拿大现实的同时,又浓缩了门罗的个人经历、家族历史、苏格兰的民族记忆和传奇,从而塑造出鲜明的加拿大想象。在门罗的小说中,"苏格兰—加拿大性"往往通过主人公对家族历史的叙述铺陈开来,让读者得以管窥当代加拿大景观。苏格兰宗教改革历史和长老教会的信仰、苏格兰民谣、苏格兰历史和传说等元素都成为其创作素材,而故事的总体框架却发生在加拿大内部。门罗的文学时空体中,事件、个人经历、过程和欧洲大陆、加拿大现实保持着千丝万缕的联系。门罗构造的苏格兰—加拿大时空体使我们能够深入了解其小说中的苏格兰文化和加拿大现实。本章通过对门罗短篇小说集的细读,解读其作品中的苏格兰意象和象征,阐释苏格兰性与加拿大性的互构关系,揭示其加拿大性构建特征。

门罗的时空是一种叠加的混合体,糅合了关于自我、家庭、苏格兰和加拿大历史与现实的交叉时空。她的许多短篇小说素材取自现实生活,例如母亲的帕金森式综合征(《渥太华河谷》)、父亲的银狐养殖场(《男孩和女孩》)、安大略小镇的地理和历史(《弗莱茨路》)、苏格兰祖先的家族史(《岩石堡风景》)。豪威尔斯指出,门罗"所有作品中都强调自传成分",这引起了许多学者的关注(Howells, Coral Ann, 1998:141)。萨克尔(Robert Thacker)研究了门罗小说中个人生活素材的广泛利用,发现她的作品"常常把现实嫁接到"虚构世界之中(Thacker 18—19)。在借助想象和记忆讲述自我叙事的同时,门罗对想象中的苏格兰—加拿大时空体做出跨越时空的描绘。例如,在半自传短篇小说集《岩石堡风景》中,作者以个人生平故事和家族历史为素材进行创作,将关于加拿大现实的叙事融合到一个以自我为中心的时空交织体中,展现了两个不同时间和空间的文化联系。她在《岩石堡风景》的前言(2006)中写道:"我把我自己放置到中央展开对自我的探索和书写,而这些围绕自我的人物却拥有他们自己的生命和色彩……你可以说,这些故事比虚构小说更注重生活的现实性"(Munro, 2001)。门罗解释道,在这种时空体中,苏格兰的历史记忆"总是在现实中有其起点",而这个起点就是加拿大的现实世界(Thacker 266)。

事实上,时空体和个人传记、回忆录、家族史有着密切的关系。巴赫金在《对话的想象:四论》中提出,文学和艺术的时空体是"文学形式构成的一个分类",这些"真实生活时空体"来自家庭,是"见证自我的家族意识

第十一章　门罗短篇小说中的苏格兰—加拿大时空体　235

的素材",但是这种时空体写作"并不仅仅是属于个人的私有写作,而是保留了深层的公众性质"(Bakhtin,1981:87)。正如汉森-波利所说:"文学艺术时空体概念非常有益于我们理解门罗对特定地点和时间的角色和情节的深刻用意。"(Hansen-Pauly 198)他认为,门罗小说中的时空汇合常常给时间赋予了特殊的意义,仿佛"故事中暗藏着的精髓和骨架"(Hansen-Pauly 198)。门罗常常"超越小镇平凡生活的限制,转向探索其他环境,尤其是属于过去的场景、路途中的游历,因为它们能够提供看待生活的一种不同视角"(Hansen-Pauly 198)。例如,《女孩和女人的生活》(*Lives of Girls and Women*,以下简称 LOGAW)中,门罗大量运用自传元素进行创作,却在出版小说时附加了一页亲自签名的免责声明,宣称"这部小说在形式上是自传体,但事实上并非如此。我的家人、邻居和朋友都没有作为原型"(Thacker 211)。在后来的版本中,门罗又删除了免责声明,这使得小说在虚构和自传之间的界限更加模糊,从而加强了现实与虚构的时空体幻化。

　　门罗的短篇小说集《岩石堡风景》(*The View from Castle Rock*,以下简称 VFCR)可以算作她的加拿大—苏格兰时空体典型代表。这部作品的叙事结构直观地显示出门罗的时空体元素。小说集共分为两部分,第一部分标题为"毫无特色"(3),记述了叙事者/作者回到苏格兰寻访家族的历史。她对莱德劳家族史的记载包括了苏格兰小说家詹姆斯·霍格(也就是华尔特·司各特的朋友)、詹姆斯·莱德劳、威廉·莱德劳等人的经历,描述了他们从苏格兰向北美大陆的迁徙史。在标题为"家"的第二部分,门罗则聚焦于加拿大的现实世界,讲述她自己和父母的日常故事,用松散的结构对安大略小镇的生活细节进行了忠实记录。从第一部分到第二部分,小说安排了明显的空间转移,在时间上第一部分以过去时进行叙述,第二部分则以现在时讲述。其中,第一部分的部分回忆又在第二部分中重现,却仍然以现在时再现。通过这种特殊的叙事技巧,小说在苏格兰和加拿大两个空间之间穿梭,把个人、家族、历史、地方、国家各种因素汇聚在一起,将"日常生活中细节的反复"编织到一个时空体之中,映射出小镇日复一日的"循环生活"(Guignery 10)。门罗在这本书的前言中则声明了故事集的真实性。作者对父亲的家族史产生浓厚兴趣,大量阅读莱德劳家族的历史资料并展开调查。门罗甚至查阅了《1799年苏格兰统计报告》,发现她的祖辈居住的艾德里克河谷就是被人们称为"穷乡僻壤"的地方,因而她以这个词作为小说集第一部分的标题。为了查找资料,门罗在苏格兰居住了几个月,深入探访,住在距离艾德里克河谷很近的地方。她还访问了塞尔扣克和加拉希尔斯公共图书馆,在地方志中找到了父亲家族祖先的名字,又在詹姆斯·霍格的《布莱克伍德杂志》上找到了对他们的记述。从这些资料中,门罗逐渐拼接出故事的碎片,并了解到,霍格的母亲是莱德劳家族一员,而苏格兰历史小说家瓦尔特·斯科特在为《苏格兰边区的游吟诗人》收集民谣时,霍格曾经带着斯科特去访问自己的母亲。门罗还把大段的信件内容作为素材进行创作,她在《岩石堡风景》前言中写道:"我的幸运之处就在于,我们家族的每一代里都有热爱写信的人。这些信通常都长篇大论,毫无保留地透露生活细节,有时热情洋溢,有时怒透纸背,充满栩栩如生的回忆。"小说在很大程度上成为材料的汇总和编撰,"历经数年,不知不觉间,它们开始自动增删,渐渐成长为故事。有些人物主动用自己的语言向我叙述自己的经历,另一些人物则从背景中超脱出来,站到了我的面前。在最大可能地尊重历史的前提之下,人物的语言和我的语言纠缠在一起,形成一个奇妙的重塑生命的过程"。门罗坦率地承认,她常常用第一人称写作,因为这样"离我的真实生活更近",她处理材料的方式"其实与写作回忆录更接近"。

在短篇小说集《岩石堡风景》的后记部分,门罗以"信使"为标题强调了跨越时空、跨越想象和现实的叙事的联系,同时,也强调了个体生活和未来的连续性:"我们无法抗拒在过去中进行浏览的诱惑,我们筛选出不可靠的证据,把没有关系的名字和可疑的日期和传闻联系在一起,我们仅仅抓住各种线索,坚持把死去的人和将要诞生的人联系在一起。"(347)可见,这本自传故事集的结构是有着深刻用意的。"信使"旨在把苏格兰和加拿大相互联系在一个超越时空的统一体之内,共同叙述关于加拿大的现实和历史。巴赫金指出,时空体中家族和氏族(clan)的功能"是国家象征文化的一个直接的延伸……个体意识紧紧围绕在氏族和祖先的具体化记忆的周围,同时对未来的后代进行展望"(Bakhtin,1981:86—87)。这样,家族就形成了作者的档案库,而自传则在家族传统的环环相接中"书写自身",这使得"自传意识成为公共的、历史的和国家的"(Bakhtin,1981:87)。门罗对文学—社会时空体的应用不仅仅局限于其自传性的文学叙事,还与日常生活叙事相结合,使两个不同时空呈现出一种似是而非的模糊状,相互无法分离,以此体现苏格兰—加拿大文化的时空联系。这种日常生活时空体营造出一种无秩序循环反复的效果,使读者感受到波澜不惊的生活。正如巴赫金所描写的,在时空体中:

> 没有事件发生,只有不断重复着的"行动"。时间也不再是历史的向前运动,而是在狭小的圈子中移动着:日复一日,周复一周,月复一月,一个人的全部生命不断地重复着……从早到晚,同样的活动不断地重复,同样的话题不断地被谈论,同样的词语不断地被说出……时间没有了时间,因此,似乎完全静止下来了。(Bakhtin,1981:247—248)

门罗的日常生活时空体除了凸显单调的事件或重复的行为,还把时空的概念扩展到了文化、地理学、历史书写(historiograhy)领域,让时空矛盾体为展现她想象的加拿大小镇日常生活服务,也使我们能于错位的时空中看到加拿大现实。在门罗的短篇小说中,个人的生命往往和加拿大、苏格兰的历史相互渗透,共同塑造现实。门罗的时空体不仅具有历史维度,更凸显时间性(或历史性)对空间性(或现实世界)的叠加影响。例如,在《活体的继承者》(出自 *LOGAW*)中,叙事者黛尔存在于两个平行空间和时间的交叉地带,她的日常生活被瓦瓦纳什县的现实所围绕,却总是与苏格兰的历史不时地发生联系。现在和过去交叠,此处也和彼处时刻相互影响。在黛尔眼中,瓦瓦纳什县的现实世界就是苏格兰历史的嫁接和延续,她常常把本地历史和苏格兰家族史相混淆。例如,她把墙上照片中的曾祖父误认作叔叔克雷格,克雷格不得不提醒她,照片那时的他还没有出生,黛尔的"时间和历史观念太不准确"(34)。黛尔对坚肯弯道发生的故事十分感兴趣,想了解从苏格兰来到加拿大的那个年轻人为何死在这里,以及弯道为何以他的名字命名。她甚至提出想亲自到现场看看,但克雷格叔叔却认为:"那里什么也没有,这根本不值得他们树立一个什么标牌。"(35)和"总是不知满足的"黛尔一样(35),门罗小说中的角色总是不断地超越时空,他们对加拿大现实的阐释总是受到苏格兰的历史干扰,这使得门罗小说的历史性突破了线性过程,通过叙事和回忆随意切入时间,使读者看到苏格兰性在加拿大现实生活中的分量,因此,门罗的时空体是独特的交叠,它结合了个体叙事和民族书写,是文学和文化地理学、人类学意义上的一种时空交织体。

门罗的文学时空体常常流露出一种乡愁,这使她被归入苏格兰流散作家的范畴。例如,卡卢德认为,门罗属于北美苏格兰流散写作的一个代表,她的作品是联系"家"的一个纽带,同时是"流散的苏格兰人克服与新旧世界两个'想象社区'之间不断变化的关系的一种手段"(Carruthers and McIlvanney 11)。卡卢德进认为,苏格兰的"流散想象"是一个非常"广阔而硕果累累的领域",在加拿大文学中,我们可以领略到休·麦克伦南和阿里斯泰尔·麦克劳德的"高地苏格兰文化"(Highlandism),而在门罗的作品中,则可以看到苏格兰高地和苏格兰低地地区的"边地历史"的缩影(Carruthers and McIlvanney 11)。

门罗的苏格兰记忆和家族史被"移植"到加拿大乡土环境,在这种"流散想象"基础上建立起来的叙事织体实际上包含了内在的时空差距性,对传统民族想象中的"家"和"家园"的概念进行了重写,因而和苏格兰本土的家园想象也拉开了距离。在《门纳塞通河》(出自《青年时代的朋友》,*Friend of My Youth*,以下简称 *FOMY*)中,门罗用复杂的叙事结构再现了现实和历史的时空体。故事首先运用第三者视角叙述了女诗人阿密尔达的诗作和生平。故事一开始以简报、书摘的形式提供外部线索,这种复杂结构使得故事非常具有迷惑性。通过叙事构建的特殊时空体,叙事者出入于 19 世纪初到 20 世纪 80 年代的 100 多年跨度构建的时空之中,在苏格兰和加拿大之间往返,并穿梭在小说情节本身,阿密尔达的诗歌、剪报和书摘所构成的三个叙事空间扰乱了正常的阅读顺序,造成时空的间隔。更重要的是,叙事时空的穿梭也使女诗人阿密尔达同时进行时空穿越和嫁接。例如,在她的诗作《祭奠》中,阿密尔达在想象中把加拿大荒野和苏格兰并列和交织,虚构了一个独特的家园想象,作为她诗歌创作的源泉。阿密尔达是一个生活在维多利亚时代中期的女诗人,她的诗中表现出 19 世纪英国维多利亚时代的特有沉思性,但她对加拿大荒野的描写却给人造成一种时空的错觉。诗中安大略景色和苏格兰景色浑然一体,到处可见"纠缠在一起的灌木林""平坦的田野""灰尘飞扬的道路""没有涂色的红砖房"(120)。这样的风景描写使读者无法分清叙事者是在描写加拿大荒野,还是在追忆苏格兰风景。时空交融使记忆和现实重合。阿密尔达父亲举家来到加拿大西部荒野,作为第一代移民,需要从事开辟荒野的繁重工作,但加拿大荒野却和他的欧洲想象共同塑造着精神世界。他"可以在心里默念圣经、莎士比亚和爱德蒙顿·伯克"的作品"(51),一边开荒劳作,一边喃喃自语,大段地背诵英国文学经典作品。

在《门纳塞通河》中,阿密尔达就是门罗本人的缩影,作为作家/诗人,她对加拿大和苏格兰展开书写,而作为读者,她又跳出作品时空进行批评式阐释。门罗本人则扮演了外在叙事者的角色,对阿密尔达的诗歌进行注解。例如,叙事者借用报纸评论指出,阿密尔达在《经过那片古老森林》中对加拿大的自然世界进行了详尽的记载,包括动物和植物的名字、形态和用途。叙事者/作者对阿密尔达的诗作《混合花园》的评论具有象征性,令人联想到弗莱所说的具有加拿大特征的"灌木丛花园"(Bush Garden):"或许作为森林诗的姊妹诗,[阿密尔达]还记载了从欧洲国家带来的各种植物的详细名录,包括有关它们的历史和传奇。"(53)对叙事者/作者来说,这个混合花园就是苏格兰—加拿大时空体的缩影,它"是这种混合性所带来的加拿大性的最终体现"(53)。时空的交织一方面反映出苏格兰移民对新世界家园的精神认同,另一方面也是对门罗作品的一个最好的诠释。

门罗在文章《现实是什么》中称自己"是个没有时序感的作家"(anachronistic writer),因为"我的作品深深地扎根于一个地方"(转引自 Martin, 1989: 99)。对门罗来说,时空之间并没有界限,加拿大人的地理认同与对历史的认同不可分割,二者共同创造了现实身份。门罗的时空体使作者在现实与历史间穿梭,有时甚至会跨越几个世纪的间隔,通过这种方式把现实中的加拿大日常生活与苏格兰历史与民族记忆联系起来,创造出独特的苏格兰—加拿大性。门罗小说中的大幅度时空跳跃造成了历史的厚重感,使加拿大现实永远处于历史的影响之下,这象征着加拿大人挥之不去的苏格兰记忆。这种基于现实框架,却将线性叙事时间秩序打乱的手段模糊了现实与非现实、记忆与当下的界限,象征历史与当下身份的一致性和延续性,因而将加拿大现实和苏格兰背景巧妙融合在一起。正如短篇小说集《我一直想说的》(Something I've Been Meaning to Tell You,以下简称 SIBMTY)中《纪念碑》里的艾琳一样,她觉得"唯一要做的就是,我希望我们能够倒退,回到现实中去"(257)。这种空间和时间的隐喻道出了门罗对现实的关注。现实与非现实的重叠与混淆将时间的秩序打乱,造成了作品的无时序性,将苏格兰民族想象和加拿大的地域性紧密联系起来。

总的来说,门罗小说中的时空体具有两大特色,一是她不着眼于宏大规模的叙事,而是关注日常生活中的时空细节;二是这些日常生活细节往往和民族想象息息相关。在门罗看来,民族想象来自深层现实,就是日常生活的外在体现。正如伊登索尔所指出的,研究民族身份的作家和学者应当从宏大的官方传统叙事中挣脱出来,关注日常生活,这种"庸常民族主义"(banal nationalism)对门罗来说弥漫在日常生活之中(Billig 37),因为除了那些显性的具有强烈自我意识的文化表述之外,民族性"植根于日常生活,存在于社会互动、习惯、常规和实际知识的普通细节之中"(Edensor 17)。

门罗拒绝从民族、国家、历史战争等宏大视角书写加拿大,而是通过

第十一章 门罗短篇小说中的苏格兰—加拿大时空体

对日常生活片段的关注提醒人们,虽然民族和身份常常和意识形态批评话语有关,但它们更和日常生活、通俗文化密切相关。门罗的短篇小说绕开了加拿大民族神话的宏大视角而进行微观书写,并对那些世人珍视的信仰和价值提出疑问。例如,在《西班牙女士》(出自 *SIBMTY*)中,门罗通过叙事者的思索指出了日常性的重要作用:"当你发现你想象中的现实和真实的现实不同,那是很可怕的。"(205)在虚构和现实之间,作者似乎强调现实的主导性和决定性,再宏大的想象和哲学,都无法逃离客观现实。门罗的微观思想和斯蒂芬·里柯克(Stephen Leacock)等善于借用宏大场面颂扬加拿大性的作家截然不同,她的作品总是透过平淡而随机的碎片式观察进行描写。例如,里柯克在《小镇艳阳录》中把虚构的安大略马里鄱萨小镇作为世界的中心,描写了那里的英格兰圣乔治节、苏格兰圣帕特里克节、美国独立日、法国大革命纪念日,并把马里鄱萨小镇和德国、立陶宛、英国、法国、美国等相提并论,透过这里的多元文化气氛刻画出加拿大独特的社会面貌。然而在门罗的小说中,一切以个体、孤立和片段的形式出现。在《机缘》(出自《逃离》,*Runaway*)中,朱丽叶语气平淡地对加拿大的自然风景做出了极简主义的描绘。她乘坐大巴从温哥华市中心来到马掌湾,坐渡船穿过大陆半岛,又乘坐渡船来到大陆上,一路上从城市经过荒野,满目葱绿,感到"被真正的森林而不是公园森林所包围"(50)。这里的小镇"仿佛是出于偶然建造起来的,没有专门铺就的街道……没有人行道,没有能容纳得下邮局或市政办公室的坚固的建筑……没有战争纪念碑,没有饮水喷泉,没有花团锦簇的小公园"(50)。同时,在《西班牙女士》中,叙事者传达出门罗对日常性的思索,她坐在从卡尔加里向西开出的火车上,望着加拿大标志性的西部大草原,感觉那"单调乏味的土地像棕色的海浪,如小丘一样起伏",同时感悟"生活并不是我喜欢读的那些小小的黯淡伤感的讽刺故事,而是像白天电视里播放的连续剧,平淡无奇,会让你啜泣,就像你看到任何让你啜泣的事情一样"(205)。

在《我一直想说的》波澜不惊、"平淡无奇"的故事中,没有宏大的国家叙事、历史书写和政治神话,但是《纪念碑》中的叙事者告诫我们,每一个人都是日常的读者,必须"学会怎样被各种各样无聊的东西所冒犯"(257),从寻常中领略对现实的超越式沉思。在门罗的小说中,"民族"和"社会"以及"现实"是重合的。在故事集《逃离》中的《侵犯》("Tresspasses")中,劳伦和哈利常常在晚饭后绕小镇散步,此时的小镇象征性地成为二人举行加拿大文化仪式的场所,但历史的负重感却常常被生活的庸常性所隐藏。劳伦发现"每一条街都有值得一看的地方——一座维多利亚时代的大厦(现在是养老院)、一座砖制塔楼(那是一家扫帚厂唯一留下的遗迹),还有一片历史可以追溯到1842年的墓地"(204)。对劳伦来说,"时间有一层虚假的光环"(205),加拿大的历史在目光的随意游弋中失去了耀眼的光环,但正是这种随意性造成的现实感才使读者鲜明地感受到门罗的苏格兰—加拿大时空性。在《逃离》中,门罗提醒读者,不要被民族性、国家、历史的光环所迷惑,它们"只不过是一种鲁莽的不成熟的热情,不能解释日常性那沉重的分量(the weight of dailiness),也就是现实的分量"(205)。

现实虽然平凡,却是民族和身份的实质性载体,民族性总是渗透生活的细节,而非华丽的庆典。詹姆斯也强调民族性的具体性和特殊性:"民族的概念,这个社会,这个社区,常常被当作同一个概念。"(James 123)民族不是超然一切的概念,而总是和具体的现实相联系。克朗认为,传统上民族文化和民族性被理解成"实践活动的起源,也就是隐藏在行为表面之下的一种本质"(Crang 162)。但20世纪80年代以来的文化转向使人们逐渐认识到民族性和日常生活的密切关联。传统概念中归属"官方""传统"和"正统"范畴的民族性就逐渐转向了现实、本土、地方、个人和日常生活的维度。在这个意义上,门罗小说中对生活细节的描写颠覆了对民族性的"礼仪式颂扬",它的权力"正在被广泛分布的通俗文化所取代"(Edensor 12),将加拿大的民族想象和身份构建定位于地方、生活细节和大众文化。这种对民族性的理解和门罗对现实生活的关注是一致的。民族性"生长自地方,它反映了这个地方人们的风俗,牢牢地扎根在

'地方'之中"(Edensor 14)。门罗在《尤特里克特河》(出自《快乐影子之舞》,*Dance of Happy Shades*,以下简称 *DOHS*)中通过叙事者的声音指出,我们"不能丧失对寻常和平静现实的信仰"(191),因为在现实的平静表面下"隐藏着传奇诞生时刻所特有的平淡和奇异,而现实是产生这传奇的源泉,它总是不能令人满意,让人带有歉意,却无法释怀"(197)。雷蒙·威廉姆斯指出,文化的就是普通生活的,文化"不仅在艺术中表达意义和价值,而且在普通行为中表达意义和价值"(Williams 57)。门罗在一次访谈中用房子这一形象的比喻说明了现实时空体和想象时空体的关系。她指出:

> 我并不是随便拿起一个故事就顺着走下去,让下面的道路来引导我,边走边看风景。我所做的是进入故事,在故事中来回穿梭,在这里走走,在那里走走,然后在故事里待一小会儿。故事就像一座房子。所有人都知道房子是做什么的,房子包围起一个空间,然后把一个空间和另一个空间相互连接起来,通过这种方式来呈现出一个崭新的外部空间的面貌。至于我的故事对我的作用是什么,以及我想让我的故事对别人做什么,我能说的就是这么多。(Munro, 1993: 825)

门罗所说的房子就是生活的现实空间,故事本身则是想象的空间,通过这两个空间,门罗呈现出一个精彩纷呈的代表加拿大现实的"外部空间"。例如,在短篇小说《荒野驻站》(出自《公开的秘密》,*Open Secrets*)中,门罗以父亲家族史上的一个真实事件为蓝本,描写了休伦县的地方开拓史,故事反映了加拿大早期移民的垦荒历史。然而叙事却采取非线性的方式展开,避开宏观的历史视角,以文件片段和私人信件的方式再现加拿大建国史上的片段。小说中描写的荒野生存、孤独等都是加拿大文学中典型的主题。构成小说主体部分的元素包括 19 世纪 50 年代的私人信件(如沃尔特·麦克白恩牧师和詹姆斯·穆伦之间的通信和安妮·海伦写给萨地·约翰斯通的信件)、1907 年的一个报纸回忆片段、1959 年由克里斯蒂娜·穆伦写给女王大学历史系的列奥博尔德·亨利的信件,它们的时间跨度长达107年。这些看起来杂乱无章的信件和回忆录构成了门罗小说的"内部空间",借助现实生活的局部和个人视角,构建出苏格兰—加拿大时空体。

门罗对日常生活的强调往往和家庭内部空间紧密联系,并以此带领读者走向民族和国家的宏观空间,以平淡的视角从侧面勾勒民族想象。传统叙事中,对空间和民族身份的表达常常借助对宏伟的标志性景观、建筑物或者风景名胜的描写,赋予它们象征意义,却忽视日常生活中的普通空间特点。事实上,日常现实世界中的那些"习常和平凡景观"往往吸收了"民族"成分(Edensor 50)。在门罗的作品中,作者没有聚焦标志性的地理景观(如加拿大北方铁路和瓦瓦纳什河),她描绘的生活碎片往往都是人们熟知的事物、路线、装饰等,这些空间元素"都可以被看作地域和民族共时性的积累和表现,是人们对自己所熟悉和居住其间的地方的共同知识和集体演绎"(Edensor 51)。在门罗的习常和平凡景观中,随处可以看到这些隐身的文化符号。例如,在短篇小说集《逃离》中,《不久》的主角朱丽叶在房中跳着舞步,她在想象中把屋子当作了一个表演空间,而那些"想象中的观众"却只有"一些破损废弃的家具,几只旧箱子、一件巨大而沉重的野牛皮上衣和一个紫燕鸟屋",旁边墙上还挂着"一顶德国士兵的钢盔"和一幅"很不专业的滑稽可笑的油画,画面上是爱尔兰女王号在圣劳伦斯湾沉没的景象"(71)。在此,门罗把人们习以为常的居所空间的陈设符号呈现在读者面前,将时间拉回到20世纪早期和第一次世界大战期间,使狭小而不起眼的日常空间成为承载民族和历史记忆的文化场所。房屋里的每个"听众"显然不再是没有生命的物件,而是具有生命的文化能指,它们一起和朱丽叶阐释着日常生活的民族和文化意义。例如,野牛和紫燕鸟是加拿大的本地动物,这把故事背景定位到了和苏格兰隔洋遥望的北美大陆,而钢盔则让历史回到了第一次世界大战,更重要的则是爱尔兰女王号沉没的油画传达的历史和空间含义。事实上,爱尔兰女王号是1906年在苏格兰格拉斯哥建造的,为加拿大太平洋蒸汽船公司所有,专门用于在魁北克和利物浦之间开辟北太平洋航线,但却在1914年和一艘挪威货船相撞后沉没,导致上千人死亡。门罗含蓄地描写了伊登索尔所说的"习常景观",却使之变成了穿越时间和地理空间的符号象征,将现实和苏格兰—加拿大先驱的探险生活紧密联系起来。尽管这些文化符号看似不起眼,但其社会历史意义是民族性的重要部分,都是伊登索尔所说的"日常平凡能指"的表现形式(51)。个人空间、家庭空间,以及习常和平凡的景观都构成了门罗小说中的"民族的空间"(Edensor 51)。

三、民族寓言与口述性

门罗对苏格兰—加拿大性的另一种构建方式是故事的口述。她的口述性特征受到评论界的关注。例如,邓肯在《门罗的叙事艺术》中称,门罗的作品有一种"口语的风格"(Duncan 109)。豪威尔斯称赞门罗发展了一种独特的"闲聊的叙事模式"(Howells, Coral Ann, 1998: 15)。门罗小说中没有宏大的历史书写(historiography),而是把家族史、个人记忆和地方事件联系起来,以日常对话和闲聊的形式折射出苏格兰—加拿大人的现实生活,把民族和国家想象、历史等宏大议题作为闲聊甚至传闻的构建物,这无疑是对"加拿大性"的一种独特的描述。

一般而言,民族和国家的概念常常和体制性话语(如历史书写、民族神话、英雄史诗等)密切相关,但门罗却反其道而行之,以非正式的口述来体现加拿大人的日常生活,将历史的书写权交给闲聊和叙事。门罗通过对话、交谈的模式叙述加拿大—苏格兰时空体,这令人联想到巴库南的"民族寓言"(national allegory)。巴库南分析了詹明信、阿迈德等人关于民族寓言的分歧,并对这一批评理论的概念进行了定义,指出:"民族寓言是以民族国家为基本主题的叙事类型"(Buccanan 322),它和日常性有着密切关联,"因为一个国家的生活,无论大小,都超出了任何小说所能实际容纳的范围,因此这种类型的叙事小说使用寓言作为一种手段,来表达一种比个人生活更广的存在维度。然而,民族寓言往往侧重于普通人的生活,而不是国家元首或贵族,民族寓言利用普通人的平凡斗争来书写国家的状况"(Buccanan 322)。门罗小说中的民族寓言没有聚焦政治话语的权力动力学,而是着眼于个人语言和具体的讲述行为,参与了一种不同类型的民族寓言。梅伯利精辟地指出,门罗对民族寓言的叙事采用的是一种"集体的、合作式叙事"(Mayberry 59),借助"多视角、多重声音的混杂"(Mayberry 63)来分享关于民族的故事。

巴尔在《叙述理论:跨学科研究》中论述了和历史书写对应的一种"社会叙述"的形式,也就是民族志学意义上所说的"日常生活中口头产生的叙事"(Bal 3)。同样,口述性在门罗的小说中主要表现为"传闻、本地闲话"(Munro,1990:10)、轶事、闲聊等,通过闲散叙事反映民族想象的现实性、具体性(particularity)、实地性(situatedness)和个体性。民族想象的口述性把讲故事的形式贯彻到了日常生活、家庭的基本单位,使叙事"成为一个行动、一个事件",成为"理解文化产生、维持和转变身份和差异关系的场所"(Langellier and Peterson 3)。例如,在《查德莱和弗莱明家族》(出自《木星的卫星》,*The Moons of Jupiter*,以下简称 *MOJ*)中,主人公的几位姨妈就两大苏格兰家族的历史展开辩论,她们添枝加叶,在说笑、调侃中回忆家族史,将苏格兰记忆和加拿大现实微缩到看似毫不起眼的生活细节之中。作者并没有像苏格兰作家司各特(Walter Scott)的历史小说那样对战争、流血冲突等重大事件进行回忆,而是通过对话和日常行为从侧面塑造现实与历史之间不可分割的联系。在故事中,母亲和几位姨妈侃侃而谈,使得非正式的叙事具备了游戏性(playfulness),衍生出多种不同的故事版本。然而,就是在这个人和历史的主观联系中,作者将小说的时空从现实拉回到了历史。在《查德莱和弗莱明家族》中,叙事者告诉读者,母亲曾是查德莱家族的一员,但现在属于弗莱明家族(7)。两个家族都是同一个祖父的后代,祖父年轻时就离开了英格兰。至于究竟为什么他要离开苏格兰来到加拿大,"她们每个人都有不同的故事,莫衷一是"(7)。叙事者母亲认为,祖父曾经是牛津大学的学生,他花光了家里的所有积蓄,无颜面对父母,最后辗转来到加拿大。然而,自称"没有多少文化,对于英国历史只知道苏格兰女王玛丽这个人"的伊莎贝尔姨妈却不同意这个看法。她认为:"这只不过是个故事罢了"(7),真实的情况实际上是个浪漫故事,是祖父"搞大了一个女仆的肚子,不得不娶她,带她到加拿大来"(7)。但是,其他几位姨妈"不敢苟同"(7),在她们的推算下,查德莱家族和弗莱明家族"很有可能是法国人……很可能是和威廉王一起来到苏格兰的"(7)。就这样,在几位姨妈的闲聊和猜测中,故事一遍遍被浪漫化改造、变形、糅杂,两个家族被戴上了光辉的花环,安大略的庸常生活景观霎时间成为对英格兰、苏格兰和爱尔兰,乃至法国和欧洲历史的回溯,使家族史带有鲜明的个人色彩。这种谈笑式的传闻使加拿大想象听起来"非常滑稽",尤其是"当祖父已经老到牙齿脱光的时候",在"邻居面前,特别是在民主的加拿大公民"之前这么高傲,这是"非常滑稽的"(9)。门罗通过闲聊的"社会叙事"形式,以独特的视角展示了加拿大的欧洲传统,并赋予它口头性的传奇色彩。正如库普兰在《闲聊》(*Small Talk*)中所指出的,闲聊作为和机制性话语(institutional discourse)相对立的叙述形式已经成为日常生活中非常重要的讲述形式,它模糊了传统生活世界的差异,"把'休闲'重新定义为'作品'",这样,闲聊的口述性就具备了"社会语言学价值"(Coupland 11)。几位姨妈共同借用闲聊创作了关于加拿大现实和民族历史想象的口述"作品",充分发挥非正式闲聊的创造性,将日常口述故事转变为"文化再生产的形式"(Coupland 14)。

的确,门罗通过口述叙事的平凡性颠覆了关于国家和民族的宏大视角,她借用个体和片段的记忆让读者看到文学构建中的苏格兰—加拿大现实景观。正如在《查德莱和弗莱明家族》中叙事者所说的那样,故事建立起与外部世界之间的双重"联系"(7),这是苏格兰—加拿大时空体之间的历史和地理联系。在这个故事中,叙事者成为作者门罗的化身,读者通过她的叙事见证叙事者母亲和其他几位姨妈从北美各地长途跋涉来到小镇相聚的场面。这场聚会不仅是家庭的"联系",诸位姨妈"本身就是一种联系",一种"与真实、宏伟和危险的世界之间的联系"(7)。或者说,这是琐碎的日常生活和宏伟的民族想象之间的联系,在这种时空交织体中,这里和那里、此时与过去完全紧密地结合在一起,共同塑造了门罗的民族想象。

　　除了对民族和家族时空体的口述性的强调,门罗还凸显了民族想象的"笔记本"模式,通过凸显故事的草拟和建构过程,用"笔记本"写作的形式记录和书写民族叙事。对她来说,故事是对日常对话的记载,而这种忠实的再现反映出现实的厚重。在半自传体短篇小说《岩石堡风景》中,女叙事者就是门罗本人的化身。为了书写家族史,门罗回到苏格兰,在苏格兰艾德里克河谷四处走访,查阅当地图书馆,记录了大量莱德劳家族的事迹和传说。门罗在《岩石堡风景》的前言说:"很多第一人称故事都是直接取自她个人的资料",因此故事"几乎就是一本回忆录的形式"。故事中门罗"把我自己放到了中央,对那个自我进行描写,作出最大程度的探索"(Munro,2006)。与此同时,作者也强调故事与现实的差异,"围绕在这个自我周围的人物都具有各自的生命和色彩,他们在故事中所做的是现实中所没有做到的"(Munro,2006)。在第一个故事《毫无特色》中,叙事者坐在旅馆的角落里边观察边记录,这样,现实和虚构在她的第一人称叙述中无法分清界限,因为展现在作者/叙事者眼前的是正在发生的不可预测的事情,同时也是已经发生的但只能通过侧面了解和他人回忆追溯的历史片段。门罗/叙事者在一次次探访祖先坟墓的过程中渐渐地揭示出家族史。从威廉姆·霍格的墓碑到当地流传的有关他的"光芒四射的神话"(6),一直到莱德劳家族和苏格兰著名作家司各特、诗人罗伯特·彭斯,在追溯家族史的同时,门罗也揭示了她身上所承载的深刻的民族联系,而这种挥之不去的遥远的苏格兰记忆和当前的加拿大想象相互混杂,它们既属于现实,也随时在想象中不断地重构和讲述。因此,尽管民族身份或民族性属于意识形态范畴,但它并不仅仅存在于学术话语中,而是隐藏在日常生活的角落与边缘。在门罗的时空体中,民族想象和构建投射在个人的故事和叙事中。正如盖尔纳所说:"一个人具有民族性就像他有一个鼻子和两只耳朵一样。"(Gellner,2006:6)正如《关系》(出自 MOJ)中的叙事者所说:"我身上流着太多太多的苏格兰的血液,太多我父亲的血液。"(9)门罗的"笔记本"写作模式把个人故事糅合到民族和国家的叙事之中,一方面增加了故事的真实度,另一方面却也消解了故事和现实的边界。

门罗的口述性同样也体现在叙事手段上。通过运用叙事技巧的随意性特征,门罗采用碎片式的视角和形式把故事片段拼接在一起,创造出日常生活的不连续表象。她作品中展现的生活情景似乎是按照无序随机的方式呈现,甚至看上去没有明显主题,只有叙事者漫无目的的讲述。因此,有学者认为,她的作品带有"纪录片"的特征,故事的随意性被放大的同时弱化了虚构性,将现实和虚构的距离进一步拉近,让读者感到生活的无序。门罗的故事常常在时间上出现断裂、中转,故事场景和地点忽然变化,甚至主题也改头换面。作者常用的标志性的话语如"至于""谈到"或者"我刚才忘记告诉你……"提醒读者故事的细碎和无序。例如,在《平静的尤特来特》(出自 *DOHS*)中,叙事者在讲述到故事中间时忽然话锋一转,告诉读者"该换换话题了。人们常常问我回到朱比丽是个什么样的地方,但是我不知道,我在等着什么事情发生,让这些事情告诉我,让我懂得我回来了"(196)。这种写作方式缩短了故事与读者的距离,进入闲聊的空间,使故事显得随意、即时而又不正式,读者也在无意识中进入了作者所构建的想象时空体。正是这种看似随意的时序上的跳动、大段的时间空白和叙事者不经意的讲述,使得故事充满了张力,此处无声似有声,随意叙述扩展了想象空间。

需要注意的是,门罗的苏格兰—加拿大共同体所讲述的民族寓言充满了各种矛盾和张力。梅伯利(Katherine J. Mayberry)认为,门罗创造性地发展了后现代叙事艺术,她的叙事"强调共同参与,这使她能够消除'确定性''理解'和'真理'等概念的影响"(64)。门罗笔下的民族和国家空间往往存在于叙事中,"一方面为一些后现代主义小说中暴露出的不确定性、不稳定意义的混乱景象提供了另一种选择,另一方面也为僵化的、霸权的、传统的意义和真理建构提供了另一种选择"(Mayberry 64)。通过将叙事行为具象化为"参与性、多逻辑性和隐喻性",门罗创造出一个个体视角下的民族和国家时空体。事实上,梅柏利所强调的"不确定性"是门罗的民族寓言的一种重要特征,她借助口头、闲聊、参与式的民族讲述行为消解了对苏格兰历史的宏大想象,将时空体的重心向加拿大的空间倾斜。门罗的苏格兰叙事最显著的特征是,她的叙事没有浪漫主义和怀旧主义的民族寓言,而是充满了对苏格兰的幻灭甚至是失望。门罗一方面通过错位的空间和时间凸显加拿大空间与苏格兰历史的交织,另一方面则表达出对苏格兰的幻灭,强调加拿大的民族主体想象。《岩石堡风景》就是一个典型的苏格兰幻灭叙事。主人公/叙事者/门罗在前往苏格兰寻根的旅途中,无法摆脱对苏格兰的失望,这让她感到文化和身份的迷惘和失落。随着叙事者/门罗回到祖居的故土,她渐渐接近莱德劳家族的起点,原先的脑海中的想象逐渐被现实所粉碎,小说的描述常常带有一种质疑的口吻。在《毫无特色》中,叙事者这样描写眼中的苏格兰风景:

> 教区毫无特色。山顶的土壤中到处都是苔藓,不适合任何生物生长。空气一片潮湿……最近的集市小镇距离此地15英里,马路坑坑洼洼,几乎无法通行。降雪常常带来很大的不便,使得连续几个月无法和任何人接触。而最大的缺点就是没有桥梁,水涨的时候行人会受阻不能通过。大麦、燕麦和土豆是唯一的作物,人们从来不尝试种植一下小麦、黑麦、萝卜和卷心菜。(3)

苏格兰现实的幻灭使门罗的民族想象呈现出一种模糊性,当民族寻根之旅和想象中的浪漫无法一致的时候,幻灭的苏格兰现实和想象中的民族性产生进一步错位。《毫无特色》的叙事者对遥远历史的回忆似乎和眼前的苏格兰现实世界没有直接联系。艾德里克河谷的历史景观没有让叙事者和这里的文化发生认同,而是产生一种强烈的近似异域人的感觉,似乎叙事者只是一名普通的游客:

> 和许许多多的人一样,我有一种似曾相识的感觉,需要回到远离自己生长的国土的地方寻找自己的过去。尽管我对过去的知识已经积累了不少,但我仍然是一个天真的北美人。过去和现在在这里纠缠在一起,共同创造了一个平庸而又令人不安的现实,这是我绝对没有想到的。(7)

站在艾德里克河谷的中心地带,叙事者没有感到遥远历史记忆的召唤,而是想到了大洋彼岸加拿大的风景,她想象中的风景再一次发生错位,被"移植"到现实中的苏格兰地区。河谷中棕色的山峦让她"想到卡尔加里附近的山峦",艾德里克河"河水湍急清澈,但远远不如梅特兰河河面宽阔"(5)。她承认,"第一眼看到河的时候就感到失望,许多地方都给人这样的感觉,尤其是你在心中已经有了自己的想象时"(5)。可以说,经过几代移民,加拿大苏格兰后裔对苏格兰的想象已经和现实产生了巨大差距,他们在想象中构建了一个与现实时空平行的民族,这种想象民族既源于苏格兰又被赋予加拿大的本土性,具有一种独特的神话色彩。当叙事者看到艾德里克河谷里的一圈圈石头时,她感到"最初让我产生兴趣的这些凯尔特人的自然崇拜遗迹实在是太多了,它们被堆砌在一起没有任何作用,只能用作羊圈的围栏"(5)。

在很大程度上,《岩石堡风景》中的叙事者就是"外来者",是一个来自加拿大的观光者,通过对苏格兰的观察,她诉说着对现实中单调的苏格兰的失望和不满。苏格兰的历史传统和神话传说在叙事者的重述中成为一条条孤立、零碎的线索(如但丁《炼狱》中出现的哲学家迈克尔·司各特、苏格兰游击英雄威廉·华莱士以及被捕捉并杀死的魔法师梅林的故事),就像她的家族史和故事一样等待被核实验证。在大雨中,叙事者来到艾德里克教堂,但这座建于1824年的教堂无论在"历史面貌还是庄重气氛方面"再次令她感到失望,站在雨中的她感到"非常显眼,和这个地方格格不入,浑身感到寒冷"(6)。

在《抱紧我,不要错过我》(出自 FOMY)中,叙事者哈泽尔是一个来自安大略华莱镇的五十多岁的寡妇。在故事中,她也是一个外来者,带着好奇,拿着笔记本在苏格兰边界地带寻找死去的丈夫的踪迹和回忆。通过哈泽尔的走访、接触、打探,她不断地记录下自己的苏格兰见闻,在想象中重构属于她的家族史和民族记忆。在哈泽尔的记录中,苏格兰历史甚至出现了种种错误。例如,她把1645年苏格兰誓约派在菲利普豪战争中的胜利日错记为1945年,因而把菲利普豪的历史悲剧和二战中丈夫在苏格兰服役的历史联系起来。这种混淆的错误,表面上看来是哈泽尔个人的疏忽和对历史的无知,然而这三百年巨大差异显然不能成为哈泽尔无知的理由,而是反映了生活在北美的加拿大苏格兰后裔对苏格兰历史的疏离。在哈泽尔的记录片段中,苏格兰历史如电影蒙太奇一样模糊不可辨认,当达德里·布朗用"最夸张的美国口音"问哈泽尔"是不是到这里来寻根"时,哈泽尔回答:"我是加拿大人,我们不会像你那样说寻根两个字的。"(79)显然,哈泽尔的苏格兰之旅是一个游客的个人之旅,丈夫二战期间的事迹的重要程度似乎要超过苏格兰的民族记忆。门罗通过这个故事把哈泽尔描写成一个完全的异域人:"当你发现她独自坐在一个不属于她的世界的角落,不停地记录笔记以使自己不陷入惊慌,你一定不会感到吃惊。"(75)在这个短篇小说中,门罗把故事时间和背景全部设置到了苏格兰,仿佛暗示苏格兰过去对加拿大现实的不可逃脱的影响。然而,另一方面,故事中情节的突然中断、倒叙、节外生枝的情节、记忆错误、时空错误等却似乎暗示,苏格兰历史的重构在很大程度上是不可靠的、断续而不连贯的。唯一连贯的则是哈泽尔心中与加拿大现实的那种挥之不去的联系。实际上,《抱紧我,不要错过我》是对一首名为《坦牧·林》的古老苏格兰童话歌谣的引用。在童话中,珍妮特来到森林中遇上了坦牧·林,二人相爱,但珍妮特得知,爱人被精灵女王施了魔法,白天守护森林,夜间返回精灵女王身边。坦牧·林非常渴望重回肉身,告诉珍妮特在万圣节夜里在路口等待骑马夜游的精灵们,并把第三个人拉下马,不要让他走过,因为马上的人就是坦牧·林。他再三叮嘱珍妮特一定要抱紧他,不管精灵女王把他变成什么,都不要松开。最终珍妮特夺回了心爱的人,而精灵女王不得不把坦牧·林变回原形。抱着这种美好的憧憬,哈泽尔来到苏格兰进行文化探源。在从多比家返回途中,哈泽尔注意到了河边的一块低洼地,盎妥奈特告诉哈泽尔,这就是"那女孩[珍妮特]失去女贞的地方"(98)。然而,在哈泽尔看来,此时这块传奇的土地只不过"是一片到处湿乎乎的棕色土地而已,四周围着一圈像议会大厦一样的建筑"(98)。苏格兰童话的浪漫色彩在哈泽尔的现实重构中失去了神秘的光辉,变得非常丑陋。在盎妥奈特到这首诗的时候,她"语速加快,好像被某种呕吐的感觉所控制一样"(98)。从浪漫的想象到现实的平淡,哈泽尔经历了对苏格兰传统的幻灭。"抱紧我,不要错过我"暗示了加拿大苏格兰后裔对民族传统和文化记忆的模糊矛盾的心理,他们一方面要回到过去寻根,另一方面却又必须超越这种历史的束缚,进行独立的文化想象建构。

霍米·巴巴在《民族与叙事》中指出,民族(nation)这一概念有一种特殊的模糊性。在他看来,"民族的'形成'是一个文化意义的建构体系,是对社会生活的再现,而不是"社会政体"的组织结构,它强调的是知识的不稳定性"(Bhabha,1990:1—2)。同样,门罗借助女主人公的个人经历,通过对现实细节的关注和发掘来构建民族想象和国家认同。对这种文化再现过程中模糊性的探索,有关国家的种种传说呈现出一个"居间"(in-between)的场域,因此个体需要在各方力量之间协商,通过个人的故事呈现民族性。门罗小说中的人物角色常常需要消除个人的模糊记忆,甚至在各种相互矛盾的故事和传说中构建出历史的脉络。加拿大民族构建史的多元成分之一就是通过移民"嫁接"到加拿大本土的过程,这种苏格兰—加拿大的"杂糅性"身份也是门罗小说中女主角们所必须面对的现实。例如,在《不同》(出自 FOMY)中,叙事者需要对各种细节进行重新整合安排,有时则会把事实和幻想混淆,对自己的观察保持一种怀疑的态度。正如女叙事者所说,她的探寻常常在"不经意间偶然变得清晰"(243),却不能给她提供任何关于过去的主线(243),必须进一步在各种力量之间进行"协商"。

詹明信对巴巴所提出的文化协商做出呼应,他认为:"寓言精神(allegorical spirit)在本质上是非连续的,充满了停顿和异质性,具有梦想的多重含义,而不是对符号的一种单一均质的再现。"(Jameson,1991:73)在门罗的《纪念碑》中,女叙事者发现自己需要在各种细节之中寻找个体对民族寓言的构建,甚至包括"爱斯基摩人的印花布和雕刻、印第安人的壁挂、烟灰缸、碗,还有一些灰色的布满小孔的陶罐",因为"这些东西都具有一种道德价值"(245)。在《冬风》(出自 SIBMTY)中,门罗描写了一个加拿大家庭与暴风雪抗争的日常故事,故事背景具有典型的加拿大特征,窗外是瓦瓦纳什河和加拿大太平洋铁路。故事中文明和荒野的对立是一条鲜明的故事线索。叙事者祖母告诉我们,这里"和西伯利亚一样",他们"生活在荒野的边缘,到处都是农场,被开垦的农场,虽然没有荒野,但冬天一来,篱笆就被完全埋在地下了"(223)。叙事者和祖母被暴风雪困在家中两天,门罗象征性地把叙事空间压缩到了家庭空间内部,这样就使得叙事者、祖母以及其他家庭成员有时间以各自的视角来观察和构建她们的个人历史、家族历史和民族历史。在暴风雪的围困下,叙事者在想象中回溯了祖母一家的移民历史,但却将焦点定格在了风雪之中的加拿大。祖母的父亲"放弃了以前的生活方式,离开了他的朋友,带着家庭来到这里,在新开垦的休伦地带获得了一片土地",而叙事者手中拿着的照片是最好的"符号和记录,代表了他的成就"(226)。故事中的当下和家族的苏格兰历史记忆形成了鲜明对照。每个人的故事具有高度的寓言性,而通过故事本身,门罗作为作者也赋予了故事高度的寓言性,代表了个人对民族寓言的构建。

  关于"民族寓言"的形成和性质,霍米·巴巴指出,它表现出一种集体性:"个人故事和个体经历的讲述最终包含了集体性本身的复杂构建过程。"(Bhabha,1990:292)正如门罗的《冬风》中的叙事者所说:"即便在小声说话的狭窄空间中,仍然会有故事发生。人们是带着各自的故事活动的,我祖母也带着自己的故事,从来没有人当着她的面提到过"(120)。民族空间是一个不断展开的过程,历史的意义总在不断地被创建,民族"是一个模糊暧昧的叙事过程,它使文化处于一种最富生产力的状态之中",是一种"文化完善"的过程(Bhabha,1990:3),不停地在这个叙事的构建过程中生产、组织、复制、拆分、重构。同样,《暴风雪》(出自 *SIBMTY*)的叙事者作为苏格兰—加拿大民族寓言的构建者也面临着民族历史构建过程中个人叙事的困惑:

    其他任何人怎么能够知道?我想,当我写下这个故事的时候,我怎么肯定我的确知道了呢?故事中我曾经利用了这些人们,不是所有人,而是其中的一部分人。我随心所欲地引诱他们,改变他们,塑造他们,是为了达到我的目的。我现在不这样做了,而是小心翼翼。但是我时不时停下笔来思考,我有一种悔意。(233—234)

的确,在门罗的作品中,尤其是《青年时代的朋友》和《抱紧我,不要错过我》中,作者通过个人叙事的形式将民族文本化,巧妙地把苏格兰民族历史和加拿大的现实结合在一起,但却赋予了苏格兰—加拿大民族性一个自由的个人叙事视角。正如巴巴所说:"民族的再现是矛盾和不确定的,对历史性的民族志书写开放了其他个体叙事的可能性,允许了差异的存在。"(Bhabha,1990:300)民族寓言和个人书写的紧密关系使得门罗构建自己的民族想象和身份。如同《岩石堡风景》的叙事者一样,门罗以个人的视角回到过去,探寻加拿大现实和苏格兰历史之间的种种联系,她对莱德劳族谱的研究促使她写就了《岩石堡风景》。门罗在一次访谈中说,她对族谱的强烈兴趣是她写作生涯中的一个"令人愉悦的变化",她早就想进行一项家族史的研究了(Munro,1994a:87)。

四、地方知识和民族想象

门罗的苏格兰—加拿大时空体中充满对立与矛盾,一方面苏格兰历史在不确定和不可回溯的记忆中忽隐忽现,另一方面她却用翔实细腻的洞察力记录安大略的每一个细节。门罗对苏格兰历史重构往往充满舛误、缺失、遗漏、错位,而对加拿大的空间细节却以现实主义的细节描绘得精确而醒目,仿佛考古学和地质学文本。正如罗斯指出的,门罗眼中的休伦县"是一个具有完整地质和考古意义的地区",这里"承载了一层又一层人类历史,如同考古学中的地质分层结构一般"(Ross, Catherine Sheldrick 26)。在《女孩和女人的生活》中,黛尔·乔丹道出了门罗的地域主义情结,她要吸收安大略的"每一层话语和思想,每一束投射在树皮或者墙壁上的光线,每一丝气味,每一个路坑,每一阵痛苦、崩溃和幻灭"(276)。在《沃克兄弟的牛仔》(出自 DOHS)中,叙事者父亲向女儿讲述了休伦湖史前的形成过程,这里从前是广阔的平地,后来冰川从北方直下,直直地插入低地的深处,形成北美五大湖(3)。然而,令人吃惊的是,父亲一辈子从来没有出过门,"在没有汽车和电灯的时代,他对时间的知识不比我多多少",而且"考虑到我们生命所要面对的所有时间",父亲只不过"比我在这个地球上多活了一点儿而已"(3)。同样,在《你为什么想知道?》(出自 VFCR)中,叙事者和丈夫一起驱车在辽阔的"史前风景"中行驶,他们"对这个国家有一种想要完全拥有的欲望,绝不会放过我们经过的任何一个地方"(316)。在他们看来,加拿大的广袤土地就是"古老历史的记录"(318),冰川"前进、静止、撤退,几次三番,来了又走,走了又来,最后一次撤退则是在大约 15000 年前发生的"(318)。由此可见门罗故事的跨度之大。实际上,《你为什么想知道?》中的叙事者就是门罗本人。她的第二任丈夫杰拉德·福莱姆林是一个退休的地理学家,是著名的《加拿大国家地图》总编辑,二人常常一起驱车在安大略北部地区旅游,研究和记录该地区的地貌特征。通过这些象征之旅,故事带领我们回到了更广阔的地质时代,超越了加拿大和苏格兰的地方疆界,为她的民族想象开拓了更广阔的时空。

门罗的时空联想呼应了文化地理学上的"覆写本"(palimpsest)概念。地方是一个覆写本,它保留了历史的层层痕迹,虽然覆写本不断地被擦除和重写,但仍然能在当前的痕迹中看到历史。地理作为覆写本的概念"反映了不同时间在景观中的并存"(Mitin 216)。正如克朗所说,地理空间和景观是"历史不断刻写、擦除、涂画而留下的字迹"(Crang 7),因此地理风景是隐喻意义上的文本,甚至成为不同媒体和知识领域相互构建的互文文本,造成"来自历史的多层现实的并存"(Mitin 216)。在门罗的作品中,读者在解读叙事的同时,也参与对地理和历史景观的观赏,随处可以看到"覆写本"上的种种印记。在《青年时代的朋友》中,叙事者母亲住在安大略小镇边缘,这里的农场令她浮想联翩,勾起她对格雷夫斯家族史的怀念,却又将这段记忆和安大略的"前寒武纪岩石"地质形成史联系在一起(4)。在《木星的卫星》前言中,摩尔(Moore)指出,门罗的故事"与其说是一种线性叙事,不如说是记忆的油画,上面覆盖了一层层修饰痕"(9),

透过这些修饰痕可以看到门罗人生的各个时段及其家族史和民族记忆。摩尔把门罗的这些故事称为"个人的覆写本",上面"一层层的故事让她能够清晰地组织起不同的故事线索"(Moore 110)。门罗的文学覆写本具有一种沉重的历史感。作家及其笔下人物不停地在时空中穿梭,寻求自己的身份,将不同的时空联系起来,建立"一个地方和另外一个地方、过去和现在之间的联系"(Murphy 49)。他们"一心一意地要发掘一切,甚至包括那些细琐的事情。他们会把各种事物加以综合,他们……四处游走,掸去墓碑上的灰尘,阅读缩微胶卷,这一切只是为了看到时间的涓涓细流,并希冀能够从中建立起一种联系"(Munro, 1990:73)。

门罗的小说有着强烈的地域主义意识,这增强了其文学时空体的加拿大性。门罗的作品背景大多设置在南安大略省的偏僻小镇,具有鲜明的地域特征和地方感。实际上,门罗的一生都和安大略有不解之缘,她绝大部分时间居住在克林顿和温厄姆镇,而她的作品的背景几乎全部设在安大略南部小镇,因此旱拉蒂、朱比丽、达格莱什都是安大略的真实缩影。波尔柯评论《女孩和女人的生活》时指出,这部作品之所以成功是因为门罗"把安大略的社会神话从头到尾做了最为详尽的描述"(Polk 102)。门罗自己宣称:"我所写的地方是和我的根源有关的地方,但是大多数人却和这样的生活没有关系。大多数作家,尤其是那些紧跟时代的作家,他们所写的地方没有质感,因为这些地方就是我们绝大多数人所居住的地方。"(转引自 Keegan)和门罗自己一样,她笔下的人物都居住在城市与乡村的交界处,然而这里却是世界的中心。如同罗伯逊·戴维斯笔下的代普佛德镇、玛格丽特·劳伦斯笔下的马娜瓦卡镇一样,小镇生活就是大千世界的一个微观缩影,这里应有尽有,包罗万象。例如,在《弗莱茨路》(出自 LOGAW)中,瓦瓦纳什河流地区成为世界的中心,赋予人们强烈的地方认同感。本尼叔叔对瓦瓦纳什河了如指掌,"在某种程度上,瓦瓦纳什河和灌木丛以及整个格莱诺西沼泽都属于他个人所有,因为他比其他任何人都了解它们"(4)。他通过征婚广告娶回的妻子麦德林有精神疾病,忽然带着女儿失踪,本尼叔叔前往多伦多寻找她。在这段滑稽幽默的描写中,本尼叔叔在多伦多迷宫般的街道中迷了路,不得不双手空空地返回弗莱茨路。在他眼中多伦多是"一种不同的景观",到处是红绿灯、车流、广告牌、高楼、紧锁的大门、铁丝网。重要的是,门罗的地方感和民族和家族史息息相关,流露出强烈的归属感。在《活体的继承者》(出自 LOGAW)中,叙事者戴尔的叔叔对安大略瓦瓦纳什县的历史了如指掌,甚至包括瓦瓦纳什县的政治历史、家庭关系、人物亲缘关系和大选中发生的一切。在戴尔看来,克雷格叔叔是"第一个对公共事务有绝对信仰的人,从来不会怀疑自己是所有这些事情的一部分"(35)。安大略的地方历史和其他中心城市一样重要。在他的瓦瓦纳什县历史记载中,本县的历史可以回溯到1670 年爱尔兰的族谱。虽然戴尔家族中"没有人做出什么丰功伟绩"(36),但"所有这些人的名字以及他们彼此的关系"都是必不可少的地方史的一部分,他的历史记载甚至"没有忘记移民澳大利亚的那些分支"(36)。这些名字本身并不重要,重要的是"支撑我们这个实在而又复杂的生活结构的过去"(37)。瓦瓦纳什县无疑代表了门罗时空体的加拿大性。这里的一切,包括火灾、河流泛滥、谋杀、寒冬,都构成了加拿大生活的现实。他的"文件和抽屉被塞得满满的,全部都是剪报、信件、天气记录、走失的马匹、参加葬礼的人们"(37)。克雷格叔叔的地方志没有遗漏一天,一直延续到他临死的那天。

格尔茨指出,地方知识是从具体走向一般的起点,是世界性(universality)的重要基础。用英国诗人布莱克的话说,就是通过"一粒沙子看世界"。作家依赖于地方知识提供的文学素材,其作品深深地植根于日常生活。正如格尔茨所指出的:"知识的状况永远不可避免地是地方性的"(Geertz, 1983:4),就像"智慧来自蚂蚁堆"(Geertz, 1983:167)。意义总是通过公共文化象征符号来呈现,表现为具体的社会事件和过程。从发生学视角来看,文化总是根据意义的体系进行定义,构成了意义的网络。因此,民族性必须通过对地方的具体事件的切身经历和观察才成为可能。而在门罗的作品中,地方知识就是实现世界性的起点。

的确,如同格尔茨所说的,门罗小说中,小镇居民的地方知识是实现世界性的起点。在《阿伊达公主》(出自 LOGAW)中,和克雷格叔叔掌握的详尽的本地知识相对照的是,叙事者黛尔的母亲有一个令叙事者羞于谈论的"怪癖"(72),即在马路上卖百科全书。她乐此不疲,甚至因为上街卖百科全书而顾不上熨衣服。母亲"笨拙地拖着装满书的箱子,进入一家家厨房,进入他们冰冷而充斥着葬礼气味的客厅,小心翼翼却十分乐观地代表知识开火"(73)。对母亲来说,知识不是冷冰冰的,而是温暖可爱的,给人一种"莫名的安慰"(74)。母亲认为,知道西里伯斯海(Celebes Sea)和皮蒂宫(Pitti Palace)的位置,给亨利八世的皇后们按顺序排号,了解蚂蚁的社会体系,懂得阿兹特克人屠宰祭牲的方法和克诺索斯宫的管道系统,这是她存在的一种方式,和她的地方感以及家族和民族史是密切相关的。在母亲眼中,朱比丽和外面的都市中心近在咫尺,"从同一个门进去,同一个门出来"(77)。她不仅熟知大千世界的知识,对朱比丽也了如指掌,"仿佛没有了她的认可,这些街灯、人行道、荒野中的堡垒、小镇的一切公开和秘密的东西……都不会存在似的"(78)。在叙事者眼中,母亲对朱比丽和"外面的广阔世界有着神秘而可怕的权威"(78)。用格尔茨的话来说,安大略的现实生活和世界知识形成了"意义的网络",属于整个文化符号体系的重要组成部分。

和母亲一样,叙事者黛尔·乔丹对于知识也情有独钟。她喜欢一卷卷的百科全书和在膝上打开时的分量。和克雷格叔叔一样,她对现实事件和历史的精确记忆超出寻常,从死去的美国总统更迭史到南美国家首都,再到世界各地的探险家,她能够倒背如流,说出他们的名字,甚至精确到事件的日期。黛尔·乔丹的想象空间并没有被狭小的安大略小镇的生存空间所限制,而是在心中对大千世界和小镇空间形成了一副轮廓清晰的认知地图。没有了知识就是失去存在根基,在时空想象地图中丧失自我。在《事故》(出自 MOJ)中,泰德给弗朗西斯讲述了许多"在百科全书中无法找到的"古老的芬兰传说,并为自己不知道西班牙内战和俄国大清洗感到羞耻(98)。在《克洛斯太太和基德太太》(出自 MOJ)中,克洛斯太太遇到了身患中风的杰克,出于同情,她滔滔不绝地给杰克讲出一串串地名而杰克却依然不知所云,克洛斯太太因此"谴责自己知道的地方太少"(168),于是命令杰克待在原地不动,而自己却艰难地滚动着轮椅来到大厅的图书馆寻找地图,希冀找到新的内容,却失望地发现"里面什么也没有"(168)。

门罗小说角色对地方知识和世界知识的熟悉和兴趣令我们想起詹明信的"认知图绘"概念。"认知图绘"是詹明信从城市地理学家凯文·林奇那借用的一个术语,詹明信用这个词来表示在我们所有人头脑中存在的"社会整体的"想象地图(Jameson,1986:88)。林奇认为,对一个生活在城市中的人来说,其成功经历来自他能够在想象中绘制出城市的环境,并把自己放置到与河流、地标建筑、熟悉的线路等事物的关系之中,而如果他不能够在头脑中构建出这样的一个地图的话,就会产生和城市生活的隔阂和异化。在詹明信的理论中,尽管他对于"认知图绘"的具体描述并没有深入阐释,但他把林奇提出的这个概念进行了拓展,用它来表示一个人在地方/全球政治和经济秩序中的位置。著名华裔地理学家段义孚在早期的几篇论文中也谈到了想象地图。他指出,想象地图能够使人们把握空间,在头脑中组织预演自己的空间行为,形成记忆结构并存储知识(Tuan 210)。索雅在《第三空间》中用"透明的幻觉"(illusion of transparency)来表述对空间的把握,因为想象中的空间似乎定义了一个独立的真实空间,"想象定义、生产了物质和社会空间,它对物质和社会空间的解释比经验的描述更有效"(Soja 80)。詹明信也指出,想象地图能够"使个体主体进行情景的再现,重现那广阔却无法再现的作为整体的社会结构的全部"(Jameson,1991:51)。在门罗的小说中,她笔下的角色对于空间的把握和想象非常出色,这种对具体空间知识的强调使门罗通过文学写作的形式用想象构建出关于加拿大的独特性,是对加拿大现实生活的内部视角的再现。例如,《弗莱茨路》中本尼叔叔甚至能够告诉孩子瓦瓦纳什河的中间有流沙,能够"像吃早餐一样把一个两吨重的卡车吞下去",他还告诉叙事者,河中间有许多洞,夏天的时候有20英尺深(4)。在他驱车前往多伦多寻找疯妻子的时候,尽管最终没有找到她,却能够"把一切记得一清二楚，一张旅行图已经牢牢地烙在了他的脑子里"(8)。

门罗对内部视角的采用使得地方更加具体化，为读者进入苏格兰—加拿大时空体创造了通道。基于本土化和地方化的身份想象使门罗能够避免在欧洲和苏格兰寻找均质的文化表达，在强调"此处"的同时凸显其与"彼处"的差异。莱尔夫在《地方和无地方》中论述了地方和认知的关系，指出地方感对民族想象和身份认同的关键作用。他认为，身份来自和地方的高度认同，"地方的现象学"(Relph 4)能揭示地方和人的日常生活、日常事件、经历等的相互关系，从被忽略掉的地方解读意识形态价值。门罗小说中的地方感和历史感所描写的就是莱尔夫所说的人们对于"地方的基于经验的理解"，这是一种连续的交互过程，"其一端是对地方的直接体验，而另一端则是对地方的抽象思考"(9)。《女孩和女人的生活》中的克雷格叔叔和《弗莱茨路》中的本尼叔叔对小镇地方知识的熟悉体现了莱尔夫所说的"内在性"(Relph 4)，这种内在感、归属感和身份想象密不可分。舒尔茨指出："地方背后的最主要意义就是进入内部，到达某个地方，远离外部"(Norberg-Schultz, 1971: 25)。当然，对这种内部感的构建除了物理空间的构建，更重要的是文化、社会和个体认知的构建。在《事故》中，弗朗西斯对旱拉蒂小镇的"内在感"是泰德所无法体会到的。弗朗西斯觉得，这种感觉"非常令人感动，有一点让人羡慕的感觉"，但弗朗西斯认为，他"根本无法理解她对旱拉蒂的忠诚"(96)。这种地方归属感和民族历史、地方历史等紧密地结合在一起，是她对旱拉蒂的切身体会，是与她的身份无法分割的一部分，因此对她来说，保持地方的忠诚感就必须获取"她作为内部人的知识"(92)。

在《查德莱和弗莱明家族》的第二部《田里的石头》中，家具商鲍比就是一个典型的内部人，他对达格莱什小镇的一切细节了如指掌，甚至记得清每个人家内部的构造和家具摆设。叙事者的母亲也和鲍比一样，抓住一切机会，记忆她到过的每个地方和每个住户。鲍比"在脑子里一定有一个周围乡村的地图，地图上面标出了每一户家庭。正像有些地图上面用圆点标志出矿物的所在或者历史名胜，鲍比一定在他的地图上标记出了他知道和怀疑存在的每一把摇椅、每一块松木壁橱板、每一个乳白玻璃杯"(20)。地方空间的知识在门罗看来是人的时空存在的本质。人们对知识充满崇敬,正如《达尔斯》(出自 MOJ)中的莉迪亚一样,她感觉被"一层又一层的知识包裹了起来",但这"不是一件坏事,它让你的脑子不再云雾缭绕"(37)。门罗的角色甚至对环境有一种绝对的控制权。黛尔·乔丹和母亲对百科知识的强烈兴趣,再加上她们对小镇空间的熟悉,使得她们能够把"没有亲历过的抽象的地理完整性紧密联系起来"(Jameson,1991:52)。换言之,门罗笔下的小镇把苏格兰的历史想象和加拿大地理现实结合起来,创造出一种"想象地图",他们事实上已经"对周围直接相关的环境在认知上进行了组织,并在想象中绘制出这个地方在外部世界中的位置"(Jameson,1991:44)。

对地方和民族历史的认知离不开想象构建。在《女孩和女人的生活》中,叙事者的地方和历史知识赋予她广阔的想象空间,是对门罗的时空体的延伸。知识给予她一种感受,就像"歌剧一般华丽,一种绝妙的非现实感"(74)。叙事者对历史有着特别的兴趣,但是她脑中的历史事件却不能和现实一一对应,因为它们都经过了非现实的想象改造。例如,她把著名的历史战争幻想成一场场钢雕版画,画面上是荒野上的血战,背景里有一座城堡,场面血腥无比,到处是溺死、断头和痛苦的马匹的形象。这种怪异的想象既源自苏格兰历史,又象征加拿大的荒野,是对门罗的杂糅时空体的绝妙再现。叙事者想象出夏绿蒂·科黛走向断头台、劳德大主教从监狱的铁栏杆后向斯特福德伸出赐福的双手等场景,再一次将苏格兰的模糊记忆与安大略的地方感形成反差。正如《浸礼》(出自 LOGAW)中的戴尔说:"我唯一接触的那个世界就是我自己借助书本创造的,这个地方对我来说既特别又温馨。"(217)时间和空间、历史和地理、民族记忆和现实生活,这些完整地汇聚在叙事者和母亲的想象之中,它们既源于现实,又带着某种神秘的非现实感,将地方归属和历史的民族想象巧妙融合在文本的空间之内,用独特的方式构建出苏格兰—加拿大的民族图景。

毋庸赘言,门罗的地方感和加拿大性有着密切的关系,安大略的本土环境继承了苏格兰民族的记忆,但新世界环境也孕育出独特的加拿大性,这是对时空的重新组合。正如詹明信所说:"对我们的集体进行重新定位,这一过程中不可或缺的那种历史回溯(retrospective dimension)已经变成了不计其数的图像……和一系列毫无关系的现在时刻"(Jameson,1991:18)。个人身份和集体身份一样,都是"过去和未来与我眼前的当下在时间上的统一"(Jameson,1991:26)。因此,门罗把苏格兰的历史记忆位移到安大略的空间现实之上,其实质就是詹明信所说的"对时间的组织"(temporal organization)(Jameson,1991:26)。用福柯的话来说,门罗的时空结合体凸显了加拿大性和苏格兰民族性的共时性,因为"我们正处在共时的时代,我们正处在并置的时代,即远和近的并置,分散的聚合"(Foucault,1986:22)。

第十二章　翁达杰的《身着狮皮》中的跨民族游牧主体

一、加拿大多元文化主义和跨民族主义民族想象

加拿大是一个移民国家,拥有多元文化社会和历史背景。然而,与英、美等多元文化国家不同的是,构成加拿大民族主体的,除了英伦后裔,还包括聚居在魁北克省、新斯科舍省等地的法国后裔。20世纪70年代以来,全球各地的大批移民到来,使得加拿大在文化、族裔和社会等方面进一步发生了重大变化。事实上,加拿大文学的经典化过程就体现了多元文化的构建过程,动态地体现出民族、族裔和地域生活构成的变化过程。例如,F. P. 格罗夫出生于普鲁士并用德语写作,后流亡到马尼托巴省进行英语创作;罗伯特·克罗奇祖籍德国巴伐利亚;以描写蒙特利尔街区而著名的里奇勒则是一名犹太后裔,其祖父早年从奥匈帝国的加西里亚移民至加拿大;亨利·克莱索尔出生于奥地利维也纳,26岁才开始用英语写作;后现代实验主义作家赫克父母是荷兰移民;鲁迪·韦伯出生于一个说低地德语、信奉门诺教派的俄罗斯移民家庭,直到上小学才开始学习英语;《圣徒传》的作者尼诺·里奇(Nino Ricci)的父母来自意大利;瓦桑

吉出生在肯尼亚的内罗毕,在坦桑尼亚长大,父母是从印度移民到非洲的。这些具有多元民族和文化背景的作家的例子数不胜数,充分体现了加拿大民族构成的多元特征。

多元的人口构成为多元文化主义和跨民族主义文学奠定了基础。在后殖民、全球化、离散写作等话语框架下,单一民族性的理解逐渐让位于新的民族性认知。原住民作家、移民族裔作家、离散作家和批评家对"民族文学"概念做出了新的定义和补充。1982年,多元文化政策被正式写入《加拿大权利与自由宪章》。多元文化主义弘扬平等、包容和民主,更强调各个文化和民族、族裔群体之间的不同和差异。在社会生活的各个层面,多元文化主义被广泛接纳,因为它把社会视作由不同群体组成的共同体,民族/族裔之间的差异成为社会基本现实,从而瓦解了统一性和整体性。尽管有人警告多元文化主义可能导致"部落隔绝主义"(tribalism)并带来"身份政治"的泛滥,但是多元文化主义使得来自全球的移民能在共同的社会框架下融洽并存,改善了社会阶层关系,促进了安德森所说的"想象共同体"的建设(Anderson,1991:2)。不仅如此,加拿大多元文化主义的成功还被许多其他国家所效仿。正如富勒拉斯(Augie Fleras)指出的,"许多国家如澳大利亚开始研究加拿大的文化政治,以便对他们自己的文化政策产生促进作用"(Fleras Elliott xiii)。1988年,《加拿大多元文化法案》获得国会通过,成为世界上第一个通过此类法案的国家。

多元文化主义直接对加拿大的文学创作产生了重要影响,其中一个重大变化就是,多元文化主义写作改写了人们对"他者性"的理解。1990年,著名文学评论家哈琴等主编了《其他的孤独:加拿大多元文化小说》,她收集了来自不同民族和文化背景的短篇小说和访谈录,阐述了多元文化和"他者性"的概念。哈琴指出,加拿大自殖民地时期以来的"两厢孤独"(即英法文化传统)的传统被异质性所取代。在多元文化主义语境中,人们不再像以前那样担心文化偏见的传播,文学写作不再"把文化僵化为一成不变的民族记忆",也不把"他者性"简单理解为与众不同的"歌唱、舞蹈和美食",更不把"非盎格鲁、非法兰西文化降黜为加拿大边缘文化,使之成为文化象征的牺牲品"(Hutcheon and Richmand,1990:14)。在多元文化语境下,作家既努力保存原有民族文化的传统特征,同时构建一种崭新的加拿大性,这种新的民族和国家想象就是加拿大后民族时代的主导意识。正如慕客吉(Murkejee)所说,民族文学想象不再是"被解放了的安大略盎格鲁-撒克逊新教徒白人(WASP)和被疏离隔绝的魁北克天主教徒的唯一专利"(转引自 Roy 203),而是所有参与文化和构建者的共同梦想。事实上,慕客吉的这种担心在里奇勒的一篇名为《街道》的短篇小说中早有描述。小说描写了一个典型的多民族共存的文化图景,在蒙特利尔的圣额尔斑大街两侧,分别居住着英国后裔和法国后裔,而临街居住的则是意大利人、南斯拉夫人和乌克兰人。叙事者说道:"我们都深信,我们从加拿大两个分裂文化,即英语文化和法语文化的分裂中获益匪浅,我们从来不会向他们任何一方寻求指导。"(Richler,1990:35)圣额尔斑街区的不同民族社区体现了一个多元民族国家的途径,他们所不能容忍的就是单一制的盎格鲁-撒克逊新教徒白人文化:"给他们足够的酒喝,不知道他们会把这个家糟蹋成什么样子!"(Richler,1990:35)

自 20 世纪 90 年代以来,加拿大文学创作形式日趋多彩,多元文化主义得到了文学、文化和政治话语的充分协作,不仅促进了族裔/民族文化的交融,更逐渐瓦解了均质化的民族认同。正如巴巴在《文化的位置》中所说的,均质化的民族文化、历史传统的延续传承、族裔/民族共同体的一体化"永远处于定义的过程中,人们对于想象共同体混杂性的理解越来越体现出跨民族的特点"(Bhabha,1994:5)。政治上统一的民族观在文学想象世界中逐渐瓦解,作品被认为"不再是加拿大民族自身的产物,而是一种占据居间性(in-betweenness)空间的产物,是介乎不同国家和民族界限之间的产物"(Walcott xii)。针对加拿大是否属于后殖民国家这一问题,劳拉·莫斯对加拿大在民族主义、后民族主义和后殖民主义理论与实践中的状况进行深入探讨。她认为,加拿大文学已经超越了"文化马赛克"的概念范畴(Moss, Laura 6)。堪布瑞利也认为,加拿大"民族话语曾经植根于殖民时代的传统,但现在已经呈现了新的跨民族和全球性面貌"

(Kamboureli,2007:vii)。如果把加拿大看作一个想象共同体的话,那么"加拿大文学就完完全全和这个想象的民族发生了密不可分的关系;而同时它又对这种想象民族性产生抗拒"(Kamboureli,2007:viii)。布莱顿也指出:"加拿大民族文学这个概念实际上是特定时间和地点的一个产物",而现在它"已经进入了后民族、跨民族和全球化的语境之中"(Brydon,2007:5—6)。后殖民写作和流散写作的繁荣将文学带入一个新的境地,在这里,去中心的差异化、边界的模糊化和文化的流动性把文化实践最重要形式的文学写作变成了展现"不同"和"差异"的场域。

和多元文化主义相伴而生的另一个概念,是跨民族主义。跨民族主义是对多元文化主义的超越和扬弃,主张跨越民族界限,弘扬民族的交融性,因此对统一、稳定和固化的身份提出了挑战。简言之,跨民族主义的流动性正是多元文化主义所缺乏的。跨民族主义认为,身份是不断变化的过程,应当随时容纳碎片式的、不完整的身份认同,因而是一个开放的体系。在全球化加速的今天,人口流动加快,文化、经济交流越来越频繁,民族和国家身份不再像以前那样被限制在固定的地理、文化和政治疆域内。由此可见,超文化主义和多元文化主义的差异在于,后者强调不同社会群体和身份的共存,而前者弘扬界限的穿越。正因为这个原因,多元文化主义遭到了一定的质疑,因为它在强调文化群体共存的同时,把不同族裔/民族/团体圈在了各自的疆界之内,形成了文化贫民窟和飞土。对那些逃离母国,来到加拿大的移民一代而言,多元文化主义阻止他们重新构建身份,使其无法被吸纳到广阔的身份空间中去。不过,基辅提出,为了抵消多元文化主义分而治之的不良后果,应该对其重新审视,并对其内涵作出重新定义。基辅因而提出了"超文化主义"的概念,希望通过"超文化来救赎多元文化主义力不能及的地方,尤其是族裔性和民族性的多元化经历及其文化差异"(Keefer,1991:14)。哲学家奇维尔·奇姆里克也指出:

> 我们现在已经不再像30年前那样需要多元文化主义这个词。那时候,我们需要把多元文化主义作为一个与多元化现实相联系的

工具,并用它来重新审视公民、群体、国家这样的概念。今天我们用这个词来提醒加拿大人:现有的多元文化主义已经没有什么必要了。我们都知道,以前的各种文化模式已经不复存在。多元文化主义这个词或许已经不再那么流行。但是,和这个词相伴而生的概念和理解方式却已经广泛深入人心,被人们当作自然而然的事实。(Kymlicka 172)

维尔·奇姆里克对多元文化的评论并非否认多元文化主义的历史功绩和现状,相反,多元文化主义仍然是加拿大身份构建的主体精神,是现实中的客观存在,已成为架构加拿大文学艺术、政治话语等体系的基础。尽管多元文化主义引起了种种批评和不满,但是迄今为止,它仍然是加拿大社会主流价值的体现,被大多数加拿大人所认可。无论在民族、社会阶层、宗教信仰、语言文学还是其他方面,加拿大各民族之间"既存在着利益的冲突,又有着共同的目标。世界上没有任何其他一个集体能够像加拿大这样求同存异,有着这么强大的凝聚力"(Manji 171)。瓦桑吉在《我是一名加拿大作家吗?》中针对加拿大民族性和加拿大文学的定义提出了一系列尖锐的问题:

一本背景设置在印度或者非洲的小说被称为加拿大小说并因此获奖,这意味着什么?人们怎样看待这本小说?是不是一定要把它看作和加拿大有关的作品?这部作品是否一定和加拿大的历史、政治、国家性格、风景、心理有任何关系?作为加拿大小说,我们的后代会怎样看待它?(Vassanji, 2006:9)

瓦桑吉的疑问事实上代表了众多加拿大作家的心声。瓦桑吉指出,传统上,人们对加拿大文学的核心主题有着某种预设的期待,似乎它的典型主题应该是存活,是"寒冷、荒野、草原、高山、大西洋,是某种独特的殖民地经历"(Vassanji, 2006:9),似乎加拿大文学的"核心"内容描写的应该是"在草原生活的祖母、在纽芬兰或新斯科舍成长的经历,或是和祖辈在海滩散步的小说,是关于一战的小说,是关于三十而立或四十不惑的中年温哥华人的小说"(Vassanji, 2006:9)。然而,这些"核心"主题本身就充满了地域的冲突,从来没有统一的形象。瓦桑吉把这种基于地域差异的多元文化推及民族与国界范畴。在和法国、德国等民族文学做了一番比较之后,瓦桑吉说道:

> 在许多国家,这样的烦恼甚至不会出现。如果你来自这个国家之外,那么你就不属于这里。我现在可以想到法国、德国或者中东、日本。你怎么敢把自己认作一名法国作家呢! 你必须证明自己。(首先,摘掉你的头巾。)但是,在加拿大……却不同。这样一个新生国家,组成它的正是源源不断涌来的移民。这里的情况完全不同。这里充满了活力,当然,我们也非常高兴地看到,这里也充满了矛盾冲突。(Vassanji, 2006:8)

的确,多元文化主义不仅拓展了加拿大民族性的想象空间,使得身份构建成为一个永不间断的过程,并把"这里是哪里?"这个问题放置到了跨民族主义的语境之下。随着新一代移民作家对"欧洲中心的加拿大民族性"提出挑战,多元文化主义"促进了加拿大文学的国际化进程"(Thorpe 112),困扰地域主义和民族主义文学争论的核心问题,即加拿大文学的"地域性"和"世界性"的矛盾,在移民写作的推动下自然得到了化解。因此,索尔普认为,加拿大文学无论在主题还是内容上都具有国际性,这进一步增强了读者的多元意识,使之认识到加拿大"多元文化的财富"以及"真实和潜在的各种文化差异"(Thorpe 123)。

莱德尔(Carolyn Redl)对1988年前后的小说进行了比较,希望通过比较发现新一代超文化作家和之前的加拿大作家是否在写作主题与内容上有所不同。莱德尔发现,《加拿大多元文化法案》通过前的小说描写的主人公往往是正在形成中的加拿大人,而法案通过后的小说描写的主人公则"要么身处加拿大,要么身处另一个国家,他们既不属于这里也不属于那里"(Redl 28)。对这些加拿大人来说,他们没有对一个固定地方的从属感,而是与不同地方发生密切的精神联系。因此,莱德尔把这些后民族主义时代的加拿大人称为"跨民族的迁徙者",他们"没有固定的身份,也从不对一个固定的民族或国家宣誓效忠"(Redl 28)。从这个角度看,多元文化主义和跨民族主义在加拿大性的建构过程中起到了同等重要的作用。实质上,跨民族主义并非对多元文化主义的否认和取代,而只是强调在多元文化表达基础之上的交融性,它宣扬民族和文化边界的消融和交汇,也更加强调个体选择身份归属的自由。这样民族性就成为和个人选择直接相关的自由,从而把民族概念从生理、遗传等神坛上拉下来,颂扬个体和文化之间的直接交互。因此,多元文化主义和跨民族主义是当代加拿大文学文化表达的一对相辅相成的概念。

二、翁达杰的跨民族主义思想

迈克尔·翁达杰是加拿大最有影响的作家之一。作为一名诗人、小说家和文学编辑,他的多部作品获得总督文学奖、吉勒奖,在世界文坛上享有盛誉。1992年,他的小说《英国病人》获得布克奖,根据此书改编的同名电影则包揽了1996年奥斯卡的9项大奖,风靡一时,为中国观众所熟知。翁达杰1943年出生于斯里兰卡的科隆坡,家境富足,父亲是一名茶园经营者,母亲也出自名门,有舞蹈天赋。翁达杰的家族血统复杂,他身上流淌着荷兰、僧伽罗和泰米尔等多个民族的血液。翁达杰还有着丰富的移民经历,他的童年时光在斯里兰卡度过,11岁时随母亲来到英国,在伦敦的一个小学就读,一直到中学毕业。1962年,他移民加拿大并在三年后加入加拿大国籍。翁达杰分别在多伦多大学和王后大学攻读学士和硕士学位,毕业后在约克大学任教。

翁达杰成为加拿大跨民族主义和跨国界作家群中的重要一员,与他的文化经历和血缘背景有着密切的关系。翁达杰特殊的跨民族主义背景使他能更深入地探索殖民与后殖民时代身份的矛盾与冲突,通过文学艺术对民族、国家的宏大概念进行新的描绘。翁达杰的作品题材跨度非常大,作品背景分别设置在美国、加拿大、澳大利亚、欧洲、北非、亚洲,这展现出他宏阔的视野和广泛的人文关怀。翁达杰也因此被誉为一名"无国界作家",他的小说也享有"世界小说"的美誉,再加上其鲜明的后现代主义风格,使他成为一名独具特色的作家。事实上,翁达杰本人也表达了对民族和国家的超然态度。在一次采访中,当被问及如何看待自己的祖国和家庭时,翁达杰说道:"我本来应该属于生我的这个家庭,可是事实并没有这样发生,因此,我觉得我对另外的选择更感兴趣。在任何正式的场合中,我总是在寻找另外的选择。"(O'Malley 172—173)

事实上,翁达杰的所有小说都表现出跨民族主义思想,他的近期作品尤为明显。在《英国病人》中,作者描写了四个来自不同文化背景的角色,他们相聚在意大利北部一座被遗弃的别墅里。随着故事展开,四个人交替担任故事叙述者,讲述各自的历史。女主角是来自加拿大的汉娜,她毅然决定留在意大利照顾在战争中濒死而失忆的男主角。汉娜的病人,也就是"英国病人",记不清自己的过去和身份,在睡梦和醒悟之间宣称自己"憎恨国家"(138),认为"我们所有人都被民族国家所摧残"(138)。小说的另外两个角色分别是意大利裔加拿大人卡拉瓦吉奥和在英国军队服役的印度锡克兵吉普。这四个角色超越了各自的民族界限,组成了一个跨民族的小小社区。"英国病人"这样说道:

> 我们所有人,甚至包括在遥远的欧洲有家室和子孙的人,都有一个愿望,希望我们能够脱掉自己国家的外衣……擦去家族的姓名!擦去国家!是沙漠教会了我这样做……战争来临的时候,我已经在沙漠中生活了10年,我很轻易地就能够穿越边界,不属于任何人,也不属于任何民族。(138—139)

同样,在《遥望》中,翁达杰通过安娜、克莱尔和库普三人的故事表达了跨民族身份的想象。小说虽然设置在美国加州,但小说中的人物都在迁移和移动中,他们不停地对新环境作出调整和适应,不时地形成新的归属感和身份认同。这部小说塑造出鲜明的游弋主体(nomadic subject)形象,包括女主人公在内的所有角色都在不断地穿越国家、地理、文化和语言的边界。梅森认为,翁达杰的小说体现出"游牧主义"思想(Mason

67),他似乎"主张一种超越民族国家的公民身份,并质疑一切对自由公民身份的阶级划分"(Mason 68)。例如,安娜从美国消失之后来到法国,在经历了一系列文化遭遇之后,象征性获得了一个新身份:"先前那个叫安娜的人爬进往南开的一辆车的后排……我们就这样一整夜不停地前进——一个害羞的黑人男子搭载着一个女孩,一个他一直以为是法国人的女孩"(Ondaatje,2007:144)小说中所有人无不处在游弋的状态之中。在小说结尾,作者还意味深长地描写了一个吉卜赛家庭,他们生活在大篷车里,处于迁徙的状态,他们风餐露宿,居无定所,这更加凸显了小说的随机、偶然、不稳定等主题。这部小说勾勒出一个置身于民族和国家疆界之外的主体状况,它不断被"家庭、父亲和文化所流放"(Saul 37)。这种流放和游弋是对自我的解放,使个体不再依附于某种固定的群体、文化、国家身份。又如,小说中几乎所有角色都不断地变换自己的名字、语言、国籍,使得身份成为一种无形的流体。翁达杰通过塑造一种"无名"的主体状况,强调个体的游牧性和延展潜力。安娜一而再、再而三地"向她的恋人撒谎",告诉他们她没有姐妹,没有过去,她想象自己"此时变得支离破碎,变成一只有一百种不同性情和声音的动物,还有一个新名字"(90),而有时,她却"知道有一群安娜在她周围,此刻,在拉斐尔画中小河旁的那个安娜不是在伯克利做讲座的那个安娜"(88)。同样,吉卜赛女人阿丽亚也拥有多个秘密身份:"她是罗马尼,她们都有许多名字。那个秘密名字,也就是第二个名字,是一个罗马姓名。"(177)她的丈夫是一个无名意大利人,而他也拒绝被冠以任何称呼:"不,我没有名字,没有永久称呼,我丈夫说……可是我不能总是称你为贼吧,我需要你的一个名字……就叫列巴多吧,因此他有一阵就叫列巴多了,这只是他诸多外号中的一个而已。"(177)小说甚至消融了个体之间的边界,把自我与他者的界限象征性地取消。例如,库珀把安娜错当作克莱尔,把克莱尔错当作安娜;律希安和意大利窃贼仿佛就是镜像替身,而他却被玛丽-内日错当作丈夫罗曼。对个体、文化、国家、民族边界的不断穿越、超越、重组、错位颠覆了统一民族和国家身份的定义,这是后现代主义和后殖民主义语境下对全球身份及跨民族身份的文化尝试。在他们不断构建的新共同体中,民族国家的边界概念呈现出游移性,共同体不断诞生,文化永远在构建的过程中。通过异乡人在异国土地建构自我的故事,翁达杰扩展了民族国家的概念。

在《阿尼尔的幽灵》(Anil's Ghost)中,小说女主人公也是跨民族身份的代表。阿尼尔受联合国人权委员会的委托,从美国来到故土斯里兰卡调查政治局势。在这里,她经历了民族国家界限的反复跨越和往返。小说中传统意义上的家族、民族、国家等身份都被瓦解。在与名叫"水手"的骷髅相伴的时间里,阿尼尔转变成一个孤独的人。阿尼尔的个人、社会和民族身份不断地发生变化,经历了三个象征阶段。幼年时的她在斯里兰卡是家喻户晓的游泳明星,成为斯里兰卡的象征。长大后的阿尼尔来到英国和美国接受教育,逐渐被西方化,忘记了自己的母语,甚至"借用"弟弟的名字作为自己的身份象征。然而,当阿尼尔多年后作为联合国人权专家返回故土时,她却不能同斯里兰卡发生认同,被当地人当作外来者。小说把她描写成一个在民族界限之外不断游移的人。在阿尼尔的眼中,地图中的斯里兰卡变化多端,不可捉摸,她发现斯里兰卡岛"有73个不同的版本,每一个版图都只解释它的一个方面"(39)。在小说结尾,斯里兰卡"银总统"在国家英雄日的死亡则更在深层意义上象征了民族主义的消亡和跨民族主义的诞生。阿尼尔再次被描写成一个游弋者。小说对加拿大的民族和国家想象构成提出了一系列新的问题。例如:"怎样对局部和全球归属做出新的思索,以及怎样实践这样的新思想?"(Brydon,2000:23)不可否认的是,小说使人摆脱了"国家形式的想象及身份政治,让人们开始拥抱一种不同的空间观,并和它保持崭新的联系"(Brydon,2002:114)。

翁达杰小说中的多元文化主义主题和跨民族想象在其自传作品《代代相传》(Running in the Family)中尤为突出。作者把斯里兰卡描写成一个与众不同的超文化、跨民族主义国家,把这个南亚小国比作一个不断"重婚的妻子"(64)。岛国斯里兰卡像耳坠一样,悬在"印度耳旁",永远性情万变(64),曾经八易其名,最后从锡兰改称斯里兰卡。斯里兰卡"色诱着整个欧洲",每次更换名字就意味着一次婚姻,每次婚姻的到来就意味着"满载各种民族"的大大小小的船只挤满这个小岛的海岸(64)。根据翁达杰的描写,斯里兰卡的全部民族渊源就是跨民族的杂糅共同体,那种统一的民族认同在这里没有意义。翁达杰描写了父亲和祖父的家族史,在他的回忆中,"所有人和僧伽罗的关系都很薄弱,他们的血液里流淌着泰米尔、荷兰、英国、葡萄牙的血"(41)。当父亲被英国总督问及自己的民族身份时,他说道:"只有上帝才知道。"(41)由于翁达杰这种特殊的文化背景,他的作品中表现出强烈的跨民族主义趋势也就不足为奇了。通过他的亲身经历,翁达杰构建出一种文学的跨民族想象共同体,这既反映了作者本人的身份特征,又是加拿大社会的一个缩影。实际上,翁达杰的所有小说都具有半自传的成分,或者说都折射出作者自己的跨民族主义情怀,用后现代的手法将现实与虚构混淆。他的很多作品都讲述了少年主人公的成长,他们的身份构建过程就是跨民族的身份构建过程。正如《英国病人》中的叙事者所说,翁达杰笔下的人们总在迁徙的途中,最终成为"在沙漠中发明的国家"的一员(119)。对翁达杰及斯里兰卡的民族共同体来说,纯粹的民族主义并不存在。在《代代相传》中,作者借用对斯里兰卡英国人的评论指出,单一的民族性是不存在的,民族主义"转瞬即逝",极容易演变成"种族主义"(41)。

毋庸赘言,翁达杰通过自己的想象世界虚构出超越国家/民族界限的共同体,他的作品是对加拿大多元文化社会的现实写照。对于一个有着复杂背景的移民作家来说,民族主义是一个狭隘的排斥性概念,因为其前提是民族的一体化和均质化,这是民族国家的产物。正像《英国病人》的男主角一样,翁达杰消除了地图上标志民族与国家的色块,对民族主义话语下稳定、同一的集体身份概念提出了挑战。在他的小说中,每个人都是"星球陌生人"或"国际私生子"(Ondaatje,1992:176)。后殖民主义理论家霍米·巴巴指出:"民族主义的表征是不稳定的、脆弱的建构,因为民族话语这个概念本身模糊不清,不能通过创造民族统一感来形成民族意识。"(Bhabha,1990:148)民族主义话语实质上是一种"说教式的话语",

它没有注意到民族话语的"行为性"(performative)(Bhabha,1990:148)。也就是说,民族是一个动态的过程,国家也从来不是固定的,其内在是不稳定的团体集合,它们往往在边界上充满了张力,充满了"民族的非均质历史、敌对性权威以及紧张对峙文化差异点"(Bhabha,1990:148)。

三、《身着狮皮》中的游牧主体和跨民族迁徙者

翁达杰对国家、民族和个人的流动身份表现出强烈兴趣,他的小说常常聚焦民族和国家的边缘空间,对身份的流变性展开思索。他的作品具有后现代主义特征,常常以碎片式的叙事在居间性的场域中考察个体和文化的杂糅与不稳定性。在翁达杰的所有小说中,《身着狮皮》是唯一背景设置在加拿大的作品,小说叙述了东欧移民投身多伦多城市建设的故事,也展现出 20 世纪初加拿大国家建设的历史片段。因此,小说既是移民艰苦生活的写照,又可以被看作加拿大民族和国家构建的历史叙事,是一个关于民族和国家边界及个人身份构建的故事。

《身着狮皮》取材于历史资料,通过改编、虚构等加工手段对移民史进行重写,颠覆了官方宏大叙事,揭示了多伦多官方历史背后的另一个世界的文化表征体系。作者"用陌生化的手段通过重构和想象一个新世界,让人们重新认识多伦多",并"穿越现实和语言的重重边界"进入"已知历史和现实重构夹缝间的地带"(Siemerling 92)。翁达杰的这部颠覆性小说以边缘人/外来者的视角重写城市的建设史和国家神话,从社会的底层描写加拿大的历史,塑造出鲜明的"迁徙者"形象。实际上,翁达杰小说中的人物几乎都是迁徙者,他们不断处在迁徙和游走途中,如《英国病人》中的阿尔麦西、汉娜、吉普、卡拉瓦吉奥,《阿尼尔的幽灵》中的女主人公阿尼尔。他所描绘的迁徙者不断地从一个国家或地方游走到另一个国家或地方,以外来者的身份进行观察,频繁进出于民族、族群和国家的空间,游走在文化边缘地带。例如,《猫桌》讲述了一个和作者同名的 11 岁男孩从斯里兰卡前往英国的海上迁移故事,这短暂的 21 天跨国界旅程成为迈克尔走向成熟的旅程,从母国踏上异邦土地的那一刻就标志着迈克尔自我的实现。翁达杰的小说中常常能看到时空跨越的描写,把人塑造成处于不断在时空中迁徙、跳跃的主体。通过描绘迁徙者的流动性生活,翁达杰呈现了超越民族和国家的独特画卷和景观。

《身着狮皮》也讲述了一个迁徙者不断穿越时空、跨越边界的故事,小说不仅把来自东欧的尼古拉斯和北欧的爱丽斯两个角色塑造成迁徙者形象,就连出生在加拿大本地的少年主角帕特里克也被描写为一个游荡在加拿大空间中的外来者。帕特里克作为殖民者后代,代表了加拿大的白人主流民族身份,但在他与欧洲移民和其他族裔文化的遭遇过程中,却更像一个边缘人和陌生人,不断试探着去靠近那些与他操着不同语言,甚至肤色不同的伐木工、采矿工。通过这种独特的视角,翁达杰逆转了内在和外在的差异,颠倒了主流/边缘的民族结构,在颠覆他者和自我的文化等级秩序同时,把多伦多描绘成一个跨民族的城市空间。梅森认为,小说中对"迁徙形象的探索标志着他对游牧隐喻(trope of nomadism)的关注"(Mason 66)。这些"游弋的迁徙者"取消了本土和外国工人之间的差异,是对"人和地方之间的本质主义联系做出的抵抗",因此消解了传统民族归属的概念(Mason 66)。克雷斯威尔也认为,翁达杰的迁徙者主题表达了"游牧的形而上学"(nomadic metaphysics),它显示翁达杰"对迁徙路途(routes of travel)的关注和对固定身份的质疑"(Cresswell 15—16)。无论是尼古拉斯,还是帕特里克,二者的迁徙和游荡都揭示了后殖民主义语境下的"想象民族共同体"对成员的要求,它不再把成员限定在民族的界限之内,因而绘制出一个不断在途的(en route)游牧主体(nomadic subject)。

游牧主体(或译游弋主体)是当代哲学家罗西·布列多蒂提出的后现代主体概念。游牧的概念最早来自拉丁语,意即"没有固定居住地的人们",用以指早期人类社会随季节往来的"游牧人"或四处游走的"草原畜牧者"或"狩猎采集者",后来则指四处游走的工匠或商人和其他从业者。游牧文明是定居文明的镜像与他者。布列多蒂根据德勒兹的生成思想,用"游牧主体"描绘后现代社会主体回归游牧的状况,凸显文化身份的流动性。游牧主体"放弃了一切固定的思想、愿望和怀念,表达了一种对新身份的愿景,这个新身份是由一系列变化、转换和协调的变迁构成的,它没有本质的统一,也反对这样的统一"(Braidotti,2011:22)。布列多蒂指出,游牧者把主体理解为"在文化上具有差异性的后现代"主体,"各种不同的差异围绕着阶级、种族、族裔性、性别、年龄等因素相互交叉和相互影响"(Braidotti,2011:4)。游牧者藐视各种边界,把它视为一个"神话和一个政治虚构",游牧主体总是能够"穿透各种现行的范畴和经验等级,在模糊边界的同时又不拆掉桥梁"(Braidotti,2011:4)。

在《身着狮皮》中,翁达杰借助帕特里克刻画了游牧者的形象,小说成为游牧主体不断迁徙的一则文化寓言。主人公帕特里克出生在加拿大阿巴世德,和父亲一起工作,后来辗转各地,从事不同的职业。他沉默寡言,似乎是一个文化的边缘人,最后来到多伦多,成为一个"通往城市的迁徙者"(53)。小说扉页上引用了中亚史诗《吉尔迦美什》的诗句,暗示帕特里克就像史诗中身披狮皮在荒野中游荡的主人公一样,在游弋中寻找自己的身份。帕特里克先是踏上"从内陆到大都市的航程"(47—48),然后在多伦多从事新的职业,寻找失踪的百万富翁安幕布罗斯·斯莫尔的踪迹,其间他还跟随爱丽斯辗转在多伦多的各个少数族裔社区之间。此外,帕特里克还见证了更多的迁徙者劳工,如在"小小的种子"一章中的芬兰伐木工人、在"纯洁的宫殿"中出现的卡托、在加拿大各地辗转迁徙并最终成为多伦多建筑工的尼古拉斯、为了摆脱警察追捕而不得不乔装潜逃的意大利裔加拿大人卡拉瓦乔。事实上,小说本身就是一个关于迁徙的隐喻,也是空间的隐喻,叙事和道路成为平行隐喻。小说一开始,主人公驾车和汉娜行驶在高速公路上,叙事者告诉我们,"这个故事是一个年轻的姑娘在一大早就出发的小汽车里所听到的"(1),此刻,作者运用道路的空间隐喻把故事的展开和迁徙相并置。帕特里克经过"故事的每个角落……试图把一切揽在他的怀中"(1)。到了故事结尾,帕特里克像"野兽一样发出满意的低吟,爬进车厢后排",并指示汉娜"打开车灯"继续前行(127)。在每个人的迁徙途中,他们的道路彼此交错,带领和迎接彼此进入不同的民族社群和边界,彼此的生活发生交叉和重合。而更重要的是,小说的几个核心角色均来自不同的族裔和国家。对帕特里克来说,他的游牧旅途就是穿越民族的迁徙过程。少年的他就孤身一人,似乎不隶属于任何群体和民族,而是躲在森林的黑暗处观看芬兰伐木工在河面上舞蹈,仿佛他自己是此地的他者和异类。在小说结尾,帕特里克跟随爱丽斯进入马其顿、芬兰社群内部,并决定接受汉娜为义女。这一系列变化象征了作为主流文化代表的加拿大身份的流动性、混杂化和穿越性。因此,迁徙者主题是《身着狮皮》的一个重要的文化隐喻和有关民族叙事的象征,游牧者对一成不变的民族身份和民族国家的主导边界提出了挑战。通过小说中无所不在的迁徙意象,翁达杰暗示,多元文化语境中公民身份超越了民族的界限,使游牧者能够通过真正自由的运动,占据并"生活在没有疆界的平滑空间"(Deleuze and Guattari 479),从而拒绝国家对疆域的层级化分割。

在《身着狮皮》中,翁达杰鲜明地刻画出尼古拉斯和帕特里克两个互补对立的游牧者,他们不断地在民族和族裔性的边界游荡、进出和穿越。翁达杰在一次采访中谈到他的荷兰—泰米尔—僧伽罗血缘,并强调自己童年的迁徙经历对世界观的影响:"我从来不觉得我身上有多少英国认同,但是,我总感觉,我具有移民者的双重视角。"(Spinks 16)《身着狮皮》中的尼古拉斯和帕特里克则代表了翁达杰的分裂、双重主体,他们存在于传统与新文化归属的夹缝之中,用杂糅身份反抗"帝国霸权和殖民文化的统治"(Spinks 17)。正像翁达杰小说《阿尼尔的幽灵》中那个阿尼尔称为"水手"的骷髅一样,它扑朔迷离的身世和归属显示出对固定性的质疑,水手和骷髅的双重形象完美地体现了翁达杰的游牧者思想,表达了对"杂糅、居间、跨民族、阈限、随机、反霸权"等价值的追求"(Spinks 16)。翁达杰宣称:"我是地方的混血,是种族、文化的混血,是不同体裁的混血。"(McCrum)他拒绝给自己的身份做出任何限定:"我真的不想成为任何一个民族或国家的代表。"(McCrum)翁达杰的游牧主义审美和伦理拒绝归属,地方、国家和民族在他看来都成为暂时状态,这种跨民族主义思想反映出游牧者"向着解构身份,分子化自我(molecularization of self)的急速前进"(Braidotti, 2013:16),也应合了德勒兹的生成主体概念。在德勒兹看来,生成主体是去疆界的自我,它"属于有别于权力与统治的一个领域"(Deleuze and Guattari 106),但"它既不是仿像,又不是模仿,更不是认同"(Deleuze and Guattari 237),"不存在依附(filiation)的可能性"(Deleuze and Guattari 238)。翁达杰的跨民族游牧者也不宣誓效忠于某个身份,而是不断地变化和转移,"在情感上不断靠近,表现出强烈的相互联系性"(Braidotti, 2013:16),对"游移的路线表示兴趣,拒绝归根结底的固定身份"(Cresswell 15—16)。

四、游牧主义与跨民族空间隐喻

《身着狮皮》中的世界是一个迁徙者的动态世界,小说对流动性(mobility)和游牧主义(nomadism)的描写突出强调了加拿大后民族时代超越性的身份归属。在《身着狮皮》中,翁达杰将空间隐喻和游牧主义巧妙地结合在一起,将小说的所有角色描写为游牧者,不断地进出于各种空间,从而取消了空间的内外秩序,消除了中心。《身着狮皮》甚至独具匠心地描绘出一种对立、统一的游牧主体形象——内部游牧者和外来游牧者。内部游牧者从国家/民族外部空间向内部迁徙,而外来游牧者则在国家的内部空间游走迁徙,这种状况表达出独具一格的"新迁徙者审美"(Huggan, 2008:38),并颠覆了自我/他者的殖民主义秩序。小说中,无论族裔社群、城市空间,还是民族、国家,一切都交织着迁徙者的痕迹,去除了德勒兹所说的国家"条纹空间"的固化(Deleuze and Guattari 479),取消了层级关系和内外差异,将主体塑造成永远的迁徙者。迁徙者的游弋、位移、穿越构成了身份的游移性本质。具体来说,小说中的两个人物,即尼古拉斯和帕特里克,分别代表内部迁徙者和外来迁徙者形象,前者是"外来内在者"(Outside Insider)而后者则是"内在外来者"(Inside Outsider)。"外来内在者"和"内在外来者"是一对对立统一的后殖民主义矛盾主体,翁达杰利用二者的互补和对立形象凸显出移民者和殖民—定居者相对于民族、国家的模糊处境和居间状况,同时强调了民族和国家身份的外在性,从而消解了中心与外围、核心与边缘的二元对立,没有了流浪/回归、固定/漂泊这样的决定性差异,使两者都具备他者性。正如佩什所说,在翁达杰的小说中,"你同时处于不同的方位,你所经历的文化遭遇既是内部的也是外部的"(Pesch 67)。

在小说中,尼古拉斯·特莫科夫是一个典型的外来内在者,他千里迢迢从马其顿移民加拿大,成为多伦多地标建设工程的建筑工,挣扎在社会底层。矛盾的是,尽管尼古拉斯充当社会"他者"的角色,却直接参与了加拿大的国家建设,把多伦多从荒野建设成文明中心。多伦多市的重要标志性建筑,如布罗尔大街引水渠和多伦多供水厂,都出自他的双手。因此,在象征意义上,尼古拉斯既是"外来者",又是"内在者"。与此相对,帕特里克的身份属于加拿大主流殖民—定居者后代,他出生在北美,代表了内在者的身份。然而,在小说中,他却被描写成一个边缘角色,不停地寻找和定位自我,构建他的文化和民族身份,并不断地尝试进入不同的族裔团体。因此,在翁达杰的游牧者审美系统中,帕特里克扮演了一个特殊的他者和外来者角色。作为尼古拉斯的对立面,他就是一个内在外来者——他身处民族与国家的内部,却不断地进行游走。通过"内在外来者"和"外来内在者"这两个对立角色的塑造,翁达杰突出了主体状况和身份的游移性,建构出一种跨民族存在的跨界性和中间性,更凸显了后现代语境下主体的不确定性。多伦多在小说中象征性地成为国家和民族建构空间的标志。城市成为一个居间性空间,在这里,无论英裔还是非英裔加拿大人,都成为此地的他者和边缘的游牧者,他们试图进入共同的文化和地理空间,并塑造新的身份。也就是说,《身着狮皮》是一个后现代的、关于后民族身份的解构小说,中心不复存在,自我也被他者所替代,身份就如霍尔所说那样,不断地处于变动之中。霍尔把这种动态的身份认同定义为后现代主体的典型特征,认为自我"不再是固定的、本质主义的和永久的身份",而是"一个'不断游移的盛宴'(moveable feast),在围绕我们的文化系统表征和述说过程中不断地成型和变化"(Hall, Stuart, 1996b: 598)。希姆也指出,在很大意义上,翁达杰作品中的叙事者或主角"既是一个内在者,也是一个外来者","既是一个外国人,又是一个回归的流浪者",这种内在者和外来者的混合身份使他笔下的人物成为跨民族社群的"旁观者和参与者"(Thieme 46),因而把民族和身份等宏观概念性定义为动态的过程。

　　为了凸显后现代游牧主体的矛盾状况,《身着狮皮》巧妙地运用空间意象和隐喻来表征迁徙者文化身份的跨民族想象,从而将物理的空间叙事同民族、国家和身份空间的寓言紧密结合起来。小说中的空间意象比比皆是,这些空间不仅是围绕身体的物理和物质空间,而且把加拿大现实生活描绘成一个跨民族的文化隐喻空间。小说的两个主要角色都和空间有着密不可分的关系。例如,作为一名移民建筑工人,尼古拉斯是空间的掌控者和建造者,他是多伦多的城市建造者,更是加拿大多元文化空间的开辟者。尼古拉斯拥有并创造了多伦多的城市空间,使加拿大最终成型,这也使得翁达杰把外来者和内在者的矛盾对立形象集中于一人,突出了翁达杰的游牧者主体思想。在小说第一部分,翁达杰对尼古拉斯的描写几乎完全采用了空间的视角,把移民者的外来性(outsideness)同空间的内在性密切地联系了起来,这暗示着移民群体在民族和国家身份构建中的跨民族能动性。尼古拉斯就是空间的化身。尚未成形的多伦多早已在他的脑海中打下了深深的印记,他熟悉每一个角落,每一个空间,就像一只小鸟一样了解周围的环境,他"比大桥的设计师埃德蒙顿·博克或者哈利斯都更熟悉环境,比1912年在灌木丛中盲目探路的土地测量师都更熟悉"这片土地(49)。尼古拉斯是小说中有名的桥梁建筑工,他的身体悬在空中,如飞鸟一般自在。在小说中,他象征性地和加拿大的地理空间合而为一,二者之间不再存在边界,当他旋转时,身下的"全景随他一起旋转"(49)。尼古拉斯比任何人都更熟悉布罗尔大桥的结构,他甚至"不需要亲眼看着任何东西,因为他已经规划好了所有的空间……无论白天黑夜,甚至蒙上眼睛都一清二楚"(55)。作为一名出色的建筑工,尼古拉斯的职责和日常任务就是在这片即将成为加拿大的空白土地上塑造空间结构和秩序。尼古拉斯就像"划过地图的水银一样"深知这里的一切。在翁达杰的笔下，这些来自东欧的移民俨然就是国家的缔造者，在新的空间中规划和建构他们的身份。的确，小说中所有少数族裔都对空间高度敏感和熟悉，这暗示他们的"外来内在者"状况。例如，意大利裔人卡托就是加拿大地理的化身，他和帕特里克的本地陌生人形象形成鲜明反差。作为一个盗窃者，他可以轻易地脱身、藏匿、逃遁，因为"他知道这个雪的国度……能够在它的下面轻易消失。他避开熟悉的线路，在树上睡觉，甚至不怕危险用四肢在冰封的湖面上爬行，冰层在他的身下咔嚓作响"(155)。显然，翁达杰把移民者和空间拥有者形象集中在尼古拉斯身上，用隐喻的方式凸显了移民者的游牧性和内在性的对立统一，为跨民族主义的文学想象奠定了基础。

尼古拉斯的"外来内在者"形象体现出齐美尔所说的"外国人"的"自相矛盾状况。"'外国人'既处于民族共同体内部，又处于它的外部"(Ritivoi 47)。齐美尔进一步把这种"外国人"称为"陌生人"。他指出，"'陌生人'从一开始就不属于这个社区，但是他却给这个社区带来了它本身所不具有的新特质"(Simmel，1950：404)。"陌生人"并非指族裔社群之外的异类，他"是社群的一部分，是它的完全意义上的成员，既面对这一群体，又处在它的外部"(Simmel，1971：144)。在《身着狮皮》中，尼古拉斯正是齐美尔所描述的这种"陌生人"，他是"邻近与距离的综合，他既存在着，保持着近距，又是一个遥远而陌生的世界的残留痕迹"(Ritivoi 48)。尼古拉斯作为"陌生人"，介于齐美尔所谓的"流浪者"和"本地人"之间的一种状态，他保留了马其顿原族裔的特征，并能够进入新的加拿大民族空间，因此具有"世界性"(cosmopolitan)的身份。作为移民，尼古拉斯"在本质上并非土地的主人"(Simmel，1950：403)，但是却在小说中被描写成多伦多的主人。正如小说所描写的，他不仅"把每个人联系了起来"，而且"拥有太多的光明、太多的空间"(Ondaatje，1996：35)。

用穆萨的理论来看，尼古拉斯实际上占据了一个"跨界性空间"(liminal space)(Moosa 48)，既处于新世界加拿大文化空间的内部，又是一个新来的迁徙者。根据穆萨的理论，跨界性空间既表示"从外部的进入,又表示对内部的进入,它是内部和外部之间的一个关键性中介空间(intermediate space)",是一个"槛阈空间"(threshold area)(Moosa 48)。这种"槛阈空间"正像门和厅之间的通道,是一种连接性通道。不过它并不是把主权疆界分割开来的边界线,而是一个"欢迎的空间"(Moosa 48)。"槛阈空间"既不是外部,又不是内部,虽然它位于中介空间,却限定了所有其他空间,是"政治表述的新场所"(Moosa 48)。穆萨描述的这种中介空间非常恰当地描述了尼古拉斯作为"外来内在者"的矛盾状况。

在小说中,翁达杰运用了不同的空间隐喻来描绘外来内在者和内在外来者的对立统一状况,尤其是门和桥的隐喻。无独有偶,齐美尔也用桥和门来表示这种中间的族裔身份状况。他认为,门象征着内部与外界的分割,是明确边界的一种屏障,而桥则是把分离者相联系。《身着狮皮》中,尼古拉斯就是这种"中间性存在"(being in between)的典型例子,他能够通过距离(distance)而保持一种特殊的双元状态(di-stance)①,因此他是翁达杰借以表达跨民族想象的一个原型人物,他总是位于我和你、这里和那里、现在和过去之间。例如,在小说第一部分第二章,翁达杰呼应齐美尔的桥的隐喻,以"桥"为标题,可谓寓意深刻。小说中的桥由希腊、印度和东欧劳工共同建造,代表着把这些不同族裔文化连接起来的一个纽带,这些族裔终将融合为加拿大多元文化的组成部分。翁达杰对桥的描写暗含文化和社会的双关。当修桥工来到桥梁施工场地时,他们"踏上了消失在白色中的一条小路"(39),这里的白色不仅描写加拿大荒野中的大雾,而且暗指北美大陆的白人文化。因此,叙事者紧接着问道:"在路的那一端存在着什么样的国家?"(39)显然,桥梁成为一个至关重要的象征符号,暗示尼古拉斯的"槛阈空间",因为他正处于你和我之间、这里和那里之间、过去和现在之间,是他作为"外来内在者"所拥有的一个独特的联系性空间,也是超越民族边界的一个中间性空间。尼古拉斯的"外来内

---

① di-stance 是对 distance 的变异,既包含"距离",又表示随着距离而生的一种双元视角优势。在 di-stance 中,前缀 di-表示"两个""双元",stance 表示"立场"。

者"形象无疑消解了传统上关于家园、国家、归属等的概念,取消了外来族裔和宿主族裔之间的界限,使主体成为一个同时具有联系性和超越性的身份。

在《身着狮皮》中,与尼古拉斯相对的角色是帕特里克的"内在外来者"形象。帕特里克是加拿大本地人,却一直以陌生人的形象出现在小说中。他不断地游走于各地,在不同的族裔群体边缘徘徊,最终成为寻找斯莫尔下落的职业"打探者"(searcher),永远处于游牧者的探索状态。实际上,小说一开始就把少年时代的帕特里克描写成一个迁徙者,他如同盲人一样在黑暗中摸索着前进。帕特里克发现,"一旦上路,一切景色都变得模糊不清,漆黑一片"(165)。迁徙中的帕特里克必须不停地调整自己,认识自己的身份。整个小说都笼罩在一片漆黑之中,翁达杰也独具匠心地借用黑暗的意象加强了帕特里克和尼古拉斯的角色对立。帕特里克时时刻刻以黑暗为伴,而尼古拉斯却是光明的化身,这形成了强烈的反差和对比。例如,尼古拉斯不借助光线都熟知周围的一切角落,空间在他手中不断地产生,而帕特里克却完全迷失在多伦多漆黑的夜色之中,找不到自己的方向。尼古拉斯"来到加拿大就像熊熊燃烧的火炬一样"(149),他"不需要星星,不需要月亮"就可以照亮自己的旅途(147)。尼古拉斯身上聚集了充分的能量,他不但信心百倍地横跨大洋,完成了跨越民族和国家之旅,而且成为新国家的建造者。他感到"能量在他身上激荡,这些年来他有充足的时间积蓄能量,语言、习俗、家庭、薪水"(149)。尼古拉斯就是加拿大空间和文化的"内在者"。在高空作业的他常常从空中直飞而下,精确地计算出高度。他知道"绳子有多长,知道他有几秒钟时间可以自由落体,到达滑轮处"(35)。在象征意义上,尼古拉斯已经和加拿大的空间融为一体。翁达杰象征性地把尼古拉斯描写成融入加拿大景观的一部分,令读者无法分辨:"你必须一遍遍地观看眼前的景观,眼睛必须顺着天际仔细寻找,直到你看到横贯峡谷上方的那一个……小圆点。"(34)

相反,帕特里克"仿佛一具木偶",他必须"高高抬起双脚,以免在黑暗中绊倒"(120)。少年时代,帕特里克就像一只飞蛾一样,"紧紧地贴在窗户上,希望牢牢地抓住光明"(9)。帕特里克在故事中总是被动的,他在不断地寻求光明,却永远身处黑暗之中。为了适应在黑暗中行动和游走,帕特里克在房间里不断地蒙上眼练习,却最终撞到了卡拉拉身上,导致她的离开,这也标志着他作为"寻找者"角色的首次失败。显然,翁达杰通过尼古拉斯和帕特里克的象征性对立形象,暗示了国家建设和民族主体形成过程中的双重主体状况。翁达杰从后殖民主义的视角出发,将主动/被动、中心/外围、光明/黑暗、自我/他者等传统秩序颠覆,将代表加拿大主流的盎格鲁-撒克逊民族性描写成不稳定的状况,这是对传统官方"主流"意识形态的挑战,凸显了族裔性对新的加拿大想象的建构作用。

如果说尼古拉斯是空间拥有者,那么帕特里克则是游离于空间之外的游弋者,他需要不断地定位、进入空间,并不断地离开。他甚至需要依附于他者才能存在,从而象征性地失去了自我。在翁达杰的描绘中,帕特里克"就像苔藓一样黏在陌生人身上,依附在他们存在的角落中、缝隙间"(156)。显然,这种依附性象征性地暗示翁达杰对主体民族性的质疑。和尼古拉斯一样,帕特里克也是一个外来者,是齐美尔所说的本地的"陌生人"和加拿大的"外国人"。小说这样描写帕特里克:他"一直是一个异类(alien),是照片中的第三者……是一个旁观者、纠正者"(156)。帕特里克对空间充满向往和渴望,他成为尼古拉斯所创造的空间之外的一个徘徊者,是流放在本土之上的主人,一个在国家空间中踯躅的文化"他者"。帕特里克的状况可以用"流放中的殖民者"(coloniser-in-exile)来描述,翁达杰解构了加拿大的主体民族性与少数族裔的层级对立关系,彻底消除民族和国家话语与边缘二元对立意识形态。翁达杰甚至象征性地把帕特里克排除到了叙事的空间之外:"他不会在黑暗的湖面滑冰,就像他不可能是这些故事中的主人公一样。"(157)帕特里克意识到,"克拉拉、安幕布罗斯、爱丽斯、特莫科夫和卡托,这群人一起出演了一场没有他参与的戏,而他什么也不是,只不过是一个折射他们生活的棱镜而已"(157)。

在《身着狮皮》中,帕特里克的空间依附性(spatial appendage)和尼古拉斯的空间创造性形成对照,这具备深刻的主题象征意义,凸显两个人物身份的对立互补。在名义上,帕特里克属于加拿大的主体民族,但在翁达杰的描写下,所有个体和族裔都是陌生的外来者,彼此互为他者。和尼古拉斯不同的是,帕特里克作为一名文化内在者,对加拿大空间却极为陌生,他发现自己"是个出生在这个国家却对这个地方一无所知的人"(157)。帕特里克是一个默默的"观察者"(157)。就连他的父亲海岑也是"一个惘然若失的人,远远地避开周围的世界,对在他视野之外的文明世界的风俗习惯毫无兴趣"(15)。在海岑的世界中,加拿大是一个没有生命的世界,而他只是一个漠然的外来者。帕特里克对加拿大的想象源自父亲,他也把这里视作陌生的土地:

> 他是一个惘然若失的人(an abashed man),这是他从父亲那里继承来的。他出生在安大略的阿巴世德。这个词是什么意思?大概是指在他的身体内部有一个恐惧的地平线,他无法跳到这个地平线之外。某种空空的东西,尤其是当他独处之时,当他没有和其他人共处之时——不管是安幕布罗斯还是克拉拉或者爱丽斯——他能够听到体内的那个东西在轰轰作响,仿佛提醒他这就是他和社区之间的那段空间。这是爱的空白。(157)

在翁达杰的描写下,帕特里克被限制在自我和地方的狭小空间之中,无法和周围的世界发生联系,他孑然独立于各族群空间外,惘然若失,象征性地失去了民族根基。借用这种象征,小说颠覆了关于宏大叙事的民族渊源。再者,尽管读者推测帕特里克是一名盎格鲁-撒克逊后裔,但自始至终翁达杰并没有明确告诉我们他的民族身份。帕特里克生活在尚未形成的加拿大的空白空间中,是一个没有民族的游牧者,一个内在的外来者。帕特里克,"出生在一个直到1910年还未在地图上出现的地域"(10),而在学校的地图册上"这里一片苍绿,是一个无名的地方"(11)。此刻,帕特里克的身份呼应了游牧社会中个人的无根状况,他们游弋在自由的空间中,没有政治疆界的束缚。帕特里克就像坎特伯雷大主教一样,对周围的一切进行加冕仪式,他在心中不断地"测试着各种姓名",抚摸着周围的花朵和鹅卵石,"秩序和形状将会突然降临到这些黑夜身上"(9)。在这里,帕特里克"是一个探索者,目光凝视着这个属于他自己的国家的远处的黑暗"(157)。对帕特里克来说,获得自己的身份就必须跨出他体内的地平线,和加拿大众多的"他者"社区接触,才能填补那份"爱的空白"。而他心中的地平线则象征着帕特里克一遍遍企图进入的新身份空间。翁达杰对帕特里克的"陌生人"形象刻画显然和尼古拉斯形成对偶(antithesis)与互补。作为加拿大的"内在陌生人"(Insider Stranger),帕特里克的族裔身份被普遍化。作者通过这种象征手段强调了加拿大盎格鲁-撒克逊性的开放状态,使之具有一种"世界性",取消了自我与他者之间的界限,暗示后民族时代的多重身份的可能,也暗示了游弋者身份所带来的国家和民族的去疆界化(deterritorialization)和文化混杂性(hybridity)。在小说中,帕特里克反而成为马其顿、意大利等少数族裔的"陌生人",这个游走的"内在外来者"不断与其他族裔文化碰撞、接触,对自己和他者感到彷徨和迷惑。正如褒曼所说,这种陌生人的"陌生"之处在于,他"茫然若失,不知所措,惆怅惘然"(Bauman,1993:149)。根据褒曼的后现代主义伦理观,和"陌生人"共处,乃是现代性的前提。现代性把每个人都变成了"陌生人",社会因而由"陌生人"所构成。然而,多元文化主义和后民族主义时代的国家并不需要由"陌生人"构成的社会,而是强调社会成员的想象构建。这样就造成了"陌生人"的道德困境,他既小心翼翼地提防自己在陌生人的海洋中失去自我,同时也渴望投入某个社群的怀抱,成为其亲密的成员。在《身着狮皮》中,帕特里克经历了褒曼所说的这种"陌生人"的后现代伦理两难境况。在马其顿社区,他感到自己就是马其顿人社群的"另类",因而特意使自己"渺渺然若不存在",另一方面却为马其顿人"对他所知甚少而感到羞愧"(112)。

  翁达杰的空间隐喻不仅是物理空间,是小说主人公迁移、穿越、逡巡、探索、进出的场所,而且是象征意义上的文化和社会空间。这种抽象和具体的空间隐喻使得空间性和主体、身份、民族等概念紧密地结合了起来。空间在《身着狮皮》中就是一种深层的文化隐喻,小说中空间就是民族边界的隐喻,穿越空间因而成为跨民族主义的象征。正如小说中爱丽斯所说的,"你通过隐喻抵达人们"(123),翁达杰把《身着狮皮》中的两个主角关系描写成"能够掌握彼此空间属性的空间主题故事",通过这种形式讲述了加拿大移民史上民族性的构建历史和过程(Mason 73)。小说中的移民社区并不是一个个独立的空间,而是常常发生交叉和跨越,但也同时小心翼翼地维持着他们的文化空间。在小说第二部分,尼古拉斯从半空中救下了坠桥的爱丽斯,并带领她来到马其顿社区的奥莱达酒吧,在这里,爱丽斯感到酒吧柜台"就是一个民族的边缘"(39)。如果把多伦多解读为加拿大国家和民族空间的象征,那么,翁达杰通过尼古拉斯和帕特里克两个对立角色实际上颠倒了传统上关于身份与民族、国家的联系,把个体的主动性放置在民族性之前。的确,著名学者戴维精辟地指出,这部小说"根本不是关于任何所谓'加拿大'的社会地理"的小说,它创造了一个后民族的空间,在这里"地点和场所就像明信片一样可以随意交换,话语都具备跨民族的属性,而政治问题则是建立在非民族的(也常常是非历史的)意识形态基础之上的"(Davey, 1993:259)。通过这种象征性颠覆,翁达杰解构了殖民主义和后殖民主义关于自我和他者的对立。在翁达杰的跨民族想象中,中心和边缘的秩序不复存在,这暗示了自我的自主建构和身份的"世界性"。"外来内在者"和"内在外来者"的对立角色象征多元的、超越界限的身份状况,体现加拿大人身份的互补性和多元性。

《身着狮皮》不仅仅是对传统的自我/他者二元对立概念的后殖民颠覆,而且书写了关于民族和族裔的跨越性,使我们能够透过跨民族的视角检视有关民族和身份的重要概念。小说中,无论尼古拉斯还是帕特里克都扮演了隐喻角色,代表"归属形式的多重性和不一致性"(Harting)。翁达杰所描写的动态民族性画卷围绕民族边界的跨越和交融展开,小说中人物不断地穿越民族性的边界,呈现出流体性的身份构建局面。实际上,翁达杰所塑造的"外来内在者"形象就是对加拿大多元文化"马赛克"的历史性回应。《身着狮皮》出版于1987年,其成书时期恰逢20世纪80年代移民高潮时期,此次移民高潮不同于早期移民的显著特征是,移民大多来自欧洲之外的亚洲和加勒比海地区,他们成为加拿大民族结构中的重要新生力量,促进了人口多元化和复杂民族性意识。小说出版后的第二年,加拿大政府就通过了多元文化法案。然而,作为亚裔移民,翁达杰却没有选择亚洲移民作为小说主角,而是以马其顿移民为原型创造小说,把目光投向加拿大建国初期的历史时期。借助这些历史背景和文化语境,翁达杰提醒人们,加拿大想象的构建离不开"外来者",来到这个新生国家的移民必将成为民族的内部成员。翁达杰指出,《身着狮皮》的创作意图,就是为了避免采用亚裔移民作为故事主角,避免小说被解读为个人家族史,因为他想"远离一个私人的故事,进入公共故事空间,讲述一个社会故事"(Hutcheon and Richmond,1990:199)。可见,翁达杰通过讲述早期移民故事是对加拿大身份想象的回应,是对多元文化主义的一种文学形式的注解,同时也表达了他的跨民族主义想象。

《身着狮皮》中所描写的民族国家不是一个固定、统一的概念,而是对族裔身份的扩展、映射、聚合和重叠。这种后殖民主义思想通过独特的叙事手段、意象、象征和主题在小说中表现了出来。尤其值得注意的是,翁达杰独具匠心地利用空间和色彩隐喻刻画出这种复杂的族裔身份交叉和重叠。例如,在柏街皮革印染厂,印染工来自波兰、立陶宛、马其顿等国,而他们一起印染的时刻,就是庆祝进入跨民族空间的一个神圣典礼。他们纷纷跳进颜料池中,热情"拥抱那刚刚被屠宰的兽皮",在水中"确保每个人皮肤上的每一个毛孔都被颜料完全浸润"(130)。此刻,印染象征着跨民族的边界跨越,印染工一起参与共建加拿大民族性的仪式,他们成为游牧者,是"彼此各异的民族的代表"(130)。小说印染工的动作充满了仪式感,他们跳入颜料池就仿佛"跃入不一样的民族/国家(nation)之中",而当他们拖着湿淋淋的兽皮出来的时候,"身后拖着的兽皮好像从他们自己身上揭下的皮肤"(130)。在此,颜料池既是劳动场所,又是共同塑造民族性的文化空间,而他们拥抱的五彩斑斓的兽皮就是新身份的象征。而通过这个仪式,印染工象征性地穿越了民族边界,拥抱新的身份。颜料池无疑象征民族的共同体,借助这种穿越空间的象征,翁达杰构建出一个跨民族的想象共同体。

此外,翁达杰对颜料池的象征性描写还呼应了赛义德关于源属(filiation)和归属(affiliation)差异的理论。根据赛义德的理论,源属是生物学上的事实传承关系,如族裔身份的继承和血缘,归属则是一种文化的选择和依附关系。阿什克罗夫特对赛义德的这两个概念作出了解释:"源属指的是自然的继承关系,而归属指的则是借助文化进行的认同过程"(Ashcroft et al.,1998:105)。在当今多元文明并存的情况下,传统社会中作为社会重要凝聚力的源属认同已经难以维持局面,而是被各种不同的归属形式所取代。在《身着狮皮》中,印染工的身体和皮肤象征他们各自的源属身份,五颜六色的颜料池则可以被解读为他们共同的归属民族性。池中五颜六色的颜料是一个文化仪式,也是代表加拿大"马赛克"多元文化社会的视觉象征。一旦进入颜料池,外来者就拥有了共同的归属身份,从而进行了族裔性的穿越,成为民族与国家的内在者。

翁达杰的跨民族思想和赛义德的源属和归属理论有许多相似之处。赛义德认为,归属和源属身份是叠加的双重身份,源属可以"生产归属",这样"归属就成为代表自然范畴内的源属过程的一种形式"(Said,1983:23)。同样,"归属有时会生产源属,有时则会形成自己的形式"(Said,1983:24)。归属和源属的这种相互的生产性关系使人们能够同时属于不同的族群,具有不同的身份。但是,在赛义德看来,归属更多的是文化意义上的认同,和自然属性所代表的源属是对立的。归属和源属事实上保持着一定距离。赛义德强调,归属可以使人们进入世界的文本(worldly text),最终依然需要"认识到出身源属和社会归属之间的差异"(Said,1983:24)。显然,在赛义德的理论中,归属不能改变源属,二者只是交叠的相互影响。然而,在翁达杰的小说中(尤其是《英国病人》《阿尼尔的幽灵》等),源属本身甚至都成为不可捉摸的含糊概念。作为一种空间隐喻,归属是他的角色可以自由进出的空间。例如,在《英国病人》中,小说背景设置在大沙漠中,所有人的归属和源属都成为空白,阿尔麦西感叹,希望"能够行走在一个没有地图的地球上"(261)。人死后的身体只会留有大自然的痕迹,而和国家/民族相伴而生的一切属性荡然无存。正如鲁弗斯·库克所说,翁达杰小说中的人物"似乎都超越了时间、地点和族裔起源",人成为"无名或缺失的代名词",因为"既没有决定他本质的东西,也没有限定或羁绊他的皮肤"(Cook, Rufus, 37)。这样,他就可以具有一个个彼此不同的文化身份。在《身着狮皮》中,一个被遗忘的重要角色是安幕布罗斯。他实际上是一个自我流放者(self-exiler),通过从人间蒸发抹去了自己的民族。他总是"把他自己的世界小心翼翼地隔离开来",不和外界交叉,并"建立起高高的墙"(213)。在他的世界里,"恋人、同胞、商人彼此都是无名的,只要他们都知道不存在他者,他们就假想这些他者生活在遥远的国家"(213)。就连他的情人卡拉拉也不知道他的踪迹,只有"当他想让她知道的时候,她才能知道"(213)。翁达杰此时把安幕布罗斯比作一个空间障碍,卡拉拉"很想翻过他,往下观察,看看把他凝聚在一起的地平线在哪里"(213)。显然,安幕布罗斯就是一个没有时间、没有空间、没有身份的自我流放者,他拥有的只有"陌生人和自己过去的尸体"(213)。如果说帕特里克和尼古拉斯是不断游弋的身份探索者的话,安幕布罗斯则是一个没有源属和归属的无名主体。在多伦多,当帕特里克来到少数族裔社区时,他进入一个新的状态,像"疯癫一样地无名"(112)。此时他进入了他者的世界,并开始扮演他者的角色,通过无名来消解自我。正如巴巴所说,殖民者的身份"是通过他者的场所来构建的"(Bhabha, 1990:313),帕特里克的无名象征他成为他者,进入跨民族的空间。

翁达杰的去民族国家空间(denationalization)思想斩断了地方、出生与民族、归属等意识形态之间的文化联系,重归人的自然属性。《身着狮皮》中印染工人身上的兽皮成为表达归属身份的隐喻,而这个归属可以随时被拥有或放弃,随时穿越和回归。当他们来到颜料池中,就意味着从源属民族性内部迁徙到了归属性民族空间,一起建构新的文化身份。当他们清除掉身上象征源属身份的颜料之后,则标志着源属身份的语言和文化特征在现实中被隐藏起来,通过文化构建出的杂糅性自我进入多重身份空间。由此可见,翁达杰塑造的是一个在源属和归属身份之间来回游移的跨民族、超源属和归属的空间,他更加强调文化边界的交融性,但却没有把源属属性作为限定身份的象征符号。的确,在小说中,就连帕特里克也发生了从源属向归属民族性的转变,这个奇特的转变以帕特里克的迁徙为隐喻得以体现。少年的他徘徊在移民族群边缘,没有文化归属,是个失去根基的人。经过一番探求,他终于在爱丽斯的引导下被马其顿族裔群体所接纳。爱丽斯告诉帕特里克:"你和我一样,也是一个混血儿。"(127)此刻,故事情节呈现出高度的象征性。帕特里克和爱丽斯从窗户向外看去,在他们眼前展开的是一个新诞生的民族国家的图景,他们看到了"一个新世界"(127),这象征着他们即将拥有一个新的民族性归属。

在《身着狮皮》中,翁达杰质疑国家的概念,暗示其为个体构建的过程而非生来就继承的属性。国家成为一个选择性的开放空间,是个体和不同文化族群创造的结果;或者说,国家是一个异质动态过程,其本质包容了文化、族裔的差异。例如,在小说中,翁达杰把加拿大描写成一个没有印记的空间,一片"可以擦写的空白石板"(39),人们可以在其上书写身份和民族属性。对出生在加拿大本土、母语是英语的帕特里克也是如此。叙事者久久地凝视学校里的世界地图册,心中不停地默念那些"奇异的外国名称",如里海、尼泊尔、杜兰戈等。他用手抚摸着地图册凹凸不平的封面,仔细观察那些"创造了加拿大的彩色曲线"(9),意识到这个新生国家和他的成长事实上是同步的过程。因此,他知道,这个地方"最终会被叫作木库溪"(11)。这样的描写把人放在了国家的诞生之前,翁达杰不但消解了国家,而且强调其后天话语建构(如绘图、为地方命名等语言构建手段),因而暗示了跨民族主义的可能性。正如霍尔所说:"与其把民族文化(national culture)理解为统一的,不如把它理解为是由话语手段(discursive devices)构建而成的,它用差异性的形式再现了统一和身份。"(Hall,Stuart,1996b:617)

霍尔认为:"现代民族全部是文化杂糅体"(Hall,Stuart,1996b:617),体现了全球化背景下的后现代主体身份状况,是对国家、统一性等传统概念的解构。翁达杰在《身着狮皮》中部分回应了霍尔的这种关于身份的理解。在翁达杰看来,跨民族主义质疑统一的民族概念,凸显民族和国家的模糊性和不确定性。相反,他构建出一个超越边界的国家的共同体,每个人既属于这里,又不属于这里。对尼古拉斯来说,空间首先是个人的,在不断地构建过程中扩充,总是充满了各种可能。此时的加拿大就是一个巨大的母体空间,容纳了各种不同的游牧者。作为"内在外来者",新生国家的建设者将自己的族裔属性移植到了新的空间之上。对尼古拉斯来说,自己的民族属性先于加拿大的现实,因为此时的"北美洲依然没有语言,在这里通行的只有手势、劳动和血缘关系"(43)。这一象征性描述颠覆了加拿大英裔和法裔起源的官方话语构建传统,把加拿大追溯到没有语言的起点状况,表达了对单一性的民族和国家"主体身份"(master identity)的质疑(Hall, Stuart, 1996b: 601)。在《身着狮皮》中,屠宰场的劳工聚集在一起,虽然语言不通,但他们相互的交流却变成象征性的跨族裔交流,共同构造出一个跨民族空间。他们"不知道彼此的名字,只是用假名称呼,也不知道各自的国籍",而是用诸如"你好,意大利!""你好,加拿大!"这样的话语打招呼,就像"印染厂里的工人身披五彩斑斓的外衣一样"(135)。正如霍尔所指出的,民族国家被构建成一个个不同的过程,"它们穿越了民族界限,把族群和组织相互联系在由时空共同组成的联合体中,使世界无论在现实还是在实际体验中都成为具有紧密内在联系的存在"(Hall, Stuart, 1996b: 619)。《身着狮皮》中对不同文化相互交融的场面描写无疑颠覆了少数族裔被他者化的话语秩序,表达了跨民族主义的身份想象。

综上分析,翁达杰在《身着狮皮》中对"外来内在者"和"内在外来者"的对立描写除了强调二者的统一和相互融合,还凸显了二者共同拥有的外在属性。在翁达杰看来,加拿大和意大利、芬兰等名称一样都是族裔性的象征,这样就取消了加拿大英裔民族身份的主导地位。在《身着狮皮》中,并不存在"主体(族裔)身份"和"附属/边缘(族裔)身份"的对立。伦德格伦进一步指出,在《身着狮皮》中,翁达杰似乎呈现了一种"种族化审美"

(Lundgren 15),作者通过小说所讲述的民族性叙事塑造了"种族化主体"(Lowry 2)。的确,小说中人物的身份和种族属性有着密不可分的关系。移民建设者在穿越民族性边界的同时并没有放弃他们本初的民族属性,而是自主地进行族裔空间和身份的超越。

五、内部游牧和跨民族主义想象

移民/迁徙(migration)是后殖民主义文学的一个反复出现的主题。翁达杰也被视为世界文坛上一位举足轻重的移民文学作家。麦克劳德指出:"移民经历和流散居住给近来的后殖民文学、批评和理论注入了无限活力。"(McLeod 207)移民者的身份常常被描写为"双重的、杂糅的或者不稳定的"(Barry 196)。移民文学的主角往往经历了移位(displacement)、流放(exile)等,对自己的身份感到彷徨和迷惑。这种"特殊的后殖民身份危机"尤其表现在"自我与地方认同关系"之上(Ashcroft et al.,2003:8),归属和家园成为多重而不稳定的概念。正如毕莫所说,移民文学中的游移者"往往都是文化旅行者,或者说是'界外人'(extra-territorial)而非国民(national)"(Boehmer 227)。翁达杰的小说引起后殖民文学批评界的广泛关注,这是因为他的作品描写了"一系列国际影响,各种文化相互交杂,全球范围内人们不断地游移和邂逅"(Bowers 153)。然而,值得注意的是,关于翁达杰小说中的国际移民主题,相关研究和理论阐述已经汗牛充栋,但对他的"国内迁徙"主题却鲜有人注意到。《身着狮皮》中实际上描写了双重的移民经历,即尼古拉斯的国际迁徙以及帕特里克的国内迁徙。帕特里克作为一个"内在外来者",其迁徙过程是在加拿大的民族国家领土内的(intra-territorial)内部移民(intra-national migration)。在《身着狮皮》中,所有主体都是流动性的过程,都经历了民族和国家边界的跨越和穿行。作为尼古拉斯的对立形象,帕特里克的游牧者形象同样对于理解翁达杰的跨民族主义思想至关重要。

在《身着狮皮》中,帕特里克作为"内在外来者"既属于这里,又是本地的陌生人,不断地行走在自己国家的土地上。通过他的视角,翁达杰把加拿大描写为一个处于不断涌动和变化中的民族国家。伏尔泰耶指出,翁达杰在《身着狮皮》中做出了"彻底的颠覆",因为"无论从出身、母语、性别来讲都可以算作主流民族的帕特里克·刘易斯却在这里被塑造成一个外来者"(Vauthier 72)。作为新来者,帕特里克和其他移民一样在多伦多这个陌生的城市游荡、观察、吸收、理解,并建构自己与外界的联系。当帕特里克在多伦多居住下来,遭遇了不同的民族社群之后,才"发觉自己就是一个外来人"(Ondaatje,1996:167),是"自己国土上的一个外国人"(Gorjup 92)。尽管他没有踏出自己生于斯长于斯的故土,但进入多伦多这个移民社区就意味着来到另一个国家,成为一个文化上的外来者。帕特里克这种在"国界内的移民"具有特别的文化象征意义,它暗示帕特里克踏入了跨民族的社区空间。帕特里克和所有外来移民一样,"在自己的国家从一个地方迁徙到另一个地方"(Ondaatje,1996:157),在跨越空间和翻译他者身份的同时也在翻译自己的身份。文化和民族的边界是相互联系的,却又是彼此独立的。帕特里克甚至成为一个流浪者,他没有自己的根基,处于霍尔所说的那种"既在家又不在家"的矛盾状态之中(Hall and Black 658)。他必须不断地进入不同的空间,发现民族和国家的新故事、新历史、新面貌,从而完成自我的定义,而这一切都是在不同导航者的引导下完成的。从这个角度看,《身着狮皮》可以被解读为一个内在移民的小说,是在国家疆界内游弋的跨民族主义想象。为了强调迁徙的跨民族性,翁达杰在小说中运用了象征主义的手法,别具匠心地采用一系列特别的意象和象征描写这种混杂主体状况,这些意象包括车站旅客、孔雀、鬣蜥、木偶剧。通过这些意象和象征,翁达杰巧妙地把游牧主义思想编织成一个民族想象的叙事。

在《身着狮皮》中,最鲜明的内在迁徙是帕特里克从出生地阿巴世德向多伦多迁移的经历。他的游弋被描写成一个典型的移民过程。作者特意将帕特里克的迁徙和海外移民的艰难过程相对照,凸显他作为漫游者的角色。在"探索者"这一部分中,当帕特里克到达多伦多的时候,他好像"是在大洋上漂泊了多年之后终于登上了陆地"(53)。多伦多之旅让他

"再一次开启了生命"(53)。他身无分文,孤独地来到一个完全陌生的环境。在这里,"他是这座城市的移民"(53)。多伦多的陌生文化环境成为一个异乡空间,令帕特里克感到惊奇、陌生、恐惧,带着初到某地的不适应感,在这里"他甚至成为自己的陌生人"(54)。帕特里克遭遇了初来乍到的移民者所经历的文化休克。在车站,他看到一位西装革履、惴惴不安的旅客操着一种陌生的语言大声喊叫,用"火辣辣的目光盯着每一个路人,仿佛要把他们灼穿",而三天之后,帕特里克又看见了那个人,他"依然不能踏出他的安全地带,仿佛只要迈出一步就会陷入新世界的流沙之中"(54)。实际上,这个旅客只是作为外来者的帕特里克的心理投射而已。这个旅客显然"已经换上了新的套装"(54),却仍被束缚在这个象征性的陌生空间之中。帕特里克的观察此时变得不再可靠,因为帕特里克发现,自己也身陷"如浪潮涌动的人流中"(54),也遭遇了多伦多给他造成的文化冲击。他就像车站里的这个外来者一样,处在两个空间的边界,既不属于这里又不属于那里。或者说,这里既属于内部,又属于外部。这个外来者小心翼翼地观察着一切,在想象中构建未来的身份。因此,帕特里克作为一个内部移民处在两个文化、两种身份的交界处。

帕特里克的居间状况令人联想到霍米·巴巴在阐述杂糅性概念时所提到的"第三空间"。他指出,第三空间是个居间性的地带,在这里"意义和指涉结构成为一个模糊不清的过程",这种空间的"介入挑战了我们在文化上对历史身份的均质化定义,身份不再是一个统一且具有永恒过去的本真概念"(Bhabha,1994:54)。通过对边缘空间的描写,翁达杰用隐喻的方式展现了民族身份构建的动态过程。不过,在《身着狮皮》中帕特里克所占据的第三空间又与巴巴的概念有很大不同。尽管帕特里克也经历了巴巴所描述的"和新文化境况的遭遇"(encounter with newness)(Bhabba,1994:312),但在巴巴的后殖民理论中,第三空间是作为他者的社会底层与原有殖民秩序的文化遭遇,而在翁达杰的小说中,帕特里克所遭遇的居间空间却是作为加拿大"内在外来者"的遭遇。对于帕特里克而言,他的游牧/迁徙更多地表现出对"新文化境况"的探索,而不是在两个极端之间开辟通道或巴巴所称的"阈限空间"。再者,巴巴指出,第三空间是一个文化"表述"(enunciation)的空间,也就是用语言拥抱可能性的生产性空间(Bhabha,1994:54)。但在《身着狮皮》中,车站里的那个旅行者或许是帕特里克想象中的象征性外来者,他不能占据文化表述的空间,因为他的"尖叫声"几近疯狂,"要么是请求给空中的天使给予帮助,要么就是驱赶魔鬼远离自己"(54)。因此,翁达杰所描绘的这个居间状态是不稳定的地带,这种令人不安的处境颠覆了巴巴的"阈限空间"——在这里,"外来者"不归属于任何一侧,也没有身份,不是巴巴所说的那种"生产性"空间。小说中,帕特里克和那个大声叫喊的外来者一样,"说出自己的名字,但那声音在空中艰难地传回回声,消失在联合车站的上空"(54)。帕特里克在这个既不属于这里又不属于那里的地方似乎陷入了一个空洞,他也发现,"没有一个人回头看他"(54)。的确,《身着狮皮》所描绘的社会意义在于,无论从帕特里克还是从尼古拉斯来看,他们都代表了移民—定居者构建加拿大多元民族空间的过程,因此不同于后殖民地国家的身份构建。从这个角度看,对《身着狮皮》的跨民族主义解读似乎比后殖民解读更适合小说的现实与理论主旨。

翁达杰对迁徙和身份主题的关注为后殖民主义和流动性研究提供了文本支持。鲍曼在《流动的现代性》中指出,后现代社会进入流动历史时代,生活的流动性与社会的流动性成为基本的生存模式,流动的个人主体相互依存,相互促进。区别于"固态的"现代社会,流动的后现代社会则是"液态"的,一切都在流变之中(Bauman,2000:1)。流动不仅是社会组织的要素,而且支配了经济、政治与文化生活的一切过程。流动空间逐渐弱化政治、社会与民族和国家边界,主体的活动溢出了固定的地理空间。一个人可能并不归属于某个既定类型的群体,社会的集合体也都是流变的,并不断产生、消失、分类和重置。翁达杰的跨民族、超文化游牧主体无疑和流动的现代性社会审美是一致的。不过,翁达杰并不关注社会的总体性趋势,而是对游牧的个体层面进行了思考。在《身着狮皮》中,翁达杰把帕特里克描写成了同时具备"有根主体"(rooted subject)和"在路主体"

(routed subject)状况的矛盾形象,把内在者和游牧者身份结合起来,强调了一种不稳定的文化和民族认同。帕特里克既和加拿大土地有着内在的联系,又需要通过不停地游牧和迁徙来加固这种联系。

翁达杰的两种主体状况呼应了克利福德关于文化迁徙的理论。"根"与"路"是克利福德提出的两个著名概念。在《路:20世纪末的旅行和翻译》中,克利福德指出:

> 旅行越来越成为一个涵盖不同经历的错综复杂的概念,它指出了许多有关文化的普遍局限性认识中的偏颇,并强调穿越和互动。根据传统对文化的理解,本真的社会存在就是,或者应该是,以具有固定疆界的地方为中心的存在……居住(dwelling)被理解为实现集体生活的地方性根基,而旅行只是一种补充形式。根总是先于路。但是,我想问:如果旅行没有了羁绊,被视为人类经历中一种复杂而无所不在的多重状态,会发生什么样的情况?迁徙的种种经历有可能成为构建文化意义的元素,而不仅仅是意义简单的转移或延伸。(Clifford,1997:3)

克利福德不仅颠覆了"根"与"路"的传统秩序,以游移性取代了文化本质主义的身份概念,而且把这种思想普及到了"日常生活的种种策略和实践之中,认为这些日常生活策略和实践都同时包含居住和旅行、根与路"(Gustafson 26)。

在《身着狮皮》中,翁达杰也巧妙地把有根自我与在路自我结合起来。帕特里克如同黑暗中的飞虫一样,不断地试图依附在光源上,在旅行中寄寓在宿主身上,并随后脱离寄寓状态,因而他总是处于游移的状态。在卡拉拉的住所,帕特里克做了一个离奇的梦。翁达杰通过梦的怪诞意象描写了帕特里克这种"游移中寄寓"(dwelling-in-mobility)的状态(Anderson,2021:189)。小说中,帕特里克梦到自己终于找到了富翁安幕布罗斯·斯莫尔的下落,而且和他成为好朋友。梦中的安幕布罗斯告诉帕特里克:"在我的身体上粘着一个灰色人影,你给我割下来吧。"(68)当帕特里克用刀子去割那个人影时，发现那只是"缝在他朋友身体上的一只灰孔雀"(68)。然而，当他把这个"多余的人影"割下来的时候，却发现安幕布罗斯被"垂直地切成了两半"(68)。在这个奇异的梦境中，灰孔雀实际上象征着帕特里克自己，他和安幕布罗斯的关系是自我和他者的象征性演绎。在追寻安幕布罗斯踪迹的过程中，帕特里克失去了自我，成为依附于安幕布罗斯身上的那个"多余的人影"，而这个影子不但巧妙地暗示了帕特里克的"移位中寄寓"(dwelling-in-displacement)状态(Clifford，1994：310)，也暗示了其对立面，即"寄寓中移位"(displacement-in-dwelling)状态。这是游牧者的一种双重意识和中介状态。通过这种象征叙事，翁达杰取消了"根"与"路"之间的等级秩序，把文化定义为不断处于游移中的跨民族认同。

在《身着狮皮》中，作为"内部移民"和"外来移民"，帕特里克和尼古拉斯各自的迁徙经历有着许多的共同点，都经历了和陌生地域的接触，并踏上寻求身份的道路。和尼古拉斯一样，语言也是帕特里克进入多伦多跨民族社区的通行证。作为初来者，帕特里克是一个孤独的流浪者，被排斥在多伦多的族群空间之外。他和尼古拉斯一样被沉默和无声的世界包围(113)，他变成了一个完全的外来者。作为加拿大白人基督教新教身份的代表，帕特里克的"主流文化"地位在这里被彻底颠覆，反而沦为一名没有根基的流浪者，失去了文化认同。正如古尔雅普所说，他成为"语言和文化的被驱逐者"(Gorjup 92)。

在《身着狮皮》中，翁达杰反复描绘帕特里克在语言上的孤独和自我封闭，把语言作为一个重要的空间隐喻，暗喻游弋者与跨民族空间的关系。帕特里克爱上了名演员克拉拉，却依然"喜欢独自睡觉，沉浸在他自己的世界"中(65)。他感觉自己处在不同民族空间的"边缘地带"(97)，仿佛"身体内部有一堵高墙，是任何人都无法翻越的"(71)。在多伦多的城市空间中，帕特里克成为一个真正的文化上的流放者，是一个"没有语言的"外来者(112)。不过，赛义德认为，流放者具有"双重视角"，因为他既"看到过去，又看到此时此地的现实"(Said，1994：60)。流放者首先斩断和自己过去的联系,然后转而拥抱不可知的未来,这样,他就打破了一切可知的边界,离开了熟悉的世界,进入一个流动的未来时间。

和尼古拉斯一样,手势成为帕特里克唯一的交流工具,这让他变成一个"没有姓名"的隐身者,令他感到"发狂"(112)。在马其顿移民和芬兰移民的聚会上,帕特里克因为语言不通而感到被"完全孤立"(115),他无法进入这些"他者"的文化空间,象征性地失去了自我——"住在大街上的这些人们,这些马其顿和匈牙利人,是他唯一的镜子"(112)。失去了这些反射自我的镜子,帕特里克也就变成了无根的主体。

同样作为移民,帕特里克和尼古拉斯的迁徙却有着不同的经历。翁达杰特意描绘了帕特里克内部游移的艰难,而尼古拉斯的迁徙却是有备而来。两人的共同迁移目标都是多伦多,然而从马其顿来到加拿大之前,尼古拉斯就已经建立了和这座城市的跨民族网络联系,他知道"那里有许多和他同一村子的人"(46)。他对自己的目标也非常明确,"来到多伦多,他唯一需要的就是找到他表达语言的声音"(47)。为此,他才在一个名叫铜板崖的地方努力工作,刻苦学习语言,因为如果"不学习语言,他就会迷失自己"(46)。相反的是,帕特里克却孑然一身,在多伦多民族空间中逡巡,失去了自己的语言,无法进入身周的民族空间,成为一个地地道道的外来者。

有学者对把帕特里克和尼古拉斯阐释为平行移民者的形象提出了不同意见。例如,伏尔泰耶认为,和尼古拉斯相比,帕特里克在文化上处于"优势地位"(Vautier 37),因为他有不进行语言交流的自由,而尼古拉斯所代表的欧洲移民却被排斥在语言的边缘。然而,伏尔泰耶并没有看到,翁达杰用这种描写表达了对话语秩序的颠覆。小说中,帕特里克虽然拥有语言,却一直保持着沉默,几乎变成了一个失声的人。他的父亲平日里也一声不吭,长着"一根没有情感的舌头"(19),他唯一说话的时刻就是在亚尔克酒店跳舞时的应答,除此之外,他"没有教给儿子任何东西"(18)。在小说中,帕特里克的父亲是一个沉默的他者。再者,小说中,父子二人被各种"奇怪的"族裔群体所包围。少年时代的帕特里克常常孤身一人,扮演旁观者角色。他躲在森林里,远远地观看移民伐木工在冰面上尽情欢笑,在"他的岸边、他的湖面上"舞蹈(原文斜体 21),而他却"既无法信任,也不能信任那些操着另一种语言的陌生人,无法向前迈出一步并加入他们",只能默默地"退回到树丛之中"(22)。在翁达杰的描写中,帕特里克父子成为文化的他者,没有了语言和民族性,周围的一切声音对他们来说都是陌生的。在帕特里克眼中,那些伐木工就是一帮"奇怪的人在举行巫术仪式"(22)。少年帕特里克唯一能听懂的声音是大自然的声音。他的感官完全适应了臭虫、蚱蜢和飞蛾发出的响声。这些"史前"生物似乎洗涤了帕特里克身上的一切文化属性,使他成为自然的人。九岁的帕特里克甚至能够从晒干的牛粪外壳听到里面虫子震动翅膀的声音。他需要的不是和同类的交谈,而是一种特殊的"对话,也就是豆娘蜓的语言",因为这些飞虫"需要他把它们的气息翻译出来,就像他用奥卡里那笛传达自己的声音一样"(10)。

在《身着狮皮》中,翁达杰把帕特里克描写成一个远离人类社会的人,他处在自然荒野的中心,像昆虫一样处在没有语言的状态。在一个封闭的世界中,帕特里克和周围环境断绝了交流,他常常在空旷而黑暗的田野中对着想象中的昆虫和生物大喊:"我在这里!来我这里吧!"(10)他既是被文化孤立的独行者,又是被这些会说话的昆虫遗忘的男孩,因为它们"居住在声音无法传达的范围之外"(10)。在"纯洁的宫殿"一章中,帕特里克来到安大略湖底隧道当爆炸工。在漆黑幽静的隧道里,他孤独地往返于生死之间。帕特里克同"那些意大利人和希腊人一样"一连工作八个小时一言不发,并不得不远离其他所有人,独自进入隧道最深处安放炸药(106)。从广阔的自然空间来到狭窄而悄无声息的封闭空间,帕特里克象征性地经历了精神的"净化",成为一个纯粹意义上的人,像不会说话的动物一样在湖底工作:"在他前面挖土的工人大脑中存储的知识和一只骡子一样,不多也不少。"(108)正如斯宾克斯所说,翁达杰特别善于制造一种陌生效果,尤其是"通过'非人类'视角来观察的世界和现实经历"(Spinks 18)。翁达杰的非人类艺术表达借用这些动物"挣脱人类中心主义的偏见,不把'人'视作决定其他一切的核心视角和基础,而是强调了生命的无限流动和复杂性"(Spinks 18),这就为他的游牧性身份想象和跨民族主义思想奠定了基础。

在《身着狮皮》中,翁达杰还描写了帕特里克作为内部移民的语言自我建构。在工作之余,帕特里克如同隐形人一样出没于多伦多的族裔社会,"把自己变成了虚无"(113)。帕特里克摆脱自我封闭,第一次拥抱多伦多也是因为一只动物。为了给宠物鼹蜥买到饲料,他来到马其顿社区市场购买巢菜。当他最终学会马其顿语"鼹蜥"这个单词之后,他的生命彻底发生了改变。四个女人和几个男人围着他"疯了似的试图跃过挡在他们之间的语言障碍"(113)。那只鼹蜥此时成为帕特里克的化身,此刻"一个鲜活的生物……被翻译出来了"(113)。这一时刻象征着帕特里克在另一种语言和民族性中的新生。帕特里克不再是无根的外来者,进入了多民族空间。帕特里克情不自禁地流下了热泪,得到女人们的亲吻和拥抱,被这个曾经陌生的族群所接纳。正如这一部分标题所暗指的,帕特里克终于在经过"净化"之后第一次跨出"外来人"的身份,踏入多民族的宫殿。在"友谊和关怀的拥抱中",帕特里克象征性地参与了新民族的欢迎仪式,他开始走进被"他者化"的民族性内部,而自己的盎格鲁身份也被他者化了。

矛盾的是,在《身着狮皮》中,帕特里克的内部游牧是在"他者"的指导下完成的,这些都成为他迁徙路上的精神导师。在多伦多,他身边每个帮助他的人都是他的向导。例如,他相信给他端来饭菜的女服务员"拥有女神的力量,她能够给人幸福或灾难,能够让她所触摸的一切变形"(112)。在小说中,爱丽斯无疑是他最重要的精神向导。帕特里克在爱丽斯的带领下开始跨越民族空间的旅程。在爱丽斯的指导下,帕特里克终于解开了幼时的谜团,重新认识自己的历史。从爱丽斯的叙述中,他恍然大悟,原来湖面上跳舞的那些"入侵者"是芬兰移民。他感到"一个古老的谜语"被解开了,一种"令人愉悦的陌生感"让他情不自禁地说道:"你好,芬兰!"(15)此刻的帕特里克不再充当躲在树林里的观察者,为他新的跨民族迁徒做好了准备。他从自我/他者的逻辑中脱身,获得了新生,这一切都是因为爱丽斯,是"她把他从虚无中拯救了出来"(152)。在多伦多的芬兰民族社区,爱丽斯带领帕特里克完成了跨民族之旅。在黑暗的屋子里,爱丽斯问帕特里克:"我怎样才能让你皈依?"(135)帕特里克仿佛虔诚的信徒忘记了以前的自我,准备进入一个前所未见的世界。帕特里克认为,民族性如同信仰一样,是一种"意识形态",而意识形态的皈依和转变"必须要在人的身上实现"(135)。小说中,两个人之间的问答仿佛教堂里神父和信徒之间的皈依仪式。帕特里克在黑暗中看到环绕在爱丽斯"头发四周的微弱的光晕",而爱丽斯也像做祷告的神父一样命令帕特里克"再说一遍"(135)。

在《身着狮皮》中,爱丽斯9岁的女儿汉娜也成为帕特里克跨越民族空间的导师。在汉娜的帮助下,帕特里克开始翻越语言的高墙,渐渐来到"语言的这一侧"(136)。在巴尔干酒吧里,汉娜用"清晰、准确的声音教给他各种称呼"(137)。汉娜一方面为帕特里克担任翻译,一方面带领他继续深入多伦多的民族社区,进入他们的日常生活空间,因此他们逐渐"知道他是谁,慢慢地摘下帽子示意,或有女人对着他的左肩颔首"(138)。在这里,他真正完成了从外来者向内在者的角色转变。帕特里克逐渐发现,多伦多事实上是"汉娜为她自己建造的城市",这里有中国药店、意大利健身馆。帕特里克发现,"在别人的风景里,他一直都感到惬意"(138)。在这个"他者"的空间中,帕特里克"扩张成了一个无邪的人","他所学到的关于性格和本质的每一点都在他生命的这个时刻得到见证"(138)。也正是在汉娜的"指引"下,帕特里克第一次和尼古拉斯会面,这意味着两个不同的"外来者"完成了他们的迁徙,共同融入一个更广阔的民族性空间。帕特里克甚至在多伦多城市广场上加入了少数族裔群体的"非法"聚会,人们"操着不同的语言",而帕特里克也"跟随着人群移动",加入他们的队伍(115)。这是帕特里克对族裔文化的一次"模仿"。这种模仿令人联想到巴巴的后殖民主义理论中的"模仿"(mimicry),却与之截然不同。帕特里克对少数族裔的模仿是一种逆向文化的模仿,它不关乎殖民/被殖民的政治对立关系,而是强调同为移民/殖民—定居者的文化认同和超越。

在《身着狮皮》中,翁达杰还匠心独具地运用木偶剧来"表演"民族性的混杂和跨越,通过逆向模仿,以独特的象征书写跨民族主义的思想。在聚会之后,帕特里克观看并参加了一场木偶演出,而这些木偶实际上有深刻的象征寓意。帕特里克看到,它们身上的服装"就是不同民族的混杂"(116),代表少数族裔移民和帕特里克本人。木偶戏不是一场简单的艺术演出,实际上成为一个话语和文化行为,通过表演的形式传达出后殖民主义的诉求。帕特里克看到,木偶"步履夸张,在舞台这个危险的新国度上行走"(116)。它们就像他自己一样,通过夸张的举止试图理解多伦多的多元民族社会。班纳吉认为,帕特里克的模仿"是一种变通的抗拒策略,用以克服他的语言障碍"(Banerjee 120)。实际上,翁达杰的木偶戏作为国家和民族性的表演和模仿,是对均质、统一、规范性的"教育式"(pedagogical)民族与国家话语的反讽(mockery)(Bhabha,1994:209)。巴巴把民族比喻为叙事的表演艺术,他认为:"在民族的生产过程中,有两种不同的策略,一种是教育式的时间持续和累积,另一种则是反复和回溯性的策略。"(Bhabha,1994:209)雷诺尔德也指出,巴巴对表演性的阐述暗示,"民族必须被理解为一个需要演员和观众共同完成的社会组织——必须有人表演叙事,也必须有人观看、阅读和倾听表演"(Reynolds 25)。的确,在《身着狮皮》中,这场木偶戏成为民族性的一场表演。帕特里克发现,舞台上有一个木偶异常高大,由真人扮演,看起来就是一个"异类"(alien)(117)。这个木偶无疑是国家对宏大身份的象征,在某种程度上甚至就是帕特里克自己的象征。它"像一个傻子一样大笑着,被带到当权者面前",也像帕特里克一样丧失了语言能力,无法听懂小木偶的语言,结果被痛打一顿,使整个表演成为"文化的滑稽讽刺"(caricature of culture)(117)。

实际上,"滑稽讽刺"本身也是一种模仿。《牛津英语词典》把这个词定义为"一种夸张的模仿或效仿",也是"一种肖像或艺术再现手段"。在《身着狮皮》中,木偶戏用极其夸张甚至怪诞的形式表演了加拿大的社会与民族状况。小说中木偶戏中的当权者就是对加拿大殖民者官方的模仿,"讽刺了它作为模范的权力,因而这个权力就成为可以模仿的对象"(Bhabha,1994:153)。正如巴巴所说,模仿的本质就是强调"不确定性,是对差异的再现",模仿是"一种双重表达……它'挪用'象征权力的他者形象"以宣示差异和不同(Bhabha,1994:153)。在《身着狮皮》中,台下的观众也同样参与了表演仪式,他们"静悄悄地等待着大木偶开口说话,但它就是哑口无言",而台上"唯一的声音就是那来自当权者的声音"(117)。大木偶的形象在此颠覆了中心/边缘的秩序,成为身处族裔群体中的"他者"。然而,这场表演却是帕特里克超越民族性的接纳仪式。他意识到,大木偶"是故事的中心角色",它身上五颜六色的戏装象征帕特里克对跨民族身份的想象和愿望:"它的脸色彩光亮,两只眼睛涂着绿色眼影,周围还有一圈黄色"(116),它上身穿芬兰人衬衫,裤子则是塞尔维亚风格。这种夸张和滑稽的模仿就是对游移性、不固定性身份的演绎:"表演把戏剧性锁定在变形的过程中。"(120)的确,帕特里克发现,扮演这个男木偶角色的,竟然是爱丽斯,这再一次暗示了翁达杰的游移性身份认同思想。

需要指出的是,无论赛义德还是巴巴,其后殖民主义理论关注的是殖民者和被殖民者之间的关系,而翁达杰的《身着狮皮》则聚焦多元文化语境中主体民族与移民族裔之间的交融和混杂以及想象民族的认同。因此,尼古拉斯和帕特里克的关系并非等级关系,而是另一种中心/边缘、主流/支流的关系。在游牧性主导的后现代主义时代,地域/国家、族裔/民族、中心/边缘等边界的挥发使得加拿大跨民族主义想象具备现实基础。与其说《身着狮皮》表达的是对文化秩序的颠覆,不如说表达了一种模糊文化身份的建构想象。

在《身着狮皮》中,作者通过对"外来者"的迁徙经历,"模糊了原始身份的秩序"(Lowry 3),勾画出跨民族的可能性空间。多伦多是新生民族国家的象征,它既给"外来者"带来了文明的陌生与隔阂,又以其包容空间扩展了身份和民族认同,将一切"卷入由身体和文化组成的国际洪流之中"(Lowry 3)。翁达杰通过对城市建设历史的描写,再现了加拿大民族和国家的演化过程。正如娄伊所说,《身着狮皮》"动摇了把加拿大视作一个由盎格鲁民族统治的社会的历史观念",帕特里克"进入了一个超越了法、英二元文化或盎格鲁帝国主义的语言和文化多样化的空间"(Lowry 3)。翁达杰在小说中凸显了关于个体的"种族化"审美以及"内在外来者"的叙事。新民族和移民族群的每个成员都成为"外来者"的缩影,帕特里克和所有移民族裔的广泛联系也暗示了民族身份的扩展性和延伸性。个体的身份随着民族国家的身份不断地进入新的空间,从而构建出跨民族的自我认同。

当然,翁达杰通过对游移、交融和混杂身份的描写并非要否认加拿大作为移民—定居者社会的殖民历史,而是让我们注意到在新世界土地上建立新生民族的历史困境。小说中所描写的跨民族游牧反映了建设新型文化关系的现实意义。小说同时暗示,跨民族主义空间本质上仍然有异于不同民族的自然并存,也不同于赛义德所说的文化上的归属转变过程。个体的自由成为跨民族选择的一个重要基础。因此,跨民族国家的建立需要其成员摆脱源属传统的消极影响,凸显身份的游移性。正如塔耶博所说,翁达杰本人以一个移民作家的视角对多伦多历史进行重述,这可以被解读为"加拿大民族族谱的扩展,也标志着加拿大拒绝民族性建构的纯粹异质性,拒绝这种异质性和殖民时代的种种联系"(Tayeb 133)。

总之,在《身着狮皮》中,翁达杰对尼古拉斯和帕特里克的平行和对立描写体现出作者的"双重视角"(Spinks 16)。这种双重视角令人联想到拉什迪(Salman Rushdie)对流散写作作家的总结。拉什迪把"双重视角"定义为一种模糊的归属:"他们、我们同时都是这个社会的内在者和外在者。"(Rushdie 19)从这个角度看,尼古拉斯和帕特里克可以被解读为双身人形象,他们互为"他者",却又是同一个自我。翁达杰借用这种双身人象征表达了加拿大主体民族和移民族裔的不可分割性,表达出跨民族主义的理想。

在《身着狮皮》中,翁达杰还借用了《吉尔伽美什》的一句诗行:"身着狮皮的我会在荒野中漫游。"实际上,狮皮和兽皮的意象反复出现在小说中。例如,作为帕特里克穿越民族界限的导师,爱丽斯给他以精神的启迪。她讲给帕特里克一个戏剧的故事,剧中的主角由几个女演员共同扮演,"伟大的女族长把覆盖着兽皮的大衣脱下来,连同她的力量递给了配角"(157),这样,沉默的角色都可以"破蛹而出,来到语言内部"(157),共同传递戏剧的真谛。《身着狮皮》和爱丽斯的戏剧形成完美的呼应关系,小说的几个不同角色也轮流充当主角,小说用后现代主义的叙事形式分别围绕帕特里克、尼古拉斯、卡拉瓦乔进行讲述,使他们在小说的某处产生交集,共同演绎民族和国家的故事。正如爱丽斯所说:"每一个人都有自己的戏份,他们可以披上野兽的毛皮,为自己的故事负责。"(157)而对翁达杰来说,写作就是一张"狮皮",写作可以让人强大,在虚构中建设现实。在他的叙事中,每个人都可以身穿狮皮,成为故事的主角,共同主宰故事的方向。例如,帕特里克每天出入于多伦多大大小小的图书馆,从大街小巷中搜集信息。在图书馆中,他从没有标题或注释信息的照片中首次认识了他的另一个自我——尼古拉斯,同时也进入了爱丽斯、卡拉瓦乔等人的生命。正如格林斯坦所说,作为一名"外来者中的外来者",帕特里克"找到了自己的群体,从一个纯粹的观察者转变为参与者"(Greenstein 127)。

在创作《身着狮皮》的过程中,翁达杰也像帕特里克那样翻阅了资料,走访多伦多的罗德岱尔图书馆,进行材料搜集工作,把帕特里克和尼古拉斯这两个历史人物用虚构的形式进行后现代重述,这样就逆转了宏大历史叙事和"盎格鲁帝国主义"的统治,颠覆了宏大历史与国家神话的元叙事。翁达杰在《鸣谢》中提到,小说素材来自不同地方,采用了各种形式,甚至直接借用了流行歌曲、中亚史诗、历史资料和摄影、奥斯坦索的小说《野鹅》,还有学报和日记的片段。翁达杰通过历史与虚构的混写让文学成为历史的舞台和身份构建的空间。小说中帕特里克写道,一个人的生命"不是孤独的故事,而是一幅壁画的一部分,是各种附笔和隐笔的组合图"(145)。历史和身份并不是自上而下的、秩序井然的结构,而是人类秩序的"一个个碎片"(145)。帕特里克从碎片中获得了关于自我的知识,等待着探索者的发现。他与巴克、卡拉瓦乔在狱中的邂逅象征一个小小的跨民族共同体,他们无法"明确区分彼此的边界"(179)。翁达杰也像帕特里克一样重构加拿大的国家史,重新认识民族与国家,从一个独特的"内在外来者"的视角构建历史。翁达杰常常把文献资料和小说虚构情节混杂,一方面增加了作品的艺术性,另一方面则以文学构建现实。小说中帕特里克作为一名"探索者",一辈子"生活在小说和它们所讲述的清晰的故事旁边"(82),但他也成为故事的一部分,和其他角色的故事相交。帕特里克"从来不相信小说角色只生活在书页上",只是他们"每个人都有自己的时区"(143)。翁达杰就像帕特里克一样,和他笔下的人物一起参与了现实的构建。正如哈琴指出,迈克尔·翁达杰是一个典型的后现代主义作家,他的作品常在"女人和男人、艺术与生活、虚构与自传的边缘游戏"(Huthceon,1988b:81)。翁达杰通过自己的小说在现实与虚构之间穿梭,如同他自己的"双身人"角色一样,他能够在加拿大的现实中进出,这使得他具备了独特的视角,从内在者和外在者的双重视角观察、记录、书写和构建加拿大的多民族现实。

总之,翁达杰在《身着狮皮》中通过迁徙故事编织了一个关于加拿大民族国家构建的叙事空间。通过这部小说,翁达杰对民族和国家边界提出了质疑,并创造了跨民族主义的可能性空间。在翁达杰的跨民族共同体中,个人身份超越了民族和国家的疆界,与外界发生广泛联系,这种联系属于一种文化的归属而非源属。《身着狮皮》将现实与虚构、个人与民族相混杂,解构了单一的民族和国家话语模式。在他的文学想象世界中,跨民族主义成为建构世界的一种可能的选项。

第十三章 马特尔《少年派的奇幻漂流》中的超文化想象与星球性

一、超文化主义、星球性与加拿大想象

1965年,弗莱在一篇文章中写道:"近十年来,作家们开始书写一个后加拿大的世界,正像后美国、后英国世界一样。他们书写的是一个后一切的时代,存在的只有这个世界。"(Frye, 1965:848)1995年,斯泰因斯指出,加拿大文学的发展经历了"从殖民地到国家,再到全球村的过程,而这个全球村就是超越了民族主义的国家,在这里,国家的声音变成了多重声音"(Staines 24)。2004年,学者坎布瑞丽认为,人们应当"在原有的民族主义和国际主义范畴之外重新思考加拿大文学,把它理解为一个多层面的地方——局部、地域、国家、全球相互联系,你中有我,我中有你"(Kamboureli and Miki 14)。作为一个国家,加拿大的概念从传统的与地方、地理密切相关的想象逐渐转向了"非地方"想象。作家和批评家必须"重新思考地方、空间和非地方(non-place)之间的关系,重新理解国家存在的地方和方式"(Kamboureli and Miki 14—15)。在坎布瑞丽看来,加拿大文学进入了一个崭新的"他处性"阶段,"另一种不同的认知空间"呼之欲出,加拿大文学中的"这种他处性表明,加拿大是一个无法想象的社会……这个社会永远处于过渡状态,完全超越了自我认知的知识范围"(Kamboureli,2007:x)。换句话说,自我与他者的边界开始变得模糊不清,处于不断转换的涌动之中。的确,随着加拿大移民的增多,新的社会、政治和生活方式的重组对文学创作产生了重要影响。跨民族文化交流的日益频繁带来了"文化间的互动、跨民族社会模式和新游牧式生活方式,去疆界化一代公民应运而生",产生了"新游牧者"或"全球游牧者"(global nomads)(Dagnino,2013:99)。达格尼诺把这种文化和身体的双重游弋作家称为"跨文化主义作家"(Dagnino,2013:100)。她认为,跨文化社会是"一种存在方式",既"不能被理解为意识形态,也不能被视为一种政治姿态,而是一种身份构建的模式"(Dagnino,2013:103)。

的确,跨文化主义是一种全新的身份模式。在后民族时代,随着全球化进程的推进、国家和地理边界的跨越越来越频繁,在文化交融中如何容纳他者性(alterity),这成为新的历史使命,而跨文化主义正是对这种文化使命的一种回应。然而,学界对于超文化这个概念尚没有做出完整的定义。跨文化主义这个词最早由古巴人类学者马尔蒂于1891年提出(Marti 288),后来由美国学者奥提兹(Fernando Ortiz)用于表示不同民族文化之间的交融。奥提兹认为,自我中包含了他者,不同民族和文化的遭遇和相互融合实质上都发生了"去文化(de-culturalization)过程",因此,它"创造了新的文化现象,我们可以称之为新文化生成(neoculturation)"(Ortiz 103)。也就是说,身份并不总是单向性的自我构建,而总是和他者广泛接触,而且也只有在和他者的接触和联系中,自我才受到认可并具有意义。正如斯卡尔皮塔所说:"每个人都是一块马赛克。"(Scarpetta 26)在马赛克图案中,没有任何人是"纯色"的,总是在和其他色块交接和相融。在以"马赛克文化"为特征的加拿大,这种跨文化认同的思想进一步得到发展,将个人和民族、国家、文化的认同联系起来,并成为在多元文化主义模式之外另一种审视加拿大想象的认知视角。

然而,自20世纪90年代以来,加拿大涌现出一大批文化流动作家,他们或是出于个人的选择或是由于生活环境使然，经历文化错位，遵循跨民族、跨文化、跨国家的生活模式，具备双语或多语能力，身体力行地沉浸在多种文化、地理或地域中，接触多样性，培养多元、灵活的身份。得益于这种特殊身份，他们站在捕捉和表达新兴的跨文化情感的最前沿，生活在与生俱来的文化边界上，每个人都拥有超越边界的自由，而这种情感似乎更适合全球化社会的需要。在这种现实基础上，文学中的加拿大想象则呈现出独具一格的面貌，"加拿大性"被放置到更广阔的背景中加以想象，不再受到民族、国家、文化的束缚，而是和流动的全球性保持同步，随时和世界进行互动。在后民族时代，新的国家想象不同于以往，那些被认为定义身份的标志，如地域、族裔、国家、历史、性别等逐渐成为过去，取而代之的则是对人性的普遍思考，文化的超越性思维逐渐上升到抽象的认识论层次，不但超越民族、国家等政治身份范畴，也超越了文化，转而拥抱新的身份，甚至容纳环境、地理、非人类、宇宙等。以往对加拿大性的想象总是和具体的地方性（placeness）不无关系，而当代加拿大想象的时空纵深还扩展到远古的地质年代和深层时间，使得地方的具体性逐步让位于奥热所说的"非地方"和非场所（Augé 77）。这种非地方不再依附于特定的时空，因为它是"一个无法被界定为关系性、历史性和与身份有关的空间"（Augé 77）。换句话说，加拿大想象从非地方性走向了"无地方性"（placelessness）的乌托邦领地，这一特殊空间是"一种具备混合空间性的全球状态，一种无穷无尽的临时、重叠和异质的地点"（Gebauer et al. 18）。无地方性的加拿大想象进一步走向更深层的物质、环境和非人类认同，与地方、自然、环境、动物甚至整个星球等产生联姻，将跨民族和国家、跨文化的身份和星球伦理联系起来，表现出超越性的关怀。这种崭新的国家想象既是文化之间和文化基础之上的一种身份构建，又是超越了文化的，和自然、环境、星球等发生广泛联系的一种认知模式，是一种在个人、社会、族裔、文化等各方面自主游移的全球性认知。

不过，针对这种超越式的身份，理论界尚未有统一的定论，因而出现了五花八门的称谓和表述来描述这种无边界、跨文化、流动性的状况，并且对于其性质和特征的描述各有所异。例如,莫拉路援引詹明信的《地球政治审美》,称之为"宇宙现代主义"(cosmodernism),认为它是一种"认知范式的变革",表达了"崭新的文化—历史构成和更广泛的世界关系性(world relationality)"(Moraru 483)。根据莫拉路的定义,"宇宙现代主义"是一种"星球主义",其主要特征有四:一是把世界投射为一个关系性的文化地理存在,二是形成了一种广阔的话语和主体构成场景,三是指向当下和未来的一种伦理要求,一种"批评算法"(critical algorithm)(Moraru 492)。艾丽亚斯认为,它是一个"新兴的世界观和批判理论",通过关系性的世界建构,把"地球作为一个有生命的有机体,作为一个共享的生态系统,作为一个既包容又重新引导现代潮流的渐进式综合系统,是作家和艺术家认识自己的轴心维度"(Elias and Moraru xii)。斯皮瓦克从后殖民主义视角出发,提出应当以"星球性"这一概念来取代"全球性"(globality),强调宇宙的互联性,因为"全球性"是通过在一切地方施行同一交换体系而形成的,但"星球性"则以"环境主义的视角来谈论地球,指的是一个不可分割的自然空间,而不是一个有区别的政治空间"(Spivak, 2003:72),在这里,人类、动物和环境之间的关系将一切容纳到其浩瀚的结构之中。他认为:"全球(globe)只存在于我们的计算机中,实际上没有人住在那里。我们总以为自己将能够实现控制全球性的目的",认为"星球存在于他者的物种(species of alterity)之中,它属于另一个系统,我们只是寄身其中,寄人篱下"(Spivak, 1999:44)。斯皮瓦克呼吁人们"假想我们是星球主体,而不是地球代理人,是星球生物,而不是地球存在实体。他者性并非源自我们身上,它不是我们的辩证否定,它包容我们,也可以抛弃我们"(Spivak, 1999:46)。显然,在斯皮瓦克看来,"星球性"是一种深层而广博的、以他者性为核心的联系性认知,这样不仅把传统政治、文化、民族等边界消除,而且在人类文化和动物伦理、环境伦理之间建立了深层联系,提倡一种星球性的超文化主义模式。同理,达格尼诺用河流隐喻这种星球性身份想象,强调它的柔韧可变和流动性,它"既是存在又是生成"(Dagnino, 2015:108)。

由此可见,在加拿大后民族时代,国家想象成为星球性的交换场所,这使得个人失去了地方性的源属和归属,成为无地方的主体,在自然、环境、宇宙中找到了寄居之所。无论斯皮瓦克的星球性,还是莫拉路的宇宙现代主义,星球性国家想象本质上是一种广泛联系性的、就像德勒兹所说的无限扩展和延伸的"根茎"一样,不断生成,因而是超越了各种文化,同时也超越了人类文化的星球认同。基于这种民族和国家想象和个体身份的广泛联系性,本书称之为"超文化主义"①,以此来表示在跨民族主义、跨文化主义、生态主义、全球化、后现代主义多种作用的语境下的民族和国家想象。超文化主义强调两个超越性,一是与民族、国家、社群、地域等直接相关的文化的超越,二是对人类文化本身的超越。这种超越所蕴含的星球性,显然包括了环境伦理、大地伦理、生态和动物伦理等不同的考量,因为"星球是我们相互间责任的根基,在这里人类与自然的对立不复

---

① 超文化主义概念的核心基础是文化。实际上,传统文化的概念也应当重新得到审视。文化一般被理解为人类活动的产物。泰勒在 1871 年将文化理解为"包括知识、信仰、艺术、法律、道德、习俗以及人类作为社会成员所获得的能力和习惯的复杂整体"(Tyler 1)。有些定义则侧重于社会学习或遗传:"文化意味着人类的社会遗传。"(Linton:78)格尔茨则从支配行为和创造文化产品的信息的角度来定义文化:"文化最好不要被视为具体行为模式的复合体——风俗、习惯、传统、习惯集群——而应被视为一种文化的综合体,而应被看作用来管理行为的一套控制机制——计划、模式、规则、指令(计算机工程师称之为"程序")。"(Geertz,1973:44)随着近来信息科学、哲学、生物学等方面的发展,文化得到了新的阐释。麦克格鲁指出,传统文化的定义都强调了社会学习和信息传递,但是,"如果文化等同于社会学习,那么许多生物,如章鱼、河豚和蜥蜴,都必然应该拥有文化地位"(转引自 Ramsey, 2017:347);斯诺登从认知和行为模式的遗传、学习、传播、标准化等方面详细考察了文化的主流定义,发现文化并非人类所特有,他进而指出:"对非人类动物的文化现象进行思考是很有价值的,对动物文化的争论促使人们对构成文化的内涵做出更谨慎的定义"(Snowdon 98);比利时哲学家拉姆塞在《动物文化是什么?》一文中认为:"文化是个体或群体之间传递的信息,它在个体或群体中流动并带来行为特征的繁衍和持久变化"(Ramsey,2017:347)。因此,应该以包容的态度看待文化,"任何……使用信息的物种都表现出文化行为"(Ramsey,2017:352)。本书采用这种更加包容的多元化文化概念,用这一概念表示包括人类文化和动物文化等不同形式的文化。不过,当前超文化主义的主流理解依然聚焦于人类文化间的交融,但在加拿大语境中研究超文化主义,必须注意到自然、环境、动物、物质、民族等各种不同的因素对人类文化的影响及其交互现象。因此,本书的超文化主义概念涵盖了更广的范围,既包括不同民族、族群、团体、地域等人类群体间的交流,也包括人与自然、动物、环境等各种非人因素的交互。

存在"(Spivak,1999:56)。超文化主义思潮近十年来初露端倪,悄然影响着人们的文学、艺术、哲学理念,深入到日常生活之中,形成了耳目一新的世界观和文化价值观。通观全局,超文化主义表现出一些鲜明的特征。

超文化主义是比跨文化主义和跨民族主义视野更为广阔的一种思维方式和认识论。跨民族主义强调政治、文化意义上界线的消融,而超文化主义则更强调个人、民族、国家、环境、生物、星球认同的游弋性,这样就超越了政治学的范畴,将地方、非地方、人类、非人类等因素容纳了进来。超文化主义不再效忠于单一的文化渊源,也不承认所谓本质、均质和统一的政治身份。超文化主义也有别于多元文化主义,后者强调各文化群体的并存,因而加固了文化的边界和差异性;而超文化主义不但促进文化之间的交融和影响,还弘扬文化的超越性。它主张个体的自由,个人可以放弃传统身份和文化及其代表的价值形态和信仰,从而打破文化间的壁垒。在加拿大文学中,超文化主义是超越了多元文化主义的一种认知模式,但两者之间也有很大的连续性。基辅认为,多元文化主义"企图保存并僵化文化",而跨文化主义则"充分发挥了文化多样性的动态潜能,凸显了族裔文化群体之间和内部的交流和变化的可能性"(Keefer,1991:14)。正如塞伦·麦克唐纳(Sharon MacDonald)所说,两者都弘扬"综合性""融合性""混杂性",都是"文化……的不同程度的混合"(MacDonald,Sharon 164)。超文化主义在当今的加拿大被视为一种新的人文主义,它以开放的姿态拥抱他者,因而彻底放弃了由单一的传统文化模式或者双元文化发展而来的民族国家的理念。超文化主义弘扬文化的流动性以及他者和自我的自由交融,甚至在某种程度上是对民族国家的消解。

第一,超文化主义是对全球文化边界的消融,具备达格尼诺所强调的全球性,超文化"文学作品表达了一种汇合性文化的本质,这种文化跨越南北、东西、殖民/被殖民、统治/被统治、原住民/移民、民族/族裔等二元矛盾体"(Dagnino,2013)。莫赫尔也认为,超文化主义"超越了特定的文化,并试图寻找一个世界性的人类状况"(Mohr xv),但是超文化主义并非以一种最终的统一文化取代原先的多元文化,这样也与加拿大的民族和国家想象相背而驰。超文化主义强调跨民族的游移性(transnational mobility),它"藐视种族、宗教、性别、阶级,以及社会学家……所知道的任何一种归类范畴"(Eigeartaigh and Berg 12)。正如贝尼塞耶所说,文学超文化性(transculturality)具备三个属性,即"超文化能力、身份连续性和多重自我感"(Benessaieh 21)。超文化主义的核心理念是弘扬差异性,强调身份认同的多样性和广泛联系,可以跨越不同的民族渊源、宗教和文化传统。人是各种关系的产物,随着关系的生产,人被创造出来。因此,在关系的不断发明过程中,人斩断了和过去某个地方的本质渊源关系,成为不断涌动中的关系性产物。文化边界的模糊、人口的大规模迁移和文化混杂现象等共同造就了超身份(trans-identity)和超文化主义,而这两种模式对于像加拿大这样一个移民社会和文化来说,是极其重要的。体验多种语言、社会和文化的居间性,这是许多加拿大作家反复描绘的状况。他们强调族裔和文化边界的延展和交融,作品的主角也往往具有多重身份。超文化主义主要聚焦不同族裔、民族、国籍和全体认同的超越,是对传统概念范畴的颠覆,带来了对民族、国家和自我的许多崭新的认知模式,包括种族性/族裔性的超越、主流和边缘的超越、国家的超越、宗教与文化传统的超越等。因此,超文化主义语境下的自我是一种广泛联系性的主体构建。

第二,超文化主义不同于跨文化主义、全球性概念的一个本质差异是,它开始与自然、环境、动物甚至整个星球联姻,将跨民族的身份和星球伦理联系起来。超文化主义既是文化之间和文化基础之上的一种身份构建模式,又是"超越"了人类文化的联系性、移动性的认知模式,是一种在个人、社会、族裔、文化等各方面自主游移的星球性自我认知。超文化自我甚至意味着文明与自然、人类与动物边界的超越。的确,随着后殖民主义、后现代主义、德勒兹的生成理论、德里达的解构理论、拉图尔的行动者网络理论、后人类主义等思潮开始产生重要影响,传统的有限性自我认知发生了改变,人们转而关注人类与其他生命环境和事物的联系,这为一种更深层的体现生成性超文化主义思想的出现奠定了基础。例如,爱泼斯坦认为:"越来越多的人发现,他们位于自己的源属文化之外,没有了族裔、种族、性别、意识形态和其他限制",因此,超文化思想是"对现有一切文化形式及其所确立的符号体系的一种开放的替代符号系统"(Epstein 2005)。同样,爱泼斯坦也把文化定位到了人类现有的文化范畴之上,用一种特殊的符号系统取消了人类社会文化的固定价值和一切限制,因此暗示了人与自然、人与动物、人与社会多重边界的消融。超文化想象挣脱了政治空间的束缚,民族、国家和地理边界逐渐丧失原有的凝聚力,而星球性则在消解了政治、地理边界之后,转而思考人与空间、地球、宇宙的关系,空间在本质上是连续的,与地球、宇宙同属一体,人类应当与空间发生认同,形成广泛的空间和星球关怀。

加拿大文学中超文化想象的例子数不胜数。例如,克罗奇一向致力于用后现代主义虚构想象,结合马尼托巴省的地质面貌和草原生活定义加拿大想象。他的小说取材于地方,却超越了地方的限制,通过文学的地质考古方式创造加拿大神话。在他看来,"在一个新的国家写作……我们对过去——关于它所包含的故事和它的感知模式——有一种深刻的模糊感"(Kroetsch,1989:5),因此,定义加拿大就需要进行文学的地质考古,在深层时间中想象加拿大,"正是这种考古创造了我们这个地方,它的一切内涵能够为我们的文学所用……考古给予我们遐想"(Kroetsch,1989:7)。克罗奇的超文化主义想象不是要追溯人类文明的历史,而是穿越厚重的地质年代,在深层时间中寻找加拿大性。他认为,这种地质考古才是属于加拿大的"谱系",而这种特殊的谱系"是表达我们对历史不满的叙事,历史用谎言欺骗了我们,侵犯了我们,甚至把我们擦除。我们失去了根基,现在要找到这个根基,就需要面对我们一切传统的那种不可能的总和"(Kroetsch,1989:66)。

在加拿大,思想界对人与空间、地方关系的思考有着独特的历史渊源和现实基础。加拿大自殖民时代起就开始探索以不同的方式和态度与广袤的地质空间、原始的土地建立联系。因此,空间不仅是一个地理概念,而且成为一种广义的意识形态。正如纽所指出的:"加拿大人痴迷于土地的历史由来已久……批评界一直把加拿大的集体身份容纳在有关土地的隐喻之中。"(New,1997:18)哲学家安古斯(Ian Angus)在《心中的边界:民族身份、多元性和荒野》中精辟地论述了地质空间、荒野与加拿大民族性的互构和民族想象中的多元化性格。加拿大人对地理、自然、荒野的认同是超文化身份构建的内在元素。安古斯比较了加拿大和欧美的自然与荒野思想,认为希腊人和希伯来人对某个地方的归属感保留了"在自我和世界分离之前的记忆",而在加拿大,那种"归属的渴望被流放到了荒野之上"(Angus 125)。安古斯认为:"和荒野的遭遇是加拿大人的原始经验"(Angus 126)。移民的多元化已经使得"他者成为内部一员",因此"不再有一个起源民族的概念能够适合这个民族,使它具备统一性,并定义它的命运"(Angus 126)。加拿大人"站在文明的边缘进行思考"(Angus 127),而这个民族的身份是"没有历史的,是超越了时间关系的完全空间的扩展"(Angus 133),因此,加拿大民族性格的一个内在特征就是它"和世界的生态关系"(Angus 170)。这种超文化的星球性民族想象不仅弘扬超越民族、国家及文化体系,还包括对人类文明与文化的超越,凸显了与"星球"的广泛联系和生态认知。例如,加拿大北部的广袤空间"不仅是一个实际的地理区域,也是一个想象中的边疆、荒野、空旷的'空间'……意识形态上的'真正的北方'是一张空白的纸,上面可以投射出'加拿大性'的本质图像"(Shields 165)。正如希尔兹所说,在加拿大,北方"与其说是一个以名称为符号的真实地区,不如说它是一个名称、一个符号,它具有历史变迁和社会定义的内容"(Shields 165),或者说是一个"非地方"。如果说这种非地方思考和想象乌托邦不无联系的话,在后殖民主义时代,人们对荒野、自然、非地方与人的特殊联系的思考得到了进一步升华,体现出一种超越人类文化的星球认知。

第三,超文化主义是一种认识论和伦理转向,它是对后殖民主义关于身份政治的超越,包含了环境伦理、生态主义、动物伦理在内的星球性,建构出联系性的、具备星球性关怀的超越人类文化的认知范式。哈根在《文学、动物、环境》一书中指出,后殖民研究一向被认为是人类中心主义的,它"忽略了后殖民批评领域中历史悠久的生态考量"(Huggan,2010a:3)。超文化身份建构必须克服人类中心主义的"生态环境思想",因为它没有考虑到"具有世界性(universal)的环境和生态伦理"(Huggan,2010a:3)。在《后殖民主义、生态主义和近期加拿大小说中的动物》一文中,哈根指出,后殖民主义发生了"伦理转向,其典型关注点是分析自我与他人之间的关系,试图找到新的社群模式,对人类主体的拷问"(Huggan,2010b:162)。普拉姆伍德则提出对"物种主义"(speciesism)的批评(Plumwood 8)。人类文化一直"没能把人类社会的主流形式放置到生态主义的环境下,也没能在伦理上容纳非人类"(Plumwood 2)。因此,超文化框架下的星球性不但摆脱了殖民身份,还在话语和思想上实现超越式的自我定义。布列多蒂阐述了超文化身份构建和生态伦理的内在联系,她引用德勒兹的理论指出传统人文主义的局限性,呼吁人们拥抱一种新的"生成"思想,即"生成非人类"(becoming-other-than-human)(Deleuze and Guattari 297)。"生成"强调身份的无形性、流动性、动态性和交融性,这种认知模式包容并超越了人类文化,是超越政治、地理、文化、环境和物种界限的一种崭新认知。正如布列多蒂所提倡的,超文化主义允许人类变成"生成动物"(becoming-animal)、"生成地球"(becoming-earth),实现"超物种的统一,使环境、其他物种和我们形成共生关系"(Braidotti,2013:67)。

超文化主义是对传统文化概念的革新和升华。超文化主义对客体世界的关怀涵盖了对动物性的考量,从而把自然、动物和人类放置到星球的整体框架内考察。超文化主体既强调人类文化的内在动态结构,又旨在加强文化与客观世界、动物乃至宇宙的联系,是跨越不同"文化"的"超文化"模式。超文化主义突破了对人类文化的限制,颠覆了传统的"文化"概念。传统上把文化与物质世界对立,把人类确立为世界的中心,这是基于自我/他者二元对立的人类中心主义文化观。近年来,思想界开始反思"文化"文本并进行重新定义,从不同的方面检讨人类文化对他者性的排斥和拒绝。例如,拉姆塞指出,文化并非人类专利,也存在非人类动物文化,应当"提出一个广泛意义的概念,使它能够适用于人类和动物"(Ramsey,2017)。拉姆塞在《人类与动物的文化》中回顾了文化的定义,提出必须在新的历史语境中重新认识文化,认识"人类和动物文化"的本质(Ramsey,2013:476)。梅洛-庞蒂在论述"动物文化""动物意识"和"动物体制"等概念时指出,人类动物只是具有躯体的一种形式而已,人与动物的关系并不是等级关系,而是一种亲族关系(Merleau-Ponty,2003:254,258,269)。人类不能把自己视为自给自足的存在,而是应该认识到我们的存在是一种"动物间性"的连续体(Merleau-Ponty,2003:268)。莱姆把文化定义为以动物为中心的形式:"在文化的统治下,人类动物忘记了文明的道德和理性标准,忘记了这种动物遗忘性,并重新把他们忘记的动物自由和精神归还给人类。"(Lemm 12)莱姆的理论呼应了尼采"回归自然"的号召,因为回归自然能够让人类生命实现生命的圆满,人类生命和所有有机和无机物质是具有联系性的。因此,在星球认知、环境伦理越来越重要的今天,关于文化的传统定义需要接受新的检视和理解,在容纳跨越自然、环境、动物和人类社区的"他者"之后形成联系性生态自我,这就为超文化主义的新认知奠定了基础。

加拿大文学的民族和国家想象拥有强烈的生物伦理和星球意识,正如安古斯所说:"人类关系的综合和整体意味着和非人类自然具有内在联系。"(Angus 171)加拿大文学中独特的动物小说题材就体现了这样的超文化生态联系。例如,恩吉尔(Marian Engel)的《熊》(1967)讲述了女主人公璐前往加拿大北部的卡里岛,在政府的资助下为省档案馆建立地区历史资料,建立"加拿大传统"的故事(Engel 4)。小岛经历了法国大革命、拿破仑战争、英法战争等重大时期,几易其手,这使得这片土地拥有"各种各样的称号"(Engel 4),然而殖民统治在此却没有留下痕迹,父辈们"拒绝深入荒野,面对严酷的北方"(Engel 5)。璐深入北方的研究象征着对后殖民加拿大想象的一次文化建构,然而"除了劳作和祈祷,任何祖先的任何痕迹都荡然无存"(Engel 4)。璐在这片没有文明痕迹的土地上,却经历了超越人类文化的与土地的内在联系,她和一只熊朝夕相处,对它产生了一种神秘的恋情。小说甫一出版就以其近乎色情的描写而成为禁书。恩吉尔以特殊的超文化和星球性描绘了加拿大想象中的动物和地球伦理，这象征着璐对自我的创造。小说中，璐和熊的融合象征女主人公完全回归了土地，她的"身体、头发、牙齿和指甲到处散发出熊的气味"（Engel 119），这让她"感到自由"（Engel 19），"获得了新生"（Engel 18）。小说超越了人与非人的界限，描写了一种超自然、超文明的变形，这是一次生态的超文化变形记。无独有偶，在罗伯特·克罗奇的《乌鸦的话》中，小说也描写了人与非人的界限穿越和变形，作者用怪诞的笔调描写了女主人公薇拉和蜜蜂的色情交互：

> 第一批蜜蜂在寻找巢穴，它们在选择筑造蜂巢地点时发现了她躺在太阳底下暖烘烘的身体。当她感到这些蜜蜂轻轻触碰她身体，给她温柔的抚摸时，当她感到裸露的大腿间金子一样的流动时，她感到一种恐慌……她抬起身子迎合着那些紧紧压在她身上的蜜蜂，她不敢反抗……慢慢地，她屈服了……那些蜜蜂找到了她大腿间肿胀起来的唇部，她感到它们穿透它的力量顺着她的腿延伸开来。
>
> 然后，她失声喊了出来。（8—11）

这种魔幻主义的想象实际上是人类与大自然的超文化生态交互，通过超越人类文化，与环境、地球发生内在的联系，是加拿大文学中的一种独特的民族身份想象，以超文化的方式构建了"一张意识形态网络"（Dean 382）。

第四，超文化主义的根本动机，实际上是对个人的超越。个人总是被政治、生物学、族裔、社会、文化等各种力量所限定，而超文化自我的先决条件就是超越个体的精神束缚，与世界和宇宙发生广泛联系。因此，超文化主义在生态学、心理学、社会学等方面具有重要意义。斯皮瓦克在论述星球性的时候指出，星球思维存在于他者性之中，"他者不是对我们的否认，它也包含了我们"（Spivak, 1999: 46），因此超文化主义"无论是在外部空间，还是在内部空间"都容纳了他者性，是对个体的超越。耐伊斯

(Arne Naess)在1986年就提出了"生态自我"(ecological self)的概念："所有生命本质上都是一体的"(Naess 41),人类的自我实现(Self-realization)必须扩大自我身份的范围,把他人、环境、其他物种包括进来。耐伊斯指出,传统上自我的成熟被认为是"通过三个阶段实现的,即从自我(ego)发展到包含自我(self)的社会自我,再到包含形而上的自我(metaphysical self),而自然却往往被排除在这个过程之外"(Naess 35)。在自我实现的过程中,人和社会环境、形而上的环境以及生态环境时刻互动,仿佛他人就是我们自己的一部分。

超文化主义的社会自我强调个体的网络性、延展性和联系性,即福克斯所谓的超个人主义自我。福克斯(Warwick Fox)从心理学视角出发论述了自我的哲学属性,并提出了超个人(transpersonal)的概念,认为自我是"存在于我们的自我(egoic)、生活(biographic)或个体自我感范围之外的自我"(Fox 197),这个自我通过各种相互关系网络构建,永远处于与他者、社会、自然、生物等的相互联系之中。梅西(Joanna Macy)指出,超个人自我"如同任何一种关于自我的概念,是一个动态的隐喻构建"(Macy 62)。由此可见,超个人主义和超文化主义的生态思想不谋而合,因为超个人跨越了身份政治的层面,直接将人的关系网络分解为原子关系,自我容纳了环境、自然、生物,成为多元、动态、联系性构建过程,人格的成长过程与更广泛的生命联系起来,将人塑造为社会、精神、动物的立体纵深存在。马修斯(Freya Mathews)指出,关系性自我是共同体的一个重要功能,它是由各种关系组成的系统网络中的一个节点。因此关系性自我的本质就是,它是"主体间的构建:自我通过认识他人的主体性从而意识到自我的存在,同时她的自我也被他人所确认"(Mathews, Freya 78)。

总之,超文化主义的星球想象是一种革命性的认知模式,作为一种新文化认知模式虽然崭露头角,但论其思想溯源和文学实践,却能够在加拿大文学中找到影子。当代文学中广泛存在的跨民族主义、生态主义思想无不体现了这种超文化主义的国家想象。民族、国家身份与自然、环境、地球地理有着密切的联系,展现出一种独特的"超文化"(或者说超越人类文化)的乌托邦国家想象。与地方、自然的国家想象相应,动物想象也成为加拿大超文化主义的一个重要组成部分。正如安古斯所说,这种超越人类文化的民族想象认为,"自我和世界的生态联系"是加拿大精神的投射:"人们从来不会完全明白这样的联系意味着什么,就像人们无法提前预知在多元社会中,另一个文化应该值得尊敬。"(Angus 170)超文化主义在"隐喻和本义两方面关注权力在身体、文化、历史、空间、土地、精神等方面的差异"(Dillon et al. 101),因此必须重新"在认识论、政治、文化和社会上认识所谓'我们和他们'的差异"(Dillon et al. 102)。超文化星球想象是一种"新思维",旨在重新审视"意义的多方共建(co-constitutional)和联系,定义'地方'和'世界观'"(Dillon et al. 104)。共建与联系没有主次和先后,而是强调经验的"此时性"(being in the moment)(Dillon et al. 105)。对狄龙来说,"这种动态的关系或许可以被称为'超文化',它强调集体认同努力中的包容性"(Dillon et al. 107)。因此,超文化生态主义实际上是和加拿大历史与现实息息相关的一种民族和国家文学想象与文化思维,它用崭新的方式定义了身份和世界观。

综上所述,超文化星球想象是关于个人、民族、国家、自然动态关系的想象认知,它强调联系性、超越性的身份构建,它穿越族裔、民族、国家的边界,又寻求与自然、动物和环境的内在联系,是一种超个人、超国家、超文化的想象模式。超文化主义文学重新定义民族国家,塑造出一种全新的、多重的身份想象和认识民族、国家与世界的模式。

二、《少年派的奇幻漂流》中的加拿大想象与超文化思想

《少年派的奇幻漂流》是一部典型的超文化主义小说,小说讲述了一个名叫派的印度少年与一头成年孟加拉虎在浩瀚太平洋上的存活故事,故事情节离奇,充满想象却又不失可信度。作者马特尔运用丰富的联想和离奇的叙事情节展现出独特的超文化思想,将个体与社会、自然、动物、宇宙等广泛地联系在一起,呈现出博大的胸怀和星球想象图景。小说一面世就风靡全球,获得 2002 年度的英国布克奖,占据《纽约时报》畅销书排行榜榜首达一年之久,畅销全球七百万册,还被导演李安拍摄成同名电影,获得巨大成功。这部小说常常被解读为后现代、后殖民主义作品,创造了广阔的解读空间,也常被视为魔幻现实主义和生态主义小说的代表作,更是一部名副其实的跨民族主义、跨文化主义作品。小说描写了对各种边界的跨越,主人公在不同的文化、宗教、环境、身份之间穿越,不断地定义、认识自我,在长大成人后向读者回忆他的独特经历。通过派的成长故事,小说展现出超文化主义的想象,将个体生命与大自然、宇宙联系起来,塑造出独特的星球审美和伦理图景。

毫不夸张地说,《少年派的奇幻漂流》是一部典型的加拿大想象叙事,然而,它却以超越性的方式构建出独特的加拿大性,更是超越了传统民族和国家视野与框架、超越了动物与自然文学的范畴,强调人类与社会、自然、宇宙、动物的广泛联系,呈现出一种令人耳目一新的星球性思维。《少年派的奇幻漂流》(以下简称《漂流》)不仅突破了自我/他者、人类/自然、理性/非理性二元对立,还突破了民族、国家、宗教、文化的传统藩篱,把人类放置在广泛的地球环境中,塑造出一个超文化成长形象,描绘出独特的超文化民族和国家想象。《漂流》描绘了主人公的星球性生成过程以及其在身体、精神、情感上逐步走向成熟的故事。个体成长除了精神、情感的内在成熟和社会的外在成熟,同样要在与自然、大地和其他生命形式的广泛联系中实现自我。

首先值得一提的是,马特尔奇妙的构思和精心构造的情节呼应了加拿大的超文化主义想象。小说的背景具有特殊蕴义。故事发生在一个没有边界、没有归属的地球空间中,从而在象征意义上消解了民族和国家空间。茫茫太平洋上没有人烟,没有国家,没有民族,一切身份都丧失了意义,这使得少年主人公能够历史性地跨出人类文化,以超越性的视角来审视地球、生命、宇宙以及自己与这一切的定位。太平洋成为马特尔展现跨民族、超文化想象的绝佳背景和舞台。马特尔在一次访谈中谈到《漂流》和加拿大想象的内在联系。谈到小说的主题意义和世界公民身份时,马特尔指出:"每个人都来自某个地方,总是和某个特定文化有着根深蒂固的联系。我们都是自己所使用的语言的公民。有些人使用多种语言——我会说三种语言,我是英语、法语和西班牙语的公民,将没有人能够言说世界。世界不是一种语言。"(Sielke 30)马特尔的话和斯皮瓦克对"全球性"的拒绝异曲同工,因为"全球性"企图以一套统一的系统来规范世界,试图确立所谓"世界公民"身份。相反,"星球性"则消解了这一文化野心,通过擦除传统的本质主义归属建立新的身份想象。因此,马特尔通过《漂流》表达了一种无地方的星球性加拿大想象,传达出深刻的星球伦理。例如,少年主人公从印度教克利须那神那里,看到了"整个永恒宇宙,太空中所有的恒星和行星以及它们之间的距离;看到了地球上所有陆地和海洋中的生命;看到了所有的昨天和所有的明天;看到了所有的思想和观念以及它们之间的距离;看到了所有的思想和所有的情感,所有的怜悯和所有的希望"(31)。这种对宇宙的爱超越了人类的文化,与星球和宇宙发生最广泛的联系,定义出一种前所未有的超文化伦理,少年派认识到:"没有一颗鹅卵石、蜡烛、生物、村庄或星系缺失,包括她自己[克利须那神]和每一粒尘土都在其真实的位置上。"(31)尽管《漂流》显现出鲜明的星球性和超文化宇宙伦理,小说却保持了和加拿大传统的内在联系,不失为一部经典的加拿大想象小说。正是这样特殊的背景设置,才使小说描绘出典型的加拿大性和文学想象。这表现在以下几个主要方面。

第一,小说继承了加拿大文学的荒野想象传统和存活母题。正如克里斯所说,小说中的太平洋"不仅仅是一个地方,而且是一个文化产物"(Collis 156)。狂野、凶险的太平洋,瞬息万变的天气随时威胁着派的生存,这象征着大自然对人类生存意志的考验,更呼应了加拿大文学经典中的"自然妖魔"主题(Atwood,1972b:66)。阿特伍德在《存活:加拿大文学主题指南》中指出,加拿大人对自然的崇高敬畏映照出对自然的态度,令人畏惧的自然常常是"内心风景的文学再现"(Atwood,1972b:70)。在《漂流》中,浩瀚的太平洋喜怒无常,主人公派随时会有不测。在艰难的漂流过程中,他对自然、宇宙充满无限敬畏,在生存的挣扎中学会了敬畏自然和神灵,这些漂流是他与荒野发生精神交融的重要精神仪式。太平洋此刻化身为"神性的自然"(Atwood,1972b:72),使派在面临死亡威胁时产生一种"垂死病床上的信仰飞跃"(70)。正如阿特伍德所说,《漂流》所体现的实际上就是作家本人"对外在自然界的态度"(Atwood,1972b:70),是一种心境和精神境界。阿特伍德指出,在加拿大文学中,"自然的常见形象是,它要么发出死亡威胁,要么生机勃勃却冷漠无情,要么虽生机盎然却对人类充满敌意"(Atwood,1972b:76)。"自然致死"(Death by Nature),如冻死、溺亡等,是加拿大文学创作的母题,成为"潜入无意识的一个隐喻"(Atwood,1972b:76)。在《漂流》中,派和老虎的生存历险就是一次深入加拿大想象的精神历险,派与老虎、太平洋、宇宙发生了超文化的接触,体现了一种广泛联系的星球性,这是对当代加拿大精神境界和民族性格的升华。生存斗争一直占据加拿大人的灵魂,加拿大作者"总是一定要让主角死去或者遭受失败的挫折",因为失败"是唯一能支持主角宇宙观的事物"(Atwood,1972b:44)。存活作为加拿大文学的核心主题,是加拿大人的一种心理状况和"心态"(Atwood,1972b:10)。

第二,《漂流》在继承加拿大文学母题的同时,也突破了对民族和国家想象中的元叙事框架,借用太平洋的无垠荒野空间消解了民族和国家疆界。值得回味的是,小说的主体部分看似和加拿大无关,却把派的漂流目的地设在了加拿大,在他经历了艰苦卓绝的存活斗争之后,最终完成了移民之旅,派的海上漂流因而象征加拿大性的精神朝圣之旅。《漂流》通过对地理空间的超越表达出超文化的"加拿大性"想象,描绘出一个没有国界、不受地理束缚的荒野乌托邦,并用宇宙的视角观察人的生存,思索人类对自然、动物、他人负有的义务,体现出一种跨民族、星球性的关怀。《漂流》中的大洋就像翁达杰的小说《英国病人》的沙漠一样,象征民族身份的游移性。后者的故事背景设置在北非撒哈拉大沙漠中,同样在远离人类文明的地方构建出一个超文化场所,一个没有地方的地方(placeless place),消解了国界和民族。《漂流》中的太平洋既是荒蛮、没有秩序的地带,又是超文化的空间。主人公派在经历了精神净化和升华之后,完成成长之旅,最终进入加拿大,获得新生,这无疑是加拿大性格的一次文学表达。实际上,自然、荒野、动物常常被当作民族和国家的象征,国家和自然被认为有不可分割的联系。哈维指出,民族身份"往往是建立在某些环境特征之上的。本质上,"自然""荒野"作为语言的概念,本身就是话语的产物。作为语言能指,自然总是被各种话语体系或意识形态所利用,被赋予种种价值或者属性,对其进行文学、文化的符号征用。换句话说,"如果没有某种环境意象或身份的支撑,那么民族主义将是一种不可能的体系"(Harvey,1996:171)。文学作为民族想象的重要媒介,是民族和国家的文化符号学象征。《漂流》和其他加拿大荒野、动物小说一样,对自然进行了超文化的建构和再现。《漂流》则利用自然作为故事背景,体现了独特的超文化生态想象。小说中大海的妩媚、荒蛮、狂暴、静谧、纯洁,无不是加拿大想象的投射,反映了加拿大文学赋予环境的文学符号学属性。

第三,在《漂流》中,太平洋意象还有一个重要的象征意义。马特尔借用太平洋辽阔无边的空间和派的随波漂流暗示了个体和民族身份的开放性、流动性和游牧性。狂野的太平洋超然于民族和国家界限。借用荒野的去文化特性,马特尔凸显了对政治身份的质疑与对自我流变性的颂扬,从而表达了超文化主义和超个人主义的理想。海上漂流磨炼了派的意志,同时也使他象征性地远离了人类文明的各种价值与意识体系:"加拿大对我们而言意味着绝对的无意义"(46),意味着"文化的消失"(Botz-Bornstein xi),因为"意义越来越不是通过文化的中介而迅速获取"(Botz-Bornstein 2)。派的海上漂流既是一次去文化和再入文化身份的探索之旅,又是一次超越文化,与自然、动物和整个宇宙发生深层联系的精神之旅。正如安古斯所说:"加拿大需要一个和这个星球上的他者发生联系的地方,这个地方同时也是一段历史、一个独特的文化风格,一个梦想"(Angus 171)。派的这种特殊的迁徙和海上存活经历相互交织在一起,象征进入加拿大的跨民族/超文化空间之前一次与自然发生的遭遇,因此是一次精神洗礼、一场与自然交融的文化仪式。这种迁徙故事因而是映射作为移民—定居者社会的加拿大的一个非常恰当的寓言故事。故事发生在民族和国家的领域之外,借助超文化的经历体验加拿大身份的居间性。安古斯把这种与自然的际遇称为"无家性"(homelessness),突出了加拿大人"在遭遇荒野的过程中认识到自己没有根源的本质的不确定性"(Angus 121)。这种不确定性和无根性是"最具加拿大思想特色"的超文化主义想象的表现(Angus 121)。

第四,《漂流》的超文化性还体现在杨·马特尔的个人经历上,他的生活经历也具有跨民族主义和超文化主义背景。马特尔1963年出生在欧洲文化之都——西班牙古城萨拉曼卡。这座有着2300多年历史的城市曾经是基督教和伊斯兰教文化激烈碰撞交汇的地方。萨拉曼卡先后被罗马人、摩尔人占领,因此文明的冲突和融合为萨拉曼卡留下了大量宝贵的精神财富,对幼年马特尔产生了巨大影响。马特尔的父亲是法国人,他常年带着儿子旅居美国阿拉斯加、哥斯达黎加、法国、墨西哥等地。马特尔在加拿大完成大学学业后又先后游历伊朗、土耳其、印度等国,这些经历让他对欧、亚、美、非各种文化有了广泛的理解和体会。马特尔选择印度男孩派作为小说主角,这一方面体现了他的跨民族主义情怀,另一方面也是自己多文化成长经历的某种折射。通过这种跨民族的虚构,马特尔构建了有关加拿大性的独特想象。《漂流》的后殖民、跨民族、超文化主义思想和小说中的生态伦理共同阐释了作者的超文化、超个人主义思想,即个人与自然、社会、文化、宗教拥有广泛联系。人的身份是多元的构建,既体现了民族和文化间性,又容纳了与自然、宇宙的交融。少年主人公通过海上磨难完成了超个人的自我,具有重要的文化象征意义。

综上所述,《漂流》可以被解读为一个特殊的民族和国家寓言,在这个故事中,故事的场景、人物、情节都具备深刻的文化象征意义,而少年主人公派则成为加拿大身份的具体化象征。通过派的超越式自我构建过程,马特尔把派的漂流塑造成了一个关于加拿大身份构建的成长小说。派的超个人意识首先源自他对自我的特殊认知,这种认知在本质上是多元的、联系性的,体现了加拿大民族想象的交叠性和游移性。小说中流露出的星球性加拿大想象通过派的成长过程得以表达——个体永远处于和他者、社会、环境乃至整个星球、宇宙的联系之中,这无疑象征了跨民族、超文化主义的加拿大民族想象。

三、超个人思想与自我实现

《少年派的奇幻漂流》通过远离加拿大本土,回归自然、生态,将人类放置在宏大的地球和宇宙视野之中,从而塑造了新的民族与国家想象——一个跨民族、超文化且具有深刻宇宙、自然关怀的想象,而《漂流》描绘出的这种超文化、跨民族的自我,从根本上则是超个人的自我。在马特尔看来,个人的成长是一个永远生成的过程,身份具有永恒的构建性,自我与他者不断地发生联系。马特尔在他的第一部小说《自我》中就表达出这种鲜明的思想,无名主人公在 18 岁的时候忽然从一名男性变成了女性。在这部作者自称是自传体的小说中,马特尔讲述了主人公对身体、想象、语言、民族和国家边界的穿越,塑造出一个不断流变的主体形象。在一次访谈中,马特尔特别指出,他在不同的作品中表达了相同的立场,即以流变、迁徙、联系的视角来看待自我,最终忘却寻常意义上的自我。个体永远在超越自我。他指出,《漂流》的创作主旨在于探讨自我的成长和演变过程,因此,他在小说中"宁愿让一个正常的人物面对非凡的环境,而不是让一个非凡的人面对正常的环境"(Sielke 15)。对马特尔而言,一切宗教、哲学的崇高目的就是"让你忘却自我、忘记自我的生命"(Sielke 15),最终超越自我边界,并证明自我的联系性、超越性,因为每个人都处在所有"人类的联系"之中(Sielke 18)。在马特尔看来,超越式的"移情想象"是人性的根基:

> 如果你是一个男人,而你变成了一个女人,你就会明白。如果你是白人,而你想象自己是黑人,等等。这种方法不仅会让宇宙更加和平,还会让世界更加美好。(Sielke 25—26)

马特尔的"移情想象"与柯本斯坦纳的超理性和超个人自我思想不谋而合。柯本斯坦纳指出,在人们对现代性基本原则进行广泛质疑和批判的语境下,真理、独立和自决的主体、道德或冲突的可解决性等概念成为争论和辩论的焦点,需要通过超个人和超理性的视角重新思考(后)现代性中的一些基本范畴——尤其是主体化(subjectivation)的持续可能性问题,并积极探索"如何通过积极主动等方式体验自我的转变"(Koppensteiner 1)。柯本斯坦纳为主体性勾勒出一幅别具一格的存在艺术,其不断地呈现新面貌(emergent),不断地发生转化,这种主体性敢于拥抱与他人的冲突,将之接纳为超个人、联系性的生成过程的一部分,因而自我就被理解为"一种审美(阿波罗式)和富有能量(狄俄尼索式)的实践"(Koppensteiner 1)。《漂流》作为一本特殊的成长小说,呈现出马特尔的超个人思想。

《少年派的奇幻漂流》被视为一部21世纪后现代成长小说,因为故事超越了传统成长小说的框架的叙事模式,记叙了少年主人公派的超个人、超文化成长历程。从结构上看,《漂流》共分为3部分100章,小说从派的童年经历开始,回忆了主人公与父母和哥哥一起生活的时光,其间穿插着派的宗教信仰经历,以及发生在父亲维护的家庭动物园里的各种奇异故事,一直讲述到他移民加拿大多伦多之后的中年生活。然而不同于传统成长小说的地方是,故事时间跨度虽然长达三十多年,但小说主体却集中在派与一只孟加拉虎在海上漂流的227天。时间虽短,却构成了派心理和精神成长的核心阶段,也是派真正走向成熟、完成自我认知的重要时期。派的成熟恰恰是在经历了艰苦卓绝的生存斗争后,才在精神上实现了自我。传统上,成长小说一般描写主人公的情感创伤、精神危机,通过具有教育意义的事件走向成熟,最终树立世界观并投入社会。和传统成长小说不同的是,《漂流》不仅强调了个体在精神、情感上的内在成熟和社会上的外在成熟,也强调个体和自然环境及其他生命的广泛联系。这种自我是社会、个体、生态和精神等方面的联系性、扩展性深层自我的实现。小说通过一只老虎和一个人的故事,凸现了主人公的超越性生态自我构建,不断地对自我边界进行扩充和延展。故事从派在后殖民印度的童年时代讲起,到最终来到加拿大,这种超文化、跨民族、超个人的生态思想,是对生态自我思想的一次深刻思索。小说塑造了主人公的超越式自我认同,强调个体的广泛联系性和关系性。自我在精神、心理、身体、社会等方面不断跨越边界,因而打破了自我/他者、人性/动物性、文化/自然等二元对立结构。《漂流》的独特之处在于,作者凸显了自我的开放性和游移性,这是少年主人公超个人自我构建的前提。《漂流》从一开始就刻画了少年主人公身份的不稳定,勾勒出一个不断变化的流动性主体状况。正如斯蒂芬斯所说,派是一个"在两个大陆、不同的信仰、童年和成人之间逡巡的少年"(Stephens 42),这暗示了身份的多种可能。小说中派随着身周社会不断的变化,遭遇了不同的经历,他的个人身份也在不断地随之变化,要求他不时地针对外部环境调整自己的外在身份,以保证自我的个体性和自我的社会性的一致。

艾伯拉姆在《文学术语词典》中把成长小说定义为描写"主人公心智和性格发展的故事,主人公遭受过各种经历——尤其是精神危机之后——从童年走向成年,并认识到自己身份以及他/她在世界中的地位"(Abrams 120)。马尔蒂尼进一步将自我与理性相联系,认为成长小说的"宗旨"(raison d'être)在于性格的"培养",即"通过一系列符合启蒙思想普遍属性的审美、道德、理性和科学教育实现"自我成长(Martini 9)。实际上,成长小说(Bildungsroman)兴起于18世纪末的德国,是现代性的一种文化表达形式。正如哈贝马斯所说,在启蒙思想的影响下,人们相信通过自我教育(Bildung)可以实现自我的完整,并"实现个体的自我"(Habermas 64)。狄尔泰也曾把成长小说定义为"大启蒙关于成长(Bildung)这个概念的诗性表达形式"(Boes 232),可见,关于人格成熟的概念来源于大启蒙理念,把个体的成熟视为自我的自主和理性的完善。

然而,在《漂流》中,马特尔对大启蒙和现代性理性影响下的成长概念做出了修正,提醒人们不仅要重视人类伦理,还要反省个体的环境伦理和动物伦理层面,将人的成熟视为理性与非理性的平衡。在一次访谈中,马特尔明确表示对西方理性自我的批判态度。他认为:"对于一个来自西方背景的人来说,我们受到的教育就是要保持理性,因此我们被迫采取理性立场，凡事都必须有合乎理性的原因……这种理念把人性都榨干了，彻头彻尾地榨干了"。在反对西方理性的同时，马特尔提出用一种不同的理性视角来看待自我和人性，这样会"让你仿佛突然浸润在水中一样倍感清新"。《漂流》正是基于这样的思想背景创作出来的。

《漂流》传达了一种不同的自我理性，马特尔塑造的自我并不是一个有清晰边界的稳定主体世界，而是不断地和外界发生联系，不断地扩张和容纳他者，构建出一幅动态的自我成长图景，这和西方传统哲学中关于"稳定的自我"(stable self)的思想形成鲜明反差。在小说开始，马特尔对主人公名字的描写就体现出独特的超个人、超文化特性。派处于一个不断变化的环境，这也塑造了他的联系性、游移性自我。小说首先利用主人公的名字对传统主客体二分法作出了反思。主人公被叔叔取名为皮西·莫里托(Piscine Molitor)，这个名字实际上来自法国巴黎的一个游泳池，曾经是巴黎最豪华的酒店和游泳场所，1989年正式关闭后被法国政府指定为国家遗产场所。与其说这个名字是主人公叔叔所取，不如说是作者马特尔对主人公的命名，其中蕴含了他对主客体关系的思考。命名作为主体的一种认知和语言行为，体现了主体对客体的权力，人类通过命名建构出客体世界，赋予客体意义，实现自我的理性和权力，也加强了主体自我的权威。人是具有纯粹理性的生命，他以"自身为目的，而且是立法的根基"(Kant, 1998:36)，是世界的立法者和命名者。康德的思想和笛卡尔的主客体二分法一脉相承，笛卡尔将主体提升到了客体之上，人的理性使得它从世界中跳了出来，站在世界的对面。然而，《漂流》反其道而行之，用一个真实的游泳池来命名主人公，这无疑超越了界限，颠覆了主客体二元秩序，具有反理性、反人类中心主义意味。小男孩皮西十分喜欢这个"别致的"体现物质性的名字："我来到这个世界并且有了自己的名字，我是这个家非常受欢迎的成员。"(15)

其次，主人公的名字还包含了动物性，因为 Piscine 来自拉丁语 piscis，意思是鱼。人类以动物为名显然是荒诞不经、违反理性的行为。并且在英语中，"鱼"本身也有"怪异"的引申义。因此，皮西的亲友、同学对这个非理性名字感到不解,常常因此取笑他。然而,马特尔用鱼的意象暗示了人与自然、动物的联系。少年主人公的自我一直是开放的,并把整个世界接纳为他内在的一部分。鱼的意象还暗示了皮西和水的不解之缘,通过鱼、水的共生关系表达了超个人、超文化自我。小说中,水是主人公的精神信仰。皮西在水中总是感到精神愉悦,自由自在地拥抱世界。他把当游泳健将的叔叔称为"水上古鲁"(aquatic guru),和他在海边学习游泳。"古鲁"这个词在印地语中表示"宗教领袖、精神导师"。皮西把自己当作一名"虔诚的信徒"(10)。再者,水成为派后来在太平洋上漂流,接受精神洗礼的一个伏笔。水的流变和涌动性以及海洋的无边无际都暗喻小皮西自我的开放,自我随时与世界发生联系。这种扩张性的自我是皮西对自我/他者关系的一个重要理念,叙事者借用《圣经》典故表达了不同的自我理念:

  我们接触的人总是会改变我们,这是真的,有的时候这些改变会非常巨大,我们从此便不再与从前相同,甚至名字也发生了变化。注意西蒙也叫彼得,马太也叫利未,拿但业也叫巴多罗马,是犹大而不是加略人叫达太,西缅被叫作尼结,扫罗成了保罗。(25)

在这里,马特尔表达了对本质主义身份的反讽,借助《圣经》中的几个重名的典故暗示自我的联系性。正如斯特拉姆斯所说:"自我可以被定义为我们所认同的任何人或事物,原则上自我认同的综合性是没有限制的。"(Strumse 14)按照西方理性,以客观物体对人命名是理性所不能接受的。人对客体命名是主体理性地通过语言能指对客体的指称,这种指称体现了依据人类理性和伦理建立起来的主客体世界秩序。德国哲学家布伯是现代性思想的一个典型代表,尽管他认同人与世界的广泛联系和对话状态,但他依然主张将主体和客体割裂开来。他认为,命名建立起一种基于对话伦理的"我—你"关系,象征人与人、主体与主体的互动性(reciprocity)和即在性(presentness),而"我—它"体现的则是人与客体之间的控制与被控制、利用与被利用、统治与被统治的关系。布伯认为,只有通过我与你之间的那种无声的语言对话,"我—你"中的"我"才能成为存在,"'我—你'这个词通过语言述说成为完整的存在,而'我—它'则永远无法通过语言述说成为完整存在"(Buber 3)。然而,在《漂流》中,马特尔突破了以布伯为代表的主体间的对话伦理,把"我—它"关系也容纳在对话伦理之中,将主体和客体、人类与自然包括在"我—你"的关系网中,确立起一种具有广泛联系性的自我理念。

《漂流》中另一个重要角色是父亲动物园里的孟加拉虎理查·帕克。和派不同的是,这只老虎有人类的姓名,以至于读者在首次见到这个名字时将其误认作人类。主人公回忆道:"理查·帕克曾经与我相伴,我永远不会忘记他……我仍然能够在梦中看见他,却多是噩梦,充满爱的噩梦。"(7)然而当轮船沉没,落水的主人公呼唤帕克时,读者才意识到这是一个动物的名字。这个怪异的名字来自它的猎人理查·帕克。当猎人发现它的时候,帕克还是一只幼崽,猎人给它进行了洗礼,命名为"瑟尔斯第"(Thirsty),然而在被转往动物园的途中,它的身世档案被混淆,"所有的证件名字清清楚楚地表明它的名字是理查·帕克,猎人的名字是瑟尔斯第,姓氏未详"(168)。马特尔把老虎和人的名字相混淆可谓匠心独具,和前文中皮西的名字形成呼应。实际上,理查·帕克在历史上真有其人,他是1884年发生的一场海难中的一名船员。当时理查·帕克和另外三名船员乘米格奈特(Mignonette)号快艇前往澳大利亚,途中不幸遭遇暴风雨,理查·帕克在救生艇上因极度饥渴饮用海水而导致重病垂死。三名船员为了活命杀死理查·帕克,生吃人肉最终获救,但也受到了法律制裁。马特尔借用这个历史素材进行再度创作,将理查·帕克变成一只猛兽,进一步混淆了人与动物的界限。在小说中,小皮西第一次看到理查·帕克的时候不由自主地"仔细端详,想透过表象提炼(它的)人格(personality)"(110)。在皮西看来,理查·帕克并不属于"我—它"关系世界,而是"我—你"世界的一部分。在小说第二部分,他和理查·帕克相依为命,并把动物视为"我的大家庭"(122)。少年派常常在漂流船上和理查·帕克对话,将自我和动物放置到了"我—你"的对话关系之中,因而与理查·帕克建立起一种平等的关系。借用这种对话关系,马特尔彰显了人类自我的自然和生态伦理。

在《漂流》中,马特尔还描写了少年派的成长心理困惑,用名字的象征体现对固定身份的质疑。小说中,皮西的名字受到众人嘲笑,因为这个姓名代表了他者性差异——Piscine(鱼)的发音很像 Pissing("尿尿"之意),也使得皮西有了一个侮辱性的绰号。这一绰号象征社会对身份的固化和偏见——他们忘记了"我的名字所蕴含的水的意味,用一种令人羞耻的方式加以扭曲"(26)。主人公用水的流体性暗示身份的可塑性和延展性。西方理性的目的是确保世界确定性和唯一性,主体是由明确的边界限定的差异性个体,并且通过主体对客体的命名权保持对客体的统治。在《漂流》中,皮西的亲友和同学就是这种对立理性的代表。在他们看来,人的身份是唯一的,且是这个世界上至高无上的标志,表达身份的本质和意义,然而,"鱼"将主体从绝对的理性权威宝座上拉了下来,抗拒以人类为中心的文化本质主义,这也是理性所不能接受的。小说中众人总是试图给皮西的身份赋予一个稳定的、理性的阐释。因此,"鱼"成为众矢之的,遭到嘲讽。的确,在派的成长过程中,他常常被他人认错,甚至有些人"以为我的名字是 P. 辛格,是名锡克教徒"(25)。直到成年后派在加拿大蒙特利尔大学期间,只会说法语的送餐服务员仍然读错他的名字。当对方询问他真名时,他回答道:"我就是我"(I am who I am),而当比萨饼送到宿舍的时候,上面的名字赫然写着"沃玖沃"①(25)。事实上,派的社会和文化身份认同象征主体形成和成长的过程,它既是和外部环境相互作用的结果,同时也是内在精神世界的转变过程。对于派来说,他人的揶揄和取笑正是促使他个性成熟、完成理解自我的一个重要驱动力。同学的嘲笑、老师的疑问、众人的不解,这些象征身份质疑的行为都是成长小说中典型的"成长仪式"(rites of passage)。这些事件和经历象征派在步入心

---

① 此处原文为 Ian Hoolihan,和英语中的 I am who I am 谐音,现根据汉译"我就是我"谐音翻译。

理和精神成熟阶段之后，向超个人、超文化的生态自我迈进而接受的洗礼和磨炼。

通过少年派成长过程中的身份困惑，马特尔描绘了西方理性中关于"稳定的自我"的困惑与危机。人们颂扬理性，将个体成熟定义为理性、完整与对他者的封闭，自主和自决是成熟的标准，这样就在人性和他者/客体/动物之间画上了分割线。例如，柏拉图在《理想国》中强调人是理性的动物，把个体的"圆满生命"定义为"自身的最完整状况以及对他者最大程度的不依赖"，这里的他者不仅包括人类他者，也包括动物他者，这样个体就实现了"一个人的内在自我"，它"是一个人独自控制下的有序的整体"（Plato 124）。康德把启蒙和个体自足联系起来，也对人的本质做出了定义。在《启蒙是什么》中，康德用"成熟"定义能够自决的个体，认为"启蒙就是人摆脱自我的不成熟状态而问世，不成熟就是一个人无法摆脱他人的指导而利用自己的理解做出判断"（Kant, 1991: 54）。正如辛池曼所说，康德的"自主"（Autonomie）和"成熟"（Mündigkeit）已经成为西方思想传统中的一种主导模式，它追求人的独立性、封闭性、自主性，那些"能够对自我的思想和行动承担责任达到自主的人都将成为当代哲学意义上的'成熟'一词的最佳人选"（Hinchman 489）。

在《漂流》中，标志主人公派向心理成熟和个人认知迈进的一个关键事件是，他独立自主地决定改换自己的名字。在圣约瑟夫学院，派象征性地经过了一年的精神磨炼，就像"在麦加遭到迫害的穆罕默德一样"经历了神启时刻，开始策划"开启我自己的新时代"（27）。面对全班同学，派公开宣布一个崭新自我的诞生："众所周知，我的名字是派•帕特尔。"（28）这对于派来说是一次自我解放和创造的行为，象征着派的精神独立和人格成熟，但是他的成熟并不是要实现封闭、自主的主体，而是形成一个联系性的跨民族、超文化的自我。

派的新名字可谓寓意非凡，因为它源自表示圆周率的数学符号π，这是一个无理数。这个名字反映了理性与非理性的统一、社会身份与自我构建身份的统一、历史与现在的结合。派以理性的方式采用一个非理性的数作为身份标志,这是他的成长过程中一个质的飞跃,更是对传统理性的颠覆。这个名字既继承了帕特尔家族的历史,又意味着自我的新生。首先,Pi 保留了原来 Piscine 的前两个字母,也象征着原有身份的某种蜕变。其次,π 是一个无限不循环小数,它暗示身份永远变化,拥有无限的可能性,是游移和叠加的构建过程。在这个"令人捉摸不定的无理数"中,派找到了寓身之所(30)。作为一个象征符号,π 既是无限不循环的身份象征,又是一个能指,指向一种不可穷尽、没有终点的可能性,因为其所指对象是永远开放的,没有终极。其次,作为一个无理数,π 存在于理性的空间,完全没有时空界限,这象征着派对自我的理解不再被束缚在某个空间维度,如本地治里、法国乃至加拿大,也不再被限制在过去、现在与未来的空间之中。维多利亚·库克认为,这个"自我命名的颠覆性行为"将能指与所指结合(Cook, Victoria 6),构建出罗迪兰·巴特所称的"神话",也就是"虚空的现实"(Barthes 143)。对于派来说,自我在宇宙中的位置是无限的,自我的旅途注定不会有固定的终结意义,而是永远处在变化之中。正如派在获救的那一刻所说,π 给他的启迪在于,这个数字告诉我们,它"永远没有止境,不断地向下延续"(360)。具有无限潜质的自我更加接近自然的无限性。因此,派的自我命名仪式标志着派对自我身份的开放性开始有了本质的认识,为他在海上漂流过程中生态和超文化自我的形成做好了准备。

四、多元宗教和超文化主义

《漂流》的超文化主义思想还体现在少年派的多元宗教信仰方面。自我的开放性与延展性使派在不同宗教信仰之间自由选择,这也是他成长的重要部分。从小说第 15 章开始,马特尔以不可思议的想象,描写了少年主人公投身于三个宗教,在基督教教堂、清真寺和印度教圣殿的空间中辗转进出的多元宗教经历。他既是基督徒,又是穆斯林和印度教徒,象征性地拥有了三个身份。这种多重信仰和身份就连父亲和亲戚朋友都不能理解,更是遭到众人的嘲笑。这样的情节更是对读者产生了影响,令不少人感到困惑。因此,这部小说的可信度遭到质疑也不足为奇。

的确,《漂流》的主干部分,也就是讲述少年派的太平洋漂流的第二部分,向来是读者和批评界关注的对象,但对于小说的第一部分,尤其是关于派的多重宗教信仰问题,虽然存在不少争论,但对于其主题意义,目前的批评却很难给出令人信服的解释。读者同样因马特尔的宗教立场而感到困惑,甚至有人写信指责他小说中的多重宗教描写冒犯了宗教的唯一性。这首先是因为,在神学意义上,宗教的唯一性和排他性使得少年派的这段看似离奇荒诞的信仰故事似乎缺乏现实基础,很难给出一定的神学框架内的合理解释。例如,有学者认为,马特尔"对宗教主题的处理没有丝毫说服力"(Stratton 6)。弥史拉也认为:"一旦论及神,人们必谈的话题一定是生命与道德这样的问题,然而这些重大问题在派的救生船上却没有了丝毫意义。"(Mishra 18)另一方面,在小说开头部分的"作者题记"中,作为叙事者的杨·马特尔再三允诺要给读者讲述一个"让你从此信仰神(God)①的故事"(ix),故事结尾主人公派也多次这样强调。然而,小说中的"神"却是一个多元的、无法确定的概念,派的故事究竟让人信服哪个宗教的神,读者无从判断。维泰克更是直言不讳地说,这本书"并没有让我相信神,不过,它让我相信小说特有的强大的救赎能力"(Whittaker 33)。

此外,西方批评界对《漂流》的解读也许因为宗教话题的敏感而避之不谈,甚至不可避免地渗透着以基督教为核心的价值体系,对于印度教和伊斯兰教信仰体系却绝少涉及,更遑论小说中看似矛盾的无神论思想。例如,科尔认为,当主人公派"把上帝的存在简化为个人的审美选择时就陷入了危险,即把一个全知、全能、明确、客观的至高无上的存在(Supreme Being)的概念扭曲而变得琐屑"(Cole 23)。科尔甚至还做了一个条件式

---

① 原文为 God,常常被翻译成"上帝"和"神"两种版本。为精简起见,除明确指出外,本书统一翻译为"神"。

假设,"如果上帝是真的话,那么他一定是客观存在的,否则他就不是上帝了"①(Cole 23)。显而易见,这种假设是一种逻辑循环,不能揭示《漂流》所蕴含的内涵。当宗教批评无能为力的时候,批评家们开始指责作者杨·马特尔,认为《漂流》暴露了作者将宗教信仰和信仰虚构相混淆的写作企图。科尔这样写道:

> 马特尔企图重新提出宗教对真理的主张,将之放置到后现代的框架之中,对客观存在进行质疑。然而,这种做法没有认识到的是,对于宗教信徒来说,上帝不只是"一种解读"或者虚构,其真实性不能"通过想象而得到证实"。对于虔诚的教徒来说,上帝超越了主观性,超越了阅读的瞬时性。如果说宗教信仰需要搁置怀疑的话,那么这种短暂的搁置就意味着,它在根本上和信仰的本质是相忤逆的。(Cole 25)

实际上,马特尔本人早就意识到小说对"可信度"的挑战,在故事结尾,成年的派重述海难经历,给两个前来调查的日本海事官员讲述了两个不同的版本——关于人的故事和关于动物的故事。读者和日本海事官员一样,需要面对虚构的挑战——"扁平的故事,没有经过酵母发酵的干巴巴的事实"往往更加可信(381)。派质问两位听众:"很难相信?关于很难相信,你们懂多少?"(374)调查员告诉派:"我们只是讲理性而已"(375),而派反驳道:"我也是讲理性的!我每时每刻无不在运用我的理智……但是,过于理性会让你把宇宙像洗澡水一样一盆子全部倒掉。"(375)马特尔在此强调的是,枯燥的现实会限制人们的想象,阻止人们同他者和世界进行超越性联系。作者在《漂流》中讲述一个不可信的宗教故事,并非要让读者绝对信任"没有酵母的"事实,而是通过这个虚构的关于信仰和想象的寓言拓展和丰富我们在宇宙中的存在。马特尔借助后现代的叙事手段,通过主人公的声音,对绝对理性提出了质疑。他在一次访谈中谈及小说

---

① 原文采用了第一条件式而非虚拟语气进行假设:If God is true, He must be objectively so, or He is not God.

的可信度,指出:"在这本书中,我试图讨论的是我们如何解读现实。"(Verlinger)在他看来,

> 现实不是"就在那里",就像一块水泥——现实是一种解释。从某种意义上说,我们共同创造了现实。我们每天都在这样做,每时每刻都在这样做。有一天,我们一觉醒来,心情大好,我们生活的城市是一座美丽的城市,而第二天,它就是一座丑陋的城市。这只是我们解读事物的方式。我们不一定能自由选择生活中的事实,但在如何解释这些事实方面,我们有自由的成分。
>
> 我非常努力地创作我的小说,每一件事都有其意义……而在我看来,宗教——毕竟《少年派的奇幻漂流》归根结底是一部宗教小说——对我来说,宗教也是一样的。宗教是一种略显非理性、不合理、超越合理的东西,它帮助我们理解事物。(Velinger)

在马特尔看来,西方理性中的成熟概念在独立的个体和他者之间设置了一道屏障和界线。成熟即意味着远离他者,实现自我的自主和独立。成熟的理念似乎与现代理性背道而驰。在《漂流》中,马特尔树立了一种崭新的宇宙观,通过多元宗教强调人与世界、与他者的广泛和内在联系,这种联系不是一种绝对理性的、自主自决的主体性状况,而是强调想象身份的超越性,即用超越理性的方式来与世界和宇宙发生联系,理解现实和我们自身。宗教多元主义和小说中离奇的故事情节一样(如海藻岛),总是挑战人类的信任极限,但我们需要在"干巴巴的"现实基础上创造故事,主动地去解释世界和一切。正是由于少年主人公丰富的想象和创造力,他才能从超文化的经历中获取对自我的认识。马特尔表达了一种不同的世界伦理,将自我和世界广泛地联系了起来,颠覆了现代性和大启蒙的理性自我和独立身份,寻求理性与非理性的平衡,自我与他者的联系、渗透和依存。

实际上,派的超越性认知来自他对动物园中动物的日常观察以及与它们的互动。少年主人公通过对动物社会组织形式与生活习性的观察,

形成了自己对世界的独特理解。他看到,动物和人一样都生活在巨大的关系网之中。对动物来说,"野生环境中的动物无论在空间上、时间上,还是个体关系上都不是自由的",不能藐视"最适合这个物种的群体准则和界限"(20)。人类则更是如此,我们被束缚在"与家庭、朋友和社会"的"种种日常联系"之中(20)。如同野生动物一样,我们都占据自己的空间,但人们相互间的关系"就像棋盘上移动的棋子那样在变化"(20)。个体是一种关系的产物,成熟不是将自我束缚在孤独的真空,而是获得与外界的种种联系。正如列昂·特纳所说,无论是从心理学、社会学,还是哲学意义上,自我"作为一个自足不变、统一的人格概念现在早已被完全弃绝了"(Turner, Léon 76),自我是"多重的、关系性的"(Turner, Léon 1)。在《漂流》中,派发现,动物往往生存在令人惊讶的状态中,他甚至发现许多兽化论的例子,即动物将人类或另一只动物当作自己的同类。例如,"狗作为宠物已经深深融入了人类的生活,以至于有些狗甚至试图与人类交配。任何曾不得不将一只发情的公狗从尴尬的客人腿上拉开的主人,都能深有体会地认同这一点"(50)。犀牛和山羊常常成群结伴,甚至还会出现在捕食者和被捕食者之间形成友谊联盟的现象,如老鼠和蝰蛇一起生活好几个星期的例子(50)。

同理,少年派的多重信仰和超越性自我想象反映出广泛的星球性认知。毋庸置疑,宗教对于个体的作用可谓至关重要,派的三重信仰是他作为个体构建在不同社会和文化空间中的超越性自我的重要组成部分。对派来说,精神世界中的自我就如同社会自我一样,是一种复合体。在本地治里,文化差异和多元性的一个显著的体现就是信仰的多元化,对派的精神成长造成了深刻影响。派认为,同时信仰世界上的三大宗教并非不可能,就像一个人同时拥有许多社会身份一样,人的宗教自我就是社会自我的一个层面,宗教"可以让我看到自己在宇宙中的位置"(62)。加拿大著名哲学家查尔斯·泰勒在《自我的起源:现代身份的产生》中指出,现代自我颠覆了统一自我的概念,个体"具有双重或多层次的生活,它们之间并不完全兼容,但也不能使它们成为一个统一的整体"(Taylor, 1989: 480)。

小说中这样描写他和母亲之间的对话：

> "我不懂为什么我就不能三个都是。玛玛吉就有两个护照。他既是印度人，又是法国人。为什么我就不能既是印度教徒，又是基督徒和穆斯林？"
>
> "那不一样。法国和印度是地球上的两个国家。"
>
> "天上有多少国家？"
>
> 她想了一两秒。"一个。说到点子上了。一个国家，一张护照。"
>
> "天上只有一个国家？"
>
> "是的。或者说根本没有国家。也可以这样说，你知道的。你喜欢上的都是非常老套的东西。"
>
> "要是天上只有一个国家，那不是所有的护照都应该有效吗？"
>
> 她脸上开始露出迟疑的神色。(93)

在此，派进入了达格尼诺所说的"超国家"(transnation)空间。这个超国家"超越了地理、政治、行政乃至想象的国家(state)边界，既在国家(nation)的边界之内，又在其外，在这里，空间的边界被打乱，自然的文化归属被取代，中心与边缘、民族自我和他者的差别被消解"(Ashcroft et al., 2010:73)。用达格尼诺的理论来看，派成为一个"全球游牧者"(global nomad)，他获得了一种"多重'想象'、多重信仰，不断穿越文化空间的归属感，这种归属是对群体而非对国家的归属"(Dagnino, 2015:116)。达格尼诺援引德勒兹在《千高原》中提出的"块茎学"概念，认为这种自我就像植物的根茎一样向四方生长，没有明显的中心或者内在本质："你不属于一个具有固定疆界的单一的原生根……而属于一个用情感和想象织起的复杂的网络，不断向四方发散"，在这个"头脑中的地图"里，你和"各种关系的人类社会、朋友、家庭、气味、味觉、记忆相互连接起来"(Dagnino, 2015:115)。

信仰与个体身份的社会构建有着密切联系，进入一个宗教空间意味着个体加入一个社会群体或继承某种社会身份。小说中，派在印度教寺庙、清真寺和基督教教堂之间往返,就如同在不同的社会或群体之间来回,这象征他穿越不同文化空间的宗教仪式。在多伦多,派的房间也象征性地成为一个超文化的空间,马特尔把这座房子描写成了一座"寺庙",里面摆满了来自不同信仰和地方的各种宗教用品,其中包括湿婆的铜像、象头神的画像、一个普通的木制十字架、瓜达卢佩的圣母玛利亚和一个来自巴西的木制十字架上的基督。而房子作为加拿大的空间象征容纳了这些各自不同的宗教符号,则代表加拿大性与超文化性的交融和彼此吸纳。

多重信仰让少年派对人性有了更加开放的理解。印度教给他描绘了宗教想象中的第一幅风景画,在那里山川、海洋、森林、城镇和各色各样的人摩肩接踵,有神、有圣人、有恶棍,还有普通人,他们"在这些地方相互交往,并且通过这样做来解释我们是谁,为什么存在"(63)。通过印度教的视角,派懂得了世俗的错综复杂和善恶美丑,懂得了自我与宇宙的广泛联系,并从此走向成熟。从纵横交错的关系网络中,自我在世界中找到自己的位置。这种将世界、宇宙和社会广泛联系起来的自我无疑是超越式的生态自我。

派的多元宗教信仰并不能代表非理性,而恰恰是他成熟的标志。派的信仰选择实际上使他承担了巨大的精神和社会压力,包括父亲的不解和他人的嘲笑,就连神父和阿訇也认为派的决定荒诞不经。派对自己的决定却斩钉截铁,"所有16岁的少年都有自己的秘密"(81),而且这个秘密总有一日会大白于天下。在充满戏剧色彩的描写中,三方神职人员相互对峙,面对目瞪口呆的父母、满脸诧异的阿訇、神父、印度教士,派泰然自若地承认并坚持自己的选择。三位智者不约而同地认为派只能相信一种宗教,必须作出抉择,派却镇定地引用圣雄甘地的名言回应:"所有的宗教都是真实的。"(87)文明、文化、信仰的冲突与对峙在派身上象征性地得到了化解,这是超越自我/他者对立,超越狭隘民族性和文化界限的选择。派的成长是多维度的过程,既包括心理成熟和精神成长,也包括社会与文化的定义。

派的超文化、多元宗教信仰还体现了马特尔对现代性理性自我的批判。在父亲看来,多元宗教不可理喻,印度是一个"现代的进步国家"(94),应当摆脱其殖民地记忆,创造一个"新的印度",因此印度教、甘地夫人的思想等"都应该成为过去"(94)。父亲是典型的现代性理性代表,他坚信"我们是一个现代家庭,按照现代的方式生活"(94),技术、进步和理性使人类"远离愚蠢",实现自我的独立和成熟。在他看来,派就是在"跟随着与进步不同的节奏前进"(95)。现代性弃绝了一切与理性不同的选择,把自我定义为明确界定的,有别于周围环境和其他个体的存在。现代性以来的许多思想家都认同这种自我概念。拉兹(Joseph Raz)认为,自主的人是"自己生命的作者"(Raz 369),"个人自主的理想是人们在某种程度上控制自己的命运,通过一生中的连续决定来塑造自己的命运"(Raz 369)。父亲尤其不能理解的是,伊斯兰教是彻头彻尾的外来宗教,"完全和我们的传统相悖逆,他们都是外来者"(94)。显然,父亲所谓的印度独立意味着斩断一切前现代的、殖民主义的思想,创造自己的命运,然而这样的"独立"却造成了文化的对立,将自我与他者、传统与舶来价值对立起来,再次造就封闭的自我。对于派来说,现在与历史、自我与他者保持着超文化的联系,印度的现状代表了印度的未来——印度教代表了印度的历史,基督徒在印度已经生活了很长时间,穆斯林的数量比基督徒多好几百倍,因此,印度的多元身份就是印度的未来。一切文化、信仰都彼此联系,塑造不断超越自我边界的个体。小说还讽刺性地插入了成年叙事者的评论:"新印度,或者说新印度的一个家庭,将要决定搬到加拿大去。"(95)派的多元信仰意味着个体自我在内心消除了文化"自我"与"他者"的界限,从而拓宽了自我的疆界。的确,印度教给予少年主人公独特的超文化生态视角,使他能够从宇宙的视角来看待生命,将一切对立及狭隘的价值观消解:

> 我在印度教庙宇里感到无拘无束。我能意识到神就在那里,不是以我们通常感觉存在的个人方式,而是更加宏大。当我现在看见庙宇圣所里的像,那神之所在的时候,我的心还是会停跳一下。我的确是在一个神圣的宇宙子官里,一切都是从那里出生的,我能看见它

的核心,这是我极大的幸运。(60)

值得注意的是,马特尔出生于一个没有宗教信仰的家庭,是"完完全全的世俗的人"(Conroy)。马特尔于 1981 年进入特伦特大学(Trent University)哲学系学习,并在 1985 年获得学士学位。哲学使他对人与自我的问题进行了深入的思考,而他的第一部小说《自我》就是在哲学的视角下探讨性在自我构建过程中的角色。针对《漂流》三个部分的关系,马特尔明确地表示,它们所表达的主题是"无神论、不可知论和信仰"(Laity)。由此可见,《漂流》并不是一部宗教小说,而是借用宗教故事表达一个关于自我和文化的寓言,宗教只是马特尔用以表达其哲学思想的媒介工具或隐喻手段。马特尔认为,宗教虽然有种种弊端,却提供了一种道德结构。马特尔"对道德和宗教人物的兴趣实际上超越了耶稣"(Laity),而是"佛陀、卡尔-马克思或大卫-贝克汉姆"(Laity)。他认为:"对每一种人物的追随都超越了理性,但仍然具有某种合理性。马克思主义也有其道德结构。"(Laity)在这个意义上,《漂流》通过一则哲学式的语言为人们理解自我和社会提供了一种不同的道德框架和世界观。

马特尔的无神论和《漂流》的宗教寓言并不冲突。在《漂流》中,马特尔通过对西方理性的审视,探索了看待自我和自我实现的新视角。因此,在阅读这样一部具有东方文化和宗教元素的小说时,如果忽略了马特尔本人的对宗教、自我、无神论的哲学思考,显然是不公允的。马特尔曾强调:"我所接受的部分训练就是要把所有关于上帝的证明都撕成碎片"(Velinger),但他也意识到:"我的生活中缺少一种精神视角"(Velinger)。然而,宗教是"对现实的另一种解读,在这种解读中,你选择相信存在更多而不是更少"(Conroy)。对马特尔来说,所有宗教都是"真实的隐喻。它们是通过虚构的方式来获得真理,所以它们确实描述了一种现实,但并非通过理性描述现实,而是通过我们感同身受的想象力。这正是小说的作用"(Conroy)。《漂流》为人们提供的,正是这样一种信仰的空间,让人们以不同的理性,超越狭隘的自我与宇宙、自然、他人发生联系。

第十三章 马特尔《少年派的奇幻漂流》中的超文化想象与星球性　345

马特尔对基督教、伊斯兰教和印度教的思考,使他从不同的角度理解自我,形成了形而上学的超越式自我概念,这可以说是他通过小说中派的精神历险而进行的思想升华。显然,《漂流》中的多元宗教结合反映出一种独特的世界观,马特尔超越了生物自我和社会自我,提出了一种精神的、形而上学的自我,这种自我不仅包含主体与无生命、无知觉的生命的关系,也包含主体与自身精神存在的关系。西方的理性模式将价值理性奉为至高无上,而马特尔通过对这种理性模式的拷问,提出了一种将"我"与非"我"或不属于西方理性的那种自主自我概念范畴联系起来的整体观念。

具体而言,《漂流》塑造了一个超越不同宗教的形而上学的自我,将自我和神性联系了起来,自我虽然是个体的,但通过与世界、宇宙、万物的联系,归于"一"和"绝对"这超然的神性之下,从而将无限与有限融合为一体,这也是对派选择圆周率作为名字的呼应。根据马特尔的这种超越式自我美学,形而上的自我是语言所不能完全企及的:"我们用可怜的语言为它缝制了一件外套——一体、真理、同意、绝对、终极现实、根本存在。"(60)宗教、自我和宇宙中的一切生命息息相关。接近"绝对"就意味着用有限的语言感知"终极现实"。的确,派在经历了肉体和精神的考验之后,从印度教的新年认识到个体的超越性——梵(Brahman,即世界的灵魂)和阿特曼(atman,即自我)"并没有什么差别"(61)。阿特曼就是我们内在的精神,也称为灵魂,"个体的灵魂和世界灵魂相接相连,就像水井向地下水位靠近一般"(61)。马特尔甚至用基督教的类比来说明梵与阿特曼的关系——二者就如同圣父、圣子、圣灵的关系一样,神秘而不可言。自我灵魂和广泛的世界有着万般联系,不可分离。通过印度教,派逐渐懂得了天人合一的生态自我观,就连大自然也处处显现出神性的光辉:"梵不仅通过神,而且通过人、动物、树木、一抔泥土表现出来,因为处处都有神的踪迹。"(61)主人公顿悟道:"维持宇宙运行的力量也是个体的核心,无限中包含有限,有限中也存在无限"(61),这无疑是超个人思想的源泉。现代理性将自我和世界孤立开来,却无法阐释世界万物的广泛联系。

值得注意的是,马特尔的自我美学与奈斯的生态哲学思想不谋而合,后者在阐述生态自我时也援引了甘地和印度教。他指出,生态自我意识强调"自我的广泛性和深层性,它具有多层构建"(38)。西方哲学在自我认知上常常存在"普遍的误解",强调"狭隘的自我",然而,实现自我离不开"至上的自我和普遍自我,也就是阿特曼",就是要把自我"和一切生物相互联系起来"(38)。奈斯认为,传统的自我进化轨迹是从自我到社会自我再到形而上的自我。虽然形而上的自我包括社会自我和自我,但"在这一过程的概念中,自然在很大程度上被排除在外"(Naess 35)。自我必须把他人、社会、其他生命和自然本身包括进来。派的多重身份和宗教多元主义显然超越了传统理性。

无独有偶,奈斯与甘地一样倡导全面自我或生态自我,他敦促人们放弃狭隘的独立理性,追求"最高或普遍的自我——阿特曼,即要实现的自我"(38)。同样,派的成长和奈斯的生态哲学理想完美吻合,因为小说颂扬一种移情式的自我认识和容纳人类、动物和万物的宇宙精神。例如,绝望中的派不希望和他同舟共济的帕克死掉,"因为如果他死了,我就会独自绝望"(207)。他认识到,他和老虎"无论从字面上还是从形象上来说,都在同一条船上"(206—207)。在"纯洁而无拘无束"的激情爆发中,派感叹道:"我真的爱你,理查·帕克。我爱你,理查·帕克。"(298)马特尔通过少年主人公宣布宇宙性的生态信念,生存"不是他或我的问题,而是他和我的问题"(206)。

实际上,马特尔构建的超越性自我哲学超越了奈斯的环境和动物伦理,因为他阐明了一种将万物纳入互惠关系的宇宙伦理:"我身处一个神圣的宇宙子宫,一个万物诞生的地方,能看到它的生命核心是我的幸运。"(60)个人的灵魂与"世界的灵魂"是一致的,后者被缝合在一块布中,这块布被称为"太一、真理、统一、绝对、终极现实、存在的基础"(60)。派的成熟是通过扩展身份来实现的,这种身份包括人类世界和非人类世界,包括无生命和无知觉的生命,从而培养了一种容纳万事万物的宇宙关怀伦理。

而通过基督教、印度教和伊斯兰教的不同视角,马特尔对自我的选择进行了反思。人们总是以过去和历史定义自身,以这种方式保持稳定、统一、一致甚至封闭的自我世界,而忘却了当下各种可能的联系,忘却了人与宇宙、他者的融合与彼此文化的交叠。

的确,在派的成长过程中,最为关键的时期就是他在太平洋漂流的227天。这短短的近8个月时间使他领悟到了自我与自然、宇宙的内在联系。人类动物是一个既受文化社会因素决定又服从于自然力量的物种。从离开印度大陆,经过无国界的太平洋漂流,再到派获救,用成年的视角在加拿大重述故事,派经历了国界、文化的跨越,从他和宇宙的联系中完成了自我的精神探索。小说表达了马特尔的超文化生态自我思想,也体现了他对形而上学自我的哲学思索。正如斯普拉纳克所说,《漂流》是一部"生态后现代主义或者重构性后现代主义小说"(Spretnak 21),因为它重新定义了人类与外部世界的价值联系,把人类放置到一个"不断地寻求平衡"的宇宙环境中(216)。这种独特星球性挑战了传统理性。人不仅仅是理性的存在,他同样象征自然的非理性成分。人类通过选择的自由而创造自我。

五、动物理性和超文化主义

《漂流》作为一部超文化主义的生态小说对传统自我概念做出了新的定义和拓展。自我和成长的概念"不能再以先前的文化语境来考量"(Labovitz 8),而是被放置到文化、自然乃至人类进化学的广阔视野中来检视。马特尔在小说的前半部分描写了派在人类文化社会中的身份困惑,而后半部分则将身份困惑的考察背景放置到了茫茫的大海之上,这使小说对人性和身份的思考超越了时间和空间的范畴,超越了民族和国家界限,更超越了传统人性观。正如斯坦耐克指出的,传统成长小说越来越成为一个"充斥着形态意识"的概念(Steinecke 94)。而对于费德(Feder)来说,这种意识形态就是文化—自然的对立意识。她指出,成长小说的字面意思本身就是"文化的叙事"(narrative of culture)①,它忽略了"世界的生物复杂性"(Feder 3)。为此,费德主张成长小说应当融入"生态文化物质主义"(ecocultural materalism)的视角,以使人们认识到"我们的生物世界和文化世界与非人类的自然世界之间的种种内在联系"(Feder 4),摒除成长小说中人类对"非人类他者的一种隐藏的恐惧"(Feder 4)。马特尔的小说《漂流》就是这样一部作品,它既是关于自我成长的叙事,又是关于世界、宇宙、自然与生态的叙事,是关于社会、文化、文明的叙事,是多重属性的融合和交汇。超文化主义的成长小说不是要抛弃人类的社会存在,忽略主人公的社会和精神自我层面,而是使人们记忆起被遗忘的另一面,回到当下,回到现在,而不是被束缚在理性的历史之中。生态成长小说凸显了人类自我构建与自然的共生关系,也就是费德所提倡的"人类和非人类自然的辩证关系"(Feder 4)。

《漂流》中少年主人公的超文化经历表现为对动物性的认知与接纳,正是这种联系性的认知使派完成了自我定义。在太平洋上,派在深入接触自然,远离人类社会的同时,象征性地进入了人的动物性世界,这对他的成长来说是最关键的部分。在无垠的大洋中,人类文化对于自然丧失了一切意义,派仿佛穿越了时间隧道,回到被人性"忘却"的原初时代,与动物性再次交融(Lemm 17)。关于忘却与人类文明的关系,莱姆指出,人类的成长过程"在本质上就是对人类固有的动物性暴力的压制过程,尤其是对人类的动物性忘却的暴力压制过程"(Lemm 68)。文明②的出现总是以人类忘记自身的动物身份、排除生物和动物性自我为前提。因此,人类定义自我的前提仿佛就是遗忘原始的动物性,压制体内的动物呼

---

① 原文为 narrative of culture,在此 culture 除了有"文化"的意思,还表示"培育""培养",强调文化外在因素对性格、性情和心智的发展与成熟的决定作用。

② 此处"文明"(一词)采用了莱姆在《尼采的动物哲学:文化、政治和人类的动物性》(*Nietzsche's Animal Philosophy:Culture, Politics, and the Animality of the Human Being*)中的定义,即指人类的驯服和开化,而不是指人类精神和智力上的启蒙与进步。在莱姆论述尼采的动物哲学的著作中,她提出了文化(culture)和文明(civilization)两个概念,把文化定义为"心智开发和教育",而把文明定义为"驯化与繁殖"(Lemm 6)。

声,只有这样,人类才能变为"理性和道德的存在"(Lemm 17)。然而,在《漂流》中,派的自我探索之旅恰恰逆转了这种忘却。通过忘却人类文明,回归人类原初的动物性,派唤醒了沉睡在人性中的遥远的动物记忆,重获已然失去的那一部分,最终实现自我的完整。人类对动物性的遗忘导致人性的残缺,因此必须"让其他形式的思想和生命显现出来,而不是用强力来压制动物生命"(Lemm 6)。尼采也在《快乐的科学》中强调,人类应该回归到动物的初始,回到动物的梦幻生命(Nietzche, 2001:54)。正如莱姆所指出的:"人性未来的一个重要决定性元素就是,人类必须能够把自身和动物的梦幻记忆相互联系起来,因为只有具备了作为动物的梦幻记忆,人类才能获得在文明和社会化过程中丢掉的阐释的自由和创造力。"(Lemm 4)

在《漂流》中,派的成长完美阐释了人性与动物性、理性与非理性的平衡与统一。在小说中,作者以动物寓言的形式借用人与动物的共存故事阐释了自我与他者的冲突与平衡。通过这个故事,马特尔消解了理性/非理性、人性/动物性之间的二元对立,将它们纳入统一的自我的载体之中。派的父亲认为,动物永远是非理性的、残酷而野蛮的。他专门给儿子安排了一堂严肃的动物课,算是让他认识动物非理性的一次正式的教育,目的是让儿子认识到动物世界的残酷和无序。然而,父亲的苦心似乎没有产生效果,在派看来,这堂课完全没有意义,成长的教育就这样被解构,在少年主人公的质疑中失去了其启迪意义:

> 我要为自己辩护。也许我把动物人格化了,让它们能说流利的英语——稚鸡用傲慢的英国口音抱怨茶水变凉,狒狒用直白而具威胁性的美国英语盘算抢劫银行后的逃离路线——这些幻想都是我有意识的想象。我故意给它们穿上幻想的外衣,让它们看起来温顺驯服。我从来没有对我的玩伴们有过任何不切实际的幻想。我四处乱探的脑袋可不止懂那么一点点。我不明白的是,父亲从哪里产生这样的想法,认为他最小的儿子会心里痒痒,急于踏进一只凶猛的食肉动物的笼子。(42—43)

这一段描写的意义在于,少年主人公完全明白动物的习性,但不会妨碍他对动物的人格化,将它们视为自己的伙伴,并赋予人性色彩。父亲的理念源自对人类主体的绝对权威的维护。的确,西方现代性理念认为人性的本质"先于历史,也先于特殊形式的社会生活而存在"(Carr 80),这赋予人类主体先验的绝对权威,并将客体和动物降级为无理性他者。大启蒙把世界划分为"认识的主体"(knowing subject)和"客观世界"(objective world)两部分,自我是世界的中心,被赋予理智和自主(Carr 80)。在《漂流》中,派的父亲是一个博物学家,他代表了现代理性。他试图让儿子牢记人和动物的界限:"动物就是动物,无论在本质上还是实际中都和人有距离。"(39)。在派看来,动物世界乃是人类用理性建构的差异性世界,它把自己从与动物的联系中分离出来,将动物降级为一种特殊物种,名之曰"属人的动物(Animalus anthropomorphicus),也就是人眼中的动物"(39)。马特尔指出,"属人的动物"是被人类理性他者化后确立的,这种理性总是"念念不忘地把我们自己放置在一切的中心"来观察宇宙(40)。人类理性选择性地只看到眼中的动物,而忘却了动物的多态性。无论我们把"人类眼中的动物"描绘成什么样的属性和状态,"在我们看着一只动物的时候,我们只是看到一面镜子"(39)。因此,父亲给主人公的动物课本质上就是布伯所说的"独白式"(monological)交流,因为独白式交流中的主体仅仅与他自己构成关系,而他者则被构建成客体,其存在只是与独白主体的目的、欲望、需求和意图巧合而已。派的超个人、跨民族和超文化认知建构出一个与自然和动物广泛联系的自我,这标志着他的成熟。通过与自然生态的深层接触,主人公加深了对超个人自我的理解,这样"可以让我看到自己在宇宙中的位置"(62)。

显然,派对动物的认识被父亲所低估。和父亲不同的是,在儿子的眼里,动物并不是被绝对野性控制的生物,这些"玩伴"同样具有人性的一面。动物具有自然赋予它们的野性,正如人性本来就有野性一样。在父亲看来,人就是完全理性的存在,对动物有着绝对的控制,这和他作为动物园园主的身份是一致的。在父亲看来,"属人的动物"是危险的,它们"埋伏在每家玩具店和儿童动物园里",和现实中的动物有一层隔离。人们虽然可以把动物看作"漂亮""友好""可爱""忠诚""善解人意"的代名词,但一旦它们变得"邪恶""嗜血""坏透了",就会棍棒交加,成为发泄怒气的目标(38)。由此可以看出,无理性动物和"人眼中的动物"是属于截然不同的两个世界的动物,后者只存在于人的道德和情感划定的疆界之内,服从于人的统治。在这个看似宽容、友好的情感界限内,动物随时会越界,并被理性的棍棒驱逐出去,就像疯狗因为会传染狂犬病被处理掉一样。

派给出了和父亲完全相反的一种动物性解释,那就是摹兽论(zoomorphism)。摹人说从人类出发,把人类的特征投射到动物身上,使动物仿佛具有人类社会特征(如童话和动物寓言);然而派的摹兽论的一个重要的前提就是:动物具有主体性,它们拥有感情、能动性、思想和理性,因此,它们会把动物性投射到人类身上。对派来说,摹人说是人类"反观自身的一面镜子"(39),这种把人类放置到一切中心的做法,"是神学家和动物学家的灾难"(39)。当然,《漂流》并非宣扬人们完全放弃理性,而是呼吁人类不要忘记人性中的动物性存在。马特尔一针见血,指出了人类文明对动物性的压制,"傲慢的城里人只能允许大都市里存在伊甸园的所有动物"(375),却把荒野动物排除在人类建构的动物世界外,更不相信派和一只老虎同舟共济的故事。人类视自己为动物的主人并主宰其生命,创造出一个文明的伊甸园来容纳动物,这是典型的人类中心主义思想。在派看来,自然中的动物具有特殊的理性,那是人类文明过程中逐渐忘却的一种理性。生存固然不排除理性,因为理性"可以满足温饱和衣食住行,是最好的工具箱"(375),但这只是一种工具理性,将自然视为可利用资源,忘却了人类和自然的内在联系及其肩负的生态伦理。派从轮船落水的一刹那就意识到,这是工具理性失败的时刻,"生命中的每个价值都被摧毁"(375)。理性只是"用最新的武器技术全副武装自己"(203),理性通过对自然、动物他者的武力压制和利用,企图确立人类自身的霸主地位,却最终破坏人类自己的生命。

诚然,派得以存活源自他能够用理智和动物学知识训练理查·帕克,但这种训练并不意味着人类对非人类动物的操控,而只是派和理查·帕克保持共生关系的一种方式。派自己也认识到,他能够生存下来的原因正是因为他需要给理查·帕克喂食。动物和人并不是孤立的物种,他们之间有着内在的共生联系。另一方面,体型庞大的理查·帕克也没有吃掉渺小的人类伴侣,因为它已经和派建立起一种友好的共生关系,并享有派源源不断提供的食物。在某种程度上,我们可以把派看作理查·帕克的仆人,因为要保证自己存活,派必须维持理查·帕克的生命,这对他来说是别无选择的义务和责任。在小说第46章,名叫"橘汁"的母猩猩因为和自己的幼崽失散而显得无限地伤心和悲痛,她甚至把派视作自己的孩子,展现出自己的母爱,勇敢地和鬣狗斗争,并在小船上维护着短暂的正义和力量平衡。小说中的细节表明,动物世界事实上就是人类世界的翻版,也存在情感、理智和道德。动物的爱也"是那么纯洁,毫无羁绊,无边无际,这种感情充满了我的胸怀"(298)。

派对动物性的认识同样发生在精神层面。派认为不仅人有灵魂,动物也具有灵魂。动物甚至具有超越自身种族的伦理、道德和信仰,只不过这种信仰不能以人类的概念和名词来理解。例如,饥肠辘辘的派为了生存不得不杀死一条鱼作为食物,但作为素食者的派泪流满面,并"为这条小小的、可怜的灵魂大哭了一场"(231)。和派同船的猩猩"橘汁"则是动物灵魂论的绝佳例子。"橘汁"既扮演了母亲的角色,又成为献身的圣徒。小时候,在本地治里动物园中,"橘汁"常常把派"揽在怀里练习做妈妈的技能"(163)。即便她现在已经"长大成熟,进入了野蛮自我"的角色,但在和鬣狗对峙的过程中,她仍然没有忘记对派这个人类孩子的保护。面对象征贪婪和邪恶的鬣狗,她英勇搏斗,直到被敌人咬断脖子。此刻的派沉浸在巨大的因恐怖而生的悲壮感之中,而身首异处的"橘汁"让他想起了耶稣:"她双臂大大地张开,两腿交叉在一起,轻微地侧向一边,就像钉在十字架上的一个猿人基督"(163)。

《漂流》中这种动物与神性的结合也是被基督教所贬斥的。派的看法

第十三章　马特尔《少年派的奇幻漂流》中的超文化想象与星球性　353

和法国哲学家鲍德里亚不谋而合。鲍德里亚指出,动物在原始社会曾经是具有神性的高尚动物,常常被用来祭祀神灵,连人类都不具备这样的资格。原始的兽性"是恐惧和令人痴迷的对象,从来不是贬义的,而是祭祀、神话、预言式的兽性体现,甚至是我们睡梦和幻想中的一种矛盾的交换目标和隐喻"(Baudrillard 89)。鲍德里亚引用列维-施特劳斯的观点指出,动物事实上也有理性,它们和我们的大脑结构一样,它们同样也具有俄狄浦斯情结(Oedipus,亦即恋母情结)和利比多(libido,亦即性驱动力)。的确,小说中派多次称它们为"人类兄弟姐妹"(162)。鲍德里亚指出,人类话语把动物埋葬在沉默的坟墓之下,使它们成为人类的反面显示其"差异",这实际上是一种人类的"理性帝国主义,一种关于差异的新帝国主义"(Baudrillard 90)。在小说第8章,派再一次逆转了视角,从动物出发,把人类世界比喻成一个巨大的动物园,这个"动物园里最危险的动物是人类"(36)。

在此,《漂流》进一步解构了自然与文化的二元对立,强调共同性。现代性的重要标记就是崇尚科技理性和工具理性的主宰地位,以文化统治自然,导致人类/文化和非人类/自然的分裂,产生了主体/客体、理性/非理性、人类/他者的二元思维,这实际上是对宇宙生命的简单化分类和对立性思维,忽视了其他的可能性。法国哲学家拉图尔指出现代理性的这一根本缺陷,这是"整个现代性的悖论,我们正在面对自然和文化的完全分离"(Latour 30)。在他看来,造成这种二元对立的原因是,现代性允许人们"分别用科技来表征物体,用政治权力来表征主体"(Latour 30)。例如,小说中库玛尔先生是一个典型的现代性科学理性代表。他经常来动物园观察动物,仔细阅读每个标签说明,每只动物对他来说"都是逻辑和动力学的胜利,自然作为一个整体是对科学的绝佳注解"(32)。库玛尔先生的每次到访都是在"给宇宙听诊把脉,他那听诊器一样的脑子总是要最终确认,一切都在控制之中,而且的确一切都在控制之中"(32)。相应地,他以政治权力的视角看待社会。动物园中的印度犀牛和山羊圈养在一起,这样山羊可以充当犀牛的伴侣,犀牛则可以扮演山羊的保护者。但是,在库玛尔先生看来,山羊和犀牛构成了一种特殊的政治权力结构,印度社会混乱的原因恰恰是缺乏这样的权力结构:"很不幸,我们有一个总理,浑身披着犀牛一样的盔甲,却不知道怎样使用它。"(33)

通过库玛尔先生的暗讽,马特尔对现代理性的绝对统治提出疑问。他暗示,文化和自然并非对立的概念,而是相互渗透和交融。他甚至暗示动物的社会组织形式也是一种理性,一种不同的理性。例如,在《漂流》中,马特尔描写的海洋生物世界井然有序,表现出严密的组织结构和群体规则的制约,自然成为一个遵循不同规则和行为模式限定的文化形式。"大海就是一座城市"(221),到处都是高速公路、林荫大道、曲折的大街小巷,一派繁忙的"海底交通"景象(221)。派感觉自己就像坐在高空热气球上观察城市一样,"东京在高峰时间一定就是这样一副景象"(222)。马特尔在这里描写了法尔科维兹所说的"自然文化"景观(Lyons 281)。正如弗朗茨·德·瓦尔(Francis de Waal)所说,非人类物种具有文化和审美能力,那种认为只有人类才具有文化的想法是错误的,"把文化与自然相对立是一个误解"(Waal 28)。马特尔的动物城市比喻描绘了一种特殊的动物秩序,一种属于动物的文化,它是人类理性所不具备的。因此,从这个角度讲,《漂流》描绘出一个不同的理性世界,对派来说,进入动物世界就是进入另一个文化、另一个社会。这种和动物社会广泛的联系也正是派成长过程中构建扩展性自我的重要组成部分。动物社会也是一种文化形式,超文化自我就是实现在人类文化和动物文化之间的穿越。《漂流》不仅解构了自然与文化之间的二元对立,而且暗示二者之间的相似性。

通过描绘一种不同的动物理性,马特尔提醒人们不要忘记人性中的动物性。人类往往把理性的反面理解为非理性,这种二元思维无情地把动物性等同于非理性,将人与动物对立起来。例如,康德认为:"人类可以使用'我'这一事实使得人类无限高于地球上的其他生命。他成为一个人,也就是说,他成为一个有别于其他事物如无理性动物的、高等的、具有尊严的存在,他可以随意处置这些事物。"(Kant,2013:127)康德从现代性的自我概念出发,把自我理解为本质上自主的先验(a priori)主体。这种二元思维将其他形式的理性简单地贬斥为非理性,从而压制了动物理性的存在。德里达创造出 animot 一词(Derrida,2008:48),恰如其分地描述了这种简单化降级的思维。animot 在法语中和 animaux(即"动物"的复数 animals)相同,而 mot 则表示词语(word)之意。德里达指出,人类把动物的多种理性形式用语言能指表征降级为一个单数形式的集合名词 the animal,这是人类话语暴力统治的结果,它把动物的各种多元生命和理性简化为和人类对立的一个简单词语,从而来否定动物他者,否定动物的理性。动物理性也是一种理性,它和人的理性一样构成宇宙生命的多彩形式。

的确,在小说中,派暂时远离人类文明,进入了动物理性状态,体验自然伦理,与人类原始的野性建立联系,在生存斗争中回归自己的动物性。他仿佛穿越了时间隧道,回到了远古荒蛮的存在。在这里,对身体的关注成为每日必需,这是他接触动物性的一个重要形式。身体是动物理性的一部分。经过动物性的回归,派完成了尼采所说的"奢侈的使命","把人重新翻译回自然"(Nietzsche,1990:230)。① 派认识到,他"之所以能生存下来,是因为我打定主意要忘记"(242)。他"忘记了时间概念本身",忘记了历史、国籍、社会身份等文明概念,把自己抛弃在人类文化之外,变成了一个赤裸裸的动物人(animal man),进入了自然文化。一连好几个月,他一丝不挂,进食和睡觉成为唯一的精神和生理需求,这让他完全"回归到野蛮状态"(249)。他开始茹毛饮血,甚至一度去吃老虎的粪便,"完全抛弃了人性最后的一丝残余"(270)。通过暂时忘却人性及其历史,他回忆起了人类原初的动物记忆。马特尔借用派的故事指出,人需

---

① 西方思想自古典时代就鄙视和压制身体,在基督教神学中,身体是低贱的,而灵魂才是人需要拯救的东西。笛卡尔以来,理性主体的确立进一步贬斥身体,他认为人的身体是一个机器或者"自动体"(automata),正如动物身体一样,然我思主体不同于无思想的身体或愚蠢机器(bête-machines),因为人具有灵魂。这样一来,身体被理性打入冷宫,反身体和无身体的主体被认为是人性的完美形式。然而,尼采认为,超人才是人类的完美状态,而超人是理性和身体的统一。在他看来,超人(Overman,一译 Superman)应当超越人类固有的狭隘,做一个超越人类的动物,通过克服与自我克服(self-overcoming)回归动物性,才能实现人性的完美。

要像动物一样生存,因为动物"能够帮助我抚慰已经粉碎的自我"(3)。派将自我的理解放置在了社会与自然的框架之内,与宇宙及其间生活的各种生物相互融合。回归动物性是自我的不可分割的部分,更体现了一种延展性的自然伦理,即共生理性,这是一种自然平衡。

在与理查·帕克同舟漂流的 227 天,派领悟到了超个人自我与自然的内在关系,在情感、精神和伦理三个不同的层次理解了动物与人的生命息息相关:"这不是他或者我的问题,而是他和我的问题。无论从现实还是象征意义上,我们都*在同一条船上*。"(原文斜体 206)这里"同舟共济"的意象鲜明地传达出小说的生态理性立场:"我的一部分根本不想让理查·帕克死掉,因为如果它死掉,我就会孤独地面对绝望,那是比老虎更加可怕的敌人。如果我还有生存的愿望,那得感谢理查·帕克……没有理查·帕克,我今天就不可能在这里给你讲述我的故事。"(207)尼采曾经对动物与人类的二元对立思想进行批判,他认为理性是通过非理性的方式在世界中显现,人性也是通过"动物性"显示其存在。非理性总是制约并影响着理性,而动物性也总是制约并影响着人性。鉴于人的根源是动物,人不可能将人性从动物性中完全分离出来。任何"这样的企图都使得人类处于'病态',它不但不会使人类变得更加美好,相反,会将人类变成脆弱的、负重的、异化的、被压抑的动物,将人类变成与自身固有的动物性相脱节的动物"(Singer 24)。因此,尼采号召我们"思考一下:动物在哪里结束,而人又从哪里开始?"(Nietzsche,2001:157)

总之,《漂流》展现了深刻的生态伦理和超个人、跨民族、超文化主义思想,对人与自然、社会的关系进行了全面的反思。马特尔通过反思西方现代理性,用成长小说的形式塑造了一种联系性、扩展性的自我理念。超个人自我不断地超越边界,在与他人、自然、动物的联系中实现自我。派将自我的理解放置在了社会与自然的框架之内,使自我与宇宙相互发生广泛联系。正如斯特拉顿所说,《漂流》对现代社会"重理智轻幻想、重科学轻宗教、重物质轻心灵、重事实轻虚构或故事的理念提出了挑战"(Stratton 6)。这种二元对立只能使人类丧失和其他存在形式的相互联系,因而是不完整的人性生存。作为一部表达加拿大想象的超文化主义小说,《漂流》突破了传统小说中围绕自我的内在和外在二元冲突,将自我理解为一个个体、社会以及大自然共同塑造的三层人格结构。小说把主体定义为一种超越族裔、宗教、文化等边界,并和自然、动物共生的一种生态联系性自我。正如孔捷所说,理想的自我成熟就是自我调节和社会塑造的双重作用,最终"使主人公成为一个有用的理想的公民"(Kontje 12)。马特尔在《漂流》中强调,人格塑造应当包含他者、世界、环境和宇宙,这不仅颠覆了自我/他者二元逻辑以及理性的绝对统治,呼吁人们融入与其他生命的共生状态,还构建出一个形而上学的自我。人不断地处于变化、移动之中,这种游移性使人成为达格尼诺所描写的那种"宇宙游弋者"(cosmonomad),他对"世界性伦理姿态、新游弋者生活方式、世界游弋的视角、星球性立场的综合性理解超越了根深蒂固的现有文化的限制,超越了族裔身份、个人生平,或者说超越了思想/存在的固定状态"(Dagnino,2015:19)。《少年派的奇幻漂流》通过描绘主人公的社会、自我、环境立体的成长故事再现了加拿大超文化生态身份想象。

第十四章　魁北克法语文学中的民族想象[①]

一、集体记忆

在英国总督杜拉姆"没有历史,没有文学的民族"的羞辱中诞生的真正意义上的魁北克文学带着强烈的使命感,在加尔诺的启发下,魁北克文坛兴起了爱国主义流派,作家和诗人们致力于传播和宣扬法裔加拿大民族的历史传统和文化,试图通过书写来构建法裔加拿大民族的形象。这一点在诗歌中的表现尤为突出。爱国主义诗歌充满了对故国法兰西的回忆、对新法兰西时期的怀念和对祖先的赞美。光荣的过去、英勇的先辈等成为诗人们不断呈现的集体记忆。爱国主义诗歌的重要代表是被同时代人尊为"民族诗人"的奥克塔夫·克雷马齐。

克雷马齐出生于魁北克,是一个书商,他的书店曾是魁北克文化的中心。1863 年,他被指控因破产而伪造文件,为躲避官司逃到巴黎,最终客死他乡,再也没能回魁北克。克雷马齐是当时魁北克爱国主义诗人的重要代表,他的诗歌充满了对国家和

[①] 本部分内容由陈燕萍撰写。

民族的热爱,真实地反映了法裔加拿大人的心声。他的大部分诗作都是在流亡到法国以前创作的。对民族记忆的书写是他前期诗歌创作的重要主题。在他笔下,集体记忆被不断唤起,并且被美化。这些集体记忆首先来自故国法兰西和新法兰西时期的开拓者祖先。他经常通过描绘昔日激烈的战斗场面,抒情地再现法裔加拿大人祖先辉煌的功绩,字里行间流露出深深的怀旧情绪及对美好昔日一去不返的惋惜,同时也表达出想要回到过去、重塑辉煌的愿望。他创作的《加拿大老兵之歌》是当时最著名的爱国主义诗歌之一。

1855年7月一艘名为卡普里西厄(意为任性)(La Capricieuse)的法国军舰来到加拿大,标志着法裔加拿大人与法国中断已久的联系从此恢复。久违的法国军舰的到来唤起了许多法裔加拿大人的热情,作为一个爱国诗人,克雷马齐更是激动万分,《加拿大老兵之歌》就是在这样的背景下创作出来的。

这首诗描写了一个年轻时在法国军旗下浴血奋战的加拿大老兵在垂暮之年登上城头,回忆往昔的峥嵘岁月,苦苦期盼法国军队的到来,幻想法国人回来重新主宰加拿大,再续辉煌的情景:

> 可怜的战士,在我年轻的时候,
> 我为你们,法国人,战斗了很久;
> 在我忧伤的老年,我又来到这里
> 等待你们的胜利之师。

(Crémazie,1994a:540)

诗歌以年迈而忧伤的加拿大老兵对宗主国法兰西的呼唤和对法军凯旋的迫切期盼开始,无论是在记忆中的"法国人"还是在期盼中的"胜利之师",法兰西都成了主角:年轻时老兵愿意为之浴血奋战,垂暮之年盼望它回来拯救自己,法兰西是老兵魂牵梦萦的故国。祖国,无疑是一个民族集体记忆中最重要的部分,它是民族的源头。虽然"你们""他们"这些称呼将老兵和法国人区别开来,意味着时间和空间已经无情地拉开法裔加拿大人和法国的距离,但这却丝毫没有减轻法裔加拿大人对法兰西的思念和期盼。

　　老兵满怀敬意回忆在新法兰西土地上指挥千军万马的蒙卡勒姆将军和浴血奋战的战士,表达对英勇的祖先的深深敬仰和对昔日英雄时代的怀念,盼望着有人"在年轻的美洲"续写先辈们"古老的英雄战绩"(540)。而实现这一梦想的希望寄托在了故国法兰西身上。老兵幻想着"将光明播撒到最遥远角落"的拿破仑能派来援兵,同时又担心早已被故国法兰西遗忘:"无比荣耀的拿破仑,难道忘记了我们的不幸和愿望?"(540)。虽然在时间和空间上早已与法兰西相距甚远,但老兵始终把自己看作法国人。正如魁北克著名批评家吉尔·马尔库特所言,法裔加拿大人是"分裂的人"(Marcotte 103),他们"生活在加拿大,想留在这里,他们属于这里;但同时人们不停地像向往失去的故国一样向往着法兰西"(Marcotte 103)。这是当时法裔加拿大人的一种普遍情结。老兵对故国的期盼如此执着,以致在自己行将就木时仍然梦想着昔日的美好时光,憧憬法军胜利归来,甚至幻想死后在自己的坟头歌唱这"神圣的希望",盼望再睁开双眼在云中看到"他们桅杆上插着的骄傲的旗帜"(541)。但可怜的老兵最终没有盼来胜利的旗帜,死神却先降临了。然而他还是没有放弃希望,相信他的孩子会等到那一天,会"看到那个伟大日子的曙光"(541)。终于,当老兵长眠地下后,"法国回来了",高高的云端上,"那高贵的旗帜在展示它的光彩"(541):

　　　　啊!在这个光荣的日子,我们的兄弟,法国人
　　　　从我们父辈的国度来看我们,
　　　　这将是我们幸福日子里最珍贵的一天。(541)

在这里,我们再一次感受到老兵——法裔加拿大人的法兰西情结:它是法裔加拿大人魂牵梦萦的"父辈的国度",永远是那么"高贵",法国人是他们的"兄弟",来自故国法兰西的一切都足以令他们忘记一切困难和委屈,带给他们"幸福的日子"和"珍贵的"时光。

老兵对故国法兰西的思念和期盼如此强烈,以致故国的炮声竟将他从坟墓中唤醒,他激动地走出坟墓,来到城墙上,迎接期盼已久的法国旗帜,向它致敬,尘封已久的尸体竟快乐地颤抖起来;幻想中,法国俨然重新成为主宰,他的美梦,也是"所有被战争夺去生命的加拿大老兵"的"最美的梦想"(542)终于实现了:

> 许久没有出现在我们的河岸的法国,
> 今天带来了她的胜利之师,
> 她依然主宰着我们的河流。(542)

从此以后,每个夜晚,人们都能在河岸荡漾着的柔和的涛声中听见"从坟墓里飘出来的长长的欢歌"(541—542)。

克雷马齐笔下的老兵有着经历过北美英法战争的加拿大老兵的骄傲和一腔热血、勇敢无畏的精神;他深深地怀念过去,同时对未来充满执着的信念;带着有点迂腐的忠君思想,更有令人心酸的对法国不切实际的期待和幻想……这个"老兵"实际上就是法裔加拿大人的缩影:对美好的往昔无限的怀念、面对往日辉煌不再的遗憾,对大洋彼岸的法兰西的向往和不切实际的幻想和期盼是当时法裔加拿大人的普遍心理。克雷马齐之所以被誉为民族诗人,深受法裔加拿大人欢迎,不仅因为他通过书写民族记忆塑造了一个坚忍、勤劳、勇敢、顽强的法裔加拿大民族形象,唤起了法裔加拿大人的自豪感,更因为他的诗歌真实地反映了当时法裔加拿大人的一种普遍情结:他们背井离乡来到北美大陆,在加拿大扎根、生活,虽然已不再是完全的法国人,但在内心深处仍然属于法国,把它当作自己的祖国。他们怀念"祖国母亲"法兰西,期盼有一天法国军队重回加拿大来拯救被它遗忘在圣洛朗河畔的子民。克雷马齐借老兵之口表达了"法裔加拿大人一种模糊而真实的信念:真正的生活是法国,以前是,现在仍然是,将来也还是"(Marcotte 103)。

三年后,即1858年,克雷马齐又创作了一首同一主题的诗《卡里荣的旗帜》(«Le drapeau de Carillon»),这是为纪念1758年蒙卡勒姆将军打

了胜仗100周年而作。在这首诗中,诗人再次邀请饱受1759年大征服之苦的同胞重温新法兰西时期的光荣岁月:

> 你们偶尔会不会想起那些光荣的岁月
> 那时,被祖国母亲法国抛弃的
> 我们的祖先独自保卫她胜利的名字?
>
> (Crémazie,1992:8)

我们看到"祖国母亲""法国"再次出现,体现出诗人内心依然强烈的身份归属感,但是接下来的诗句中的"被抛弃的"祖先"独自"战斗又表达了诗人深深的失落和对现实的清醒认识:"我们"已经失去祖国母亲的庇护,要生存下去,只有靠自己去战斗。在无数战斗中见证了昔日荣耀的卡里荣旗帜成了老兵最珍贵的纪念,父辈们"用他们的利剑在上面刻下英勇的事迹",它载满了"父辈不朽的荣誉"(9),在唤起老兵对英勇的祖先骄傲的记忆的同时,这面英勇的旗帜也带给他深深的遗憾和忧伤:

> 它是无数战绩的光荣见证,
> 多少次他用鲜血染红它,
> 现在他却每天晚上用泪水浇灌它。(9)

克雷马齐在上述两首诗中通过再现集体记忆塑造了法裔加拿大民族独特的形象,他们忠诚、英勇、坚忍,对昔日的光荣岁月有着无限的怀念,对抛弃自己的故国法兰西日思夜想,对它既充满向往又不断失望。作为魁北克爱国主义文学的代表,克雷马齐在流放去法国之前创作的诗歌反映了法裔加拿大民族的心声,而诗人本身就是"法裔加拿民族悲剧的完美象征。这个悲剧是一个分裂的人的悲剧,一种不可获缺的归属之间的撕扯"(Marcotte 110)。一方面,他在文化上一直认同欧洲文明;另一方面,却一直"生活在精神所排斥的风景之中。无论在哪里,他都是局外人,没有一个地方会把他作为完整的人——一个精神和肉体结合的人接纳下来"(Marcotte 110)。法国给他提供精神食粮,但诗人自己的流放经历却让他认识到在那里没有他的住所。而本应该使他安身立命的美洲,还需要"在一个新的坐标体系中重新塑造人"(Marcotte 95)。无论是克雷马齐本人还是他在诗中传达的信息都反映出当时法裔加拿大民族的特点:一群不断回望昔日"祖国母亲"的"失去根的欧洲人"(Marcotte 95)。他们以自我封闭的方式生存,由于语言在其他民族间被孤立,失去一切援助,摆在他们面前的是重新塑造自我的艰巨任务。在克雷马齐的诗中,"我们"这个集体的称呼反复出现。很显然,这里的"我们"代表着法裔加拿大民族。在加拿大法语文学中,从19世纪开始直到20世纪的平静革命,这个民族的"我们"一直替代个体的"我"在文学作品中出现。爱国主义文学通过书写民族记忆,弘扬"我们"辉煌的历史,再现"我们"英勇无畏的祖先,保存"我们"共同的记忆,以此激励"我们"生存下去,它在民族身份的构建中无疑扮演了一个非常重要的角色。

除了诗歌,对集体记忆的书写同样出现在爱国主义小说中。菲利普·奥贝尔·德·加斯佩(Philippe-Aubert de Gaspé)创作的《老一辈加拿大人》是其中最重要的代表作之一。从小说的题目就可以看出这是一部充满回忆的作品。老一辈加拿大人就是生活在大征服时期前后的法裔加拿大人。这部小说结合了历史与传说,生动地讲述了法裔加拿大人近一个世纪与英国人的抗争,既有战场上的斗争又有日常生活中的较量。作品围绕战争给一对民族身份对立的好朋友及其家庭带来的喜怒哀乐和悲欢离合展开,再现了法裔加拿大民族在一个悲惨而又伟大的时代的生活轨迹:法裔加拿大人于勒·达贝尔维勒(Jules d'Haberville),一个法裔领主的儿子,和英裔孤儿阿尔希巴尔德·卡梅隆·德·罗谢尔(Archibald Cameron de Locheill)是同学,也是形影不离的好朋友,阿尔希巴尔德一直被达贝尔维勒一家视如己出,得到他们无微不至的关爱。而他也视达贝尔维勒一家为自己的亲人,并且爱上了于勒的妹妹布朗茜。英法在北美的战争打响后,两位朋友各为其主,成了敌人,不得不在战场上兵戎相见。阿尔希巴尔德甚至奉命焚烧了达贝尔维勒庄园。而在亚伯拉罕平原的第二次战役中,阿尔希巴尔德冒着生命危险救了于勒的命。战争结束后,经过一番良心的挣扎和内心斗争,阿尔希巴尔德终于和达贝尔维勒家族重归于好。

作者菲利普·奥贝尔·德·加斯佩是一个旧领地主,很晚才开始涉足文学,在创作《老一辈加拿大人》时已是76岁高龄。菲利普·奥贝尔·德·加斯佩曾于1809年任魁北克第一文学会的副会长,他积极参加各种活动,在和当时魁北克最出色的历史学家——《加拿大史》的作者弗朗索瓦-格查维耶·加尔诺、民俗家、考古学家等的交往中获得了有关老一辈加拿大人真实而宝贵的素材。在当时著名诗人奥克塔夫·克雷马齐以及爱国主义文学核心人物亨利·雷蒙·加斯格兰神父的鼓励下,菲利普·奥贝尔·德·加斯佩于1863年出版了《老一辈加拿大人》。他在这部小说中生动而详细地再现了老一辈加拿大人的日常生活以及魁北克迷人的自然风光,满怀深情和留恋地重温了法裔加拿大人在新法兰西时期的美好时光,也带着痛心和遗憾叙述了在新的政治体制下法裔加拿大贵族的没落及众多家庭的破产。

如果说克雷马齐的诗歌记载的是法裔加拿大人祖先战场上的辉煌,那么菲利普·奥贝尔·德·加斯佩的小说则更多的是书写了日常生活中的法裔加拿大民族的精神面貌。《老一辈加拿大人》中穿插了大量风俗描写:各种重要节日、季节仪式、社交活动、法裔加拿大领主家的晚餐、农民的劳作、娱乐和悲欢、圣洛朗河惊心动魄的解冻、生活中的小故事等,这些描写的重要性超过了小说本身的故事情节。作者不时在小说中插入大量的脚注,用自身的经历和真实的见闻来补充小说相关内容,作品的最后还附有长达几十页的注和解释,内容同样由真实的资料和作者的亲身经历构成。在不厌其烦地呈现老一辈加拿大人的风土人情的同时,作者还大篇幅地描写在法裔加拿大人中间广为流传的民间传说,如由在法裔加拿大家喻户晓的一件真实事件演绎而来的令人毛骨悚然的高丽伏女鬼的传说①。这个传说正是通过《老一辈加拿大人》这部小说第一次走进了文学作品中,被记录下来,得以更广泛地流传。作品中还插入了不少民间歌曲,将歌词记录下来,甚至还对一些游戏的玩法作了详细的描述,起到了保存和传播这些民间文化遗产的作用。从这一点来看,《老一辈加拿大人》更像是大征服前后法裔加拿大社会一幅真实的风俗画,一份法裔加拿大民族宝贵的社会历史文献,它用心地呈现了法裔加拿大民族充满魅力的各种传统及风俗,凝聚了法裔加拿大民族在大征服这个特定时代的宝贵记忆。可以说作者是在有意识地书写集体记忆,而他在小说开头所作的说明也证实了这一点:"记载几个过去好时光的插曲,一些很遥远的年轻时代的回忆,这是我所有的愿望。"(Gaspé 278)

除了用大量篇幅描写法裔加拿大民族的风俗和传统来保存珍贵的集体记忆,小说还通过对人物的刻画来表现法裔加拿大民族的英勇不屈的精神。英法在北美的争夺战是法裔加拿大民族所经历的最大的伤痛,大征服对法裔加拿大人的打击是致命的,它成了法裔加拿大民族永远抹不去的伤痛。选取这一法裔加拿大特有的历史事件为背景,通过揭示法裔加拿大人在大征服前后的心路历程,小说成功地塑造了坚强不屈、勇敢乐观的法裔加拿大民族形象:虽然他们在战场上被征服,他们并没有就此认命、沉沦和丧失斗志,战争在日常生活中延续,他们在征服者面前依然保持着自己的尊严。主人公达贝尔维勒一家虽然在战争中庄园被毁,财产散尽,从养尊处优的贵族沦为和佃农一样的自食其力的普通民众,和他们一起经受了许多苦难,但他们并没有因此意志消沉。他们在佃农的帮助

---

① 1763年,魁北克地区的玛丽-约瑟夫特·高丽伏因为谋杀她的第二任丈夫而被绞死,随后被暴尸于一个铁笼子里。她的罪行极为恶劣。在用镐头击中她丈夫的头部致使其毙命后,她把尸体拖到马厩里,放在马蹄之下,让人以为这是一起意外事故。罪行被揭发后,她又逼她父亲代她去自首,逼他做伪证。甚至有传言说她的第一任丈夫也是被她往耳朵里灌铅弄死的。真相大白后,高丽伏受到了严厉的惩罚。装着她的尸骸的铁笼子被放在拉普万特-雷维的十字路口,引发路人的恐惧,直到有人因为实在忍受不了而悄悄地把她埋在邻近教堂的墓地。一个正在分解尸首的场面所带来的阴森恐怖和它的神秘消失孕育了高丽伏传说,并被添加了各种想象的情节。

下靠自己的劳动重新建起了家园,虽然简陋的房屋无法和以前气派无比的庄园相比,曾经富丽堂皇的居室也变得简单朴素,但主人公却甘之如饴,依然保持乐观豁达的心态。庄园还是和以前一样充满欢声笑语。

小说还通过男女主人公在责任和情感之间的抉择来反映法裔加拿大人把荣誉和尊严看得高于一切的高贵心灵。具体情节是:英法在北美的战争结束后,富有的征服者阿尔希巴尔德向法裔加拿大人于勒的妹妹求婚时却遭到了断然拒绝:

> 布朗茜却像被毒蛇咬了一口,回答说:"你难道没有考虑过这是多大的伤害和残忍吗?当你和你的同胞焚烧我们庄园的火把才刚刚熄灭,你就提出这样的要求?当我们庄园的废墟还冒着烟的时候,其中一个纵火犯向我求婚?这是多么残酷的讽刺啊,用我不幸的祖国灰烬中的余火点燃婚姻的火炬!德·罗谢尔上尉,您现在富有了,您好像在用您的金钱收买可怜的加拿大女儿,达贝尔维勒的女儿永远不会接受这样的侮辱。
>
> ……
>
> 在阿尔希巴尔德眼里,这位高贵的加拿大姑娘从来没有像她高傲地拒绝和她不幸祖国的一个征服者联姻那一刻这么美丽。(458)

这里,我们仿佛看到了法国剧作家高乃依的《熙德》中的困境:荣誉和感情之间的抉择。在个人情感和民族荣誉之间布朗茜坚决地选择了后者,她拒绝了阿尔希巴尔德的求婚,因为在她身上背负着民族伤痛的记忆,她不能嫁给一个征服者。荣誉战胜了情感。作者通过布朗茜这位"高贵的加拿大姑娘"赞美法裔加拿大人骨子里的骄傲不屈,就连对手都为他们的精神所折服。法裔加拿大人虽然在战场上被打败,但在精神上是不可战胜的,甚至是心灵上的赢家。不难看出,作者想通过表现英国人"用武器成为征服者,但在心灵王国却被打败了"来建立一种心理平衡(Marcotte 37)。这种"精神胜利法"是大征服之后法裔加拿大人的一种普遍心理,他们需要借此来自我安慰和鼓励,从而获得在困境中生存下去的勇气。

可以说《老一辈加拿大人》是一部建立在记忆之上的小说,它在对过去好时光的津津乐道中传递着书写法裔加拿大民族的传统,书写着法裔加拿大民族的特性。从故事的结局来看,这部小说常常被看作一部法裔加拿大人和英裔加拿大人的和解小说。但是我们从布朗茜和阿尔希巴尔德身上看到这种和解并不完全。阿尔希巴尔德虽然不惜一切代价弥补自己的过错,努力成为一个真正的加拿大人,但这一切都是徒劳,因为"直到最后都只是家里的一个客人"(Biron 127)。从他身上我们可以看到法、英加拿大人两个种群之间不可逾越的鸿沟。这一点同样反映在布朗茜身上:她没有接受阿尔希巴尔德求婚,是因为她肩上担着民族记忆的重负,她拒绝忘记过去。正如小说作者本人一样,对他们来说,忘记过去是一种不可原谅的过错。作者甚至在叙述过程中直接介入,揭露族人的健忘:"我们应该为不去为我们的民族寻找光荣的历史而只是在征服者动辄当面给我们的羞辱面前低头感到羞愧!"和历史学家加尔诺一样(Gaspé 396),加斯佩号召同胞们致力于为自己的民族正名,记住自己的过去。在这里,集体记忆的书写被看作对几乎被遗忘的民族历史的一种补救,也是对现实世界的一种弥补。

魁北克爱国主义文学通过书写民族记忆,再现民族辉煌的历史,用文字塑造了高贵、勤劳、勇敢、乐观、顽强的法裔加拿大民族形象;同时,这种民族记忆的书写让处于困境的法裔加拿大人在祖先昔日的辉煌中暂时忘却不如意的现实,获得安慰和勇气,燃起复兴的梦想和希望,激励他们为民族生存而斗争,可以说,魁北克爱国主义文学出色地履行了"保障民族生存"的历史使命。

二、魁北克之声——玛丽亚的声音

在魁北克爱国主义文学之后出现的乡土小说同样致力于用书写塑造民族。和通过书写集体记忆来构建民族的爱国主义文学不同的是,为了与当时魁北克保守的意识形态相呼应,乡土文学侧重于通过对土地的神化、对宗教等传统的坚守和对乡村生活的赞美来构建法裔加拿大民族的形象。一方面,乡土作家继续将过去理想化,爱国主义流派对过去的颂扬在乡土文学中得到延续。所不同的是乡土小说中呈现的过去不仅仅包括光荣的历史、辉煌的战绩,更多的是所有铸造了法裔加拿大人灵魂的传统,尤其是祖先传承给他们的勇气和英雄主义,也包括许多古语、民间传说、歌谣、习俗等。另一方面,在书写民族记忆、表现法裔加拿大民族对祖先、宗教和传统的忠诚的同时,乡土文学还着重体现法裔加拿大人和土地之间的特殊关系:他们对土地的依赖、眷恋、寄托和渴望。

路易·埃蒙的小说《玛丽亚-夏普德莱娜》被看作魁北克乡土小说的重要代表作,它对魁北克乡土文学产生了深远的影响,为后来的许多魁北克乡土小说提供了范本。路易·埃蒙为了寻找创作灵感来到加拿大,在离圣-让河不远的佩里蓬卡的一个农庄帮工。这一经历成为小说《玛丽亚-夏普德莱娜》的灵感来源。1913 年他将完成的书稿寄给法国的出版商后动身前往加拿大西部,不幸途中葬身火车车轮底下。但他创作的《玛丽亚-夏普德莱娜》却成为那个时期法语文学最畅销的小说之一,先后在法国和加拿大出版,并被译成二十多国文字。小说讲述了在偏僻的深林中开垦荒地的法裔加拿大垦荒者萨谬埃尔·夏普德莱娜一家的故事。主人公是这家的长女玛丽亚·夏普德莱娜,她有三个追求者,一个是深林猎人弗朗索瓦·帕拉迪,一个是农民欧特罗普·加侬,另一个是移居美国的表兄洛朗左·絮尔普勒南。在她所倾心的弗朗索瓦·帕拉迪为了赶在圣诞节期间和她相聚而冒险独自穿行森林遇上暴风雪而不幸遇难后,玛丽亚一度考虑离开偏僻、生活艰难的家乡和洛朗左·絮尔普勒南一起去美国生活。但最后,玛丽亚在为母亲守灵时听到了一种来自心灵深处的声音,这个声音让她留在这片祖祖辈辈生活过的土地上。玛丽亚最终选择了欧特罗普·加侬为自己的丈夫,留在了家乡。

作者将小说故事置于加拿大北方广袤的土地上,客观而真实地描绘了一幅典型的法裔加拿大民族的生活画面,包括他们的风俗、日常生活习惯,他们的渴望和情感,他们深深的怀旧心理等,同时也真实地表现了法裔加拿大民族的忠诚:"它诉说过去,重温重大事件,唤起传统。同时这种忠诚也投射到未来,它召唤另一个词'生存',这是一个不想死去,也'不会死去'的民族深深的意愿。"(Renaud 10)对宗教的虔诚、对土地的热爱和对祖先和传统的赞美,这些法裔加拿大民族的特性在这部小说中得到了充分的展示。不同于受主观意念支配而创作的魁北克本土乡土作家的是,路易·埃蒙以一个冷静的旁观者的角度来反映法裔加拿大人的生活,也正因为作者是以一个外国人的身份面向外国读者来创作这部小说,所以使得"这部作品具有了文献资料或人种志的功能"(Mailhot 82),能更加客观地展示法裔加拿大人的性格和生活习性。这部小说在当时的法国受到教会和右派的支持,被看作一本应该人手一册的书:"对纯粹的民族的颂扬,对外来者的憎恶,对体力的崇拜,土地意识,通过殖民来寻找出路,所有这些都被当作依然充满活力的古老法国的象征。"(Biron 200)

在这部小说中,作者并没有一味把农耕生活理想化,而是真实地反映了法裔加拿大人所处的恶劣的生存环境,并对法裔加拿大在恶劣的生存环境中所表现出来的与生俱来的英雄气概、巨大的生存勇气和坚定的决心表达了深深的敬意。小说开头就通过描写严酷的自然环境来衬托法裔加拿大民族的乐观豁达:

> 就在刚才,这座教堂还显得十分凄凉,它坐落在路边陡峭的河岸上,俯瞰着像平原一样冰封的佩里蓬卡河。道路上、田野里也覆盖着厚厚的积雪……眼前白茫茫一片,无比寒冷,矮小的木教堂和木房子,还有路旁的树木,站得那么地近,似乎是构成威胁的黑暗森林的边缘,这一切都在诉说着一个在严酷国度里艰难的生活故事。然而,当男人们和年轻人突然跨过教堂的门槛,聚集在宽敞的台阶上时,他们互相欢快地打起招呼,调侃地称呼对方,他们的交谈时而严肃,时而轻松欢乐,他们是一个不可战胜的种族,什么也不能阻止他们爽朗的笑声。(Hémon 19)

尽管他们身处冰天雪地的荒凉之中,周围的一切都透着威胁,诉说着艰难,但这一切都改变不了他们乐观的天性。在小说中,我们可以看到,面对恶劣的自然环境,法裔加拿大人并不畏惧,而是习以为常,坦然面对。小说中的女主人公玛丽亚在从教堂返回的路上沿路看到的都是光秃秃的树枝、陡峭的河岸、冰冻的河面、阴暗的森林和布满树根的狭窄的空地,但她却见惯不惊,因为更糟糕、更悲惨的景象她见多了,觉得"没有什么荒凉和可怕的"(26—27)。

在加拿大,除了荒芜的自然环境,还有严酷的气候条件使得人们的生活变得更加艰难。在魁北克,冬天十分漫长,短暂的夏天过后过早离去的秋天在外人看来显得更加凄凉:"在加拿大土地上,秋天比别处更加忧伤和感人,它就像一个没有得到足够的时间生活就被神灵过早召回的人的死亡一样。"(92)但是法裔加拿大人并不会因此而心生抱怨,而是淡然处之,默默承受:"对于过分短暂的夏天的吝啬和无情以及其他恶劣气候,他们没有任何反抗,甚至都没有觉得悲伤。"(93)

宗教无疑是一个民族特性的重要组成部分,法裔加拿大人因其所处的特殊的生存环境,宗教对他们来说变得尤其重要。在大征服后,面临生存危机的法裔加拿大人把宗教看作拯救民族、保障民族生存的重要因素,因为法裔加拿大民族"首先是由法语和天主教信仰来定义的"(Biron 195)。在这部小说中,我们可以看到宗教在法裔加拿大人生活中有着极为重要的地位,它是法裔加拿大人强大的精神支柱和依赖。小说本身就是从一场周日弥撒结束后开始的:"好了,弥撒做完了。佩里蓬卡教堂的大门开了,男人们开始往外走。"(19)

对于这个处于偏远地区的教区的人来说,周日弥散就像是一个重要的节日,为了这个日子,人们都要穿上节日的盛装,精心打扮一番,女人们不论年龄和长相都"穿上了漂亮的毛皮大衣或是厚厚的呢制大衣",为"这个他们生活中唯一的节日脱去他们的粗布衫和土制的羊毛裙"(23)。外乡人会"吃惊地发现这些处在几乎是荒蛮之地的女人很优雅,在大片荒凉的树林和积雪中如此像法国女人,她们打扮得像法国外省的大多数年轻的布尔乔亚一样得体"(23)。

周日弥撒对生活在偏僻地方的夏普德莱娜一家甚至成了一件奢侈的事,玛丽亚的父亲在回家路上经过教堂时,满怀敬意地回忆起周日弥撒:"礼拜精彩的场面,那些拉丁语的歌声,那些点燃的蜡烛,周日弥撒的庄严每每使他充满了虔诚感。"(29—30)他为自己因住得太远而不能经常参加周日弥撒而感到遗憾,甚至觉得这会影响到他的运气:"或许因为我们不能每个周日都来做弥撒,所以我们没有别人幸运。"(29)居民们都是十分虔诚的天主教徒,几乎家家户户墙上都贴满了与宗教有关的画,透着浓郁的宗教气息:

> 房子的木板墙糊满了旧报纸,上面点缀着……几幅日历:一幅几乎没有远景、颜色鲜艳的圣·安娜·德·博佩雷教堂的复制画;一幅教皇彼得十世的肖像;一幅彩色石印画,画中是面带苍白微笑、敞开戴着光环的血淋淋的心的圣母。(28)

在日常生活中,他们无时无刻不表现出对宗教的信任和依赖。玛丽亚一家在饭前都要虔诚而高声地祷告;周日,在吃完早饭后,全家人一起在弥撒时间数着念珠做祷告之后才开始新的一天的生活。每天临睡前,玛丽亚和她妈妈及她的小弟弟蒂贝都要跪下来做晚祷。

除了虔诚地遵守各种宗教礼仪,夏普德莱娜一家还把宗教当作处理日常生活问题的一个灵验的法宝。夏普德莱娜妈妈对贪吃的儿子说在他受到美食诱惑时"就拿起你的念珠祈祷"(38),以此克服嘴馋的毛病。同时,宗教也是帮助他们实现愿望的最可靠的依托。一心想与自己心爱的弗朗索瓦·帕拉迪在一起的玛丽亚为了让自己梦想成真,也把希望寄托在了宗教上。和弗朗索瓦重逢后的玛丽亚比任何时候都更想去做午夜弥撒,她相信"如果她能在祭坛前和歌声中祈祷的话,一定会得到恩惠"(102)。然而,由于恶劣的天气,玛丽亚无法去教堂,她就想通过另一种方式来获得主的怜惜,那就是在圣诞前念1000遍圣母经:因为"一个有事相求的人如果在圣诞夜认真地念1000遍圣母经的话,那么他的愿望很少会得不到满足"(102)。

作为宗教权威象征的神父不仅是民众在宗教上的引路人,还被看作是万能的顾问和救星,他给村民出谋划策,为他们解决各种问题:"神父不仅是他的教民的良知引导者,还是他们生活各个方面的顾问,他们争论的裁判,实际上他是唯一和他们不同的却可以在疑惑时向他求助的人。"(127)在弗朗索瓦·帕拉迪不幸在森林中迷路遇难后,玛丽亚曾悲伤过度,十分消沉,是神父的一席话让她顺从命运,重新振作。可以看出,宗教在法裔加拿大人的生活中有着至高无上的地位,它是人们的最终希望和寄托。

小说还通过描写两种截然不同的生活方式和态度揭示了法裔加拿大民族的另一个重要特点:一直以来存在于法裔加拿大人中间的两类人——开拓者和定居者之间的矛盾和对立,即行踪不定的开荒者和深林猎人与在固定的土地上安家立业的农民,两者有着截然不同的生活方式和观念,他们将法裔加拿大人分成了两派。在小说中,玛丽亚的母亲和玛丽亚的另一个追求者欧特罗普·加依代表了寻求安定生活的定居农民。玛丽亚的母亲喜欢安定的生活,守着一个教区和一望无际的田地,在她看来,没有什么比安定的农耕生活更快乐的了:"一块漂亮、'平整'的土地,一个老教区,没有树桩也没有坑洼,一幢温暖的房子四壁糊满墙纸,还有养在围栏或牲口棚里肥壮的牲畜……还有什么比这更令人愉快和喜爱的呢?"(48)她常常为自己不得不跟随丈夫不断迁徙感到遗憾:"我很遗憾你爸爸喜欢挪地并且愈来愈往林子深处去,而不是在一些古老的教区置一块地。"(36)而玛丽亚的父亲和弗朗索瓦·帕拉迪则代表了追求自由和独立、行踪不定的垦荒一族,他们无法在同一块土地上待上久久留恋,让他们无法释怀的是对垦荒的一种迷恋:

> 这是一种生来适合开荒而不是耕种的男人的迷恋。他在年轻的时候置过五次地,盖起了一所房子、一个牲口棚和一个谷仓,在林中置下了丰厚的家业;却又五次卖掉这份家业离开,去北边更远的地方,每当最初的累活完成后,当邻居大量到来,那个地方人多起来并开始开放的时候,他就会突然泄气,失去所有的兴趣和干劲。(42)

同样,弗朗索瓦·帕拉迪也不喜欢定居生活,他在父亲去世后把地全卖了。对他来说,总是守着同一块地,年复一年地在上面耕种,他会觉得"像动物被拴在了木桩上一样"失去自由(48),他永远做不到。

在这里,作者向我们揭示了法裔加拿大人"两个族类之间永恒的隔阂"(48):一方是"垦荒者和定居者,他们是那些能在新土地上继续理想,井然有序、追求和平的法国农民",另一方是"其他农民,而广袤的荒蛮之地唤醒了他们的流浪和冒险精神,这种精神是他们祖辈传下来的遥远的意志"(48—49)。法裔加拿大民族中这两类人群的分歧和对立在这部小说中第一次得到充分的表现,可以说路易·埃蒙"让这种隔阂被永远铭记"(Boivin 28),在之后的魁北克文学作品中这种隔阂被不断再现。

此外,小说中还延续了爱国主义文学中对自己民族和祖先的颂扬,表现了法裔加拿大人的民族自豪感:"当法裔加拿大人谈到自己时,他们总是自称加拿大人,没有别的称呼"(71);而对在他们之后到来的其他民族则"都保留他们来源地的称呼:英国人、爱尔兰人、波兰人或俄罗斯人,并且一刻不曾允许这些民族的子女自称为加拿大人,即使他们是在加拿大出生的"(72)。他们把"加拿大人"当作只属于自己民族的称呼,因为"这是他们凭自己最先到来的英勇资历,自然而然、毫无冒犯之意留给自己的称呼"(72)。

小说中同样表现了法裔加拿大人对自己民族语言的热爱。在玛丽亚为是否离开家乡去美国过舒服日子而纠结的时候,想到自己听到人们说起家乡的各种地名时油然而生的归属感,这种温暖的感觉坚定了她留在家乡土地上的决心:因为这些名字是"如此熟悉和亲切,每次都给人一种亲情般的温暖感受,使得每个人都在心里重复:'在这块土地上,我们到哪儿都是在自己家里……在家里!'"(192)此外,在玛丽亚看来,英语是无法和法语媲美的,虽然花些时间也可以学会并且能说得很自如,"但哪里找得到法语名字所特有的那种快乐的优美呢?"(192)对母语的热爱使玛丽亚不自觉地拒绝陌生语言,从而也成了她说服自己留在家乡的一个重要理由。

小说中最突出表现法裔加拿大民族精神的是玛丽亚在为母亲守灵时听到的"声音",这声音"一半像是女人的歌声,一半像是神父的讲道"(193),它述说着过去,回忆着传统,再现民族的历史,同时也触及着未来,即法裔加拿大民族的"生存"情结,清楚地展示了法裔加拿大民族的特性。让我们来听听这些魁北克的声音:

> 那声音像是钟声,像教堂里管风琴庄严的轰鸣,像淳朴的悲歌,像伐木工刺透森林的长啸。像淳朴的悲歌,像伐木工穿透树林的拖得长长的呼唤。因为,事实上,铸就魁北克灵魂的一切都包含在这个声音中:古老宗教可贵的庄严,被令人嫉妒地保留下来的古老语言的优美动听,一个令古老的根重新焕发青春的崭新国度的光辉和蛮荒之力。(193)

声音中传来的正是法裔加拿大民族之魂:"神父"和"教堂"代表了宗教信仰;"伐木工"是早期法裔加拿大人的形象,代表了祖先;而"古老语言"更是象征法裔加拿大人身份的宝贵的文化遗产,在"崭新的国度"焕发青春的"古老的根"正是从古老的欧洲移居北美的法裔加拿大民族的写照。

这个神秘的声音向玛丽亚诉说着过去,描述着现在:300年前,法裔加拿大民族从法国来到北美这片土地扎根;300年风雨过后,法裔加拿大人初衷不改,依然坚守着自己民族的特性,一刻也未曾忘记过去:"如果说我们什么也没有学会,却也什么也没有忘记。"(194)他们凭借祖先赋予他们的勇于开拓的精神、乐观勇敢的性格和高贵的心灵,开疆辟土,顽强生存,小心翼翼地守护自己的语言和文化:

> 我们从海外把我们的祈祷和歌声带到这里:现在还是那些祈祷和歌声。我们将国人勇敢而充满活力的心揣在怀里带到这里,这颗心富于同情和欢笑,是所有人类心灵中最人道的心:这颗心没有改变。从加斯佩到蒙特利尔,从圣-让·第贝尔维勒到昂加瓦,我们在新大陆绘制了版图,并对自己说:在这里,我们带来的所有的一切,

我们的文化、我们的语言、我们的美德甚至我们的弱点都成了神圣的、不可动摇的东西,会一直延续下去。(194)

在三百多年的历史风云突变中,法裔加拿大民族的命运急转直下,他们从新法兰西时期的统治者沦为被征服者,被"祖国母亲"抛弃在遥远的美洲,在人数最多的英裔的包围中艰难求生,保障民族生存成了法裔加拿大人的首要责任和使命。所以,虽然"外来者"(英裔加拿大人)来到他们周围,"占据了几乎所有的权力、所有的金钱;但在魁北克这个地方,什么都没有改变,什么也不会改变"(194)。因为他们清楚地知道自己的使命:"我们就是见证,是我们自己和我们命运的见证,我们只清楚地懂得这个义务:坚持下去……保持原状"(194),他们想以此向后人证明法裔加拿大民族"属于一个不死的种族"(194):

  这就是为什么我们要留在我们的父辈曾经坚守的地方,像他们一样生活,为了遵从在他们心里形成的却不曾表达出来的命令,这个命令传到了我们的心里,我们应该把它传给我们众多的孩子:在魁北克这个国度,没有什么应该消亡也没有什么应该改变。(194)

在这里,声音道出了法裔加拿大民族对过去、对祖先的忠诚,表现了身处困境、生存受到威胁的法裔加拿大人不屈不挠的精神和生存下去的勇气和决心,这个承载过去的声音也为法裔加拿大民族的未来指明了方向:守住祖先的土地和传统,让它们世世代代传递下去,生生不息。

可以说"玛丽亚的声音"就是魁北克的声音,是由法裔加拿大民族的特性汇成的:他们铭记历史、牢记祖先,忠于宗教和自己的语言,坚定地守护自己民族的文化和传统,义无反顾地传承祖先的精神和信念,勇敢抵御外来者,在困境中坚强地生存并对民族的未来充满信心。正是这些声音使玛丽亚在充满物质诱惑和个人主义的城市生活和来自家乡的声音所代表的土地理想之间做出了选择,或者说是"魁北克的声音"替她作出了选择:留在土地,留在家乡。这一选择也是法裔加拿大民族的选择:要生存下去,最好的选择就是遵循传统,坚守土地。可以说,玛丽亚的命运就是法裔加拿大民族的命运,"是整个国家在和女主人公共命运"(Biron 201)。

《玛丽亚-夏普德莱娜》借助玛丽亚的声音生动地传达了法裔加拿大的民族之魂,"成为一个'不会死去'的弱小民传统美德的象征"(Beaudoin 23),它"以一种理想的方式凝聚了19世纪法裔加拿大社会和当时的主流意识形态的期待"(Beaudoin 23)。这部小说在魁北克引起了很大反响,被认为"要比同时期的任何一部乡土小说都更好地体现了加米尔·鲁瓦所说的'加拿大之魂':天主教信仰,坚持与外来者进行民族斗争的必要性,对法语尤其是对家乡地名的赞美,建立在简单的农民家庭生活和土地劳作基础上的没有任何暴力的社会风俗,以及人与自然的水乳交融"(Biron 203)。从问世到乡土文学结束,《玛丽亚-夏普德莱娜》成了魁北克众多乡土小说家的创作蓝本。其中受其影响最深的作家是菲利克斯·安托万·萨瓦尔,他的小说《放排师么诺》的创作灵感就直接来自《玛丽亚-夏普德莱娜》,可以说是《玛丽亚-夏普德莱娜》的模仿和延续。小说中的主人公放排师么诺是一个法裔加拿大人,他勇敢乐观,崇尚自由,忠于传统,热爱祖先开辟的土地和自己的民族。然而,外来者——英裔加拿大人闯入了他原本平静的生活。他们收购了当地法裔加拿大人的土地。因不甘心祖先留下来的土地落到外来者手里,么诺试图组织当地的人们起来反抗。但他的抗争却以悲剧告终:唯一的儿子溺水而亡,他自己最后也因无力挽回祖先辛辛苦苦创建的家园深受打击而精神失常。

无论是在人物还是情节上,《放排师么诺》和《玛丽亚-夏普德莱娜》都十分相似:作品同样反映了一直困扰着法裔加拿大人的垦荒者和定居者的"两个种族永远的隔阂",喜欢在大自然中冒险、征服空间、热爱自由和独立的么诺可以说是《玛丽亚-夏普德莱娜》中的父亲垦荒者萨谬埃尔·夏普德莱娜和深林猎人弗朗索瓦·帕拉迪当之无愧的继承者;他的女儿玛丽则代表了定居者;而玛丽最后也面临和玛丽亚-夏普德莱娜同样的选择:在代表定居和移民、传统和外来的追求者之间的选择,而玛丽最终也和玛丽亚-夏普德莱娜一样选择了遵从传统。最引人注目的是主人公么诺是《玛丽亚-夏普德莱娜》的忠实读者,这本书对么诺来说"成了可以代替《圣经》的圣书,么诺与现实之间的关系是通过它建立起来的"(Biron 243)。从这一点来说,么诺就像"读了太多骑士小说的堂吉诃德一样,最终把书本世界和现实世界混淆起来"(Biron 243)。从小说一开始,他就在专心听女儿朗读"玛丽亚的声音",在故事情节发展到紧张阶段,这些"声音"的大段原文就会出现在小说中,成了贯穿全书的一个主旋律。这些"声音"不断萦绕在么诺耳边,以致渗透他的内心,他经常像唱颂歌一样高声吟诵"玛丽亚的声音"。正是这些"声音"给了他身为法裔加拿大人的自豪感和直面困难的勇气和决心,也正是这些"声音"激励他为守护父辈流传下来的土地与外来者抗争。《放排师么诺》无疑是"'玛丽亚的声音'的延续和化身,是对'玛丽亚的声音'原文充满隐喻的改写"(Mailhot 83)。

这部小说的作者菲利克斯·安托万·萨瓦尔出生于魁北克,当过神父和传教士,小说的灵感来源于作者传教途中与一个放排师的偶遇,一连几个晚上,他都听放排师讲述他的过去,倾诉他的爱国主义衷肠。回去之后,那个放排师的话语不断涌现在他脑海,于是他非常激动地把这些话写下来:"我写这个抒情故事只有一个目的:我的亲人们的解放:他们艰难地发现和开拓了这个国家,而现在却沦落为这个国家的仆人。"(转引自Boivin 42—43)怀着这样的写作动机,作者赋予他的小说一种史诗般的语气和强烈的爱国主义热情。

《放排师么诺》结合了爱国主义文学和乡土文学的特点,祖先、传统、土地再次成为赞美和捍卫的对象。作者生动地塑造了法裔加拿大民族的形象:他们生活在封闭的角落,沉浸在昔日的荣耀中,和"玛丽亚的声音"中的法裔加拿大人一样:保持原状,希望周围的一切不要改变。当主人公么诺满怀深情地回忆那些探险家、殖民者、传教士所经受的一切:深林猎人的长途跋涉、小船的陆上搬运、急流中的航行以及祖先发现的这片土地时,他觉得所有的一切都发生在眼前和当下:"好像这些都发生在他经历的时代,在满萨尔开垦带和巴齐尔山之间"(Savard 62),而听众们则"带着遗憾听他讲述,因为所有这美好的一切可能一去不复返了"

(62)。

和《玛丽亚-夏普德莱娜》中一样,《放排师么诺》中的法裔加拿大人都有着面对困难淡然处之、始终保持乐观的天性。如小说中的放排师在春寒料峭之时上山干活,风餐露宿,时刻都受到寒冷、雨雪和急流的威胁,然而他们并没有为此抱怨叹息,而是依然保持乐观的心态,在辛苦劳作了一天之后,点起篝火,伴着音乐欢乐起舞,以此让在寒冷和疲劳中变得麻木的心欢快起来。他们自己也意识到这种乐观的精神是从祖先那里继承来的:"所有这一切好像来自血缘深处"(57),是祖先遗留下来的宝贵财富。

他们不仅继承了祖先的勇气、英雄主义和乐观的态度,还继承了对家乡的热爱。在这部小说中,作者借助主人公满怀深情地表达了法裔加拿大人对家乡土地的热爱:"这种爱的每一个表示——向群山投去的一个眼神,在森林的一次'行走',伸向花儿的手——都成了一种真正的仪式,某种神圣的东西,深入人的心底。"(Renaud 8)家乡的一切都让他们想起自己的父辈,那些"从一片海洋到另一片海洋,甚至面对各种危险都是最快乐的人"(57),他们正是从祖先身上继承了对家乡的热爱:"所有人,在平原,在河边或在山上,在雪中或是在春天的瑰宝中,他们为她——这个充满不断更新的美丽身影的多情的恋人,献上情歌和自由的颂歌。"(57)

他们同样把从祖先那里继承的土地看作最宝贵的财富,为拥有它感到骄傲。森林浓烈的香味对么诺的父亲来说就"好像是属于他的财富的气味"(53),当他的眼睛看着群山时"就像爱抚自己亲密的小动物"(53),他"为自己和他的族人的脚步能在这个美丽的领地上行走而自豪"(53),因为"这是遗产!……所有这一切来自我们的父辈,法国人!"(53)。同时,他们也深深意识到这份遗产需要他们用心守护、世代相传。这是他们的权利和义务。么诺的父亲生前常常望着自己家乡的景色这样嘱咐他:"看哪,多美啊!为你自己也为后人守住它"(52);而么诺也同样嘱咐自己的女儿:"我来自一个在这里战斗了三个多世纪的种族,我有权希望我们祖先和土地达成的契约不要在我的屋子里被破坏"(139)。在主人公么诺眼里,捍卫祖先神圣的遗产,是与生俱来的使命,是一种天命和法则:"从

第一块泥土保护到最后一块泥土,这就是天命,这就是要传承下去的法则!"(137)

在小说中,法裔加拿大人对拥有土地的渴望在主人公身上得到了白热化的表现,对么诺来说,拥有土地是一种源自血液的本能,是这一本能驱使勇敢的先辈们深入家乡的土地开疆辟地,用劳动和热血在土地上留下烙印,是这一本能"调动一切征服的意愿,把所有的活力带到这片土地的最深处"(108—109)。他甚至认为不再听从这一本能就意味着背叛,"就是敌人"(108—109)。而"占有!扩张!"成了"来自血液的口令,是从土地深处传来的呼唤"(108—109)。他仿佛听到土地在春天的夜晚,"以逝者的权力","以 300 年来你的父辈们在我的肉体上刻下的所有的占有符号的权力"(108—109)"在向他大喊:"我属于你!我属于你!"(108—109)

我们可以看到,在放排师么诺身上折射出来的是当时的法裔加拿大社会的共同梦想:"拥有土地"。在民族生存面临威胁的时候,土地似乎成了法裔加拿大人"唯一的祖国和人世间唯一的信仰"(Marcotte 54)。守住祖先的地界,赶走外来者成了他们神圣的职责。在么诺身上我们可以看到"所有从历史上与土地和法裔加拿大形象相关的梦想:封闭的社会,往日荣光的纠缠,在父亲—首领的主导下生活在没有变化的时间里的希望都被他推到了最激烈的狂热的顶点和疯狂的边缘"(Marcotte 54)。小说最后,在对占有土地的狂热和对自己的所有被外来者破坏的悲愤中,放排师么诺陷入了疯癫,嘴里不时喊着"外人来了!外人来了!"(213),而这一疯癫被赋予了非同寻常的意义,甚至被神圣化了:"这不是一般的发疯!"正如么诺的一位老乡所说:"这是一种警示。"(213)这里"所有与占有有关的一切,都变得有了价值"(Marcotte 54)。

和《玛丽亚-夏普德莱娜》相比,《放排师么诺》中法裔加拿大人的处境更加危急。在《玛丽亚-夏普德莱娜》中虽然"外人来到了周围",但是"在魁北克这个地方,什么都没有改变,什么也不会改变"(Hémon 194)。而到了《放排师么诺》那里,"外人来了",一切都改变了:"外人"——英裔加拿大人已然踏足法裔加拿大人的领地。么诺的疯癫就是一种对法裔加拿大民族生存受到威胁的警示：家园正在被入侵，土地在被外人占有。法裔加拿大民族守护家园、防范外来者进入的自我保护和生存危机意识都表现在了么诺的"疯话"中。生存处境的恶化势必带来生存态度的变化。虽然这部小说中呈现的法裔加拿大民族形象与之前魁北克爱国主义文学中的形象一脉相承：忠于自己的祖先和文化传统、热爱家乡、依恋土地、有着坚定的宗教信仰、在逆境中顽强生存等，但面对生存危机的加剧，主人公不再和以前一样一味沉湎于过去，被动地生存，而是变得积极激进，敢于正视现实甚至是直接面对"敌人"。小说中么诺不止一次和他眼中的叛徒、投靠英裔加拿大人的戴力耶进行正面交锋：比如当为英国人效力的戴力耶拿法律来说事的时候，么诺当场进行反驳，说他拥有的是来自他父亲，来自很久以前的过去的权力。这些权力既非法律也不是几张文书所能摧毁。他甚至骂对方是"叛徒""笨蛋"，约他"到山上去一决高低"（168），想通过和戴力耶一对一的较量来为失去的土地复仇："会会那个叛徒，最终明确在这个国度，有些权力是世上所有的法律都不能取缔的，报仇，是的！为土地报仇，为自由的小径，为过去，为那些死去的伟人报仇"（189）。

在么诺身上，对祖先和民族的热爱不再局限于怀旧而是化作了行动：试图通过自我封闭，远离英裔统治者来保存民族的完整和独立已经变得不可能，因为"外人来了"。法裔加拿大民族的生存受到了前所未有的威胁。要使自己的民族生存下去，忍让退缩已经无济于事，只有起来抗争。小说中深受么诺影响的年轻人、么诺未来的女婿吕贡也清醒地意识到了这一点："只护着自己的圈里的一小份财产，对外人的践踏视而不见，就是背叛，就是让自己不久之后沦为受奴役的人民。"（181）可以说么诺是一个民族英雄式的人物，在他身上反映了一种极其强烈的民族主义，"在法语加拿大文学中，民族主义梦想——或者说地域主义梦想——从来没有，将来也不会以如此强烈和如此盲目的自信投射出来"（Marcotte 55）。作者似乎想通过放排师么诺这样一个人物告诉人们：正是有千千万万像么诺一样的法裔加拿大人的不断努力和付出，才能赢来这个民族自由的未来。

对自由的向往是这部小说表现的法裔加拿大民族的另一个重要特点。小说借吕贡之口表达了法裔加拿大人对自由的理解：对他们来说，自由不仅仅意味着在自己家里能做主，只做自己的国王和几亩地的主人，而是拥有家乡的整片土地："不管你走到哪里，都能感到大地回应你的心跳的声音，就是到处听到土地、森林、河流的声音在说：'我属于你的民族，我在等你！'"(182)自由应该是在家乡的土地上无论走到哪里都有归属感："无论你去父辈们到过的任何地方，在所有的脸上都能认出自己人脸上的模样，在各种习俗中认出自己习俗的特征；是看到所有门都开着，是听到人们在用自己的语言说：'请进！这是你的家！'"而获得自由的开始，就是"想要自由"(182)。在这里我们可以看到法裔加拿大民族已经不再只狭隘地盯着自己的一亩三分地，他们深深感到需要更大空间的自由，希望成为这片祖先开拓并留下来的魁北克大地真正的主人。

《放排师么诺》继承了乡土小说的传统，"浸透着我们家乡的自然和灵魂，像扎根于森林大地的百年古树一样扎根于传统的古老民族的身影"(Renaud 8)，大量富于法裔加拿大特色的用语和表达方式的运用使得这部小说更具地方色彩。同时，小说结合了魁北克爱国主义文学的特点，充满了强烈的民族主义色彩，是"一部抵抗小说"(Mailhot 83)和"一部完整意义上的归属小说"(Renaud 8)。主人公么诺身上集中体现了法裔加拿大民族传统的价值观——热爱祖先，热爱家乡，依恋土地，珍视传统和遗产，向往自由……可以说作者试图通过主人公么诺等人物有意识地塑造一个不屈不挠的法裔加拿大民族形象。《放排师么诺》中这种强烈的民族主义色彩一直延续到20世纪70年代，在"家乡诗"中更加突出地表现出来：除了对拥有自由的土地的渴望，还增加了对精神自由和平等的诉求。

三、家乡诗

20世纪60年代，进入现代社会的魁北克发生了翻天覆地的变化。

人们试图摆脱教会倡导的保守主义,从对过去的迷恋中走出来,寻求新的出路。法裔加拿大民族在平静革命中获得了新的身份:"魁北克人"。他们摆脱了长久以来困扰他们的殖民情结和卑微、自我蔑视的状态,取而代之的是对自我的肯定和对自身身份认同的追求,并积极表达对独立、自由和集体尊严的诉求,同时也更加重视自己的语言和文化。20世纪70年代,魁北克文学中出现了"家乡诗"。家乡诗的诗人们把"家乡"作为他们创作的第一主题,致力于创造一个地理上和诗歌的国度,把自己与所要创造的家乡等同起来。与受保守主义意识形态支配的乡土文学不同,在新的、积极主动的民族主义氛围中诞生的"家乡诗"旨在建立一种身份文学,诗人们以争取民族权利和歌颂魁北克大地为己任,用诗歌表达对自由、独立和平等的渴望、对魁北克的热爱以及对自我身份认同的追求。它所书写的法裔加拿大民族的形象变得不再一味隐忍,沉湎于过去,而是走出了自我封闭,接触其他民族,面向真实的世界和未来,积极进取。

家乡诗最重要的代表之一是魁北克诗人及著名社会活动家加斯东·米隆。他提倡以魁北克方式来使用法语,倡导一种魁北克诗歌。米隆的诗歌标志着加拿大法语诗歌向魁北克诗歌的过渡,他也因此被称作第一位真正的魁北克诗人。

他的诗集《拼凑人》是魁北克诗歌史上一部非常重要的作品。这部诗集汇集了米隆在1945—1970年间创作并发表在报纸和杂志上的散文诗,主题是爱情和家乡。从爱的哀歌到歌颂家乡的抒情诗,诗集展现了一个支离破碎的主体寻找真实的一次奇妙的旅程。诗人试图通过一个个体的艰难处境和绝望的追寻来反射魁北克社会的集体悲剧。"*rapailler*"在加拿大法语中是聚集无价值的人或物或修修补补的意思。拼凑人是完整个体的反面,是被殖民状态所瓦解的一种支离破碎的生存状态。他只是以碎片形式存在,他的意识破碎,失去了根,他的生命成为一种不确定的现实。拼凑人无疑就是魁北克人的缩影。作为积极的社会活动家和诗人,米隆深深为魁北克社会的殖民意识所震惊,米隆试图借助诗歌来使自己的人民看清自己悲剧性的处境,从而让大家认识到摆脱这种屈辱处境、找回集体尊严和身份的迫切性。米隆是一位"把自己的话语和大众的语言和自由连在一起"的"国家诗人"(Mailhot 119),在这部诗集中,他通过拼凑人从最初的殖民顺从状态到渐渐重新获得自己与生俱来的语言,直至最后找到这种语言的真实国度这样的心路历程来揭示魁北克人民可悲的生存状态和屈辱的处境,同时表达对自由、独立的向往和追求以及对魁北克获得自由和光明的未来的信心。这本诗集的出版使米隆成为魁北克政治和文学意识的代表。在这部诗集中,米隆借用魁北克人方言中特有的诅咒方式作为其中一个系列的标题《拉巴代什》(*La batèche*)来表达对魁北克人悲惨处境的愤懑,他在其中一首题为《该死的讨厌鬼》(«Le damned Canuck»)的诗中这样描写魁北克人:

> 我们人数众多沉默无语被刨得粗糙不平
> 在深深的悲伤的浓雾中
> 艰难地在苦难的根源中打盹
> ……
> 我们困在冰冻和厌倦中
> 在毫无尽头的疲惫中耗尽生命
>
> (Miron 75)

与之前魁北克文学中所塑造的充满了英雄主义的法裔加拿大人形象不同的是,在这首诗中,我们看到的是长期在苦难中麻木、地位屈辱、失去尊严的法裔加拿大人的形象:他们"沉默无语",被生活刨得"粗糙不平",在"深深的悲伤"和苦难中"打盹",被困在"冰冻和厌倦"中,在"毫无尽头的疲惫中耗尽"生命,他们生活在"空气的边缘"和"意识的吃水线上"(75),被禁锢在一个"门把被拧掉"而无法开启的世界里(75),处境堪忧、希望渺茫。诗人深刻意识到法裔加拿大人社会悲剧式的现实和自己民族扭曲的异化状态,他觉得自己有必要向人们揭露这种可悲的处境,他要"和大家一起感到羞耻而不是为大家感到羞耻"(转引自 Mailhot 119)。同时,他向这种处境的制造者英裔加拿大人发出悲愤的呐喊:

> 笑吧,砍吧,用你们的特权
>
> 大人物,高等人,你们把我
>
> 变成下等人,史前人痛苦的鬼脸
>
> 低廉的人,干着低廉的工作
>
> 该死的讨厌鬼(75)

在这里,诗人用"大人物""高等人"来形容高高在上的英裔加拿大人,与在屈辱中求生的法裔加拿大人形成鲜明的对比,揭示了两个民族之间一直以来的对立状态,悲愤的呐喊中充满了指责:是"你们"——英裔加拿大人用特权把"我"——法裔加拿大人变成了有着一张"史前人痛苦的鬼脸"的"下等人""低廉的人"。与之前的魁北克文学作品相比,在米隆笔下,不仅法裔加拿大人形象大不相同,英裔加拿大人的形象也发生了变化:爱国主义诗人克雷马齐诗中的英国人是他们战场上的敌人,《老一辈加拿大人》中的英裔加拿大人是征服者,乡土小说中如《放排师么诺》中的英裔加拿大人是充满威胁的"外来者",而在米隆的诗中,这些高高在上的"大人物"渗透到了法裔加拿大人的日常生活,把他们变成了奴隶,成了他们的主人。

在他的另一首诗《十月》(«Octobre»)中,诗人在描写魁北克曾经遭受的屈辱和苦难并为此痛心的同时,抒发了对魁北克大地的深情,赞美它是装满了"魁北克儿女痛苦而炽热的梦想"和"身体与灵魂的无尽的疲惫"的"勇气之母"(103),表达了要和相同命运的"满腔热血的战友们汇合"(103),振兴魁北克大地的愿望并为她开启自由的未来的决心:

> 我们将把你,魁北克大地
>
> 变成复活之床
>
> 承载我们化作的无数闪烁的光芒
>
> 成为我们蕴育未来的酵母之床
>
> 和培养我们不妥协的意志的地方
>
> 人们将听到你的脉搏在历史中跳动

那是我们在金秋十月波动起伏
那是阳光下狍子橙黄色的声音
自由的未来
正在开启的未来(103)

值得注意的是,在这首诗里多次出现的"魁北克大地"中大写的"大地"和"地球"在法语中是同一个词,这个双关语表明诗人将魁北克与地球—世界、魁北克人民与世界其他地方遭受同样命运的人们联系在了一起。正如诗人在接下来的诗句中所写:"我们以前不知道将我们的痛苦根源和世界上每一个同样受屈辱的人的痛苦联系起来"(103),现在准备好了要和他们并肩战斗:"用斗争分享和掰开共同命运的面包"(103)。从这里我们可以看出魁北克正在走出长期以来自我封闭的狭隘圈子,开始走向世界。这也正是家乡诗的最大特点:从封闭走向开放。

家乡诗人的另一位重要代表雅克·布罗在他的诗歌中表达了同样的主题:对魁北克人民屈辱的生存状态的深刻意识,对魁北克大地的赞美以及对魁北克获得新生的希望和信心。他的代表作长诗《兄弟续曲》中的魁北克人用"沙哑的声音唱着苦难的老调"(Brault 141),他们被看作"无名的杂种"和"不知来自何方的背井离乡者",看不出年龄,脸上长满疹子,是"舒服的半反抗者/富有的流浪汉"(141)。和米隆一样,雅克·布罗笔下的魁北克人生活悲惨、身份卑微,受尽屈辱却又无力反抗,束手无策地等待救星的到来,盼望奇迹出现:"三个世纪以来我们毫无头绪地等待着/历史的复仇/东方的仙女/冰川的融化。"(142)诗人写出了大征服以来一直在法裔加拿大人心头萦绕的不切实际的幻想:报仇,夺回失去的一切,恢复往日的辉煌。那样的期盼无疑和盼着仙女出现和冰川融化一样虚妄。接着,诗人为自己家乡被遗忘和背弃而哀叹:"它没有名字",年轻时就"被割去头皮",一个"生在冰雪孤儿院的家乡","没有房子、没有传说可以哄小孩入睡的家乡"(143—144)。"没有名字"的家乡表达了诗人对身份的一种不确定,"年轻时就被割去头皮的家乡"无疑又触到了法裔加拿大人的永远无法愈合的伤痛:300年前的大征服。而"冰雪孤儿院"则指出了魁北克所处的特殊地理环境——寒冷而偏远。这几句诗中包含了丰富的魁北克内容。尽管这个家乡没有名字,伤痕累累,是一个冰冷和被遗忘的角落,诗人也因此"背弃"过它,但是这一切都无法改变诗人对家乡的热爱,因为"你是我们的,你是我们的血,你是我们的祖国"(144),只这一个理由就足以让家乡配得上任何赞美:

> 你是美,我的家乡,
> 你是真,带着你的蕨类生成的秀发和
> 搂着孤独的岛屿的长长的河湾
> 你是野性,却像燧石和太阳一样清晰明亮(144)

诗人在这几句诗中向我们呈现了魁北克的母亲河——圣洛朗河的秀丽景象,表达了对魁北克大地深深的热爱。正是对家乡的这份执着的热爱给了诗人信心和力量,他相信魁北克人民会为了自己深爱的魁北克大地战胜历史的苦难,摆脱沉重的过去,洗净屈辱,重新站立起来,获得新生:

> 现在一个民族正在学会站起来
> 站起来面对北极的魔力
> 屹立在三大洋之间
> 面对历史的豺狼
> 面对胆怯的小矮人
> 一个在屈辱中爬行了那么久而双膝外翻双手粗糙的民族
> 一个为狂风和女人沉醉的民族在努力重生(145)

诗人将一个历经磨难、在屈辱中重新站起来努力重生的不屈不挠的法裔加拿大民族形象呈现在我们面前,让人仿佛看到了"玛丽亚的声音"里的那个"不会死去的民族",300年的风风雨雨并没有改变他们从祖先那里继承下来的生存信念。

家乡诗的另一部充满民族主义色彩的代表作是米西尔·拉龙德的《说白人话》。米西尔·拉龙德是平静革命时期魁北克诗歌舞台和知识界的重要人物,她致力于反对文化殖民和政治殖民的斗争。1970年3月27日在蒙特利尔举行的诗歌之夜上,拉龙德第一次朗诵了她的诗作《说白人话》,赢得听众的热烈喝彩和欢呼,此后这首诗以传单的形式印发,很快在魁北克家喻户晓。诗人在这首诗中从语言的使用权这一角度,揭露了一种语言和文化上的殖民主义。

"说白人话"出自1889年10月12日加拿大联邦众议院的一场辩论。法裔议员亨利·布拉萨(Henri Bourassa)在发言时被英裔议员用嘘声打断,当他试图用法语解释时,下面的人叫喊:"说白人话!"从此,这一表述成了20世纪60年代以前英裔加拿大人对法裔加拿大人在公共场合说法语时说的一句侮辱性的话。这句话反映了当时法裔加拿大人类似白人殖民者统治下的黑人一样的处境:他们不能说自己的语言,而要用他们主人的语言说话。拉龙德在这首以"说白人话"命名的诗中把语言和民族等同起来,从语言的角度来揭示生活在北美的法裔加拿大人的屈辱处境:

> 听您说失去的天堂
> 或莎士比亚的十四行诗中颤抖的优雅无名的侧影真的很好听
> 我们是一个没有文化和结巴的民族
> 但并非听不出语言的美妙
> 你们尽管用弥尔顿和拜伦、雪莱还有济慈的语调说话
> 说白人的话
> 但是请原谅
> 我们只有用我们祖先的沙哑的歌声和内里刚的悲伤来作为对答
>
> 说白人的话吧
> 谈天说地
> 和我们谈英国大宪章或者
> 林肯郡的建筑物
> 泰晤士河灰色的魅力
> 波多马克粉红的河水

和我们谈你们的传统

我们是一个逊色的民族

但完全能欣赏

所有烤面饼

或波士顿茶会的重要性（Lalonde 149）

和米隆、布罗的诗一样，这首诗中的法裔加拿大人同样以一种受尽屈辱的形象出现。作者用"沙哑的歌""逊色的人民"等词来形容魁北克人的苦难和卑微，与用莎士比亚、弥尔顿、拜伦、雪莱还有济慈的语调，骄傲地谈论英国大宪章或者林肯郡的建筑物、泰晤士的河水以及英伦传统的英裔统治者的居高临下形成鲜明对比。"我们是没有文化和结巴的民族"无疑暗示了1838年杜拉姆报告中那句侮辱法裔加拿大人的话："一个没有历史、没有文学的"民族。然而，就像加尔诺反击杜拉姆一样，诗人告诉藐视自己的统治者：魁北克人民虽然在他们眼里卑微、落魄，但在精神上和他们是平等的，他们"并非听不出语言的美妙"，也完全懂得欣赏，而且他们有"内里刚的悲伤"来回应莎士比亚和雪莱。内里刚，这个法裔加拿大人家喻户晓的天才诗人，是魁北克的骄傲，他的名字的出现无疑是对羞辱法裔加拿大人没文化的英裔的有力反击。在这里，我们再次看到法裔加拿大人对民族的热爱和自豪感丝毫没有因为自身的困境而减少。这种对民族的热爱和自豪感几百年来始终深深烙在法裔加拿大人的灵魂深处。

同样，法裔加拿大人对自己民族语言的热爱也未曾因历史的沧桑巨变而有所改变。尽管在英裔统治者眼里他们的语言粗俗不堪，但是法裔加拿大人认为要表达自己的生活，没有什么比得上"我们那不是很干净沾着机油污渍的粗话"（150）。

在诗中，"白人话"是代表权力和金钱的语言，是用来谈论上流社会"优雅的生活"，"谈论生活标准"（150），更是用来发号施令，用来警告和镇压的语言。

说白人话大点声

好让我们听见

从圣·亨利到圣多明戈

是的,多么美妙的语言啊

用来雇佣

发号施令

……

说白人话

这是一种世界语言

我们生来就是为了听懂它

连同它的催泪弹

连同它的警棍(149—150)

  值得注意的是,在这首诗中,诗人抨击的不仅仅是魁北克的语言殖民主义,还提到了圣多明戈、越南和刚果,已经超越了北美的地界,表现出走出孤立封闭的一角,走向世界的胸怀。在这里,"白人话"显然已不仅是英裔加拿大人对法裔加拿大人的用语,也不只是白种人对黑种人的用语,而是所有统治者对被统治者的语言、殖民者对被殖民者的语言。"说白人话"的人和"我们",已不仅仅指英裔统治者和法裔加拿大人,而是所有的白人和黑人、殖民者和被殖民者。和家乡诗的其他诗人一样,诗人意识到"我们并不孤单"(151),魁北克人可以团结处境相似的其他民族为争取自由和平等而斗争。这首诗很快被争相传诵,它被看作魁北克人的伤痕和屈辱的象征,成为魁北克独立运动的指路明灯。

  从上面几首诗中可以看出,魁北克的家乡诗有鲜明的民族主义特色,这些诗中表现的法裔加拿大民族与之前的"高大上"形象不同,在英裔加拿大人统治下,他们受尽屈辱,干着粗活,地位卑微,在困难中变得麻木,失去尊严和自我,有着强烈的被剥夺感。但是不管他们的处境多么艰难,他们对家乡和民族的热爱、对民族语言的坚守、他们骨子里那种不屈不挠的精神、追求民族复兴的勇气和信心却丝毫没有改变反而日趋强烈。与之前的自我封闭、消极被动相比,家乡诗中的魁北克民族已经意识到自身处境的悲哀和屈辱,敢于呐喊并站起来反抗,透露出强烈的寻求民族的独立与自由的愿望,并且将争取民族独立的意义扩大到了世界范围,把自己的命运和相似处境中的其他民族联系起来,打破了狭隘的地域界限,把目光转向了更广阔的世界。

致力于用书写创造一个新的国家的家乡诗的另一个特点是不再像以前的地域主义文学一样描写传统中的家乡,而是试图赋予家乡一个新的空间,重新塑造一个国度,它表现的既是魁北克人的家乡也是所有民族的家乡,既是具体的家乡更是抽象性意义上的家乡。这一点在家乡诗人的另一位重要代表、深受欢迎的魁北克歌手兼诗人吉尔·维纽创作的《我的家乡》中可见一斑。这首歌在魁北克几乎家喻户晓,诗人在歌中唱到:

> 我的家乡不是家乡是冬天
> 我的花园不是花园
> 是平原
> 我的道路不是道路
> 是白雪(Vigneault 216)

这里的家乡不再是由具体边界限定的地域,而是与整个大自然融为一体,以冬天、白雪、一马平川的形象出现,用魁北克独特的地理风貌来代表家乡。在这飞雪漫天的国度,法裔加拿大祖先在这里安下了家:"我的父亲建起了房子",并且用它来迎接"从别的季节来到这里"(216)的人们。在这里,诗人向我们展示了法裔加拿大人的热情好客,同时也表现了他们对传统一如既往的忠诚:"而我会忠于他的做法和样子/在她旁边依样建起/朋友的房间"(216)。但这种传承不再只是为了自己的生存,而是惠及来自别处的人们。诗人用充满友爱而热情的歌声"向地球上所有的人呼喊,我的家就是你们的家",并"为天边的人们/准备炉火和住处",因为"他们是我的族人"(216)。显然,这里的家乡不再是具体的某个地域而是被赋予了普遍意义：它不只属于某个族群，而是属于所有人。在这里，诗人展示了一种开放博爱的情怀，向世人表明历经300年风雨的法裔加拿大民族正在努力摆脱孤立、封闭的状态，走出狭隘的空间，走向世界。

四、民族性的平民化

平静革命后，随着魁北克步入现代社会，政治和经济处境改善，生存问题不再是法裔加拿大民族的首要任务。相应地，这个时期的魁北克文学与之前的爱国主义文学、乡土小说和家乡诗相比，"高大上"的民族性在文学作品中被逐渐淡化，取而代之的是平民化的民族性，这些日常化的民族性既有法裔加拿大民族的传统价值观的影子：宗教、家庭、语言、怀旧意识、法兰西情结等，同时又在一定程度上有所变化。作家更加重视的是魁北克的文化属性，无论是背景、语言，还是各种文化暗示、对历史的回顾等都带着明显的魁北克特色。

这一点在米歇尔·特朗布莱的作品中表现得尤为突出。米歇尔·特朗布莱是魁北克最具代表性的剧作家和小说家。出生于蒙特利尔一个平民区的特朗布莱创作的作品主要反映20世纪40年代后生活在蒙特利尔的法语平民的困境，生动地展示异化的魁北克社会的真实面貌。他笔下的人物以遭受不幸命运的平民女性为主，此外还有如同性恋和异装癖等社会边缘人物。这些社会边缘人物一定程度上象征着陷入身份困惑中的魁北克人民。特朗布莱还是第一个在魁北克文学作品中赋予"儒阿尔语"[①]完整地位的作者，所有这些都给他的作品增添了醇厚的魁北克味道，体现出典型的魁北克特征。

特朗布莱的成名作是戏剧《妯娌们》（*Les belles-sœurs*，1965）。这部戏剧将15个平常被遗忘在厨房、一直被忽略、在现实生活中没有话语权的法裔加拿大女性搬上舞台，并且大胆使用当时被认为粗俗不雅的儒阿

[①] Joual，是法语 cheval（马）的含糊发音，是蒙特利尔工人区说的法语，在发音、词汇、句法等方面都受到不同程度的破坏，被看作魁北克语言的一种殖民化版本，是法裔加拿大民族在语言上的溃败。

尔语作为戏剧语言,在魁北克引起轰动的同时也引发了围绕写作语言的激烈争议。剧情围绕魁北克家庭主妇热尔曼娜赢得一百万张邮票的大奖展开。因为中奖者需要将邮票粘贴在集邮册上才能兑奖,于是她邀请了她的 14 位妯娌和朋友来家里帮忙。在整个粘贴过程中,热尔曼娜一直不停地谈论她寄托在这些邮票上面的梦想:用邮票换来的钱将家具更换一新。然而,她的幸运却引发了其他人的嫉妒,于是她们开始偷邮票。女主人很快察觉到这一点,她的梦想也因此破灭。在整出剧中,女人们通过大段的独白来抱怨乏味、平庸的生活,同时也深知无力改变现状,表现出内心的一种绝望的无助。剧中的主角"妯娌们",非常有代表性:因为在法语加拿大,妯娌们无所不在,是魁北克社会最普通、最常见的人群。另一方面,在周围人,尤其是在教会的控制下,妯娌们成了一个被剥夺的社会阶层,她们与在英裔加拿大人包围和统治下的法裔加拿大人一样:地位低下,微不足道,生活在灰色、乏味、狭小而封闭的圈子里,她们嫉妒、冷酷、麻木,同时又很无助,是平静革命前的处于大黑暗年代的魁北克社会的象征,极具代表性地反映了法裔加拿大社会的特点。可以说这部喜剧展现了一个被剥夺了拥有权的民族的窘困现状和麻木无助的心态,是异化的魁北克平民社会的真实写照。

特朗布莱在之后的创作中延续了《妯娌们》的风格,以表现生活在社会底层和边缘的蒙特利尔平民为主题,通过对日常琐事的描写真实地呈现魁北克社会独特的画面,1978 发表的小说《旁边的胖女人怀孕了》(*La grosse femme d'à côté est enceinte*)就是其中的重要代表作。无论是主题还是人物都和《妯娌们》很接近,以众多的女性为主角,大部分是普通的家庭主妇,她们都说儒阿尔语,不少人物和《妯娌们》中的女性有着同样的名字,给人一种似曾相识的感觉。这部小说一度成为魁北克的畅销书。这是特朗布莱的"皇家山高地纪事"系列的第一部,也是魁北克文学的一个重要标志。这部小说具备了多种文学属性,既是"一个了不起的故事,一本家谱,又是一篇表现众生百态的史诗,一出完整的戏"(Mailhot 220)。《旁边的胖女人怀孕了》表现了处于历史最低谷的一个异化的魁北克社会的状况：他们被剥夺了身份，处于一种两难的生存困境：一方面他们还束缚于对法属过去的忠诚，同时，他们在北美大陆生活已久，从呼吸的空气和脚下的土地中感到自己是美洲人；另一方面，由来已久的、被占统治地位的英裔世界吞噬同化的威胁一直都存在。这个时期的法裔加拿大民族的特性自然也发生了不同程度的变化，并以其独特的形式表现出来。特朗布莱的这部小说通过蒙特利尔一个法裔平民区小人物的日常生活向我们呈现了一种平民化的民族性。

小说描写的是1942年5月2日的一个星期六，皇家山高地的一个街区居民的一天。主人公大部分是女性，其中有不少孕妇。小说没有贯穿整个作品的完整情节，而是通过日常琐事真实而完整地呈现了一个特定时代的魁北克社会的画面：日常习俗、家庭关系、生育、性、宗教、对参战和英法两国的态度等都得以真实地体现，从而具体而生动地揭示了法裔加拿大民族的特点。

在法裔加拿大民族的传统价值观中，家庭占据了很重要的位置。大征服后，为了保障法裔加拿大民族的生存，除了退守农村，守住土地、语言和宗教信仰外，还有一个重要的举措是"摇篮复仇"，即通过大量生育来保障法裔加拿大民族的延续。这一特点一直延续下来。人口众多成为魁北克家庭的重要特点。十几口人的大家庭在魁北克随处可见。在魁北克文学作品中我们经常可以看到有十几个孩子的大家庭，如《玛丽亚－夏普德莱娜》中玛丽亚一家就是一个人口众多的家庭，以至于懒得起名字，而魁北克著名作家加布里埃尔·鲁瓦的小说《二手幸福》的女主角弗洛朗丝到了出嫁年龄她妈妈还在生孩子，另一位著名魁北克作家玛丽·克莱尔·布莱的《艾玛纽埃尔生命中的一个季节》中的新生儿是这家的第16个孩子。

在《旁边的胖女人怀孕了》这部小说中，家庭延续了人口众多的特点。小说标题中的"胖女人"生活在一个典型的魁北克大家庭中：三代同堂，老祖母维克托娃，长子加布里埃尔和怀孕的长媳胖女人以及他们的两个儿子，次子单身汉爱德华，女儿阿尔贝尔蒂娜一家四口，十来口人拥挤地生活在一个屋檐下：老祖母和他的小儿子及长孙挤在一间屋子,长孙理查睡在一张折叠床上,每天早上起来都费很大劲才能收好;表兄妹一同睡在客厅的沙发上;维克托娃四岁的小外甥睡在饭厅里的一张沙发床上,每天早上目睹大人们跑着穿过饭厅抢上厕所,夜里被很晚下班的叔叔、因失眠而起来煮茶的妈妈还有让他害怕的起夜的老祖母不断打扰。

在小说中,家庭被赋予了很重要的地位,它是人们相互依存生活的地方。小说的背景是在1942年二战期间,由于物资的短缺和经济的萧条使得平民的生活陷入困境,而解决这一困境的最好的方法是大家生活在一起以节约开支。胖女人和她丈夫加布里埃尔就是因为生活拮据才和维克托娃一家生活在一起,尽管他们很想自己单过,自在地生活："如果我们单过,我们会很穷！在这里生活更好！"(152)而在他母亲的大家庭里,大家凑份子一起生活日子可以好过些："至少用他所挣的钱加上爱德华的食宿费,以及保罗寄给阿尔贝尔蒂娜的钱还有他母亲一生攒下来的小积蓄的贴补,他们大家都能够体面地生活,吃得好,吃得饱,并且常常睡在干净和舒适的床上,冬天很暖和,在饭桌上有时很好玩"(153)。

在这个大家庭里,大家遵循着长幼尊卑的规矩,这一点在饭桌的座次中可以一目了然,每个家庭成员的座位是按地位尊卑来安排的。老祖母维克托娃是一家之主,地位最高,"总是端坐在最中间的位置"(40),其次是已婚男子："桌子的两头留给家里的两个父亲"(40),孩子们则按"各自家里的排行围着桌子分散坐"(40),而维克托娃未婚的小儿子则是坐在他母亲对面,而当他想坐在上战场的姐夫空出来的座位上时,他的姐姐,"绝望的阿尔贝尔蒂娜就会冲他喊：'等你有老婆和孩子时你才有资格坐在桌子的一端'"(41)。

老维克托娃在饭桌上主宰着一家人,虽然年迈并瘸了一条腿,但她的地位在家里无人能及,她的权威不可动摇。她的儿女都对她毕恭毕敬、小心翼翼,丝毫不敢违背她的意愿。当她想在家里做点什么事的时候,她的儿媳,胖女人,或是她女儿阿尔贝尔蒂娜就会迎上前去,十分关切地说："您歇着吧,您这辈子干的活够多的了……您坐下吧,妈。"(32)。维克托娃的威严让她的女儿很怕她,以致她宁愿去死也不敢向她妈妈承认自己打碎了家里的一个盘子;而老人对待小儿子爱德华的态度更是专横。有一天,她把自己打扮得稀奇古怪,并要求小儿子陪她出门。因为他母亲在街坊中间名声很臭,所以爱德华非常不愿意陪她,但却不敢违背母亲的意愿,只能在一旁小心翼翼地跟着,羞愧得无地自容,心里念着"让我死吧,死掉算了"(161),好让自己"再也不用感到那些嘲笑的目光"(161)。一直以来他就像是母亲养在鱼缸里的"一个闪着光的游动的物体"(195),在她的监控下喘不过气来:"她以他这个囚犯的生活场面来滋养自己,只喂给他一点令人窒息的爱的残余并只在他真的太缺氧时才换水。"(195)这个体现家长制威严的人口众多、互相依赖生活的大家庭无疑是法裔加拿大民族一个重要特点。

除了家庭,小说还反映出宗教在法裔加拿大人的生活中的重要影响。和我们前面介绍的乡土小说《玛丽亚-夏普德莱娜》一样,在这部小说中,我们可以看出曾经被当作保障法裔加拿大民族生存重要手段的宗教仍然保持它的重要地位。小说所处的历史背景是20世纪40年代的二战时期,魁北克虽然已进入城市化阶段,但依然处于一种封闭状态,受保守的意识形态控制。教会在政府的支持下,一如既往地控制着人们的精神生活和社会生活。宗教无处不在,遍布法裔加拿大人生活的各个角落。这一点在特朗布莱的小说中随处可见。

如开饭馆的玛丽·西尔维娅的后铺里堆放着的各种商品中有形形色色、各种大小的宗教人物塑像,最多的是圣母像和圣约瑟夫像(16)。和《玛丽亚-夏普德莱娜》中一样,神父和宗教成为人们处理日常生活问题的重要手段。老维克托娃因为和妹妹赌气想到可以去求助神父,希望神父可以拯救她妹妹的灵魂。当她路过她妹妹所在教区的教堂时,发现两个神父在种地,她对此非常不满,说:"在教堂后面种玉米的神父不是神父!……他们应该负责我妹妹的灵魂而不是西红柿!"(197)而维克托娃的孙子、懦弱的理查在幻想有一天教训经常嘲笑他的弟弟时想到的最狠毒的办法也和宗教联系在一起:"把上帝的怒火引到他身上,这是他该得的唯一的惩罚。"(122)最具讽刺意义的是妓女贝阿特里奇竟也从小在学校被一位修女教师传授了"贞洁、贫穷和服从"的宗教和集体准则(89)。宗教甚至还成为加拿大人参战的理由之一。在小酒吧讨论加拿大是否应该参战时,有人认为如果听任德国人占领所有国家,那么他们"最后会把我们变成无神论者,然后变成异教徒!"(180)虽然这个解释过于天真和简单化,但却透露出宗教意识在法裔加拿大人中间的深入。

和之前魁北克文学作品中所呈现的法裔加拿大民族的虔诚形象不同的是,特朗布莱笔下的宗教带给人们的负面影响似乎更多,人们常常因盲目虔诚而变得愚昧无知,就像小说中妓女梅赛德斯在农村生活的妈妈一样,她是一个"服从神父胜过服从自己丈夫"的十分虔诚的教徒(61),抚养着八个孩子,一辈子生活在虔诚的宗教信仰中,每天的生活从晨祷开始,晚祷结束。她对宗教如此信赖以致"成功地抹去了自己身上的个性或者特点"(61),丧失了自我。她天真地炫耀自己"从未做过违反教会或仁慈的上帝的事",并且相信她的守护神每天早上为她"在天堂的位置掸去灰尘"(61)!梅赛德斯的母亲一直把这种过分的天真保留到弥留之际,临死前在幻觉中看到了上帝:"我看见仁慈的上帝了!我看见圣母了!我还看见我的那位拿着鸡毛掸子的守护神了!"(61)从梅赛德斯妈妈身上,我们可以看到长期受宗教控制的法裔加拿大人因盲目的虔诚而陷入无知可笑甚至可怜可悲的境地。

在《旁边的胖女人怀孕了》这部小说中,特朗布莱不仅讽刺宗教导致愚昧,还指出了宗教对女性造成的巨大伤害。一方面,神父向法裔加拿大女人"灌输空洞而又残忍的话,这些话中,'责任'和'义务'还有'顺从'是第一位的"(229)。宗教认为女人生儿育女天经地义,是一种不可推卸的责任和义务,它禁止避孕,女性不得不像个机器似的没完没了地生育。如书中提到维克托娃的曾曾祖父的女儿27年生了27个孩子,而她自己在生最后一个女儿——也就是维克托娃的祖母时送了命。这个女人在临死时都为自己的一生愤愤不平,诅咒她自己的身体和那"专属女人的像繁殖女仆的命运"(182)。特朗布莱认为这种宗教是"建立在男人的自私上,为男人的自私服务"的（229）。

另一方面，宗教又向人们灌输贞洁观，给女人带来巨大的羞辱：男人们一方面歧视女人，另一方面又把她们当作"贞洁的玛丽，上帝的母亲，纯洁的处女，没有意愿尤其是没有自主权的非人类的生物"，会"借助圣灵的神秘力量"无玷始胎（229）。他们觉得女人"孕育了孩子却不用自己把他们生下来"（229），因此，怀孕被当作一件令人羞耻的事："法裔加拿大女人为怀孕深深感到一种病态的羞耻"（229），因为她们不能像圣母一样无玷始胎生下孩子，所以她们得"用令人窒息的紧身衣和宽松的衣服来掩饰她们的身形"（228），甚至是连一心想要孩子的主人公胖女人，尽管很胖，在怀孕初期也不得不穿紧身胸衣。而当一个大肚子女人在街头经过时，人们的视线就会避开，"好像她是一个淫秽不洁、丢人的东西"（228），那些虔诚的道貌岸然者则会说："最后一个月，按惯例女人应该待在家里"（228），为了不忍受那些目光中"沉默的责备"（228），孕妇们在最后的几周只能待在家里，甚至连她们自己也为日益变形的身体"感到尴尬"（228）。可以说这种"面目可憎的宗教"压得女人喘不过气来，是"对女人身体最大的侮辱"（229）。

在长期严格的宗教控制下，魁北克传统社会把性当作罪恶，是一种禁忌，人们对此闭口不谈，以至于女孩们常常到了结婚生子的年龄对性还是很无知。如小说中的玛丽-露易丝·布拉萨对生孩子一事充满了恐惧。因为从来没人告诉过她有关性的知识，她在婚礼那天还认为孩子是印第安人送来的。因此，当她因为怀孕初期的恶心和肚子疼去看大夫，大夫告诉她"怀了"孩子时，"她不是感到惊讶而是极度恐惧"（186）。她不敢问医生，因为她母亲从小就告诉过她不要"就肚脐眼和膝盖之间的任何部位提问"（186）。她坐在椅子上，看着自己一无所知的身体反复琢磨，越想越害怕，将自己小时候听到过但没能听懂的谈话的只言片语拼凑起来后，竟然得出一个结论："她的孩子会从肚脐眼出来！"（186）宗教控制下产生的对性的忌讳带来的无知简直令人哭笑不得。而胖女人年龄接近四十岁了还怀孕这件事被看作一件丑闻，是家族的污点，对命运的挑衅。她的家人,尤其是女人们,把她的怀孕当作一件令人不齿的下流的事。她的妯娌阿尔贝尔蒂娜这样对她说:"您知道街上的人是怎么说您的吗?嗯?他们说您是一头母猪!他们说过了四十岁还想要孩子只能是头猪!"(173)

凡是和性有关的都被看成一件羞耻的事。妓女贝阿特里奇因为自己的职业受到街坊的歧视,习惯了被人嘲笑和招来辱骂。即使能带来盈利,饭馆女老板玛丽·西尔维娅也是对她们这类人爱搭不理,还经常说:"要不是这些女人是可以来钱的话,我早就对这些婊子关门了,我!"(58)就连和贝阿特里奇说话的时候她也不看对方一眼,"好像仅仅看她一眼就是一种犯罪"(58)。同样,妓女梅赛德斯也备受街坊歧视,光抽烟一事就给她贴上了坏女人的标签:因为"一个当街抽烟的女人,她是什么事都干得出来的!"(58)

人们极力掩藏自己的感情,在公共场合拥抱接吻成了一件极不寻常的事。小说中玛斯塔依和加布里埃尔是一对恩爱的小夫妻,他妻子每天都会在下班时出来迎接他并当街拥抱亲吻,而这一平常的举动却成了"在这条所有人都极力掩藏自己感情的街上绝对令人震惊的事"(145)。甚至夫妻间正常的性爱也被认为是一种见不得人的事,如阿尔贝尔蒂娜发现胖女人和丈夫大白天躲在房间亲热时,认为是一件羞耻的事:"在他们这样的年龄,说实话!再说她还怀孕差不多八个月了!有时我真纳闷我是不是生活在一群猪中间。"(128)

可以看出,与之前的魁北克文学作品相比,这部小说对待宗教的态度显然发生了很大的转变。特朗布莱笔下的宗教不再是拯救民族、保障民族生存的法宝,而是导致愚昧无知,带来偏见,给女性造成伤害,使人性受到压抑的扭曲变形的推手。作者对宗教所持的批评态度由此可见一斑。而把"怀孕"这个魁北克人忌讳而羞于启齿的字眼放在小说的标题中,也显示出特朗布莱对传统偏见的挑战。

除了家庭和宗教,法裔加拿大民族的另一个重要的价值观——乡土小说中表现出来的法裔加拿大人对土地的热爱和依恋在这部小说中也得以延续,只是随着法裔加拿大人生活处境的改变,土地成了人们怀念的对象。魁北克社会工业化后,大量农民移居城市生活,因为在经济上处于弱势,绝大部分移居城市的法裔加拿大人生活窘迫,等待他们的是失业、贫困、拥挤,生活毫无保障。尽管身在城市,但他们从各方面都没有做好过城市生活的准备,对城市生活无所适从,内心依然是眷恋土地和大自然的农民,经常怀念以前的乡村生活和置身大自然中间的生活环境。如小说中的妓女梅赛德斯在春天即将来临时不禁回忆起小时候在乡村春天带给她的美好感受:

> 她看见自己……从学校跑着出来,扑到平坦的地上,发出被释放的动物般的叫喊。到处是春天的气息,几乎能听见树汁在树中上升,任凭随时开放的花蕾吮吸。路上的土湿湿的,她每走一步都会发出吮吸的声音,她妈妈管这种声音叫"四月的嘴"。(60)

小说中的另一个人物玛丽-露易丝·布拉萨在婚后因丈夫在蒙特利尔的一家印刷厂找了份工作而来到城市安家,但她"就像一棵被移植不当的植物"(188),被从村子里移植到了城市里陌生的街道,"永远无法在这里生根"(188)。她在陌生的人群中迷失了自己,害怕、厌倦却不知所措,城市的喧嚣令她窒息:"玛丽-露易丝在她家的窗口怕得要死,烦得要命。她在掺杂着激情、欢乐、叫喊声、笑话、悲剧、爱情、哭泣和欢笑的急流中纹丝不动,法布尔街就像一件沥青做的袍子一样令她窒息"(188)。

而老维克托娃在回忆乡村生活时像换了个人,不再是脾气古怪的老巫婆,而是充满了活力和对大自然深情的向往:"'你想象一下自己在田野中间,那里可安静了!在河边,你闭上眼睛……'维克托娃停下来,闭上眼睛,深深吸了一口气,好像在寻找一种消失、散去、远去太久的味道。"(210)自小在农村长大的维克托娃对大自然有一种特殊的感情,好像和自然是一体,成片的树木就能让她心花怒放:"当我看见总共只有十棵树时,我的心爆开了,好像自己要死了一样"(210);她讨厌"汽车的喧闹声或是薯条机的嘶嘶声"(210),即使在城市生活了大半辈子也还是无法适应城里的环境,觉得像个被困在监狱里的囚犯:"我已经被囚禁在这座大城市45年

却一直都无法适应！"(21)

身处喧闹的城市，心却无时不在向往昔日乡村自由的空间、安静的环境和清新的空气，这里不仅有法裔加拿大人对土地割舍不下的那份情感，也是法裔加拿大人的怀旧情结的延续，这种怀旧情结一直未曾改变，只是在这里昔日不再是荣耀的新法兰西时代，而是恬静自由的乡土生活。

小说中反映出来的另一个法裔加拿大人的特点就是他们对英国和法国这两个国家特有的态度：对法国，他们爱恨交加。这是因为一方面他们的祖先来自法国，法国是他们的母国；另一方面，他们对自己在英法北美战争后被法兰西抛弃一直耿耿于怀。对英国，他们则是带着由来已久的敌意：大征服之后，法裔加拿大人从统治者沦为被征服者，各种特权被剥夺，对他们来说英国是剥夺了他们固有权利的征服者和统治者。这种对英法两国的复杂感情一代代延续下来，成了法裔加拿大人难以解开的心结。这就是为什么二战时加拿大打算到欧洲参战援助英法两国时，魁北克对是否参战投了否决票的原因。这个结果反映了普通法裔加拿大人的心态：当初我们需要法国的时候他们抛弃了我们，而英国人一直以高高在上的统治者态度对待我们，我们为什么要去帮他们？小说中的妓女贝阿特里奇对士兵赴欧洲战场打仗嗤之以鼻："只要一想到那些当兵的很快就单身去那些老国家送命就让我恶心"(19)。她"不明白为什么这里的男人要穿越太平洋去保护两个一直互相憎恨的国家！"(19)

是否应该参战成了男人们在酒吧讨论的焦点，对法国爱恨交织的感情形成了两种观点——有人认为加拿大人应该参战去拯救法国，因为法国是他们的祖国："我觉得，应该救法国……祖国……我们的根……"(179)；有人却反对参战，因为他们对被法国抛弃这一事实不能释怀："法国！抛弃了我们的法国！出卖了我们的法国！……我可不想为法国送死，我也不愿为加拿大送死！我尤其不愿为英国送死！"(179)这一想法反映了大多数法裔加拿大人的观点：抛弃了自己的法国和以征服者状态统治法裔加拿大人多年的英国都不值得魁北克人为他们送命。虽然魁北克省在是否参加二战问题上投了反对票，但结果加拿大还是参战了，因为拥有决定权的是加拿大政府:"是他们,是政府说了算! 而且因为我们是唯一投反对票的,我们还都得去打仗!"(181)显然,法裔加拿大人深知自己在加拿大所处的没有话语权的弱势地位。

此外,在这部小说中,生活在同一个城市的英法加拿大人有着清楚的分界线,他们的地位是不平等的,英裔人所在的区对法裔加拿大人来说是一陌生的禁区,象征着金钱和财富,而法裔生活区则散发着贫困的气息:"这个大商场的西边是一个完全陌生的地方:英语、金钱、辛普森家、奥吉乐维斯家、皮尔路、吉路,直到艾特瓦特,从那里开始又让人感觉回到了自己的地盘,因为附近的圣·亨利区①和港口的气息。"(25)可以看出,虽然英裔加拿大人和法裔加拿大人生活在同一国家,同一城市,但是无形之中他们中间有着不可逾越的界限甚至鸿沟,从政治、经济一直蔓延到日常生活。英裔加拿大人,曾经是魁北克爱国主义文学战场上的敌人、乡土小说中的外来者和家乡诗中的统治者,到了特朗布莱笔下变成了高高在上的有钱人。这一形象的转变无疑也是法裔加拿大民族历史变迁的一种反射。

特朗布莱通过居住在一个街区的形形色色的魁北克居民的日常生活琐事真实而生动地展示了极具魁北克人或法裔加拿大民族特性的方方面面:人口最多的大家庭、渗透到生活各个角落的宗教、对乡土生活的怀念、保守的观念、对英法两国所持有的微妙而复杂的情感等。与之前的魁北克文学作品相比,特朗布莱的小说不再是圣歌式地颂扬法裔加拿大民族,而是通过普通平民百姓的日常生活来呈现法裔加拿大民族的独特性,这种民族性渗透在日常生活中,体现在每一个普通人身上,更加具体、形象,也更加真实。在特朗布莱笔下,我们可以看到生活在现代化城市中的魁北克人一方面延续着法裔加拿大人的传统价值观:对宗教、家庭的依赖,根深蒂固的怀旧情结,对土地的思念等;另一方面,经历了一百多年的自我封闭和宗教统治,进入现代社会的魁北克人显得无所适从,他们保守、

---

① 圣·亨利区是蒙特利尔的穷人区,主要居住着法裔居民。

落后，带有很固执的偏见，生活窘迫，而对故国法兰西的热爱和期盼也漫漫演变成一种怨恨和不屑。

从最初的魁北克爱国主义文学到之后的乡土小说，再到平静革命后的家乡诗和城市小说，我们可以看到法裔加拿大作家和诗人一直致力于对法裔加拿大民族的塑造，随着时代的不同和社会历史的变迁，这种民族性呈现出不同的表现形式甚至某种程度的改变，它在一定程度上见证了一个民族的变迁、成长、不断成熟和完善的过程。进入20世纪80年代后，随着魁北克民族问题的淡化，魁北克文学也渐渐摆脱浓厚的民族主义色彩，民族性不再是文学作品呈现的重点，而是回归文学本身，追求个性，变得开放、包容，呈现出一种国际化、多元化的特点。

结　语

"我是谁?"和"这里是哪里?"这两个问题自加拿大文学发端以来就困扰着一代代的作家和文艺批评家。从早期殖民者面对北美新土地的地理认知困惑,到加拿大人试图摆脱"前哨"心态、树立民族文学形象的民族主义运动,到移民文化带来的多元文化表述,直至当代超文化主义、跨民族思想潮流的影响,文学想象中的加拿大身份非但没有得到最终的定义,反而更加错综复杂。对于加拿大人来讲,"我是谁?"就意味着在文学中如何表达加拿大形象,或者说如何塑造文学的"加拿大性"。作为文化表征符号的一个至关重要的媒介,文学理所当然地担负了建构加拿大性的历史使命。

加拿大民族和国家想象在一开始就具备了文化对话性。早期法国和英国殖民者在北美大陆的文化、政治、军事遭遇给加拿大民族构建和国家想象既造成了不可避免的内在冲突和矛盾,同时又注入了一种独特的对话性。加拿大作为一个政体的存在,是建立在英法双元文化基础之上的,后来又确立了多元文化政策,这就把文化身份的定义放置到了广泛的背景之下,使得民族交融、文化互动等成为文学中民族想象的现实基础和动力。阿特伍德在《双头诗》中曾经把法裔魁北克和英裔加拿大的双元国家身份比作一个连体婴儿,它具有两个意识中心、两个头脑,但共享一个身体。诗歌表现出一种不断通过争辩、协商来认识自我的意象和隐喻:"你怎么能够用两种语言/来表示两种语言传达的本意?"(Atwood,1987a:31)后殖民主义理论家霍米·巴巴指出,后殖民社会的身份具有一种特殊的"居间性,也就是差异领域所构成的重合和位移空间,在这里主体间性、集体民族性(nationness)经历、族群利益或文化价值得以协商确立"(Bhabha,1994:2)。巴巴指出,文学对文化差异的再现"绝不能被理解为对特定传统中预设的民族和文化特点的体现"(Bhabha,1994:2),实际上社会、文化、民族、族裔差异是"错综复杂、不断协商的过程,它旨在通过历史的转变确立文化的混杂性"(Bhabha,1994:2)。当然,巴巴主要关注的是殖民者和被殖民者之间的身份协商。在加拿大,民族想象不仅存在这种协商,也存在两个定居者民族之间的文化协商。这种协商并不意味着对民族和国家定义的大一统霸权,而是不断地在发生着变化。正如哈琴所说:

> 一心沉迷于自我定义的加拿大常常用两个声音说话,它的舌头是分叉的,带有讽刺的意味。尽管人们常常把这种情况看作一种自卫性或者进攻性的修辞武器……甚至只是嘴上说一套,心里却想着不同的内容,但是,这却是一种"话语"形式(在任何媒介中均是如此),它使得说话者在讲话的同时挑战"官方"话语。(Hutcheon,1991:1)

显然,哈琴对民族身份的想象强调了其构建性、游移性,是对宏大的官方民族话语的颠覆。英法双元文化对加拿大身份的定义一直在"两厢孤独"和"双头连体"模式之间徘徊,在矛盾中对话,对话中又存在矛盾。实际上,关于加拿大民族想象和身份的"协商"和文化对话,早在加拿大最早的小说《艾米莉·蒙泰古的往事》中就已经存在了。小说通过描写一个英国军官在魁北克的见闻,通过对魁北克法语文化和社会风貌的观察,再现了加拿大殖民地时期两种文化的冲突和交融。小说不仅是双元对话的开端,也孕育了多元对话的种子。这尤其表现在主人公对印第安民族风貌的观察、赞赏和批判之上。加拿大被定义为一个通过协商和叙述而不断进行修正的文本,这种文本包含了一系列独特的叙事方式、视角、意识中心、主角对话等,从加拿大殖民时期就已经奠定了多元主义、反同一性的民族想象。

后现代作家罗伯特·克罗奇有一句著名的论断:"在某种程度上,我们根本没有身份,除非有人讲述关于我们的故事。虚构使我们成为真实。"(Kroetsch,1970:63)在克罗奇的想象身份中,加拿大被比喻为一个不断发生变化的虚构故事,它存在着,却没有明确的轮廓,只是在不断地生成。这种虚构性的民族想象首先说明了加拿大人对身份的迷惑和彷徨,他们面临的是一个在此处与彼处、历史与现在、自我与他者之间彷徨的中间地带,关于身份的不确定性、模糊性和多元性因而成为加拿大性的核心表述之一。克罗奇的文化表述实质上更强调文学想象和民族、国家的内在关系。巴巴在《民族与叙事》中指出:"民族就像叙事一样,在神话时代往往就失去了自己的起源,因此只有在头脑中才能展现它的全貌。"(Bhabha,1990:1)加拿大的身份想象被反复通过叙事和虚构进行浪漫化的隐喻构建。按照安德森的文化建构主义理论,民族的身份是"想象共同体"的建构结果(Anderson,1991:1)。"民族的想象共同体"把民族理解为文化构建物,使文学和写作成为民族想象的文化殿堂。语言与文学成为民族、国家成型中的重要媒介,这样就使之与语言、文学和文化发生密切的联系,使文学文本成为民族想象的文化符号学象征。文学作为一种具有"共时性共同体"(Anderson,1991:145)的想象力量,在"虚构"身份的同时,传达一个民族或国家的共同价值和信仰,也使文学具有一个民族或国家的性格表征。

如果说,民族是想象的构建,是叙事的过程,那么构成这个想象共同体的文学就必定具备一定的性格特征,也就是所谓的加拿大文学的"加拿大性"——或称加拿大文学的民族性。然而要说清加拿大文学民族性的构成元素是哪些,却不是一件易事,甚至在很大程度上是不可能的。这是因为,民族和国家共同体想象的基础并不是完全一致的,也是一个不断进行的动态过程,再加上文化、历史、民族、社会等各种因素,使得寻求"加拿大性"的使命非常艰巨。其次,民族和国家是两个非常难以定义的概念。随着多元文化时代的到来,后现代主义、后殖民主义、全球化、世界主义的观念对民族和国家的概念提出了挑战。例如,霍尔认为,近现代和后现代对主体的崭新定义和概念造就了"破碎的主体",而民族文化身份也在"全球化的过程中被移位错置了"(Hall, Stuart, 1996b:611)。民族、国家"不只是一个政治实体,而且它在不断地产生意义,成为一个文化表征的体系",人们"不只是一个国家的合法公民,而且参与了民族文化的思想再现",因此民族和国家实质上"是一个象征性群体"(Hall, Stuart, 1996b:612)。在加拿大,弗莱提出的"加拿大想象"也在随着时间的推移不断发生着潜移默化的变化,其内涵从最初的殖民主义、地域色彩逐渐扩大到后殖民主义、后现代主义、世界主义、超文化主义等各种语境范围,这也恰恰说明了民族和国家的文化符号学实质及其想象再现过程。

如果从文学发展史的角度来看,加拿大文学的民族性过程实质上是一个从单极走向多极、从统一走向分散的过程。在这个过程中,自我的认知逐渐扩大,他者也渐渐被容纳到自我的范围之内,因而改变了早期文学想象中的自我/他者的简单二元对立,形成了广泛性和扩展性的自我/他者的共存身份认知。

加拿大文学想象的民族特征首先来自地理和地域的想象。加拿大广袤的土地和形态各异的地质区域和各民族社群所具有的风俗、语言造就了鲜明的文学性格和特征。在很大程度上,是地域文学造就了加拿大文学。在文学想象中,加拿大确实是一个扑朔迷离的存在,它由无数无形的想象地域所组成。丁林棚在《加拿大地域主义文学研究》中指出,这些地域不仅包括地理地域、民族地域,还包括语言地域、隐喻地域、心理地域(丁林棚,2008a:35—40)。尽管地域主义文学曾经遭到有关世界性审美价值的质疑,但不可否认的是,它和民族与国家两个概念一起构成了加拿大文学的核心话题。文学作品中的地理想象不仅是地域主义文学作品的特征,更是加拿大文学想象的重要组成部分,是对加拿大想象的独特定义。自从殖民者首次登上北美大陆,加拿大的自然就一直是文学想象的中心,这种深刻的地理想象和地域描写已经被深深地印在历史的记忆之中。弗莱指出:"加拿大最危险的敌人并不是外国侵略者,而是它自己的地理。"(Frye,2002:244)大自然和地理风景不仅是文学想象中的一个永久存在,甚至是加拿大人精神的外在体现。在许多作品中,土地几乎成为作品的主角(例如罗斯的《正午等灯光》、格罗夫的《沼泽地定居者》、希拉的《双钩》、奥斯坦索的《野鹅》)。由于地理的隔绝,许多作品中有关家庭和社会的描写反复突出身体的隔绝和心理的异化两大主题。草原意象和海洋意象成为加拿大西部和东部文学的重要特征,而国家形象的塑造也同样离不开地域地理的想象。地域历史、本土印第安传说和神话等也都成为加拿大文学想象的重要元素。地域历史事件经过文学的想象和地域/民族神话构建最终上升为代表民族文学性的符号。后现代地域的想象则体现为魔幻现实主义、先锋派实验地域小说(例如霍金斯的《约瑟夫·伯恩的复活》),地域认同还和个体精神世界相互融合,模糊了地理空间和主体性的边界(例如范·赫克的自传式地理虚构小说《远离埃尔斯米尔的地方:一部亲探地理小说》)。这些作品具有鲜明的加拿大想象性。

不过,需要注意的是,近年来,加拿大地域主义文学掀起了意识形态的对抗,反对国家中心主义文学霸权对地域文学的表征。对地域主义批评家来说,加拿大性正存在于地域的具体性和地方性上,并不存在统一的国家理想。地域主义尤其反对国家中心主义将地域扁平化,抽取一些地理、族裔、语言、文化等象征,进行国家符号化加工,使之摇身一变,成为代表"加拿大性"的象征,从而抹杀了地域的具体、切身文化表述。克里尔曼指出,有些地域主义作家,虽然他们也非常高产,在该地域有着极高的声誉和影响,作品"复杂,美妙非凡,却没有得到应有的承认"(Creelman,2008:60)。这些作品无论在"审美上,还是在意识形态上都引人入胜",但由于它们不属于大众阅读的主流风格,也由于它们积极抵抗国家关于地域形态的"表征规则",不断"质疑、抗拒和复杂化地域身份"(Creelman,2008:60),因此被国家文学审美所忽略或遗忘。21世纪地域主义文学的突出特征是,地域主义作家坚持以地域立场和视角为出发点,创作关于地域的文学，坚持对国家"元叙事"和"元神话"进行抵抗，书写关于地域的具体生活和价值，因此是对"帝国中心"的抵抗。

例如，在麦克劳德的短篇小说中，作者描绘了一个完全不同于国家神话的地域图景，再现了一个和日常生活、工业文化息息相关的布雷顿角生态地理景观。这种景观是以生存为核心的庸常景观，而非美丽的伊甸园式景观。地域生存景观具有自己的审美、价值、伦理和生态意识，它颠覆了国家对地域的神话利用，挑战了旅游文化带来的帝国主义"凝视"权力，把中心/地域和自我/他者的结构秩序完全消解。实际上，基于地域风光的"加拿大性"文学再现就是通过把地域"自然化"、虚无化，掏空了其人文差异性和特殊性。麦克劳德的作品则令读者重新意识到地域所特有的人文、社会内涵。作者通过塑造"本真"的"肮脏地域景观"来解构国家主义文化符号体系中所塑造的关于地域的"丛林花园"式的田园景观，对代表文化帝国主义的旅游景观进行反抗，以地域内部、深度性视角解构了国家主义文化对新斯科舍的原型构建。麦克劳德的地域书写还反讽了以文化工业为驱动力的国家对地域的"本真"文化再现。这种文化景观和精神景观息息相关。麦克劳德的大西洋岛屿不是一个纯粹的地理景观，而反映出独特的地域人文景观，是对地方的人文地理学书写和叙事，就地域性体验建构了关于边缘/中心的国家想象。

加拿大文学想象的第二个焦点是对国家的想象与对身份的构建。20世纪60年代兴起的民族主义文学运动在很大程度上响应了弗莱对"边哨心态"的冲锋号角，这是后殖民主义构建国家和民族想象的历史开端。民族主义者认为，一个国家应该有一个统一的身份，这个国家的文学也应该有区别于其他国家文学的独特意象、符号、模式等。弗莱的"统一的国家意识"号召人们平衡好国家和地域的相互关系，既要避免用统一性来容纳一切身份想象，也要避免用身份来表达统一性（Frye，1971：iii）。民族主义文学的想象寻求构建共同的文化记忆，"认同的努力是至关重要的"（Frye，1971：vi）加拿大文学必须培养国家和民族的整体统一意识。对阿特伍德来说，文学想象和民族性格紧密联系，文学也应当体现出加拿大的文化心理状况。她认为每一个国家都有属于自己的具有启发意义的核心象征,例如美国文学中的西部神话和英国文学中的岛屿意识(Atwood,1972b:32)。相比之下,加拿大文学的主导想象就是"存活",即在精神、身体和文化三重意义上的存活斗争,更重要的是,文化意义上的存活使阿特伍德将加拿大人和受害者的角色相互联系起来,共同服务于她自己作品中的反美文化帝国主义的主题。对于约翰·莫斯来说,加拿大想象中的"地理身体想象"、反讽和个体意识构成了加拿大文学的民族特征(Moss,John,1974:7)。放逐尤其是加拿大生活的历史和精神写照,无论是"边哨放逐"还是边界放逐、移民放逐、殖民放逐等,都构成了定义加拿大民族文学中"隔绝的心态"和"分离的意识"的"动力学"结构(Moss,John,1974:7)。当然,20世纪80年代之后,民族主义文学想象进一步扩大,并脱离了60年代以来强烈的政治意象和反文化殖民主义/反(美)帝国主义倾向,而是转向加拿大内在的地理/精神/文化构造寻求代表国家身份和形象的文化表达。荒野意识、北方性、动物想象等主题成为新时代表达加拿大想象的重要媒介和符号象征。文学写作在总体上也逐渐从自我/他者的排斥和对立视角转向了包容性和对话性。

阿特伍德是民族主义文学的先锋。她的作品往往表达出尖锐的民族主义思想,并通过一系列文化努力来塑造"加拿大性"。阿特伍德的《浮现》既可以被视为恐美文学的战斗檄文,也可以从深层的形而上学角度加以解读。作者利用女性叙事的形式平行描写了加拿大的身份困惑,把女性和民族叙事巧妙地合而为一,是一种象征意义上的个人与民族叙事的统一。阿特伍德通过小说提出了几个重要的建构"加拿大性"的思路:第一种方式是要积极认识加拿大这片土地,和加拿大荒野、北方地带进行亲密接触,扩展加拿大想象。例如,《浮现》赋予荒野一种民族文化象征意义,塑造了加拿大的"北方性"。小说中的北方实际上超越了地理学概念,成为一种代表加拿大想象的意识形态。阿特伍德巧妙地对加拿大北方的符号象征进行了艺术改造,把它和民族主义思想相结合,暗示了美国和加拿大在荒野意识上的文化差异。第二种方式是通过对加拿大文化的深层体验展现加拿大与美国或其他国家所不同的方面。例如，在小说中，阿特伍德表达了对美国文化帝国主义的批判，暗示建构一种属于加拿大自己的本土时空性，完成实现民族文学的使命。实质上，《浮现》中的北方代表了加拿大民族想象中的"冷田园"理想，并暗含了对美国荒野意识和边疆理念的暗讽，书写了加拿大在政治、自由、道德、理想等方面与美国文化价值观的差异。阿特伍德所暗示的第三种塑造加拿大想象的途径就是，要从文化上积极拥抱本土历史和神话，尤其是印第安传说，通过部分接受"印第安性"来建构"加拿大性"。阿特伍德强调弘扬加拿大文化的本真性，通过发掘文学和艺术的本土性（indigineity）来构建加拿大想象。《浮现》在很大程度上表现出一种对"印第安性"和土著文化的追求和吸纳，从而摆脱与欧洲历史的联系。小说中还流露出一种深层的本土动物想象，凸显了以生命循环为核心的本土化动物理性与美国物质主义理性的反差。通过凸显本土的理性和想象模式，小说从形而上学角度表达出一种新时间性构建的声音。时间被描写为文化权力争夺的场所，小说凸显了魁北克（加拿大）的本土时间性，挑战了传统线性时间，通过描写具有本土文化特性的循环性时间和共在性时间，弘扬加拿大想象中的文化时间及其差异性，这是一种多元文化空间下的现代性异质时间。

民族和国家的认同离不开社会和文化历史。文化记忆则是塑造民族和国家身份的重要方式。对作为加拿大民族主体的英格兰、苏格兰、爱尔兰后裔来说，欧洲的民族、家族记忆实际上构成了"加拿大性"的一个部分。关于欧洲渊源的历史成为加拿大文化基因中不可消除的一个永久元素。在加拿大联邦成立之前，关于民族的诸多讨论实质上主要就是指加拿大的"盎格鲁性"。正如查姆皮恩所说，在人们所谓的"典型的加拿大性"（typical Canadian）中存在着"一股强大的英国精神"（English spirit）（Champion 92），直至今天，"加拿大的社会机制中仍然存在着一种根深蒂固的英国思维和行为模式"（Champion 92）。因此，加拿大民族性在文学中的体现不能脱离欧洲历史的影响和英伦记忆。在今天的加拿大文学图景中，有大量的作家仍然在书写关于欧洲的回忆，例如麦克劳德、门罗等作家。在他们的作品中,关于过去的回忆和现在息息相关,它们形成了一种时空延续,但同时又存在某种差异。这种关于共同文化记忆的叙事在很大程度上书写了加拿大文学的盎格鲁性传统。马维·加伦在《故乡的真相:加拿大故事选》中借助主角林尼特表达了这样的身份记忆:

> 在那些日子里,几乎没有什么"加拿大人"这样的东西。你生在加拿大,但又是一名英国臣民,同时,你还有第三个标签,却没有领事的真实性……在加拿大,你父亲是谁,你就是谁。对我来说,我就是英国人。他是半个苏格兰人,但是论出生、论母亲血缘、论本能,却是英格兰人。我一点都不觉得自己是不列颠人或者英国人,但是,我也不是美国人。在美国学校里,我一直拒绝向国旗致敬。(Gallant 220)

由此可见,盎格鲁性和加拿大性往往形成了一对矛盾体,是介于现实与记忆之间的身份困惑。这种困惑在门罗的短篇小说里面也同样有所体现。她的作品处处渗透着关于苏格兰的记忆,但却在加拿大现实的主导力量下产生某种位移、错置、变形,因而形成了门罗独特的苏格兰—加拿大时空体。门罗常常通过对日常生活细节的描写,结合个人故事、家族记忆、地方事件来描写苏格兰历史,这样就把焦点集中在了加拿大的现实世界中,以平淡无奇的视角来书写民族和国家。在很大程度上,门罗的作品就是通过口述来展现民族回忆,一方面表达了对苏格兰的幻灭,另一方面建构出一种模糊的、处于中间状态的"加拿大性",通过强调地方知识、个体视角而想象出一个时空混合体,再现出盎格鲁—加拿大主体民族的身份困惑。门罗的"苏格兰性"是加拿大现实世界的一个重要元素,是一种跨越欧洲和北美、过去与现在的时空的"混合体",形成了一种独特的"错位身份"。对门罗来说,庸常的现实是民族和身份的具体载体,民族性体现在生活的细微之处。她的小说把家族史、个人记忆和地方事件相互联系起来,并以日常对话和闲聊的形式折射出苏格兰—加拿大人的现实生活,把民族和国家想象、历史等宏大的议题作为口述叙事的构建产物,这是对"加拿大性"的一种独特的描述。通过个体视角,门罗进一步凸显了关于加拿大的具体性地方知识,使读者随着作者进入苏格兰—加拿大人的社区内部,这是对民族性和社区的一种具身呈现形式。门罗甚至展开了人类文化学和民族志意义上的详细审视,勾勒出苏格兰后裔的民族道德和宗教图景。在门罗看来,苏格兰—加拿大人的民族性格体现在生活、信仰、宗教和价值体系等方面,展现了当代加拿大民族性构建过程中的文化和宗教渊源。

20世纪80年代以来,加拿大文学想象发生了转向,逐渐从单一的自我/他者对立转向了基于多元文化主义的身份想象。后现代主义去中心化和边缘化的趋势消解了围绕民族国家身份想象的唯一来源,以差异性为特征的价值体系对传统的统一性身份认知和文学想象发出了挑战。多元主义的文学想象对民族主义的国家元叙事提出疑问,并在文学创作、文学经典化构建、文学理论和文学批评方法论等各方面进行了多元化的表征尝试,对地域、族裔和社区文化敞开双臂。文学想象中对国家和民族身份的建构出现了复数形式的加拿大。主题批评的统一形象构建遭到诟病,"差异""不同""异质性"等成为新时期的文学想象的关键词。这种差异性不仅体现在地域方面,更容纳了多元文化背景下的各移民群体及其文化的具体性和个别性。边缘性和差异性的弘扬也使文学想象重新对早期文学素材、民间传说、历史故事等表现出兴趣,通过重写、反讽和模仿等构建新的历史和文本互文。例如,克罗奇矛头直指"奠定民族性基础的"加拿大人的"元叙事",指出在加拿大"不统一就是统一",因为"正是由于我们的故事四分五裂,我们的故事才得以完整"(Kroetsch,1989:21)。克罗奇不仅反对加拿大的总体性元叙事,而且强调文学想象的复调性,颂扬文学表达的狂欢化。用碎片的、局部的、不完整的叙述来重构关于加拿大的文学形象。

伴随多元、复调的文学想象而来的,是去中心化的文学想象。但是多元文化主义和主题批评"总是企图把国家和国家身份变成不辩自明的道德信条"(Lorrigio 316)。20世纪80年代以来日渐突出的族裔性文学想象成为加拿大想象构建的一个不可分割的部分。约瑟夫·皮瓦托认为:"多元文化文学招来了均质化的鬼魂"(Pivato 25),人们对多元文化作品的理解往往在原始主义和欧洲中心主义之间徘徊。因此,必须把族裔表达作为加拿大文学和文化表述的一个内在范畴进行考察。这是因为,作为一个移民国家,加拿大文学的民族性基础是族裔性的共存,族裔文学能更客观地表达出加拿大想象的多样性和差异性。传统上对民族性的理解在本质上是统一性和均质化的表达,它默认一个国家的文学必须能够反映这个国家的历史和传统。然而,本土作家和族裔作家的写作往往是具体的地方、地域或民族社区,是对"所谓'世界性价值'"和主流文化的质疑。因此,加拿大文学民族性的权威来源于各族裔社群的差异性身份认同所构建的具体性语境。文学民族性构建不是单一的过程,而是由多种力量相互交织的复杂的关系网络。因此,文学想象也应当是一个多重的构建过程,这并没有和国家民族主义形成对立,而是符合在新时代语境中对民族形象和身份认知的要求。

多元文化主义使人们能够改写殖民时代的"他者性",构建一种新生的加拿大性。此外,人们对民族身份的交叠和混杂性想象则催生了跨民族主义想象,对统一、稳定和固定不变的民族身份提出了挑战。多元文化、族裔性和跨民族主义想象文学创作的一个典型就是迈克尔·翁达杰的小说。在他的小说中,个体、文化、国家、民族边界不断被穿越、超越、重组,这是后现代主义和后殖民主义语境下对全球身份及跨民族身份的某种文化尝试。《身着狮皮》的跨民族主义思想主要表现在对游弋主体的刻画上,小说是一个关于迁徙的文化寓言,刻画了内在迁徙者和外来迁徙者两个角色。游弋的迁徙者形象消解了传统民族归属性的概念,揭示了后殖民主义语境下的"想象民族共同体"对成员的要求,绘制出一个不断在途的游弋主体。翁达杰利用空间意象和象征描写了游弋者对民族空间的穿越。小说中尼古拉斯和帕特里克具有深刻的象征意义,他们实际上是游弋者形象的双身代表。翁达杰把所有个体描写为陌生的外来者,彼此互为他者,不断地穿越民族性的边界,呈现出流体的身份构建趋势。主角帕特里克就是一个"有根主体"和"在路主体"的矛盾身份,作者借用内在者和游弋人的双重身份,编织了一个关于加拿大民族国家构建的叙事文本。

进入 21 世纪以来,人们对族裔、民族、国家身份的认知出现了新的变化,身份不再被认为是固定不变的,而是一个不断涌动的过程,甚至是多重的构建。文学想象常常发生边界/身份的交叉和重叠,跨越了时空和民族的界限。全球化深入发展使人口流动频繁增多,民族与国家概念甚至超越民族界限。在加拿大,对族裔多元性和动态性的认知也使加拿大想象发生了深刻的变化。琳达·哈琴指出:"20 世纪 90 年代之后的多族裔流散世界,使得多重后现代身份成为可能。"(Hutcheon,1998:32)弗兰克·戴维也否认民族的统一性,指出应当把加拿大理解为"相互竞争的经典的领域"(Davey,1994a:69),加拿大文学的民族性是跨民族的。加拿大文学想象经历了从统一、差异、多元、分散到超越的历程。迈克尔·伊格纳提夫认为应当以积极的姿态拥抱新的"世界主义的身份",并努力适应后民族国家的想象认同。这种世界主义身份使人们能够主动构建自己的加拿大想象社区,"从每一个民族中汲取他赞赏的风俗"(Ignatieff 7)。当然,世界主义并不意味着国家的消亡,而是一致的,是一种新形式的民族和国家想象。随着后现代主义对边缘和多元的颂扬,民族与国家界限的削弱对加拿大想象产生了重要影响,造就了文学想象的文化接触,也改变了传统上以文化吸收为基础的民族国家概念。超文化主义文学想象承认族裔性的存在和差异,并尤其弘扬族裔性和文化的交融与渗透。当然,这种文化的交融共同发生在加拿大的现实地理环境和文化氛围所构建的"想象共同体"之中。这种新的超文化和跨民族主义的加拿大想象显然能够克服历史/现在、自我/他者、此处/彼处、统一/对立、中心/边缘等传统二元对立的文学和文化表达范式,把加拿大文学民族性放置到更广阔范围的全球化语境之中,使加拿大想象具备超文化主义和世界主义的色彩。

实际上,加拿大文学中的超文化主义想象不仅是对政治、文化边界的超越,也融合了加拿大独特的生态和环境思想。新的超文化想象强调身份认同的多样性和广泛联系，超文化身份不仅跨越不同的民族、宗教和文化界限，是一种在个人、社会、族裔、文化等方面自主游移的生态自我思想，同时也"超越"了人类文化边界，形成和自然、环境、动物等发生广泛联系的身份认知。超文化生态主义强调身份的"生成性"和流动性。

《少年派的奇幻漂流》就是这样一部独具特色的加拿大生态超文化主义小说。小说首先在叙事的象征学意义上表达了超越性和"他处性"。主人公在不同的文化、宗教、身份之间穿越，并不断地获得新的自我。通过派的故事，小说揭示了加拿大文学中关于身份想象的超文化生态自我意识，凸显了在后民族时代国家边界的弱化。《漂流》的超文化生态叙事通过少年主人公的海洋漂流突出了加拿大文学中超越自我/他者界限的身份想象。《漂流》之所以具有典型的"加拿大性"，是因为小说继承了加拿大文学中的荒野想象、动物认同、存活主题、迁徙主题、生态意识等鲜明特征。小说以派的成长为线索，描写了他的多重自我和超个人自我构建历程，展现了主人公在成长过程中的心理、精神、社会等方面的困惑、苦恼和焦虑，凸显了自我的开放性和游移性。少年派的多重宗教信仰体现了马特尔的超文化主义的自我构建，这种自我构建并不是追求固定、统一的身份，而是一种具有流动性和叠加性的自我认同。派同样是一个"全球游牧者"，他获得一种多重想象效忠的归属感，这就使自我永远处于一种生成状态，塑造了一种新型的"生成"主体。的确，动物社会也是一种文化形式，超文化自我就是实现在人类文化和动物文化之间的穿越。作为一部表达加拿大想象的超文化主义小说，《漂流》把主体定义为一种超越族裔、宗教、文化等边界，并和自然、动物共生的生态联系性自我。《漂流》中派不断地处于变化、移动之中，暗喻了身份的游移性，使主人公以世界性伦理姿态，以德勒兹所说的星球性立场超越了根深蒂固的现有文化的限制。小说通过描绘主人公的社会、自我、环境立体的成长故事再现了加拿大超文化生态身份想象。

魁北克法语文学对"加拿大性"的构建也是加拿大文学想象中的一个不可或缺的部分。和加拿大英语文学相比，魁北克文学中的民族想象也是在各种矛盾冲突中发展的,这些矛盾包括法兰西旧世界与魁北克新土地、英语文化与法语文化、美国文化与魁北克文化的种种冲突。19世纪魁北克爱国主义文学(如克雷马齐的诗歌)致力于塑造关于法语民族的集体记忆,再现民族辉煌史,作品充满对故国法兰西的回忆、对新法兰西时期的怀念和对祖先的赞美。随后的乡土小说(如《玛丽亚-夏普德莱娜》)特点是神化土地,赞誉农耕生活,通过表现法裔加拿大人的宗教虔诚、对传统的眷恋和对土地的寄托来呈现"加拿大之魂"。20世纪70年代,新民族主义"家乡诗"构建了一种身份文学(如以米隆为代表的诗人),用语言勾勒出一个想象国度,表达出对自由、独立和平等的诉求、对魁北克的热爱和对自我身份认同的追求。民族主义时代之后的平民化的民族性文学想象则朴素地表达魁北克的文化归属,凸显语言、文化、历史等问题,带有鲜明的魁北克特色,这在特朗布雷的作品中表现得尤为突出。

总而言之,加拿大文学中的民族和国家想象是一个不断发生的动态、多元过程,离不开历史、文化、政治、艺术等各方面的综合考量。对"加拿大性"的构建也经历了地域主义、民族主义、多元文化主义、跨民族主义和超文化主义乃至世界主义等不同的阶段。文学想象中的国家和民族性构建对"加拿大性"的描述显然已经超越了地域、民族、时空的边界,甚至对国家边界本身提出了质疑和挑战。文学想象中的国家和民族性构建不仅是对"想象共同体"的构建,而且是一种超越本质主义的文化的相互协商的过程,是一种对话主义和复调文化。当然,无论是超文化主义写作还是世界主义写作,依然不能完全脱离加拿大文学民族性构建的具体历史、地理、政治、民族、文化等现实基础。加拿大文学是在国家和新型民族性框架下的想象构建,它强调多元、流变、交融的集体想象,一方面既超越了地域、国家和民族的限制,另一方面却也和它们有着千丝万缕的联系。

引用文献

Abrams, M. H. *A Glossary of Literary Terms*. 7th ed. Harcourt Brace College Publishers, 1999.

Adamson, Arthur. "Identity through Metaphor: An Approach to the Question of Regionalism in Canadian Literature." *Studies in Canadian Literature*, vol. 5, no. 1, 1980, pp. 83—99.

Anderson, Benedict. *Imagined Communities: Reflections on the Origin and Spread of Nationalism*. Verso, 1991.

—. *The City in Transgression: Human Mobility and Resistance in the 21st Century*. Routledge, 2021.

Angus, Ian. *A Border Within: National Identity, Cultural Plurality, and Wilderness*. McGill-Queen's University Press, 1997.

Arch, Stephen Carl. "Frances Brooke's 'Circle of Friends': The Limits of Epistolarity in *The History of Emily Montague*." *Early American Literature*, vol. 39, no. 3, 2004, pp. 465—485.

Ashcroft, Bill, et al. "Transnation." *Rerouting the Postcolonial: New Directions for the New Millennium*, edited by Janet Wilson, Cristina Sandru, and Sarah Lawson Welsh, Routledge, 2010, pp. 72—84.

Ashcroft, Bill, Gareth Griffiths, and Helen Tiffin. *The Empire Writes Back: Theory and Practice in Post-Colonial Literature*. Routledge, 1989.

—. *Key Concepts in Post-Colonial Studies*. Routledge, 1998.

—. *The Empire Writes Back: Theory and Practice in Post-colonial Literatures*. 2nd ed. Routledge, 2003.

Atwood, Margaret. *The Animals in that Country*. Oxford University Press, 1968.

—. *The Journals of Susanna Moodie*. Oxford University Press, 1970.

—. *Surfacing*. McClelland and Stewart, 1972a.

—. *Survival: A Thematic Guide to Canadian Literature*. McClelland and Stewart, 1972b.

—. *Cat's Eye*. Doubleday, 1979a.

—. *Selected Poems*. Oxford University Press, 1979b.

—. *Second Words: Selected Critical Prose*. Anansi, 1982.

—. *Selected Poems II: 1976—1986*. Oxford University Press, 1987a.

—. *The Edible Woman*. McClelland and Stewart, 1987b.

—. "The Only Position They've Ever Adopted towards Us, Country, to Country, Has Been the Missionary Position." *If You Love This Country: Facts and Feeltings on Free Trade*, edited by L. La Pierre, McClelland and Stewart, 1987c, pp. 67—73.

—. "Where Were You When I Really Needed You." Interview with Jim Davidson. *Margaret Atwood: Conversations*, edited by Earl G. Willowdale, Firefly, 1990a, pp. 86—98.

—. *Conversations*. Ontario Review Press, 1990b.

—. *Strange Things: The Malevolent North in Canadian Literature*. Oxford University Press, 1995.

Augé, Marc. *Non-Places: Introduction to an Anthropology of Supermodernity*. Verso, 1995.

Avigdor, Eva. *Coquettes et Précieuses: Texts inédits*. Libraire A.-G. Nizet, 1982.

Bakhtin, M. M. *The Dialogic Imagination: Four Essays*. Translated by Caryl Emerson and Michael Holquist, University of Texas Press, 1981.

—. *Problems of Dostoevsky's Poetics*. Translated by Caryl Emerson, University of Minnesota Press, 1984.

—. *Speech Genres and Other Late Essays*. Translated by V. W. McGee, University of Texas Press, 1986.

—. *Toward a Philosophy of the Act*. University of Texas Press, 1993.

Bal, Mieke. *Narrative Theory: Interdisciplinarity.* Taylor and Francis, 2004.

Balzac, Honore De. *The Physiology of Marriage: Petty Troubles of Married Life Repertory.* Edited by J. Walker McSpadden, Avil Publishing Company, 1901.

Banerjee, Mita. *The Chutneyfication of History: Salman Rushdie, Michael Ondaatje, Bharati Mukherjee and the Postcolonial Debate.* Universitätsverlag, 2002.

Barry, Peter. *Beginning Theory: An Introduction to Literary and Cultural Theory.* 2nd ed. Manchester University Press, 2002.

Barthes, Roland. *Mythologies.* Translated by Annette Lavers, Jonathan Cape, 1974.

Bastian, David E., and Judy K. Mitchell. *Handbook of Native American Mythology.* ABC-CLIO, 2004.

Batts, Michael. "Literary History and National Identity." *A/Part: Papers from the Ottawa Confcrence on Language, Culture, and Literary Identity in Canada. Canadian Literature*, Supplement no. 1, 1987, pp. 104—110.

Baudrillard, Jean. *Simulacra and Simulations.* Translated by Sheila Faria Glaser, Michigan University Press, 1994.

Bauerkemper, Joseph. "Narrating Nationhood: Indian Time and Ideologies of Progress." *Studies in American Indian Literature*, Series 2, vol. 19, no. 4, Winter 2007, pp. 27—53.

Bauman, Zygmunt. *Postmodern Ethics.* Blackwell, 1993.

—. *Liquid Modernity.* Polity Press, 2000.

Baym, Nina. *Feminism and American Literary History: Essays.* Rutgers University Press, 1992.

Bell, David. *The Roots of Disunity: A Study of Canadian Political Culture.* Oxford University Press, 1992.

Berger, Carl. "The True North Strong and Free." *Canadian Culture: An Introductory Reader*, edited by Elspeth Cameron, Canadian Scholars' Press, 1997, pp. 83—106.

Bessner, Neil. "Beyond Two Solitudes, After Survival: Postmodern Fiction in Canada." *Postmodern Fiction in Canada*, edited by Theo D'haen and Hans Berterns, Rodopi, 1992, pp. 9—25.

Bevernage, Berber. *History, Memory, and State-Sponsored Violence: Time and*

Justice. Routledge, 2012.

Bhabha, Homi. *Nation and Narration*. Routledge, 1990.

—. *The Location of Culture*. Routledge, 1994.

Billig, Michael. *Banal Nationalism*. Sage, 1995.

Birbalsingh, Frank. *Novels and the Nation: Essays in Canadian Literature*. Tsar, 1995.

Boehmer, Elleke. *Colonial and Postcolonial Literature: Migrant Metaphors*. 2nd ed. Oxford University Press, 2005.

Boes, Tobias. "Modernist Studies and the Bildungsroman: A Historical Survey of Critical Trends." *Literature Compass*, vol. 3, no. 2, 2006, pp. 230—243.

Boone, Laurel. "Fashion and Anti-Fashion in Recent Maritime Literary Criticism." *Acadiensis* vol. 19, no. 2, 1990. pp. 212—224.

Botz-Bornstein, Thorsten. *The New Aesthetics of Deculturation: Neoliberalism, Fundamentalism, and Kitsch*. Bloomsbury, 2019.

Bowers, Maggie Ann. "Global, National and Local Identities: The Transformative Effects of Migrant Literatures." *International Migration and Security: Opportunities and Challenges*, edited by Elspeth Guild and Joanne van Selm, Routledge, 2005, pp. 147—156.

Braidotti, Rosi. *Embodiment and Sexual Difference in Contemporary Feminist Theory*. 2nd ed. Columbia University Press, 2011.

—. *The Posthuman*. Polity, 2013.

Braunschneider, Theresa. *Our Coquettes: Capacious Desire in the Eighteenth Century*. University of Virginia Press, 2009.

Broege, Valeri. "Margaret Atwood's Amerisans and Canadians." *Essays on Canadian Literature*, no. 22, summer 1981, pp. 111—135.

Brooke, Frances. *The History of Emily Montague*. McGill-Queen's University Press, 1985.

Brown, E. K. *Responses and Evaluations: Essays on Canada*. Edited by David Staines, Clelland, 1943.

Brydon, Diana. "It's Time for a New Set of Questions." *Essays on Canadian Writing*, no. 71, 2000, pp. 14—25.

—. "Detour Canada: Rerouting the Black Atlantic, Reconfiguring the Postcolonial." *Reconfigurations: Canadian Literatures and Postcolonial Identities*, edited by Marc Maufort and Franca Bellarsi, Peter Lang, 2002, pp. 109—122.

—. "Metamorphoses of a Discipline: Rethinking Canadian Literature Within Institutional Contexts." *Trans. Can. Lit: Resituating the Study of Canadian Literature*, edited by Smaro Kamboureli and Roy Miki, Wilfried Laurier University Press, 2007, pp. 1—16.

Buber, Martin. *I and Thou*. Translated by Walter Kaufmann, Touchstone, 1960.

Buccanan, Ian. *A Dictionary of Critical Theory*. Oxford University Press, 2010.

Buell, Frederick. *National Culture and the New Global System Re-Visions of Culture and Society*. The Johns Hopkins University Press, 1994.

Cameron, Barry, and Michael Dixon. "Mandatory Subversive Manifesto: Canadian Criticism vs. Literary Criticism." *Studies in Canadian Literature*, vol. 2, no. 2, 1977, pp. 137—145.

Campbell, Wanda. "'Every Sea-Surrounded Hour': The Margin in Maritime Poetry." *Studies in Canadian Literature*, vol. 33, no. 2, 2008, pp. 151—173.

Cappon, James. *Charles G. D. Roberts and the Influence of His Time*. Tecumseh, 1975.

Carr, Wilfred. "Education and democracy: Confronting the Postmodernist Challenge." *Journal of Philosophy of Education*, no. 29, 1995, pp. 75—91.

Carruthers, Gerard, and Liam McIlvanney. *The Cambridge Companion to Scottish Literature*. Cambridge University Press, 2012.

Carter, Adam. "Namelessness, Irony, and National Character in Contemporary Canadian Criticism and the Critical Tradition." *Studies in Canadian Literature*, vol. 28, no. 1, 2003, pp. 5—25.

Castro, Jan Garden. "An Interview with Margaret Atwood." *Margaret Atwood: Vision and Forms*, edited by Kathryn VanSpanckeren and Jan Garden Castro. Southern Illinois University Press, 1988, pp. 215—232.

Cavell, Richard. "Where Is Frye? Or, Theorizing Postcolonial Space." *Essays on Canadian Writing*, no. 56, 1995, pp. 110—134.

—. "Here Is Where Now." *Essays on Canadian Writing*, no. 71, 2000, pp. 195—202.

Cecil, Ben P. and Lynn A. Cecil. "The (In) authenticity of the Prairie: Elsewhereness and Insideness in Margaret Laurence's Manawaka Series." *Prairie Perspectives: Geographical Essays*, edited by Derrek Eberts and Dion Wiseman, Brandon University Press, 2003, pp. 101—115.

Chafe, Paul. "Living the Authentic Life at 'The Far End of the Eastern World': Edward Riche's *Rare Birds*." *Studies in Canadian Literature*, vol. 33, no. 2, 2008, pp. 171—190.

Champion, C. P. *The Strange Demise of British Canada: The Liberals and Canadian Nationalism, 1964—1968*. McGill-Queen's University Press, 2010.

Charkrabarty, Dipesh. *Provincializing Europe: Postcolonial Thought and Historical Difference*. Princeton University Press, 2000.

Chatterjee, Partha. "Anderson's Utopia." *Grounds of Comparison: Around the Work of Benedict Anderson*, edited by Pheng Cheah and Jonathan Culler, Routledge, 2003, pp. 161—171.

Choy, Wayson. *The Jade Peony*. Douglas & McIntyre, 1995.

Choyce, Lesley. *The Republic of Nothing*. Goose Lane, 1994.

Classen, Constance, and David Howes. "Margaret Atwood: Two-Headed Woman." *Canadian Icon*. http://canadianicon.org/table-of-contents/margaret-atwood-two-headed-woman. Accessed 3 May 2023.

Clifford, James. "Diasporas." *Cultural Anthropology*, vol. 9, no. 3, 1994, pp. 302—338.

—. *Routes: Travel and Translation in the Late Twentieth Century*. Harvard University Press, 1997.

Coates, Kenneth, and William Morrison. "Writing the North: A Survey of Contemporary Canadian Writing on Northern Regions." *Essays on Canadian Writing*, no. 59, 1996, pp. 5—25.

Cole, Stewart. "Believing in Tigers: Anthropomorphism and Incredulity in Yann Martel's *Life of Pi*." *Studies in Canadian Literature*, vol. 29, no. 2, 2004, pp. 22—36.

Collis, Christy. "Demythologizing Literature's North." *Essays on Canadian Writing*, no. 79, Spring 2003, pp. 155—162.

Colombo, John Robert. "Our Cosmopolitans: the Ethnic Writer in a Provincial

Society." *A/Part: Papers from the Ottawa Conference on Language, Culture, and Literary Identity in Canada*. *Canadian Literature*, Supplement no. 1, 1987, pp. 90—100.

Combs, James E. *Play World: The Emergence of the New Ludenic Age*. Praeger Publishers, 2000.

Conroy, Catherine, "Yann Martel Finds Jesus in the Form of a Chimp." *The Irish Times*, 3 Mar. 2016, www.irishtimes.com/culture/books/yann-martel-findsjesus-in-the-form-of-a-chimp-1.2555423. Accessed 3 May 2023.

Cook, Rufus. "Being and Representation in Michael Ondaatje's *The English Patient*." *ARIEL: A Review of International English Literature*, vol. 30, no. 4, 1999, pp. 35—49.

Cook, Victoria. "Exploring Transnational Identities in Michael Ondaatje's *Anil's Ghost*." *CLCWeb: Comparative Cultural Studies and Michael Ondaatje's Writing*, edited by Steven Totosy de Zepetnek, Purdue University Press, 2005, pp. 6—15.

Cooke, Nathalie. *Margaret Atwood: A Critical Companion*. Greenwood Press, 2004.

Corse, Sarah M. *Nationalism and Literature: The Politics of Culture in Canada and the United States*. Cambridge University Press, 1997.

Coupland, Justine. *Small Talk*. Routledge, 2014.

Coyne, Andrew. "Is Canada a Nation?" *MacLean's*, 27 Mar. 2011, https://macleans.ca/politics/ottawa/is—canada—a—nation/, Accessed 7 June 2020.

Crang, Michael. *Cultural Geography*. Routledge, 1998.

Creelman, David. "'Hoping to Strike some Sort of Solidity': The Shifting Fictions of Alistair MacLeod." *Studies in Canadian Literature*, vol. 24, no. 2, 1999, 79—99.

—. "Swept Under: Reading the Stories of Two Undervalued Maritime Writers." *Studies in Canadian Literature*, vol. 33, no. 2, 2008, pp. 60—79.

Cresswell, Tim. "Introduction: Theorizing Place." *Mobilizing Place, Placing Mobility. Theories of Representation in a Globalized World*, edited by Ginette Verstraete and Tim Cresswell, Rodopi, 2002, pp. 11—31.

Culler, Jonathan. "The Semiotics of Tourism." *Framing the Sign: Criticism and Its Institutions*. Oklahoma University Press, 1988, pp. 152—167.

Dabydeen, Cyril. "I Am Not." *Voices from Canadian Writers of African Descent*, edited by Black Ayanna, HarperCollins, 1992, p. 31.

Dagnino, Arianna. "Transcultural Literature and Contemporary World Literature(s)." *CLCWeb: Comparative Literature and Culture*, vol. 15, no. 5, 2013, http://dx.doi.org/10.7771/1481-4374.2339. Accessed 3 May 2023.

—. *Transcultural Writers and Novels in the Age of Global Mobility*. Purdue University Press, 2015.

Darbasie, Nigel. "Conceiving the Stranger." *Voices from Canadian Writers of African Descent*, edited by Black Ayanna, HarperCollins, 1992, p. 58.

Davey, Frank. *From There to Here*. Porcépic, 1974.

—. *Surviving the Paraphrase: Eleven Essays on Canadian Literature*. Turnstone, 1983.

—. *Post-National Arguments: The Politics of the Anglo-Canadian Novel since 1967*. University of Toronto Press, 1993.

—. *Canadian Literary Power*. NeWest, 1994a.

—. "Canadian Theory and Criticism: English." *The Johns Hopkins Guide to Literary Theory and Criticism*, edited by Michael Groden and Martin Kreiswirth, Johns Hopkins University Press, 1994b, pp. 131—134.

—. "Toward the Ends of Regionalism." *A Sense of Place: Re-Evaluating Regionalism in Canadian and American Writing*, edited by Christian Riegal and Herb Wyile, University of Alberta Press, 1997, pp. 1—17.

Davidson, Arnold E. "Review of *Post-National Arguments: the Politics of the Anglophone Canadian Novel since 1967*." *Modern Fiction Studies*, vol. 40, no. 4, 1994, pp. 867—869.

Davison, Graeme. *The Unforgiving Minute: How Australia Learned to Tell Time*. Oxford University Press, 1993.

Daymond, Douglas M., and Leslie G. Monkman, editors. *Towards a Canadian Literature: Essays, Editorials and Manifestos*, vol. 2. 1940—1983. Tecumseh Press, 1985.

Dean, Misao. "Political Science: Realism in Roberts's Animal Stories." *Greeting the

Maple: *Canadian Ecocriticism in Context*. University of Calgary Press, 1996, pp. 369—385.

Delanty, Gerard. *The Cosmopolitan Imagination*: *The Renewal of Critical Social Theory*. Cambridge University Press, 2009.

Deleuze, Gilles and Félix Guattari. *A Thousand Plateaus*: *Capitalism and Schizophrenia*. Translated by Brian Massumi, University of Minnesota Press, 1987.

Deloria, Vine, Jr. *God is Red*: *A Native View of Religion*. Fulcrum Publishing, 1994.

DeMont, John. "It's Like Being in Love: One of the World's Great Writers Reflects on His Art and His Life." *MacLean's*, 24 Mar. 2003, pp. 40—41.

Derrida, Jacques. *Of Grammatology*. Translated by Gayatri Chakravorty Spivak, Johns Hopkins University Press, 1976.

—. *The Animal That Therefore I Am*. Translated by Marie-Louise Mallet, Fordham University Press, 2008.

Dewart, Edward Hartley. "Introductory Essay." *Selections from Canadian Poets 1864*. University of Toronto Press, 1973, pp. ix—xix.

Didur, Jill. *Unsettling Partition*: *Literature*, *Gender*, *Memory*. University of Toronto Press, 2006.

Dillon, Patrick, Phil Bayliss, Linda Bayliss. "Turn left for Murmansk: 'Fourth World' Transculturalism and Its Cultural Ecological Framing." *Barents Studies*: *Peoples*, *Economies and Politics*, vol. 1, no. 1, 2014, pp. 97—109.

Doeuff, Michèle Le. *The Philosophical Imaginary*. Translated by Colin Gordon, Stanford University Press, 1989.

Duncan, Isla. *Alice Munro's Narrative Art*. Palgrave Macmillan, 2011.

Edensor, Tim. *National Identity*, *Popular Culture and Everyday Life*. Oxford University Press, 2002.

Edwards, Mary Jane. "William Kirby's *The Chien D'Or* / *The Golden Dog* / *A Legend of Quebec*: Translation and Transformation." *Script and Print Special Issue*: *Superior in His Profession*: *Essays in Memory of Harold Love*, edited by Meredith Sherlock, Brian McMullen, and Wallace Kirsop, vol. 33, 2009, pp. 234—250.

Egoff, Sheila. *The Republic of Childhood: A Critical Guide to Canadian Children's Literature in English*. 2nd ed. Oxford University Press, 1975.

Eigeartaigh, Aoileann Ni, and Wolfgan Berg. "Editor's Introduction: Exploring Transculturalism." *Exploring Transculturalism: A Biographical Approach*, edited by Wolfgan Berg and Aoileann Ni Eigeartaigh, VS Verlag, pp. 7—18.

Elias, Amy J., and Christian Moraru. "Introduction: The Planetary Condition." *The Planetary Turn: Relationality and Geoaesthetics in the Twenty-First Century*, edited by Amy J. Elias and Christian, Northwestern University Press, pp. xi—xxxvii.

Engel, Marian. *Bear*. Godine, 1987.

Epstein, Mikhail. "On Transculture." *Re-placing Cultures: A Dialogue among Disciplines*, vol. 7, no. 5, 2005, http://www.emory.edu/ACAD_EXCHANGE/2005/aprmay/sidebar.html. Accessed 3 May 2023.

Eriksen, Neil. "Popular Culture and Revolutionary Theory: Understanding Punk Rock." *Encyclopedia of Anti-Revisionism On-Line*. https://www.marxists.org/history/erol/periodicals/theoretical-review/19801802.htm. Accessed 3 May 2023.

Fabian, Johannes. *Time and the Other: How Anthropology Makes Its Object*. Columbia University Press, 1983.

Featherstone, Mike. "Modernity and Culture: Origins, Varieties and Trajectories." *Modernity at the Beginning of the 21st Century*, edited by Volker Schmidt. Cambridge Scholars Publishing, 2007, pp. 114—162.

Feder, Helena. *Ecocriticism and the Idea of Culture: Biology and the Bildungsroman*. Ashgate, 2014.

Fiamengo, Janice. "Regionalism and Urbanism." *The Cambridge Companion to Canadian Literature*. Cambridge University Press, 2004, pp. 241—262.

Findlay, Len. "Always Indigenize!: The Radical Humanities in the Postcolonial Canadian University." *ARIEL*, vol. 31, no. 1, 2000, pp. 307—326.

Fixico, Donald L. *The American Indian Mind in a Linear World*. Routledge, 2003.

Fleras, Augie, and Jean Leonard Elliott. *Multiculturalism in Canada: The*

Challenge of Diversity. Nelson Canada, 1992.

Foster, A. Jeremy. *Washed with Sun: Landscape and the Making of White South Africa*. University of Pittsburgh Press, 2008.

Foster, John Wilson. "The Poetry of Margaret Atwood." *Canadian Literature*, no. 74, Autumn 1977, pp. 5—20.

Foucault, Michel. "What is Enlightenment?", translated by Catherine Porter. *The Foucault Reader*, edited by Paul Rabinow, Penguin, 1984, pp. 32—50.

—. "Of Other Spaces." *Diacritics*, no. 16, Spring 1986, pp. 22—27.

Fox, Warwick. *Toward a Transpersonal Ecology: Developing New Foundations for Environmentalism*. 2nd ed. State University of New York Press, 1995.

Francis, Daniel. *The Imaginary Indian: The Image of Indian in Canadian Culture*. Arsenal Pulp Press, 1992.

Francis, Douglas R. "Regionalism, W. L. Morton, and the Writing of Western Canadian History, 1870—1885." *American Review of Canadian Studies*, vol. 31, no. 4, pp. 569—588.

Franks, C. E. S. "Counting Canada: One, Two, Four, Ten, and More." *Regionalism and National Identity: Canada, India, Interdisciplinary Perspectives*, edited by Singh, M. P. and Chandra Mohan, Pragati Publications, 1994, pp. 1—20.

"French Manners." *Every Saturday: A Journal of Choice Reading*, vol. 1, no. 17, Apr. 27, 1872, pp. 462—468.

"French Traits." *The Chautauquan: A Monthly Magazine*, Oct, 1896—Mar. 1897, vol. 24 — vol. 25, edited by Theodore Flood, The T. L. Flood Publishing House, 1897, pp. 240—241.

Frye, Northrop. Conclusion. *Literary History of Canada: Canadian Literature in English*, edited by Carl F. Klinck, University of Toronto Press, 1965, pp. 214—248.

—. "Canada and Its Poetry." *The Making of Modern Poetry in Canada*, edited by Louis Dudek and Michael Gnarowski, Ryerson, 1968, pp. 86—97.

—. *Bush Garden: Essays on the Canadian Imagination*. Anansi, 1971.

—. "Haunted by Lack of Ghosts." *The Canadian Imagination: Dimensions of a*

Literary Culture, edited by David Staines, Harvard University Press, 1977, pp. 22—45.

—. *Northrop Frye on Literature and Society: 1936—1989*. Edited by Robert D. Denham, University of Toronto Press, 2002.

Gallant, Mavis. *Home Truths: Selected Canadian Stories*. Random House, 1985.

Gault, Cyndy. "'Not Even a Hospital': Abortion and Identity Tension in Margaret Atwood's Surfacing." *Atlantis*, vol. 32, no. 1, 2007, pp. 14—24.

Gay, John. *The Beggar's Opera*. University of Nebraska Press, 1969.

Gebauer, M., Nielsen, H. T., Schlosser, J. T., & Sørensen, B. *Non-Place: Representing Placelessness in Literature, Media and Culture*. Aalborg Universitetsforlag. Interdisciplinære kulturstudier, 2015.

Geertz, Clifford. *The Interpretation of Cultures*. Basic Books, 1973.

—. *Local knowledge*. Basic Books, 1983.

Gellner, Ernest. *Thought and Change*. University of Chicago Press, 1964.

—. *Nations and Nationalism*. 2nd ed. Blackwell, 2006.

Genlis, de. "Influence of Women on Manners and Literature." *The British Review and London Critical Journal*, vol. 12, 1818, pp. 34—70.

Gilbert, Paula Ruth, "All Roads Pass through Jubilee: Gabrielle Roy's *La Route d'Altamont* and Alice Munro's *Lives of Girls and Women*." *Colby Quarterly*, vol. 29, no. 2, 1993. pp. 136—148.

Gittings, Christopher E. "The Scottish Ancestor: A Conversation with Alice Munro." *Scotlands*, no. 2, 1994, pp. 83—96.

Godard, Barbara. "Structuralism/Post-Structuralism: Language, Reality and Canadian Literature." *Future Indicative: Literary Theory and Canadian Literature*, edited by John Moss, University of Ottawa Press, 1986, pp. 25—52.

Goldie, Terry. "Signs of the Themes: The Value of a Politically Grounded Semiotics." *Future Indicative: Literary Theory and Canadian Literature*, edited by John Moss, University of Ottawa Press, 1986, pp. 85—93.

—. "The Representation of the Indigene." *The Post-colonial Studies Reader*, edited by Bill Ashcroft, Gareth Griffiths, and Helen Tiffin, Routledge, 1989, pp. 232—236.

Gooch, George Peabody. *Nationalism*. Swarthmore, 1920.

Gorjup, Branko. "Michael Ondaatje's Reinvention of Social and Cultural Myths: In the Skin of a Lion." *Acta Neophilologica*, no. 22, 1989, pp. 89—95.

Grace, Sherrill. *Canada and the Idea of the North*. McGill-Queen's University Press, 2002.

Grant, George. "Canadian Fate and Imperialism." *Technology and Empire*, Anansi, 1969, p. 74.

—. *Lament for a Nation: The Defeat of Canadian Nationalism*. McClelland and Stewart, 1970.

Greenstein, Michael. "Ondaatje's Metamorphoses: In the Skin of a Lion." *Canadian Literature*, no. 126, 1990, pp. 116—130.

Grosby, Steven. *Nationalism: A Very Short Introduction*. Oxford University Press, 2005.

Grosskurth, Phyllis. "The Canadian Critic: Is He Necessary?" *Canadian Literature*, no. 46, Autumn 1970, pp. 55—61.

Guignery, Vanessa. "The Balance of Opposites in Alice Munro's Dance of the Happy Shades." *The Inside of a Shell: Alice Munro's Dance of the Happy Shades*, edited by Vanesssa Guignery, Cambridge Scholarly Publishing, 2015, pp. 1—25.

Gustafson, Per. "Place, Attachment and Mobility." *Multiple Dwelling and Tourism: Negotiating Place, Home and Identity*, edited by Norman McIntyre, Daniel R. Williams, and Kevin E. McHugh, Cabe Publishing, 1999, pp. 17—31.

Habermas, Jürgen. *The Philosophical Discourse of Modernity: Twelve Lectures*. Translated by Frederick Lawrence, MIT Press, 1987.

Hall, Anthony J. *The American Empire and the Fourth World: The Bowl with One Spoon*. vol. I. McGill-Queen's University Press, 2003.

Hall, Stuart. "Cultural Identity and Diaspora." *Identity: Community, Culture, Difference*, edited by Jonathan Rutherford, Lawrence & Wishart, 1990, pp. 222—237.

—. "Culture, Community, Nation." *Cultural Studies*, vol. 7, no. 3, 1993. pp. 349—363.

—. "Introduction: Who Needs' Identity?" *Questions of Cultural Identity*, edited by Stuart Hall and Pall du Gay, Sage, 1996a, pp. 1—17.

—. "The Question of Cultural Identity." *Modernity: An Introduction to Modern Societies*, edited by Stuart Hallk, David Held, Don Hubert, and Kenneth Thompson, Blackwell, 1996b, pp. 595—637.

—. "Old and New Identities." *Culture, Globalization and the World-System: Contemporary Conditions for the Representation of Identity*, edited by Anthony King, University of Minnesota Press, 1997a, pp. 41—68.

—. "The Local and the Global: Globalization and Ethnicity." *Culture, Globalization and the World-System: Contemporary Conditions for the Representation of Ethnicity*, edited by Anthony King, University of Minnesota Press 1997b, pp. 19—39.

Hall, Stuart, and Les Black. "At Home and Not At Home: Stuart Hall in conversation with Les Back." *Cultural Studies*, vol. 23, no. 4, 2009, pp. 658—688.

Hamelin, Louis-Edmond. *Canadian Nordicity: It's Your North Too*, translated by William Barr, Harvest, 1979.

Hansen-Pauly, Marie-Anne. "Regional Voices and Cultural Translation: The Example of Alice Munro." *East Meets West*, edited by Reiko Aiura, J. U. Jacobs, J. and Derrick McClure Cambridge Scholarly Publishing, 2014, pp. 191—210.

Harrison, Dick. *Unnamed Country: The Struggle for a Canadian Prairie Fiction*. University of Alberta Press, 1977.

Harting, Heike. "Diasporic Cross-Currents in Michael Ondaatje's *Anil's Ghost* and Anita Rau Badami's *The Hero's Walk*." *Studies in Canadian Literature*, vol. 28, no. 1, 2003, https://journals.lib.unb.ca/index.php/scl/article/view/12781/13754. Accessed 3 May 2023.

Harvey, David. *The Condition of Postmodernity*. Blackwell, 1989.

—. *Justice, Nature and the Geography of Difference*. Blackwell Publishers, 1996.

Hassan, Robert. *Empires of Speed: Time and the Acceleration of Politics and Society*. Brill, 2009.

Heble, Ajay. "New Contexts of Canadian Criticism: Democracy, Counterpoint, Responsibility." *New Contexts of Canadian Criticism*, edited by Ajay Heble, Donna Palmateer Pennee, and J. R. (Tim) Struthers, Broadview Press, 1997, pp. 78—97.

Heilmann, Ann, and Debbie Taylor. "Fifty-Two Ways of Making Butter." *Waltzing Again: New and Selected Conversations with Margaret Atwood*, edited by Earl G. Ingersoll. , Ontario Review Press, 2006, pp. 236—252.

Helms, Gabriel. *Challenging Canada: Dialogism and Narrative Techniques in Canadian Novels*. McGill-Queen's University Press, 2003.

Herk, Aritha Van. *Places Far from Ellesmere. A Geografictione: Explorations on Site*. Red Deer College, 1990.

Heywood, Andrew. *Key Concepts in Politics and International Relations*, 2nd ed, Palgrave, 2015.

Hinchman, Lewis. "Autonomy, Individuality, and Self-Determination." *What is Enlightenment? Eighteenth-Century Answers and Twentieth-Century Questions*, edited by James Schmidt. University of California Press, 1996, pp. 488—516.

Hjartarson, Paul. "The Fiction of Progress: Notes on the Composition of The Master of the Mill." *Learned Societies Conference*. Ottawa. 1982.

Hodgins, Jack. *The Invention of the World*. Macmillan, 1977.

Holman, Andrew and Robert Thacker. "Literary and Popular Culture." *Canadian Studies in the New Millennium*, edited by Patrick James and Mark Kasoff, University of Toronto Press, 2008, pp. 125—164.

Holquist, Michael. *Dialogism: Bakhtin and His World*. Routledge, 2002.

hooks, bell. *Yearnings: Race, Gender and Cultural Politics*. South End Press, 1990.

Hopkirk, Susan. "The Return of the King: Arthur in Canada." *Pioneering North America: Mediators of European Culture and Literature*, edited by Klaus Martens, Königshausen and Neumann, 2000, pp. 184—192.

Hornung, Alfred. "Transcultural Life-Writing." *The Cambridge History of Canadian Literature*, edited by Coral Ann Howells and Eva-Marie Kröller, Cambrdige University Press, 2013, pp. 536—555.

Howells, Coral Ann. "'Home Ground/Foreign Territory': Transculturalism in Contemporary Canadian Women's Short Stories in English." *Difference and Community: Canadian and European Cultural Perspectives*, edited by Peter Easingwood, Konrad Gross, and Lynette Hunter. Amsterdam, Rodopi, 1996.

—. *Alice Munro: Contemporary World Writers*. Manchester University Press,

1998.

—. *The Cambridge Companion to Margaret Atwood*. Cambridge University Press, 2006.

Howells, Robin. "Dialogism in Canada's First Novel: The History of Emily Montague." *Canadian Review of Comparative Literature*, vol. 20, no. 2, 1993, pp. 437—449.

Huebener, Paul. *Timing Canada: The Shifting Politics of Time in Canadian Literary Culture*. McGill-Queen's University Press, 2015.

Huggan, Graham. *Interdisciplinary Measures: Literature and the Future of Postcolonial Studies*. Liverpool University Press, 2008.

—. *Literature, Animals, Environment*. Routledge, 2010a.

—. "Postcolonialism, Ecocriticism and the Animal in Recent Canadian Fiction." *Culture, Creativity and Environment: New Environmentalist Criticism*, edited by Fiona Becket and Terry Gifford, Routledge, 2010b, pp. 161—180.

Hulan, Renée. "Who's There?" *Essays on Canadian Writing*, no. 71, 2000, pp. 61—70.

Hutcheon, Linda. *A Poetics of Postmodernism: History, Theory, Fiction*. Routledge, 1988a.

—. *The Canadian Postmodern: A Study of Contemporary English-Canadian Fiction*. Oxford University Press, 1988b.

—. *Splitting Images: Contemporary Canadian Ironies*. Oxford University Press, 1991.

—. "Multicultural Furor: The Reception of Other Solitudes." *Cultural Difference and the Literary Text: Pluralism and the Limits of Authenticity in North American Literatures*, edited by Winfkied Siemerling, and Katrin Schwenk, University of Iowa Press, 1996, pp. 10—17.

—. "Crypto-Ethnicity." *PMLA*, vol. 13, no. 1, Jan. 1998, pp. 28—33.

Hutcheon, Linda, and Marion Richmond, editors. *Other Solitudes: Canadian Multicultural Fictions*. Oxford University Press, 1990.

Huxley, Aldous. *Texts and Pretexts*. Chatto & Windus, 1959.

Iggers, Georg G. *Histoiography in the Twentieth Century: From Scientific*

Objectivity to the Postmodern Challenge. Wesleyan University Press, 1997.

Ignatieff, Michael. *Blood and Belonging: Journey into the New Nationalism*. Viking, 1993.

Igwara, Obi. "A Postmodern Conception of the Nation-State." *Encyclopedia of Nationalism*, edited by Athena S. Leoussi, Transaction Publishers, 2001, pp. 246—452.

"Influence of Women on Manners and Literature." *The British Review and London Critical Journal*, vol. 12, 1818. pp. 34—70.

Ingersoll, Earl G. *Margaret Atwood: Conversations*. Firefly, 1990.

Jackson, J. B. *Discovering the Vernacular Landscape*. Yale University Press, 1984.

James, William Closson. *Locations of the Sacred: Essays on Religion, Literature, and Canadian Culture*. Wilfrid Laurier University Press, 1998.

Jameson, Frederic. "Third-World Literature in the Era of Multinational Capitalism." *Social Text* no. 15, Autumn 1986, pp. 65—88.

—. *Postnodernism, or the Cultural Logic of Late Capitalism*. Verson, 1991.

Jennings, John. "The Canadian Canoe Museum and Canada's National Symbol." *The Canoe in Canadian Cultures*, edited by Bruce W. Hodgins, John Jennings, and Doreen Small, Natural Heritage, 1999, pp. 1—14.

Johnson, Samuel. *A Dictionary of the English Language: In Which the Words Are Deduced from Their Originals, and Illustrated in Their Different Significations by Examples from the Best Writers, to Which are Prefixed a History of the Language, and an English Grammar*. 6th ed. vol. 1. Knapton, 1755.

Johnston, Wayne. *The Colony of Unrequited Dreams*. Vintage Canada, 1998.

Jones, D. G. *Butterfly on Rock: A Study of Themes and Images in Canadian Literature*. University of Toronto Press, 1970.

Kamboureli, Smaro. "Canadian Ethnic Anthologies: Representations of Ethnicity." *Ariel: A Review of International Enalish Literature*, vol. 25, no. 4, 1994, pp. 11—52.

—. "Preface." *Trans. Can. Lit: Resituating the Study of Canadian Literature*. Wilfred Laurier University Press, 2007, pp. vii—xv.

Kamboureli, Smaro and Roy Miki, editors. *Trans. Can. Lit: Resituating the Study of Canadian Literature*. Wilfrid Laurier University Press, 2007.

Kant, Immanuel. "An Answer to the Question: What Is Enlightenment?" *Kant: Political Writings*, edited by Hans Reiss, Cambridge University Press, 1991.

—. *Groundwork of the Metaphysics of Morals*. Translated and edited by Mary Gregor, Cambridge University Press, 1998.

—. *Lectures on Anthropology*. Edited by Robert B. Louden and Allen W. Wood, Cambridge University Press, 2013.

Kapuscinski, Kiley. "Negotiating the Nation: The Reproduction and Reconstruction of the National Imaginary in Margaret Atwood's *Surfacing*." *English Studies in Canada*, vol. 33, no. 3, 2007, pp. 95—123.

Kaye, Richard A. *The Flirt's Tragedy: Desire without End in Victoria and Edwardian Fiction*. University Press of Virginia, 2002.

Keefer, Janice Kulyk. *Under Eastern Eyes: A Critical Reading of Maritime Fiction*, University of Toronto Press, 1987.

—. "In Violent Voice: The Trauma of Ethnicity in Recent Canadian Fiction." *Multiple Voices: Recent Canadian Fiction*, edited by Jeanne Delbaere, Dangeroo Press, 1990, p. 51.

—. "From Mosaic to Kaleidoscope: Out of the Multicultural Past Comes a Vision of a Transculture Future." *Books in Canada*, vol. 20, no. 6, 1991, pp. 13—16.

—. "Regionalism in Canadian Literature in English." *Encyclopaedia of Post-Colonial Literature in English*, edited by Eugene Benson and L. W. Conolly, Routledge, 1994, pp. 1340—1342.

—. "Nova Scotia's Literary Landscape." *Down East: Critical Essays on Contemporary Maritime Canadian Literature*, edited by Wolfang Hochbruck and James O. Taylor, Verlag Trier, 1996, pp. 222—234.

Keegan, Alex. "Alice Munro: The Short Answer." *Electica*, vol. 2, no. 5, 1998, http://www.eclectica.org/v2n5/keegan_munro.html. Accessed 3 May 2023.

Keith, W. J. *Canadian Literature in English*. Longman, 1985.

—. *Literary Images of Ontario*. University of Toronto Press, 1992.

Kellerman, Aharon. *Time, Space, and Society: Geographic Societal Perspectives*.

Kluwer Academic Publishers, 1989.

Ken, Norris. "The Beginnings of Canadian Modernism." *Canadian Poetry*. www.uwo.ca/english/canadianpoetry/cpjrn/vol11/norris.htm. Accessed 3 May 2023.

Kennedy, Leo. "The Future of Canadian Poetry." *The Canadian Mercury*, vols. 5—6, 1929, pp. 99—100.

Kenner, Hugh. "The Case of the Missing Face." *here and now*, no. 2, May 1948, pp. 74—78.

Kern, Robert. "Eco-Criticism: What Is It Good For?" *The Isle Reader: Ecocriticism, 1993—2003*, edited by Michael P. Branch and Scott Slovic, University of Georgia Press, 2003, pp. 258—281.

Kertzer, Jonathan. *Worrying the Nation: Imagining a National Literature in English Canada*. University of Toronto Press, 1998.

Kim, Christine, and Sophie McCall. "Introduction." *Cultural Grammars of Nation, Diaspora, and Indigeneity in Canada*, edited by Christine Kim, Sophie McCall, and Melina Baum Singer, Wilfrid Laurier University Press, pp. 1—18.

King, Shelley, and Yaël Schlick. *Refiguring the Coquette: Essays on Culture and Coquetry*. Bucknell University Press, 2008.

King, Thomas. "Borders." *Great Short Stories by Contemporary Native American Writers*, edited by Bob Blaisdell, Dover Publications, 2014, pp. 84—94.

Kingsland, Burton. *The Book of Manners: Etiquette on All Occasions*. Page and Company, 1904.

Klooss, Wolfgang. "Multiculturalism, Regionalism and the Search for a Poetics of Disparity in Contemporary Canadian Writing." *Anglistentag 1991 Dusseldofr Proceedings*, edited by Wilhelm Busse, Niemeyer, 1992, pp. 346—360.

Koltz, Newton. Review of *Bodily Harm*. *Commonweal*, 24 Sept. 1982, p. 506.

Kontje, Todd. *Private Lives in the Public Sphere: The German Bildungsroman as Metafiction*. The Pennsylvania State University Press, 1992.

Koppensteiner, Norbert. *The Art of the Transpersonal Self: Transformation as Aesthetic and Energetic Practice*. Dresden, 2009.

Kreisel, Henry. "The Broken Globe." *The Almost Meeting and Other Stories*. NeWest, 1981, pp. 29—40.

—. "Prairie: A State of Mind." *Trace: Prairie Writers on Writing*, edited by Birk Sproxton, Turnstone, 1986, pp. 3—17.

Kröller, Eva-Marie, editor. *The Cambridge Companion to Canadian Literature*. Cambridge University Press, 2004.

Kroetsch, Robert. *Creation*. New Press, 1970.

—. "A Canadian Issue." *Boundary*, vol. 23, no. 1, 1974, pp. 1—2.

—. *Labyrinths of Voice*. NeWest Press, 1982.

—. "Effing the Ineffable." *Essays on Saskatchewan Writing*, edited by E. F. Dyck, Saskatchewan Writers Guild, 1986, pp. 143—144.

—. *The Lovely Treachery of Words: Essays Selected and New*. Oxford University Press, 1989.

—. *What the Crow Said*. U of Alberta P, 1998.

—. *Completed Field Notes: The Long Poems of Robert Kroetsch*. University of Alberta Press, 2000.

Kroger, Jane. *Identity in Adolescence: The Balance between Self and Other*. Routledge, 2004.

Kuttainen, Victoria. *Unsettling Stories: Settler Postcolonialism and the Short Story Composite*. Cambridge Scholars Publishing, 2010.

Kymlicka, Will. "Canadian Multiculturalism in Historical and Comparative Perspective." *Canadian Multiculturalism: Dreams, Realities, Expectations*, edited by Matthew Zachariah, Allan Sheppard, and Leona Barratt, Canadian Multicultural Education Foundation, 2004, pp. 157—172.

Labovitz, Esther K. *The Myth of the Heroine: The Female Bildungsroman in the Twentieth Century: Dorothy Richardson, Simone de Beauvoir, Doris Lessing, Christa Wolf*. Lang, 1986.

Laity, Paul. "Yann Martel: 'My Children Aren't Impressed That I Won the Booker or That I Wrote *Life of Pi*'." *The Guardian*, 4 Mar. 2016, https://www.theguardian.com/books/2016/mar/04/books-interview-yann-martel-the-high-mountains-of-portugal. Accessed 3 May 2023.

Lane, Richard J. *The Routledge Concise History of Canadian Literature*. Routledge, 2011.

Langellier K. M., and Peterson E. E. *Storytelling in Daily Life: Performing Narrative*. Temple University Press, 2004.

Langer, Beryl. "There Are No Texts without Life." *Waltzing Again: New and Selected Conversations with Margaret Atwood*, edited by Earl G. Ingersoll, Ontario Review Press, 2006, pp. 125−138.

Laqueur, Thomas. *Making Sex: Body and Gender from the Greeks to Freud*. Harvard University Press, 1990.

Latour, Bruno. *We Have Never Been Modern*. Translated by Catherine Porter, Harvard University Press, 1993.

Laurence, Margaret. *The Stone Angel*. McClelland and Stewart, 1964.

—. *A Bird in the House*. McClelland & Stewart, 1991.

Lawton, William. "The Crisis of the Nation-State: A Post-Modernist Canada?" *Acadiensis*, vol. XXII, no. I, 1992, pp. 134−145.

Leacock, Stephen. "I Will Stay in Canada." *On the Front Line of Life: Stephen Leacock: Memories and Reflections, 1935−1944*, edited by Alan Bowker, Toronto, Dundurn Press, 2004, pp. 175−180.

Lecker, Robert. "A Country without a Canon?: Canadian Literature and the Esthetics of Idealism." *Mosaic*, vol. 26, no. 3, 1993, pp. 1−19.

—. *Making It Real: The Canonization of English Canadian Literature*. Anansi, 1995.

Lemm, Vanessa. *Nietzsche's Animal Philosophy: Culture, Politics, and the Animality of the Human Being*. Fordham University Press, 2009.

Levine, Robert. *A Geography of Time: The Temporal Misadventures of a Social Psychologist, or How Every Culture Keeps Time Just a Little Bit Differently*. BasicBooks, 1997.

Létourneau, Joycelyn. *A History for the Future: Rewriting Memory and Identity in Quebec*. McGill Queen's University Press, 2004.

Lévi-Strauss, Claude, and Didier Eribon. *Conversations with Claude Lévi-Strauss*, translated by Paula Wissing, University of Chicago Press, 1991.

Lighthall, William Douw. "Introduction." *Songs of the Great Dominion*. Walter Scott, 1889, pp. xxi−xxiv.

Linton, Ralph. *The Study of Man*. Appleton Century, 1936.

Loriggio, Francesca. "The Question of the Corpus: Ethnicity and Canadian Literature." *Future Indicative: Literary Theory and Canadian Literature*, edited by John Moss, University of Ottawa Press, 1987, pp. 53—69.

—. "Concluding Panel". *Literatures of Lesser Diffusion. Proceedings of a Conference, University of Alberta. April 14—16. 1988*, edited by Joseph Pivato et al., Research Institute for Comparative Literature, University of Alberta, 1990, pp. 315—316.

Lowry, Glen. "The Representation of 'Race' in Ondaatje's *In the Skin of a Lion*." *CLCWeb: Comparative Literature and Culture Web*, vol. 6, no. 3, 2004, pp. 1—9.

Lundgren, Jodi. "'Colour Disrobed Itself from the Body': The Racialized Aesthetics of Liberation in Michael Ondaatje's *In the Skin of a Lion*." *Canadian Literature*, no. 190, 2006, pp. 15—31.

Lynch, Gerald. *Stephen Leacock: Humour and Humanity*. McGill-Queen's University Press, 1959.

Lyons, Nathan. *Signs in the Dust: A Theory of Natural Culture and Cultural Nature*. Oxford University Press, 2019.

Lyotard, Jean-François. *The Postmodern Condition: A Report on Knowledge*. Translated by Geoff Bennington and Brian Massumi, University of Minnesota Press, 1984.

MacCannell, Dean. *The Tourist: A New Theory of the Leisure Class*. Schocken, 1976.

MacDonald, David B. "The last acceptable prejudice?: Anti-Americanism in US-Canada Relations." *Australasian Canadian Studies*, vol. 31, no. 1/2, 2013—2014, pp. 29—52.

MacDonald, Mary Lu. "The Natural World in Early Nineteenth-Century Canadian Literature." *Canadian Literature*, vol. 111, Winter 1986, pp. 48—65.

MacDonald, Sharon. *Memorylands: Heritage and Identity in Europe Today*. Routledge, 2013.

MacLennan, Hugh. *Barometer Rising*. McClelland and Stewart Limited, 1941.

—. *Two Solitudes*. Macmillan, 1984.

MacLeod, Alistair. *As Birds Bring Forth the Sun*. McClelland and Stewart, 1987.

—. *Island: The Collected Stories*. McClelland & Stewart, 2000.

MacLeod, Alexander. "History versus Geography in Wayne Johnston's The Colony of Unrequited Dreams." *Canadian Literature*, no. 189, 2006, pp. 69—85.

MacMechan, Archibald. *Headwaters of Canadian Literature*. McClelland & Stewart, 1924.

Macy, Joanna. "The Greening of the Self." *Dharma Gaia: A Harvest of Essays in Buddhism and Ecology*, edited by Allan Hunt Badiner, Parallax Press, 1990, pp. 53—63.

Malla, Pasha. "Too Different and Too Familiar: The Challenge of French-Canadian Literature." *The New Yorker*, 26 May 2015, http://www.newyorker.com/books/page-turner/too-different-and-too-familiar-the-challenge-of-french-canadian-literature. Accessed 3 May 2023.

Mandel, Eli. *Contexts of Canadian Criticism*. University of Chicago Press, 1971.

—. *Another Time*. Press Porcepic, 1977.

—. "Strange Loops: Northrop Frye and Cultural Freudianism." *Canadian Journal of Political and Social Theory*, vol. 5, no. 3, 1981, pp. 33—43.

—. "The Regional Novel: Borderline Art." *Taking Stock: The Calgary Conference on the Canadian Novel*, edited by Charles R. Steele. ECW, 1982, pp. 103—120.

Manguel, Alberto. *The City of Words*. Anansi, 2007.

Manji, Irshad. "Belonging in a Multicultural Context." *Multiculturalism and Immigration in Canada: An Introductory Reader*, edited by Elspeth Cameron, Canadian Scholar Press, 2004, pp. 167—172.

Marchand, Philip. "Joey and His Colony of Dreams." Review of *The Colony of Unrequited Dreams*, by Wayne Johnston. The Toronto Star. 3 Oct. 1998, K 15 +.

Martel, Yann. *Life of Pi*. Hartcourt, 2001.

—. "Big Think Interview with Yann Martel." bigthink.com/videos/big-think-interview-with-yann-martel. Accessed 5 May 2022.

Marti, José. "Our America." *Selected Writings*, edited and translated by Esther Allen, Penguin, pp. 288—296.

Martin, Ann. "Visions of Canadian Modernism: The Urban Fiction of F. R. Livesay and J. G. Sime." *Canadian Literature*, no. 181, 2004, pp. 43—59.

Martin W. R. *Alice Munro: Parndox and Parallel*. University of Alberta Press, 1989.

Martini, Fritz. "Bildungsroman—Term and Theory." *Reflection and Action: Essays on the Bildungsroman*, edited by James Hardin, University of South Carolina Press, 1991, pp. 1—25.

Mason, Jody. "'The Animal out of the Desert': The Nomadic Metaphysics of Michael Ondaatje's *In the Skin of a Lion*." *Studies in Canadian Literature*, vol. 31, no. 2, 2006, pp. 66—87.

Mathews, Freya. "Community and the Ecological Self." *Ecology and Democracy*, edited by Freya Mathews, Routledge, 1996, pp. 66—99.

Mathews, Lawrence. "Not Where Here Is, But Where Here Might Be."' *Essays on Canadian Writing*, no. 71, 2000, pp. 79—87.

Mathews, Robin. *Canadian Literature: Surrender or Revolution*. Steel Rail Educational Publishing, 1978.

—. *Canadian Identity: Major Forces Shaping the Life of a People*. Steel Rail Publishing, 1988.

Mayberry, Katherine J. "Narrative Strategies of Liberation in Alice Munro." *Studies in Canadian Literature*, vol. 19, no. 2, 1994, pp. 57—66.

Mbembe, Achille. *On the Postcolony*. University of California Press, 2001.

McCourt, Edward. *The Canadian West in Fiction*. Ryerson, 1970.

McCrum, Robert. "Michael Ondaatje: The Divided Man." *The Guardian*, 27 August 2011, http://www.guardian.co.uk/books/2011/aug/28/michael-ondaatje-the-divided-man. Accessed 3 May 2023.

McKay, Ian. *Quest of the Folk: Antimodernism and Cultural Selection in Twentieth-Century Nova Scotia*. McGill-Queen's University Press, 1994.

—. "A Note on 'Region' in Writing the History of Atlantic Canada." *Acadiensis* vol. 29, no. 2, 2000, pp. 89—102.

McLeod, John. *Beginning Postcolonialism*. Manchester University Press, 2000.

McLuhan, Marshall. "Canada: The Border Line Case." *The Canadian Imagination: Dimensions of a Literary Culture*, edited by David Staines, Harvard University Press, 1972, pp. 226—248.

McMaster, Juliet. "Young Jane Austen and the First Canadian Novel: From *Emily Montague* to 'Amelia Webster' and *Love and Freindship*." *Eighteenth-Century Fiction*, vol. 11, 1999, pp. 339—346.

McRoberts, Kenneth. "Canada and the Multinational State." *Canadian Journal of Political Science*, vol. 34, No. 4, 2001, pp. 683—713.

Merchant, Carolyn. "Women and Nature: Responding to the Call." *Is Nature Calling?*, edited by Joe Bowersox and Karen Arabas, Polebridge Press, 2012, pp. 4—18.

Merkin, Daphne. "Northern Exposures." NYTimes.com. New York Times, 24. Oct. 2004, www.nytimes.com/2004/10/24/magazine/24MUNRO.html?_r=1&. Accessed 3 May 2023.

Merleau-Ponty, Maurice. *Sense and Non-Sense*. Translated by Hubert L. Dreyfus and Patricia Allen Dreyfus, Northwestern University Press, 1964.

—. *Nature: Course Notes from the College de France*, translated by Robert Vallier, Northwestern University Press, 2003.

Metcalf, John. *Freedom from Culture: Selected Essays 1982—92*. ECW Press, 1994.

Mishra, Pankaj. "The Man, or the Tiger?" *New York Review of Books*, 27 Mar. 2003, pp. 17—18.

Mitchell, Don. "Landscape." *Cultural Geography: A Critical Dictionary of Key Concepts*, edited by Davind Atkinson and Peter Jackson, I. A. Tauris, 2005, pp. 49—56.

Mitchell, W. J. T. *Landscape and Power*. 2nd ed. University of Chicago Press, 2002.

Mitin, Ivan. "Mythogeography: Region as a Palimpsest of Identities." *Cross-Cultural Communication and Ethnic Identities*, edited by L. Elenius and C. Karlsson, Luleå University of Technology Press, 2007, pp. 215—225.

Mohr, Dunja M. "Introduction." *Embracing the Other: Addressing Xenophobia in the New Literatures in English*, edited by Dunja M. Mohr, Rodopi, 2008. ix—xvii.

Moore, Lorrie. Introduction. *Moons of Jupiter*. Penguin, 2006.

Moosa, Ebrahim. *Ghazālī and the Poetics of Imagination*. University of North

Carolina Press, 2005.

Moraru, Christian. "Postmodernism, Cosmodernism, Planetarism." *Cambridge History of Postmodern Literature*, edited by Brian McHale and Len Platt, Cambridge University Press, pp. 480—496.

Morley, Patricia. "Canadian Art: Northern Land, Northern Vision." *Ambivalence: Studies in Canadian Literature*, edited by OM P. Juneja and Chandra Mohan, Allied Publishers, 1990.

Morrett, Robert. "The Politics of Romance in *The History of Emily Montague*." *Canadian Literature*, vol. 133, Summer 1992, pp. 92—108.

Morrison, William R. *True North: The Yukon and Northwest Territories*. Oxford University Press, 1998.

Moss, John. *Patterns of Isolation in English-Canadian Fiction*. McClelland and Stewart, 1974.

—. *A Reader's Guide to the Canadian Novel*. McClelland and Stewart, 1981.

Moss, Laura. "Is Canada Postcolonial? Introducing the Question." *Is Canada Postcolonial? Unsettling Canadian Literature*, edited by Laura Moss, Wilfrid Laurier University Press, 2003, pp. 1—23.

Moss, Maria. "'Their Deaths Are Not Elegant' — Portrayals of Animals in Margaret Atwood's Writings." *Zeitschrift für Kanada-Studien*, no. 35, 2015, pp. 120—135.

Mowat, Farley. *Canada North*. McClelland & Stewart, 1967.

Moynagh, Maureen. "Africville, an Imagined Community." *Canadian Literature*, no. 157, summer 1998, pp. 14—34.

Muise, D. A. "Who Owns History Anyway? Reinventing Atlantic Canada for Pleasure and Proit." *Acadiensis*, vol. 27, no. 2, 1988, pp. 124—134.

Mukherjee, Arun. "Canadian Nationalism, Canadian Literature. and Racial Minority Women." *Essays on Canadian Writing*, vol. 56, Fall 1995, pp. 78—95.

Munro, Alice. *The Moons of Jupiter*. Vintage, 1982.

—. *Friend of My Youth*. Chatto & Windus, 1990.

—. "What Is Real?" *The Art of Short Fiction: An International Anthology*, edited by Gary Geddes, HarperCollins Canada, 1993, pp. 824—827.

—. "The Scottish Ancestor: A Conversation with Alice Munro." With Christopher E. Gittings. *Scotlands*, no. 2, 1994a, pp. 83—96.

—. *Open Secrets*. McClelland & Stewart, 1994b.

—. *Dance of Happy Shades*. Vintage Books, 1998a.

—. *The Love of a Good Woman*. McClelland & Stewart, 1998b.

—. "Bringing Life to Life." Interview by Mona Simpson. By Mona Simpson. *Atlantic Unbound*, 14 December 2001, http://www.theatlantic.com/past/unbound/interviews/int2001-12-14.htm. Accessed 3 May 2023.

—. *Something I've Been Meaning to Tell You*. Vintage Books, 2004.

—. *Runaway*. Vintage Books, 2005.

—. *The View from Castle Rock*. McClelland & Stewart, 2006.

—. *Lives of Girls and Women*. Penguin Canada, 2008.

Murphy, Georgeann. "The Art of Alice Munro: Memory, Identity, and the Aesthetics of Connection." *Bloom's Modern Critical Views: Alice Munro*, edited by Harold Bloom, Infobase, 2009, pp. 41—56.

Murton, James. *Canadians and Their Natural Environment: A History*. Oxford University Press, 2021.

Naess, Arne. "Self-Realisation: An Ecological Approach to Being in the World." *The Trumpeter: Voices from the Canadian Ecophilosophy Network*, vol. 4, no. 3, 1987, pp. 35—41.

Nayar, Pramod K. *Postcolonialism: A Guide for the Perplexed*. Continuum, 2010.

Nelles, H. V. *A Little History of Canada*. Oxford University Press, 2004.

New, W. H. *Articulating West: Essays on Purpose and Form in Modern Canadian Literature*. New Press, 1972a.

—. "Frances Brooke's Chequered Gardens." *Canadian Literature*, no. 52, Spring 1972b, pp. 24—39.

—. *Land Sliding: Imagining Space, Presence, and Power in Canadian Writing*. University of Toronto Press, 1997.

—. *A History of Canadian Literature*. 2nd ed. McGill-Queen's University Press, 2003.

Nicolson, Colin. "Signatures of Time: Alistair MacLeod & His Short Stories."

Canadian Literature, no. 107, Winter 1985, pp. 90—101.

Nietzche, Frederick. *Beyond Good and Evil*. translated by R. J. Hollingdale, Penguin, 1990.

—. *The Gay Science*. translated by Josefine Nauckhoff, Cambridge University Press, 2001.

Norberg-Schulz, Christian. *Existence, Space and Architecture*. Praeger, 1971.

Northrope, Frye. "English Literature: 1929—1954." *Northrop Frye on Canada*, edited by Jean O'Grady and David Staines, University of Toronto Press, 2003, pp. 243—250.

Norton, W. L. *The Canadian Identity*. University of Wisconsin Press, 1961.

Nungak, Zebedee, and Eugene Arima. *Inuit Stories: Povungnituk*. Canadian Museum of Civilisation, 2000.

Nunning, Vaera, and Ansgar Nunning. "Fictions of Empire and the Making of Imperialist Mentalities: Colonial Discourse and Post-Colonial Criticism as a Paradigm for Intercultural Studies." *Anglistik und Englischunterricht*, vol. 58, 1996, p. 16.

Oates, Carol Joyce. Afterword. *The Lost Salt Gift of Blood*. Alistair MacLeod. McClelland and Stewart, 1976.

O'Malley, J. P. "'I Came from a Tussle with the Sea.': An Interview with Michael Ondaatje." *Gulf Coast*, vol. 24, no. 2, 2012, pp. 169—174.

Omhovère, Clair. "Roots and Routes in a Selection of Stories by Alistair MacLeod." *Canadian Literature*, no. 189, 2006, pp. 50—67.

Ondaatje, Michael. *Running in the Family*. McClelland and Stewart, 1982.

—. *The English Patient*. Picadoor, 1992.

—. *In the Skin of a Lion*. Vintage Canada, 1996.

—. *Anil's Ghost*. Vintage Books, 2001.

—. *Divisadero*. Alfred A. Knopf, 2007.

—. *Cat's Table*. Vintage Books, 2012.

Ortiz, Fernando. *Cuban Counterpoint: Tobacco and Sugar*. Duke University Press, 1995.

Osborne, P. D. *Travelling Light: Photography, Travel and Visual Culture*.

Manchester University Press, 2000.

Overton, James. "A Newfoundland Culture?" *Journal of Canadian Studies*, vol. 23, no. 1, 1988, pp. 5—22.

Pacey, Desmond. "The First Canadian Novel." *Dalhousie Review*, no. 26, 1946, pp. 133—150.

Parham, John. *Green Man Hopkins: Poetry and the Victorian Ecological Imagination*. Rodopi, 2010.

Pechey, Graham. "Modernity and Chronotopicity in Bakhtin." *The Contexts of Bakhtin: Philosophy, Authorship, Aesthetics*, edited by David Shepherd, Marwood, 1998, pp. 173—182.

Pennee, Donna Palmateer. "Literary Citizenship: Culture (Un) Bounded, Culture (Re) Distributed." *Home-Work: Postcolonialism, Pedagogy, and Canadian Literature*, edited by Cynthia Sugars, University of Ottawa Press, 2004, pp. 75—85.

Pesch, Josef. "East meets West in Michael Ondaatje's Novels." *Across the Lines: Intertextuality and Transcultural Communication in the New Literatures in English*, edited by Wolfgang Klooss, Rodopi, 1998, pp. 65—76.

Philips, Edward. *The New World of Words, or, A Universal English Dictionary*. 5th ed., with large additions and improvements. London: Printed for R. Bently, J. Philips, H. Rhodes, and J. Taylor, 1696. *Early English Books Online*. http://eebo.chadwyck.com. Accessed 3 May 2023.

Pier, John. "Chronotope." *Routledge Encyclopedia of Narrative Theory*, edited by David Herman et al., Routledge, 2005, pp. 64—65.

Pitt, David G. E. J. *Pratt: The Truant Years*, 1882—1927. University of Toronto Press, 1984.

Pivato, Joseph. *Echo: Essays on Other Literatures*. Guernica Editions, 1994.

Plato. *Republic*, translated by H. D. P. Lee, Penguin, 1955.

Plumwood, Val. *Environmental Culture: The Ecological Crisis of Reason*. Routledge, 2001.

Polk, James. "Deep Caves and Kitchen Linoleum." *Canadian Literature*, no. 54, Autumn 1972, pp. 102—104.

Powe, B. W. *A Climate Charged*. Mosaic, 1984.

Pratt, Llyod. *Archives of American Time: Literature and Modernity in the Nineteenth Century*. University of Pennsylvania Press, 2010.

Preston, Richard. "Regionalism and National Identity: Canada." *Regionalism and National Identity: Multi-Disciplinary Essays on Canada, Australia, and New Zealand*, edited by Reginald Berry and James Acheson, Association for Canadian Studies in Australia and New Zealand, 1985.

Ramsey, Grant. "Culture in Humans and Other Animals." *Biol Philos*, no. 28, 2013, pp. 457—479.

—. "What Is Animal Culture?" *Routledge Companion to the Philosophy of Animal Minds*. Routledge, 2017, http://philsci-archive.pitt.edu/12456. Accessed 3 May 2023.

Raz, Joseph. *The Morality of Freedom*. Oxford University Press, 1986.

Redekop, Magdalene. "Canadian Literary Criticism and the Idea of a National Literature." *The Cambridge Companion to Canadian Literature*, edited by Eva-Marie Kroller, Cambridge University Press, 2004, pp. 263—275.

Redl, Carolyn. "Neither Here nor There: Canadian Fiction by the Multicultural Generation." *Canadian Ethnic Studies*, vol. 28, no. 1, 1996, pp. 22—29.

Reid, Jennifer. *Louis Riel and the Creation of Modern Canada: Mythic Discourse and the Postcolonial State*. University of Manitoba Press, 2012.

Relph, Edward. *Place and Placelessness*. Pion, 1976.

Renan, Ernest. "What Is a Nation?" *Becoming National: A Reader*, edited by Geoff Eley and Ronald Grigor Suny, Oxford University Press, 1996, pp. 41—55.

Reynolds, Paige. *Modernism, Drama, and the Audience for Irish Spectacle*. Cambridge University Press, 2007.

Rhodenizer, V. B. *A Handbook of Canadian Literature*. Graphic, 1930.

Rhodes, Albert. "The French at Home." *The Galaxy*. vol XIII, Jan. 1872 to Jun. 1872. Sheldon & Company, pp. 447—459.

Ricciboni, Marie Jeanne de Heuries Laboras de Mezieres. *Letters from Juleit Lady Catesby to her Friend Lady Henrietta Campley*, translated by Frances Brooke, P. Didot the Elder, 1808.

Richler, Mordecai. "The Street." *Other Solitudes: Canadian Multicultural Fictions*, edited by Linda Hutcheon and Marion Richmond, University of Toronto Press, 1990, pp. 35—38.

—. *Oh Canada! Oh Quebec!: Requiem for a Divided Country*. Penguin, 1992.

Ritivoi, Andreea Deciu. *Intimate Strangers: Arendt, Marcuse, Solzhenitsyn, and Said in American Political Discourse*. Columbia University Press, 2014.

Robbins, Wendy. "Poetry." *Encyclopedia of Post-Colonial Literatures in English*, edited by Eugene Benson and L. W. Conolly, Routledge, 2012, pp. 1234—1240.

Roberts, Charles G. D. *Selected Poetry and Critical Prose*, edited by W. J. Keith, University of Toronto Press, 1974.

—. *Collected Poems*, edited by Desmond Pacey, Wombat, 1985.

Rorty, Richard. *Contingency, Irony, and Solidarity*. Cambridge University Press, 1989.

Rose, Gillian, Villian Kinnard, Many Morris, and Catherine Nash. "Feminist Geographies of Environment, Nature and Landscape." *Feminist Geographies: Explorations in Diversity and Difference*, compiled by Women and Geography Study Group, Prentice Hall, 1997, pp. 146—190.

Rosenthal, Caroline. "English-Canadian Literary Theory and Literary Criticism." *History of Literature in Canada: English-Canadian and French-Canadian*, edited by Reingard M. Nischik. Camden House, 2008, pp. 291—309.

—. "Locations of North in Canadian Literature and Culture." *Zeitschrift für Kanada-Studien*, vol. 29, no. 2, 2009, pp. 25—38.

Ross, Catherine Sheldrick. *Alice Munro: A Double Life*. ECW, 1992.

Ross, Sinclair. *The Lamp at Noon and Other Stories*. McClelland and Stewart, 1993.

Rousseau, Jean-Jacques. *Emile, or On Education*, translated by Christopher Kelley and Allan Bloom. Hanover, University Press of New England, 2009.

Roy, Patricia E. "The Fifth Force: Multiculturalism and the English Canadian Identity." *Annals of the American Academy of Political and Social Science*, no. 538, 1995, pp. 199—209.

Rushdie, Salman. *Imaginary Homelands: Essays and Criticism 1981—1991*.

Granta Books in association with Viking Penguin, 1991.

Said, Edward W. *Orientalism*. Routledge & Kegan Paul, 1978.

—. *The World, the Text, and the Critic*. Harvard University Press, 1983.

—. *Representations of the Intellectual, the 1993 Reith Lectures*. Vintage, 1994.

Saltman, Judith. *Modern Canadian Children's Books*. Oxford University Press, 1987.

Sarkowsky, Katja. "Maps, Borders, and Cultural Citizenship: Cartographic Negotiations in Thomas King's Work." *Thomas King: Works and Impact*, edited by Eva Gruber, Camden House, 2012, pp. 210—223.

Sassen, Saskia. "The Repositioning of Citizenship: Emergent Subjects and Spaces for Politics." *Berkeley Journal of Sociology*, vol. 36, 2002, pp. 4—25.

Saul, Joanne. *Writing the Roaming Subject: The Biotext in Canadian Literature*. University of Toronto Press, 2006.

Scarpetta, Guy. *L'impurité*. Seuil, 1989.

Schaub, Danielle. "'I am a Place': Internalised Landscape and Female Subjectivity in Margaret Atwood's *Surfacing*." *Mapping Canadian Cultural Space: Essays on Canadian Literature*, edited by Danielle Schaub, The Hebrew Magnes University Press, 2000, pp. 83—103.

Schoene, Berthold. *The Cosmopolitan Novel*. Edinburgh University Press, 2010.

Scott, F. R. *Selected Poems*. Oxford, 1966.

—. Interview. *Cyan Line*, Fall, 1976, pp. 13—14.

Seiler, Tamara Palmer. "Multi-Vocality and National Literature: Toward a Post-Colonial and Multicultural Aesthetic." *Journal of Canadian Studies*, vol. 31, no. 3, 1996, pp. 148—165.

Sellwood, Jane. "A Little Acid Is Absolutely Necessary": Narrative as Coquette in Frances Brooke's The History of Emily Montague. *Canadian Literature*, no. 139, Spring 1993, pp. 60—81.

Seton-Watson, Hugh. *Nations and States: An Enquiry into the Origins of Nations and the Politics of Nationalism*. Westview, 1977.

Shields, Rob. *Places on the Margin: Aternative Geographies of Modernity*. Routledge, 1991.

Sielke, Sabine. "'The Empathetic Imagination': An Interview with Yann Martel." *Canadian Literature*, vol. 177, Summer, 2003, pp. 12—32.

Siemerling, Winfried. "Oral History and the Writing of the Other in Ondaatje's *In the Skin of a Lion*." *Comparative Cultural Studies and Michael Ondaatje's Writing*, edited by Steven Tötösy de Zepetnek, Purdue University Press, 2005, pp. 92—103.

Simmel, Georg. *The Sociology of George Simmel*. Edited by Kurt H. Wolff. Glencoe, Free Press, 1950.

—. *On Individuality and Social Forms: Selected Writings*. Edited by Donald N. Levine, Chicago: University of Chicago Press, 1971.

Singer, Jonathan D. "All Too Human: 'Animal Wisdom' in Nietsche's Account of the Good Life." *Between the Species*, no. 14, 2011, pp. 19—39.

Smith, A. J. M. "Contemporary Poetry." *The McGill Fortnightly Review*, vol. 2, no. 4, 1926, pp. 31—32.

Smith, A. J. M. editor. *The Book of Canadian Poetry*. University of Chicago Press, 1943.

Snowdon, Charles T. "Introduction to Animal Culture: Is Culture Uniquely Human?" *The Handbook of Culture and Biology*, edited by Jose M. Causadias, Eva H. Telzer, and Nancy A. Gonzales, Wiley, 2018, pp. 81—104.

Soja, Edward. *Thirdspace: Journeys to Los Angeles and Other Real and Imagined Spaces*. Blackwell, 1996.

Soja, Edward, and Barbara Hooper. "The Space That Difference Makes: Some Notes on the Geographical Margins of the New Cultural Politics." Place and the Politics of Identity edited by Michael Keith and Steve Pile, Routledge, 1993, pp. 183—205.

Spencer, Jane. *The Rise of the Woman Novelist: From Aphra Behn to Jane Austen*. Basil Blackwell, 1989.

Spinks, Lee. *Michael Ondaatje*. Manchester University Press, 2009.

Spivak, Gayatri Chakravorty. *Imperatives to Re-Imagine the Planet*. Passagen Verlag, 1999.

—. *Death of a Discipline*. Columbia University Press, 2003.

Spretnak, Charlene. *States of Grace: The Recovery of Meaning in a Postmodern Age*. HarperCollins, 1991.

Staines, David. *Beyond the Provinces: Literary Canada at Century's End*. University of Toronto Press, 1995.

Steinecke, Hartmut. "The Novel and the Individual: The Significance of Goethe's Wilhelm Meister in the Debate about the Bildungsroman." *Reflection and Action: Essays on the Bildungsroman*, edited by James Hardin, University of South Carolina Press, 1991, pp. 69—96.

Stephens, Gregory. "Feeding Tiger, Finding God: Science, Religion, and 'the Better Story' in *Life of Pi*." *Intertexts*, vol. 14, no. 1, 2010, pp. 41—59.

Stone, John. "Not a Cash Crop." *Waltzing Again: New and Selected Conversations with Margaret Atwood*, edited by Earl G. Ingersoll. Princeton, Ontario Review Press, 2006, pp. 200—208.

Stouck, David. "Notes on the Canadian Imagination." *Canadian Literature*, no. 54, 1972, pp. 9—26.

Stratton, Florence. "'Hollow at the Core': Deconstructing Yann Martel's *Life of Pi*." *Studies in Canadian Literature*, vol. 29, no. 2. 2004, pp. 5—21.

Strumse, Einar. "The Ecological Self: A Psychological Perspective on Anthropogenic Environmental Change." *European Journal of Science and Theology*, vol. 3, no. 2, 2007, pp. 11—18.

Stuewe, Paul. *Clearing the Ground: English-Canadian Literature After* Survival. Proper Tales Press, 1984.

Sullivan, Rebecca, and Bart Beaty. *Canadian Television Today*. University of Calgary Press, 2006.

Sutherland, David. "The *Mainstream*." *Canadian Literature*, no. 53, summer 1972, pp. 30—41.

Sutherland, John. "Mr. Smith and the Tradition." *Other Canadians: An Anthology of the New Poetry in Canada 1940—1946*, edited by John Sutherland, First Statement 1947, pp. 5—12.

Szeman, Imre. *Zones of Instability: Literature, Postcolonialism, and the Nation*. The Johns Hopkins University Press, 2003.

Tayeb, Lamia. *The Transformation of Political Identity from Commonwealth Through Postcolonial Literature: The Cases of Nadine Gordimer, David Malouf and Michael Ondaatje.* Edwin Mellen Press, 2006.

Taylor, Charles. *Sources of the Self: The Making of the Modern Identity.* Cambridge University Press, 1989.

—. "The Politics of Recognition." *Multiculturalism: Examining the Politics of Recognition*, edited by Amy Gutmann, Princeton University Press, 1994, pp. 25—73.

Thacker, Robert. *Alice Munro: Writing Her Lives.* McClelland, 2005.

Thieme, John. "'Historical Relations': Modes of Discourse in Michael Ondaatje's *Running in the Family*." *Narrative Strategies in Canadian Literature: Feminism and Postcolonialism*, edited by Coral Ann Howlels and Lynette Hunter, Open University Press, 1991, pp. 40—48.

Thompson, Peter. "'If You're in Quest of the Folk, You've Come to the Wrong Place': Recent trends in Atlantic Canadian Literary Criticism." *Acadiensis*, vol. 41, no. 1, 2012a, pp. 239—246.

—. "The Troubled Spaces of Lynn Coady's Cape Breton." *Re-Exploring Canadian Space*, edited by Jeanette den Tonder and Bettina van Hoven, Barkhuis, 2012b, pp. 125—132.

Thorpe, Michael. "The Uses of Diversity: The Internationalization of English-Canadian Literature: A Review of International English Literature." *ARIEL*, vol. 23, no. 2, 1992, pp. 109—125.

Tomalin, Marcus. *The French Language and British Literature, 1756—1830.* Routledge, 2016.

Toorn, Penny Van. *Rudy Wiebe and the Historicity of the Word.* University of Alberta Press, 1995.

Trehearne, Brian. *The Montreal Forties: Modernist Poetry in Transition.* University of Toronto Press, 1999.

Trudeau, Pierre Elliott. *Canada History*. http://www.canadahistory.com/sections/documents/Primeministers/trudeau/docs-onmulticulturalism.htm. Accessed 3 May 2023.

Trumpener, Katie. "Annals of Ice: Formations of Empire, Place and History in John Galt and Alice Munro." *Scottish Literature and Postcolonial Literature: Comparative Texts and Critical Perspectives*, edited by Michael Gardiner, Graeme Macdonald and Niall O'Gallagher, Edinburgh University Press, 2011, pp. 43—56.

Tuan, Yi-Fu. "Images and Mental Maps." *Annals Association American Geographers*. vol. 65, no. 2, 1975, pp. 205—213.

Turner, Frederick Jackson. "The Significance of the Frontier in American History." *American Progressivism: A Reader*, edited by Ronald J. Pestritto and William Atto, Lexington Books, 2008, pp. 67—90.

Turner, Léon. *Theology, Psychology and the Plural Self*. Ashgate, 2008.

Tyler, E. B. *Primitive Culture*. Brentano's, 1871.

Vassanji, M. G. Foreword. *Floating Bortders: New Contexts in Canadian Criticism*, edited by Nurjehan Aziz, Tsar, 1999.

—. "Am I a Canadian Writer?" *Canadian Literature*, no. 190, 2006, pp. 7—13.

Vauthier, Simone. "A Story of Silence and Voices: Michael Ondaatje's *In the Skin of a Lion*." *Multiple Voices: Recent Canadian Fiction: Proceedings of the 4th International Symposium of Brussels Centre for Canadian Studies 29 November—1 December 1989*, edited by Jeanne Delbaere, Dangaroo P, 1990, pp. 69—90.

Vautier, Marie. *New World Myth: Postmodernism and Postcolonialism in Canadian Fiction*. McGill-Queen's University Press, 1998.

Velinger, Jan. "Interpretations of Reality: Yann Martel's *Life of Pi*. Radio Prague International in English." https://www.radio.cz/en/section/curraffrs/interpretations-of-reality-yann-martels-life-of-pi. Accessed 3 May 2023.

Voloshinov, V. N. *Marxism and the Philosophy of Language*. Translated by Ladislav Matejka and I. R. Titunik, Harvard University Press, 1973.

Vuong-Riddick, Thuong. *Two Shores: Poems*, Ronsdale Press, 1995, p. 1.

Waal, Francis de. *The Ape and the Sushi Master: Cultural Reflections by a Primatologist*. Basic Books, 2001.

Waddington, Miriam. "Outsider: Growing Up in Canada." *Apartment Seven: Essays Selected and New*. Oxford University Press, 1989, pp. 35—44.

Walcott, Rinaldo. *Black Like Who? Writing Black Canada*. Insomniac, 1997.

Ware, Tracy. "Where Was Here?" *Essays on Canadian Writing*, vol. 71, 2000, pp. 203—214.

Watson, Sheila. *The Double Hook*. McClelland and Stewart, 1959.

Watters, R. E. "Unknown Literature." *Ernest Buckler*, edited by Gregory M. Cook, McGraw-Hill Ryerson, 1972, pp. 41—48.

Webb-Campbell, Shannon. "Honouring Alistair MacLeod." *Halifax Magazine*, http://halifaxmag.com/cityscape/honouring-alistair-macleod. Accessed 3 May 2023.

Wedgwood, Hensleigh, and John Christopher Atkinson, editors. *A Dictionary of English Etymology*. Trubner, 1872.

Westfall, William. "On the Concept of Region in Canadian History and Literature." *Journal of Canadian Studies*, vol. 15, no. 2, 1980, pp. 3—15.

Whittaker, Peter. Review of *Life of Pi*, by Yann Martel. *New Internationalist* Aug. 2002.

Wiebe, Rudy. "Where Is the Voice Coming From?" *The Oxford Book of Canadian Short Stories in English*, edited by Margaret Atwood and Robert Weaver, Oxford University Press, 1986, pp. 270—295.

—. *Playing Dead: A Contemplation Converning the Arctic*. NeWest, 1989.

—. *The Scorched-Wood People*. McClleland and Stewart, 1997.

—. *Collected Stories: 1955—2010*. University of Alberta Press, 2010.

Wiemann, Dirk. "The Times of India: Transcultural Temporalities in Theory and Fiction." *Transcultural English Studies: Theories, Fictions, Realities*, vol. 102, no. 12, 2018, pp. 103—116.

Williams, Raymond. *The Long Revolution*. Chatto and Windus, 1961.

Willmott, Glenn. "The Nature of Modernism in Deep Hollow Creek." *Canadian Literature*, no. 146, 1995, pp. 30—48.

Woodcock, George. "Surfacing to Survive: Notes of the Recent Atwood." *Ariel*, vol. 4, no. 3, July 1973, pp. 16—28.

—. "Margaret Atwood: Poet as Novelist." *The Canadian Novel in the 20th Century*, Stewart and McClelland, 1975, pp. 312—327.

—. *The Meeting of Time and Space*: *Regionalism in Canadian Literature*. NeWest, 1981.

—. *Northern Spring*: *The Flowering of Canadian Literature*. Douglas & McIntyre, 1987.

—. *Introducing Hugh MacLennan's* Barometer Rising. ECW Press, 1989.

Wright, Laura. "'This is Border Country': Atwood's *Surfacing* and Postcolonial Identity." *Critical Insights*: *Margaret Atwood*, edited by J. Brooks Bouson, Salem Press, 2013, pp. 211—229.

Wyett, Jodi L. "'No Place Where Women Are of Such Importance': Female Friendship, Empire, and Utopia in the History of Emily Montague." *Eighteenth-Century Fiction*, vol. 16, no. 1, 2003, pp. 33—57.

Wyile, Herb. "As For Me and Me Arse: Strategic Regionalism and the Home Place in Lynn Coady's *Strange Heaven*." *Studies in Canadian Literature*, no. 189, 2006, pp. 85—102.

Wylie, John. *Landscape*. Routledge, 2007.

法语部分

Beaudoin, Réjean. *Le Roman québécois*, Les Editions du Boréal, 1991.

Biron, Michel. *François Dumont et Elisabeth Nardoute-Lafarge*. Les Editions du Boréal, 2010.

Boivin, Aurélien. *Pour une lecture du roman québécois*. Nuit blanche éditeur, 1996.

Brault, Jacques. «Suite fraternelle». *Littérature canadienne-française et québécoise*, édité par Michel Erman, Editions Beauchemin, 1992, pp. 141—146.

Brossard, Nocle. «Je ais tourner mon corps et faire semblant de la comparer». NBJ 136—137, numéro spécial Révélatrices: femmes et photos, p. 154.

Casgrain, Henri-Raymond. «Le Mouvement Littéraire au Canada». *Anthologie de la Littérature Québécoise*, édité par Gilles Marcotte, vol. 2, l'Hexagone, 1994, pp. 597—602.

Crémazie, Octave. «Le drapeau de Carillon». *Littérature canadienne-française et québécoise*, édité par Michel Erman, Editions Beauchemin, 1992, pp. 8—14.

—. «Chant du vieux soldat canadien». *Anthologie de la littérature québécoise*, édité par Gilles Marcotte, vol. 2, l'Hexagone,1994a, pp. 540—542.

——. «Lettres à l'abbé H.-R Casgrain (Lettre du 29 janvier 1867)». *Anthologie de la Littérature québécoise*, édité par Gilles Marcotte, vol. 2, l'Hexagone, 1994b, pp. 548—565.

Garneau, François-Xavier. «Lettre au Gouverneur Elgin». *Anthologie de la littérature québécoise*, édité par Gilles Marcotte, vol. 1, l'Hexagone, 1994, pp. 408—410.

Gaspé, Philippe-Aubert de. *Les Anciens Canadiens*. Editions Fides, 1996.

Hamel, Réginald. *Panorama de la littérature québécoise*. Quérin, 1997.

Hémon, Louis. *Maria Chapdelaine*. Bibliothèque québécoise, 1990.

Lalonde, Michèle. «Speak White». *Littérature canadienne-française et québécoise*, édité par Michel Erman, Editions Beauchemin, 1992, pp. 149—151.

Mailhot, Laurent. *La littérature québécoise*. Typo, 1997.

Marcotte, Gilles. *Une littérature qui se fait*. HMH, 1962.

Miron, Gaston. *L'Homme rapaillé*. Typo, 1998.

Renaud, André. «Présentation». *Menaud, Maître Draveur*. Bibliothèque canadienne-française, 1963, pp. 7—16.

Savard, Félix-Antoine. *Menaud, Maître Draveur*. Bibliothèque canadienne-française, 1963.

Tremblay, Michel. *La Grosse femme d'à côté est enceinte*. Biblithèque québécoise, 1990.

Smart, Patricia. «L'espace de nos fictions: quelques réflexions sur nos deux cultures» *Voix et Images*, vol. 10, no. 1, 1984. pp. 23—36.

Victor, Paul-Émile and Joëlle Robert-Lamblin. *La Civilisation du Phoque: Légendes, Rites et Croyances des Eskimo d'Ammassalik*. Éditions Raymond Chabaud, 1993.

Vigneault, Gilles. «Mon pays». *Littérature québécoise, des origines à nos jours, Textes et méthodes*, édité par Dir Heinz Weinmann et Roger Chamberland, HMH, 1996, p. 216.

中文部分

巴赫金:《陀思妥耶夫斯基诗学问题》,白春仁、顾亚铃译,北京:生活·读书·新知三联书店,1988年。
丁林棚:《加拿大地域主义文学研究》,北京:北京大学出版社,2008a年。
丁林棚:《加拿大文学中的地域和地域主义》,《国外文学》,2008b,2:29—35.
高鉴国:《加拿大多元文化政策评析》,《世界民族》,1999,4:30—40.
黄兴涛:《"民族"一词究竟何时在中文里出现?》,《浙江学刊》,2002,1:168.
李荃:《神机制敌太白阴经序》,陈尚君辑校《全唐文补编》(上册),北京:中华书局,2005年。
凌建侯:《文学话语的对话性分析》,《社会科学家》,2012,7:9—12.
曼谷埃尔,阿尔贝托:《语词之邦》,丁林棚、朱红梅译,上海:上海三联书店:2017年。
宋濂:《查林曾氏家牒序》,《宋濂全集》(第4册),杭州:浙江古籍出版社,2012年。
孙中山:《三民主义·民族主义》,《孙中山全集》(第9卷),北京:中华书局,1986年。
王铭铭:《超越"新战国":吴文藻、费孝通的中华民族理论》,北京:生活·读书·新知三联书店,2012年。
吴文藻:《吴文藻人类学社会学研究文集》,北京:民族出版社,1990年。
萧子显:《南齐书》,北京:中华书局,2017年。
肖滨:《扩展中国政治学的现代国家概念》,《中国社会科学评价》,2020,2:5—14.
翟金秀:《解读西欧后民族主义:传统与后现代语境下的多维视角》,济南:山东大学出版社,2012年。
张会龙、朱碧波:《中华国家范式:民族国家理论的省思与突破》,《政治学研究》,2021,2:43—52.
周平:《对民族国家的再认识》,爱思想,http://www.aisixiang.com/data/80568.html,访问时间:2023.4.7.